暮光
twilight之城

午夜陽光

midnight sun

史蒂芬妮・梅爾
Stephenie Meyer

Hello Taiwan!

I'm so thankful for the Taiwanese readers who have loved Edward and Bella's story from the beginning and I'm so happy to finally share this new side of their love story with all of you.

Revisiting the Twilight series brought back many lovely memories and I hope it does the same for you.

Stay safe and healthy.

Love,

2020.10

哈囉，臺灣！

真心感謝臺灣的讀者們，謝謝你們打從一開始就愛上愛德華和貝拉的故事，我很高興現在終於能跟你們分享這個愛情故事全新的一面。

重溫《暮光之城》的這段旅程，為我喚回了許多美好回憶，我希望你們也會有同樣的體驗。

注意安全，保持健康。

愛你們的史蒂芬妮

2020.10

謹將此作獻給這十五年來令我的人生充滿喜悅的讀者們。我們初次相遇時，你們大多是少年少女，一雙雙美麗的明眸裡滿懷著對未來的夢想。如今十五年過去了，我希望你們不僅都找到了各自的夢想，而且發現美夢成真的比你們期盼的更美好。

目錄

chapter

1 初次見面 009
2 看透人心 035
3 風險 067
4 幻象 095
5 邀與被邀 113
6 血的昏眩 147
7 旋律 179
8 鬼魂 199
9 安吉拉斯港 211
10 想法 243
11 交叉審問 271
12 複雜的糾葛 303
13 另一個難題 327
14 拉近距離 361
15 可能性 379

16 糾結 405
17 坦白與渴望 421
18 心靈戰勝一切 465
19 家 505
20 卡萊爾 541
21 棒球比賽 559
22 狩獵行動 603
23 告別 631
24 埋伏 655
25 競速 671
26 血 689
27 雜務 703
28 三場談話 715
29 宿命 739

epilogue 盛典 765

acknowledgments 謝詞 795

chapter 1

初次見面

我的眼睛和一雙人類的大眼睛對視了半秒鐘，

那雙眼睛是巧克力般的棕色，

臉蛋是白皙的瓜子臉。

我知道她是誰，

雖然我在這一刻之前都沒見過她。

每天到了這個時候，我真希望能睡著。

高中生活……還是應該說是煉獄？如果真有任何方式能讓我贖罪，現在這種時刻應該就算是其中之一。我無法習慣這種無聊乏味的生活，每一天似乎都比前一天更單調沉悶。

也許這也能算是我的睡眠方式——如果睡眠是指活動之間的停滯狀態。我瞪著學生餐廳的遠側一角，那裡的灰泥牆上有幾條裂痕，我把它們想像成不存在的花紋，如此一來，我就不會聽見在我腦海中像河流一樣嘩啦作響的說話聲。

我懶得理會的幾百個聲音。

說到「人心」這玩意兒，我什麼樣的心聲都聽過，而今天，每個人的心思都集中在一件無聊的小事上：新來的轉學生。這麼一點小事就讓大夥這麼激動。我在一個個思緒中，從各個角度看到這張新面孔，只是個平凡無奇的人類女孩。她的到來所引發的興奮情緒再普通不過，這種反應就像一群幼兒看到你炫耀一個閃閃發亮的東西。羊群般的男生們當中，有一半已經想像著迷戀上她，就因為她是個新面孔。我更努力試著對這些人的心聲充耳不聞。

其中有四個聲音，我是出於禮貌而非反感地拒絕聆聽。他們是我的家人，兩個兄弟和兩個姊妹。他們早就習慣了有我在場時就沒有隱私，所以對此很少在意。我也盡量給他們隱私，盡力避免聆聽他們的想法。

儘管我努力嘗試，但……還是聽得見。

羅絲莉和平常一樣在想著自己，她的心靈就像缺乏動靜的一池死水。她注意到自己的側影反映在某人的太陽眼鏡上，因此一直想著自己有多完美。與任何人相比，她頭髮的顏色更像真金，她的完美身形更像沙漏，她左右對稱的鵝蛋臉最完美無瑕。她並不是拿自己跟這裡的人類相比，這種比較未免荒謬可笑。她對一般人的看法，就跟我們對一般人的看法一樣：人類不值一提。

艾密特平時無憂無慮的臉孔，如今充滿挫敗感。他用碩大的手抓抓烏黑鬈髮，在手裡揪成一團。他還在氣昨晚摔角輸給賈斯柏。耐心有限的他，正在努力等到放學，想安排一場復仇賽。我聽見艾密特的思緒時，從不會覺得自己正在侵犯他的隱私，因為他總是把想法大聲說出來，或是直接付諸行動。也許我只有在讀取別人的心思時才會覺得內疚，因為我知道他們有些事並不想讓我知道。如果羅絲莉的心思像一池死水，那麼艾密特的就像一面湖，如玻璃般透明，毫無陰影。

而賈斯柏正在……感到苦惱。我逼自己別嘆氣。

愛德華。艾利絲在腦海中呼喚我的名字，立刻引起我的注意，簡直就跟大聲喊我的名字沒兩樣。我很慶幸我的名字在這幾十年已經退流行了，不然每次只要有人想到哪個愛德華，我的頭就會自動轉向聲源，當時確實讓我感到很困擾。

此刻，我的頭沒轉過去。我和艾利絲很擅長這種祕密談話，也很少被人發現。我繼續盯著灰泥牆上的裂痕。

他狀況如何？艾利絲問我。

我皺眉，嘴角微微下垂，不足以引起任何人的注意。就算有誰注意到，也可能以為我是覺得無聊而皺眉。

賈斯柏僵直了太久，沒做出我們為了融入人群而必須做出的人類舉動，例如艾密特會拉扯頭髮，羅絲莉會輪流交叉兩條腿，艾利絲會用腳趾不斷拍打油氈地板，我則是轉頭盯著牆上各式各樣的花紋。賈斯柏看起來就像徹底癱瘓，瘦削身軀如鋼筋般筆直，就連蜂蜜色的頭髮似乎也沒被送風口吹來的空氣所擾。

艾利絲的精神狀態提高了警覺，我在她的心靈中看見她正用眼角餘光看著賈斯柏。**有沒有危險？**她預見了接下來幾分鐘的未來，在單調的景象中尋找令我皺眉的原因。她這麼做的時候，沒忘了用一隻小拳頭撐住尖尖的下巴，不時眨眼。她撥開眼前的黑色短髮。我慢慢把頭轉向左邊，彷彿在看著牆上的磚塊，然後嘆口氣，再轉向右邊，繼續看著天花板上的裂縫。其他人會以為我在扮演人類，只有艾利絲知道我在搖頭。

她放鬆身子。**如果狀況變糟，跟我說一聲**。

我只是移動眼珠，看向上面的天花板，再往下望。

謝謝你幫這個忙。

我很慶幸沒辦法出聲回答她，不然我要說什麼？榮幸之至？我一點也不覺得榮幸。我並不喜歡聆聽賈斯柏內心的掙扎。有必要搞這種試煉嗎？何不乾脆承認，也許他就是沒辦法像我們一樣忍住飢渴，然後別再逼他？何必像這樣冒這種險？

我們上次狩獵已經是兩週前的事。對我們來說，這段時間不算非常難熬，只是偶爾會覺得不太好受，例如哪個人類離我們太近，或是風向不對。但人類很少離我們太近，他們的本能會提出他們的意識永遠無法明白的警告：我們是必須避開的危險。

賈斯柏現在就很危險。

儘管不常發生，但我三不五時會感到震驚：我們周圍的人類還真遲鈍。我們對此早已習以為常，也總是期望人類這麼遲鈍，但有時候還是會感到驚訝。他們都沒注意到我們，我們坐在破舊的餐桌旁，比一群老虎更致命。他們只看到五個模樣古怪的人，很像人類的人。我很難想像，他們的感官這麼遲鈍，怎麼有辦法活到現在。

這時候，一個體型嬌小的女孩在離我們最近的一張餐桌旁站定片刻，跟朋友說話，同時用手指撥弄一頭黃棕色的短髮。暖氣將她的氣味吹向我們。我已經很習慣這種氣味造成的生理影響：喉嚨隱隱作痛，胃中空洞的飢餓感，肌肉下意識地收縮，嘴裡分泌大量毒液……

這些反應都很尋常，很容易忽視，但現在變得更難，因為我在盯著賈斯柏的時候，這種反應變得更強烈，比平常強一倍。

賈斯柏已經沉淪於想像之中。他正在想像自己從艾利絲身旁站起，站在小女孩旁邊，彎下腰，彷彿像在她耳邊低語，讓嘴唇貼上她的頸窩。他正在想像，在他的唇下她那薄薄一層肌膚底下的灼熱脈搏是什麼感覺……

我踹一下他的椅子。

他回視我，黑眸裡閃過埋怨，然後往下垂。我能聽見羞愧和反叛這兩種情緒在他腦海中交戰。

「抱歉。」賈斯柏咕噥。

我聳個肩。

「你其實不打算做出那些事，」艾利絲對他低聲說，安撫他的窘迫。「我看得出來。」

我逼自己別皺眉，以免洩漏她這話是謊話。我和艾利絲必須團結起來，這麼做並不容易，畢竟我們倆是置身於怪胎之中的怪胎，我們守護彼此的祕密。

「你如果把他們當人看，會稍微有點幫助。」艾利絲提議，嗓音高亢悅耳，話說得很快，就算有人類在旁邊也聽不見。「她叫惠妮，她深愛她年幼的妹妹。她母親邀請了艾思蜜參加那場花園派對，你還記得嗎？」

「我知道她是誰。」賈斯柏簡短答覆，撇過臉，盯著屋簷下的一扇小窗，口氣明白表示他不想再討論這個話題。

他今晚非去狩獵不可。像現在這樣冒險考驗他的定力、訓練他的耐力，實在荒謬。賈斯柏應該接受自己的極限，想辦法和這些限制和平共處。

艾利絲輕輕嘆口氣，站起身，端起餐盤——餐盤其實只是她的道具——離開這裡，丟下他。她知道他已經受夠了她的鼓勵。雖然羅絲莉和艾密特對彼此之間的關係較為張揚，但艾利絲和賈斯柏更熟悉彼此的所有需求，彷彿這兩人也能讀心——但只聽得見彼此的心聲。

愛德華。

自然反應。我轉向喊我名字的聲源——就算對方沒喊出我的名字，只是在腦海中想到。

我的眼睛和一雙人類的大眼睛對視了半秒鐘，那雙眼睛是巧克力般的棕色，臉蛋是白皙的瓜子臉。我知道她是誰，雖然我在這一刻之前都沒見過她。今天每個人類學生的腦海中都是她，新來的學生，伊莎貝拉・史旺，本鎮警長的女兒，因為監護權之類的安排而來這裡生活。貝拉——她糾正了每個叫她全名的人。

我不耐煩地移開視線，過了一秒就意識到想到我名字的人不是她。

她當然已經迷戀上庫倫家的人，我聽見那個思緒繼續說下去。

我現在認出這個「聲音」。

潔西卡・史丹利——她曾經拿這種內心對話煩了我好一陣子。當她終於放棄這個錯誤的迷戀時，我總算鬆了一口氣。我曾經差點被她這些永無止境的荒謬白日夢給弄瘋了。我當時真想告訴她，如果我的嘴脣連同脣後的利牙，靠近她的話，究竟會發生什麼事。如果我當時有說出口，就一定能平息她這些煩人的想像。想到她會有什麼反應，我差點笑出來。

她迷戀庫倫家的人只是白費力氣，潔西卡想著，**而且她根本不算漂亮。我真搞不懂艾瑞克，還有麥克，怎麼會看上她**。

她在腦海中對著後者的名字顫抖了一下。學校的大眾情人，麥克・紐頓，是她最新的迷戀對象，但他把她當成空氣，卻顯然對新來的轉學生感興趣，又一個想要閃亮新玩具的小孩。潔西卡想到這裡，思緒變得陰暗，但在表面上對新學生很友好，正在向她說明一般人對我們這一家的瞭解。看來新學生有問起我們。

今天每個人也在看著我，潔西卡沾沾自喜地心想。**貝拉有兩堂課和我一起，我怎麼這麼幸運？我敢打賭，麥克一定會想問我她是什麼樣的人——**

在她這些聒譟廢話把我弄瘋之前，我試著把這場愚蠢的內心對話逐出腦海。

「潔西卡．史丹利正在跟那個新來的女生，叫史旺的那個，分享庫倫家的祕密。」我為了轉移自己的注意力，對艾密特咕噥。

他低聲發笑，心想：**希望她說得很精采**。

「她說的東西其實很無趣，只跟緋聞沾上一點邊，完全欠缺恐怖元素，我有點失望。」

那個新女孩怎麼想？她對這些八卦也感到失望？

我聆聽這個新女孩，貝拉，對潔西卡的故事有何反應。她看著我們這個膚色白如粉筆、大夥避之唯恐不及的怪咖一家時，究竟看見什麼？

我的責任就是查出她的反應。從某方面來說，我就是我們這一家的哨兵，為了保護全家人。一旦有誰對我們起了疑心，我就能提早警告家人，好及時撤退。這種事偶爾會發生，有些人類具有豐富的想像力，會在我們身上看見書本或電影中的角色，雖然他們通常都看走眼，但我們還是寧願搬去新的地方，以免夜長夢多。只有極少數人會猜對，但我們不會讓他們有機會證實心中的懷疑，我們會直接消失，只留下令他們驚恐的回憶。

這種事已經好幾十年沒發生過。

我雖然很仔細地聆聽，卻只聽見潔西卡的無趣獨白繼續滔滔不絕。她身邊完全沒聲音，彷彿根本沒坐人。怪了。那女孩離開了？這不太可能，因為潔西卡還在對她說個不停。我抬頭查看，感到有點不知所措。我以前從不需要像這樣檢查自己的「聽力」。

我的視線再次遇上那對棕色大眼。她就坐在原本的位子上，看著我們這家人。她這個舉動顯得自然，因為潔西卡還在談論當地人對庫倫家的看法。

如此一來，新學生應該也會想著我們。

我卻完全聽不見她的心聲。

她的臉頰泛起誘人的紅暈，垂下眼，就像偷窺一個陌生人被抓到而感到困窘。幸好賈斯柏依然看著窗外，否則她臉上那團紅潮可能會讓他把持不住。

她的情緒就像寫在臉上：她不自覺地看著她那種人和我們這種人之間的微妙差異，感到驚訝；她聽著潔西卡描述的故事時，感到好奇；還有另一種情緒……著迷？就算是，我也不覺得訝異。看在獵物眼裡，我們有種俊美的魅力。最後的情緒是尷尬。

雖然她那雙古怪的眸子清楚傳達了她的思緒——我覺得古怪，因為那雙眼睛格外深邃——我在她的腦海中卻只聽見沉默。只有……寂靜。

我有點不安。

我以前從沒碰過這種狀況。是我有問題？可是我覺得自己跟之前沒有什麼不同。出於擔憂，我更用心地聆聽，如此一來，原本被我排除在外的所有聲音突然在我的腦海中呼喊。**……不知道她喜歡哪種音樂……也許我可以跟她討論一下我的新CD……**隔了兩張桌子的麥克・紐頓滿腦子都是貝拉・史旺。

瞧他盯著她的樣子。學校有一半以上的女生喜歡他，這樣還不夠嗎……艾瑞克・約基的陰暗念頭也圍繞在新來的女孩身上。

……真噁心。她好像成了名人似的……就連愛德華・庫倫也盯著她看……蘿倫・馬洛里嫉妒得臉色鐵青。**還有潔西卡，那樣炫耀自己的新朋友。真可笑……**這女孩的思緒不斷冒出尖酸刻薄的念頭。

……我敢打賭每個人都問過她。但我想跟她說話。什麼樣的話題更有創意？艾許莉・道林如此沉思。

……也許她會跟我上同一堂西班牙文課……瓊・理查森如此希望。

……今晚還有太多事要忙！三角函數，還有英文測驗。我希望我媽……安琪拉・韋柏這個文靜女孩的思緒格外友善，那桌只有她不是滿腦子想著貝拉。

我能聽見他們每個人的想法、閃過他們腦海中的每個瑣碎念頭。但我從那個眼睛彷彿會說話的新學生身上聽不見任何心聲。

當然，她開口對潔西卡說話的時候，我聽得見她說什麼。我不需要讀心，也能聽見她低沉又清澈的嗓音從餐廳的另一頭飄來。

「那個紅褐色頭髮的男生是誰？」我聽見她這麼問。她用眼角偷瞄我一眼，發現我也在看她時，她立刻移開視線。

我原以為聽見她的嗓音，或許就能精確地找到她的心聲，但我立刻大失所望。一般來說，人在腦海中聽見自己的聲音，跟實際說話的聲音十分相似。但這個文靜羞怯的嗓音十分陌生，並不是縈繞於餐廳的數百個思緒之一。我對此很確定，這對我來說也是前所未聞。

噢，祝妳好運，妳這個笨蛋！潔西卡在腦中先評論一番，才回答那女孩：「那是愛德華。他是很帥啦，但不用浪費時間在他身上，他從不約會，他顯然覺得這裡所有的女孩都配不上他。」她輕聲嗤之以鼻。

我轉過臉，藏起臉上的竊笑。潔西卡和她的同學們不知道的是，她們對我一點吸引力都沒有，這對她們而言其實是天大的幸運。

短暫的莞爾過後，我感到一股怪異的衝動，我對此無法完全理解。新女孩沒察覺到潔西卡話中的惡意，我卻很想擋在她跟潔西卡之間，想保護貝拉・史旺不受潔西卡的煽動所影響。這種感覺實在很怪。我試著找出自己這股衝動背後的原因，所以再次仔細端詳她，這次是透過潔西卡的眼睛。我的瞪視引來了太多注意。

也許只是被埋藏已久的保護天性，強者想保護弱者。也不知道為什麼，新女孩看起來就是比其他同學更柔弱。她的肌膚近乎透明，看似難以抵禦外界的一切。我能看到白皙肌膚下的血管規律脈動……但我不該想著這個。我雖然擅長我選擇的這種生活方式，但我跟賈斯柏一樣飢渴，像現在這樣讓自己陷入誘惑也毫無意義。

她似乎沒注意到自己微微皺眉。

我明顯看得出來，她坐在這裡，跟陌生人談話，成為萬眾矚目的焦點，這對她來說充滿壓力。看她稍微拱起瘦削的肩頭，彷彿隨時等著遭人抨擊，我看得出她很害羞。但我只能用看的，用猜的，用想像的，這種感受真是前所未有的挫折！這個出乎我意料的人類女孩全然寂靜，我根本聽不見她的想法。為什麼？

「我們可以走了嗎？」羅絲莉咕噥，打斷我的注意力。

我把心思從那女孩身上移開，覺得鬆了一口氣。我不想在這件事上繼續挫敗下去，畢竟「挫敗」對我來說是很罕見的感受，這令我格外惱火。我不想因為聽不見她藏起來的心聲而對她感興趣。等我破解她的想法後——我遲早會破解——我一定會發現她的心聲就跟一般人一樣瑣碎無趣，不值得我浪費力氣挖掘。

「那麼，新來的學生開始害怕我們沒有？」艾密特問我，還在等我回答他剛剛的疑問。

我聳個肩。他對這件事的興趣本來就不大，沒打算追問下去。

我們一同起身，走出餐廳。

艾密特、羅絲莉和賈斯柏都裝成高年級生，前往各自的教室。我則是扮演比他們年輕的學生，走向一年級的生物課教室，準備迎接又一堂無聊的課程。生物課的老師是班納先生，一個中等智商的男人；不管他多努力授課，應該都變不出什麼新把戲，讓擁有雙醫學學位的我感到驚訝。

我走進教室，在平時的位子坐下，把課本攤在桌上，這些書全是道具，裡頭寫些什麼我早就知道了。全班只有我一個人獨占一張桌子。這些人類不夠聰明，不知道自己害怕我，而是憑著求生本能而下意識地跟我保持距離。

午餐時間結束後，學生三三兩兩進入教室。我靠在椅背上，等著時間經過。又一次，我真希望能睡著。因為我正在想著那個新女孩，而安琪拉•韋柏帶她走進教室的時候，她的名字侵入了我的注意力。

貝拉看起來跟我一樣害羞。我敢打賭，她今天一定很不好受。我真希望能對她說些什麼……但聽起來應該會很蠢。

好耶！麥克•紐頓心想，在座位上轉身看著兩名女孩走進教室。

還是一樣，貝拉•史旺所站的位置沒傳來任何心聲。我聽不見應該聽得見的思緒，這令我既惱怒又氣餒。

如果這種能力全沒了？如果這只是某種精神衰弱的初期症狀？

我常常希望能擺脫這種噪音的騷擾。我希望能變得像個正常人，對我這種人來說的正常。但此刻，想到這個問題，我不禁驚慌失措。我如果失去了我的能力，那我還是誰？我從沒聽說過我這種人會失去能力。我要問問卡萊爾有沒有聽說過這種事。

新女孩走過我身旁的步道，走向老師的桌子。她真可憐，因為班上只剩我旁邊這個空位。我下意識地把課本堆成一疊，把屬於她的桌面空出來。我不認為她坐在這裡會覺得自在。她要在這裡待上很長一個學期，至少在這個班上。不過呢，像這樣坐在她身旁，也許我就能找出她藏起的思緒……雖然我以前才不需要接近目標，而且我相信她的思緒根本不值一聽。

此時貝拉走進一道從排氣口朝我吹來的暖氣。

她的氣味對我造成重擊，就像破城鎚，也像手榴彈爆炸。我無法形容自己在這瞬間感受到的猛烈衝擊。

我在這一刻立即產生變化。我再也不是原本的似人類。我這些年來用來隱藏本性的人性瞬間瓦解。

我是掠食者，而她是我的獵物。這是世上唯一殘存的事實。

我並沒有把現場的其他人當成目擊者，而是把他們視為「附帶損害」。我忘了自己為什麼無法讀取她的心思這件事。她的想法一點也不重要，因為她很快就不會再有任何想法。

我是吸血鬼，而她的血是我這八十多年來聞過最甜美的味道。

我從沒想過人間竟有這等美味。要是早知如此，我就會走遍天涯海角去尋找。我會為了尋找她而搜遍整個地球。我能想像她的味道……

飢渴的感受如烈火般灼燒喉嚨，我覺得口乾舌燥，口腔裡分泌的大量毒液完全無法驅趕這種飢渴。我的胃袋對飢渴做出回應，餓得抽搐。我渾身肌肉緊繃，隨時準備出擊。

這一切變化都發生在不到一秒內，她讓我聞到她氣味的那一步還沒走完。

她的腳觸及地板時，她瞄我一眼，顯然原本打算偷看我。她跟我對上視線，我在她那雙鏡子般的眼中看到自己。

我在那裡頭看到自己的震驚表情，而這救了她一命。

她沒讓事情變得比較好受。她看懂我的表情後，臉頰再次泛紅，肌膚變成我見過最美味的顏色。她的氣息讓我整個腦袋混沌不清，我幾乎無法思考。我的本能做出激烈反應，抗拒我的控制，混亂不堪。

她加快腳步，彷彿知道該逃走似的，結果動作變得笨拙——她被自己絆了一下，向前踉蹌一步，差點摔在坐在我前面的那個女孩身上。嬌柔、脆弱，比一般人更好對付。

我試著專注於我在她的瞳孔裡看到的臉孔。我認出這張臉孔時，感到無比反感。牠是我體內的怪物，我花了幾十年的努力和堅定的決心想隱藏的表情。牠竟然如此輕易地浮出水面！

她的氣味再次包圍我，驅散我的思緒，我差點推開椅子站起。

不行。

我緊抓桌底下的邊緣，逼自己坐在椅子上。桌子的木材承受不住我的手勁。我的手捏碎了桌底下的支柱，滿手都是碎裂的木屑，殘存的木柱上留下了我手指的輪廓。

銷毀證據是基本規則。我立刻用指尖捏碎留有手指輪廓的木材，只留下一個凌亂不堪的破洞，連同地板上的木屑，我用腳將之抹散。銷毀證據。附帶損害……

我知道接下來必須發生什麼。這女孩必須坐在我身旁，而我必須殺了她。

教室裡這些無辜的旁觀者，十八個孩子和一名男子，既然看到我殺了她，我就不能讓他們活著離開教室。

想到自己必須做出什麼，我不禁發抖。我就算在最惡劣的時候，也沒做出這種程度的暴行。我從沒殺過無辜的人。而現在，我打算一口氣殺掉現場這二十個人。

我在女孩眼裡看到的那張怪物嘴臉嘲諷著我。

雖然一部分的我因為這怪物的嘴臉而顫慄，但另一部分的我正在策劃接下來的步驟。

如果我先殺了這女孩，應該有十五到二十秒的時間處理她，現場的其他人類才會做出反應，也許稍微再久一些，因為他們可能一開始搞不清楚發生了什麼事，她也不會有時間尖叫或感到疼痛。我不會殘暴地殺死她，這是我願意給這個陌生人的禮遇，因為她將獻出無比美味的鮮血。

但我接著必須阻止他們逃跑。我不需要擔心窗戶，因為窗戶太高太小，無法充當逃生出口。只要擋住門扉，就沒人逃得掉。

他們亂成一團、痛苦尖叫時，想殺掉他們會更為緩慢，也更困難。雖說並非完全不可行，但會發出太多喧鬧聲，如此一來會有更多人尖叫，也會有更多人聽見……我在這黑暗的一刻將被迫殺害更多無辜者。

我在殺害其他人的時候，她的血會變得冰涼。

她的氣味折磨我，我覺得喉嚨疼痛乾渴……

看來我得先殺掉目擊者。

我在腦海中模擬計畫：我坐在教室中央那一排，離前面最遠。我可以先攻擊右邊的學生，我估計一秒能扭斷四到五人的頸部，而且安靜無聲。右邊這些人將最為幸運，因為他們根本來不及看到我出手。我將襲擊前排、後排，然後左邊，頂多五秒就能收拾整間教室的每一條命。

這段時間夠長了，能讓貝拉・史旺目睹自己接下來的命運，足以讓她感到懼怕，不過她也可能嚇呆在座位上，回過神來尖叫。她應該只發得出一聲無力的叫聲，無法吸引任何人趕來察看。

我深呼吸，她的氣味如烈火般流過我乾枯的血管，從我的胸腔爆發而出，吞噬了我的良知。

她正在轉身。再過幾秒，她將坐下，離我只有幾吋。

我腦袋裡的怪物歡欣鼓舞。

我左邊的某人猛然闔起一個文件夾。我沒抬頭看是哪個死定了的人類做出這個舉動，但文件夾激起了一陣微風，無味的氣流撫過我的臉龐。

這短短的一秒讓我恢復冷靜。在這寶貴的一秒內，我在腦海中看到兩個並排的臉孔。

其中一個是我，或者該說以前的我，一個紅眼怪物，殺人無數，將大量謀殺合理化。我曾是殺手中的殺手，我曾經殺掉其他力量不如我的怪物。我承認，這是所謂的上帝情結——我決定誰該死。這是我跟自己的妥協。我喝過人血，但他們只勉強算是人。跟我相比，那些受害者只是稍微比較像人類。

另一張臉孔是卡萊爾。

這兩張面孔沒有任何相似之處，一個是明亮的日，一個是黑暗的夜，彼此之間也沒理由有任何相似處。從生物學來說，卡萊爾並不是我的父親。我跟他沒有相似的五官。我們在氣色上很像，是因為我們是吸血鬼，每個吸血鬼都如死屍般蒼白。我們的眼睛顏色很像，這反映了我和他都做出的某種選擇。

雖然我和他沒理由相似，我卻想像自己的臉孔開始跟他的一樣，因為我這七十多年來仿效他的選擇，跟隨他的腳步。我的五官雖然沒變，但他的智慧似乎影響了我的表情，在我的嘴角上能找到他的同理心，在我的眉毛上能看到他的耐心。

而那頭怪物臉上都看不到這些微妙的優點。只要再過片刻，我身上就再也找不到我的創造者、恩師兼慈父的影子。我的眼睛將如惡魔般鮮紅，我和卡萊爾之間將再也沒有任何相似之處。

在我的腦海中，卡萊爾那雙慈祥的眼睛並沒有批評我。我知道他會原諒我做出這種惡行，因為他愛我，因為他對我充滿期望。

貝拉・史旺在我旁邊的椅子坐下，動作僵硬又笨拙——想必是因為恐懼——她的血味將我團團包圍。

我即將證明父親對我判斷錯誤。這個事實幾乎跟我咽喉裡的烈火一樣令我痛苦。

我反感地把身子傾向一邊，跟她拉開距離。我體內想奪取她的那個怪物令我作嘔。

她為什麼要來這裡？她為什麼存在？她為什麼就是要來破壞我這個不算人生的人生中的小小平靜？這個令我惱火的人類為什麼要出生？她會毀了我。

一股不理性的激烈仇恨突然席捲我全身。我轉過臉，不願看她。

我不想變成怪物！我不想殺害這間教室裡這些人畜無害的孩子！我不想失去我花了一輩子的時間、做出無數犧牲和自我約束才取得的一切！

我拒絕這麼做。

她不能逼我這麼做。

問題在於她的氣味，實在過於誘人。如果有什麼辦法能抗拒……如果能吹來另一陣清風，讓我冷靜下來……

貝拉・史旺一甩濃密的長髮，紅褐色的秀髮往我的方向飄揚。

她是不是瘋了？

這種微風可沒幫助。但是我不需要呼吸。

我屏息，不讓空氣流過肺臟。雖然立刻感到輕鬆許多，但這麼做的效果並不完全。我的腦中仍然殘留著她的芬芳，我的舌頭彷彿能嘗到她的味道。我抵抗不了多久。

只要她和我坐在一起，教室裡每個人都會有生命危險。我應該逃跑。我想逃跑，想遠離她的體溫，遠離痛苦的灼熱感，但我擔心如果挪動身子，哪怕只是站起，我很可能會大開殺戒，把心中的計畫付諸行動。

不過，也許我能忍耐一小時。一小時夠不夠讓我恢復冷靜？我對此抱持懷疑態度，接著逼自己開始忍耐。我會在這一小時裡冷靜下來，離開這間坐滿受害者的教室，也許這些受害者就不需要成為受害者。只要我能撐過這短短的一小時。

憋氣並不舒服。我的身體雖然不需要氧氣，但停止呼吸違反我的本能。我在感到壓力時，特別依賴嗅覺。嗅覺在我狩獵時為我指路，在危險將至時讓我提高警覺。我雖然很少碰上跟我一樣危險的人物，但就跟人類一樣，「自我保護」也是我們這一族的天性。

屏息雖然難受，但我能忍受，總好過聞到她的氣味卻不能用牙齒咬破她吹彈可破的肌膚，品嘗灼熱脈動的血管——

一小時！只要忍一小時。我不能再想著她的氣息和味道。

沉默的女孩用頭髮擋在我跟她之間，她俯身向前，頭髮散落在文件夾上。我看不到她的臉，無法從她那雙深邃的大眼睛裡判讀她現在的情緒。她不想讓我看到她的眼睛？因為恐懼？害羞？還是為了隱藏祕密？

我先前因為聽不見她的思緒而感到惱怒，如今取而代之的，是心中強烈的需求和痛恨。我痛恨身旁這個嬌弱的女孩，因為我不想丟掉原本的自我，因為我深愛我的家人，因為我夢想成為更好的人。像這樣痛恨她，痛恨她讓我產生的感受……這麼做有點幫助。是的，我先前的氣惱已經消退，但這對我沒什麼幫助，我逼自己轉移注意力，別想像她嘗起來是什麼滋味……

恨意和惱怒，還有不耐煩。這一小時怎麼過得這麼慢？

等這小時結束……她就會走出這間教室。到時候我該怎麼辦？

如果我能控制心中的怪物，讓牠明白這樣忍耐是值得的……我可以向她自我介紹。**妳好，我叫愛德華．庫倫。我能不能陪妳去下一堂課的教室？**

她會答應，基於禮貌，就算她怕我，我相信她怕我，她還是會基於禮貌地走在我身旁。我能輕易地帶她走錯路。一部分的森林觸及停車場的後側，我可以跟她說我把課本忘在車上……

會有人注意到最後跟她在一起的人就是我嗎？現在跟平時一樣在下雨。兩個穿著暗色雨衣的身影走往錯誤的方向，應該不會令人起疑，也不會有人看得出是我。

問題是，今天不是只有我注意到她，就算我對她的感受最為強烈。麥克·紐頓尤其在意她在椅子上挪動身子的模樣。她離我太近，令我極不自在，這點正如我的預料，就在她的氣味令我發狂之前。如果她跟我一起走出教室，麥克·紐頓應該會注意到。

如果我能撐過這一小時，能不能撐過下一個小時？

灼熱感造成的痛苦令我顫抖。

她放學回家後，家中必定空無一人。史旺警長每天要上班八小時。我知道她家在哪，我知道這個小鎮上所有人的家，她家旁邊就是濃密的森林，附近沒什麼鄰居，她就算有時間尖叫——當然來不及——也不會有人聽見。

這是解決這個問題更負責任的做法。我沒吸人血也活了七十多年。我如果屏住呼吸，就能忍耐兩小時。只要我能跟她獨處，就不可能會傷及無辜。**我也沒理由急於品嘗**，我腦袋裡的怪物表示同意。

等我殺掉這個無辜女孩的時候，因為我已經努力又耐心地挽救教室裡的十九個人類，所以我不是那麼惡劣的禽獸——這種想法是詭辯。

我雖然恨她，但我清楚知道這股恨意毫無根據。我知道我真正恨的其實是自己。而且等她死的時候，我會更痛恨我們倆。

我一直想像著殺害她的最佳方式，用這種辦法熬過了這一小時。我試著避免想像實際下手的畫面，否則我可能會失控。所以我只是構思計畫，僅此而已。

在即將下課前，她曾隔著水牆般的頭髮看我一眼。我回視她的時候，能感覺到心中毫無來由的恨意，也看到她流露恐懼的瞳孔反映我的臉孔。她用頭髮遮住泛紅的臉頰時，我差點失控。

就在這時，下課鈴聲響起，千鈞一髮的救命鈴聲——多麼陳腔濫調的說法——我和她因而獲救。她免於死亡。我暫時免於成為我害怕又唾棄的夢魘怪物。

現在，我得做出行動。

我急忙離開教室，就算把所有注意力都集中在這麼簡單的行動上，我還是嫌自己動作不夠快。如果有誰看著我，都會對我飛快離開教室而起疑。但沒人注意我，每個人都想著這個女孩，這個在剛剛一小時內很接近死亡的女孩。

我躲進我的車裡。

我討厭自己必須像這樣躲藏。聽起來真懦弱。但我現在欠缺自我約束力，我實在不敢在人類當中走動。我剛剛為了逼自己別殺一個人類而耗盡心力，現在實在無力抗拒其他人類帶來的誘惑。如果努力忍了一小時卻還是忍不住殺人，這會是多大的浪費。如果我橫豎要屈服於心中的怪物，還不如讓臣服的那一刻痛快點。

我播放音樂，這張CD平時能讓我平靜下來，如今卻沒什麼效果。現在最有幫助的，是從敞開的窗外飄進來的溼潤涼風。我雖然清楚記得貝拉•史旺的血味，但吸入清新空氣後，感覺就像洗淨了體內的感染源。

我恢復理智。我能正常思考，能再次奮戰，對付我不想成為的怪物。

我不需要去她家，不需要殺了她。我當然是個有思考能力的理性生物，而且我有選擇。選擇永遠存在。

我剛剛在教室的時候不是這麼想……這應該是因為我現在遠離了她。

我不需要令我父親失望。我不需要給我母親造成憂慮、擔心……還有痛苦。是的，這麼做也會令我的養母傷心，她是非常溫柔又慈愛的人。讓艾思蜜那樣的人痛苦，這麼做不可原諒。

如果我刻意避開新來的女孩，也許我的人生就不需要改變。我原本已經按自己喜歡的方式安排好了自己的人生。我何必讓一個美味又令人惱火的陌生人破壞這一切？

真諷刺，我在學生餐廳的時候，竟然還想保護這個人類女孩，讓她免於潔西卡・史丹利那微不足道的惡意威脅。在這世上，就屬我最不可能為伊莎貝拉・史旺挺身而出。只要她不靠近我，她根本不需要任何保護。

艾利絲在哪？我突然想到這個問題。她不是已經看到我用各種方式殺掉了姓史旺的女孩？她為什麼沒來幫我？不管是阻止我，還是幫助我消滅證據和證人？她太擔心賈斯柏可能失控，所以忽略了我可能做出更恐怖的行為？還是我其實比自己想的更有自制力？我其實不會對轉學生做出任何事？

不。我知道這不是事實。艾利絲的念頭想必是完全專注在賈斯柏身上。

我朝她應該在的方位搜索，也就是英文課教室那棟小型建築。我很快就鎖定了她令我熟悉的「聲音」。我猜對了，她所有的心思都在賈斯柏身上，正在嚴密監視他所有的思緒。

我希望艾利絲能給我一些忠告，卻也慶幸她不知道我剛剛在想些什麼。我感覺一股新的灼熱感傳遍全身——羞愧的痛楚。我不想讓家人知道我剛剛那些想法。

如果我能避開貝拉・史旺，如果我能逼自己別殺了她——我出現這個想法的時候，我體內的怪物為之掙扎，氣惱得咬牙切齒——那麼我的家人就不需要知道今天發生了什麼事。只要我能遠離她的氣味……

我沒理由不試試看。我得試著做出良好的選擇，設法不讓卡萊爾對我失望。

今天最後一堂課快結束了。我決定立刻把新的計畫付諸行動，總好過坐在停車場；萬一她從我旁邊經過，就會毀了我的自制力。我又一次對她感到莫名痛恨。

我走得很快，有點太快，但旁邊沒人在，我穿過小小的校園，進入校務辦公室。裡頭只有接待員一個人在，而且她沒注意到我安靜的腳步聲。

「科普太太？」

頭髮紅得反常的女子抬起頭，嚇了一跳。人類不管見過我們多少次，還是會被我們嚇一跳。

「噢。」她倒抽一口氣，有點慌亂地撫平衣衫。**我這個傻瓜**，她內心裡想道：**我老得都可以當他媽媽了**。「你好，愛德華，有什麼是我能幫你的？」她的睫毛在厚眼鏡後面眨幾下。

氣氛很尷尬，但我懂得何時讓自己魅力十足。很簡單，因為我知道我的語氣或體態會被對方如何解讀。我俯身向前，看著她的眼睛，彷彿我正在深情地凝視她的棕色眼珠。她的心思立即陷入混亂。看來要達成我的目的應該很簡單。

「不知道您能不能在課表方面幫幫我？」我用避免嚇到人類的輕柔嗓門說道。

我聽見她的心跳加速。

「當然，愛德華。我能怎麼幫你？」**他太年輕、太年輕了**。她在心裡對自己說。她這麼想當然是錯的——是我老得能當她爺爺。

「我想知道，我能不能把生物課取消掉，改成高年級生的科學課程，像是物理？」

「愛德華，你對班納先生的授課不滿意嗎？」

「不是，只是這個課程我已經讀過了……」

「的確，你們在阿拉斯加的學校上過資優班。」她抿起薄唇，思索這件事。**他們應該保送大學的，我聽過那些老師對此抱怨。全科滿分，反應快，考試沒一題答錯，彷彿他們找到辦法在每個學科上作弊。瓦納先生寧可相信有人在三角函數課上作弊，也不相信有學生比他聰明。我敢打賭，他們的母親有幫他們課後輔導……**「其實呢，愛德華，物理課已經額滿了。班納先生不希望一班超過二十五名學生——」

「我不會帶來任何麻煩的。」

當然不會。庫倫家族各個完美。「愛德華，這我知道，但教室已經坐滿了……」

「那我可以先退掉這堂課嗎？我可以利用這段時間自修。」

「退掉生物課？」她目瞪口呆。**這太瘋狂了。坐著聽一些你早就知道的東西會有多難？一定是班納先生的問題。**「這樣你的學分不夠畢業。」

「我明年會補回來。」

「也許你該先跟你父母談談。」

我身後的門被打開，但那人沒對我產生任何想法，所以我不予理會，而是把注意力集中在科普太太身上。我稍微俯身，向她靠得更近，更深情款款地盯著她的眼睛。要是我的眼睛今天是金色而非黑色，效果就會更好。黑色會嚇到人，也本該如此。

我的失算對這名女子產生了影響。她嚇得後退，搞不懂自己為什麼出現自相矛盾的本能反應。

「拜託啦，科普太太？」我盡量讓嗓音聽來輕柔又具說服力，她短暫的反感情緒為之消失。「應該有同時段的其他課程可以讓我轉班吧？我相信其他課應該還有名額？第六堂課的時段不可能只有生物課能上……」

我對她微笑，讓表情顯得柔和，而且避免露出牙齒，免得嚇到她。

她的心臟跳得更快。**他太年輕了**，她焦急地提醒自己。「嗯……也許我可以跟鮑伯談談──我是說班納先生，看能不能──」

一切在一秒內改變：辦公室裡的氣氛、我來這裡的目的、我為什麼俯身靠向這名紅髮女子……

一秒內，莎曼莎·威爾斯走進辦公室，把教師簽了名的遲到通知單放進櫃檯上的收納籃，然後快步走出去，急著離開學校。從敞開的門吹進來的一陣疾風朝我迎面襲來，我這才意識到，剛才第一個人進來時，那人的念頭為什麼沒有打擾到我。

我轉過身，雖然我不用轉身就已經知道對方是誰。貝拉·史旺在門邊靠牆而站，手裡抓著一張紙。在我非人類的凶狠瞪視下，她的眼睛比之前睜得更大。

在這間狹小又悶熱的辦公室裡，每一粒空氣都吸飽了她血液的芬芳。我的喉嚨又湧起灼燒的劇痛。

我在她的瞳孔上又看到自己心中的怪物，就像戴了面具的惡魔。

我的手懸在櫃檯上方。我不用回頭看，也能伸手抓住科普太太的腦袋去撞桌面，這舉動足以要她的命。我只需要奪走兩條命，而不是二十條命。挺划得來的交易。

我體內的怪物焦急又飢餓地等我動手。

但是選擇必定存在——**一定存在**。

我停止呼吸，想像眼前就是卡萊爾的臉。我轉身面向科普太太，聽見她在心中對我表情的變化而感到驚愕。她跟我拉開一點距離，恐懼得說不出話。

我運用這幾十年來修得的自制力，逼自己把話說得平穩流暢。我說得很快，因為留在肺裡的空氣不多。

「那就算了，看來是行不通。非常感謝您的幫忙。」

我轉身衝出辦公室，經過貝拉身邊時，試著忽視她散發的溫暖血氣。

我一路來到停車場，未曾停下腳步。大多數的人類已經離開了，所以沒有多少目擊者。我聽見名叫迪杰·葛瑞特的二年級生注意到我，但他沒多想什麼。

庫倫從哪冒出來的？簡直就像憑空出現……我又來了，又在胡思亂想。媽媽總是說……

我鑽進我的富豪汽車時，其他人已經在車上等我。我試著控制自己的呼吸，但我拚命喘氣，彷彿剛剛差點窒息。

「愛德華？」艾利絲的語氣帶著警覺。

我只是對她搖頭。

「你到底怎麼了？」艾密特追問。因為賈斯柏沒心情跟他再比賽一次，所以他的心思轉移到我身上來。

我沒答話，只是切入倒車檔。我得趁貝拉・史旺追過來之前離開這個停車場，我心中的惡魔正在折磨我……我把車子調頭，然後加速，開出停車場之前，我已經把車子開到時速四十哩。上路之後，我在拐彎前就加速到七十哩。

我不用看也知道，艾密特、羅絲莉和賈斯柏都轉頭望著艾利絲，她只是聳肩。她看不見已經發生的事，只看得見日後會發生的事。

她往前直視著我。我和她都看見了她腦海中的景象，我們倆也都感到驚訝。

「你要離開？」她呢喃。

聽見這句話，其他人都瞪著我。

「我有嗎？」我咬牙道。

她這時候看見了，這時我的決心動搖，另一個選擇把我的未來推向更黑暗的方向。

「噢。」她的腦海中出現影像。

貝拉・史旺死了。我因為喝了鮮血而眼睛通紅。警方開始尋找兇手。我們得躲避一段時間後才能離開福克斯，再次展開新生活……

「噢。」她再次出聲。影像變得更明確。我第一次看到史旺警長的住家內部，看到貝拉在裝設了黃色櫥櫃的小廚房裡；我從陰暗處朝她走去，任憑她的氣味吸引我，她背對著我……

「夠了！」我呻吟，再也無法忍受。

「抱歉。」她咕噥。

我體內的怪物欣喜若狂。

她腦海中的景象再次改變：深夜時分，寂靜空曠的高速公路，沿路的樹上都是積雪，車子飛快馳駛，時速大約兩百哩。

「我會想你的，」她說：「不管你離去的時間多麼短暫。」

艾密特和羅絲莉交換一個疑惑的眼神。

我們來到離住處不遠的路口。

「在這裡讓我們下車，」艾利絲指示：「你應該親口去跟卡萊爾說。」

我點頭，把車子戛然煞住。

艾密特、羅絲莉和賈斯柏默默下車；等我離去後，他們會要艾利絲解釋。艾利絲輕觸我的肩頭。

「你會做出正確的事。」她低語。她這次不是看到影像，而是下達命令。「她是查理・史旺唯一的家人。失去她，他也活不下去。」

「我知道。」我只對最後一句話感到同意。

她下車後跟其他人站在一起，焦慮地皺眉。我把車調頭之前，他們已經消失在樹林內，消失在我的視線中。

我以九十哩的時速返回福克斯時，我知道艾利絲看到的景象會變得越來越清晰。我不確定自己要去哪。去跟父親道別？還是欣然接受我體內的惡魔？我高速駛過道路。

chapter 2

看透人心

「我是不是讓妳覺得很煩？」

這整件事荒誕得讓我忍不住嘴角上揚。

她很快瞥我一眼，然後眼睛似乎被我的目光困住。

「倒也不是，」

她對我說：

「我主要是在生自己的氣。

我很容易被看透，

我媽總是說我像一本攤開的書。」

我背靠柔軟的雪堆，讓乾燥的雪粉在我的體重壓迫下重新塑形。我的肌膚溫度下降得與周圍空氣同溫，雪堆中的小碎冰觸感宛如絲絨。

清澈的天空布滿閃亮繁星，某些部位綻放藍光，另一些部位綻放黃光。星辰在浩瀚的宇宙黑幕上形成壯麗的渦狀輪廓，這幅畫面令人驚嘆，實在精美。也許我該說這幅畫面應該很精美，可惜我沒專心在看。

我的狀況並沒有好轉。六天了，我在德納利國家公園的無人荒野躲了六天，但我仍然困在最初聞到她氣味的那一刻，絲毫沒有接近自由。

我仰頭凝視珠寶般的天空時，感覺就像我的眼睛和蒼穹美景之間有所阻礙。這個阻礙是一張臉孔，雖然只是一張不起眼的人類面孔，但我似乎就是趕不走它。

我先聽見某人的思緒接近，接著才聽見對方的腳步聲。那人踩在雪粉上的聲響輕如呢喃。

譚雅跟蹤我來此，我並不覺得驚訝。我知道她這幾天一直在想著這場談話，但她拖延至今，直到她清楚知道自己想說什麼。

她在六碼外現身，跳上一塊黑色裸岩，赤腳站在上頭。

譚雅的肌膚在星光下綻放銀光，一頭長長的金色鬈髮顯得蒼白，混雜其中的草莓色澤呈現粉紅。她看著我，琥珀般的雙眸閃閃發亮，整個人半隱於雪，飽滿的嘴唇慢慢張開，流露笑意。

精美。可惜我沒有專心看著她。我嘆口氣。

她身上不是適合在人類眼前出現的打扮，而是只穿著一件薄薄的棉質吊帶背心，下半身是一條短褲。她在一塊突石上蹲下身子，用指尖觸摸岩面，把身體蜷縮起來。

砲彈，她心裡想著，接著縱身躍入空中，身影形成一道扭曲暗影，優雅地在星幕和我之間轉動。她把身體縮成球狀，落在我後方的雪堆裡，激起的暴雪濺灑我周身。星辰變得黑暗，因為我被深深地埋在羽絨般的冰晶底下。

我又一次嘆口氣，在冰中吸氣，但沒破冰而出。我被雪埋住，眼前一片黑，這並沒有影響或改善我的視野，因為我在眼前還是看到同一張臉孔。

「愛德華？」

譚雅迅速挖開我身上的雪堆，白雪為之四濺。她拍掉我身上的雪粉，沒怎麼看我的眼睛。

「抱歉，」她咕噥：「只是跟你開個玩笑。」

「我知道。很好笑。」

她的嘴角下垂。

「伊萊納和凱特說我不該來打擾你，她們覺得我來只會煩到你。」

「沒這回事，」我向她擔保：「剛好相反，是我沒禮貌，無禮至極，我深感抱歉。」

你打算回家去吧？她在腦海中問我。

「我在這件事上……還沒……做出決定。」

但你不打算待在這兒。她的想法聽來感傷。

「沒錯。待在這裡似乎……對我沒幫助。」

她噘起嘴。「錯在我，是不是？」

「當然不是。」她確實沒讓我覺得更好受，但困擾我的其實還是我腦海中那張臉孔。

你可以實話實說。

我微笑以對。

我讓你覺得不自在，她做出指控。

「沒這回事。」

她挑起一眉，滿臉狐疑。我忍不住發笑，短短的一聲笑聲，接著又是一聲嘆息。

「好吧，」我坦承：「有一點。」

她也嘆氣，用雙手托著下巴。

「譚雅，妳比繁星美麗千倍，妳也當然知道這點。別讓我的頑固破壞了妳的自信。」這種事不可能發生，所以我輕笑幾聲。

「我不習慣被拒絕。」她嘟囔，可愛地噘起下唇。

「我想也是。」我表示同意，徒勞地試圖排除她在腦海中看到的景象，她正在飛快地回想著以前無數次的成功征服。一般來說，譚雅喜歡征服人類男性，因為他們數量眾多，再加上他們柔軟又溫暖，而且他們在這方面總是熱情回應。

「淫妖。」我逗她，希望這樣就能中斷她腦海中的畫面回放。

她咧嘴而笑，亮出牙齒。「天字第一號。」

不同於卡萊爾，譚雅和她那幾個姊妹找回良知的過程很緩慢。到頭來，她們是因為喜愛人類男子而拒絕殺人。如今，她們愛上的男人……得以存活。

「你在這兒出現的時候，」譚雅緩緩道：「我還以為……」

我知道她在想什麼，我也早該猜到她會有這種感受，但此刻的我並不適合分析式的思維。

「妳以為我改變了心意。」

「嗯。」她皺眉。

「這樣玩弄了妳的期待，我真的很抱歉，譚雅。我不是有意……我考慮得不夠周全。我只是……離開得很倉促。」

「你願意告訴我為什麼嗎？」

我坐直身子，雙臂抱胸，繃起雙肩。「我不想談這件事。請原諒我避答。」

她再次沉默下來，仍在心中揣測。我沒理她，只是徒勞地試著欣賞星空之美。

她沉默一會兒，決定放棄這個話題，思緒轉往另一個方向。

愛德華，你如果離開這兒，打算去哪？回去卡萊爾身邊？

「應該不會。」我低語。

我要去哪？我想不出整個地球上有哪個地方會對我感興趣，我也沒有想去目睹的地方、想做的事，因為我不管去哪，都不是前往某個地方，而只是逃離。

我討厭這樣。我什麼時候成了這種膽小鬼？

譚雅用纖瘦的胳臂摟住我的雙肩。我渾身僵硬，但沒擺脫她的接觸。她這個動作只是友善的安撫，至少主要是這樣。

「我認為你會回去，」她的嗓音流露少許消失已久的俄國腔。「不管令你心煩意亂的是什麼事……還是什麼人……你都會勇於面對，你就是這種人。」

她的想法跟話語一樣充滿信心。我試著接受她眼中的那個我，勇於面對任何問題的那個我。把自己再想成那種人，我覺得心情愉快許多。我原本從沒懷疑過自己的勇氣、面對困境的能力，直到在不久前，在那該死的生物課上遇到那女孩。

我輕吻她的臉頰，在她轉頭面向我時立刻後退。看我後退得這麼快，她露出苦笑。

「謝謝妳，譚雅，我確實需要聽見這種話。」

她的想法變得不太高興。「我該跟你說『別客氣』嗎？真希望你能更理性地做出選擇，愛德華。」

「我很抱歉，譚雅。妳也知道我配不上妳。我只是……還沒找到我在找的東西。」

「總之，如果你在我下次見到你之前已經離開了這裡……我先跟你說聲再見，愛德華。」

「再見，譚雅。」我說出這幾個字的時候，看得見自己打算怎麼做：我要離開這裡。我堅強得勇於回歸我想回去的那個地方。「再一次，謝謝妳。」

她敏捷地站起，隨即邁步飛奔，如幽靈般掠過雪地，速度快得讓雙腳來不及陷入雪中。她沒留下腳印，也沒回頭。她雖然嘴上那麼說，雖然心裡那麼想，但我對她的拒絕其實給她造成了不小的打擊。她不想在我離開這裡之前再次見到我。

我不禁嘴角下垂。我不喜歡傷害譚雅，就算她的感受算不上深刻，也算不上純潔，我也沒辦法回應她對我的好感，但我還是覺得自己很過分。

我把下巴擱在膝上，再次凝望星空，儘管我突然想動身啟程。我知道艾利絲會在腦海中看見我即將回家，她也會這樣告訴其他人，他們一定會很開心，尤其是卡萊爾和艾思蜜。但我再次凝視繁星一段時間，試著讓視線穿過那張臉孔。在我和天上的燦爛星斗之間，一雙瞪大的巧克力色眼眸對我的動機充滿好奇，似乎在問這個決定對她來說意味著什麼。當然，我無法確定她那雙好奇的眼睛真的在提出這個問題。我就算想像，也聽不見她的想法。貝拉•史旺的眼睛繼續提問，我依然看不見清澈無阻的星空。我長嘆一聲，終究放棄，而是站起身。如果我用跑的，不到一小時就能回到卡萊爾那輛車上。

急於見到家人，也為了成為勇於面對困境的愛德華，我跑過星光下的雪原，沒留下足跡。

「沒什麼好擔心的。」艾利絲低語，眼神渙散。賈斯柏把一手輕輕放在她的手肘底下，扶她往前走。我們幾個彼此依偎，走進破舊的學生餐廳。羅絲莉和艾密特走在前面，艾密特看起來很可笑，就像在敵境之中擔任保鑣。羅絲莉似乎也提高警覺，但惱火情緒遠高過保護慾。

「當然。」我咕噥。他們這種行徑真的很荒唐。我要不是確認自己能應付這一刻，就會待在家裡。昨晚下了雪，艾密特和賈斯柏今早趁我有心事的時候捏了雪泥球扔我。看我毫無反應，他們倆覺得沒趣，就開始拿雪泥球互扔。從這個嬉鬧的普通早上突然變成這種大陣仗，我原本想笑，但這幅畫面太令人惱火。

「她還沒來，不過按照她前來的路線……我們如果坐在老位子，她就不會在順風處。」

「我們當然會坐在老位子。別再說了，艾利絲，妳害我很火大。我不會有事的。」

她眨一下眼睛。賈斯柏扶她坐下，她的眼睛終於盯著我的臉。

「嗯……」她聽來有些驚訝。「我認為你說得對。」

「我當然說得對。」我咕噥。

我真討厭成為他們擔心的焦點。我突然覺得同情賈斯柏，我想起我們以前多次保護過他。他迎上我的視線幾秒，露齒而笑。

這種感受很煩人吧？

我對他怒目而視。

我上星期才覺得這個簡陋的學生餐廳看在我眼裡乏味得要命？坐在這兒，感覺就像陷入沉睡，陷入昏迷？今天，我的神經格外緊繃，就像一觸即響的鋼琴弦。我的感官處於高度緊張狀態；我觀察每個聲響、景象，每道觸及我肌膚的氣流，尤其是每個心聲。我只壓抑了一個我拒絕使用的感官，當然是嗅覺。我沒呼吸。

我期望在這些心聲之中聽見更多關於庫倫家族的想法。我一整天都在等候，看貝拉‧史旺是不是找到什麼傾訴心事的新對象，試著看新的八卦話題往什麼方向走，但一無所獲。就跟那個新女孩出現之前一樣，沒人注意到餐廳裡有五個吸血鬼。這裡有幾個人類還在想著她，還在想著跟上星期一樣的念頭。我對這種畫面不再覺得無聊透頂，而是深感著迷。

她沒對任何人說起我？

她不可能沒注意到我殺氣騰騰的陰暗瞪視。我有見到她對我的眼神如何反應。我一定有令她心神不寧。我深信她一定會對誰提起這件事，也許為了說得更精采而誇大其辭、對我惡言抨擊幾句。

而且她有聽見我想換掉跟她一起上的生物課。她當時看到我的表情，一定會懷疑自己就是我想換課的原因。正常的女孩會到處詢問，比較自己跟其他人的經驗，尋找什麼共同的原因來解釋我的行為，以免覺得自己是特殊案例。人類時時刻刻都需要覺得正常，都想融入人群，融入周圍的每個人，就像一群毫無特徵的羊。在充滿不安的青春期，這種需求格外強烈。這女孩也不會例外。

但完全沒人注意到我們在老位子坐下。如果貝拉沒找任何人傾訴心事，那她一定格外害羞。也許她跟她父親談過了，也許這對父女之間有很深的羈絆……不太可能，因為她這輩子很少跟他相處。她應該跟她母親比較親密。話雖如此，我遲早得去史旺警長身邊轉轉，聽他在想些什麼。

「有什麼新發現嗎？」賈斯柏問。

我集中精神，允許大量思緒再次入侵我的心靈，沒發現任何不尋常之處，沒人想著我們。我之前雖然那樣擔心，但我的超能力似乎沒有任何問題，我只是聽不見那個新學生的想法而已。我回到家後，有跟卡萊爾說明我的煩惱，但他說天賦只會越用越強，從沒聽說過會退化。

賈斯柏不耐煩地等候。

「毫無發現。看來她……什麼也沒說。」

聽見這項消息，他們幾個都驚訝得挑眉。

「也許你沒你想得那麼可怕嘛。」艾密特笑了笑：「我敢打賭，我能把她嚇得更慘。」

我對他翻白眼。

「真令人好奇為什麼……」他想到我說過那女孩的心靈一片寂靜。

「我們已經討論過了，我不知道原因。」

「她進來了。」艾利絲嘀咕，我渾身僵硬。「盡量表現得像人類。」

「你叫我表現得像人類？」艾密特問。

他舉起右拳，攤開手指，露出藏在裡頭的雪球。雪球沒融化，而是被他捏成崎嶇不平的冰塊。他盯著賈斯柏，但我看得出他的思路，艾利絲當然也看得出來。他驟然把冰塊扔向她，她輕輕一揮手指，將它撥開。冰塊飛過整間餐廳，速度快得讓人類的眼睛看不見，擊中磚牆後碎裂四散，就連磚塊本身也出現裂痕。那個角落的學生們紛紛轉頭，盯著地板上的碎冰，再轉頭尋找凶手。他們只有鎖定周圍的幾張桌子，沒人看著我們。

「還真像人類，艾密特，」羅絲莉挖苦道：「你要不要順便表演空手打破牆壁？」

「美人，妳來表演會更令人印象深刻。」

我試著注意他們在說什麼，臉上掛著露齒笑容，彷彿也在參與他們的談笑。我逼自己別望向她應該站的方位，但我也在聆聽別的動靜。我聽見潔西卡對新學生感到不耐煩，而默默站在人潮之中的新學生似乎也有心事。在潔西卡的腦海中，我看見貝拉•史旺的臉頰再次泛成粉紅色。

我淺淺地吸幾口氣，準備在她的氣味飄來時閉氣。

麥克・紐頓跟兩個女孩在一起。我聽見他的聲帶和心靈發出的聲音，他問潔西卡那個姓史旺的女孩有什麼問題。他像個變態一樣拚命想著她，滿腦子都是關於她的幻想。在他的注視下，她回過神來，彷彿這才想起他在場。

「沒什麼。」我聽見貝拉低沉又清澈的嗓音，就像鈴聲一樣劃過餐廳裡的喧囂，但我知道我會這麼覺得，是因為我專心聆聽。

「我今天喝罐汽水就好。」她邊說邊走去排隊。

我忍不住瞥她一眼。她盯著地板，臉上的紅潮慢慢退去。我立刻移開視線，望向艾密特，他嘲笑我臉上的苦笑。

你看起來快吐了，兄弟。

我調整五官，讓表情顯得輕鬆自在。

潔西卡好奇新女孩為什麼沒胃口。「妳不餓嗎？」

「其實，我有點不舒服。」她的嗓音比剛剛更低，但依然清澈。

我為什麼對麥克・紐頓突然產生的保護慾感到不悅？我為什麼在乎他的想法裡有種占有慾？麥克・紐頓為她感到不必要的焦慮，這不關我事。也許這就是每個人對她產生的反應。我不也曾本能地想保護她？我是說，在我想殺了她之前……

這女孩究竟有沒有生病？

我很難判斷，畢竟她一身透明肌膚，看起來脆弱不堪……然後我意識到自己在擔心她，就像麥克・紐頓那個弱智男孩一樣，我逼自己別在意她的健康。

總之，我不喜歡透過麥克的思緒來監視她。我把心思放在潔西卡的心靈上，仔細看著他們三人選哪張餐桌坐下。幸好，他們選擇靠近前側的一張餐桌，跟潔西卡平時那些夥伴一起坐。正如艾利絲所承諾，那裡不是順風處，她的氣味不會飄來。

艾利絲用手肘頂我一下。**她很快就會把視線移過來。表現得像個人類。**

我笑得咬牙切齒。

「放輕鬆點，愛德華，」艾密特說：「說真的，你就算殺了她，也算不上世界末日。」

「你又知道了。」我咕噥。

艾密特發笑。「你得學會放下過去，就像我一樣。永恆太漫長了，不適合沉浸在罪惡感裡。」

就在這時候，艾利絲把藏起的一小把冰塊擲向艾密特的臉。

毫無戒備的他眨眨眼，然後咧嘴而笑。

「這是妳自找的。」說完，他把上半身越過桌面，把沾滿碎冰的頭髮甩向她。雪花早已在溫暖的室內融化，從他的頭髮裡甩出來，化為半水半冰的飛瀑。

「噁耶！」羅絲莉抱怨，和艾利絲雙雙退後。

艾利絲發笑，我們都跟著笑。我在艾利絲的心靈中看到她如何安排了這完美的一刻，我也知道那女孩——我不該再把她想成「那女孩」，彷彿她是這世上唯一的女孩——我知道貝拉會看著我們嘻笑打鬧，看起來幸福快樂，就像人類，就像諾曼•洛克威爾的畫作中那種不真實的完美世界。

艾利絲還在哈哈大笑，把托盤拿起來當成盾牌。那女孩——貝拉——一定還在盯著我們。

……又盯著庫倫一家，我注意到某人的心聲。

我下意識地轉向這個聲音，眼睛很快找到聲源，也立刻認出聲音的主人——我今天常常在聽這個聲音。

但我的目光沒停在潔西卡身上，而是盯著那女孩的銳利視線。

她立刻低下頭，又躲在那頭濃密頭髮後面。

她究竟在想什麼？隨著時間經過，我感到的沮喪似乎不減反增。我試著用我的意念試探她周圍的寂靜，我對此缺乏信心，因為我以前從沒這麼做過。我的讀心術總是自然出現、不請自來，我並不需要特別做些什麼。但此刻，我集中精神，試著突破她周身的某種護甲。

我只聽見寂靜。

她究竟為什麼這麼特別？潔西卡的想法也反映我的沮喪。

「愛德華・庫倫在看妳耶。」她在史旺女孩耳邊呢喃輕笑，口氣完全沒洩漏心中的嫉妒。潔西卡似乎就是擅長假裝是朋友。

我好奇地聆聽女孩的答覆。

「他看起來沒在生氣吧？」她輕聲回應。

她果然有注意到我上星期的瘋狂反應。當然有。

她這個疑問讓潔西卡覺得莫名其妙。我在潔西卡的心靈中看到我自己的臉，她在觀察我的表情，但我沒回視她。我的注意力仍在那女孩身上，試著聽見任何聲音，但這麼做似乎沒有任何幫助。

「沒有。」潔西卡告訴她。我知道潔西卡很想說「有」——我那天的瞪視令她怨恨難消——但她的語調完全沒洩漏真心話。「他應該生氣嗎？」

「我覺得他不喜歡我。」女孩嘀咕，彷彿突然累了一樣趴在桌上。我試著瞭解她這個舉動，但我只能猜想原因。也許她真的累了。

「庫倫家的人沒喜歡過任何人，」潔西卡安撫她。「應該說，他們根本不注意任何人，所以不喜歡任何人。」**他們根本不習慣注意任何人。**她的心聲充滿抱怨。「但他還在看妳耶。」

「別再看他了啦。」女孩焦急道。她不再趴在手臂上，抬起頭，確保潔西卡有遵守這個命令。

潔西卡咯咯笑，但還是照做。

接下來的一小時，女孩的視線完全沒離開她那一桌。我認為她是刻意這麼做，儘管我無法確認。她似乎想看著我。她的身體會稍微轉向我，臉也會開始轉移方向，然後她會克制住自己，深呼吸，然後盯著同桌說話的人。

我沒理會那女孩周圍的思緒，因為那些念頭暫時不是圍繞在她身上。麥克・紐頓打算在放學後進行一場雪球大戰，他似乎不知道雪已經開始轉變成雨，落在屋頂上的柔軟雪花逐漸變成更常聽見的雨水滴答聲。他真的聽不見這個變化？聽在我耳裡倒是挺響亮的。

午餐時間結束後，我待在原位。人類學生們魚貫離開餐廳，我忍不住試著聆聽她的步伐，彷彿她的腳步聲有什麼重要或不尋常之處。我真傻。

我的兄弟姊妹也沒打算離開，而是等著看我打算怎麼做。

我要進教室嗎？如果這麼做，我就會坐在那女孩身邊，嗅到她莫名強勁的血味，在肌膚表層上感覺到她脈搏的暖意。我有這麼堅強嗎？還是我今天已經受夠了？

我們這一家已經從各個角度討論過這一刻。卡萊爾不贊成我冒險，但也不會強迫我照他說的做。賈斯柏也不贊同，但不是因為擔心人類的安危，而是擔心我們自曝身分。羅絲莉只擔心這會如何影響她的生活。艾利絲看到許多互相矛盾的朦朧未來，所以她的幻象罕見地幫不上忙。艾思蜜認為我怎麼做都可以。艾密特只想比較大夥在遇到這類氣味時有什麼樣的感受。他跟賈斯柏談起這件事，但賈斯柏在自我控制這方面的經驗很少，並不確定有經歷過類似的掙扎。相較之下，艾密特記得兩起相似的事件，聽了都讓我覺得洩氣。但他當時比較年輕，更欠缺自制力。我一定比當年的他更堅強。

「我……認為你不用擔心。」艾利絲的口氣有點猶豫。「你已經下定了決心。我認為你能挺過這一個小時。」

就算艾利絲知道想法這玩意兒說變就變。

「愛德華，你何必逼自己去面對？」賈斯柏問我。他雖然沒公然取笑我意志力薄弱，但我聽得見他在心裡偷偷笑我。「回家去吧，放輕鬆點。」

「去上課有什麼大不了？」艾密特反駁：「他要麼會殺了她，要麼不會，想殺人就早點動手吧。」

「我還不想搬家，」羅絲莉抱怨：「我不想從頭來過。我們好不容易即將高中畢業，艾密特，終於。」

我在這個抉擇上不知如何是好。我真的很想面對這件事，而不是再次逃跑，但我也不想把自己逼到極限。賈斯柏上星期犯的錯是太久沒去狩獵，而我這次犯的是不是同樣愚蠢的錯誤？

我不想害全家人搬家。他們不會有任何一人為此感謝我。

但我想去上生物課。我意識到自己想再次見到她的臉孔。

這份好奇心為我做出了抉擇。我氣自己對她產生好奇心。我不是曾對自己承諾過，別因為聽不見那女孩的心聲而對她產生不該有的興趣？我卻對她產生了最不該有的興趣。

我想知道她在想什麼。她雖然封閉了心靈，但眼睛張得很大。也許我能試著判讀她那雙眼睛。

「不，羅絲莉，我真的認為他去上課也無妨，」艾利絲說：「我看到的幻象……變得更鮮明了。我百分之九十三確信，他去上課也不會發生任何狀況。」她狐疑地看著我，想知道我的想法產生了什麼樣的變化，使得她看見的預知畫面變得更為穩固。

好奇心足以讓貝拉・史旺保住一命嗎？

但是艾密特說得沒錯，不管我會不會殺了她，我何不早點了結這件事？我要面對這個誘惑。

「大家上課去吧。」我下令，接著從桌邊站起，轉身大步走離，沒回頭看他們。我聽得見艾利絲的擔憂、賈斯柏的責備、艾密特的贊同，還有羅絲莉的惱火。

我在進教室前最後一次深呼吸，然後憋住氣，走進狹小又溫暖的空間。

我沒遲到。班納先生還在擺放今天的實驗器具。那女孩坐在我……我們那張桌子旁，像上次那樣低著頭，盯著文件夾，在紙上塗鴉。我走近時察看她的畫，對她這個瑣碎創作也感興趣，但她畫的東西毫無意義，只是幾個彼此串聯的圈圈。也許她的心思不是在圖案上，而是在想別的事？

我以不必要的粗魯動作拉開椅子，讓椅腳刮過油氈地板。人類如果能透過聲響來得知某人接近，就會更覺得安心。

我知道她有聽見這個聲響，她沒抬頭，但她畫的圖案因此少了一個圈，看起來失去平衡。

她為什麼沒抬頭？大概是因為覺得害怕。我這次一定要給她留下不同的印象，讓她覺得上次其實多疑了。

「嗨！」想讓人類感到安心的時候，我會使用這種輕盈的語調，而且我綻放不露牙齒的禮貌微笑。

她抬起頭，棕色大眼裡滿是驚嚇，而且充滿問號。過去一星期，擋在我眼前的就是這副表情。

我凝視她這雙格外深邃的棕眼，這雙眼睛的顏色就像牛奶巧克力，但清澈度比較像濃茶，既有深度也有透明度，瞳孔周圍布滿小小的綠瑪瑙紋和麥芽糖色的斑點。就在此刻，我意識到心中那團恨，我認為這女孩光是存在就值得我恨她的那股恨意，已然煙消雲散。我沒呼吸，因此沒吸進她的氣味，我很難相信自己竟然恨過這麼脆弱的人。

她不發一語，臉頰開始泛紅。

我繼續盯著她的眼睛，只專注於它們的深度，試著無視她肌膚的可口色澤。我存在肺裡的空氣，足以讓我再憋氣說話一段時間。

「我叫愛德華・庫倫，」我說，雖然她已經知道我叫什麼名字。這是禮貌的開場白。「上週我沒機會跟妳自我介紹。妳想必是貝拉・史旺。」

她顯得困惑，又微微皺起眉心，多花了半秒才做出回應。

「你怎麼會知道我的名字？」她質問，嗓音有點顫抖。

看來我上次真的嚇壞她了，這讓我感到內疚。我發出溫柔的笑聲，我知道這種聲音會讓人類覺得自在。

「噢，我想所有人都知道妳的名字吧。」她一定知道自己在這個乏味的地方成了萬眾矚目的焦點。「整個小鎮都在等妳到來。」

她皺眉，彷彿這筆情報令她不悅。她是這麼害羞的類型，確實會把「注意力」當成壞事。大多數的人類會有相反的感受。他們雖然不想鶴立雞群，卻也希望頭上有一盞聚光燈。

「不，」她說：「我是說，你怎麼會叫我貝拉？」

「還是妳喜歡別人叫妳伊莎貝拉？」我感到疑惑，看不出她為何這麼問。我搞不懂這是怎麼回事。她在第一天上學時已經清楚表明這個偏好。如果缺乏「心聲」的指引，是不是每個人類都這麼難懂？看來我非常倚賴讀心術。如果缺乏這項能力，我是不是會成為徹頭徹尾的瞎子？

「不，我喜歡別人叫我貝拉，」她稍微把頭歪向一邊。她的表情——如果我解讀正確——夾雜尷尬和困惑。「但我想查理——我是說我爸——和別人提起我時都叫我伊莎貝拉，所以這裡每個人都是這樣叫我。」

她的膚色變得更為粉紅。

「噢。」說完，我立刻把視線從她臉上移開。

我這才意識到她這些疑問的意思是什麼：我說溜了嘴，犯了錯。我如果在她第一天上學時沒偷聽其他人的想法，現在就該說出她的全名。她注意到這個差異。

我覺得有點不自在。她這麼快就發現我說溜嘴。她還挺精明的，就算她應該為我的靠近而嚇到。

但跟「她對我抱持什麼樣的懷疑」相比，我現在面對一個更大的問題——

我沒氣了。如果我想再次跟她說話，就必須吸氣。

我很難避免跟她說話。對她來說不幸的是，既然跟我同坐一桌，她就成了我的實驗夥伴，我們今天就必須合作。做實驗的時候，我如果對她不理不睬，不僅看來古怪，也嚴重欠缺禮貌。這會讓她對我更起疑、更害怕。

我在椅子上盡可能讓上半身遠離她，轉頭對著走道。我做好準備，繃緊全身肌肉，然後張嘴呼吸，迅速讓肺臟充氣。

啊啊！

我的咽喉痛得就像生吞滾燙的煤炭。我雖然沒聞到她的味道，但能在舌頭上嘗到她，激起的慾望就跟我上星期第一次聞到她的氣味時一樣。

我咬緊牙關，試著讓自己冷靜下來。

「開始吧。」班納先生下令。

我耗盡這七十四年來努力修練的自制力，回頭看著正盯著桌面的女孩，對她綻放笑容。

「女士優先，夥伴？」我開口。

她抬頭看著我的臉，變得面無表情。我哪裡看起來不對勁嗎？我從她眼裡的倒影上，看到我平時對人類表達善意的表情。這個樣子看起來很完美。她又被嚇到了？她沒說話。

「如果妳希望的話，也可以我先來。」我輕聲道。

「不，」她的臉色又從蒼白轉為紅潤。「我先吧。」

我盯著桌上的設備——破舊的顯微鏡、裝在盒子裡的載玻片——沒看她那身透明肌膚底下的血管擴張收縮。我從齒縫間迅速吸口氣，她的氣味灼痛我的喉嚨內側，我痛得皺眉。

「前期。」她迅速查看，報告細胞分裂的狀態，接著打算拿掉載玻片，就算只看了一眼。

「妳不介意讓我看一下吧？」我出自本能地做出這個愚蠢舉動，彷彿我跟她一樣是人類。我伸手想阻止她拿掉載玻片。在那一秒間，她肌膚上的暖意蔓延到我身上，沿我的手指爬上胳臂，就像一股電流。她從我的手底下抽回手。

「抱歉。」我咕噥。為了移開視線，我抓住顯微鏡，往目鏡看一眼。她說得沒錯。

「前期。」我同意。

我的情緒尚未完全平復，沒辦法看著她。我咬牙時盡量無聲呼吸，試著無視灼熱的飢渴，而是把注意力集中在這簡單的實驗項目上，在作答卷上寫下答案，然後更換載玻片。

她現在在想什麼？我剛剛觸碰她的手時，她有何感受？我的肌膚想必跟冰塊一樣冰涼，令人反感。難怪她這麼沉默。

我查看載玻片。

「後期。」我自言自語，把答案寫在第二行上。

「我可以看一下嗎？」她問。

我抬起頭，驚訝地看到她期待地等候、朝顯微鏡稍微伸出一手。她看起來不害怕。她真的覺得我會寫錯答案？

我把顯微鏡推向她時，看到她臉上充滿期望，我忍不住微笑。

她盯著目鏡時，急切姿態很快消失，嘴角下垂。

「第三片？」她沒從顯微鏡上抬頭，但伸出一手。我把下一個載玻片放在她的手心上，這次避免肌膚互觸。坐在她身旁，感覺就像坐在灼熱的加熱燈泡旁邊。我能感覺到自己稍微因此升溫。

她很快看載玻片一眼。「休止期。」她淡定道——聽起來有點刻意淡定——然後把顯微鏡推向我。她沒碰作答卷，而是等我寫下答案。我查看載玻片，發現她這次也答對。

我們就這樣完成了作業，一次只說幾個字，而且從沒看著對方的眼睛。全班只有我們這組完成，其他人顯然遇到不少困難。麥克・紐頓似乎很難集中精神，他正看著我和貝拉。

真希望他上星期遠行後就再也沒回來，麥克心想，同時以惡毒眼神看著我。有意思。我這才意識到，這小子對我有怨念。這倒是新的發展，就跟我身旁這女孩的到來一樣新。更有意思的是，我發現這種感覺是互相的，這點出乎我的意料。

我再次低頭看著女孩，心想她雖然外表平凡無奇、人畜無害，卻把我的人生搞得波濤洶湧。

我不是不明白麥克為何這麼在意她。以人類來說她還挺漂亮的，而且是一種不尋常的方式。她的臉蛋不只是漂亮而已，而是……令人意外，不算完全對稱——她的窄下巴跟寬顴骨之間不太平衡，色澤很極端，膚色很白，頭髮很黑，那雙眼睛對她的臉來說太大，暗藏無聲祕密……

那雙眼睛突然看著我。

我回瞪她，試著猜中她暗藏的任何一個祕密。

「你戴了隱形眼鏡？」她突然問。

好奇怪的問題。「沒有。」我的視力需要改善？我差點笑出來。

「噢，」她咕噥：「我這樣問，是因為你眼睛的顏色好像不太一樣。」

看來今天不是只有我試著揪出別人的祕密。我突然覺得渾身發涼。

我聳個肩，肩膀僵硬，轉頭盯著前方正在四處巡視的老師。

跟她上次見到我時相比，我的眼睛當然變得不一樣。為了應付今天這場折磨和誘惑，我整個週末都在狩獵，盡可能滿足飢渴，嚴格來說是吸血過度。我雖然狂吞了動物的血，在聞到她的氣味時卻還是差點失控。上次怒瞪她的時候，我因為飢渴而眼睛呈黑色。此刻，我體內鮮血充沛，所以我的眼睛變成溫暖的金色，就像淡色琥珀。

這是我第二次犯錯。我剛剛要是明白她的提問，就該乾脆說有戴隱形眼鏡。

我在這所學校，在人類身邊坐了兩年，只有她仔細地觀察了我，注意到我眼睛顏色的變化。其他學生雖然欣賞我兄弟姊妹的美貌，但在我們回視時大多都會立刻低下頭。他們避開目光接觸，避免看著我們的容貌細節，本能地避免瞭解我們。對人類的智力來說，無知即是福。

為什麼偏偏是這個女孩注意到這麼多？

班納先生來到我們的桌子旁邊。我慶幸地吸進他帶來的一股清新空氣。

「愛德華，」他看著我們寫下的答案。「你不認為伊莎貝拉也該有機會看顯微鏡嗎？」

「貝拉。」我本能地糾正他。「其實，五片中有三片是她鑑定的。」

班納先生帶著懷疑的思緒，轉身看著女孩。「妳以前做過這個實驗？」

我好奇地看著這一幕。她面帶微笑，看起來有點尷尬。

「不是用洋蔥根。」

「白鮭魚胚胎？」班納先生追問。

「是的。」

這令他意外。今天的實驗是他取自高四課程的項目。他若有所思地對女孩點點頭。「妳在鳳凰城上的是先修班？」

「是的。」

看來以人類來說，她的智力是高水準。這並不讓我覺得驚訝。

「那好吧，」班納先生緊抿起嘴。「你們兩個同一組也好。」他轉身離去，低聲咕噥說：「否則其他孩子就沒機會靠自己學些東西了。」我猜女孩應該聽不見他這番話。她又開始在文件夾上畫圈圈。

這半小時來，我說錯話兩次，表現實在很糟。我雖然完全不知道女孩對我有何感想——她有多少恐懼？多少猜疑？但我知道我必須努力給她留下好印象，消除她對我們上次惡性互動的記憶。

「雪停了真可惜，不是嗎？」我引用另外十幾個學生討論過的閒聊話題，無趣又標準的題材。天氣這種話題永遠安全。

她瞪著我，眼裡充滿懷疑，對我極為正常的話語產生不正常的反應。「不盡然。」

我試著把談話引回陳腐的方向。她來自一個更陽光燦爛、更溫暖的地方——她的肌膚雖然蒼白，但似乎反映出這點——而寒冷氣候一定讓她很難受。我的冰冷肌膚也一定讓她很難受。

「妳不喜歡冷。」我猜想。

「或是溼。」她同意。

「對妳來說，福克斯一定很難居住。」**也許妳根本就不該來這裡**，我想補充這一句。**也許妳該回去妳該待的地方**。

但我不確定自己希望她離開這裡。我會永遠記得她的血味——誰能保證我以後不會跟蹤她？況且，她如果離開了，她的心靈對我來說就永遠是個令我惱火的謎團。

「你難以想像。」她低聲道，悶悶不樂地望向遠方。

我沒料到她會說出這句話，這讓我想提出更多問題。

「那妳為什麼來這裡？」我追問，立刻意識到這種語氣帶有指控，以這場談話來說不夠輕鬆。我這個疑問聽來沒禮貌，像在打探隱私。

「這……很複雜。」

她眨眨眼，沒繼續說下去，我差點好奇得在心中爆炸。在這一秒，這種感受幾乎跟喉嚨裡的飢渴感一樣灼熱。其實，我發現我現在呼吸得比較輕鬆；我跟她稍微熟悉了一些，覺得比較能忍受她給我造成的痛苦。

「說說看，也許我能瞭解。」我堅持。只要我繼續這樣厚顏無恥地追問，也許她會為了維持風度而回答。她默默瞪著自己的雙手。這讓我感到不耐煩。我想把手放在她的下巴底下，把她的頭抬起來，以便看清楚她的眼睛。但是，當然，我絕不能再次觸碰她的肌膚。

她突然抬頭。能看到她眼睛裡的情緒，我覺得鬆了一口氣。她說得很快。

「我媽再婚了。」

啊，很容易理解的人類事務。她臉上閃過憂傷，眉心又微微皺起。

「這聽起來不算很複雜。」我沒怎麼刻意努力，語調聽起來也夠溫柔。她的沮喪令我感到莫名無助，我真希望能做些什麼，讓她心情好一點。這個衝動可真夠古怪。「什麼時候的事？」

「去年九月。」她沉重地吐口氣，但不算是嘆息。她的溫暖鼻息拂過我的臉，我稍微僵住。

「而妳並不喜歡他。」短暫沉默後，我做出猜測，繼續試著誘導她說出更多情報。

「不，費爾還不錯。」她糾正我的揣測，飽滿的嘴唇兩端微微上揚。「也許年輕了點，但人很好。」

這個情節跟我想像的不太一樣。

「那妳為什麼不跟他們一起住？」我的語調過於急切，聽起來就像在窺探隱私。我承認，我是在窺探隱私。

「費爾常出差，他是職棒球員，靠打球維生。」她的微笑變得更明顯，看來費爾的職涯選擇令她莞爾。

我也忍不住露出微笑。我並不是刻意讓她感到自在，而是她的笑容就是讓我想回以笑臉，分享她的喜悅。

「我有聽說過他嗎？」我在腦海中回想諸多職棒球員，好奇哪個是她認識的費爾。

「可能沒有吧。他打得並不好，」她又綻放一抹笑容。「只能待在小聯盟，所以他得到處跑。」

我腦海中的球員名單立刻轉變，我在一秒內就列出可能的人選，並同時想像出一個新的情境。

「妳媽為了方便跟他到處跑，所以把妳送來這兒。」這樣做出假定，似乎比提問更能促使她說出情報。

此計再次奏效。她挺起下巴，表情突然顯得固執。

「才不是呢，不是她把我送過來。」她的語氣變得強硬。我做出的假定令她不悅，雖然我不太明白原因。「是我自己把自己送過來。」

我完全搞不懂她這句話的意思，也搞不懂她這種惱怒反應的原因。我毫無頭緒。

這女孩就是讓人覺得莫名其妙。她跟其他人類不一樣。也許她之所以特殊，不只是因為我聽不見她的想法，也不只是因為她的氣味令人陶醉。

「我不懂。」我討厭承認失敗。

她嘆口氣，盯著我的眼睛，超過一般的人類願意盯著我的程度。

「她本來還是打算跟我一起住，但她很想他，」貝拉慢慢解釋，語氣越說越淒涼。「這也讓她不太開心……所以我覺得，該是我和查理一起過日子的時候了。」

她的眉心皺得更深。

「但現在妳不快樂。」我輕聲道。我一直說出心中的推測，希望能從她的反駁中得知更多情報，但我這次的推測似乎離目標不遠。

「那又怎樣？」她說，彷彿這根本沒什麼大不了。

我繼續凝視她的眼睛，覺得終於清楚窺見了她的靈魂。她那句「那又怎樣」讓我明白她把自己的重要性放在哪。她跟大多數的人類不一樣，是把自己的需求放在很低的位置。

她很無私。

我明白這點時，似乎稍微更瞭解這個躲在無聲心靈中的女孩。

「這似乎不太公平。」我聳個肩，試著顯得若無其事。

她發出不帶笑意的笑聲。「沒人跟你說過嗎？人生本來就不公平。」

我想嘲笑她這番話，但我心裡也沒感受到真正的笑意。我對「人生本來就不公平」這件事略知一二。

「我想我以前聽過這句話。」

她瞪著我，似乎又感到困惑。她撇開臉，接著又回頭看著我的眼睛。

「總之，事情就是這樣。」她告訴我。

我還沒準備好讓這場談話結束。她眉心上的小小V形皺痕，憂傷的遺跡，就是讓我覺得不自在。

「妳掩飾得不錯。」我緩緩開口，還在考慮接下來這個推測。「但我敢打賭，妳心裡難過的程度，其實比妳表現出來的更深。」

她扮個鬼臉，瞇起眼睛，嘴角下垂，回頭望向教室前側。她不喜歡我猜對答案。她不是一般那種烈士，她不喜歡有人看著她受苦。

「我說錯了嗎？」

她假裝沒聽見我說什麼，只是稍微僵了一下。

看她這種反應，我露出微笑。「我不這麼認為。」

「你幹麼在乎我過得怎麼樣？」她質問，依然盯著前方。

「這是個好問題。」我坦承，比較像在自言自語。

她的洞察力優於我，一下子就看到事情的重點，而我則如瞎子摸象。我確實不該在乎她這個人類生活的細節。我在乎她有何想法，這本身就是錯的。除了保護我的家人不受人類懷疑之外，人類的想法確實不重要。

我不習慣在直覺上輸給任何人。我太倚賴讀心術，而我顯然高估了自己的觀察力。

女孩嘆口氣，不高興地瞪著教室前側。也不知道為什麼，她沮喪的表情就是讓我覺得好笑。這整個局面、整場談話，就是好笑。最可能被我傷害的就是這個嬌小的人類女孩，我雖然所有心思都放在這場可笑的談話上，但我隨時可能從鼻孔吸氣，忍不住對她下手，而她竟然感到惱火，就因為我沒回答她的問題。

「我是不是讓妳覺得很煩？」這整件事荒誕得讓我忍不住嘴角上揚。

她很快瞥我一眼，然後眼睛似乎被我的目光困住。

「倒也不是，」她對我說：「我主要是在生自己的氣。我很容易被看透，我媽總是說我像一本攤開的書。」

她不悅地皺眉。

我驚奇地瞪著她。她心情不好，竟然是因為她以為我一下子就看透她。真夠扯。這是我這一生——應該說我的「存在」，畢竟「生命」這個字眼實在不適合我，因為我不算擁有生命——第一次這麼努力地試著瞭解某人。

「剛好相反，」我做出反駁，感到莫名……不安，彷彿我沒注意到什麼隱藏的危險，不是顯而易見的危險，而是更……我突然處於緊繃狀態，這種徵兆令我焦慮。「我覺得妳很難被看透。」

「那你看透人心的本領一定很厲害。」她做出猜測，再一次命中目標。

「通常是。」我同意。

我對她綻放燦爛笑容，咧開雙脣，露出如鋼鐵般堅固的白牙。

這麼做雖然愚蠢，但我突然急著向女孩傳達某種警告。她的身體比之前更靠近我，隨著我們的交談不自覺地移動。我平時那些足以嚇跑一般人的微妙跡象，在她身上似乎就是起不了作用。她為什麼沒有嚇得跟我保持距離？她一定領教了我的黑暗面，意識到接近我的危險。

我來不及確認我的警告有沒有發揮該有的效果，因為班納先生這時向全班喊話，女孩立刻把視線從我身上移開。她對此似乎感到有些慶幸，所以也許她在下意識中有明白我的威脅。

我希望她有。

儘管我試著將它連根拔起，我仍認出心中浮現的好奇心。我可不能對貝拉•史旺感興趣。或者該說，她可不能讓我對她感興趣。總之，我已經迫不及待地希望能再跟她談談。我想更瞭解她的母親、她來這裡之前的生活、她跟她父親之間的關係。我想知道所有瑣碎細節，以便勾勒出她這個人的輪廓。但我跟她相處的每一秒都是錯誤，是她不該承擔的風險。

我允許自己再吸一口氣，她偏偏挑這時候心不在焉地甩動秀髮，濃郁氣味重擊我的喉嚨。

就跟第一次見到她時一樣，這股衝擊宛如手榴彈爆炸，灼熱滾燙的痛楚令我頭暈。我又得抓住桌子，才能在椅子上坐穩。這一次，我的自制力稍微更強，至少我沒弄壞任何東西。我體內的怪物興奮地發出低吼，但一點也不喜歡我感受到的痛楚。牠被綁得太緊，至少目前如此。

我屏住呼吸，盡可能把上半身偏向一邊，遠離女孩。

不行，我絕不能對她感興趣。我越是對她感興趣，就越可能殺了她。我今天已經犯了兩次錯。我會不會犯第三次錯？而且是大錯？

鈴聲一響起，我立刻逃出教室，很可能破壞了我這一小時勉強建立的禮貌形象。我來到外頭，把溼潤的清新空氣當成療癒精油般大口吞下，並匆忙跟那女孩拉開距離。

艾密特在我們一起上的西班牙文課門口等我，花點時間打量我慌亂的表情。

還順利嗎？他忐忑地在腦海中問我。

「沒人死掉。」我咕噥。

這應該算是好消息吧。看艾利絲離開的時候，我還以為……

我們走進教室時，我看到他幾分鐘前的記憶，他上一堂課的敞開教室：艾利絲面無表情、步伐輕快地走向科學大樓。我感覺他當時想跟她一起走，但決定留下。如果艾利絲當時需要他幫忙，必定會開口問。

我癱坐在座位上，驚恐又反感地閉上眼睛。「我沒想到會那麼驚險。我沒想到我會……我沒想到會那麼糟。」我呢喃。

事情確實沒那麼糟，他安撫我。**沒人死掉，不是嗎？**

「沒錯，」我咬牙道：「這次沒人死掉。」

也許你以後會越來越習慣跟她互動。

「嗯。」

但你也可能會殺了她。他聳個肩。**你就算搞砸也不會是第一個啦。不會有人太嚴厲責備你。有時候人類就是聞起來太可口。我很佩服你能撐到現在。**

「你講這些話沒幫助，艾密特。」

他竟然相信我遲早會殺了那女孩、這件事是避無可避。她聞起來那麼香噴噴，是她自己的錯嗎？

我還記得這種事發生在我身上的時候……他的思緒帶我回到五十年前，暮光下的一條鄉間小路，一名中年女子忙著從掛在蘋果樹之間的晒衣繩上拿下晒乾的床單。我以前見過這幅畫面，這是他那兩次經驗中最強烈的一次，但這道回憶現在顯得格外鮮明，大概因為我的喉嚨仍因為這一小時的灼燒而疼痛。艾密特還記得空中瀰漫蘋果香，收割季已過，沒人要的水果散落一地，濃濃的香氣從果皮的破洞飄逸而出。剛割過的乾草地就是這團香氣的背景，彼此自然和諧。他為了幫羅絲莉跑腿而走過那條小路，幾乎沒注意到那名中年女子。正上方的天空呈紫色，西邊的山脈上空則是呈橘色。他原本會繼續沿這條小路行走，原本不會有理由記得這個晚上，偏偏一陣突來的晚風將潔白床單如風帆般吹開，把女子的氣味掃向艾密特的臉。

「啊。」我輕聲呻吟，彷彿我自己被喚醒的飢渴還不夠似的。

我知道。我連半秒都沒忍住。我根本沒考慮過抗拒。

他接下來的回憶清晰得令我無法忍受。

我驟然站起，咬緊牙關。

「Estás bien（你還好嗎），愛德華？」果夫太太用西班牙文問我，被我這種突如其來的舉動嚇到。我在她的心靈中看見自己的臉孔，我知道自己看起來一點也不好。

「Perdóname（抱歉）。」我用西班牙文咕噥回話，衝向門口。

「艾密特，por favor，puedes ayudar a tu hermano（你能不能幫幫你弟）？」她問道，無奈地指

向奪門而出的我。

「沒問題。」我聽見他說。他起身緊跟在後。

他跟著我來到大樓的遠側，追上我，一手放在我肩上。

我以不必要的龐大手勁推開他的手，這股勁道足以粉碎人類的手骨，連同胳臂的骨頭。

「抱歉，愛德華。」

「我知道。」我大口吸氣，試著清空腦袋和肺臟。

「你的狀況和我那時一樣糟嗎？」他問，試著不再想回憶中的氣味和芬芳，但效果不彰。

「更糟，艾密特，更糟。」

他沉默片刻。

也許……

「不，我殺了她也不會比較好受。你回教室吧，艾密特。我想獨處。」

他轉身迅速走離，沒再說話，沒再投來任何想法。他會跟老師說我病了，不然就說我要蹺課，再不然就說我是個失控的危險吸血鬼。他的藉口真的重要嗎?也許我不會回去，也許我必須離開。

我回到車上，等學校放學。為了躲藏。又一次。

我應該拿這些時間來做決定，或試著下定決心，但我就像毒蟲一樣，忍不住觀察從校舍飄來的諸多思緒。一些熟悉的聲音格外明顯，但我現在沒興趣聆聽艾利絲的幻象或羅絲莉的抱怨。我一下子就找到潔西卡，但她沒跟那女孩在一起，所以我繼續尋找。麥克•紐頓的思緒引起我的注意，然後我終於找到她，她跟他正在一起上體育課。他很不開心，因為我在生物課上跟她說了話。他提起這個話題時，想著她的回應。

我其實以前從沒見過他對哪個人說話超過一個字。他當然會決定跟貝拉說話。我不喜歡他看她的方

式。但她似乎對他不太感興趣。她之前對我說過什麼？「不知道他上週一怎麼了」之類的。她聽起來不像在乎他。她跟他應該算不上聊得愉快……

他拿貝拉跟我談話的時候不感興趣這種想法來給自己打氣，這讓我有點不爽，所以我停止聆聽他的思緒。

我播放一張激烈的音樂CD，提高音量，蓋過諸多思緒之聲。我必須把精神集中在音樂上，才不會想透過麥克・紐頓的思緒來偷窺那女孩。

這個小時即將結束時，我作弊了幾次。我試著說服自己：這不是偷窺，我只是在做準備。我想清楚知道她什麼時候會離開體育館，什麼時候會來停車場。我不想看到她突然出現在我身邊。

其他學生開始魚貫走出體育館的時候，我下了車，不確定自己為何這麼做。天空下著毛毛細雨，慢慢滲進我的頭髮，我不予理會。

我希望她看見我在這裡嗎？我希望她來找我說話嗎？我在做什麼？

我沒動，雖然我試著說服自己回到車上，我知道自己的行為應受斥責。我把雙臂抱在胸前，淺淺地呼吸，看著她慢慢走向我、嘴角下垂。她沒看著我。她有幾次帶著怒容抬頭瞥向雲層，彷彿它們冒犯了她。

看她沒經過我身旁就回到她的車旁邊，我感到失望。她如果有經過我身邊，會跟我說話嗎？我會跟她說話嗎？

她爬上一輛褪色的紅色雪佛蘭卡車，是個比她父親還老的生鏽巨獸。在我的注視下，她發動引擎——老舊引擎發出的怒吼聲比停車場其他車輛都響——然後把雙手伸向暖氣口。寒意讓她很不舒服，她討厭冷。她伸手梳理濃密的頭髮，彷彿想用暖氣把頭髮吹乾。我想像那輛卡車裡充滿她的芬芳，我急忙驅逐這個念頭。

她瞥向四周，準備倒車時，終於朝我的方向看來。她看了我半秒，我能從她的眼裡看出她很驚訝。她移開視線，猛然切入倒檔，然後再次戛然停定，卡車的尾部差點撞到妮可・凱西那輛小車，只差幾吋。

她瞪著後照鏡，目瞪口呆，對差點發生的車禍深感驚恐。那輛小車從她旁邊開過後，她把所有盲點檢查兩次，然後慢慢開出停車格，小心翼翼的模樣令我咧嘴而笑。她彷彿以為自己在駕駛那輛老卡車時成了危險人物。

想到貝拉・史旺在開車時——不管開什麼車——對任何人造成危險，我忍不住笑出聲。這時她開車從我旁邊經過，眼睛盯著前方。

chapter 3

風險

她要我相信她，
正如我希望她能相信我。
但我不能越過這條界線。

我其實並不覺得飢渴，但當天晚上還是決定再次狩獵。這麼做是為了避免自己失控，就算我知道這麼做根本沒什麼幫助。

卡萊爾與我同行。這是我從德納利回來後第一次跟他獨處。我們飛奔於漆黑森林時，我聽見他想起上星期的匆促道別。

我在他的回憶中看到自己的臉孔——因極度絕望而面容扭曲。我再一次感受到他的驚訝和突來的擔憂。

「愛德華？」

「我得走了，卡萊爾。我現在就得走。」

「出了什麼事？」

「沒出事，目前還沒有。但我如果留下，遲早會出事。」

他當時朝我的胳臂伸手。我避開他的手，我看得出來他多麼難過。

「我不明白。」

「你有沒有……你以前是否曾經……」

我在這道回憶中看見自己深呼吸，透過他的擔憂看到我的慌亂眼神。

「你以前有沒有遇到哪個聞起來特別美味的人類？比誰都美味？」

「噢。」

看出他明白的那一刻，我滿臉羞愧。他伸手觸碰我，我雖然再次退縮，但他還是把手按在我肩上。

「你為了抗拒那個氣味，該做什麼就做什麼吧，兒子。我會想你。來，開我的車走，油箱是滿的。」

他不太確定，這樣讓我離開是不是正確決定，這樣對我缺乏信賴是不是傷了我。

「不，」我邊跑邊輕聲說：「那就是我當時需要的。你那時候如果叫我留下，我很可能會背叛你的信賴。」

「愛德華，我很遺憾你這樣受折磨，但你應該為了讓史旺家的孩子活下去而盡你所能，就算這意味著你可能必須再次離開我們。」

「我知道，我知道。」

「你為什麼回來？你也知道我多麼高興有你在身邊，但如果這對你來說真的太困難……」

「我回來，是因為我不喜歡當懦夫的感覺。」我坦承。

我們放慢速度，在黑暗中小跑。

「當個懦夫總好過給她帶來危險。她在這裡待個一、兩年就會離開。」

「我知道，你說得沒錯。」奇怪的是，他這番話只是讓我更想留下。那女孩待個一、兩年就會離開……

卡萊爾停止奔跑，我也停下腳步。他轉身打量我的表情。

可是你不打算逃跑，是不是？

我垂下頭。

是因為尊嚴嗎，愛德華？你其實可以承認——

「不，我不是因為尊嚴而留下，至少現在不是。」

因為你沒別的地方可去？

我笑幾聲。「不是。我如果想走，這種理由攔不住我。」

「你如果需要，我們當然願意跟你一起走。你只需要說一聲。你曾為了家人而毫無怨言地搬家，他們不會為了這件事而埋怨你。」

我挑起一眉。

他發笑。「沒錯，羅絲莉可能會埋怨，但她欠你人情。總之，我們如果在造成傷害之前就搬走，總好過奪走了一條性命才離開。」他說到最後幾個字時，語中不帶任何笑意。

他的話語聽得我整個人僵住。

「的確。」我同意，嗓音聽來沙啞。

可是你不打算離開？

我嘆口氣。「我應該離開。」

「你在這裡有什麼牽掛，愛德華？我看不出來……」

「我不確定我能不能解釋。」連我自己也覺得莫名其妙。

他觀察我的表情很長一段時間。

不，我看不出來。但我願意尊重你的隱私。

「謝謝你。你很慷慨，畢竟我天天都在聽著別人的隱私。」只有某人例外，而我正在想辦法侵犯那女孩的隱私，不是嗎？

我們每個人都有怪癖。他再次發笑。**咱們走吧？**

他捕捉到一小群鹿的氣味。我很難對這種不算美味的氣味感到興奮難耐。我想著那女孩的血味，鹿群的氣味反而令我反胃。

我嘆氣，表示同意：「我們走。」就算我知道逼自己喝下更多血其實也幫不上什麼忙。

我們倆都換上狩獵用的蹲伏姿態，在不甚美味的氣味引導下無聲前進。

我們回到家的時候，氣溫變得更低，融雪重新凍結，就像一層薄薄的玻璃一樣覆蓋一切，每一株松針、蕨草和草葉都結了霜。

卡萊爾準備去醫院值早班而更衣時，我待在河邊，等太陽升起。我喝下的那些血幾乎讓我覺得……膨脹，但我知道，當我再次坐在那女孩身邊時，我有沒有食慾都不重要。

我坐在石頭上，我整個人就跟這塊岩石一樣冰冷靜止。我盯著流過結霜河岸的黑水，凝視其中。

卡萊爾說得對，我應該離開福克斯。家人能四處散播我離去的原因，像是我去歐洲留學，探望親戚，不然就是逃家。說詞並不重要，畢竟不會有人追問細節。

只要等個一、兩年，那女孩就會離開這裡，繼續過她的人生——依然保有生命。她會去某個地方上大學，開始工作，也許嫁人。我能想像這幅畫面：她一身白紗，踏著不急不緩的步伐，挽著她父親的胳臂。

這幅畫面給我造成莫名痛苦。我搞不懂為什麼。我妒忌她的未來，因為那是我永遠無法擁有的人生？沒道理。我身邊每個人類都可能擁有那種人生，但我很少嫉妒他們。

我應該讓她享有她的未來，別再給她的人生帶來風險，這麼做才是對的。卡萊爾總是選擇正確的路。我現在應該聽他的。我會聽他的。

太陽在雲團後面升起，朦朧光芒反射在每一面霜鏡上。

我做出決定：在這裡再待一天。我要再見她一次。我應付得來。也許我可以跟她提到我即將離去，為日後的說詞起個頭。

這麼做會很困難。不願離家的心情已經促使我想著留下的理由——把期限拉長到兩天，三天，四天……但我要做出正確的事。我知道我能信賴卡萊爾的建議。我也知道我現在心情混亂，沒辦法靠自己做出正確決定。

太混亂。這種不情願的心情，是因為我對她充滿執念般的好奇心？還是因為未被滿足的胃口？

我進入屋內，換上乾淨衣服，準備去學校。

艾利絲坐在三樓的樓梯頂端，正在等我。

你又要走了，她對我做出指控。

我嘆氣點頭。

我看不出你這次能去哪。

「我還不知道我打算去哪。」我低語。

我希望你留下。

我搖頭。

也許我和賈斯柏能跟你一起走？

「少了我在這裡當哨兵，他們會更需要妳。而且妳想想艾思蜜的心情。妳想一口氣奪走她一半的家人？」

你會害她很不開心。

「我知道，這就是為什麼妳必須留下。」

我沒辦法取代你，你也知道的。

「嗯，可是我必須做出正確的決定。」

正確決定有百百種，錯誤決定也有百百種，不是嗎？

接下來的一小段時間，她被捲進一道怪異的幻象。我和她一起看著諸多模糊景象閃爍旋轉。我看見自己跟許多怪異影子混在一起——模糊又朦朧的形體。然後，我突然在一小塊空曠草地上，我的肌膚在燦爛陽光下閃閃發亮。我知道那片草地。有個人跟我一起在草地上，但依然模糊，我無法辨識。景象顫動消失，無數個細小的選擇重新排列了未來。

「我看不太懂。」幻象消失後，我對她說。

我也是。你的未來充滿變化，我完全跟不上。不過，我認為……

她在腦海中調出其他近期的幻象給我看，這些畫面一樣都模糊不清。

「我認為有些事正在改變，」她說出口：「你的人生似乎來到一個十字路口。」

我冷笑幾聲。「妳應該知道妳聽起來很像園遊會裡的算命仙吧？」

她對我吐出小舌頭。

「不過，今天不會有事吧？」我的語氣突然充滿疑惑。

「我沒看見你今天會殺任何人。」她向我擔保。

「謝了，艾利絲。」

「去換衣服吧。我什麼也不會說——等你準備好了，自己去跟其他人說你要離開。」

她站起身，沿梯而下，肩膀微微下垂。**我會想你。真的**。

嗯，我也會真的很想她。

去學校的路上，大夥不發一語。賈斯柏感覺得出來艾利絲心情不好，但也知道她如果想說，早就說出口。艾密特和羅絲莉對周圍視而不見，而是深情款款地凝視彼此的眼睛——說真的，旁人看了只想吐。我們都知道他們彼此多麼相愛。又或許我只是在嫉妒他們，因為只有我單身。有些時候，跟三對完美情侶一起生活格外辛苦，例如今天。

也許沒有我這個脾氣暴躁又好鬥的糟老頭在身邊，他們都會過得更幸福快樂。

我們抵達學校後，我做的第一件事當然就是尋找那女孩，只是為了給自己再次做好準備。

才怪。

真丟臉，我的世界似乎突然變得空無一物，只有她。

但說真的，我這種心態很容易瞭解。經歷了八年日夜不變的生活，任何改變都會占據我的心思。

她還沒到學校，但我能聽到她那輛卡車的如雷轟鳴從遠方傳來。我斜靠在車旁等候，艾利絲待在我身邊。其他人直接去教室，他們已經對我的執念感到煩悶，無法理解竟然有人類能抓住我的注意力這麼久，不管她的味道多麼吸引人。

女孩慢慢駕車出現，她專注地盯著道路，雙手緊抓方向盤，似乎對某種狀況憂心忡忡。我花了一秒鐘判斷她為何緊張兮兮，這才意識到今天每個人類都是同樣的表情。啊，路面因結霜而溼滑，他們每個人都試著更小心地開車。我看得出來她正在認真對待這個額外風險。

這種個性似乎符合我對她的瞭解，就算我對她瞭解得並不多。我把這項發現加入我的小小清單：她個性認真、嚴肅又負責。

她在離我不遠處停車，還沒注意到我站在這兒盯著她。她看到我的時候，不知道會做出什麼舉動？臉頰泛紅，快步走離？這是我的第一個猜測。但她也可能回瞪我。也許她會來跟我說話。

我深呼吸，滿懷期望地把肺臟塞滿空氣，有備無患。

她小心翼翼地下了車，試探溼滑地面，接著才把體重壓上去。她沒抬頭，而這令我洩氣。也許我該去找她講話……

不，這麼做是錯的。

她沒走向學校，而是走向卡車後方，以滑稽可笑的方式貼在車身旁，顯然深怕腳下打滑。我看了不禁微笑，並感覺到艾利絲看著我的臉，我沒聆聽她對這幅畫面的感想，而是饒富興味地看著女孩檢查卡車輪胎上的雪鏈。她的兩隻腳在冰面上滑動，看起來確實可能跌倒。其他人都沒碰上這種問題，難道她把車停在最溼滑的冰面上？

她在卡車尾端停步，低頭看著某個東西，臉上帶有一種特殊的表情，是……溫柔。彷彿輪胎有什麼特殊之處，讓她覺得……感動？

我的好奇心又一次如飢渴般隱隱作痛。我覺得我必須知道她在想什麼，彷彿其他事情都不重要。我該去找她講話，而且她看起來需要幫忙，至少在她離開溼滑的柏油路之前。我當然不該自告奮勇地協助她吧？我感到兩難。她似乎很討厭雪，應該不會想碰到我冰冷又蒼白的手。我真該戴手套——

「糟糕！」艾利絲大聲驚呼。

我立刻查看她的思緒，以為自己做了什麼錯誤選擇，她看到我做出令人髮指之事。但我看到的幻象與我完全無關。

泰勒·克羅利選擇以不明智的車速拐進停車場，他將因為這個抉擇而在冰面上打滑。

這道幻象在半秒後化為現實。我還在看著令艾利絲驚呼的幻象時，泰勒駕駛的休旅車拐過轉角。

這道幻象雖然與我無關，卻也與我息息相關，因為泰勒的休旅車——輪胎以最糟糕的角度觸及冰面——即將在停車場打滑，即將輾過那個莫名成了我的世界中心的女孩。

就算沒有艾利絲的預知能力，我也能判斷泰勒那輛車的失控軌道。

女孩站在卡車尾端這個錯誤的地點，抬起頭，被輪胎尖嘯聲弄得不知所措。她看著我驚恐的眼睛，然後轉頭看著死神到來。

她不能死！這幾個字在我的腦海中咆哮，彷彿由別人喊出。

我在艾利絲的腦海中看見幻象突然改變，但我沒時間查看新的結局。

我衝過停車場，擋在打滑的休旅車和僵住的女孩之間。我移動得很快，周圍化為糊影，只有我眼中的目標依然清晰。她沒看到我——人類的眼睛不可能跟得上我的速度——而是繼續盯著休旅車的龐大輪廓，看著它即將把她撞扁在卡車的金屬車身上。

我抓住她的腰，因時間緊迫而來不及對她輕柔一點。我在百分之一秒內把嬌小的她拉離死亡軌道，抱著她摔倒在地上，我清楚感覺到她的身軀多麼脆弱。

聽見她的頭撞到冰塊時，我覺得自己彷彿也結成冰。

但我根本沒時間查看她的傷勢。我聽見休旅車從後方傳來吱嘎尖嘯，在女孩卡車的鋼鐵身軀旁扭轉。休旅車以弧形轉向，再次朝她逼近，她就像磁鐵般把它吸引過來。

我咬牙吐出從不在女士面前說出的某個單字。

我已經做了太多。我幾乎以飛躍的方式把她推開的那瞬間，已經清楚知道自己犯了什麼錯。我雖然明知故犯，但也知道自己冒了什麼險——不只給我自己，也給我的全家人帶來什麼樣的風險。

暴露身分。

這絕對沒幫助，但我也絕不會讓那輛車在第二次試著要她命的時候得逞。

我丟下女孩，猛然伸出雙手，在休旅車碰得到女孩之前攔住它。這股撞擊力把我往後震，撞到停在她卡車旁邊的一輛車，我能感覺到車身結構在我的肩膀底下扭曲。休旅車被我強悍的胳臂震得顫動搖晃，兩顆後輪勉強支撐車身。

如果我放開手，休旅車的後輪就會壓在她的腿上。

唉，看在老天的分上，這場災難究竟有完沒完？還有什麼事情即將出錯？我可不能坐在這兒舉著車、等救難人員到來。我也不能把車抛個老遠，我得顧到裡頭那個驚慌失措的駕駛人。

我在心中低嘆一聲，抬了休旅車一把，讓它的車尾暫時往上甩。它再次下墜時，我用右手抵住車底，用左臂抱住女孩的腰，把她從車輪底下拖出來，緊緊抱在身旁。我甩動她的身子，讓她的兩條腿避開危險，她渾身癱軟——她還醒著嗎？我在這場即刻救援中對她造成了多少傷害？

既然休旅車已經傷不到她，我把車子放下。它重重落在柏油路上，所有車窗同時粉碎。

我知道我有麻煩了。她看到了多少？有沒有其他人看到我在她旁邊現身，為了讓她脫險而拋甩休旅車？這些問題才應該是我最大的煩惱。

但我太焦慮，沒考慮到暴露身分的問題。我太擔心自己為了救她的命而可能傷了她。我太害怕讓她靠我這麼近，我知道我如果吸氣就會聞到什麼味道。我太注意到她柔軟身軀的體溫，她緊貼著我，就算彼此都穿著外套，我還是能感覺到她的溫度。

第一個恐懼是最大的恐懼。目擊者們的尖叫聲在周圍爆發時，我低頭查看她的臉，看她是否清醒，焦急地希望她沒受傷。

她的眼睛張著，震驚地瞪大。

「貝拉？」我急忙問：「妳還好嗎？」

「我沒事。」她茫然回話。

聽見她的嗓音，我安心得幾乎覺得疼痛。我從齒間吸口氣，第一次不介意這麼做給喉嚨造成的灼熱感。也不知道為什麼，我幾乎欣然歡迎這種痛楚。

她掙扎地試著坐起，但我還沒準備好放開她。現在這樣讓我覺得比較……安全？這樣讓她貼在我身邊比較好。

「小心，」我警告她：「妳的頭應該撞得挺厲害的。」

謝天謝地，我沒聞到傷口出血的味道，但這不表示她絕對沒有內傷。我突然很想讓卡萊爾給她照X光。

「痛。」她的震驚語調帶有喜感。她意識到我說得沒錯，她確實撞到頭。

「我就知道。」安心感作祟下，我覺得這幅畫面很好笑，差點笑出聲。

「你是怎麼……」她欲言又止，眨眨眼。「你怎麼有辦法這麼快就來到我旁邊？」

安心感變味，笑意消失。她注意到太多。

既然這女孩看似沒有大礙，我開始極度擔心家人。

「我本來就站在妳身邊，貝拉。」我透過經驗得知，撒謊時如果充滿自信，提問者就沒辦法太確定真相。

她再次試著移動，我這次允許她。我需要呼吸才能正確地扮演自己的角色。我需要跟她的溫血體溫拉開距離，以免她的熱氣和氣味一同令我發狂。我在兩輛受損汽車之間的小空間裡盡量後退。

她抬頭瞪著我，我也瞪著她。只有低等的騙徒才會犯「先移開視線」這種錯，我可不是低等的騙徒。我的表情平靜又無辜，這似乎令她困惑。很好。

人們聚在車禍現場周圍，大多是學生，這些孩子在車輛之間的隙縫窺視推擠，想看看有沒有血肉模糊的屍體。周圍充斥著模糊不清的呼喊聲，以及震驚的思緒。我查看這些思緒，確保沒人起疑，然後我排掉這些聲音，只把精神放在女孩身上。

她被這些喧鬧轉移注意力，掃視周圍，表情依然震驚。她試著站起。

我輕輕把手放在她的肩上，按住她。

「先別動。」她看起來沒事，但她現在真的可以轉動脖子嗎？又一次，我真希望卡萊爾就在這兒。我雖然讀了多年的醫學理論，但完全比不上他幾百年來的臨床經驗。

「可是地上很冰冷。」她抗議。

她剛剛有兩次差點被輾斃，現在竟然對冰冷大驚小怪。我忍不住輕笑，然後才覺得這個情況不好笑。

貝拉眨眨眼，盯著我的臉。「你本來在那邊。」

聽見這句話，我再次清醒。

她瞥向南側，雖然眼前只有休旅車毀損的車身。「你原本在你車子那邊。」

「不，不是。」

「我有看到你。」她頑固地堅稱，抬起下巴，嗓音宛如孩童。

「貝拉，我剛剛就站在妳旁邊，然後把妳拉到一邊。」

我凝視她的眼睛，試著以意志力逼她接受我的說詞，也是唯一合理的說詞。

她繃緊下巴。「不是。」

我盡量保持冷靜，別慌。如果我能讓她安靜片刻，好讓我有機會銷毀證據……而且拿她撞到頭這件事來削弱她說詞的可信度。

想讓這個文靜低調的女孩別亂說話，應該很簡單吧？只要她願意配合我，哪怕只是幾分鐘……

「拜託，貝拉。」我的語調太過嚴肅，因為我突然想要她的信賴。我迫切想要，不只是在車禍這件事上。好愚蠢的慾望。她哪有理由信賴我？

「為什麼？」她的語氣依然帶有抗拒。

「相信我。」我懇求。

「那你能答應我，之後會告訴我這到底是怎麼回事嗎？」

想贏得她的信賴卻必須再次對她說謊，這讓我生氣。我以回嘴的口氣對她做出答覆。

「好吧。」

「很好。」她用同樣的口氣說道。

周圍的人們展開救援時——成年人來到現場，遠方傳來救護車的警笛聲——我暫時無視女孩，而是整理腦海中的優先事項。我查看停車場裡的諸多思緒，包括目擊者和趕來湊熱鬧之人，沒發現任何威脅。許多人雖然沒想到我會出現在貝拉身旁，但都以為——因為缺乏其他解釋——他們只是在車禍發生前沒注意到我站在女孩身邊。

只有她拒絕接受最簡單的解釋，但人們也會認為她是最不可靠的目擊證人，畢竟她受到嚴重驚嚇，更別提撞到腦袋。她很可能還驚魂未定。如此一來，人們就有理由懷疑她的說詞，不是嗎？跟其他圍觀者的說詞相比，她的證詞不值一提。

聽見羅絲莉、賈斯柏和艾密特的想法逼近時，我不禁皺眉。我今晚一定會被痛罵一頓。

我想用手撫平車身被我的肩膀撞出的凹痕，但女孩離我太近。我必須等她分心再說。

我等得很不耐煩——太多人盯著我——人類費勁地試著移開我們身旁的休旅車。我很想為了加快這個過程而幫他們一把，但我的麻煩已經夠多了，再加上女孩的眼睛夠利。他們終於稍微挪開休旅車，讓救護人員能抬著擔架過來。

一張熟悉的滄桑臉孔盯著我。

「嘿，愛德華。」布雷特・華納開口。我跟他在醫院認識，他也是個護理師。真幸運——今天唯一的好運——他最先來到我們面前。他在腦海中注意到我看來清醒又平靜。「你還好嗎，孩子？」

「好得很，布雷特。我毫髮無傷，不過旁邊這位，貝拉，可能有腦震盪。我把她拉開的時候，她重重地撞到頭。」

布雷特把注意力轉向女孩，她則對我投來遭到背叛的凶狠眼神。噢，沒錯，她是低調的那種烈士，喜歡默默受苦。

但她沒立刻反駁我的說詞，這讓我覺得比較好受。

另一名救護人員堅持要檢查我有沒有受傷，但我輕易地說服他打消這個念頭，我承諾說我會請我父親幫我檢查。我用平靜又淡定的語調就能打發掉一般的人類，但是貝拉當然不是一般的人類。她能歸類成任何一種普通的類別嗎？

救護人員給她戴上護頸時，她羞得臉紅。我趁沒人注意的時候，用腳重塑卡車旁那輛棕色汽車被我撞出來的凹痕。只有我的兄弟姊妹注意到我在做什麼，我聽見艾密特透過思緒告訴我，他會幫我湮滅其他證據。

我感激他的幫助，也感激他已經原諒我做出這種危險選擇。我帶著輕鬆的心情爬上救護車前座，坐在布雷特旁邊。

貝拉被搬上救護車之前，史旺警長趕來現場。

雖然她父親的思緒難以用言語形容，但他散發的驚慌和擔憂比現場任何人都強烈。他看著獨生女躺在輪床上，心中滿是無言的焦慮和愧疚。

艾利絲警告過我，如果殺掉查理•史旺的女兒，他也活不下去。她這句話一點也不誇張。

聽著他語帶驚慌，我慚愧得低下頭。

「貝拉！」他喊道。

「我真的沒事，查……爸，」她嘆道：「我一點事都沒有。」

她的擔保並沒有讓他平靜下來。他轉向一旁的救護人員，追問細節。

他在驚慌情緒下說出完整句子。我聽見他說話時，才意識到他的焦慮和擔憂並非無言。我剛剛只是……**聽不見他究竟在想什麼。**

嗯……查理·史旺雖然不像他女兒那樣心靈緘默，但我看得出她這項能力是從誰身上遺傳而來。有意思。

我很少跟本鎮的警長互動。我原以為他是思緒緩慢的類型，現在我才意識到腦子遲鈍的人是我自己。他不是沒有想法，而是被遮蔽了一部分。我只聽得見他的思緒的音調。

我想更專心聆聽，看能不能在這個新的謎團中找出我為何聽不見女孩心聲的原因。但貝拉這時已被送上車，救護車開始駛離現場。

我很難把注意力從可能的答案上移向令我著迷的謎團。但我現在必須思考，從各個角度分析今天發生的事。我必須聆聽，判斷我是否給家人帶來了重大的危險，我們是不是必須立刻搬走。我必須集中精神。

救護人員們的想法沒有任何令我擔心之處。他們認為女孩毫無大礙。貝拉目前也暫時接受我的說詞。

到了醫院，我的當務之急是去見卡萊爾。我快步走過自動門，但也沒辦法完全把視線從貝拉身上移開，所以我透過救護人員的腦海來盯著她。

我一下子就找到我父親的心靈。他獨自在他的小辦公室裡，這是我這倒楣的一天裡第二次走運。

「卡萊爾。」

他已經聽見我接近。一看到我的臉，他提高警覺，匆忙站起，上半身越過乾淨整齊的核桃木桌面。

愛德華——你該不會殺了——

「不不，不是那回事。」

他深吸一口氣。**當然。抱歉，我竟然以為你那麼做了。你的眼睛……當然，我早該知道。**注意到我的眼睛依然是金色，他鬆了一口氣。

「但她受了傷，卡萊爾，應該不算嚴重，不過——」

「發生什麼事？」

「一場荒謬的車禍。她在錯誤的時間出現在錯誤的地方。我不能袖手旁觀、看著她被輾過……」

從頭說起，否則我聽不懂。你是怎麼牽連進去的？

「有輛休旅車在冰面上打滑，」我輕聲道。我說話時盯著他後面的牆壁。他掛在牆上的不是一排排學位，而是一幅簡單的油畫，這是他最喜歡的作品，是印象派畫家哈薩姆的祕密之作。「她當時就站在休旅車前方。艾利絲有看到這件事發生，但我來不及採取其他行動，只能跑過停車場，把她推開。沒人注意到發生什麼事……除了她。我也得擋下那輛休旅車，同樣的，沒人看到是我……除了她。我……我很抱歉，卡萊爾，我不是有意給我們帶來危險。」

他繞過桌子，給我一個簡短的擁抱，接著後退。

你做了正確的事。那麼做對你來說一定很不容易。我以你為榮，愛德華。

我這才敢看著他的眼睛。「她知道我……不一樣。」

「無所謂。如果有必要，我們就搬走。她說了什麼？」

我搖頭，有點洩氣。「她什麼也還沒說。」

還沒？

「她接受我的說詞，但要我詳細說明。」

他皺眉，陷入沉思。

「她撞到頭……好吧，是我害的。」我迅速說下去：「我害她滿用力地撞到地上。她雖然看起來沒事，不過……我覺得想推翻她的說詞不會很困難。」

說出這句話，我覺得自己像個無賴。

卡萊爾聽得出我對自己的說詞覺得反感。**也許沒這必要。我們先靜觀其變吧？看來我得去看看她的狀況。**

「麻煩你了，」我說：「我真的很擔心害她受了傷。」

卡萊爾的表情放鬆。他伸手梳理色澤比金晔稍微淺一點的金髮，發出笑聲。**看來今天對你來說很有意思吧？**我在他的心中看得見諷刺，他覺得這件事很好笑。我的角色改變了不少。我不假思索地奔過結冰停車場的那一秒內，從殺手轉型成保鑣。

我和他一起笑，想起我曾深信自己就是貝拉最大的威脅。我的笑聲有點緊繃，因為這個想法依然是事實，就算發生了休旅車事件。

我獨自在卡萊爾的辦公室等候，聽著醫院裡的諸多心聲，這是我這輩子最漫長的一段時間。

泰勒・克羅利，休旅車的駕駛人，看起來傷勢比貝拉還嚴重；她等著照X光的時候，醫療人員把注意力放在泰勒身上。卡萊爾沒直接參與治療，而是保持一段距離，相信醫師助理的診斷、女孩只是皮肉傷。我對此雖然感到焦慮，但相信他的判斷。女孩如果看他的臉一眼，就會立刻聯想到我，想起我的家人不太正常，而可能因此把今天的事情到處亂說。

她也絕對有個搭檔樂意跟她聊天。泰勒因為差點害死她而深感愧疚，在這件事上就是沒辦法閉嘴。我能透過他的眼睛看見她的表情，她顯然希望他能閉嘴。他為什麼就是看不懂她的意願？

聽見泰勒問她是怎麼逃開的，我渾身緊繃。

我僵在原地時，她遲疑不決。

「嗯……」他聽見她說道，然後她停頓許久，他以為她沒聽懂他的問題。她終於說下去：**「愛德華把我拉開的。」**

我鬆了一口氣。然後我的呼吸加速。這是我第一次聽見她叫我的名字。我喜歡她的發音，就算是透過泰勒的腦海聽見。我想親耳聆聽……

「**愛德華・庫倫**。」她補充說明，因為泰勒搞不懂她在說誰。我忍不住來到門前，一手抓住門把。我越來越想見她。我得提醒自己小心謹慎。

「他站在我旁邊。」

「庫倫？」呃，**這就怪了。「我當時沒看到他。」我敢發誓……「應該是因為整件事發生得太快了。他還好嗎？」**

「應該吧。他也在這裡，但醫護人員沒強迫他躺在擔架上。」

我看見她陷入沉思，眼裡充滿懷疑，但泰勒沒注意到她表情的微妙變化。

她好漂亮，他想著，幾乎感到驚訝。**就算現在很狼狽。她雖然不是我平時的菜，不過……我應該邀她出去，當作補償今天**。

這時候，我沿走廊前往急診室，完全沒想清楚自己正在做什麼。幸好，護理師比我更早進去裡頭——現在輪到貝拉照X光。她被推走的時候，我斜靠在一個陰暗角落的牆上，試著冷靜下來。

泰勒覺得她漂亮，這無所謂，任何人都會注意到這點。我沒理由覺得……我究竟有什麼感受？不高興？還是生氣？沒道理。

我盡量待在原處，但終究因為不耐煩而來到X光室。她已經被送回急診室，但我趁護理師分心時偷看了她的X光片。

我覺得平靜一些。她的頭沒受傷。我其實沒傷到她。

卡萊爾在這裡找到我。

你的氣色比剛剛好，他做出評論。

我只是看著前方。走廊到處都是工作人員和訪客，不是只有我們倆。

啊，就是這片。他把她的X光片夾在燈箱上，但我不需要再看一次。**原來如此。她好得很。做得好，愛德華**。

父親的讚許給我激起複雜反應。我是應該覺得開心，只不過我知道他不會贊同我現在要做的。至少，他如果知道我真正的動機，就不會贊同。

「我想我會去跟她談談——在她見到你之前。」我低聲咕噥：「表現得自然，好像什麼事也沒發生。安撫她。」這些都是可接受的理由。

卡萊爾心不在焉地點點頭，還在看著X光片。「好主意。嗯……」

我轉頭查看什麼東西引起他的興趣。

這麼多痊癒的挫傷痕跡！她母親究竟把她丟在地上多少次啊？卡萊爾對自己的笑話發出笑聲。

「我開始覺得這女孩就是倒楣，總是在錯誤的時間出現在錯誤的地方。」

有你在這兒，福克斯對她來說絕對是錯誤的地方。

聽見他這個想法，我為之一愣。

去吧。去安撫她。我等會兒就過去找你。

我快步走離，感到慚愧。如果我騙得了卡萊爾，那我就是最高明的騙徒。

我來到急診室，泰勒正在低聲咕噥，還在道歉。女孩假裝睡覺，想逃離他的自責。她雖然閉著眼睛，但呼吸並不均勻，而且三不五時會不耐煩地抽動手指。

我凝視她的臉孔很長一段時間。這將是我最後一次見到她。這項事實在我的胸中引發劇痛。是因為我討厭留下任何未解的謎團？這個解釋似乎不夠充分。

我終於深呼吸，出現在他們眼前。

泰勒看到我，正要說話，但我把一指湊在脣前。

「她睡了嗎？」我輕聲問。

貝拉立刻睜開眼睛，盯著我的臉。她的眼睛瞪大片刻，然後因憤怒或懷疑而瞇起。我想起自己有角色要扮演，所以我對她微笑，彷彿今天早上什麼也沒發生——除了她撞到頭，而且想像力有點過於豐富。

「嘿，愛德華，」泰勒說：「我真的很抱歉——」

我舉起一手，阻止他道歉。「沒人流血就不算犯規。」我挖苦道。我沒多想，而是對自己的笑話感到得意洋洋。

泰勒打個冷顫，移開視線。

我輕易地無視了泰勒，他離我不到四呎，他的傷口較深，仍在滲血。我永遠搞不懂，卡萊爾怎麼有辦法為了替患者治傷而無視他們的血味。時刻存在的誘惑不是會令他分心，帶來危險？但現在……我明白了：如果把所有精神放在別的事情上，誘惑就不算什麼。

泰勒的傷口雖然滲出血味，但誘惑力完全比不上貝拉的血。

我跟她保持距離，在泰勒的病床尾端坐下。

「那麼，醫生怎麼說？」我問她。

她微微嘟起嘴。「我根本沒事，但他們就是不讓我走。你為什麼沒像我們一樣被綁在輪床上？」

看她不耐煩的模樣，我又忍不住微笑。

我聽見卡萊爾來到走廊。

「因為我認識有力人士。」我淡然道：「但別擔心，我來救妳了。」

我父親進來時，我仔細觀察她的反應。她驚訝得目瞪口呆。我在心裡暗道，沒錯，她顯然注意到我們父子倆相似之處。

「史旺小姐，妳現在覺得怎麼樣？」卡萊爾的問候方式，就是有辦法讓大部分的病患立刻感到放鬆。但我無法判斷這對貝拉起了什麼效果。

「我很好。」她輕聲道。

卡萊爾把她的X光片夾在床邊的燈箱上。「妳的X光看起來沒問題。妳的頭會痛嗎？愛德華說妳撞得不輕。」

她嘆口氣，又說一次「我沒事」，但這次明顯不耐煩。她怒瞪我一眼。

卡萊爾朝她走近，用手指輕輕撫摸她的頭皮，直到找到她頭髮底下的腫包。

我被襲來的情緒弄得措手不及。

我多次見過卡萊爾為人類治療。幾年前，我甚至曾擔任他的非正式助手——雖然前提是患者沒流血。所以看著他像個人類一樣跟女孩互動，這對我來說不是新鮮事。我多次羨慕他有這種自制力，但這次不一樣。我羨慕他，不只因為他有自制力，而是他有辦法這麼溫柔地觸碰她，心無恐懼，知道自己永遠不會傷到她。

看她皺眉，我在位子上愣住。我得集中精神，才能恢復放鬆的姿勢。

「會痛嗎？」卡萊爾問。

她的下巴稍微抽搐。「還好。」

我對她的個性又瞭解一分：她很勇敢。她不喜歡表現出脆弱的一面。

她大概是我見過最脆弱的生物，她卻不想讓人覺得她很軟弱。一聲輕笑飄出我的唇間。

她又瞪我一眼。

「好吧，」卡萊爾說：「妳父親在等候室，妳現在可以跟他回家了。但妳如果覺得頭暈，或視力有問題，務必回來檢查。」

她父親在這兒？我透過意念觀察擁擠的等候室，但找不到他難以辨識的心靈之聲。這時她再次開口，一臉焦慮。

「我不能回學校嗎？」

「也許妳今天該休息。」卡萊爾建議。

她瞟向我。「那他能回學校嗎？」

表現得自然，安撫情緒……無視她看著我的眼睛時帶給我的感受……

「總得有人去讓大家知道我們活下來的好消息。」我說。

「其實，」卡萊爾糾正道：「大部分的學生似乎都跑來等候室了。」

我期待她這次的反應——她對公眾目光的反感。她沒讓我失望。

「不會吧。」她呻吟，雙手掩面。

我終於猜對了她的想法，我喜歡這種感覺。我終於開始瞭解她。

「妳想留下來嗎？」卡萊爾問。

「不，不！」她急忙道，把兩條腿挪下床墊，直到腳底觸及地板。她一個沒站穩，倒進卡萊爾懷裡。他扶住她。

我又一次深感羨慕。

「我沒事。」她在他做出評論前開口，臉頰微微泛紅。

這當然沒對卡萊爾造成影響。他確保她站穩後收回雙手。

「吃點止痛藥。」他指示。

「其實沒那麼痛。」

卡萊爾微笑，在她的檢查表上簽字。「聽起來妳真的非常幸運。」

她稍微把臉轉向我，用嚴厲的眼神瞪著我。「幸好愛德華當時湊巧站在我旁邊。」

「噢，這個嘛，的確。」卡萊爾立刻表示同意，跟我一樣在她的語調裡聽出同樣的意思。她並沒有把心裡的懷疑當成想像力過剩，暫時還沒有。

交給你了，卡萊爾對我想道，**照你覺得最好的方式處理這件事吧**。

「真感謝你。」我輕聲呢喃。在場的兩個人類都聽不見我說什麼。聽見我的諷刺，卡萊爾嘴角微微上揚，接著轉向泰勒。「很抱歉，你得在這兒待久一點。」他開始檢查粉碎的擋風玻璃給泰勒造成的皮肉傷。

好吧，既然這個爛攤子是我搞出來的，我當然得自己收拾。

貝拉朝我走來，離我近得讓我不自在的時候才停下腳步。我想起，在這場大混亂發生前，我原本希望她會走向我。那個心願現在似乎在挖苦我。

「我能不能跟你談談？」她對我嘶聲道。

她的溫暖鼻息拂過我的臉，我不禁蹣跚後退一步。她的誘惑力未曾減退，每次接近我，都激發了我所有最惡劣、最強烈的本能。我的嘴裡灌滿毒液，我的身體渴望出擊，我想把她抓在懷裡，把她的喉嚨壓在我的尖牙底下。

雖然我的意志比我的肉身堅強，但也只是稍微。

「妳爸正在等妳。」我繃緊下巴提醒她。

她瞥向卡萊爾和泰勒。泰勒完全沒注意我們，但卡萊爾正在監視我的每一次呼吸。

小心點，愛德華。

「我想跟你私下談談，如果你不介意。」她用低沉嗓音要求。我想跟她說我很介意，但我知道這場談話遲早會來，還不如現在就面對。

我大步走出房間，聽著她蹣跚地跟在後頭，我心中充滿許多彼此矛盾的情緒。

我現在得演戲。我知道我要扮演壞人。我要說謊，我要批評她，我要表現得殘酷。

這違背了我的良知，我這麼多年來緊抓不放的人類良知。我這一刻最想要的就是贏得信賴，我卻必須破壞所有贏得信賴的可能性。

更糟的是，這將是她對我的最後印象。這是我最後一場戲。

我轉向她。

「妳到底想怎樣？」我冷冷道。

看我的態度充滿敵意，她稍微後退，眼睛充滿困惑，臉上出現我揮之不去的那副表情。

「你欠我一個解釋。」她輕聲說，白皙肌膚徹底失去血色。

我很難維持嚴厲口吻。「我救了妳一命——我什麼也不欠妳。」

她為之一愣。看我這句話讓她這麼難過，我感覺就像遭到強酸潑灑。

「你答應過的。」她低語。

「貝拉，妳撞到頭了，妳不知道自己在說什麼。」

她抬起下巴。「我的頭沒問題。」

她在生氣，這倒也方便了我。我回瞪她，讓自己的臉龐顯得更冰冷嚴肅。

「妳到底想怎樣，貝拉？」

「我想知道真相。我想知道為什麼我要為你說謊。」

她要的確實很公平，我卻不能給她，這令我沮喪。

「那妳覺得發生了什麼事？」我咬牙切齒。

她滔滔不絕：「我只知道你當時不在我附近，泰勒也沒看到你，所以別跟我說什麼我腦袋撞壞之類的鬼話。那輛休旅車明明應該會壓到我們，這卻沒發生，你用手抵擋的凹痕清晰可見，另一輛車上也有你弄出來的凹痕，但你竟然沒有受傷。那輛休旅車照理說應該會壓到我的腳，你卻把它抬起來……」她突然咬緊牙關，眼眶含淚。

我瞪著她，雖然臉上帶著嘲諷，但心裡其實是驚奇——她當時竟然看得一清二楚。

「妳覺得我從妳身上抬起一輛休旅車？」我提高語調裡的諷刺意味。

她僵硬地點一下頭。

我的聲音變得更挖苦。「沒人會信妳，妳自己也知道。」

她拚命控制情緒，看起來像是憤怒。她回答我的時候，字字說得緩慢清晰。「我不會說出去。」

由衷之言——我從她眼裡看得出來。她雖然怒火中燒，覺得遭到背叛，但還是會幫我保守祕密。

為什麼？

震驚情緒稍微破壞了我擺出來的表情，我急忙振作起來。

「那妳幹麼一直問？」我刻意維持嗓音嚴厲。

「因為我想搞清楚，」她堅決道：「我不喜歡說謊，除非有很好的理由讓我非說不可。」她要我相信她，正如我希望她能相信我。但我不能越過這條界線。

我的嗓音依然惡毒。「妳就不能對我說聲謝謝，然後讓這一切過去？」

「謝謝你。」她說，然後悶悶不樂地等候。

「妳不打算放過這件事，是不是？」

「沒錯。」

「這樣的話……」我就算想對她說實話也不能說……況且我也不想說。我寧願她自己去編個故事，也不能讓她知道我是什麼，因為真相比什麼都糟——我是個不死夢魘，來自恐怖小說。「我祝妳享受這份失望。」

我跟她板起臉互瞪。

她臉頰泛紅，再次咬牙。「你當時幹麼救我？」

我沒料到她這麼問，也沒做好回答的準備。我失去了對自己扮演的角色的控制力。我感覺面具從臉上掉下來，這次我跟她說了實話。

「我也不知道。」

我最後一次記住她的臉——她依然氣得臉龐僵硬，臉頰血色未退——然後我轉身離開她。

chapter 4

幻象

你真盲目，愛德華。
你看不見你未來的路？
你看不見你目前在哪？
那件事註定要發生，
比太陽將在明早升起更無可避免。
來看看我看見的……

我回到學校。這是正確決定，這麼做最能避免讓人起疑。其他學生也陸續回學校上課，只剩泰勒、貝拉，還有另外幾個想拿車禍當藉口蹺課的學生還沒回來。對我來說，做出正確決定不應該很困難，但這整個下午，我都強忍著想蹺課的衝動——就為了再次去找那女孩。

就像個跟蹤狂。一個痴迷的跟蹤狂。

不可思議，今天的學校竟然比上星期更令人煩悶。我覺得就像陷入昏迷狀態，彷彿磚塊、樹木、天空和我周圍的一張張臉孔都褪了色……我瞪著牆上的裂痕。

我應該去做另一件正確的事……但我沒做。它當然也是錯誤的事。這完全取決於觀點。

從庫倫家族的觀點來看——不只是吸血鬼，而是庫倫，屬於這個家族的成員，「擁有家族」這回事在吸血鬼當中很少見——正確決定聽起來應該像這樣：

「沒想到你會來上課，愛德華。我聽說你今早被捲進那場駭人的車禍。」

「是的，沒錯，班納先生，但我很幸運。」友善微笑。**「我毫髮無傷。可惜泰勒和貝拉沒我這麼幸運。」**

「他們狀況如何？」

「我認為泰勒沒有大礙……除了擋風玻璃造成的皮肉傷。但我不確定貝拉的狀況。」擔心地皺眉。**「她可能有腦震盪。我聽說她有一段時間語無倫次——甚至看到幻覺。我知道醫師們很擔心……」**

我原本該這麼做。這是我該為我家人做的。

「沒想到你會來上課，愛德華。我聽說你今早被捲進那場駭人的車禍。」

我沒露出微笑。「我沒受傷。」

班納先生不自在地挪動身子。

「你知道泰勒・克羅利和貝拉・史旺狀況如何嗎？我聽說他們受了傷……」

我聳肩。「我不知道。」

班納先生清清喉嚨。「呃，好吧……」我的冰冷瞪視讓他有點說不出話。

他快步回到教室前面，開始上課。

我這麼做是錯的，除非你從一個較為晦澀的觀點來看待這件事。

在女孩背後毀謗她，我總覺得這麼做很……欠缺騎士風範，尤其因為她值得信賴的程度超出我的想像。她並沒有把我的事情抖出去，就算她有充分理由這麼做。她為我保密，我真的要背叛她嗎？

我跟果夫太太也有一場類似的談話，只不過是用西班牙文而非英語。艾密特意味深長地看著我。

我希望你能充分解釋今天發生的事。羅絲莉氣得半死。

我翻白眼，沒看他。

其實，我有準備好非常完善的說詞。想像一下，如果我沒有採取行動、避免那輛休旅車壓扁那女孩。想到這裡，我打個冷顫。但如果她有被撞到，如果她被撞得血肉模糊，浪費掉的鮮血流過柏油路，新鮮的血味飄過空中……

我又打個冷顫，但不只因為驚恐，而是因為慾望。不，我當時沒辦法袖手旁觀，因為她如果流血，我們這個家的成員就會以凶惡又駭人的方式自曝身分。

這是個非常充分的理由……但我不打算拿來用。這個理由太丟臉。

況且我是在事發後才考慮這個理由。

提防一下賈斯柏，艾密特看不出我在作白日夢，而是透過想法告訴我，**他雖然沒她那麼生氣……但決心比她更強烈。**

我明白他的意思，找到賈斯柏的心靈，我覺得有點頭暈目眩。他的怒火彷彿吞噬一切，我的眼前被一團紅霧遮蔽，幾乎令我無法呼吸。

愛德華！振作點！艾密特在腦海中對我咆哮。他伸手按在我肩上，把我壓在座位上，避免我站起來。他很少像現在這樣使用全力，畢竟他比我們見過的任何吸血鬼都強壯許多。他揪住我的胳臂，而不是把我往下按住，否則我身下的椅子一定會被壓垮。

放輕鬆點！他下令。

我試著讓自己冷靜下來，但這很困難。那團怒火在我的腦海中燃燒。

我們討論這件事之前，賈斯柏不會採取任何行動。我只是覺得你該知道他傾向於怎麼做。

我專心試著放鬆，感覺艾密特的手鬆開我。

拜託你別引來更多注意。你惹上的麻煩已經夠多了。

我深吸一口氣，艾密特放開我。

我三不五時地掃視周圍，我們這場對峙短暫又無聲，只有坐在艾密特身後的幾個人注意到。他們對此都不知道該做何感想，所以沒當一回事。反正每個人都知道庫倫家各個都是怪咖。

我靠，小子，你真是一團亂。艾密特補充一句，語帶同情。

「要你管。」我低聲咕噥，聽見他輕笑幾聲。

艾密特不是會懷恨在心的那種人，我大概也應該感激他這麼寬容。但我看得出來，他瞭解賈斯柏的意圖，他覺得賈斯柏的想法或許是最佳辦法。

怒火持續悶燒，勉強被控制住。沒錯，艾密特是比我強壯，但他至今摔角還沒贏過我。他聲稱這是因為我作弊，但讀心術就是我的天賦，正如蠻力是他的天賦。我跟他算是勢均力敵。

戰鬥？這算戰鬥嗎？我真的要跟我的家人戰鬥，為了一個我不怎麼認識的人類？

我思索這件事，想著在我懷中的那個脆弱女孩，把她跟賈斯柏、羅絲莉和艾密特做比較，我的家人擁有無比的力量和速度，簡直就是天生的殺戮機器。

沒錯，我願意為她而戰、對抗我的家人。我打個冷顫。

但我有必要保護她，因為是我讓她有了危險！

但我沒辦法獨自對付他們三人，所以我判斷誰可能是我的盟友。

卡萊爾絕對可能。他雖然不會對任何人出手，但一定會反對羅絲莉和賈斯柏的謀劃，而這對我來說可能已經足夠。

艾思蜜不一定會幫我，卻也不會對付我，她也絕不想反對卡萊爾，但她會想辦法讓這個家維持完整。她的當務之急不是怎麼做才是對的，而是我。如果卡萊爾是我們這個家的靈魂，艾思蜜就是這個家的心。卡萊爾給了我們一個值得追隨的領袖，艾思蜜則是讓「追隨」這件事成了「愛」的舉動。我們一家人深愛彼此，就算我現在對賈斯柏和羅絲莉感到憤怒，就算我打算為了拯救女孩而對付他們，我還是知道我愛他們。

至於艾利絲會不會幫我……我毫無頭緒。這大概取決於她在幻象中看到什麼。我猜她會站在贏家那一邊。

看來我得靠自己。我自己當然對付不了他們，但我也不會讓那女孩因為我而受到傷害。意思就是，我可能必須想辦法避開衝突。

在突來的黑色幽默下，我的怒火稍微減輕。我試著想像，我如果綁架那女孩，她會如何反應。當然，我很少猜對她的反應，但她除了驚恐之外還會有什麼反應？

話說回來，我不確定該怎麼綁架她。我沒辦法忍受站在她身邊太久。也許我該把她送回她母親身邊，就連這麼做也會充滿危險，對她來說很危險。

我突然意識到：這麼做對我來說也很危險。如果我不小心殺了她……我不確定這會給我造成多大的痛苦，但我知道那會是既廣泛又強烈的痛苦。

我思索相關的複雜問題時，時間很快過去了，像是我回家時一定會被罵、我跟家人之間的衝突、這個衝突將持續多久。

至少我沒辦法再抱怨放學後的生活單調乏味。那女孩改變了這點。

鈴聲響起後，我和艾密特默默走向汽車所在。他在擔心我，也在擔心羅絲莉。他知道自己在必須選邊時將別無選擇，而這令他心神不寧。

其他人在車上等我們，同樣默不作聲。我們是個很沉默的群體。只有我聽得見他們在心中的咆哮。

白痴！瘋子！智障！混蛋！自私又不負責任的蠢蛋！羅絲莉透過心聲丟來一大堆刺耳抨擊，我很難聽見別人在想什麼，但我還是盡力無視她。

艾密特對賈斯柏判斷正確。賈斯柏深信自己的計畫是對的。

艾利絲一方面擔心賈斯柏，一方面瀏覽著關於未來的景象。不管賈斯柏用什麼方式接近那女孩，艾利絲總是看到我攔住他。有意思……在這些幻象中，羅絲莉或艾密特都沒在他身邊。看來賈斯柏打算獨自行動。如此一來，我跟他就成了五五波。

賈斯柏是我們當中最強的戰士，至少在實戰方面經驗最豐富。我唯一的優勢，就是能透過讀心術得知他打算如何出招。

我跟這些兄弟有過的打鬧都只是嬉鬧，不是認真的。想到我必須認真試著傷害賈斯柏，我就覺得難受。

不，不是傷害他，只是試著攔住他。如此而已。

我把精神集中在艾利絲身上，記住賈斯柏各種進攻方式。

我這麼做的時候，她的幻象改變：離史旺家那棟房子越來越遠，我正攔住賈斯柏。

住手，愛德華！她怒道。**事情不能這樣發生，我不允許。**

我沒回應她，只是繼續旁觀。

她開始觀看更遠的未來，望向充滿無限可能的縹緲地帶，一切都顯得朦朧不清、曖昧不明。

開車回家的這段路上，緊繃的寂靜氣氛未曾消退。我把車停進房子旁邊的大型車庫。卡萊爾的賓士停在裡頭，旁邊是艾密特的大型吉普車、羅絲莉的Ｍ３，還有我的奧斯頓馬丁「征服者」。我慶幸卡萊爾已經回到家，因為這種沉默氣氛很可能遲早爆發；那一刻到來時，我希望他在場。

我們直接進入飯廳。

我們當然從來不在這裡用餐，但這個空間還是經過充分裝潢，擺放著橢圓形的桃花心木桌和椅子；我們很在乎家裡妥善地擺放了該有的道具。卡萊爾喜歡把飯廳當成會議室。我們這個群體的個性如此強悍又迥異，有時候有必要坐下來冷靜討論。

我總覺得這個會議室今天幫不上多少忙。

卡萊爾坐在平時的位子上，飯廳的東側首位。艾思蜜坐在他旁邊，彼此牽著的手放在桌上。

艾思蜜的眼睛看著我，那雙金眸充滿擔憂。

留下。這是她唯一的念頭。她根本不知道接下來會發生什麼事，只是擔心我。

我真希望我能對這個視我如己出的女子綻放笑容，但我現在沒辦法安撫她。

我在卡萊爾的另一邊坐下。

卡萊爾大概猜得到接下來會發生什麼事。他緊抿嘴脣，眉心皺起，這個表情在他的年輕臉孔上顯得太過蒼老。

大夥就座時，我看得出界線被劃下。

羅絲莉坐在卡萊爾正對面，也就是長桌的另一頭。她對我怒目而視，未曾移開視線。

艾密特坐在她旁邊，表情和思緒都充滿不悅。

賈斯柏遲疑幾秒，最後決定站在羅絲莉後面的牆邊。不管這場討論有何結果，他的命運都已被決定。

我咬緊牙關。

艾利絲最後一個進來，她盯著遠處某個東西——未來，依然模糊得讓她無從判斷。她似乎想也沒想地便在艾思蜜旁邊坐下，揉揉額頭，好像覺得頭痛。賈斯柏不自在地挪動身子，原本想在她身旁坐下，但還是待在原位。

我深吸一口氣。這件事由我而起，應該從我先開口。

「我很抱歉，」我先看著羅絲莉，然後看著賈斯柏，最後看著艾密特。「我不是有意讓你們任何人碰上危險。我當時沒多想，我也為自己的倉促行動負全責。」

羅絲莉狠狠地瞪著我。「你所謂的『負全責』是什麼意思？你打算怎麼解決問題？」

「不是用妳想的那種方式。」我盡力讓嗓音維持平靜。「這件事發生前，我其實正準備離開。我現在就走……」**只要我相信那女孩會平安無事**，我在腦海中修正。**只要我相信你們都不會碰她**。「這個問題會自行解決。」

「不，」艾思蜜呢喃：「不，愛德華。」

我拍拍她的手。「我只離開幾年。」

「可是艾思蜜說得對，」艾密特說：「你哪也不能去，否則只會幫倒忙。我們現在格外需要知道人們在想什麼。」

「如果有重大變化，艾利絲會看得見。」我反駁。

卡萊爾搖頭。「我認為艾密特說得沒錯，愛德華。你如果消失，那女孩更可能四處亂說。我們要麼一起離開，要麼一同留下。」

「她不會四處亂說。」我立刻保證。我想先把這點說清楚，因為羅絲莉的怒火離爆發的一刻不遠。

「你看不見她的想法。」卡萊爾提醒我。

「我知道她不會四處亂說。艾利絲，幫幫我。」

艾利絲疲倦地抬頭看著我。「如果我們不處理這件事，我看不出事情將如何發展。」她瞥向羅絲莉和賈斯柏。

不，她看不見未來，因為羅絲莉和賈斯柏反對讓這件事不了了之。

羅絲莉猛然拍桌，發出巨響。「我們不能讓那個人類有機會四處亂說。卡萊爾，你必須明白這點。就算我們決定一起搬走，留下關於我們的傳聞也不妙。我們的生活方式和其他族人截然不同，你也知道有些族人就等著有藉口責怪我們。我們必須比其他人更謹慎！」

「我們以前也有留下傳聞。」我提醒她。

「那些只是謠言和懷疑，愛德華，沒有目擊者和證據！」

「證據！」我嗤之以鼻。

但是賈斯柏連連點頭，眼神嚴肅。

「羅絲莉——」卡萊爾開口。

「讓我說完，卡萊爾。事情很好解決，那女孩今天撞到腦袋，搞不好她的傷其實比看上去更嚴重。」羅絲莉聳肩。「每個凡人上床就寢之後，都可能再也醒不過來。其他族人會期待我們自行收拾這個爛攤子。嚴格來說，這應該由愛德華收拾，但他顯然辦不到。你也知道我的自制力有多強，我不會留下證據。」

「沒錯，羅絲莉，我們都知道妳是多麼厲害的刺客。」我咬牙道。

她朝我發出斷吼，一時半刻說不出話。真希望這一時半刻能拉長一點。

「愛德華，拜託。」卡萊爾說，然後望向羅絲莉。「羅絲莉，我在羅徹斯特那次睜一隻眼閉一隻眼，因為我覺得妳當時是有資格報復。妳殺掉的那些人確實深深地得罪了妳。但這次不一樣，史旺家的女兒完全無辜。」

「這件事無關私人恩怨，卡萊爾，」羅絲莉咬牙道：「而是為了保護我們這一家。」

卡萊爾思索該如何答覆時，現場暫時安靜片刻。他點頭時，羅絲莉的眼睛一亮。她應該要更聰明一點。就算我沒有讀取他的心思，我也猜得出他接下來會說什麼。卡萊爾從不妥協。

「我知道妳用心良苦，羅絲莉，可是……我希望我們這一家是值得保護的一家。偶然發生的……事故或失去自制力，就是我們這種生活難以避免的一部分。」他常常把自己說成當事人，就算他未曾失去自制力。「冷血殺害一個無辜的孩子，這完全是另外一回事。我認為不管她會不會把事情說出去，她都不會造成很大的風險。如果我們為了自保而破例，就可能失去更重要的東西，像是我們究竟是什麼樣的人。」

我小心翼翼地控制住自己的表情。我這時候可千萬不能咧嘴笑，也不能鼓掌叫好，雖然我真的很想這麼做。

羅絲莉板著臉。「我只是覺得做事該負責任。」

「這麼做叫做麻木不仁，」卡萊爾溫柔地糾正她。「每一條生命都很珍貴。」

羅絲莉長嘆一聲，噘起嘴。艾密特拍拍她的肩。「別擔心，羅絲莉。」他低聲鼓勵。

「問題是，」卡萊爾說下去：「我們該不該搬走。」

「不，」羅絲莉呻吟：「我們才剛安頓下來。我不想重讀高二！」

「當然，妳可以保留妳現在的年齡。」卡萊爾說。

「然後這麼快就得再次搬家？」她駁斥。

卡萊爾聳肩。

「我喜歡這裡！這裡陽光稀少，我們幾乎能正常過日子。」

「我們當然不需要現在就決定。我們可以靜觀其變，看有沒有必要搬走。愛德華似乎確信那個史旺女孩不會四處亂說。」

羅絲莉嗤之以鼻。

但我已經不再擔心羅絲莉。我看得出她會配合卡萊爾的決定，不管她多麼氣我。他們開始討論起不重要的細節。

賈斯柏依然無動於衷。

我明白為什麼。他遇到艾利絲之前，是在一個烽火連天的戰區生活。他知道違反規定的後果，他曾親眼見過可怕的下場。

他沒用超能力安撫或刺激羅絲莉，顯然有其原因。他在這場討論中是刻意維持超然立場。

「賈斯柏。」我開口。

他回視我，面無表情。

「她不能因我犯錯而付出代價，我不允許。」

「所以她可以因你犯錯而獲利？她今天應該死的，愛德華。我就算殺了她也只是順應天命。」

我重複剛剛說過的話，強調每一個字。**「我不允許。」**

他瞪大眼睛，沒料到我打算阻止他。

他搖頭。「我也不會讓艾利絲活在危險當中，哪怕只是稍微有點危險。愛德華，你對任何人都沒有我對她的那種感情，你也沒有我那種經歷，不管你看不看得見我的回憶。你不懂。」

「我沒反駁這點，賈斯柏。但我現在告訴你，我不會允許你傷害伊莎貝拉・史旺。」

我跟他互瞪，不是怒目相視，只是打量對手。我感覺得出來，他在觀察我的心情和決心。

「賈斯柏。」艾利絲介入。

他再看我幾秒，然後轉眼看著她。「妳不需要跟我說妳能保護自己，艾利絲，這我已經知道。這並不能改變——」

「我不是要說這個，」艾利絲打斷他的話：「我是要你幫我一個忙。」

我透過意念看見她的想法，不禁目瞪口呆。我震驚地瞪著她，勉強注意到每個人都警覺地看著我。

「我知道你愛我。謝了。但你如果不試著殺掉貝拉，我真的會很感激。首先，愛德華滿認真的，我不希望你們倆打起來。其次，她是我的朋友。至少該說，她將成為我的朋友。」

她的腦海中是一幅如玻璃般清晰的畫面：艾利絲面帶微笑，用冰涼蒼白的胳臂摟住那女孩溫暖又瘦削的肩膀。貝拉也一臉微笑，用胳臂摟住艾利絲的腰。

這幅幻象非常明確，只有時間點不確定。

「可是……艾利絲……」賈斯柏倒抽一口氣。我沒辦法轉頭查看他的表情，我沒辦法為了聆聽他的想法而把心思從艾利絲的幻象上移開。

「我有一天會很喜歡她，賈斯柏。你如果傷害她，我會對你很不滿。」

我還在觀看艾利絲的思緒。我看見未來閃爍，賈斯柏的決心被她這個突然的請求擊潰。

「啊，」她嘆口氣。他的猶豫不決造就了一個新的未來。「看到沒有？貝拉不會四處亂說。我們沒什麼好擔心的。」

她說出那女孩的名字……態度就像彼此是姊妹淘。

「艾利絲，」我窒息道：「這……這表示……」

「我跟你說過，有個改變即將到來。我也不知道，愛德華。」但她繃緊下巴，我看得出她還有話想說。她正在試著別想自己看到什麼。她突然把心思集中在賈斯柏身上，雖然他震驚得無法做出決定。有時候，她如果不想讓我看到她腦海中的幻象，就會採取這種手法。

「什麼，艾利絲？妳隱瞞了什麼？」

我聽見艾密特咕噥。我每次和艾利絲進行這種祕密談話時，他就會覺得不耐煩。

她搖頭，試著不讓我窺見。

「是關於那女孩？」我追問：「關於貝拉？」

她為了集中精神而咬牙；我說出貝拉的名字時，她的集中力暫時崩潰，雖然只瓦解不到半秒，但對我來說已經足夠。

「不！」我呼喊。我聽見自己坐的椅子倒在地上發出聲響，這才意識到自己已站起來。

「愛德華！」卡萊爾也起身，抓住我的肩膀。我幾乎沒注意到他。

「越來越清楚了，」艾利絲低語：「隨著時間一分一秒經過，你的未來越來越明確。她的命運其實只有兩種走向，非此即彼，愛德華。」

我看得見她看見什麼……只是我無法接受。

「不。」我重複。我沒辦法接受。我覺得兩腿無力，不得不把體重撐在桌上。卡萊爾抽手。

「這真的很令人厭煩。」艾密特抱怨。

「我必須離開。」我對艾利絲低語，沒理艾密特。

「愛德華，我們已經討論過這點，」艾密特大聲說：「你如果離開，那女孩就很可能四處亂說。而且，你如果一走了之，我們就很難確定她有沒有把事情抖出去。你必須留下，處理這件事。」

「我看不見你離開這裡，愛德華，」艾利絲告訴我：「我不確定你還能離開。」**考慮清楚**，她透過腦海對我說，**考慮清楚你如果離開的話……**

我明白她的意思。沒錯，一想到再也見不到那女孩……我覺得痛苦。我在醫院走廊裡對她粗魯地道別時，已經覺得難過。但現在，我比之前更有必要離開這裡。我沒辦法容許我逼她走上的任何一種未來成真。

愛德華，我不確定賈斯柏會怎麼做，艾利絲告訴我，**如果你離開，如果他認為她會給我們造成威脅……**

「我沒聽見他這麼想。」我駁斥她，只把部分的心思放在我跟她的對談上。賈斯柏正在猶豫不決，他不會做出任何可能傷害艾利絲的決定。

他只是在這一刻沒這麼想。你想拿她的性命冒險，讓她脆弱無防？

「妳為什麼要對我說這種話？」我呻吟道，垂下頭，雙手掩面。

我不是貝拉的保護者。我不能成為這種身分。艾利絲看見的兩種未來不就是證據？

我也愛她。至少該說我會愛她。這種愛雖然不一樣，但我為此希望她能活下去。

「妳也愛她？」我低語，不可置信。

她嘆氣。**你真盲目，愛德華。你看不見你未來的路？你看不見你目前在哪？那件事註定要發生，比太陽將在明早升起更無可避免。來看看我看見的……**

我驚恐地搖頭。「不。」我試著排除她向我揭示的幻象。「我不需要照那條路走。我會離開。我會改變未來。」

「你可以試。」她語帶懷疑。

「唉，別搞神祕啦！」艾密特咆哮。

「認真聽，」羅絲莉朝他嘶吼：「艾利絲看見他會愛上人類！不愧是愛德華！」她故意發出一個嘔吐的聲音。

我幾乎沒聽見她說什麼。

「什麼？」艾密特大感驚訝，接著發出震耳笑聲。「原來是這麼回事？」他又在發笑。「你可真倒楣，愛德華。」

我感覺他伸手觸碰我的胳臂，我心不在焉地甩掉。我現在不能把注意力放在他身上。

「愛上人類？」艾思蜜用震驚語調重複這項發現。「愛上他今天救了的女孩？愛上她？」

「妳看見什麼，艾利絲？說清楚。」賈斯柏追問。

她轉向他。我依然麻木地盯著她的側臉。

「這一切都取決於他夠不夠堅定。他要麼會殺了她——」她再次轉頭瞪我。「愛德華，你如果這麼做，就真的會讓我火大，更別提這對你自己有什麼影響——」她回頭看著賈斯柏。「不然，她有一天會成為我們的族人。」

某人倒抽一口氣，我沒注意到是誰。

「那種事不會發生！」我再次咆哮：「兩種未來都不會發生！」

艾利絲繼續說下去，彷彿沒聽見我說什麼。「這一切都要看情況，」她重複：「他也許勉強夠堅定、不會殺了她——但千鈞一髮。那會需要非常強大的自制力……」她若有所思。「比卡萊爾還厲害才行。他不夠堅定、做不到的某件事就是遠離她，他在這件事上會註定失敗。」

我發不出聲音。其他人也似乎發不出聲音。現場一片寂靜。

我瞪著艾利絲，其他人都瞪著我。我能從五個視角看到自己的驚恐表情。

經過漫長一刻後，卡萊爾嘆道：「好吧，這……讓事情複雜許多。」

「可不是嘛。」艾密特同意，語調依然逼近笑聲。我的生活大難臨頭，艾密特卻就是找得到笑點。

「我猜計畫沒變，」卡萊爾若有所思。「我們會留在這裡、靜觀其變。當然，任何人都不准……傷害那女孩。」

我僵住。

「嗯，」賈斯柏輕聲道：「這我能認同。既然艾利絲看到只有兩種結局——」

「不！」我的嗓音不是咆哮、低吼或絕望呻吟，而是這三種情緒的混合。「不！」

我必須離開這裡，遠離他們這些思緒的噪音——羅絲莉自以為是的鄙視、艾密特的笑意、卡萊爾的無盡耐心……

更糟的是：艾利絲的自信。還有賈斯柏對她的自信充滿的信心。

最糟的是：艾思蜜的……喜悅。

我大步離去。從旁經過時，艾思蜜向我伸手，但我沒做出回應。

我穿過大門前，已經拔腿奔跑。我一躍就飛過了草地和河流，跑進森林。天空又開始下雨，滂沱而下，我一下子就渾身溼透。我喜歡這種豪雨，因為它在我和周遭世界之間形成一堵牆。雨牆圍住我，讓我得以獨處。

我跑向東方，翻山越嶺，直線前進，直到我能看到海灣另一頭的少許燈火——是西雅圖。我在觸及人類文明世界的疆界前停下腳步。

圍於雨陣，隻身一人，我終於逼自己看著我做了什麼、我如何操弄了未來。

首先，艾利絲在幻象中看到自己和那女孩勾肩搭背，一起在高中附近的森林裡散步——這幅畫面充滿信賴和友誼的氣息。在這幅幻象中，貝拉那雙巧克力色的大眼雖然毫無困惑，但依然充滿祕密——在這一刻，那雙眼睛裡似乎都是幸福的祕密。她沒避開艾利絲冰涼的胳臂。

這意味著什麼？她知道多少？在幻象所捕捉的未來那一刻，她對我做何感想？

然後是另一幅畫面，內容雖然大同小異，卻染上令我驚恐的色彩。艾利絲和貝拉在我家的門廊，依然如摯友般勾肩搭背，兩人的膚色卻毫無分別，都是白色，如大理石般光滑，如鋼鐵般堅硬。貝拉的眼睛不再是巧克力色，而是令人震驚的鮮明緋紅色。那雙眼睛裡的祕密無法測量——是接受還是憂傷？我無從得知。她的臉龐冰冷，而且長生不老。

我打個冷顫。我無法壓抑幾個既熟悉又不同的疑問：這究竟是什麼意思——這是怎麼發生的？她現在對我做何感想？

我能回答最後這個問題。如果我因為自己的軟弱和自私而逼她走進這個空虛的半人生，她一定會恨我。

但有幅畫面更令人驚恐，比我以往看過的都糟。

我自己的眼睛，因為吸了人類的血而呈現深沉的緋紅色，怪物的眼睛。貝拉垂軟地躺在我懷裡，渾身死白，毫無生命。這幅畫面如此明確清晰。

我看不下去。我無法承受。我試著驅逐這幅畫面，試著看見別的景象，什麼都好。我試著再次看見她充滿生命、最近總是擋在我視野前的那幅臉孔，但徒勞無功。

艾利絲的陰鬱幻象充斥於我的腦海，令我痛苦不堪。我體內的怪物因即將得逞而興奮難耐。牠令我作嘔。

我不能允許這種事發生。我一定有辦法改變未來。我不能任憑艾利絲的幻象擺布。我能選另一條路。選擇永遠存在。

一定。

chapter 5

邀與被邀

他腦海中的強烈羨慕
——羨慕這女孩喜歡的對象——
突然讓我知道我剛剛感受到的情緒叫什麼。
我感受到的是「嫉妒」。

高中生活不再是煉獄，而是徹頭徹尾的地獄。折磨與烈火……沒錯，我兩樣都有。

現在，我做什麼都規規矩矩，不放過任何細節。沒人能埋怨說我背棄了自己的責任。為了讓艾思蜜開心，也為了保護其他人，我留在福克斯。我回歸平日的作息，狩獵次數不比其他人多。每一天，我都來高中扮演人類。每一天，我仔細聆聽，看有誰談起關於庫倫家的最新八卦，但並無發現。那女孩完全沒提到之前的懷疑，只是重複同一個說詞——我當時站在她身邊，及時把她拉開——直到聽眾被澆熄了熱情，不再尋找更多細節。沒有危險，我在停車場的倉促行動沒傷到任何人。

只傷到我自己。

我決心改變未來。這項任務並不簡單，但我也別無選擇。

艾利絲說我不夠堅強、沒辦法遠離那女孩。我要證明她錯了。

我原以為第一天會最困難。在第一天結束時，我確信第一天會最困難，但我錯了，知道我會傷害那女孩令人憤恨不已。我安慰自己說她的痛苦跟我相比不值一提，她只是稍微受到拒絕。貝拉是人類，她知道我異於常人、我有問題、我令人害怕。我如果不理她、把她當空氣，她應該會鬆一口氣，而不是覺得難過。

「嗨，愛德華。」車禍後第一次在生物課遇到時，她對我打招呼，嗓音悅耳友善，跟我們上次談話時一百八十度相反。

為什麼？這個改變意味著什麼？她忘了車禍的事？她以為那全是她想像出來的？我沒履行承諾、對她說明真相，她有可能原諒我嗎？

我每次呼吸時，這些疑問就跟吸血慾望一樣令我隱隱作痛。

我想稍微看看她的眼睛，我只想知道我能不能看懂她那雙眸子裡的答案……

不行。我不能允許自己這麼做，因為我想改變未來。

我把下巴朝她轉動一吋，眼睛依然看著教室前方，對她點一下頭，然後回頭看著前面。她沒再跟我說話。

當天下午，學校一放學，我結束了扮演高中生的工作，像昨天那樣跑向西雅圖。我飛躍大地，周圍化為綠色糊影的時候，我覺得好像稍微更能應付這份痛苦。

這趟奔跑成了我每天的習慣。

我愛她嗎？應該不是，至少目前不是。但我一直記得艾利絲窺見的那個未來，我看得出來愛上貝拉會多麼容易，那會像墜入愛河般毫不費力。不允許自己愛上她，則是「墜入」的相反，就像以凡人之力費勁地爬上峭壁。

過了一個多月，每一天都比前一天更辛苦一些。我搞不懂為什麼會越來越辛苦——我一直在等著早點結束這件事，難度會變得越來越簡單。艾利絲說我沒辦法遠離那女孩的時候，一定就是這個意思。她已經看到我的痛苦會持續攀升。

但我能承受痛苦。

我不能破壞貝拉的未來。如果我註定要愛上她，那麼「避開」她不就是我起碼能做的？

但避開她已經是我能忍受的極限。我可以裝作沒看見她，不看她一眼。我可以假裝我對她完全不感興趣。我卻依然注意她每一次的呼吸、說出的每一個字。

我沒辦法用自己的眼睛看著她，所以我透過其他人的眼睛這麼做。我大多數的心思都在她身上，彷彿我就是繞著她公轉。

隨著這種地獄般的日子持續下去，我把自己承受的折磨分成四個種類。

我很熟悉第一和第二種：她的氣味，還有我聽不見她的想法這件事。或者該說我的飢渴和好奇心，畢竟責任本來就在我身上。

飢渴是我承受的折磨中最原始的。我現在的習慣，是在上生物課時完全不呼吸。當然，凡事總有例外；我必須回答問題時，就得呼吸才能說話。我每次嘗到那女孩周身的空氣，就會跟相遇的第一天一樣，我感受到烈火、需求和難以駕馭的暴力慾。在這種時候，我很難維持理智或自制力，而且就跟那天一樣，我體內的怪物會發出咆哮，逼近水面。

好奇心是我承受的折磨中最揮之不去的。我時時刻刻都在想：**她現在在想什麼？**當我聽見她輕輕嘆氣，當她心不在焉地勾轉一綹頭髮，當她特別用力地把課本砸在桌上，當她在上課鈴響後匆忙跑進教室，當她不耐煩地用腳掌跺著地板……我用眼角瞥見的每個動作，都是令我發狂的謎團。她和其他人類學生說話時，我分析她的用字和語調。她說的是真心話，還是她認為應該說的話？我常常覺得她說的是她的聽眾期待聽見的話語，這讓我想到我自己的家人、我們每天扮演的假象；我們在這方面比她厲害。但她為什麼會需要角色扮演？她明明就是人類青少年之一。

只不過……她偶爾表現得不像人類青少年。例如，班納先生在生物課上進行分組活動的時候，習慣讓學生們自行選擇搭檔。每次分組時，野心最大也最勇敢的學生，像是貝絲•道斯和尼克拉斯•拉加利，會立刻邀請我跟他們一組，我也聳肩答應。他們知道我會完美地完成自己的部分，也會完成他們的部分，如果他們寫不出來。

不意外的，麥克邀請貝拉一組。出乎意料的是，貝拉堅持要塔拉•賈維茲加入她這個小組。

一般來說，班納先生得強制安排讓塔拉加入哪個小組。貝拉拍拍她的肩膀，羞澀地問她要不要一起的時候，塔拉臉上的驚訝多過開心。

「隨便。」塔拉回話。

貝拉回到自己的座位後，麥克朝她低聲道：「塔拉的腦子裡只有大麻，她什麼工作也不會做的，我認為她這堂生物課鐵定會當掉。」

貝拉搖頭，輕聲回話：「別擔心，她漏掉什麼答案，我都會補上。」

麥克沒覺得比較安心。「妳為什麼找她跟我們一組？」

我也很想問她這個問題，只不過不是用這種口氣。

事實上，塔拉確實過不了這堂生物課。班納先生正在想著她的事，而貝拉的抉擇讓他既驚訝又感動。**從來沒人給塔拉機會。貝拉真的很親切——她比這些活似食人族的學生善良多了。**

貝拉注意到塔拉平時被全班排擠？貝拉生性害羞，卻這樣幫助塔拉，我想像不出除了善良以外的理由。我不禁好奇，她這麼做給自己造成了多少不自在，我猜這裡的其他人類都不會願意這樣善待一個陌生人。

考慮到貝拉在生物課上的表現多麼優秀，搞不好這個分組活動的成績能避免塔拉當掉這堂課。而事情就是這樣發展。

有一次在午餐時間，潔西卡和蘿倫討論她們的「遺願清單」上最重要的旅遊目的地。潔西卡選擇牙買加，接著立刻覺得被蘿倫選擇的蔚藍海岸比了下去。泰勒加入這場討論，選擇阿姆斯特丹，腦子裡想著當地有名的紅燈區。我焦急地等貝拉發言，但麥克（這傢伙喜歡巴西的里約）還沒詢問她的意見，艾瑞克已經興奮地大喊「國際漫畫展」，引來哄堂大笑。

「宅氣沖天。」蘿倫嘶吼。

潔西卡竊笑。「可不是嗎？」

泰勒翻白眼。

「你這樣下去永遠交不到女朋友。」麥克告訴艾瑞克。

貝拉的嗓音——比平時怯弱的音量更響亮——加入這場混戰。

「不，國際漫畫展很酷，」貝拉堅稱：「那也是我想去的地方。」

麥克立刻自找臺階下。「我的意思是，有些服裝是很酷啦，像是星際大戰的奴隸莉亞。」**我真該把嘴巴給閉上。**

潔西卡和蘿倫對望一眼，皺起眉心。

噁男，蘿倫心想。

「我們真的應該去，」艾瑞克興奮地對貝拉說：「我的意思是，等我們存夠錢。」**跟貝拉一起去國際漫畫展！比我一個人去國際漫畫展更爽……**

貝拉愣住一秒，但瞥了蘿倫的表情一眼，接著垂下頭。「唉，我真的很想去，不過一定貴得要命吧？」

艾瑞克開始分析票價，還有睡旅館以及睡車上的費用差異。潔西卡和蘿倫回到剛剛的話題上，麥克不悅地聽著艾瑞克和貝拉談話。

「妳覺得開車過去要兩天還是三天？」艾瑞克問她。

「毫無頭緒。」貝拉說。

「那麼，從這裡開去鳳凰城要多久？」

「兩天就夠，」她信心滿滿。「只要你願意每天開車十五小時。」

「聖地牙哥應該比較近吧？」

似乎只有我注意到貝拉頭頂上出現發亮的燈泡。

「噢，當然，聖地牙哥絕對比較近，但至少要兩天車程。」

她顯然根本不知道國際漫畫展的地點。她加入這個話題，只是為了避免艾瑞克被取笑。她這麼做，揭露了她的個性——我隨時都在記錄我對她的發現——不過如此一來，我就永遠不會知道她自己最想去哪旅行。麥克也想知道這個答案，但他似乎沒注意到她加入這個談話的真實動機。

她常常做這類的事：她從不踏出自己低調的舒適圈，除非是為了幫助別人；她那些人類朋友們對彼此太殘酷的時候，她會改變話題；如果哪個老師看起來很沮喪，她會去感謝那位老師授課；她願意跟別人交換置物櫃，換去一個比較不方便的地點，好讓某一對朋友能成為置物櫃鄰居；她會對難過的人露出某種微笑，這是她那些日子過得愉快的朋友們看不到的笑容。她認識的人，或愛慕她的人，似乎都沒注意到她會做出這種小事。

透過這些小事，我得以把某個最重要的特質加入我對她的觀察紀錄，這是她最有特色、最簡單也最罕見的特點。貝拉是好人。她在其他方面的特質也襯托出這個特點，像是善良、謙卑、無私和勇敢。她是徹頭徹尾的好人，而且似乎沒人發現這點，除了我。就算麥克天天都在觀察她。

而這就是最令我意外的折磨：麥克・紐頓。誰能料到這麼平凡又無趣的凡人竟然能讓人這麼惱火？說真的，我應該稍微感激他，畢竟他比誰都有辦法逗那女孩說話。我透過這些談話對她有了許多瞭解，但麥克在這方面的助攻只令我火大。我不希望解開她祕密的人是他。

幸好他從沒注意到她稍微說溜嘴、自曝祕密的時候。他對她一無所知。他在腦子裡創造出一個根本不存在的貝拉——跟他一樣平庸的女孩。他沒注意到她獨特之處——她無私又勇敢——他聽不出她在說出想法時多麼成熟。他沒注意到，她提起自己的母親的時候，她的語氣其實像父母說到自己的孩子，充滿關愛、寬容、少許的莞爾，還有強勁的保護慾。他沒注意到她耐心地對他滔滔不絕說的故事假裝感興趣，沒注意到她的耐心是出於同理心。

這些發現雖然對我有幫助，我卻沒因此對那男孩產生好感。他以充滿占有慾的目光看待貝拉——彷彿她是某種獵物——還有他對她抱持的粗劣幻想，都令我火冒三丈。隨著日子經過，他似乎也確信自己最讓她有好感，勝過他眼裡的其他對手，包括泰勒•克羅利、艾瑞克•約基，甚至偶爾包括我。生物課開始上課前，他總是會坐在她旁邊，找她閒聊，把她的微笑當成鼓勵。我告訴自己：她那只是禮貌的微笑。我常常用某種方式自娛，想像自己反手把他打飛出去，讓他去撞牆。這種傷勢應該不會要他的命……

麥克很少把我當成情敵。車禍發生後，他曾擔心我和貝拉會因為有過共同經歷而感情變好，但事實證明剛好相反。在那時候，他很在意我把注意力放在貝拉一個人身上，沒理會她的同儕團體。但我最近也沒理她，所以他對我放心許多。

她現在在想什麼？她喜歡他給她的注意力嗎？

我承受的最後一個折磨，也是最痛苦的折磨：貝拉的冷漠。正如我不理她，她也不理我。她再也沒試過找我說話。就我所知，她再也沒想過我。

我之所以沒發瘋，或違背原本的決心，是因為她有時候會像以前那樣盯著我。我並沒有親眼見到她這麼做，畢竟我不允許自己看著她，但艾利絲總是會警告我們，其他手足則依然擔心那女孩知道我不是普通人。

她偶爾從一段距離外凝視我，這舒緩了我感到的一些痛苦。當然，她很可能只是好奇我是什麼樣的怪人。

「貝拉等會兒就會盯著愛德華看。表現得正常點。」三月的某個星期二，艾利絲說道，其他人小心翼翼地調整坐姿。

我有注意到貝拉多常偷瞄我。她這麼做的頻率並沒隨著時間而降低，這讓我感到開心，就算我不該感到開心。我不知道她這麼做意味著什麼，但我覺得比較好受。

艾利絲嘆氣。**我真希望……**

「別插手，艾利絲，」我咕噥：「別指望它發生。」

她噘嘴。她急著跟貝拉發展出在幻象中見到的友誼。從某種怪異的方式來說，她很想念自己根本不認識的女孩。

我得承認，你比我想像得更厲害。你又把未來搞得毫無道理。希望你很開心。

「未來對我來說充滿道理。」

她輕聲嗤之以鼻。

我試著屏蔽她，懶得應付這場談話。我現在心情不算好，我其實比他們所見到的更緊繃。只有賈斯柏注意到我多麼緊繃，感覺到我散發的壓力，因為他能察覺並影響旁人的心情。但他不明白情緒背後的原因——因為我這陣子總是心情惡劣——而且他並不當一回事。

今天會很辛苦，比昨天辛苦，一如往常。

麥克・紐頓想邀請貝拉來一場約會。

一場由女孩邀請舞伴的舞會即將舉行，他原本非常希望貝拉會邀他，但她並沒這麼做，這打擊了他的自信。他現在處於很不自在的窘境——我不該因為他這麼不自在而竊喜——因為潔西卡・史丹利剛剛邀了他。他不想答應，因為他還希望貝拉會選他（並證明他已經擊敗了其他的追求者），但他也不想拒絕而去不了舞會。潔西卡——因為他的猶豫而覺得難過，並猜中他猶豫的原因——正透過腦海朝貝拉投擲匕首。我又一次本能地想擋在貝拉和潔西卡的怨念之間。我現在比較理解我這個本能，但我不能付諸行動，而這更令我沮喪。

事情居然變成這樣！我竟然這麼在乎我以前唾棄的無聊高中戲碼。

跟貝拉一起走來生物教室的時候，麥克試著鼓起勇氣。我等他們倆進教室時，聽見他在心中的掙扎。這男孩很軟弱。他是刻意等這場舞會到來，他很怕讓她知道自己多麼迷戀她，除非她先表現出對他感興趣。他害怕被拒絕，所以希望她先踏出那一步。

膽小鬼。

他又在我們的桌位坐下，簡直把這裡當自己家，我想像他撞牆而全身骨折發出的聲響。

「那個……」他對女孩開口，眼睛盯著地板。「潔西卡邀請我跟她一起去春季舞會。」

「很好呀。」貝拉立刻答覆，語氣充滿熱忱。麥克聽懂她的語氣時，我逼自己別笑。他原本希望她會表現得不開心。「你跟潔西卡一定會玩得很愉快。」

他飛快判斷如何回應才算正確。「這個嘛……」他猶豫不決，差點想走人，但還是鼓起勇氣。「我跟她說我要想一下。」

「為什麼要想一下？」她質問，雖然語氣不高興，卻也夾帶一絲安心。

這是什麼意思？一陣突來的強烈怒火激得我握緊雙拳。

麥克沒聽見她感到的安心。他滿臉漲紅——因為我突然感到火大，他漲紅的臉簡直就像在邀請我吸他的血——說話時看著地板。

「我只是在想……嗯，也許妳原本打算邀我。」

貝拉神情猶豫。

在這一刻，我比艾利絲更清楚地看到未來。

不管女孩現在會不會對麥克沒說出口的疑問說「我願意」，她也遲早有一天會對某人說「我願意」。她樣貌美麗又令人好奇，男性人類對此不會視而不見。不管她會不會在這群平庸之輩裡選一個，還是等離開福克斯之後再挑，她說出「我願意」的那一天遲早會來。

我像之前那樣看見她的人生——上大學，找工作……戀愛，結婚。我再次看到她挽著她父親的胳臂，一身白紗，臉上幸福洋溢而且氣色紅潤，雙腳跟著華格納的《新婚合唱曲》節奏行進。

想像這個未來時，我感到的痛苦讓我想起自己變成吸血鬼時的劇痛。這股痛楚吞噬了我。

不只是痛苦，而是強烈的狂怒。

這團怒火渴望有個發洩之處。雖然這個微不足道的男孩未必會成為貝拉說「我願意」的對象，但我還是很想一拳打碎他的頭骨，警惕以後會讓貝拉說出「我願意」的那個人。

我不理解這種情緒——這是一團雜亂的痛苦、憤怒、慾望和絕望。我以前未曾有過這種感受，我說不出它的名稱。

「麥克，我覺得你應該答應她。」貝拉溫和地說。

麥克的希望破碎。換作其他場合，我會樂於享受這一幕，但我已經迷失於痛苦和憤怒給我造成的衝擊和自責。

艾利絲說得對，我不夠堅強。

艾利絲現在搞不好正在看著未來旋轉扭曲、再次變得曖昧不明。她會因此高興嗎？

「妳已經邀請別人了？」麥克悶悶不樂地問道。他瞥向我，這麼多星期來第一次對我起疑。我意識到我洩漏了自己的興趣，因為我的頭轉向貝拉。

他腦海中的強烈羨慕——羨慕這女孩喜歡的對象——突然讓我知道我剛剛感受到的情緒叫什麼。

我感受到的是「嫉妒」。

「沒有，」女孩的語氣帶有一絲莞爾。「我根本不會去參加舞會。」

我雖然心裡充滿自責和憤怒，但聽見她這番話，還是覺得鬆了一口氣。把麥克和其他對貝拉感興趣的凡人當成情敵，這麼做是錯的，甚至危險，但我必須承認，他們就是成了情敵。

「為什麼？」麥克嚴厲道。他竟然用這種口氣對她說話，我覺得很不高興，但我吞下低吼聲。

「我這個星期六要去西雅圖。」她答覆。

我感到的好奇已經沒有剛剛那麼強烈——我現在完全打算找出所有問題的答案。我很快就會知道她這個安排的原因。

麥克換上令人厭煩的勸誘口吻：「妳不能其他週末去嗎？」

「沒辦法，不行。」貝拉的語調變得較為尖銳。「所以你不應該讓潔西卡一直等，那樣很沒禮貌。」

她這麼在乎潔西卡的感受，這煽動了我的妒火。這趟西雅圖之旅顯然是用來拒絕麥克的理由。她拒絕他，純粹出於她對朋友的忠誠？她在這方面確實無私。她其實希望能答應他？還是我在這兩方面都猜錯了？她其實另外有喜歡的人？

「嗯，妳說得對。」麥克咕噥，心灰意冷的模樣幾乎讓我同情他。幾乎。

他把視線從女孩身上移開，我因此沒辦法透過他的思緒看著她的臉。

這讓我無法忍受。

我轉頭，直接打量她的臉孔，我上次看著她已經是一個多月前的事。允許自己看她，我覺得放鬆許多。我想像這種感覺就像冰敷燙傷之處，痛楚驟然平息。

她閉著眼睛，用雙手按壓臉側，肩膀往內縮。她微微搖頭，彷彿想從腦海中排除掉某個思緒。

我因為不知道她在想什麼而感到洩氣，但我也因此對她充滿好奇。

班納先生的喊話令她醒來，她慢慢睜開眼睛，立刻看著我，也許察覺到我的目光。她回視我的眼睛，她那雙眼裡依然是令我心神不寧的困惑。

在這一秒，我沒感到自責或憤怒。我知道這種情緒很快就會再次出現，但在這一刻，我感到莫名愉悅，彷彿我獲勝而非敗北。

她沒移開視線，就算我以不該有的熱切眼神瞪著她。我徒勞地試著透過她那雙清澈棕眼判讀她的心思，然而她的眼睛充滿疑問而非答案。

我從她的瞳孔裡看到自己的眼睛——因飢渴而呈黑色。我已經差不多兩星期沒狩獵，所以最好別挑今天屈服於吸血慾望。但我的黑眼似乎並不令她害怕。她還是沒移開視線，而且肌膚開始浮現極度誘人的粉紅色澤。

妳現在在想什麼？

我差點大聲說出這個疑問，但就在這時候，班納先生喊我的名字。我從他的腦海中找到正確答案，看他一眼，很快地吸口氣。

「克氏循環。」

吸血慾望灼燒我的喉嚨，繃緊我的肌肉，使得我嘴裡分泌出毒液。我閉上眼睛，試著集中精神，就算我實在想要她的血。

我體內的怪物歡欣鼓舞，比以前更強壯。牠喜歡這兩種可能的未來，因為這讓牠有五成的機會能獲得牠渴求的東西。牠離目標更為接近，因為我試著透過意志力建立的第三種未來已經崩壞——竟然被「嫉妒」這種情緒破壞。

自責、愧疚與飢渴一同燃燒；如果我有能力分泌淚水，現在眼裡就會噙著淚。

我做了什麼？

我知道我已經輸掉這場仗，我似乎沒理由抗拒我的慾望。我再次轉頭瞪著女孩。

她躲在頭髮後面，但我看得出她的臉頰呈現深紅。

我體內的怪物喜歡這幅景象。

她沒回視我，而是緊張地勾轉一綹深色頭髮。她纖細的手指，脆弱的手腕……看起來彷彿我只要吐口氣就能弄斷。

不，不，不。我不能這麼做。她太脆弱、太善良、太珍貴，不該落得這種下場。我不能容許自己毀了她的生命。

但我也沒辦法跟她保持距離。艾利絲在這件事上說得對。

我掙扎時，體內的怪物惱怒地嘶吼。

在我糾結兩難時，我和她共處的這短短一小時很快就結束了。下課鈴響響起，她開始收拾東西，沒看我。她這種反應雖然令我失望，但也是意料之內。我在車禍發生後對待她的方式確實惡劣。

「貝拉？」我沒能阻止自己，我的意志力已經粉碎。

她猶豫片刻後看著我。她轉頭時，表情充滿戒備和懷疑。

我提醒自己：她當然有權利懷疑我，她也應該懷疑我。

她等我說下去，但我只是瞪著她，打量她的臉。我短促地吸幾口氣，強忍飢渴。

「怎麼？」她終於開口，語調強硬。「你終於願意再次跟我說話？」

我不確定該怎麼回答她這個問題。我願意再次跟她說話嗎，以她說的那種意思？

我不能找她說話。我得管住自己。

「不，不盡然。」我告訴她。

她闔起眼睛，這讓我更難判斷她的感受。她閉著眼睛漫長地吸口氣，接著開口：「那你究竟想怎樣，愛德華？」

這應該不是正常人類的談話方式。她為什麼這麼做？

我該怎麼回答她？

我做出決定：對她說實話。從現在起，我要盡可能對她誠實。我不想被她懷疑，就算我不可能贏得她的信賴。

「我很抱歉。」我對她說。她永遠不會知道，我這幾個字是肺腑之言。不幸的是，我只能為瑣碎之事道歉。「我知道我很沒禮貌，但這麼做對大家都好，真的。」

她睜開眼睛，眼神依然充滿警覺。「我聽不懂你的意思。」

我盡可能在允許範圍內警告她。「我們別當朋友比較好。」她一定聽得懂這句話，她是個聰明人。「相信我。」

她繃緊眼角，我想起以前對她說過「相信我」，結果很快就違背了諾言。看她嘎吱作響地咬緊牙關，我不禁皺眉——她顯然也想起那件事。

「可惜你沒更早想通這點，」她惱火道：「否則你就不用後悔了。」

我震驚地瞪著她。她哪知道我有什麼後悔？

「後悔？後悔什麼？」我追問。

「後悔沒乾脆讓那輛該死的休旅車壓扁我！」她厲聲道。

我震驚得僵住。

她竟然這麼想？救她一命，是在遇到她後，我自己唯一能接受的事，唯一不感到羞愧、慶幸自己存在的事。打從我第一次嗅到她的氣息，我就一直在拚命試著讓她活下去。她竟然對我在這一團爛事當中唯一做過的好事感到懷疑？

「妳覺得我後悔救妳一命？」

「我知道你後悔。」她反脣相譏。

她對我的意圖的判斷令我火冒三丈。「妳根本搞不清楚狀況。」

她的想法真讓人莫名其妙！搞不好她的想法跟一般人類根本不一樣，所以我聽不見她的心聲。她根本不是正常人。

她撇過臉，再次咬牙，臉頰漲紅，這次是因為生氣。她猛然把課本堆成一疊，一把抱在懷裡，大步走向門口，沒回應我的瞪視。

我雖然生氣，但不知道為什麼，她的憤怒讓我的情緒緩和了下來。我搞不懂她生氣的模樣為什麼……很可愛。

她踏著僵硬的步伐，沒看清楚腳下，結果被門檻絆到，東西全撒在地上。她沒俯身撿東西，而是直挺挺地站著，甚至沒看地上，彷彿不確定課本值不值得撿起來。

現場無人旁觀。我迅速來到她身旁，撿起她的書。

她彎腰時看到我，然後愣住。我把她的課本還給她，確保自己冰涼的肌膚沒碰到她。

「謝謝。」她以尖銳口吻說。

「不客氣。」我的語氣因為剛發了脾氣而依然粗啞，但我還來不及清清喉嚨、再試一次，她已經站起身，往下一堂課的教室走去。

我目送她，直到再也看不見怒氣沖沖的她。

西班牙文課轉眼就過。果夫太太沒問我為何心不在焉（她知道我的西班牙文比她還好，所以給我很多空間），我因此能慢慢想事情。

看來我沒辦法無視那女孩。這點很明顯。但這表示我別無選擇、只能毀了她？這不可能是唯一可能的未來。一定有別的選擇、更微妙的平衡。我試著想辦法。

我沒怎麼理會艾密特，直到快下課的時候。他很好奇——艾密特雖然未必能看懂我為何心情陰暗，但看得出我明顯有變化。他好奇發生了什麼事、我為何不再板著臉。他試著給這種改變下定義，最後做出決定：我看起來充滿期望。

充滿期望？旁人是這樣看我？

我們走向富豪汽車時，我心想我該對什麼事充滿期望。

但我沒多少時間能思索。我對跟那女孩有關的想法向來敏感，所以很快便在那些人類的腦海中聽見貝拉的名字。艾瑞克和泰勒聽說了麥克邀約失敗，現在幸災樂禍地準備做出行動。

艾瑞克已經來到她的卡車旁邊，讓她無法避開。泰勒因為老師要交代作業而延後下課，所以他現在急著在她回家前堵她。

這一幕我非得旁觀不可。

「在這兒等其他人過來，行嗎？」我對艾密特咕噥。

他狐疑地看我一眼，但只是聳肩、點頭。

這小子瘋了，他在心裡偷笑我。

貝拉正從體育館走來，所以我在她看不見我的位置等候。她接近艾瑞克的埋伏地點時，我大步上前，控制速度，以便在適當時刻從旁經過。

她看到正在等她的那個男孩時，我注意到她僵住。她稍微愣住，然後放鬆身子，繼續往前走。

「嗨，艾瑞克。」我聽見她用友善語調呼喊。

我突然感到莫名焦慮。如果她其實看這個膚質很差的瘦皮猴十分順眼？也許她先前那樣善待他，並非純粹出於無私動機？

艾瑞克大聲地嚥口水，喉結起伏。「嗨，貝拉。」

她似乎沒注意到他很緊張。

「有什麼事嗎？」她解開卡車的門鎖，沒看著他受驚的表情。

「呃，我只是想……不知道妳願不願意跟我一起參加春季舞會？」他的嗓音顫抖。

她終於抬頭。她是驚訝還是開心？艾瑞克不敢回視她，所以我在他的心靈中看不見她的臉。

「我以為這場舞會是由女生提出邀約。」她聽來有點慌亂。

「嗯，是沒錯。」他緊張兮兮地同意。

雖然這個可憐的男孩沒像麥克·紐頓那樣讓我看不順眼，但我還是沒辦法同情他的憂慮，直到貝拉溫柔地做出答覆。

「謝謝你邀我，不過我那天會在西雅圖。」

他已經聽過她這個安排，但還是感到失望。

「噢，」他咕噥，勉強鼓起勇氣，抬眼看著她的鼻子。「好吧，也許下次囉。」

「當然。」她同意，然後咬住下脣，彷彿後悔留下這種希望給他，我為此感到開心。

艾瑞克蹣跚離去，往他車子的反方向走去，一心只想逃離現場。

我在這一刻從她身旁經過，聽見她放鬆地嘆口氣。我忍不住發笑，但盯著前方，逼自己別勾起嘴角。

泰勒在我後面，幾乎是用跑的，想趁她開車離去前攔住她。他比另外兩人更大膽也更自信。他等到現在才接近貝拉，是因為他尊重麥克比他更早看上她。

出於兩個理由，我希望他能成功攔住她。如果——正如我開始懷疑——這些注意力讓貝拉覺得心煩，那我想好好觀察她的反應。但如果不是，如果泰勒的邀約正是她所期望的，那我也想確認這點。

我把泰勒‧克羅利當成競爭對手，就算我知道這麼做應受指責。雖然對我來說他顯得再平庸不過，不過我哪知道貝拉喜歡哪種類型？也許她就是喜歡普通的男孩子。

想到這裡，我不禁皺眉。我永遠當不成普通的男孩子。把自己當成擄獲她芳心的候選人，這麼做真是愚蠢。她怎麼可能喜歡這個故事中的壞蛋？

壞蛋配不上她這麼好的女孩。

我雖然該讓她逃走，但因為該死的好奇心而又一次做不到我該做的。不過，如果泰勒今天來不及攔住她，之後在我不在場的時候邀請她？我把富豪汽車開進狹窄的車道，擋住她的去路。

艾密特和其他人正在走來，他已經跟他們描述了我的怪異行為，他們走得很慢，盯著我，試著弄懂我在做什麼。

我在後照鏡上看著那女孩。她沒迎上我的視線，而是怒瞪我的車尾，彷彿希望自己開的不是生鏽的雪佛蘭，而是坦克車。

泰勒匆忙上車，開到她後面，慶幸我突然做出擋她路這種莫名其妙的舉動。他對她揮手，試著引起她的注意，但她沒注意到。他等了片刻，然後下車，刻意走得從容，來到她的右前座外頭，敲敲車窗。

她嚇一跳，然後納悶地瞪著他。一秒後，她伸手搖下似乎有點卡住的車窗。

「抱歉，泰勒，」她的口氣有點惱怒。「我被庫倫的車擋住了。」

她用嚴肅口吻說出我的姓氏。

「噢，我知道，」泰勒沒被她的心情影響。「既然我們被困在這兒，我想順便問妳一件事。」

他露出過度自信的露齒笑容。

她一下子就看懂他的用意，臉色因此變得蒼白。我看了感到開心。

「妳會邀請我參加春季舞會嗎？」他心裡完全沒有落敗的想法。

「我到時候不會在城裡，泰勒。」她告訴他，語氣依然很不高興。

「嗯，麥克也是這樣說。」

「那為什麼——」她想問清楚。

他聳肩。「我原本希望妳只是想婉轉地拒絕他。」

她瞪大眼睛，然後冷靜下來。「很抱歉，泰勒，」她聽起來一點也不抱歉。「我是真的要出城。」

考慮到她平時都把其他人的需求看得比自己更重要，我有點驚訝，她在舞會這件事上已經下定決心。為什麼？

泰勒接受她的理由，自信心絲毫沒受損。「沒關係，反正還有畢業舞會。」

他大步回到車上。

幸好我有留下來旁觀這一幕。

她那副驚恐的表情真是無價。讓我得知了我不該這麼急著需要知道的事情——她對這些想追她的人類男性都沒感覺。

還有，她的表情大概是我見過最好笑的反應。

這時候，我的手足們來到車上，搞不懂我為什麼難得一見地發笑，而不是殺氣騰騰地板著臉。

什麼事這麼好笑？艾密特想知道。

我只是搖頭，這時貝拉火大地踩油門空轉，又露出希望自己開的是坦克車那種表情。

「我們走啦！」羅絲莉不耐煩地嘶吼。「別這樣耍笨。麻煩你。」

她這番話沒讓我生氣，因為我的笑意尚未平息，但我還是照她說的做。

回家的路上，沒人對我說話。想起貝拉的表情，我不時輕笑幾聲。

我拐進車道時——因為旁邊沒有目擊者，所以我開得很快——艾利絲毀了我的好心情。

「所以我現在可以跟貝拉說話了嗎？」她突然問。

「不行。」我厲聲道。

「不公平！我為什麼要等？」

「我什麼都還沒決定，艾利絲。」

「隨便你怎麼說，愛德華。」

在艾利絲的腦海中，貝拉的兩個宿命再次變得清晰。

「認識她有什麼意義？」我嘀咕，突然感到鬱悶。「如果我會殺了她？」

艾利絲遲疑一秒。「你說的有道理。」她坦承。

我以九十哩的時速開過最後一個髮夾彎，然後在離車庫牆壁一吋處戛然停定。

「去享受你的奔跑吧。」我跳下車時，羅絲莉對我挖苦道。

但我今天沒去奔跑，而是去狩獵。

其他人是預定明天狩獵，但我現在必須徹底滿足吸血慾望。我又一次過度狩獵，喝了過多的量——我很幸運地碰到一小群麋鹿和一頭黑熊，就算現在季節還早。我喝撐了，覺得不舒服。吸食獸血為什麼就是不夠？她的氣味為什麼就是比其他生物都強烈？

不只是她的氣味，也包括她其他的特點。她來福克斯才幾星期，已經兩次差點死於非命。她在這一刻，搞不好正在走向另一個鬼門關。她這次會碰到什麼？隕石撞破她家屋頂，在她睡覺時砸死她？

我已經吸飽血，但太陽還要再過好幾小時才會升起。我沒辦法忽略隕石和其他意外的可能性。我試著維持理智，考慮我能想像的所有災難的發生率，但這麼做沒幫助。畢竟，那女孩搬來某個小鎮，碰到一群吸血鬼居民的機率有多高？她會徹底吸引其中一個吸血鬼的機率有多高？

如果她晚上出了事？如果我明天去學校，把所有感官和感受集中在她應該坐的位子上，那個位子卻空無一人？

我突然覺得這種風險高得驚人。

我唯一能確認她安全的辦法，就是確保有人在她家幫忙接住隕石。我意識到自己要去找那女孩的時候，吸血後的快感再次掃過我。

現在已經過了午夜，貝拉的家黑暗又靜謐。她的卡車停在路邊，她父親的警車停在車道上。附近沒有任何一戶人家飄來思緒。我在房子東側的森林裡看著這棟屋子。

這裡沒有任何危險……除了我。

我聽見屋子裡有兩個人的呼吸和均勻心跳。看來一切安好。我斜靠一棵年輕鐵杉的樹幹，觀察有沒有任何亂飛的隕石。

進行「等候」這項活動的問題，是腦子會出現各式各樣的胡思亂想。當然，隕石只是個比喻，象徵著所有發生率很低的差錯，但不是每個危險都會拖著燦爛火光、劃過天際。我能想到很多毫無預警的威脅，它們能悄悄侵入陰暗的房子，搞不好已經在裡頭。

這些是荒謬的擔憂。這個街坊沒有瓦斯管線，所以不可能發生一氧化碳中毒，我也不認為他們經常使用煤炭。奧林匹克半島也沒多少危險的野生動物。如果有什麼比我龐大的生物，我早就聽見動靜了。這個地區沒有毒蛇、蠍子或蜈蚣，只有幾隻蜘蛛，對健康的成年人都不算致命，也不太可能出現在室內。荒謬。我知道。我知道我在胡思亂想。

但我就是覺得焦躁不安。我沒辦法排除掉這些陰暗思緒。如果我能看到她……

我想更近距離地看著她。

我在半秒內就越過庭院，爬上房子的側牆。二樓窗戶應該是臥室，大概是主臥室。也許我應該從後院開始查看，這樣比較低調。我一手勾住窗戶上方的屋簷，查看窗內，呼吸立即停止。

是她的房間。我能看到她躺在一張小床上，毛毯掉在地上，床單捲在腿間。她當然平安，我的理智面早就知道這點。平安……但不平靜。在我的注視下，她在床上翻來覆去，一條胳臂放在頭上。她睡得不好，至少今晚不好。她察覺到危險逼近？

看著她再次翻身時，我對自己深感厭惡。我比偷窺狂好到哪裡去？我沒比那種人更好，而是更糟。

我放鬆指尖，準備跳回地面，但我讓自己好好看她最後一眼。

她還是不平靜。眉心微微皺起，嘴角下垂，雙唇顫抖然後分開。

「好，媽媽。」她咕噥。

貝拉會說夢話。

好奇心爆發，壓過了自我厭惡。這些日子以來，我試著聆聽她的心聲，但每次都失敗。能聽見她下意識地說出內心的想法，這對我來說充滿無比誘惑。

畢竟人類的規矩對我來說算什麼？我每天無視了多少人類的規矩？

我想到我們這一家為了自在地生活而需要的大量偽造文件。偽造的姓名和來歷，我們拿偽造的駕照入學，卡萊爾拿偽造的醫學資歷擔任醫師。就是倚賴這些文件，我們這群年齡差距不大的成年人才能成為所謂的家人。如果我們沒試著暫時在某處定居，如果我們不想有個家，這些文件和安排就完全沒必要。

還有我們如何給這個生活弄到資金。內線交易的相關法律管不到我的讀心術，但我用的方式也絕對不算誠實。把遺產從某個偽造身分移到另一個偽造身分底下，這麼做也不合法。

還有那些謀殺。

我們雖然對謀殺並不等閒視之，但我們當然未曾因為自己的罪行而被人類的法庭審判。我們掩蓋了那些罪行——這也是罪。

那麼，我何必為這個小小的不當行為感到罪惡？人類的法律未曾應用在我身上，這也算不上我第一次闖空門。

我知道我這麼做不會有問題。我體內的怪物雖然蠢蠢欲動，但還算安分。

我會保持安全距離。我不會傷害她。她永遠不會知道我來過這裡。我只是想確保她平安。

這些說詞全是自我合理化，我左肩上的惡魔做出的邪惡論述。我雖然知道這點，但我的右肩上沒有天使。既然我是夢魘怪物，我就會表現得像個夢魘怪物。

我試著打開窗戶，窗子沒鎖，不過因為很久沒用而卡住。我深吸一口氣——既然要接近她，這就是我吸進的最後一口氣——慢慢把玻璃窗拉到一邊，金屬窗框發出的微弱呻吟令我皺眉。我終於開了一道夠大的縫，從中鑽進。

「媽，等一下……」她咕噥：「走斯科茨代爾路比較快……」

她的房間很小，凌亂擁擠，但不算骯髒。她床邊的地板上堆著書，書脊不在我的視線內。平價的ＣＤ播放機旁邊散落著幾張ＣＤ，最上面那張的盒子沒有任何封面。一臺電腦旁放著幾疊紙，那臺電腦看起來應該放在「已淘汰科技」的博物館裡。木地板上四處放著鞋子。

我很想看看她這些書本和ＣＤ的名字，但我不想冒更多險。我在房間遠側角落的一張老舊搖椅上坐下，焦慮平息了下來，黑暗念頭退去，腦袋變得清澈。

我真的一度相信她樣貌平庸？我想起見到她的第一天，我對那些對她深感著迷的人類男孩只有鄙視。但我想起，在他們的心靈中看到她的臉時，我搞不懂自己為何沒在當下就覺得她很美。如今看來，她的美顯而易見。

在這一刻，她美得令我窒息。她的深色頭髮凌亂地貼著蒼白臉龐，上半身是一件破爛的Ｔ恤，下半身是老舊的運動褲，五官在睡眠中放鬆，豐滿的嘴唇微張。我自我挖苦地心想：如果我有在呼吸，她會美得令我窒息。

她沒再說夢話，也許她的夢結束了。

我盯著她的臉，試著想些辦法，讓未來的日子好過點。

我沒辦法忍受傷害她，所以這表示，我唯一的選擇就是試著再次離開？

其他人現在沒辦法跟我爭論。我如果離去，就不會害任何人置身險境。不會有人把我跟那起車禍聯想在一起。

我像今天下午那樣感到內心動搖，無論是什麼方法似乎都行不通。

這時候，一隻小型的棕色蜘蛛從衣櫥門的邊緣爬出來，看來我的到來驚動了牠。牠的學名是「Eratigena agrestis」，俗名「流浪漢蜘蛛」，從體積來看是雄性少年。這種蜘蛛曾被視為危險生物，但最近的科學研究證明，牠的毒液對人類沒什麼影響。但牠咬人還是很痛……我伸出一指，無聲地輾死牠。也許我原本應該放牠一條生路，但一想到她受到任何傷害，我就無法忍受。

突然間，我所有的念頭都變得無法忍受。

因為我能殺掉她家裡每一隻蜘蛛，處理掉她可能會碰到的每一株玫瑰的每一根刺，擋下方圓一哩內每一輛超速的車輛，我卻完全沒辦法改變我是什麼樣的生物。我盯著自己的手，如石頭般蒼白，活似怪物，我感到絕望。

不管學校裡那幾個男孩是否吸引她，我都沒辦法跟人類男孩競爭。我是壞蛋，是夢魘。她怎麼可能不把我當成怪物？如果她知道關於我的真相，一定會覺得驚嚇又反感，會像恐怖片裡被盯上的受害者那樣倉皇而逃、驚恐尖叫。

我還記得她第一天在生物課出現……我知道她會出現這種反應。

我不該愚蠢地想像自己邀請她參加那場愚蠢的舞會，她會取消臨時決定的行程、答應與我同行。我不是她註定會說出「我願意」的對象。那人是別人，是個有體溫的人類。在她說出「我願意」的那天，我甚至不能追殺他，因為她值得擁有他，不管他是誰。不管她選擇誰，她都值得擁有幸福和愛。

我現在應該做正確的事，這是我欠她的。我再也沒辦法假裝自己只是有可能愛上這女孩。

我離不離開都無所謂，因為貝拉永遠不能以我希望的方式看見我。她永遠不能把我當成值得被愛的人。

已死的凍結之心還能粉碎嗎？我覺得我這顆心可能會粉碎。

「愛德華。」貝拉說。

我愣住，盯著她閉起的眼睛。

她醒了、發現我在這兒？她看起來像在睡覺，嗓音卻如此清晰。

午夜陽光

她輕嘆一聲，又在翻來覆去，這次翻身側躺，依然在夢鄉裡，在作夢。

「愛德華。」她輕聲呢喃。

她夢見我。

已死的凍結之心還能跳動嗎？我覺得我這顆心即將開始跳動。

「留下，」她嘆道：「別走。拜託……別走。」

她夢見我，而且不是惡夢。她希望我待在她身邊，在她的夢裡。

我無法描述我此刻的強烈感受。在漫長片刻中，我被這股感受淹沒。

我回到水面時，已經不是原本的我。

我的生命是沒有終結、沒有改變的午夜。它是出於必要而對我來說永遠是午夜。既然如此，太陽為什麼會在我的午夜時分升起？

我成為吸血鬼，用我的靈魂和有限生命在劇痛的改變中換取永生的時候，我被真正地凍結了。我的身體變得不再像血肉，而是像石頭，耐久不變。我的自我也為之凍結——我的個性、喜好、厭惡、心情和慾望，全都凍結在原地。

其他吸血鬼也是。我們全都凍住了，就像活生生的石頭。

對我們來說，「改變」是罕見又永久的東西。我見過卡萊爾發生變化，十年後在羅絲莉身上見過。愛以永久、永不褪色的方式改變了他們。卡萊爾遇到艾思蜜是八十多年前的事，但他看著她時，眼神依然流露初戀般的愛意。他們在這方面永久不變。

我也是。在我永無止境的存在中，我會永遠愛著這個脆弱的人類女孩。

我凝視她睡著的臉龐，感覺我對她的愛徹底滲透了我這副石頭身軀。

她現在睡得更香甜，嘴角微微上揚。

我開始盤算。

我愛她，所以我要試著堅強點，離開她。我知道現在的我沒那麼堅強。我在這件事上會想辦法。但也許我能堅強得用其他方式避開那個未來。

艾利絲只有見到兩個關於貝拉的未來，我現在也明白那兩個幻象。

我如果允許自己犯錯，那麼就算我愛她，我還是會殺了她。

但我現在感覺不到體內的怪物，我在體內任何一處都找不到牠。也許愛已經讓牠永久噤聲。如果我現在殺了她，這不會是蓄意的，而只是可怕的意外。

我必須極其小心。我永遠不能鬆懈。我必須控制我的每一次呼吸。我必須隨時保持謹慎的距離。

我不能犯錯。

我終於明白那第二個未來。我第一次目睹那幅幻象時感到困惑——貝拉怎麼會成為這種永恆半人生的囚犯？現在，因為我對這女孩的愛慕，我能明白我可能會因為不可原諒的自私而求我父親幫這個忙，請他奪走她的生命和靈魂，好讓我能永遠留著她。

她不該落得這種下場。

但我看到另一個未來；我如果能維持平衡，也許就能走在那條細線上。

我做得到嗎？我能跟她在一起，但她依然是人類？

我刻意讓身體完全靜止，然後深吸一口氣，兩口，三口……讓她的氣味如野火般撕裂我。房間裡是她濃濃的香氣，每一吋表面都沾染她的芬芳。我痛得頭暈，但我對抗這種暈眩。我如果想正常地接近她，就必須習慣她的味道。我又深吸一口灼熱氣息。

看著她睡覺時，我不斷盤算，不斷呼吸，直到太陽從東方的雲層後方升起。

其他人剛出門上學後，我才回到家。我迅速更衣，避開艾思蜜充滿質問的眼神。看到我臉上發燒般的光芒，她覺得既擔心又安心。我的長期憂鬱令她難過，她很高興我似乎走了出來。

我跑去學校，只比我的兄弟姊妹慢幾秒進入校門。他們沒轉身，不過艾利絲一定知道我就站在鄰近柏油路的茂密林子裡。確認沒人注意後，我以輕鬆的態度走出林子，進入停滿車的停車場。

我聽見貝拉的卡車隆隆駛過轉角，所以我在一輛薩博班休旅車後面停步窺視。

她開車進入停車場，怒瞪我的富豪汽車許久，然後在最遠的位置停車，眉心始終皺起。

我想起她大概還在生我的氣，而且是出於充分理由。

我很想嘲笑自己——也想踹自己。如果她其實根本不在乎我，那我那些盤算只是在浪費時間，不是嗎？她作的夢可能與我無關。我真是個自大的傻子。

如果她並不在乎我，這對她來說其實更好。這不會阻止我試著追求她，但我會注意她有沒有對我說「我不願意」。這是我欠她的。我欠她還不只這些。我欠她一個我不能讓她知道的真相。所以，我會盡可能給她其他的真相。我會試著警告她。只要她讓我知道，我永遠不會是她說「我願意」的對象，我就會離開。

我默默走上前，判斷用什麼方式接近她。

她讓這個過程變得簡單。她跳下卡車時，鑰匙溜過指間，掉在一團泥濘裡。

她彎下腰，但我搶先她一步，從冰涼的泥水中撿起鑰匙。

我斜靠在她的卡車上，看著她嚇一跳、站直身子。

「你是怎麼做到的？」她質問。

沒錯，她還在生氣。

我把鑰匙交給她。「做到什麼？」

她伸來一手，我把鑰匙丟在她的掌心上。我深吸一口氣，吸進她的氣味。

「憑空出現。」她澄清。

「貝拉，問題不在我，而是妳自己沒在留意。」這句話充滿挖苦意味，幾乎像笑話。什麼動靜都逃不過她的眼睛？

她有沒有聽出我用愛撫的方式說出她的名字？

她瞪著我，並不欣賞我的幽默。她的心跳加速——因為生氣？還是因為恐懼？片刻後，她低下頭。

「昨天晚上為什麼要擋住我的車？」她沒看著我的眼睛。「我以為你是打算假裝我不存在，而不是把我給氣死。」

她還是很生氣。看來我得想些辦法才能安撫她。我想起自己下定了決心、要對她說實話。

「我那麼做是為了泰勒，不是為了我自己。我得讓他有機會試一下。」然後我發笑。想起她昨天的表情，我就忍不住想笑。我努力試著保護她的安全，努力試著控制我對她做出的肢體反應，結果我很難控制住自己的情緒。

「你——」她倒抽一口氣，然後停頓，似乎氣得說不下去。又出現了——同樣的表情。我再次強忍笑聲。她真的很火。

「我也沒有打算假裝妳不存在。」我的口氣既輕鬆又頑皮，感覺很適合。我不想再嚇到她。我必須隱藏內心深處的情緒，讓氣氛輕鬆點。

「泰勒的休旅車沒把我壓死，所以你打算把我氣死？」

一股怒火竄過我體內。她竟然有這種想法？

我不該覺得受到冒犯，畢竟她不知道我為了救她而做過的所有努力，她不知道我曾因為她而跟家人吵架，她不知道我昨晚發生的變化。但我聽了還是很生氣，情緒幾乎失控。

「貝拉，妳真是太可笑了。」我厲聲道。

她臉龐漲紅，轉身背對我，開始走離。

自責。我的生氣並不公平。

「等一下。」我懇求。

她沒停步，所以我跟上她。

「抱歉，我剛剛很無禮。並非我說的不對——」她真的很可笑，竟然想像我希望她受到傷害。「但我那樣說出來還是很沒禮貌。」

「你幹麼不走開，讓我一個人靜一靜？」

這就是她對我說「我不願意」？這就是她的意願？她在夢中叫我的名字，真的毫無意義？

我清楚記得她的語氣和表情，彷彿她親口要我留下。

但如果她現在對我說「我不願意」……好吧，那我也只能接受。我知道我該做什麼。

保持氣氛輕鬆，我提醒自己。這可能是我最後一次見到她。如果是這樣，我希望給她留下好印象。所以我要扮演正常的人類男孩。更重要的是，我要給她一個選擇，然後接受她的答覆。

「我原本想問妳一件事，誰知道妳突然轉移我的話題。」我臨時想到一個辦法，我笑出聲。

「你是有多重人格障礙嗎？」她問。

我看起來一定很像這種人。我的心情變化太大，總是出現新的情緒。

「妳又在轉移我的話題。」我指出。

她嘆氣。「好吧。你想問什麼？」

「我只是在想，下星期六……」看著她臉上出現震驚，我強忍笑聲。「妳知道，春季舞會那一天——」

她打斷我的話，終於又看著我的眼睛。「你在跟我開玩笑嗎？」

「妳可以讓我說完嗎？」

她咬著柔軟的下唇，默默等候。

這幅畫面讓我分心了一秒鐘。我已經遺忘的人類之心裡，出現幾種怪異又陌生的反應。我試著甩掉這些情緒，繼續扮演現在的角色。

「我有聽見妳說妳那天要去西雅圖，所以我在想，不知道妳需不需要搭便車？」我提議。我已經學到，光是得知她的計畫還不夠，我應該分享她的計畫。就看她願不願意答應。

她茫然地瞪著我。「什麼？」

「妳想不想搭便車去西雅圖？」想到跟她在同一輛車上獨處，我覺得喉嚨灼熱。我深吸一口氣。**趁早習慣喉嚨痛吧**。

「跟誰？」她一臉困惑。

「我，很明顯吧。」我緩緩道。

「為什麼？」

我想找她作伴就真的那麼驚人？她一定把我以前的行為冠上了最惡劣的意圖。

「這個嘛，」我盡量讓口氣一派輕鬆。「我本來幾週後也要去西雅圖，說真的，我不確定妳的卡車跑不跑得了那麼遠。」跟嚴肅說話相比，逗弄她似乎比較安全。

「我的卡車好得很，多謝你的關心。」她的語氣還是一樣驚訝。她又開始邁步。我跟上她。

她雖然沒擺明拒絕我，但也差不多。她是禮貌地婉拒？

「不過，妳那輛卡車的油箱能撐到西雅圖嗎？」

「我看不出來這關你什麼事。」她咕噥。

她的心跳和呼吸再次加快。我以為逗弄她能讓她放鬆，但也許我又讓她覺得害怕。

「節約能源，人人有責。」我覺得我的回應聽來正常又輕鬆，但我不確定她聽了是否也有同感。因為聽不見她的心聲，所以我總是說錯話。

「說真的，愛德華，我實在搞不懂你，我以為你不想跟我當朋友。」

她說出我的名字時，我感到一陣興奮，彷彿回到她的臥室，聽見她喊我、希望我留下。我真希望能永遠活在那一刻。

但現在，我只能對她說實話。

「我當時說的是我們別當朋友比較好，並不是我不想跟妳當朋友。」

「噢，謝了，這下誤會全解釋清楚了。」她諷刺道。

她在學生餐廳的屋簷下停步，又看著我的眼睛。她的心跳變得凌亂，是因為恐懼還是憤怒？

我小心選擇用字。她必須明白原因。她必須明白，對她來說最好的抉擇，就是叫我滾。

「妳如果……不是我的朋友，這對妳來說會更為……明智。」我盯著她那雙就像融化巧克力的眼睛，完全忘了維持態度輕鬆。「可是我已經厭倦了試著和妳保持距離，貝拉。」這句話彷彿從我的嘴裡燒灼而出。

她的呼吸停止和重啟的一秒間，我驚慌了。我真的嚇到她了，是不是？

這樣更好。如此一來，我會帶著她給我的「我不願意」，試著承受。

「妳願意跟我一起去西雅圖嗎？」我追問，切入重點。

她點頭，心臟大聲跳動。

我願意。她對我說了「我願意」。

然後我的良知捶了我一拳。這會讓她付出什麼代價？

「妳真的應該跟我保持距離。」我警告她。她有聽見我嗎？她能逃離我拿來威脅她的那個未來嗎？我就真的沒辦法讓她逃離我嗎？

保持氣氛輕鬆，我暗自對自己咆哮。「教室見。」

話音剛落，我立刻想起我不會在教室見到她。她徹底粉碎了我的思緒。

我必須集中精神，逼自己別用跑的逃離現場。

chapter 6

血的昏眩

一百碼外，麥克・紐頓扶著貝拉坐在路邊。她不省人事地躺在潮溼的水泥地上，眼睛閉著，肌膚跟死屍一樣蒼白。

我一整天都透過別人的眼睛追蹤她，幾乎沒注意自己的周遭。我沒利用麥克・紐頓的眼睛，因為我再也無法忍受他那些變態幻想；我也沒透過潔西卡・史丹利的眼睛，因為她對貝拉的怨念令我惱火。安琪拉・韋柏是個很好的選擇，她心地善良，她的心靈待起來很輕鬆。有時候，老師們提供了最佳視點。

我看著貝拉度過這一天，她常常跌倒，原因包括人行道上的裂痕、亂丟在地上的書本，還有她自己的雙腳；我驚訝地發現，被我偷窺腦海的人們覺得她笨手笨腳。

我思索這個說法。她確實常常站不穩。我記得她第一天來學校的時候撞到桌子，在車禍發生前在冰面上滑來滑去，昨天還被門檻絆到。怪了——他們說得沒錯。她確實笨手笨腳。

我不知道我為什麼覺得這很好笑，但我從美國歷史課走去英文課的時候發出笑聲，幾個人納悶地斜眼看我，看到我露出牙齒時急忙移開視線。我以前為什麼沒注意到這件事？也許因為她靜止不動的時候有種優雅感，她抬頭的模樣，頸部的弧線……

但現在的她沒有任何優雅之處。在瓦納先生的注視下，她在地毯上卡到鞋尖，整個人摔倒在她的椅子上。

我再次發笑。

我等著有機會能親眼看到她，這段時間過得極為緩慢。鈴聲終於響起，我快步前往學生餐廳，以確保我要的座位。我是最早來到這裡的幾個人之一。我選了一張平時沒人坐的餐桌，也確保沒人坐在我旁邊。

我的兄弟姊妹進來餐廳，看到我獨自坐在新的桌位時並不覺得驚訝。艾莉絲想必已經事先告知他們。

羅絲莉從我旁邊走過，沒看我一眼。

笨蛋。

我和羅絲莉向來處得不好，她第一次聽見我說話的時候，我就冒犯了她，彼此的關係從此一路走下坡，但她最近這幾天的脾氣似乎更為暴躁。我嘆口氣。羅絲莉只在乎自己。

賈斯柏從旁走過時，對我微微一笑。

祝你好運，他對我投來充滿懷疑的思緒。

艾密特翻白眼，搖搖頭。

這可憐的小子瘋了。

艾利絲一臉興高采烈，露出白牙。

我現在可以跟貝拉說話了嗎？

「別來礙事。」我低聲說。

她板起臉，但再次顯得愉悅。

好吧，你繼續頑固下去，反正我跟她遲早會認識。

我再次嘆氣。

別忘了今天的生物課實驗，她提醒我。

我點頭。我很討厭班納先生安排了這些計畫。我已經在生物課上浪費了太多時間，坐在她身邊時假裝不理她；今天卻得錯失和她相處的寶貴一小時，這讓我覺得充滿諷刺。

我等貝拉到來，我透過一名高一生的眼睛跟蹤她，這個男學生走在潔西卡後面，朝餐廳走來。潔西卡正在討論即將到來的舞會，但是貝拉不發一語，潔西卡也沒給她多少機會說話。

貝拉走進門的瞬間，眼睛掃向我的手足們所坐的桌位。她瞪著那裡片刻，然後皺起眉心，垂下眼睛。她沒看到我。

她看起來……很難過。我突然很想起身來到她身旁、安撫她，只不過我不知道怎麼做才能安撫她。潔西卡還在滔滔不絕地說著舞會的事。貝拉因為將錯過舞會而難過？應該不太可能。

但如果這是事實……我希望我能安撫她。不可能。舞會意味著彼此貼近，這麼做的危險性太高。

她的午餐只有一杯飲料。這樣行嗎？她這樣營養夠嗎？我以前很少注意到人類的飲食。

人類真是脆弱到令人生氣！要擔心的問題數以百萬。

「愛德華・庫倫又在看妳了。」我聽見潔西卡說：「不知道他今天為什麼一個人坐。」

我為此感激潔西卡——雖然她心中出現更多怨念——因為貝拉猛然抬頭，掃視周圍，直到看到我的眼睛。

這一刻，她臉上沒有任何哀傷。我允許自己心生希望：她覺得不開心，是因為她以為我已經離開學校。這份希望讓我面露笑容。

我伸出一根指頭，做個手勢，要她跟我一起坐。看她被我這個動作嚇一大跳，我又想逗她，所以我對她拋個媚眼，她的下巴掉了下來。

「他是在叫妳？」潔西卡無禮地問道。

「也許他生物課的作業需要幫忙，」貝拉的嗓音低沉，語調充滿懷疑。「呃，我最好過去看看他要幹麼。」

這幾乎也算是她對我說出「我願意」。

她走向我的桌位時踉蹌了兩次，就算她腳下暢通無阻，只有平坦的油氈地板。說真的，我怎麼會沒注意到她這個特點？大概是因為我更在意她的寂靜心聲。我之前還錯過了什麼？

她即將來到我這個新桌位。我試著做好準備。**實話實說，保持氣氛輕鬆**，我默默提醒自己。

她在我對面的椅子後面停步，面帶猶豫。我深吸一口氣，這次是用鼻孔而不是嘴巴。

感受灼熱吧，我心想。

「妳今天跟我一起坐吧？」我邀請她。

她拉開椅子坐下，全程盯著我。她看起來很緊張。我等她開口。

雖然等了片刻，但她終於開口：「這和平常不一樣。」

「這個嘛……」我猶豫幾秒。「我決定了，既然我會下地獄，還不如樂在其中。」

我怎麼會說出這種話？至少這句話算是實話。而且，也許她會聽見我這句話暗藏的明顯警告。也許她會意識到她應該趕緊起身離去。

她沒站起來，而是瞪著我，繼續等候，彷彿我還沒把話說完。

「你應該知道，我完全聽不懂你這番話的意思。」看我沒說下去，她開口。

她這句話讓我感到安心。我微笑：「我知道。」

我很難無視她身後朝我咆哮的諸多思緒——而且我想改變話題。

「我想妳的朋友一定很生氣，因為我把妳偷了過來。」

她似乎不在意。「他們能忍受。」

「我可能不會放妳回去喔。」我搞不懂自己這麼說是在挑逗她，還是只是實話實說。這樣靠近她，我的思緒一團亂。

貝拉大聲嚥口水。

看見她的表情，我忍不住發笑。「妳看起來很擔心。」我不該笑。她應該擔心。

「沒有。」我知道她一定在說謊；她的嗓音顫抖，揭穿了她的謊話。「應該是說……驚訝。你要我過來有什麼事嗎？」

「我跟妳說過了，」我提醒她：「我受夠了試著跟妳保持距離，所以我放棄了。」我稍微更努力試著保持微笑。試著同時表現得誠實又輕鬆，這麼做根本沒用。

「放棄？」她重複這個字眼，一頭霧水。

「是的，放棄當個好人。」也放棄表現得一派輕鬆。「我現在想怎麼做就怎麼做，順其自然。」這個答案夠誠實了。就讓她見識我的自私吧。就讓這句話對她提出警告吧。

「我又被你弄糊塗了。」

我自私得慶幸她聽不懂。「我每次跟妳說話的時候都透露太多，這是其中一個問題。」跟其他問題相比，這個不算嚴重。

「這你不用擔心，」她向我擔保：「反正我都聽不懂。」

很好。那麼她會留下。「這正是我希望的。」

「所以，用最簡單的白話文來說，我們到底還是不是朋友？」

我思索片刻。「朋友……」我重複。我不喜歡朋友這個字眼，感覺……不夠。

「看來不是。」她咕噥，看起來很尷尬。

她以為我這麼討厭她？

我微笑。「這個嘛，我想我們可以試試。但我警告妳，我不是妳應該結交的那種朋友。」

我帶著兩難的心情等候她的答覆，希望她能終於聽懂，但她如果聽懂，我應該會難過得要死。我還真情緒化。

她的心跳加速。「你常常這麼說。」

「嗯，因為妳都沒聽進去，」我又繃緊情緒。「我還在等妳相信。如果妳夠聰明，就會避開我。」

等她懂得做出正確決定，我不知道會多麼痛苦。

她眯起眼睛。「我想，你已經清楚地表達了你對我智商的觀點。」

我不太確定她這話是什麼意思，但我露出表達歉意的微笑，心想自己一定不小心冒犯了她。

「所以，」她緩緩道：「如果我沒那麼……聰明，我們會試著當朋友？」

「聽起來沒錯。」

她低下頭，盯著手裡的檸檬汽水瓶。

熟悉的好奇心折磨著我。

「妳在想什麼？」我問。終於說出這幾個字，我覺得大大地鬆了一口氣。我不記得肺臟需要氧氣的感覺，但我猜吸氣帶來的放鬆感大概就像這樣。

她迎上我的視線，呼吸加快，臉頰微微泛紅。我吸口氣，嘗到她的氣味。

「我想搞清楚你的本質。」

我維持臉上的笑容，穩住表情，但心裡感到驚慌。

她當然會這樣好奇，畢竟她的頭腦很好，不可能會對這麼明顯的問題視而不見。

「妳在這方面有任何成果嗎？」我盡可能以事不關己的態度問道。

「不多。」她坦承。

我鬆了一口氣，輕笑出聲。「妳的理論有哪些？」

不管她提出什麼理論，都不可能比真相更糟。

她臉頰漲紅，不發一語。我能感覺到她的臉頰散發的暖意。

我要試試看用說服的語調，這在一般的人類身上很有效。

我綻放鼓勵的微笑。「妳不打算告訴我？」

她搖頭。「太難為情了。」

唉。不知道她的想法，這比什麼都糟。她為什麼會覺得說出她的理論很丟臉？

「說真的，這真的令人沮喪。」

我的埋怨對她造成了影響。她的眼睛閃動，話說得比平時更快。

「才不呢，這有什麼好沮喪的，只不過因為別人不想把心中的事情告訴你，卻還總是一邊說著似是而非、意義不明的話，害你整個晚上都在想他們到底是什麼意思……說真的，這為什麼會讓你沮喪？」

我對她皺眉，氣惱地意識到她說得對。我的說法有欠公平。她不可能知道我因為出於忠誠與限制而不能有話直說，但這沒改變她在看法上的不同。

她說下去：「或者，假如那個人做了許多離奇的事，像是從不可能的情況中救了你的命，隔天卻又把你當成食人魚看待，而且從不解釋原因，甚至答應之後又反悔……那種事才不令人沮喪。」

這是我第一次聽見她說出這麼長的句子，我對她的觀察又多了一項新發現。

「妳的脾氣不小喔？」

「我不喜歡雙重標準。」

她當然有資格發脾氣。

我直視貝拉，心想究竟要怎麼做才是對她最好的，直到麥克・紐頓腦海中的無聲咆哮轉移了我的注意。他火冒三丈，幼稚又下流，我忍不住再次輕笑。

「笑什麼？」她質問。

「妳的男朋友似乎以為我讓妳不高興了，他在想要不要過來打斷我們的爭執。」我很想看他如此嘗試。

我再次發笑。

「我不知道你在說什麼，」她冷冷道：「但我相當確定你弄錯了。」

我非常喜歡她用一句冷漠的句子就跟他撇清了關係。

「我沒弄錯。我跟妳說過，大多數的人都很容易被看透。」

「除了我以外，當然。」

「沒錯，除了妳。」她非得在每件事上都是例外？「我很好奇這究竟是為什麼？」

我凝視她的眼睛，再試一次。

她撇開視線，打開檸檬汽水，喝了一小口，眼睛盯著桌面。

「妳不餓嗎？」我問。

「不餓。」她瞥向我們之間的空位。「你呢？」

「不，我不餓。」我不餓才怪。

她垂頭噘嘴。我等候。

「你能不能幫我一個忙？」她突然又看著我的眼睛。

她會希望我幫她什麼忙？她想知道我不能說出來的真相——我永遠不希望她知道的真相？

「那得看是什麼忙。」

「不是什麼大事。」她保證。

我等她說下去，和往常一樣好奇心大作。

「我只是想說……」她緩緩道，盯著檸檬汽水瓶，用小指撫摸瓶身。「如果你下次又為了我好而決定不理我，可以事先警告我一下嗎？好讓我有心理準備。」

她希望我事先警告她？看來她很不喜歡我不理她。我微笑。

「聽起來很公平。」我同意。

「謝了。」她抬頭。看她安心的模樣，我也安心得想笑。

「那我能問妳一個問題算是交換嗎？」我滿懷希望地問。

「一個。」她允許。

「關於剛才那個話題，告訴我妳的理論，一個就好。」

她臉紅。「這個不行。」

「妳並沒有限定範圍，而是答應給我一個答案。」我辯駁。

「你也沒有遵守你的承諾。」她反駁。

她說得有道理。

「一個理論就好，我不會笑的。」

「會，你一定會。」她看來信誓旦旦，雖然我很難想像她的理論為什麼會好笑。

我再次試著說服她。我凝視她的眼睛——這麼做很容易，因為她的眼睛如此深邃——我對她呢喃：

「拜託？」

她眨眨眼，表情變得空白。

好吧，這並不是我期待的反應。

「呃，什麼？」一秒後，她問道。她顯得頭暈目眩。她生病了？

我再試一次。

「只要跟我說其中一個理論就好。」我用一點也不嚇人的柔和語調哀求，凝視她的眼睛。

令我驚訝又滿足的是，這招終於成功了。

「嗯，好吧……被放射蜘蛛咬到？」

漫畫？難怪她以為我會笑。

「真沒創意。」我責備她，試著隱藏安心的情緒。

「很抱歉，我能想到的只有這一個。」她顯然受到冒犯。

這讓我更覺得安心。如此一來，我就能再次逗弄她。

「妳這個猜測離事實太遠。」

「你沒被蜘蛛咬過？」

「沒錯。」

「跟放射線無關？」

「無關。」

「可惡。」她嘆氣。

「氪星石也不會讓我難受。」我立刻補充一句——趁她還沒繼續問我有沒有被什麼東西咬過——然後我忍不住輕笑，因為她竟然把我想成超級英雄。

「你說過不笑我的，記得嗎？」

我緊抿嘴脣。

「我遲早會找出答案。」她承諾。

她找出答案的那一天，就會倉皇而逃。

「我希望妳最好別試。」我收起所有逗弄的態度。

「因為……」

我欠她實話。儘管如此，我還是試著微笑，讓自己的話語聽起來沒那麼嚇人。「如果我不是超級英雄？如果我是壞蛋？」

她稍微瞪大眼睛，嘴脣微張。「噢，」過了一秒後，她補充一句：「我懂了。」

她終於聽懂我的意思。

「妳真的懂嗎？」我盡力藏起心中的苦楚。

「你是危險人物？」她猜測。她的呼吸和心跳加快。

我沒辦法回答她。現在就是我跟她最後一次相處？她準備逃跑？在她離去前，我能不能告訴她我愛她？還是這麼做只會更讓她害怕？

「但不是壞人，」她低語，搖搖頭，清澈的雙眸裡沒有恐懼。「不，我不相信你是壞人。」

「妳錯了。」我低語。

我當然是壞人。她對我的評價這麼高，我不是應該很開心嗎？我如果是好人，就會跟她保持距離。

我把手伸過桌面，假裝是為了拿她的汽水瓶蓋。我突然把手伸向她，她沒後退。她真的不怕我，至少目前還不怕。

我把瓶蓋在手指上翻轉，看著瓶蓋，而不是看著她。我在心中咬牙呼喊。

快逃啊，貝拉，趕緊逃。我就是說不出這幾個字。

她跳起身。我以為她聽見我在心中的警告，但她說：「我們要遲到了。」

「我今天不去上課。」

「為什麼？」

因為我不想殺了妳。「偶爾蹺課，有益健康。」

嚴格來說，如果吸血鬼在很想吸人血的日子蹺課，這對人類的健康有益。班納先生今天要做血型檢測的實驗。艾利絲已經蹺掉了早上那堂課。

「隨便你，我要去上課。」她說。我並不感到驚訝。她很有責任感——她總是做正確的事。

她跟我相反。

「那麼，晚點見。」我再次試著讓語調輕鬆，盯著在指尖上旋轉的蓋子。**請保護妳自己。請永遠別離開我**。

她猶豫。有那麼一秒，我希望她還是會留下。但鈴聲響起，她匆忙離去。

她離去後，我把瓶蓋放進口袋——這場重要談話的紀念品——冒雨回到車上。

我播放我最喜歡的療癒系CD——跟她相遇的第一天，我就是播放這張唱片——但不久後，我已經聽不見德布西的音符。其他音符在我的腦海中流轉，是一首令我愉悅又好奇的旋律。我調低音響的音量，在腦海中聆聽這個音樂，調整這些音符，直到整首旋律形成更完整的和聲。我下意識地移動雙手，想像在彈鋼琴。

我即將完成這首曲子時，注意到一團心靈苦惱。

她會昏倒嗎？我該怎麼辦？麥克驚慌失措。

一百碼外，麥克．紐頓扶著貝拉坐在路邊。她不省人事地躺在潮溼的水泥地上，眼睛閉著，肌膚跟死屍一樣蒼白。

我差點扯掉車門。

「貝拉？」我呼喊她的名字時，她毫無生氣的臉龐完全沒有變化。

我整個人變得比冰塊更冰涼。這感覺就像我想像過的荒謬情境成真了。她一離開我的視線就出了事……

我氣惱地觀察麥克的思緒，注意到他感到震驚。他的腦子裡只有針對我的怒火，所以我不知道貝拉究竟出了什麼問題。如果他做了什麼而傷害她，我一定會毀了他，讓他粉身碎骨。

「發生什麼事——她受傷了？」我質問，試著讓麥克回答我的問題。

像這樣被迫用人類的速度應對，真令我火大。我來這裡時真不該引起注意，接著我聽見了她的心跳和呼吸聲。在我的注視下，她的眼睛閉得更緊，這稍微安撫了我的驚慌。我在麥克的腦海中看到一道回憶，來自生物課教室：貝拉趴在我跟她平時共用的那張桌子上，蒼白肌膚帶有菜色，幾滴血落在白色的卡片上。血型檢測。

我愣在原地，屏住呼吸。她的氣味是一回事，湧動的鮮血是另一回事。

「我想她昏倒了，」麥克的語調既焦急又埋怨。「我不知道是怎麼回事，她根本還沒刺到手指。」

我感到安心許多，我恢復呼吸，嗅察空氣。啊，我能聞到麥克‧紐頓的穿刺傷滲出的少許血味。換作以前，這股味道也許會吸引我。

我在她身邊跪下，麥克待在我身旁，對我的介入大為惱火。

「貝拉，妳聽得見我嗎？」

「不，」她呻吟：「走開。」

我安心得忍不住笑出來。她沒有生命危險。

「我正要扶她去醫務室，」麥克說：「可是她似乎走不動了。」

「我來照顧她。你回去上課吧。」我不以為然地對他說。

麥克咬牙。「不，這是我應該要做的。」

我沒打算站在原地跟這個智障爭論。

在這一刻，我因為有必要觸碰貝拉而覺得興奮又害怕、感激又無奈；我輕輕從人行道把貝拉抱起來，只碰到她的防雨外套和牛仔褲，盡量避免肌膚接觸。我把她抱起後，動作一氣呵成地往前走，急著送她去安全地帶——也就是遠離我的地方。

她瞪大眼睛，震驚不已。

「放我下來。」她以虛弱的嗓音下令——我從她的表情猜得出來，她又感到難為情。她不喜歡露出軟弱的一面。但她的身體如此癱軟，她可能根本沒辦法靠自己的力量站著，更別說走路。

我無視麥克在後面吶喊抗議。

「妳看起來糟透了。」我告訴她，忍不住一直露齒而笑，因為她完全沒問題，只是頭暈想吐。

「把我放回人行道上。」她的嘴唇蒼白。

「所以妳看到血會昏倒？」真諷刺。

她閉上眼睛，緊抿嘴唇。

「而且還不是妳自己的血。」我補充一句，笑得更愉快。

我們來到校務辦公室。門開了一吋寬的縫，我把門踢開。

科普太太嚇一跳。「天呀。」她驚呼，打量我懷裡膚色蒼白的女孩。

「她在生物課上昏倒了。」我解釋，以免科普太太亂想。

科普太太急忙打開醫務室的門。貝拉再次睜眼，看著她。我小心翼翼地把女孩放在破舊的床墊上，聽見年長的校護在心中感到驚奇。貝拉一離開我的懷抱，我就拉開跟她之間的距離。我的身體太興奮、太渴望，我渾身肌肉緊繃，嘴裡分泌大量毒液。她真溫暖，真芬芳。

「她只是有點昏眩，」我向哈蒙德太太擔保：「他們在生物課做血型檢測。」

她點頭，明白怎麼回事。「總是會有學生出現這種反應。」

我強忍笑聲。貝拉就是那種學生。

「躺幾分鐘，親愛的，」哈蒙德太太說：「很快就沒事了。」

「我知道。」貝拉說。

「這常常發生嗎？」校護問。

「有時候。」貝拉坦承。

我試著用咳嗽聲掩飾笑聲。

這引起了校護的注意。「你可以回去上課了。」她說。

我看著她的眼睛，以無比的自信態度說謊：「我應該要陪她待在這裡。」

嗯……該不會……好吧。哈蒙德太太點頭。

我的謊話在校護身上效果好得很，為什麼在貝拉身上就是起不了作用？

「我去拿點冰塊幫妳敷一下，親愛的。」校護說道，覺得有點不自在而沒看著我的眼睛——人類就是應該有這種反應——然後離去。

「你是對的。」貝拉呻吟，閉上眼睛。

她這話什麼意思？我想錯了結論，我以為她接受了我的警告。

「我通常都是對的，」我試著維持語調裡的笑意，但現在聽起來變了質。「不過妳這次是指什麼？」

「蹺課有益健康。」她嘆氣。

啊，我又感到安心。

她再次變得沉默。她只是慢慢吸氣吐氣，嘴脣開始呈現粉紅色。她的嘴脣有點缺乏平衡，上脣遠比下脣飽滿。盯著她的嘴，我心裡產生怪異的感受。我想更接近她，但這不是好主意。

「妳剛才差點把我嚇死，」我試著重啟談話。她沒說話時，這種沉默氣氛帶來某種痛苦。「我還以為紐頓要把妳的屍體拖進樹林裡掩埋。」

「哈哈。」她回應。

「老實說，我見過氣色比妳更好的屍體。」這其實是實話。「我剛剛還在擔心，我可能要因為妳被謀殺而替妳報仇。」她如果真的被謀殺，我鐵定幫她報仇。

「可憐的麥克，」她嘆道：「我賭他一定氣瘋了。」

怒火在我體內脈動，但我很快壓制。她的關心想必只是憐憫。她很善良，就這麼簡單。

「他對我異常痛恨。」我告訴她，也為此感到喜悅。

「你怎麼可能知道？」

「我有看到他的表情，我看得出來。」他的表情確實能讓我做出這個推理，畢竟我在貝拉身上磨練了這項技能。

「你當時怎麼看得到我？我以為你蹺課離開學校了。」她的臉色變得比較好，透明肌膚底下已經看不見菜色。

「我在車上聽ＣＤ。」

她的嘴角抽搐，彷彿我這個普通的答案令她非常驚訝。

哈蒙德太太拿著冰袋回來時，貝拉睜開眼睛。

「來，親愛的。」校護邊說邊把冰袋放在貝拉的額頭上。「妳看起來好多了。」

「我也覺得好多了。」貝拉坐起身，拿開冰袋。當然。她不喜歡被照顧。

哈蒙德太太把布滿皺紋的手伸向女孩，彷彿想把對方按回床上，但就在這時，科普太太開門，探頭窺視。她的出現帶來少許新鮮的血味。

我感覺到麥克・紐頓就在她後面的辦公室裡，他依然怒火中燒，而且希望他現在拖來的肥胖男孩能跟貝拉交換。

「又來一個。」科普太太說。

貝拉立刻起身下床，不想再待在眾人的目光焦點底下。

「謝謝，」她把冰袋還給哈蒙德太太。「我不需要了。」

麥克吆喝一聲，把李・史帝芬推進門裡，後者一手掩面，手上的血流過手腕。

「糟糕。」這幅景象意味著我得離開了——對貝拉來說似乎也一樣。「快去外頭的辦公室，貝拉。」

她驚訝地抬頭瞪著我。

「相信我，快走。」

她急忙轉身，抓住尚未關上的門，快步來到門另一頭的辦公室。我緊跟在後。她甩動的頭髮拂過我的手。

她轉身看著我，依然面帶疑惑。

「妳真的照我說的做。」真難得。

她皺起嬌小的鼻尖。「我聞到血味。」

我驚訝地瞪著她。「人聞不到血味。」

「這個嘛，我聞得到——所以覺得難受。血聞起來像鐵鏽……和鹽。」

我依然面無表情地瞪著她。

她真的是人類嗎？她看起來像人類。她的柔軟觸感像人類。

她聞起來像人類——比一般人更香。她的舉止像人類……算是。但她的想法和反應都不像人類。

另外還有什麼可能性？

「看什麼？」她質問。

「沒什麼。」

麥克・紐頓跑來打擾我們，滿腦子充滿怨念的暴力想法。

「妳看起來好多了。」他以無禮的口吻對她說。

我的手抽搐，我想教他一點禮節。我必須管住自己，否則一定會殺掉這個討厭的男孩。

「把你的手放在口袋裡。」她說。有那麼一秒，我以為她在對我說話。

「我的傷口已經止血了。」他悶悶不樂地答覆：「妳要回去上課嗎？」

「開什麼玩笑？我才剛逃開又要自投羅網？」

這樣很好。我原以為這個小時不會見到她，但現在看來能相處一段時間。這是我顯然不配擁有的禮物。

「我想也是……」麥克咕噥：「那，妳這個週末要去嗎？去海邊？」

這是怎麼回事？看來他們安排了計畫，我氣得愣在原地。雖然聽起來像是團體出遊，麥克在腦海中整理名單，計算人數，他和貝拉不是單獨出遊。這並沒有讓我的怒火平息下來，我動也不動地斜靠在櫃檯旁，控制住自己的反應。

「嗯，我說過我會參加。」她對他做出承諾。

看來她已經答應了。妒火比吸血慾望更令我痛苦。

「那我們在我爸的商店前碰面，十點。」**而且庫倫一家沒被邀請。**

「我會到的。」她說。

「那我們體育課見囉。」

「再見。」她回話。

他轉身回去上課，滿腦子怒火。**她怎麼會欣賞這個怪咖？沒錯，他是很有錢。女生都覺得他很帥，但我看不出來。他太……太完美。我敢打賭，他爸一定有給他們做整容手術，所以他們各個白淨漂亮。不自然。而且他的模樣有點……嚇人。有時候，他瞪著我的時候，我總覺得他想殺了我。怪咖。**

看來麥克不算過度遲鈍。

「體育課。」貝拉輕聲重複這個字眼，發出呻吟。

我看著她，看得出她因為什麼事而不開心。我不確定為什麼，但她顯然不想跟麥克一起上體育課，我也完全支持她。

我來到她身旁，彎下腰，靠向她的臉龐，感覺到她肌膚的暖意擴散到我的嘴脣上。我不敢呼吸。

「我來解決。」我輕聲道：「坐下來，假裝虛弱。」

她照做，在一張折疊椅坐下，頭靠在牆邊。在我後面，科普太太走出醫務室，回到辦公桌前。貝拉閉著眼睛，看起來好像又要昏過去，她的氣色還沒完全恢復。

我轉向接待員，譏諷地心想：希望貝拉會仔細觀看接下來的這一幕。因為這才是人類應有的反應。

「科普太太？」我再次換上最具說服力的語調。

她眨動睫毛，心跳加速。**冷靜點！**「什麼事？」

有意思。雪莉•科普脈搏加快，是因為她覺得我在外表上充滿吸引力，不是因為她感到害怕。我老早習慣人類女性對我產生這種反應，她們透過持續接觸而有點習慣了我們這一族……但我不認為貝拉心跳加速是出於同樣的原因。

我是喜歡這個想法，也許喜歡得太多了點。我露出能讓人類放鬆的笑容，科普太太的呼吸聲變得更響亮。

「貝拉下一堂是體育課，但我想她還沒完全恢復。事實上，我認為我最好現在就送她回家。您覺得可以讓她請假嗎？」我凝視她深邃的眼睛，很享受這麼做帶給她的影響。貝拉會不會也被我影響？

科普太太用力地吞嚥口水。「你也需要我讓你請假嗎？愛德華？」

「不，我下一堂是果夫太太的課，她不會介意我不去上課。」

我已經把注意力從她身上移開。我要嘗試這個新的可能性。

嗯……我很想相信，貝拉其實跟其他人類一樣覺得我充滿吸引力，不過貝拉的反應似乎就是跟一般人不一樣。我在這件事上不該充滿太多期望。

「好，我都處理好了。妳好好休養，貝拉。」

貝拉虛弱地點頭，演得有點太誇張。

「妳走得動嗎？還是又要我抱妳？」我對她的爛演技感到莞爾。我知道她想走路，她不想表現得軟弱。

「我能走。」她說。

我又猜對了。

她站起身，遲疑幾秒，彷彿在確認平衡。我幫她開門，一同走進雨中。

在我的注視下，她仰起臉，面向小雨，閉著眼睛，嘴角微微上揚。她在想什麼？我總覺得她這個動作有點奇怪，我也立刻明白原因。一般的人類女孩不會抬起臉面向小雨；一般的人類女孩會化妝，就算在這麼潮溼的地方。貝拉從不化妝，也不該化妝。女人為了獲得她擁有的肌膚，每年讓化妝品公司賺走數十億美金。

「謝謝。」她對我微笑。「因身體不適而換來不用上體育課，似乎很值得。」

我凝視校舍，判斷該如何延長跟她的互動。「不客氣。」我說。

「所以你會去嗎？我是說，這個星期六？」她語帶期望。

啊，她表達的希望撫平了我的妒火。她希望身邊的人是我，而不是麥克‧紐頓。我想跟她說我會去，但我有很多事情要考慮。例如，這星期六會出大太陽。「你們到底要去哪裡？」我試著讓語調聽來淡然，彷彿答案並不重要。不過麥克剛剛說了「海邊」，這意味著很難避開陽光。我如果取消掉我們的計畫，艾密特一定會很不高興，但我如果能因此跟她相處也值得。

「去拉布席的海邊，第一海灘。」

看來是不可能了。

我壓抑心中的失望，低頭看她一眼，面帶苦笑。「我想我並沒有收到邀請。」

她嘆氣，似乎覺得無可奈何。「我剛剛邀你了呀。」

「妳和我這星期最好不要再給可憐的麥克更多壓力了，免得他崩潰。」我想像親手讓可憐的麥克崩潰的畫面。

「麥克這個傻子。」她一臉不以為然。我面露微笑。

然後她走離我。

我沒多想，而是下意識地伸手，抓住她的防雨外套。她驟然停定。

「妳想去哪？」看她打算離開，我很不高興，幾乎生氣。我跟她相處得還不夠久。

「我要回家。」她顯然搞不懂這為什麼讓我不高興。

「妳沒聽見我答應送妳回家？以妳現在的狀況，妳覺得我會讓妳自己開車回去？」我知道她不會喜歡我這樣暗指她的虛弱，但我想為西雅圖之旅做點練習，我想看看我能否忍受跟她近距離共處。送她回家這趟路很短。

「我什麼狀況？」她質問：「那我的卡車怎麼辦？」

「我會讓艾利絲下課後幫妳開回家的。」我小心翼翼地把她拉向我的車。看來往前走對她來說就是滿大的挑戰。

「放手！」她掙扎，差點跌倒。我伸出一手抓住她，但她在跌倒前站穩。我不該尋找觸碰她的理由。這讓我想起科普太太的反應，但我把這件事放在一邊。我在這件事上有很多要考慮。

我乖乖放開她，立刻感到後悔——因為她失去平衡，撞到我的車的右前門。我必須更小心對待她，畢竟她的平衡感很糟。

「你也太霸道了吧！」

她說得沒錯。我的行為很古怪，這種描述已經略嫌保守。她現在會對我說「我不願意」？

「門開了。」

我進入駕駛座，發動引擎。她依然僵硬地站在車外，不過雨勢增強，我知道她不喜歡溼冷。雨水滲過她濃密的頭髮，染得近乎黑色。

「我有能力自己開車回家！」

她當然有能力，但我就是想跟她共處一段時光。這個念頭不像吸血的慾望那樣強烈，而是一種不一樣的慾望，不一樣的痛苦。

她打個冷顫。

我降下右前座的車窗，傾身靠向她。「請上車，貝拉。」

她眯起眼睛，我猜她在考慮要不要逃跑。

「我可以拖妳上車喔……」我開玩笑，希望自己沒猜錯。看到她臉上的驚愕，我知道自己沒猜錯。

她僵硬地抬著下巴，開門上車。她的頭髮滴水在皮椅上，靴子互觸時吱嘎作響。

「你這麼做完全沒必要。」她說。

我覺得她難為情的成分多過生氣。我的行為完全錯了？我以為自己這麼做是在逗她，我以為自己的表象就像個典型的戀愛少年，但如果我弄錯了？她覺得我逼她就範？我意識到她有理由這麼覺得。

我真的不知道該怎麼做，不知道如何在二〇〇五年像個正常人一樣追求心儀的對象。我還是人類的時候，只有學到我那個時代的習俗。透過讀心術，我熟悉現代人的想法、習俗和行為，但我試著表現得自然又現代的時候，似乎全都做錯了。大概因為我不正常，我不是現代人，也不是人類。我也沒從我的家人身上學到任何有用的東西。他們都不是經過一般那種求偶階段而在一起。

羅絲莉和艾密特是特例，是典型的一見鍾情，他們倆未曾質疑彼此間的關係。羅絲莉第一眼見到艾密特的那一刻，就被她這輩子都渴望的天真和直率所吸引，她想要他。艾密特第一眼見到羅絲莉的那一刻，就見到他崇拜至今的女神。兩人之間未曾有過充滿懷疑和尷尬、咬著指甲等對方如何答覆的第一場談話。

艾利絲和賈斯柏的情侶關係更是奇怪。他們倆相遇的二十八年前，艾利絲就知道自己會愛上賈斯柏。她看到自己跟他共同生活數百年。賈斯柏在終於見到她時，感受到她所有的情緒，她的愛多麼純潔、堅定又深刻，因此大受感動。對他來說，那種感受想必就像海嘯。

相較之下，卡萊爾和艾思蜜應該算是比較典型的情侶。艾思蜜早就愛上卡萊爾——他對此深感震驚——但不是透過任何神奇的方式。她小時候就見過卡萊爾，被他的溫柔、機智和俊美吸引，因此在身為人類的那些年就一直喜歡他。艾思蜜的生活過得並不好，也難怪她一直記得卡萊爾這麼好的男人。她從人類變成吸血鬼，醒來後看著她深愛多年的那張臉孔，愛意就完全在他身上。

我曾因為她這種反應而警告過卡萊爾。他原以為她的反應會跟我差不多：強烈的震驚，因為自己成為什麼樣的生物而感到驚恐。他原以為有必要向她解釋、道歉、安撫和贖罪。他知道她原本很可能寧願一死，她會因為他在她不知情、未曾表示同意的情況下為她做出的選擇而痛恨他。結果她欣然接受這種生活——嚴格來說是因為能跟他在一起——這令他出乎意料。

在那一刻之前，他沒想到自己會有愛人，畢竟他是個吸血鬼，是怪物。我向他描述的事情，改變了他看待艾思蜜和他自己的方式。

除此之外，「選擇」拯救某人會造成很深遠的影響。這不是任何正常人會等閒視之的決定。卡萊爾選擇救我的時候，已經感覺到跟我之間的十幾種強烈情緒，像是責任、焦慮、溫柔、憐憫、希望、同情……這種行為有種我從沒體驗過的歸屬感，我只有在他的腦海以及羅絲莉的思緒中聽見過。在我還不知道他叫什麼名字的時候，就已經覺得他是我的父親。對我來說，我自然而然地把自己當成他的兒子。愛來得如此自然——雖然我覺得我之所以愛他，不是因為他改造了我，而是因為他是什麼樣的人。

所以，是不是因為這些原因，還是因為卡萊爾和艾思蜜就是註定要在一起……就算我有讀心術，我還是永遠沒辦法知道答案。她愛他，他也很快發現他能回應那份愛。他的驚訝很快就轉變成驚奇、發現，然後是愛意。他們倆真的很幸福。

不過片刻之間的尷尬很快就憑著我的讀心術化解了。完全不像我和貝拉之間這樣尷尬。他們都不像我這樣不知所措。

我想著這些事的時候，時間經過不到一秒鐘，貝拉正把門關上。我立刻打開暖氣，以免她覺得不舒服。我把音樂的音量調低。駕車駛向出口時，我從眼角看著她，她固執地噘起嘴。

突然，她饒有興致地看著音響，臉上不再悶悶不樂。「月光曲？」她問。

她喜歡古典音樂？「妳知道德布西？」

「一點點，」她說：「我媽在家裡常放古典音樂，但我只熟悉我喜歡的。」

「這也是我最喜歡的樂曲之一。」我凝視雨中，陷入沉思。我跟這女孩其實有個相似處。我原以為自己跟她在每件事上都不一樣。

她現在似乎比較放鬆，跟我一樣看著雨。趁她看著前方的時候，我做個關於呼吸的實驗。

我小心翼翼地從鼻孔吸氣。

她的味道非常濃烈。

我緊緊握住方向盤。雨水讓她更為芬芳。我沒想到她的味道還能變得更好。我的舌頭為之發麻，對她的味道感到興奮。

我惱火地意識到，我體內的怪物還活著，牠只是在靜候良機。

我試著嚥口水，壓抑喉嚨的灼燒感。沒幫助。這讓我感到惱火。我跟這女孩相處的時間實在太短。我為了多跟她相處十五分鐘而費盡心思。我再吸一口氣，壓抑反應。我必須更堅強點。

我如果不是這個故事的壞蛋，那我該做些什麼？我問自己。我該如何運用這珍貴的時間？

我會試著更瞭解她。

「妳母親是什麼樣的人？」我問。

貝拉微笑。「她長得跟我很像，但比我更漂亮。」

我狐疑地瞥她一眼。

「我太像查理。」她說下去。「她比我外向，也比我勇敢。」

我相信她母親比她外向。至於比她勇敢？這我就不確定了。

「她沒什麼責任感，有些古怪，而且還是個異想天開的廚師。她是我最好的朋友。」她的嗓音流露憂鬱，眉心皺起。

正如我之前注意到的，她的口氣比較像家長而非孩子。

我在她家前面停車，現在才想到該如何解釋我知道她住哪。不，這不會令她起疑，畢竟這是個小鎮，大家都知道她父親是誰。

「妳幾歲，貝拉？」她的年紀應該比同儕大。也許她比較晚上學，不然就是留級過。這不太可能，畢竟她這麼聰明。

「我十七歲。」她答覆。

「妳看起來不像十七歲。」

她笑出聲。

「笑什麼？」

「我媽總是說我生下來就已經三十五歲了，然後一年比一年老成。」她再次發笑，然後嘆口氣。「總得有人當大人吧。」

原來如此。當媽媽的不負責任，難怪當女兒的這麼早熟。她為了照顧母親而提早長大。難怪她不喜歡被人照顧——她覺得照顧人是她的工作。

「你自己看起來也不像高中生。」她這句話讓我回過神。

我皺眉。每次對她有什麼發現，她對我就有更多發現。我改變話題。

「所以妳媽為什麼要嫁給費爾？」

她遲疑片刻。「我媽……以她的年齡來說看起來很年輕。我猜費爾讓她覺得更年輕。總之，她為他瘋狂。」她寬容地搖搖頭。

「妳贊成嗎？」我好奇。

「這有關係嗎？」她反問：「我只希望她快樂……而他就是她想要的。」

我熟悉她的個性，所以對她這種無私心態並不感到訝異。

「妳很大方……不過我很好奇……」

「什麼？」

「妳覺得她對妳也會一樣嗎？無論妳選擇哪種男生？」

這是個蠢問題，我沒辦法維持語調輕鬆。我真蠢，竟然擔心她母親能不能接受我。我竟然以為貝拉會選我。

「我想……會吧。」她結巴，在我的凝視下做出某種反應。是恐懼？我又想起科普太太。還有什麼跡象？瞪大的眼睛可能意味著兩種情緒。但眨動睫毛似乎跟恐懼無關。貝拉的嘴脣微張……

她回過神來。「可是不管怎麼說，她是家長啊，多少還是會有點不同的。」

我苦笑。「看來她不會接受妳跟太恐怖的男生交往。」

「你說的『恐怖』是什麼意思？臉上串了一堆環，身上一堆刺青？」她對我咧嘴笑。

「這算是其中一種。」這對我來說是毫無威脅的那種恐怖。

「你的定義是什麼？」

她總是提出錯誤的疑問。或者該說正確的疑問。我不想回答的問題。

「妳覺得我恐怖嗎？」我問她，試著微笑。

她思索片刻，然後用嚴肅的語調回答：「嗯……我覺得你可以變得很恐怖，如果你想這麼做。」

我也認真地問下去：「妳現在害怕我嗎？」

她這次沒思索，而是立刻答覆。「不。」

我笑得更自在。我不認為她說的全是實話，但也不算全是謊話，至少她沒嚇得想逃跑。如果我告訴她，她正在跟吸血鬼談話，不知道她會有什麼反應？想像她的反應時，我在心中皺眉。

「那麼，現在你願意跟我說說你的家人嗎？你們的故事一定比我的精采。」

我們這一家的故事絕對比較恐怖。

「妳想知道什麼？」我小心翼翼地問。

「你是庫倫家領養的？」

「是的。」

她遲疑片刻，然後用比較微弱的音量問道：「你的父母發生什麼事？」

這個問題不難回答，我甚至不用對她說謊。「他們很久以前死了。」

「我很遺憾。」她咕噥，顯然擔心有沒有傷到我。

她在擔心我。這種感覺非常怪異；看到她在乎我，就算是這麼普通的方式。

「我其實已經不太記得他們了，」我安撫她。「卡萊爾和艾思蜜當我父母親已經很久了。」

「而且你愛他們。」她做出推理。

我面露微笑。「是的。我無法想像比他們更好的家長。」

「你很幸運。」

「我知道。」在家長這件事上，我確實無法否認自己的好運。

「那你的兄弟姊妹呢？」

如果我讓她追問太多細節，就遲早得說謊。我瞥向時鐘，發現跟她共處的時間結束了，我感到既難過又鬆一口氣。這種痛楚很強烈，我擔心喉嚨感到的灼痛會突然爆發、控制住我。

「我的兄弟姊妹，也就是賈斯柏和羅絲莉，如果發現得在雨中等我的話，應該會很不高興。」

「噢，抱歉，我猜你得走了。」

她沒動。她也不希望我們的時間結束。

這個痛楚其實也沒什麼，我心想。但我應該負責任。

「而且妳應該會希望妳的卡車在史旺警長回來前到家，這樣妳就不用告訴他生物課的意外了。」我露齒而笑，想起自己把她抱進醫務室時她的一臉尷尬。

「我相信他已經聽說了，福克斯是沒有祕密的。」她說出福克斯三個字時，明顯覺得反感。

她的用字令我發笑。確實沒有祕密。「祝妳在海邊玩得愉快。」我瞥向滂沱大雨，知道這場雨遲早會停，我也比平時更希望雨停。「應該很適合做日光浴。」至少星期六那天的天氣會很好，她會喜歡。她的快樂成了我最在乎的事，比我自己的快樂更重要。

「我明天不會見到你？」

她的擔憂口吻令我愉悅，但我也不得不讓她失望。

「不會，我和艾密特要提早過週末。」我現在氣自己已經安排了計畫。我是可以改變計畫……但現在的我需要狩獵，而且我的家人已經很擔心我的行為，我最好別再表現得對她痴迷。我還是不確定昨晚是什麼樣的瘋狂執念掌控了我。我真的需要找個辦法控制自己的衝動。去很遠的地方也許有幫助。

「你們打算做什麼？」她對我的答覆一點也不覺得開心。

我感到更多愉悅，連同更多痛苦。

「我們要去石羊山野生森林園區健行，就在雷尼爾山南邊。」艾密特等不及獵熊。

「噢，那，祝你們玩得愉快。」她說得誠意缺缺。她這種反應又讓我感到愉快。

我盯著她，想到要對她說再見，就算只是暫時的，我就覺得痛苦不堪。她這麼柔軟，這麼脆弱。她隨時可能發生意外，我總覺得不該讓她離開我的視線。但話說回來，最可能傷害她的人就是我。

「妳這個週末可以幫我一個忙嗎？」我認真地問。

她點頭，但顯然搞不懂我為何這麼問。

保持氣氛輕鬆。

「無意冒犯，但妳似乎是那種很容易招惹意外的人，所以……試著別掉進海裡或被車輾過之類的，好嗎？」

我對她苦笑，希望她看不見我眼裡的憂傷。我真希望無論她身在何處或發生何事，她遠離我不會更好。

快逃啊，貝拉，趕緊逃。我太愛妳，這對妳我來說都不是好事。

她對我的挖苦感到生氣，看來我又做錯了。她怒瞪我。「我盡量。」她厲聲道，跳下車，用力甩上門。

我握著從她外套口袋裡摸出來的鑰匙，駕車離去時深深地嗅聞她的氣味。

chapter 7

旋律

這首旋律確實有個故事；
我明白這點後，
其他音符就來得不費吹灰之力。
這個故事是關於一個女孩睡在小床上，
她深色的濃密頭髮如海藻般糾纏於枕頭……

我回到學校後，等了一段時間，因為最後一堂課還沒結束。這樣也好，因為我要想些事情，需要時間獨處。

她的氣味殘留在車裡。我維持車窗緊閉，讓她的氣味襲擊我，我試著刻意去習慣喉嚨灼燒的感覺。

吸引力。

這真的是個問題。這個問題有太多層面、意義和級別。吸引力雖然不是愛，但彼此分不開。

我不知道貝拉有沒有被我吸引。她的寂靜心聲是不是會越來越讓我難受，直到我發瘋？還是我遲早會習慣？

我試著把她的反應跟其他人的做比較，例如科普太太和潔西卡・史丹利，但得不到確切答案。心跳和呼吸加速之類的指標，既可能表示恐懼、震驚、焦慮，也可能表示受到吸引。有些女人，還有一些男人，在看到我的臉的時候，都本能地表現出忐忑不安，很多人都是這樣。貝拉也不太可能像潔西卡・史丹利那般腦中盡是一堆不切實際的幻想，畢竟貝拉清楚知道我異於常人，就算她不確定我究竟哪裡不一樣。她曾經碰過我冰涼的肌膚，當場抽手。

然而……我記得那些令我反感的幻想，但我把潔西卡換成貝拉。

我呼吸加快，喉嚨灼熱難耐。

如果是貝拉想像我摟著她脆弱的身子？想像我把她緊緊摟在懷裡，我捧起她的下巴？想像我把她的頭髮從她漲紅的臉上撥開？想像我用指尖撫摸她飽滿的嘴唇？想像我靠向她的臉，感受她的溫熱鼻息拂過我的嘴？我想像自己持續接近她……然後我從這個白日夢中醒來，因為我知道自己如果接近她會有什麼下場，正如我知道潔西卡想像過這些事。

吸引力是個很麻煩的兩難，因為我已經以最糟糕的方式被貝拉吸引。

我希望貝拉被我吸引嗎？就像女人被男人吸引？

這個問題問錯了。我該問的，是我應不應該希望貝拉以那種方式被我吸引，而答案是「不」。這麼做對她不公平，因為我不是人類男性。

我很想當個普通的男人，能抱著她而不會給她的生命帶來危險，我能自由地編織自己的幻想——在這些幻想中，我的手不會染上她誘人的鮮血。

我根本沒理由追求她。我連觸碰她都有危險，又能給她什麼樣的感情？

我雙手掩面。

更令我困惑的是，這是我這輩子第一次覺得自己像個人類。在我的印象中，我還是人類的時候都不覺得自己多麼像人類。在那些日子裡，我在意的是軍人的榮譽。第一次世界大戰的時間點，差不多就是我的青春期那幾年，而西班牙流感發生的時候，我離十八歲生日只剩九個月。我對自己身為人類的那些年只剩模糊印象，而隨著歲月流逝，那些朦朧回憶也越來越不真實。我最清楚記得的是我的母親，我每次想起她的臉，就會感到一種古老的痛苦。我依稀記得，她每晚在晚餐前禱告時，希望「恐怖的戰爭」能早點結束，而且她多麼討厭我急於邁向的未來。我不記得當時的我渴望別的東西，除了我母親的愛。沒有其他的愛讓我想留下。

我這幾天的感受是我前所未有的。我沒有過往經驗能夠比較。

我對貝拉的愛是自然形成，但這灘水如今變得混濁。我很希望能夠觸碰她。她也有同感嗎？

我試著說服自己：那不重要。

我瞪著自己蒼白的雙手，我討厭它們這麼堅硬、冰涼、擁有超人般的力量……

右前座的車門突然打開，我嚇一跳。

哈，把你嚇了一跳，真難得，艾密特如此心想，上了車。「我敢打賭，果夫太太一定以為你在吸毒。你最近真的很怪。你今天跑哪去了？」

「我去……做了好事。」

呃？

我輕笑。「照顧病人之類的。」

他聽得更是一頭霧水，但接著聞到車裡的氣味。

「噢。又是那女孩？」

我板起臉。

這可真夠怪的。

「還用你說。」我咕噥。

他又吸口氣。「嗯……她的味道確實特別，不是嗎？」

我還沒把他這句話聽完，已經下意識地咬牙低吼。

「放輕鬆點，小子，我只是隨口說說。」

其他人這時出現。羅絲莉立刻注意到貝拉的氣味，對我怒目相視，依然感到惱火。我不知道她究竟為什麼心情不好，總之她的想法裡全是抨擊。

我也不喜歡賈斯柏的反應。他跟艾密特一樣，也注意到貝拉的吸引力。雖然她的氣味對他們倆造成的影響遠不如對我的影響，但得知他們倆覺得她的血很甜美，我還是覺得不高興。賈斯柏的自制力很糟。

艾利絲來到我這一側的車窗外，伸手要貝拉的卡車鑰匙。

「我只是看到了我的未來，」她習慣講話曖昧不明。「你得告訴我這個未來為什麼會發生。」

「這並不表示──」

「我知道，我知道。我願意等，反正不用等很久。」

我嘆氣，把鑰匙給她。

我跟著她來到貝拉的家。雨勢就像無數小鐵鎚般猛烈又響亮，貝拉的人類聽力可能因此聽不見她卡車的引擎轟鳴。我看著她的車窗，她沒探頭出來查看。也許她不在家裡。我聽不見任何想法。聽不見她的想法，我就沒辦法確認她是否平安、開心、安全。這令我難過。

艾利絲鑽進後座，我們打道回府。路上無人，所以我們只花了幾分鐘。我們進屋後，開始忙各自的消遣活動。

艾密特和賈斯柏正在下一盤錯綜複雜的棋：八面棋盤彼此相連，沿玻璃後牆擺放，而且規則十分複雜。他們不允許我跟他們下棋，現在只有艾利絲願意跟我玩遊戲。

艾利絲在她的電腦前坐下，就在一小段距離外，我能聽見她的螢幕發出嗶嗚。她操作觸控螢幕；她正在為羅絲莉設計衣服，但羅絲莉今天沒像平常那樣站在她身後、指示剪裁和色彩，而是悶悶不樂地躺在沙發上，飛快地切換電視上的二十個頻道。我能聽見她在考慮要不要進車庫、再次調整她那輛ＢＭＷ。

艾思蜜在樓上，哼著小曲，處理幾張藍圖。她總是在設計一些新東西。也許她會把新設計用在我們的下一個住處，或是再下一個。

艾利絲在牆邊窺視片刻，開始用嘴形對賈斯柏說出艾密特接下來的策略。艾密特席地而坐，背對她；賈斯柏保持面無表情，在棋盤上收拾了艾密特最喜愛的騎士。

我在玄關旁的精美大鋼琴前坐下，我已經很久沒感到羞愧。

我輕輕撫摸琴鍵，檢查音準。琴聲依然準確。

樓上的艾思蜜停住鉛筆，歪頭聆聽。

我開始彈起我今天在車上想到的第一串音符，比我想像的更悅耳。

愛德華又在彈琴了，艾思蜜開心地心想，綻放微笑。她從設計桌前站起，悄悄來到樓梯頂端。

我加入一條和弦，讓主旋律交織其中。

艾思蜜滿足地嘆口氣，在樓梯頂端坐下，頭靠在欄杆上。**新曲。好久沒聽到了。真優美的旋律。**

我讓旋律沿新的方向發展，加入一串低音旋律。

愛德華又在作曲？羅絲莉心想，惱火地咬牙。

在這一刻，她的心防稍有鬆懈，我能聽見她心中所有的怒火。我看見她為什麼這麼生我的氣，為什麼她根本不會在意殺掉伊莎貝拉．史旺。

羅絲莉向來最虛榮。

樂聲驟然停止，我忍不住哈哈大笑，然後急忙摀嘴。

羅絲莉轉頭怒瞪我，眼裡竄出怒火。

艾密特和賈斯柏也轉頭過來瞪我，我聽見艾思蜜心中的困惑。她立刻下樓，瞥向我和羅絲莉。

「繼續彈，愛德華。」緊繃的幾秒後，艾思蜜鼓勵我。

我繼續彈奏，背對羅絲莉，努力試著控制臉上的咧嘴笑容。她站起身，大步走離，怒火多過丟臉。但她確實感到丟臉。

你敢說一個字，我就把你像狗一樣殺掉。

我強忍笑意。

「怎麼了，羅絲莉？」艾密特對她喊道。羅絲莉沒轉身，而是挺直背脊，進入車庫，彷彿想躲到她那輛車底下。

「剛剛怎麼回事?」艾密特問我。

「我毫無頭緒。」我說謊。

艾密特咕噥，感到洩氣。

「繼續彈。」艾思蜜催促。我注意到我的手指再次停頓。

我照她說的做，她來到我身後，雙手放在我肩上。

我這首曲子雖然吸引人，但尚未完成。我試著臨時想出一段過門用的旋律，但總覺得不適合。

「真好聽。這首曲子有名字嗎?」艾思蜜問。

「還沒有。」

「背後有故事嗎?」她語帶笑意。看她這麼開心，我不禁有點慚愧。我把音樂擱置了這麼久，這麼做很自私。

「這首應該算是……搖籃曲吧。」我找到了適合的旋律，接上另一組音符，曲子感覺就像有了生命。

「搖籃曲。」她重複這幾個字。

這首旋律確實有個故事；我明白這點後，其他音符就來得不費吹灰之力。這個故事是關於一個女孩睡在小床上，她深色的濃密頭髮如海藻般糾纏於枕頭……

艾利絲讓賈斯柏自己下棋，來到我身邊坐下。她發出風鈴般的純然歌聲，比我的鋼琴曲高十五度。

「我喜歡，」我輕聲道：「不過這樣如何?」

我把她唱出來的音符加入和弦——我的雙手在琴鍵上飛舞，組合所有音符——稍微改造一番，把曲子引往新的方向。

她察覺到曲子的氣氛，開始跟著唱。

「很好，完美。」我說。

艾思蜜捏捏我的肩膀。

但我現在看得出結論，艾利絲的歌聲高過旋律，把我的曲子帶往另一個境界。我看得出這首曲子必須如何結束，因為沉睡的女孩原本好得很，任何改變都會是錯誤，只會帶來憂傷。這首曲子朝這個方向邁進，速度變得緩慢，音調變低。艾利絲的歌聲也變低，變得嚴肅，聽起來就像來自一座燃著燭光的空蕩大教堂。

我彈出最後一個音符，然後垂下頭。

艾思蜜撫摸我的頭髮。**別擔心，愛德華，事情會往最好的方向發展。你值得擁有幸福，我的兒子。這是命運欠你的。**

「謝謝妳。」我低語，只希望我能相信她這番話，相信重要的是我的幸福。

愛並不總是以便利的包裝出現。

我發出不帶笑意的笑聲。

跟這世上任何人相比，你應該最有能力面對這種艱難的困境。你是我們當中最優秀也最聰明的。

我嘆氣。每個母親都認為自己的兒子最優秀。

艾思蜜很開心，因為我的心過了這麼久終於被觸動，就算我的心動可能造成悲劇。她原本以為我會始終獨自一人。

她一定也會愛你，她的想法令我意外，**如果她是個聰明的女孩。**她微笑。**我很難想像，有誰會遲鈍得不知道你是多麼好的對象。**

「夠了，媽，妳害我很尷尬。」我逗她。她的想法確實讓我心情好轉，就算不太可能成真。

艾利絲哈哈笑，開始彈起四手聯彈的《心與靈》。我露齒而笑，跟她一起彈完這簡單的和弦，然後一起彈了《筷子》。

她咯咯笑，然後嘆口氣。「我很希望你會告訴我，你剛剛在笑羅絲莉什麼，」艾利絲說：「但我看得出來，你不打算說。」

「沒錯。」

她用手指彈我的耳朵。

「溫柔點，艾利絲，」艾思蜜責備：「愛德華是紳士才不願意說出來。」

「可是我想知道嘛。」

聽她抱怨的語氣，我哈哈笑，然後我說：「聽聽這首，艾思蜜。」我開始彈起她最喜歡的曲子，我以前寫了這首無名的曲子送給她，致敬她和卡萊爾多年來的愛。

「謝謝你，親愛的。」她又捏捏我的肩膀。

我很熟悉這首曲子，彈的時候不需要集中精神，而是想到羅絲莉，她仍羞愧地躲在車庫裡，我不禁咧嘴笑。

由於我最近才發現「嫉妒」的威力，所以我對她有著某種程度的同情。這種感覺真的很難受。當然，跟我的嫉妒相比，她那種不值一提，所謂的「狗占馬槽」。

我不禁好奇，羅絲莉要不是向來如此美貌，她的人生和個性是不是會有所變化？如果她最大的優點不是美貌，她會不會變成一個更快樂的人，更具同理心，而不是這麼以自我為中心？我猜這個問題沒有答案，因為人生沒有如果，而且她確實向來是最美麗的成員。她還是人類的時候，就因為貌美而成了眾人的焦點。她並不介意，剛好相反——她最愛的就是人們對她的仰慕。這點並沒有因為她成為不死之身而改變。既然她有此需求，不意外的，她從一開始就覺得被我冒犯，因為我沒像其他男性那樣把她當成女神。她並非以那種形式渴望著我——一絲一毫也沒有。話雖如此，她還是因為我不想要她而火冒三丈。

她對賈斯柏以及卡萊爾沒有這種想法，因為他們倆已經有各自的對象。我沒有愛人，我卻對她無動於衷。

我以為她已經放下了這個恩怨，她原本也應該放下了……直到有一天，我終於找到某個女孩，其美貌撼動了我。當然，我早該料到她會為此惱火，但我的心思都在別處。羅絲莉原本一心認定，如果我不覺得她的美貌值得崇拜，那麼這世上不會有任何人的美貌能影響我。打從我救了貝拉，她就一直很不高興，她出於競爭心態而猜測我救貝拉的動機，這點連我都沒有察覺到。

我覺得一個微不足道的人類女孩比她更有吸引力的時候，她遭到嚴重冒犯。

我再次強忍笑意。

但她看待貝拉的目光確實讓我有點不高興。羅絲莉竟然覺得那女孩很乏味。她竟然這麼覺得？我無法理解。她顯然是因為嫉妒才這麼想。

「噢！」艾利絲突然說：「賈斯柏，你猜怎麼著？」

我看到她在腦海中的景象，我的雙手在琴鍵上停住。

「怎麼了，艾利絲？」賈斯柏問。

「彼得和夏洛特下星期會來拜訪！他們會來我們這裡。很棒吧？」

「怎麼了，愛德華？」艾思蜜問，感覺到我肩膀緊繃。

「彼得和夏洛特要來福克斯？」我朝艾利絲嘶吼。

她對我翻白眼。「冷靜點，愛德華。他們又不是第一次來這兒。」

我咬牙切齒。這是他們在貝拉到來後第一次來訪，而且不是只有我覺得她的甜美血味充滿吸引力。

看見我的表情，艾利絲皺眉。「他們從不在這裡狩獵，你也知道的。」

問題是那位如同賈斯柏兄弟一般的存在與他所深愛的小吸血鬼跟我們不一樣，他們是以一般的方式狩獵。他們不能接近貝拉。

「什麼時候？」我追問。

她不高興地噘嘴，但還是說出我需要知道的事。**星期一早上。不會有人傷害貝拉**。

「沒錯。」我同意，然後撇開臉。「你準備好了嗎，艾密特？」

「我以為我們明早才出發？」

「我們星期天午夜回來，就看你什麼時候想出發。」

「好吧，我先去跟羅絲莉說再見。」

「當然。」羅絲莉心情惡劣，道別一定很短暫。

你真的瘋了，愛德華，他邊心想邊走向後門。

「我猜我確實瘋了。」

「再彈一次新曲給我聽。」艾思蜜要求。

「如妳所願。」我同意，雖然我不太願意讓曲子來到避無可避的結尾，我覺得令我心痛的結尾。我思索片刻，接著從口袋裡拿出汽水瓶蓋，放在譜架上。這麼做有點幫助——這個紀念品讓我想起她對我說過「我願意」。

我對自己點頭，然後開始彈奏。

艾思蜜和艾利絲對望一眼，但都沒問我為何把瓶蓋放在譜架上。

「沒人跟你說過別把食物當玩具？」我對艾密特喊道。

「噢，嘿，愛德華！」他回話，對我露齒而笑，揮揮手。熊趁艾密特分心之際，以沉重的熊掌掃過艾密特的胸膛。利爪劃破他的上衣，刮過他的肌膚時發出吱嘎聲，聽起來就像小刀劃過鋼板。

熊發出刺耳咆哮。

媽的，這是羅絲莉送我的衣服耶！

艾密特朝憤怒的野獸怒吼。

我嘆口氣，在一塊大石頭上坐下來旁觀。這可能會耗上一段時間。

但是艾密特快得手了。他讓熊再次揮爪、試著砍下他的腦袋；在這一擊被彈開，野獸踉蹌後退時放聲大笑。熊發出咆哮，艾密特則是邊吼邊笑。接著，他衝向以後腿站立、比他高一個頭的野獸，兩者倒在地上，一棵成熟的雲杉被連帶撞倒。熊的低吼聲被窒息聲取代。

幾分鐘後，艾密特小跑來到我面前。他的上衣破破爛爛，沾染血跡、樹液和熊毛。他的黑色鬈髮也一樣凌亂。他一臉笑嘻嘻。

「那頭熊的力氣可真大。牠抓我的時候，我幾乎能感覺到。」

「你真幼稚，艾密特。」

他看著我身上乾淨整齊的白襯衫。「所以你追蹤不到那頭山獅？」

「我當然有追蹤到牠，我只是吃相沒你這麼野蠻。」

艾密特發出隆隆笑聲。「我真希望牠們能更強壯些，過程就會更有趣。」

「我們沒必要跟食物打架。」

「是沒錯啦，但我還能跟誰打？你和艾利絲總是作弊，羅絲莉不想弄亂頭髮，而我如果和賈斯柏玩真的，艾思蜜一定會生氣。」

「人生就是這麼辛苦，不是嗎？」

艾密特朝我咧嘴笑，稍微調整身體的重心，看起來想對我發動衝鋒。

「來嘛，愛德華。暫時把你的能力關掉，跟我公平地打一場。」

「關不掉。」我提醒他。

「不知道那個人類女孩為什麼就是有辦法讓你失控，」艾密特若有所思：「也許我該去請教她。」

我的幽默感消失了。「離她遠一點。」我咬牙道。

「你可真敏感。」

我嘆氣。艾密特在我身邊坐下。

「抱歉。我知道你現在不好受。我不是故意惹你啦，可是這就是我的天性……」

他等我對他的笑話發出笑聲，看我沒笑，他扮個鬼臉。

你一直都這麼嚴肅。你現在有什麼心事？

「我在想著她。嚴格來說是擔心她。」

「有什麼好擔心的？你在這裡，不在她身邊。」他放聲大笑。

我沒理他的笑話，但對他的疑問做出答覆。「你有沒有想過他們多麼脆弱？凡人有多少死法？」

「沒怎麼想過。不過我大概明白你的意思。以前的我根本不是熊的對手，不是嗎？」

「熊。」我喃喃自語，把這項威脅加入已經很長一串的恐怖清單。「她搞不好也可能碰上熊，不是嗎？闖進鎮上的熊。牠當然會直接朝貝拉走去。」

艾密特輕笑。「你聽起來像個瘋子。你自己也知道吧？」

「艾密特，你想像一下，如果羅絲莉是人類。她可能碰上熊……被車撞……被閃電打到……滾下樓梯……或是生病！」我氣沖沖地說出這些話。這些字句整個週末都在我心裡悶燒，我慶幸現在終於能發洩出來。「火災、地震、龍捲風！唉！你上次看新聞是什麼時候？你有沒有見過他們碰上的事情？搶案、命案……」我咬緊牙關。想到另一個人類傷害她，我就氣得無法呼吸。

「等等！放輕鬆點，小子。她住在福克斯，還記得嗎？她頂多就是淋點雨。」他聳個肩。

「我認為她就是天生運氣不好，艾密特，我真的這麼認為。看看證據。她原本可能搬去任何地方，卻偏偏來到一個到處都是吸血鬼的小鎮。」

「是沒錯，但我們是素食主義者，所以她這應該是好運而不是壞運吧？」

「她那種氣味？絕對是壞運，尤其因為我對她的氣味那麼敏感。」我怒瞪自己的雙手。

「但是你的自制力跟卡萊爾有得比，所以這也是好運。」

「休旅車？」

「那只是意外。」

「艾密特，你沒看到那輛車當時不斷朝她逼近。我發誓，她簡直就像擁有磁鐵般的吸引力。」

「可是你當時在場，所以那也算是好運。」

「是嗎？這對人類來說應該是最糟糕的好運吧？竟然被吸血鬼愛上？」

艾密特默默思索片刻。他在腦海中回想那個女孩，覺得這幅畫面沒什麼特別。**說真的，我看不出她哪裡吸引人。**

「這個嘛，我也看不出羅絲莉哪裡吸引人，」我無禮地說道：「說真的，她看起來有夠難伺候，再漂亮也不值得。」

艾密特輕笑出聲。「你該不會願意告訴我……」

「我不知道她為什麼生氣，艾密特。」我說謊，露齒而笑。

我及時看到他的意圖，因此穩住身子。他試著把我從石頭上推落，結果我跟他之間的石面出現裂痕，發出震耳巨響。

「你作弊。」他咕噥。

我等他再試一次，但他已經在想別的事。他又在想著貝拉的臉，但把那張臉想像得更蒼白，想像她的眼睛是亮紅色。

「不行。」我的嗓音緊繃。

「可是這不就能解決你的擔心？而且你也不想殺了她。這不是最好的辦法？」

「對我來說？還是對她來說？」

「對你來說。」他輕快地答覆，語氣表示當然。

我發出不帶笑意的笑聲。「錯誤答案。」

「我當時其實並不怎麼介意。」他提醒我。

「介意的是羅絲莉。」

他嘆氣。我們倆都知道，如果能變回人類，羅絲莉願意付出一切代價，願意放棄一切。一切。甚至包括艾密特。

「嗯，羅絲莉介意。」他默認。

「我不能……我不該……我不會破壞貝拉的人生。如果對象是羅絲莉，你不會也有同樣的感受？」

艾密特思索片刻。**你真的……愛她？**

「我甚至無法描述這種感覺，艾密特。突然間，這女孩就是我的全世界。如果沒有她，我看不出這個世界還有什麼意義。」

可是你沒打算改變她？她可不是長生不老，愛德華。

「我知道。」我呻吟。

而且，正如你所指出的，她有點脆弱。

「相信我——這我也知道。」

艾密特並不是很圓滑的類型，不擅長討論敏感的話題。他盡量試著婉轉。

你能碰她嗎？我的意思是，你如果愛她……你應該會想，呃，觸摸她吧？

艾密特和羅絲莉擁有非常強烈的肉身之愛。他很難明白怎麼有人只有精神上的戀愛。

我嘆道：「我連想都不敢想，艾密特。」

哇。那麼，你還有什麼選項？

「我不知道，」我低語：「我正在想辦法……離開她。我根本沒辦法想像如何逼自己跟她保持距離。」

我懷著感恩的心情，突然意識到自己確實該留下——至少現在，因為彼得和夏洛特即將到來。就目前來說，我留下對她而言比較安全；之後，我離開這裡，她會比較安全。就目前來說，我可能是她的保護者。

這個想法令我焦慮。我很想回去鎮上，盡可能扮演這個角色。

艾密特注意到我臉上的變化。**你在想什麼？**

「現在，」我有點難為情地坦承：「我只想跑回去福克斯、確認她平安。我不確定我能忍到星期天晚上。」

「不行！你不能提前回家。讓羅絲莉稍微冷靜下來。拜託！為了我。」

「我會試著留下。」我語帶懷疑。

艾密特敲敲我口袋裡的手機。「如果真的發生什麼事，艾利絲會打來。她跟你一樣莫名在意這女孩。」

我無法反駁。「好吧。但我只待到星期天。」

「急著回去也沒意義，況且最近是晴天。艾利絲說我們星期三才需要回去上學。」

我僵硬地搖頭。

「彼得和夏洛特不會亂來的。」

「我不在乎他們，艾密特。貝拉那種倒楣鬼，遲早會在錯誤的時候闖進森林——」我僵住。「我星期天就回去。」

艾密特嘆氣。**你確實像個瘋子**。

星期一清晨，我爬上貝拉臥室的窗戶，發現她正在安穩地睡覺。我帶了潤滑油——我完全臣服於那個惡魔——因此開窗時完全沒發出任何聲響。

看到她的頭髮平順地散在枕頭上，我看得出跟我上次造訪相比，她今晚睡得比較安穩。側躺的她像孩子一樣把雙手交疊在臉頰底下，嘴巴微張。我能聽見她慢慢從脣間吸氣吐氣。

能再次看到她，我感到安心許多。我意識到，除非再次見到她，否則我無法安下心來。我在遠離她的時候，就是覺得一切都不對勁。

但我就在她身邊的時候，我也不覺得一切安好。我嘆氣，然後吸氣，讓飢渴感灼燒喉嚨。我離開她太久，所以痛楚和慾望現在更為強烈。也因此，我不敢在她的床邊跪下、看看她最近都在看些什麼書。我想知道她腦海中的故事，但我害怕的不只是我的吸血慾望；我害怕的是，如果我太靠近她，我就會更想靠近她。

她的嘴唇看起來好柔軟，好溫暖。我能想像用指尖觸碰那雙嘴唇，輕輕地……

而這就是我必須避免犯的錯。

我不斷看著她的臉，尋找變化。凡人隨時都在改變——我很擔心錯過。

我覺得她看起來……很疲憊。彷彿她這個週末睡得不夠。她有出門嗎？

我在心中自嘲。她有出門又怎樣？她又不歸我管。她不屬於我。

沒錯，她不屬於我——我又開始難過。

「媽，」她呢喃：「不……讓我。拜託……」

她的眉心皺成小小的V字形。不管她母親在她的夢裡做些什麼，顯然令她擔憂。她突然翻到另一邊，但眼皮未曾跳動。

「嗯，嗯，」她咕噥，然後嘆氣。「噁。太綠了。」

她的一手抽搐，我注意到她的掌心有幾道剛開始癒合的擦傷。她受傷了？雖然傷勢顯然不嚴重，但我還是感到不安。根據她去的地點來判斷，她應該是跌倒了。這似乎是很合理的解釋。

她跟她母親哀求幾次，提到太陽，然後睡得更沉，沒再挪動。想到我不用永遠試著解開這類小小謎團，我感到安慰。我跟她現在是朋友——至少該說試著當朋友。我可以問她這個週末過得如何——關於海邊，什麼樣的深夜活動讓她顯得這麼疲憊。我可以問她的手怎麼了。她證實我的猜測時，我可以笑幾聲。

想到她可能有掉進海裡，我綻放溫柔的笑容。不知道她這次出門玩得愉不愉快？不知道她有沒有想到我？我一直在想她，不知道她有沒有稍微想到我？

我試著想像她浸沐在海邊的陽光下。但這幅畫面並不完整，因為我從沒去過第一海灘，我只看過照片。

想到我為何從沒去過離我家那麼近的那片美麗海灘，我覺得有點不自在。貝拉一整天都待在拉布席，也就是那份「協定」禁止我去的地方。在那個地方，幾個年老的男子依然記得並相信關於庫倫家的故事。在那個地方，有人知道我們的祕密。

我搖頭。我不用擔心。奎魯特人也必須遵守協定。就算貝拉碰上那些年老賢者，他們也不能揭露什麼，他們也沒理由提起這個話題。不——我唯一不用擔心的，大概就是奎魯特人。

我對開始升起的太陽感到厭惡。它提醒我，我接下來會有好幾天都無法滿足自己的好奇心。太陽為什麼非得這時候出來？

我嘆口氣，及時爬出她的窗戶，以免天太亮而讓人注意到我在這裡。我原本打算待在密林裡、目送她去上學，但我進入樹林後，驚訝地發現這裡的狹窄小徑殘留著她的氣味。

我好奇地追蹤，發現氣味深入暗處，我越來越擔心。貝拉來樹林裡做什麼？

她留下的氣味驟然消失。看來她離開了小徑幾步，進入蕨草地，觸碰了一棵倒樹的樹幹，也許有坐在那裡……

我在她坐過的位置坐下，掃視周圍。她在這裡應該只看得見蕨草和森林。當時應該有下雨——氣味被沖淡，沒滲進樹身深處。

貝拉怎麼會一個人跑來這裡——她是一個人跑來，這點無庸置疑——來到潮溼又朦朧的森林深處？

沒道理，我也沒辦法在跟她的談話中提起這件事、滿足自己的好奇心。

其實呢，貝拉，我離開妳的房間後，追蹤妳的氣味進入森林——我只是稍微闖進妳家，別擔心，我是

為了……殺掉蜘蛛……嗯，這種談話絕對適合破冰。

我永遠不會知道她為什麼會來這裡、在想什麼，我沮喪得咬牙。更糟的是，這太像我跟艾密特談話時想像的情境——貝拉獨自在林子裡遊蕩，她的氣味引來有能力追蹤的人。

我呻吟。她不只是運氣不好而已，而是根本在招惹壞運。

然而，她現在有個保護者。只要我有理由這麼做，我就會守著她，保護她。

我突然希望彼得和夏洛特會在這裡待久一點。

chapter 8

鬼魂

我躲在陰暗處，
追蹤我深愛又著迷的對象——
我看得到她，
透過走在她旁邊的那些幸運人類聽見她說話，
那些人有時候會碰到她的手。
她沒對這種接觸產生任何反應，
因為他們的手跟她的一樣溫暖。

賈斯柏的客人們在福克斯待了兩天，但我沒見到他們幾眼。我之所以有回家，純粹是為了避免艾思蜜擔心，否則我比較不像吸血鬼，而比較像鬼魂。我躲在陰暗處，追蹤我深愛又著迷的對象——我看得到她，透過走在她旁邊的那些幸運人類聽見她說話，那些人有時候會碰到她的手。她沒對這種接觸產生任何反應，因為他們的手跟她的一樣溫暖。

我從未覺得這些無可避免的蹺課像現在這般煎熬，但是太陽似乎讓她很開心，所以我也沒怎麼埋怨在心。

星期一早上，我偷聽了一場談話，這場談話原本有可能摧毀我的自信，讓我離開她的這段時間充滿折磨。但事實證明，這場談話讓我心滿意足。我不得不對麥克・紐頓稍微感到尊重，他的勇氣其實超乎我的想像。他並沒有放棄、躲到某處舔拭傷口，而是願意再試一次。

貝拉很早就到了學校，似乎想享受珍貴的陽光。她坐在一張平時很少用的戶外野餐長椅上，等第一道鈴聲響起。她的頭髮以令我意外的方式反射陽光，浮現紅澤。

麥克來到這裡找到她——也為此慶幸自己如此好運——發現她又在塗鴉。

我被迫躲在燦爛陽光旁的森林陰影裡看著她，覺得無比煎熬。

她跟他打招呼時興高采烈，他為之興奮，我為之沮喪。

她其實喜歡我。她如果不喜歡我，就不會笑得這麼開心。我敢打賭，她原本想跟我一起去舞會。不知道西雅圖有什麼事那麼重要……

他注意到她髮色的改變。「我以前沒注意到——妳的頭髮帶點紅色。」

看到他捏住她的一綹頭髮，我氣得不小心拔起我旁邊的一棵小型雲杉。

「只有在陽光下。」她說。他把那綹頭髮撥到她耳後，她稍微退縮。看到這一幕，我覺得大快人心。

麥克花了一點時間建立勇氣，浪費一點時間閒聊。

她提醒他，作業是星期三要交。她臉上有點沾沾自喜，看來她已經寫好作業。他忘了作業這回事，閒暇時間因此大幅減少。

他終於開始說重點——我用力咬牙，想必能咬碎花崗岩——但還是不敢直接提出邀請。

「我本來是想問，妳要不要一起出去。」

「噢。」她說。

一陣沉默。

「噢」？這是什麼意思？她會答應？等等——我好像還沒真正地邀請她。

他用力嚥口水。

「嗯，我們能一起吃個晚餐或什麼的……我可以晚點再寫作業。」

真笨——我還是沒提出邀約。

「麥克……」

我的妒火就跟上星期一樣強烈，充滿痛苦和憤怒。我真想以人類看不見的速度衝過校園、搶走她，讓麥克碰不到她。我現在痛恨那個男孩，我想單純為了殺掉他而殺掉他。

她會答應他嗎？

「我不認為這是個好主意。」

我恢復呼吸，僵硬的身子放鬆。

看來她要去西雅圖只是個藉口。我根本不該問的。我在想什麼？我敢打賭，一定是因為庫倫那個怪咖。

「為什麼？」他悶悶不樂地問。

「我認為……」她遲疑幾秒。「如果你敢把我接下來要說的話說出去，我會開開心心地把你打扁——」

聽見她說出死亡威脅，我發出笑聲。一隻樫鳥被我嚇到，發出尖嘯，飛離我身旁。

「我如果跟你出去，我覺得這會傷到潔西卡的感情。」

「潔西卡？」**什麼？可是……噢。好吧。我猜……嗯……**

他的思緒變得混亂。

「說真的，麥克，你沒瞎吧？」

我同意她的看法。她雖然不該期望任何人跟她一樣敏銳，但是麥克真的太瞎。麥克為了邀請貝拉而一直試著鼓起勇氣，難道他不知道潔西卡也一樣辛苦？他一定是因為自私而看不見別人的辛苦。貝拉則是因為無私而看得一清二楚。

潔西卡。呃。哇。呃。「噢。」他勉強回應。

貝拉趁他混亂之際開溜。

「快上課了，我不能再遲到。」

從這一秒開始，麥克成了不可靠的觀點。他想著潔西卡的時候，發現自己還滿高興的，因為她覺得他有吸引力，就算她比不上貝拉。

不過潔西卡還算滿可愛的。身材還不錯——胸部比貝拉大。做人不要太貪心……

他就此離去，開始想著跟幻想貝拉時一樣下流的畫面，但這些畫面只是讓我看不順眼，沒讓我那麼火大。這兩個女孩對他來說都差不多，其實他兩個都配不上。在這之後，我沒再窺視他的腦海。

貝拉消失在我的視線後，我靠在一棵大樹的冰涼樹幹上，在人們的腦海中跳躍，看著她，也慶幸安琪拉・韋柏的腦海總是能讓我窺視。我真希望能有什麼方式感謝韋柏，就因為她是個好人。貝拉擁有這個好朋友，我替她感到高興。

我從窺視對象提供的視角看著貝拉的臉，看得出她心情不好。這令我驚訝——我原以為太陽足以讓她微笑。午餐時間，我看見她不時瞥向沒人坐的庫倫之桌，這令我興奮。也許她也想我。

放學後，她打算跟幾個女生一起出門——我立刻安排該如何監視她——但這些計畫延後了，因為麥克決定邀請潔西卡約會。

所以我直接去她家，在林子裡檢查了一番，確保沒有危險。我知道賈斯柏警告過摯友別接近鎮上——以我的瘋狂心智作為解釋與警告——但我還是想避免冒險。彼得和夏洛特無意得罪我的家人，但是「意圖」這種東西是會變的。

好吧，我是做得過頭了。我知道。

貝拉在室內待了很長一段時間後，來到後院，彷彿知道我在偷窺，彷彿同情我看不見她。她拿著一本書，胳臂底下夾著一條毛毯。

我悄悄爬上最近的一棵樹頂端，俯視院子。

她把毛毯攤在溼潤的草地上，接著趴下，開始翻開顯然常讀的這本舊書，試著找到上次讀的段落。我從她身後窺視。

啊，更多古典作品。《理性與感性》。她是珍・奧斯汀的粉絲。

我嘗到陽光和清新空氣給她的氣味造成的影響，熱氣似乎讓她的味道更甜美。我的喉嚨燃起慾火，痛楚強勁，因為最近離開她好一陣子。我花了一點時間控制自己，逼自己從鼻孔呼吸。

她讀得很快，在半空中輪流交錯兩邊腳踝。我看過這本書，所以沒跟她一起讀，而是看著陽光和風力玩弄她的頭髮。這時她的身體突然僵住，手停在紙頁上——第二章的最後一頁。這一頁開頭的文字緊連著上一頁：「儘管考慮到禮貌和母愛，這兩位女士恐怕還是覺得沒辦法一起生活這麼久——」

她抓住這本書，粗魯地把它丟到一邊，彷彿書中文字激怒了她。怎麼回事？她才看到故事的初期階段，婆媳之間的第一場糾紛才即將上演。書中的主角，愛德華・費華斯，才剛登場，愛蓮娜・達斯伍的優點才剛獲得讚揚。我回想前一個章節，判斷在奧斯汀這本過度禮貌的散文體中，有哪段文字令人惱火。究竟是什麼讓她生氣？

她停在《曼斯菲爾德莊園》的書名頁上。新故事的開頭——看來這本書收錄了幾個小說。但她才看到第十一頁——我這次跟著一起讀；諾瑞斯太太正在描述湯姆和埃德蒙・貝特拉姆應該等長大成人後再認識表妹范妮・普萊斯——這時貝拉咬牙，猛然闔起這本書。

她深吸一口氣，彷彿試著冷靜下來；她把書丟到一邊，翻身仰躺。她拉起前臂的袖子，讓更多肌膚接觸陽光。

她為什麼會對這個家喻戶曉的故事做出這種反應？這是另一個謎團。我嘆口氣。

她靜靜躺著，只動了一下，為了撥開臉上的頭髮。頭髮在她的腦袋周圍散開，宛如栗子之河，然後她又靜止不動。

她在陽光下形成一幅非常安詳的畫面。她似乎找到了原本找不到的平靜。她的呼吸放慢。漫長的幾分鐘後，她的嘴唇開始顫抖。她開始說夢話。

我感到強烈的罪惡感，因為我正在做的事並不算是好事，但也遠不如我晚上偷窺她那樣惡劣。嚴格來說，我現在不算非法入侵，因為這棵樹的樹根不在她家的地盤裡，我現在也不算在做壞事。但我知道，等夜晚到來，我會繼續做壞事。

就算在現在，我還是有點想闖進她家。我想跳進她的庭院，悄然落地，輕輕踏進她那圈陽光，只為了更靠近她。我想聽見她的夢話，彷彿她輕聲說給我聽。

阻止我這麼做的，不是我不可靠的道德觀，而是我想到我在太陽光底下會……我的非人類肌膚硬如岩石，這已經夠糟了，我不想看到我和貝拉一起在陽光下。我跟她之間本來就有天壤之別，這已經給我帶來痛苦，我不想再讓這幅畫面成真。我的模樣何等怪誕。她如果睜開眼睛，看到我在身旁，她不知道會多麼害怕。

「嗯……」她呻吟。

我斜靠樹幹，隱向陰暗處。

她嘆氣。「嗯……」

我並不擔心她已經醒來。她的聲音只是充滿渴望的低沉呢喃。

「埃德蒙。啊……」

埃德蒙？我回想她剛剛看到哪個段落。埃德蒙・貝特拉姆這個角色才剛出現。

哈！我鬱悶地意識到，她根本沒夢見我。自我厭惡全力回歸。她竟然夢見虛構人物。也許她總是夢見虛構人物，她的夢裡其實從頭到尾都是戴著領巾的休・葛蘭。我實在自大。

她接下來的夢話都含糊不清。午後時光持續流逝，我看著她，再一次感到無助，太陽慢慢下沉，影子爬過院子，朝她逼近。我想推開這些影子，但黑暗當然避無可避；影子終究覆蓋她。天光消失後，她的肌膚顯得太白皙，宛如鬼魂。她的頭髮又變得黑暗，在臉上近乎黑色。

這幅畫面十分駭人，很像目睹艾利絲的幻象成真。貝拉沉穩有力的心跳聲帶來唯一的安慰，這個聲響避免這一刻感覺像夢魘。

她父親回到家時，我覺得鬆一口氣。

他駕車沿路駛過，朝屋子逼近時，我只聽得見他的少許心聲，他好像有點不高興……關於以前，關於公事。期望與飢餓感混雜——我猜他很期待晚餐。但他的心聲很安靜，我無法確定自己沒聽錯。我只有聽見大略。

不知道她母親的心聲聽起來如何——究竟是什麼樣的基因組合造就出這麼獨特的她。

她父親的車開上磚砌車道時，貝拉驚醒坐起。她凝視周身，似乎搞不懂周圍怎麼突然會變暗。她的目光觸及我躲藏其中的陰暗處，但很快便移開視線。

「查理？」她喃喃自語，繼續掃視這個小院子周圍的樹木。

聽見他的車門砰一聲關上，她查看聲源，迅速起身收拾東西，再回頭看樹林最後一眼。

我移動到靠近小廚房後窗的樹上，聽著他們倆今晚的互動。把查理的話語和模糊心聲做比對，這麼做很有意思。他對獨生女的關愛非常強烈，但他的話語總是簡短又隨意。大多數的時間，他們倆處於舒適的寂靜氣氛。

我聽見她討論明天晚上跟潔西卡和安琪拉去安吉拉斯港購物的計畫，我聆聽時調整自己的計畫。賈斯柏並沒有警告彼得和夏洛特遠離安吉拉斯港。我雖然知道那兩人最近進食過、沒打算在我們家附近狩獵，但我還是會看守她，以防萬一。畢竟，外頭總是有其他吸血鬼，連同我想都沒想過的人類威脅。

聽見她說出她擔心父親獨自做晚飯，我不禁微笑——沒錯，我猜對了，她在這個家裡也扮演照料者。

之後，我離開了，我知道我會等她就寢後再回來，無視道德方面的爭論。

但我絕不會像偷窺狂那樣侵犯她的隱私。我來這裡是為了保護她，不是為了像麥克‧紐頓那樣對她意淫——如果他有能力穿梭在枝枒間。我不會那麼無禮地對待她。

我回到家時，發現家裡空無一人，但我不介意。我一點也不想念他們質疑我的理智的那些混亂又無關緊要的心思。艾密特在樓梯柱子上留下一張紙條。

我們在雷尼爾原野打橄欖球——快來！拜託？

我找到一支筆，潦草地在他的請求底下寫上「抱歉」。況且，沒有我在場，球賽雙方的人數才會一樣。

我出門狩獵，尋找味道不如掠食動物的小型溫馴動物，然後我換上乾淨衣服，跑回福克斯。

貝拉今晚睡得不好。她在毛毯裡翻來覆去，表情有時擔憂，有時淒涼。我不禁好奇，什麼樣的惡夢正在糾纏她……然後我意識到，也許我其實不想知道答案。

她說話時，大多是用憂鬱的聲音批評福克斯。她以嘆息的口吻說出「回來」，攤開手，做出無聲哀求，我希望她也許是夢見我。

隔天的學校生活——太陽束縛我的最後一天——就跟昨天一樣。貝拉似乎比昨天更鬱悶，我好奇她會不會取消計畫——她看起來沒那種心情。但是，貝拉大概會把朋友們的需求看得比自己更重要。

她今天穿的深藍色上衣，把她的膚色襯托成新鮮的奶油色。

學校放學後，潔西卡答應去接其他幾個女孩。

我回家想把車子開出來，但我發現彼得和夏洛特在家裡，所以我決定讓女孩們比我早出發一、兩個小時。到時候想追上她們會不容易，除非超速。

大夥聚在明亮的主廳裡。彼得和夏洛特都注意到我心不在焉，我這才對他們表示歡迎，誠意缺缺地為自己一直不在家而道歉，我親吻夏洛特的臉頰，握了彼得的手。我一直很難集中精神、投入大家的談話。

我找個機會禮貌地離席，坐在鋼琴前，開始輕聲彈琴。

好怪的傢伙，體型和艾利絲相似、一頭白金頭髮的夏洛特心想。**我們上次見面時，他正常得很，而且脾氣很好。**

和往常一樣，彼得的想法跟她差不多。

一定是因為獸血。他們不吸人血，遲早會發瘋。他做出結論。他的頭髮跟她一樣是金色，也幾乎一樣長。他們倆很像，除了體型，因為他幾乎跟艾密特一樣高。我總覺得他們倆是絕配。

你幹麼回家？羅絲莉對我冷嘲熱諷。

啊，愛德華。我真討厭看到他這樣難受。艾思蜜的喜悅因為擔憂而打了折扣。她是應該擔心。隨著時間每分每秒經過，她為我設想的這個愛情故事逐漸往悲劇故事發展。

祝你今晚在安吉拉斯港玩得愉快，艾利絲開心地想著。**讓我知道我什麼時候可以跟貝拉說話**。

你真的很可悲。我不敢相信你錯過了昨晚的球賽，就為了看著某人睡覺。艾密特咕噥。

過了一會兒後，除了艾思蜜之外，其他人都不再想著我。我繼續輕聲彈琴，避免引起注意。

很長一段時間，我沒理他們，只是讓音樂安撫我。那女孩每次離開我的視線，我都感到緊張。大夥準備道別時，我才把注意力放回他們的談話上。

「你如果見到瑪麗雅，」賈斯柏口氣有點忐忑。「幫我問候她。」

瑪麗雅這個吸血鬼造就出賈斯柏和彼得——賈斯柏是在十九世紀後半，彼得則是在一九四〇年代。我們在卡加利的時候，她曾經找過賈斯柏，那場拜訪惹出很多事，我們也立刻被迫搬家。賈斯柏當時禮貌地請她以後跟我們保持距離。

「我不認為我還會再見到她。」彼得笑道。瑪麗雅確實很危險，而且她和彼得本來就處得不好。畢竟，彼得在賈斯柏的叛逃中扮演了關鍵角色。賈斯柏向來是瑪麗雅的最愛；她曾經打算殺了他，也對此不以為意。「不過，如果我碰到她，我一定會轉告她。」

兩人握手，準備道別。我沒等正在彈奏的曲子來到完美的結尾便匆忙起身。

「夏洛特、彼得。」我點頭。

「很高興再次見到你，愛德華。」夏洛特語帶遲疑。彼得只是對我點頭。

瘋子。艾密特朝我甩來這個想法。

白痴。羅絲莉同時投來這個念頭。

可憐的孩子。來自艾思蜜。

艾利絲以責備口吻告訴我。**他們會直接往東走，前往西雅圖。不會接近安吉拉斯港**。她用幻象向我證明。

我假裝沒聽見。我的藉口已經夠薄弱了。

我回到車上，立刻覺得比較放鬆。引擎的強力嗡鳴令我安心，這是羅絲莉去年幫我強化的引擎，她當時心情比較好。我覺得安心，因為我能採取行動，因為我知道我開過的每一哩路，都會讓我更靠近貝拉。

chapter 9

安吉拉斯港

我脫下外套，
真希望自己的體溫不是這麼冰涼，
我想給她一件溫暖的外套。
她瞪著我，
臉頰再次泛紅。
她現在在想什麼？

我抵達安吉拉斯港的時候，天色還太亮，不適合讓我開車進入市中心。太陽依然高掛，我的車窗雖然有貼隔熱紙，能提供一些保護，但我沒理由冒不必要的險。我應該說「更多」不必要的險。

我以前覺得艾密特太衝動，賈斯柏太缺乏紀律，但我現在刻意違反所有規矩，相較之下，他們倆犯過的錯根本算不了什麼。以前的我比他們倆更負責任。

我嘆氣。

我確信我能從一段距離外找到潔西卡的思緒——她的想法比安琪拉大聲，但只要我能找到前者，就能找到後者。等天色變暗後，我就能接近她們。我待在城市外圍，把車開進一條雜草叢生的車道，這裡似乎很少人來。

我知道搜索的大略方向，畢竟安吉拉斯港的服裝店不多。我很快就找到潔西卡，她在一個三面鏡前面轉圈，我能從她的視野中看到貝拉；貝拉正在評論她身上的黑色禮服。

貝拉看起來還是很生氣。哈哈。安琪拉說得對，泰勒滿嘴謊話。但我不敢相信，她對這件事竟然這麼不高興。至少她知道她還有個備用的舞伴。如果麥克在舞會玩得不開心，以後不再邀我出去？如果他邀請貝拉參加畢業舞會？他覺得她比我漂亮嗎？她覺得她比我漂亮嗎？

「我覺得我比較喜歡藍色那件，它真的能襯托出妳的眼睛。」

潔西卡對貝拉綻放虛假的笑容，繼續狐疑地打量她。

她真的這麼覺得嗎？還是她希望我在星期六那天看起來像頭母牛？

我受夠了聆聽潔西卡的心聲。我尋找安琪拉——啊，不過安琪拉正在換衣服，所以我立刻退出她的腦海，給她一點隱私。

總之，貝拉在百貨公司裡應該不會惹上什麼麻煩。我讓她們繼續買東西，打算等她們購物結束後再跟上。天色再過不久就會暗下來，雲團開始回歸，從西邊飄來。我的視線穿越茂密樹林，只瞥見少許雲層，但我看得出來它們會讓天色變暗得更快。我比以往更渴望這些雲層提供的陰影。我明天就能再次跟貝拉一起坐在學校裡，在午餐時間獨占她的注意力。我能問她我保留至今的一大堆疑問。

看來她很氣泰勒，因為他認定她會跟他一起參加舞會。我在他的腦海中看到這個想法——他提到畢業舞會的時候，意思就是貝拉會當他的舞伴。我回想起她那天下午的表情——震怒和震驚——我不禁發笑。不知道她會因為這件事而對他說什麼？也許她比較可能不理他，希望他會自然而然地打退堂鼓？我很好奇。

我等陰影拉長的時候，覺得時間變得緩慢。我三不五時查看潔西卡，她的心聲最好找，但我實在不喜歡在裡頭逗留。我看到她們打算用餐的地點。天色在晚餐時間應該已經暗下來了……也許我該「湊巧」選在同一家餐廳用餐。我觸碰口袋裡的手機，想邀請艾利絲來和我共進晚餐。她一定會很樂意，但她也想跟貝拉談話。我應該還沒準備好讓貝拉跟我的世界有更多牽連。一個吸血鬼對她來說已經夠麻煩了吧？

我再次查看潔西卡。她正在為了首飾的事情詢問安琪拉的意見。

「也許我該把項鍊退回去。我家裡有一條，應該適合，而且我已經花太多錢了。」我媽一定會很火大。我在想什麼啊？

「我不介意回店裡。可是妳覺得貝拉會不會來找我們？」

這怎麼回事？貝拉沒跟她們在一起？我先透過潔西卡的眼睛查看，然後換成安琪拉的視角。她們倆在一條商店街的人行道上，正要往回走。我找不到貝拉。

唉，誰在乎貝拉？潔西卡不耐煩地心想，然後回答安琪拉的疑問：**「她不會有事的。就算我們回去那間店裡，也絕對來得及去餐廳。而且我覺得她想獨處。」**我瞥見一間書店，潔西卡以為貝拉在裡頭。

「那我們快去快回。」安琪拉說。**希望貝拉不會以為我們甩了她。她在車上的時候對我真的很親切，可**

是她今天好像一整天都很憂鬱。不知道是不是因為愛德華・庫倫？我猜這就是為什麼她問起他家人的事。

我真該更仔細聆聽。我錯過了什麼？貝拉正在獨自行動，而且她有問起我的事？此刻，安琪拉的注意力在潔西卡身上——潔西卡正滔滔不絕地說著麥克那個白痴——我從她身上沒辦法獲得有用情報。

我評估天色。太陽應該很快就會被雲層遮蔽。如果我待在馬路的西側，建築物應該能擋住持續消退的陽光……

我駕車駛過稀疏的車潮前往市中心，開始覺得焦慮。我沒想到貝拉會獨自行動，我也完全不知道該怎麼找到她。我應該考慮到這個問題。

我很熟悉安吉拉斯港。我直接前往我在潔西卡的腦海中看到的書店，希望很快就能找到她，但我總覺得不會這麼簡單。貝拉的問題什麼時候簡單過？

果不其然，這間小書店裡沒人，只有一名穿著老舊過時的女店員。貝拉應該不會對這種商店感興趣，這家店對個性務實的人來說太空靈。我猜她可能根本不會進店裡逛。

我找到一個適合停車的陰暗處，從書店的遮棚延伸而成。我實在不該下車。在還有陽光的時候四處走動，這麼做並不安全。如果哪輛路過的車湊巧把陽光反射在我身上？

可是我不知道還能怎樣去找貝拉！

下車後我走在陰暗處，快步走進書店時，注意到貝拉的少許氣味殘留在半空中。她來過這裡，她曾經走在這條人行道上，但店裡沒有她的香氣。

「你好！有什麼是我能幫——」女店員開口，但我已經走出門外。

我在陰暗處盡可能追蹤貝拉的氣味，在接近陽光時停步。

這讓我充滿無力感——我被困在光明與黑暗的交界處。

我只能猜想她有過街，前往南側。那個方向沒有幾家店。她迷路了？這個可能性確實符合她的個性。

我回到車上，慢慢開過街道，尋找她。我在幾個陰暗處下車尋找，但只有一次注意到她的氣味，她的行進方向令我納悶。她想去哪？

我在書店和餐廳之間開車來回幾次，希望能看到她。潔西卡和安琪拉已經在餐廳裡，試著決定應該先點菜還是等貝拉。潔西卡要求立刻點菜。

我開始透過陌生人的心靈尋找她。一定有誰在某處見過她。

她失蹤得越久，我就越是焦慮。我以前沒考慮過她可能多難找；她不在我的視線裡，也不在平時的活動範圍內。

雲團在遠方集結，只要再過幾分鐘，我就能徒步追蹤她。到時候，我很快就能找到她。現在是太陽讓我感到無助。只要再過幾分鐘，優勢就會在我身上，無力的將是人類的世界。

我在一顆顆心靈之間切換，聽見一大堆瑣碎心聲。

……我覺得孩子的耳朵好像又感染了……

到底是六四零還是六零四……？

他又遲到了。我該跟他說清楚……

啊哈！她來了！

我終於看到她的臉。終於有人注意到她！

安心的情緒只維持了半秒；我更仔細觀察這名男子的思緒，他正看著她在陰暗處裡遲疑徘徊的臉志得意滿。

他的心靈對我來說是陌生人，但也不算完全陌生。我以前狩獵過這種心靈。

「不！」我咆哮，低吼聲從我的喉嚨裡爆發。我猛踩油門，但我究竟該往哪走？

我知道他的思緒來自哪個大略方向，但不夠明確。路牌、商店……他的視線裡一定有什麼線索。但是貝拉在陰暗處裡，他的眼睛只盯著她害怕的表情——他享受在她眼裡看到的恐懼。

他想起其他臉孔，她的臉龐因此變得模糊。貝拉不是他的第一個受害者。

我的低吼聲撼動我的車身，但沒讓我分心。

她身後的牆壁沒有窗戶。她在工業區，遠離人口較多的購物區。我高速拐過一個轉角，經過一輛車，我希望自己沒走錯方向。那輛車的駕駛按喇叭的時候，聲音已經離我很遠。

看看她抖成這樣！男子興奮得咯咯笑。他喜歡的就是恐懼。

「別靠近我。」她的嗓音低沉，不是尖叫。

「別這樣嘛，小甜心。」

在他的注視下，她因為從另一個方向傳來的粗魯笑聲而顫抖。他對這個笑聲感到惱火——**閉嘴，傑夫！**他心想——但他還是喜歡她發抖的模樣。這讓他感到興奮。他開始想像她的哀求，她會如何求饒……

我聽見響亮的笑聲時，才意識到他有同夥。我從他的視野觀察，焦急地尋找線索。他朝她踏出一步，伸展雙手。

他的同伴們不是他那種人渣。他們都喝醉了，都不知道他們稱作「藍尼」的這個人打算做到什麼程度。他們盲目地遵從藍尼的帶領。他保證要給他們一點樂子……

他們其中一人緊張地觀察這條街——他不想因為騷擾女孩而被抓——我因此獲得線索。我認出他凝視的那個路口。

我闖了紅燈，在車流中鑽過兩輛車之間的縫隙。喇叭聲在我後面響起。

我口袋裡的手機震動。我不予理會。

藍尼慢慢走向女孩，氣氛愈加懸疑——他就是喜歡這種驚悚。他等她尖叫，準備好好享受。

但貝拉咬緊牙關，做好準備。他覺得驚訝——他原以為她會試著逃跑。他感到驚訝，也有點失望。他喜歡追捕獵物，喜歡充滿腎上腺素的狩獵過程。

這女孩很勇敢。這樣也許更好——她會反抗得越激烈。

我離她還有一條街。男子能聽見我的引擎怒吼，但他的心思都在受害者身上，因此充耳不聞。

我想看看他成了獵物時會是什麼反應。我想看看他對我的狩獵方式做何感想。

我想起我在當「私刑者」的那些日子，我見過的恐怖場面，我尋找最痛苦的畫面。我從沒折磨過獵物，不管他們多麼罪有應得，但這個男子不一樣。他會為此受苦。他將痛苦掙扎。其他人會因為參與這件事而死，但這個名叫藍尼的畜生會求我殺了他，但我不會立刻送他這份禮物。

他站在馬路上，朝她走去。

我在轉角處急轉彎，車頭燈掃過現場，他們因而愣住。我是可以輾斃頭目——他急忙避開——但這種死法對他來說太輕鬆。

我讓車身旋轉，車頭對準我來的方向，右前座的車門對準貝拉。我甩開車門，她已經跑向我的車。

「上車。」我咬牙道。

這是怎麼回事？

我早就知道這麼做不妥！她不是獨自一人。

我該逃跑嗎？

我好想吐……

貝拉毫無猶豫，跳上車，把車門關好。

然後她看著我，這是我在人類的臉龐上見過最充滿信賴的表情，我心中的暴力計畫全數瓦解。

我立刻明白，我不能為了收拾馬路上的四名男子而把她留在車上。我能對她說什麼？「別看我殺人」？哈！她哪次有照我說的做？

難道我該把他們拖去別處，遠離她的視線，留她一個人在這裡？雖然安吉拉斯港在這一刻有第二個精神變態在街上遊蕩的機率很低，但有第一個精神變態的機率也應該很低，卻還是出現了！這證明我沒瘋，她確實就像磁鐵，吸引了一大堆危險。要是我沒及時救走她，她早已落在壞人手上。

我加快車速，帶她遠離那些男子，他們目瞪口呆地瞪著我的車。她沒注意到我感到猶豫的那一刻。

我甚至沒辦法開車撞他，因為那麼做會嚇到她。

我想讓他死得悽慘，這個需求令我耳朵充血，遮蔽了我的視野，讓我的嘴唇嚐到苦味，比飢渴的灼燒感更強烈。這個慾望的急切性和必要性使得我渾身緊繃。我必須殺了他。我要慢慢剝了他的皮，從骨頭上撕下每一條肌肉……

只不過，這女孩——世界上唯一的女孩——用雙手抓住座椅，瞪著我，眼睛莫名地平靜，沒提出任何質疑。復仇得晚點再說。

「繫上安全帶。」我命令。我的嗓音沙啞，因為我心中充滿恨意和嗜血慾。不是平時那種吸血慾。我早已放棄吸食人類的血，我也不會讓那個人渣改變這點。我這次的嗜血慾，是純粹為了報仇。

她繫好安全帶，聽見喀啷聲時稍微嚇一跳。這個小小聲響令她一驚，但我在闖紅燈的時候，她卻毫無反應。我能感覺到她盯著我。她似乎莫名地放鬆。這不合理——畢竟她剛剛離危險那麼近。

「你還好嗎？」她的嗓音因壓力和恐懼而沙啞。

她想知道我好不好？

我到底好不好？

「不好。」我意識到答案，我的口氣充滿怒火。

我帶她來到今天下午進行史上最不成功跟監任務時利用的那條車道。此刻，這條樹下車道一片黑暗。我氣得渾身動彈不得。我只想用我的寒冰之手打碎那名男子，我想把他輾成碎片，讓任何人都無法查明他的身分。

但如果這麼做，她就必須一個人待在這裡，在黑夜中無人保護。

我想起以前狩獵的日子，我真希望能忘掉那些畫面。尤其現在，我想殺人的衝動比我以前感覺到的狩獵慾都強烈。

那個男人，那個混蛋，還不是人類當中最惡劣的，雖然我很難判斷他究竟惡劣到什麼程度。話雖如此，我還是記得最惡劣的那些人。我相信他值得被我歸類成最惡劣的人。

我以前身兼法官、陪審團和劊子手三個身分的時候，我所狩獵的那些人大多懷有自責感，或至少擔心被抓。他們為了壓抑這種擔憂，大多倚賴酒精或毒品。有些人則是分裂出兩個人格，一個面對光明，另一個面對黑暗。

但我見過最惡劣、最下流的某個人，他沒有「自責」這個問題。

那名男子是欣然接受自己的邪惡面。他喜歡自己創造出來的世界，這個世界裡充滿無助的受害者和痛苦尖叫。他的目標就是痛苦，他懂得創造並延續痛苦。

我原本想遵循我的規則，避免大開殺戒，但我動搖了。讓那名男子一死了之，對他來說似乎太輕鬆。

那是我最想越界的一刻。儘管如此，我還是迅速地殺了他，正如我殺了其他人。

如果我發現他的時候，他那間恐怖地下室裡沒有兩個受害者，也許事情就會往不同方向發展。那兩名年輕女子都受了重傷。我雖然盡快送她們倆去醫院，但只有其中一人存活。

我當時沒時間吸他的血。那不重要。有太多人應該死。

例如那個藍尼。他雖然惡劣，但顯然沒比我記得的那人更壞。那麼，我為什麼就是覺得要好好折磨他？

但首先——

「貝拉？」我咬牙問。

「是的？」她嗓音沙啞。她清清喉嚨。

「妳還好嗎？」這顯然是最重要的疑問。報仇是次要的。我雖然知道這點，但我的身體充滿怒火，我很難思考。

「是的。」她的嗓音依然沙啞，想必因為恐懼。

也因此，我沒辦法丟下她。

就算她不是因為某種令人氣惱的原因而時刻面對危險——也許是老天爺對我開的玩笑——就算我能確保她在我不在時會平安無事，我也沒辦法讓她一個人在黑暗中獨處。

她一定會很害怕。

但現在的我也沒辦法安撫她，況且我現在也不知道如何安撫她。她一定能感覺到我的怒火，這點想必很明顯。我如果不先平息心中的殺人慾，就會把她嚇得更慘。

我必須先想些別的事情。

「讓我分心，拜託。」我懇求。

「抱歉，你說什麼？」

我勉強試著說明我需要什麼。

「總之……」我無法思考，不知道該如何表達。我選了我想得到的字句。「在我冷靜下來之前，跟我聊一些無聊的事。」我一說出口，就意識到這句話說得很怪，但我不太在意。我之所以留在車上，是因為她需要我。我能聽見那名男子的思緒，他感到失望又憤怒。我知道上哪能找到他。我閉上眼睛，真希望看不見他。

「呃……」她猶豫──也許是試著明白我的請求，也可能因為生氣──然後說下去：「我明天上課前要輾死泰勒・克羅利？」她把這句話說得像問句。

很好，這就是我需要的。貝拉當然會想出讓我出乎意料的話語。和以前一樣，她說出暴力威脅時總是帶有喜感。我要不是充滿殺人慾，大概會笑出來。

「為什麼？」我吼出聲，迫使她再度說話。

「他跟每個人說他要帶我去畢業舞會，」她語帶憤怒。「他要麼瘋了，要麼就是想為上次差點撞死我而做出補償……嗯，你也記得那件事，」她補充說明：「他認為畢業舞會是最好的方法。所以我想，如果我也做出危及他性命的事，那咱們就扯平了，他就不用一直試著做補償。我不想樹敵，而如果他不再煩我，也許蘿倫就不會找我麻煩。雖然我可能必須撞爛他那輛 SENTRA，」她若有所思。「不過他如果沒有車，就沒辦法帶任何人去舞會…………」

她在某些事情上也會誤判，這讓我受到鼓舞。泰勒堅持要帶她去舞會，這跟那場車禍無關。她似乎不瞭解自己對高中男生們的吸引力。她也看不出她對我的吸引力？

啊，這麼做有效。她令人納悶的想法總是令我感到好奇。我開始能夠控制住自己，眼裡不再只有報仇和殺人。

「我聽說了。」我告訴她。她剛剛停止了說話，而我需要她說下去。

「你聽說了？」她顯得難以置信，然後她的語氣比之前更生氣。「如果他從頸部以下癱瘓，也去不了畢業舞會。」

我如果拜託她繼續說出殺人之類的威脅，她一定會覺得我是瘋子。她想殺人之類的念頭，對我來說最有安撫效果。而且我在這一刻特別需要她的話語——她使用的諷刺和誇飾。

我嘆口氣，睜開眼睛。

「好一點了？」她害怕地問。

「不太好。」

我是冷靜了一點，但沒覺得比較好。因為我意識到，我不能殺掉那個名叫藍尼的人渣。在這一刻，跟犯下合理的謀殺案相比，我唯一想要的是這個女孩。雖然我無法擁有她，但光是「夢想」擁有她，就能讓我今晚避免大開殺戒。

殺手配不上貝拉。

這七十多年來，我一直努力嘗試，就是不想成為殺手。那些年的努力，就是讓我配不上坐在我身邊的女孩。我總覺得，如果我今晚回歸以前那種生活，她就會永遠遠離我。就算我殺了他們但不吸他們的血，就算我沒有因為吸了人血而眼睛通紅，她還是會察覺到我有所不同吧？

我正在努力讓自己配得上她。這是無比艱難的目標，但我實在不願放棄。

「怎麼了？」她輕聲問。

她的氣味充斥我的鼻腔，讓我想起我為何配不上她。我雖然這麼愛她……她卻還是讓我垂涎三尺。

我會盡量對她誠實。這是我欠她的。

「我有時候很難控制住脾氣，貝拉。」我凝視黑夜，不確定是否希望她聽懂我這番話。應該不希望。**快逃啊，貝拉，趕緊逃。留下，貝拉，留下**。「但即使我回頭去找那些傢伙，對事情也沒有任何幫助……」光想到這點，我就很想下車。我深吸一口氣，讓她的氣味灼燒我的喉嚨。「至少，我是這麼說服自己的。」

「噢。」

她沒多說什麼。她聽懂了多少？我偷瞄她一眼，無法看懂她的表情。她的茫然表情也許出於震驚。不過……她沒驚恐地尖叫，至少現在還沒有。

「潔西卡和安琪拉一定很擔心。」她輕聲說，嗓音聽來冷靜，我不確定她為何冷靜。她到底有沒有被剛剛的事情嚇到？也許她還沒弄懂發生了什麼事。「我原本應該要和她們會合的。」

她想離開我？還是她只是在意朋友會擔心她？

我沒回話，只是發動引擎，這個舉動把她嚇一跳。我離市中心越近，就越難維持原本的意圖。我離那人渣這麼近……

既然我永遠得不到這女孩，那我為何要放那人一馬？我應該可以給自己這麼一點痛快吧。

不行，我不能放棄，至少現在還不行。我太想要她，我不能認輸。

我們來到她應該和朋友們會合的餐廳，這時我還沒釐清自己的思緒。潔西卡和安琪拉已經吃過了，而且真的開始擔心貝拉。她們正朝著黑暗的街道走去，打算去找她。

這個晚上不適合她們這樣亂走。

「你怎麼知道是在這……」聽見貝拉這句提問，我意識到自己又犯了錯。我因為分心，而忘了問她原本應該在哪跟朋友會合。

但貝拉沒追問下去，只是搖搖頭，淺淺一笑。

她這種反應是什麼意思？

我沒時間猜測她為何接受我知道她們約在這裡。我打開車門。

「你在幹什麼？」她似乎嚇了一跳。

我不會再讓妳離開我的視線。我今晚不想再獨處。就是這樣。「帶妳去用餐。」

好吧，接下來應該會很有趣。我想起自己曾想像帶艾利絲同行，假裝湊巧在這家餐廳遇到貝拉和她的朋友們；現在回想起來，那好像是很久以前的事。此刻，我簡直就像在跟貝拉約會。只不過，這不算是約會，因為我沒給她說「不」的機會。

我正想幫她打開車門，但她已經自行這麼做。我因為自己必須以人類的速度緩慢移動而不太高興。

我等她來站在我身邊，看著她那兩個朋友繼續走向陰暗轉角時，我越來越覺得焦慮。

「去攔住潔西卡和安琪拉，免得我也得親自去找她們。」我迅速下令：「我如果又碰上那幾個男的，恐怕會再也控制不住自己。」沒錯，我的自制力沒那麼強。

她打個冷顫，接著急忙穩住自己。她朝她們踏出一步，大聲喊道：「小潔！安琪拉！」她們轉過身，她揮手引起她們的注意。

貝拉！噢，她很平安！安琪拉鬆了一口氣。

怎麼這麼晚才出現？潔西卡雖然咕噥抱怨，但也慶幸貝拉沒失蹤、沒受傷。這讓我對她的好感度稍微提高一點。

她們快步折返，接著因為看到我在她身邊而不禁停步。

不會吧！潔西卡震驚地想道。**不可能！**

愛德華・庫倫？她是為了去找他而單獨行動？不過，如果她早就知道他在這兒，又為何問庫倫一家是不是出城了？我在潔西卡的腦海中看到這一幕：貝拉窘迫地問安琪拉，我這一家是不是常常不上學。**不，她不可能提前知道他在這兒**。安琪拉做出判斷。

潔西卡的態度從驚訝轉為懷疑。**貝拉有事情瞞著我**。

「妳跑哪去了？」她質問時盯著貝拉，但從眼角瞄我。

「我迷了路，結果碰到愛德華。」貝拉揮手朝我示意，語氣意外地淡定，彷彿事情就是這麼簡單。

一定是因為她驚魂未定，這是唯一的解釋。

「我能和妳們共進晚餐嗎？」我問道，純粹為了保持禮貌。我知道她們已經吃過了。

我的媽呀他真的有夠帥！潔西卡心想，思緒突然有點混亂。

安琪拉也沒鎮定多少。

我為什麼對貝拉就是沒有這種影響力？

「呃……當然。」潔西卡同意。

安琪拉皺眉。「呃，其實，貝拉，我們在等妳的時候，已經吃過了，」她坦承。「抱歉。」

閉嘴啦！潔西卡在心中抱怨。

貝拉一派輕鬆地聳個肩，態度這麼放鬆，看來她絕對是驚嚇過度。「沒關係，我不餓。」

「我覺得妳應該吃點東西。」我駁斥。她需要血糖——雖然她的血聞起來已經夠甜了，我在心中自嘲。

她很快就會對剛剛的事件出現情緒反應，空腹對她沒幫助。我從經驗得知，她很容易暈倒。

這兩個女孩如果直接回家，並不會有任何危險。她們不像貝拉去哪都有危險。

而且我想跟貝拉獨處——只要她願意跟我獨處。

「妳介不介意我今晚開車送貝拉回家?」貝拉還來不及回話時，我對潔西卡說：「如此一來，妳們就不用等她吃完飯。」

「呃，應該沒問題……」潔西卡瞪著貝拉，想確認這就是她的意願。

她八成想獨占他。誰不想獨占他?潔西卡心想。與此同時，她看到貝拉使了個眼色。

貝拉居然使眼色?

「好。」安琪拉立刻說，不想再繼續打擾下去，以防這就是貝拉的意願。而貝拉似乎真的不希望她們在場打擾。「明天見，貝拉……愛德華。」她盡量試著用輕鬆的語氣說出我的名字，然後她抓起潔西卡的手，拖對方離開。

我會想個辦法為這件事感謝安琪拉。

潔西卡的車就停在一盞路燈的明亮光圈底下。貝拉微微皺眉，確認她們上了車，看來她有意識到自己今晚差點遭遇不測。潔西卡駛離時揮手道別，貝拉也揮手。她們的車開走後，她深吸一口氣，轉頭看著我。

「老實說，我不餓。」她說。

她為什麼要等她們離去後才這麼說?她是真的想跟我獨處?就算目睹了我想殺人時的嘴臉?

不管是不是，她都必須吃點東西。

「就當配合我。」我說。

我幫她打開餐廳的門，等她進去。

她嘆口氣，進了門。

我走在她身旁，來到領檯女士等候之處。貝拉看起來依然平靜。我很想觸碰她的手和額頭，檢查她的體溫，但我冰涼的手會像之前那樣嚇得她抽手。

天啊他真帥。領檯員響亮的心聲闖進我的意識。**唉唷帥到掉渣**。

看來我今晚引來不少目光。也許我注意到這點，是因為我太希望貝拉也會這樣注意我？我們這一族雖然對獵物充滿吸引力，但我以前對此沒怎麼多想。一般來說，獵物會先覺得被吸引，然後立刻感到恐懼。雪莉・科普和潔西卡・史丹利算是例外，因為我常常接觸她們，恐懼效果因此打了折扣。

「有沒有兩個人的桌位？」看領檯員一直沒說話，我開口詢問。

哇！嗓音真有磁性！「噢，呃，有的。歡迎光臨『美麗義大利』。請跟我來。」她的腦子裡充滿盤算。

也許她是他表妹之類的。她不可能是他妹，他們倆看起來一點也不像。但絕對是親戚。這兩個不可能在交往。

人類的眼睛向來模糊，看什麼都不清楚。這個小心眼的女人既然覺得我用來吸引獵物的外貌充滿魅力，又為什麼看不見我身旁的女孩多麼完美？

反正我才不會熱情招待她。領檯員心想，帶我們來到一張家庭用的餐桌，這裡是餐廳裡最熱鬧的區域。**我該不該在她面前把我的電話號碼給他？**她思索。

我從後口袋掏出一張紙鈔。人在看到錢的時候，就是願意配合。

貝拉正準備在領檯員示意的桌位坐下。我對她搖頭，她遲疑片刻，好奇地歪起頭。沒錯，她今晚一定會很好奇。吵雜之處不適合討論這種話題。

「有沒有比較隱密的位子？」我對領檯員提出請求，把鈔票遞給她。她為之一驚，然後抓住小費。

「沒問題。」

她看了鈔票一眼，帶我們拐過一道隔牆。

為了要更好的位子就給我五十塊錢？他不只帥，還很有錢。典型的高富帥——我敢打賭，他的外套比

我上個月的工資還貴。我靠。他怎麼會想跟她坐在隱密一點的位子？

她帶我們來到一個遠離旁人視線的安靜角落——不會有人看到貝拉在聽我說話時會有什麼反應。我完全不知道她今晚希望我說些什麼、給她什麼。

她已經猜到多少？她會如何試著解讀今晚的事件？

「這兒如何？」領檯員問。

「非常好。」我對她說。她對貝拉的鄙視態度讓我有點不爽，所以我對她露出燦爛笑容，亮出牙齒。讓她清楚地看見我。

帥爆了啊啊啊。「呃……您的侍者很快就會過來。」**他帥得不像真人。也許她會離席……也許我該用番茄醬把我的電話號碼寫在他的餐盤上**。她離去時腳步有點搖搖晃晃。

怪了，她還是沒覺得害怕。我突然想起來，艾密特幾星期前在學生餐廳裡挖苦我：**我敢打賭，我能把她嚇得更慘**。

我在嚇人這方面變弱了？

「你真的不該這麼做。」貝拉以嚴厲的語氣打斷我的思緒。「這樣很不公平。」

我盯著她充滿批評的表情。她這話什麼意思？我剛剛雖然一直試著嚇唬領檯員，但沒能成功。「不該做什麼？」

「像剛剛那樣讓人暈眩——她現在大概正在廚房裡呼吸困難。」

嗯……貝拉說得八九不離十。此刻，領檯員正語無倫次地跟同事描述她對我的錯誤判斷。

「噢，少裝了，」看我沒立刻回話，貝拉責備我。「你一定知道你對人們的影響。」

「我讓人暈眩？」這種說法很有意思。以今晚來說，這個說法還算準確。我搞不懂為什麼會有效果上的差異……

「你沒注意到？」她的口氣依然充滿批評：「否則你以為每個人都像你一樣順心如意？」

「那我也讓妳覺得暈眩嗎？」我衝動地說出好奇心，來不及收回。

我還來不及陷入後悔，她已經答道：「經常。」她的臉頰微微泛紅。

我讓她覺得暈眩。

我不記得我以前心裡有過這麼強烈的希望。

「哈囉。」說話聲傳來，女侍前來自我介紹。她的想法很大聲，比領檯員的更直率，但我充耳不聞。我盯著貝拉，看著她臉上的血色，我注意到的不是自己的喉嚨灼熱，而是她的血色把白皙肌膚襯托得像鮮奶油。

女侍正在等我答覆。啊，她問我們要喝什麼。我繼續盯著貝拉，女侍不情願地也轉身看著她。

「我要可樂？」貝拉的語氣彷彿在徵求同意。

「兩杯可樂。」我做出修正。她這種正常的、人類的口渴，表示她受到驚嚇。我會確保她多多攝取汽水裡的糖分。

但她看起來很健康。不只是健康而已，她看起來容光煥發。

「看什麼？」她質問——八成納悶我為什麼盯著她看。我依稀注意到女侍已經離去。

「妳現在覺得怎樣？」我問。

她眨眨眼，對我的提問感到驚訝。「我很好。」

「妳沒有覺得昏眩、生病、發冷？」

她更顯得納悶。「我應該這麼覺得嗎？」

「這個嘛，其實我在等妳休克。」我微微一笑，以為她會否認。她就是不喜歡被照顧。

她過了片刻才回答我。她的眼睛有點茫然。我對她微笑的時候，她偶爾會出現這種反應。她被我……暈眩了？

我很想這麼相信。

「我不認為這會發生。我向來擅長壓抑不愉快的回憶。」她回話時有點喘不過氣。

看來她常常接觸不愉快的事？她的人生總是這麼危機四伏？

「總之，」我對她說：「等妳攝取了點糖分和食物，我會覺得好些。」

女侍帶來可樂和一籃麵包。她把食物放在我面前，問我想點什麼菜，並試著跟我四目交會。我請她詢問貝拉要什麼，然後我再次排除她的心聲。她的腦海很齷齪。

「呃……」貝拉很快掃視菜單。「我要蘑菇餃。」

女侍急切地回頭看著我。「先生呢？」

「我不用。」

貝拉對我稍微扮個鬼臉。嗯……她一定注意到我從不吃東西。她什麼都注意到。我也總是忘了在她身邊得更謹慎。女侍離去後，我才再次開口。

「喝吧。」我堅持。

我驚訝地發現她立刻乖乖照做。她一口氣喝完，所以我微微皺眉把第二杯推向她。她是因為口渴還是受驚？她從第二杯裡喝了一些，然後打個冷顫。

「妳覺得冷？」

「因為可樂。」說完，她再次打顫，嘴脣微微顫抖，彷彿上下兩排牙齒即將互撞。

她身上那件美麗的襯衫顯得太薄。這件衣服如第二層肌膚般黏貼在她身上，幾乎就跟第一層肌膚一樣薄。「妳沒帶外套？」

「有。」她查看周圍，顯得有點困惑。「噢──我留在潔西卡的車上。」

我脫下外套，真希望自己的體溫不是這麼冰涼，我想給她一件溫暖的外套。她瞪著我，臉頰再次泛紅。她現在在想什麼？

我把外套遞給她，她立刻穿上，又打個顫。

的確，我真希望自己溫暖點。

「謝謝。」她深吸一口氣，接著將衣袖反折，以便雙手活動，然後又深吸一口氣。

今晚終於進入佳境？她的氣色依然很好。她的深藍襯衫把她的肌膚襯托得白裡透紅，就像鮮奶油和玫瑰。

「那種藍色把妳的膚色襯托得很美。」我讚美她，實話實說。

她看起來沒什麼問題，但我不該冒險。我把麵包籃推向她。

「我說真的，」她抗議，猜中我的動機。「我不會休克。」

「妳應該要會才對──這是正常人的反應。妳竟然看起來氣定神閒。」我不高興地瞪著她，搞不懂她為什麼不能正常點，但我也不確定我是不是希望她出現那種反應。

「和你在一起，我覺得很安全。」她解釋，眼裡再次充滿信賴。我不值得擁有的信賴。

她的直覺全是錯的，剛好相反。這一定就是問題所在。她沒辦法像一般人類那樣察覺危險。她出現了相反的反應。她沒逃跑，而是在原地逗留，被應該嚇到她的東西吸引。

我不希望她逃跑，她也不想逃跑，那我要如何讓她遠離我？

「這比我預料得更複雜。」我喃喃自語。

我看得出她在思索我這番話，我不禁好奇她做何感想。她拿起一根麵包棒，開始吃下，似乎沒注意到自己這麼做。她咀嚼片刻，然後歪起頭，若有所思。

「你的眼睛顏色這麼透亮時，心情通常都不錯。」她一派輕鬆地說。

她就事論事地說出觀察，我聽得目瞪口呆。「什麼？」

「你的眼睛是黑色的時候，總是比較容易生氣——我想等一下就會是了。我在這件事上有個想法。」她以輕快口吻補充道。

看來她自行想出了解釋。她當然有這麼做。我深感不安，因為我不知道她離真相有多近。

「更多理論？」

「嗯嗯。」她繼續咀嚼，顯得事不關己，彷彿不是在跟惡魔討論何謂惡魔。

「希望妳這次會比較有創意。」看她沒說下去，我撒謊道。我其實希望她猜錯，差了十萬八千里那種。「還是妳又從漫畫書裡剽竊了什麼點子？」

「這個嘛，不是，我不是在漫畫書上看到的，」她顯得有點難為情。「但我也不是自己想到的。」

「所以？」我咬牙問。

她如果即將尖叫，說話就不會這麼平靜。

她咬唇遲疑時，女侍端來她的食物。女侍把餐盤放在貝拉面前，然後問我有沒有想要什麼的時候，我沒給她太多注意力。

我拒絕為自己點餐，但再點了一杯可樂。女侍沒注意到桌上的杯子已經空了。

「妳剛才說到哪？」我和貝拉再次獨處後，我焦急地催促。

「等一下在車上再告訴你。」她壓低嗓門。啊，看來會很糟。她不願意在公眾場合說出來。「如果……」她突然補充一句。

「有條件？」我緊繃得幾乎咬牙。

「我當然會問你幾個問題。」

「當然。」我以嚴肅口吻做出同意。

我應該能從她的提問來判斷她的想法。但我該如何回答？對她說出充滿責任感的謊話？對她說實話？還是因為無法判斷而不發一語？

女侍送上汽水時，我和貝拉默不作聲。

「好吧，開始吧。」女侍離去後，我開口，繃緊嘴角。

「你怎麼會在安吉拉斯港？」

這題太簡單了——對她來說。但我如果誠實回話，就會洩漏太多祕密。我要讓她先洩漏一些線索。

「下一題。」我說。

「可是這題最簡單！」

「下一題。」我重複。

我的拒絕令她洩氣。她把視線從我身上移開，看著自己的食物。她慢慢咬一口，細嚼慢嚥，陷入沉思。她吃東西時，我的腦海中突然出現怪異的對比。我看到一幅畫面：冥界的王后波瑟芬妮，手持石榴，讓自己被困在冥界之中（註1）。

註1　波瑟芬妮為宙斯與農業之神狄蜜特的女兒，在冥界時吃了四顆石榴籽，註定每年要待在冥界四個月。

我就是冥王黑帝斯？冥王黑帝斯想要春天而奪取它，害它陷入永恆之夜。我試著甩掉這幅畫面，但徒勞無功。

她喝些可樂，沖下嘴裡的食物，然後終於抬頭看著我，狐疑地瞇起眼睛。

「那好吧，」她說：「這樣說吧——當然只是假設——某人……能知道別人在想什麼，能讀出別人的想法，你知道的——只有一些例外。」

她的猜測還不算太糟。

難怪她在車上時微微一笑。她的腦子很好——沒有其他人這麼快就猜到我會讀心術。卡萊爾例外，因為我在那時候對他的想法做出答覆，以為他在對我說話。他比我更快發現我會讀心術。她這個提問不算太糟。她雖然知道我異於常人，但大概僅此而已，畢竟讀心術不算是吸血鬼特有的能力。我配合她的假設。

「只有一個例外，」我糾正她：「假設。」

她強忍笑意——我曖昧不明的誠實讓她覺得滿意。「好，只有一個例外，那麼……那是怎麼做到的？有什麼限制？怎麼有人……有辦法在緊要關頭找到某個人？他怎麼會知道她有危險？」

「以假設性的層面來說？」

「當然。」她的嘴脣抽搐，棕色眼睛充滿期待。

「這個嘛……」我遲疑片刻。「如果……那個人——」

「我們就叫他『喬伊』吧。」她提議。

我忍不住對她的熱忱綻放笑容。她真的認為知道真相是好事？如果我的祕密是好消息，又何必對她隱瞞？

「行，喬伊。」我同意。「如果喬伊有多加注意，在拿捏時機方面就不用太精準。」我搖頭；想到我今天趕到現場時千鈞一髮，我差點打冷顫。「只有妳才會在這麼小的城鎮惹上麻煩。妳差點打破這個城市十年來的零犯罪率統計數字。」

她噘嘴。「我們應該是在討論假設性的個案。」

看她如此惱怒，我不禁發笑。

她的嘴脣、肌膚……看起來好柔軟。我想知道它們是不是跟看上去一樣柔軟。不可能。我的觸碰只會讓她反感。

「對，的確是。」我在感到難過之前，把精神移回這場談話上。「我應該叫妳『珍』嗎？」

她俯身靠向我，臉上看不見笑意和惱火。

「你究竟怎麼知道我當時在哪？」她嗓音低沉，語氣嚴肅。

我該不該跟她說實話？如果是，那我該說多少？

我想告訴她。我希望我值得擁有她表達的信賴。

她彷彿聽見了我的心聲，對我呢喃：「你其實可以相信我，你知道的。」她伸來一手，彷彿想觸碰我放在桌上的手。

我抽回手——以免她碰到我又冰又硬的手——她放下手。

我知道她會幫我隱藏我的祕密。她非常正直，而且無比善良，但我不確定我的祕密會不會嚇到她。她應該會被嚇到。真相就是這麼恐怖。

「我不知道我有沒有選擇。」我呢喃。我記得有次我挖苦她，說她超級遲鈍。我當時如果沒看錯，我這句話冒犯到她。至少我在這個判斷上應該還她一個公道。「我錯了——妳比我評估得更具觀察力。」她雖然沒意識到，但我對她的評價其實夠高了。

「我還以為你永遠是對的。」她微笑地挖苦我。

「我以前是。」我以前總是知道自己在做什麼。我以前都確信自己做得沒錯。但現在一切都很混亂。我卻樂在其中，因為這表示我能接近貝拉。

「我對妳的另一個判斷也錯了。」我說下去，在另一件事上說清楚。「妳不是引來意外的磁鐵——意外還不足以含括妳的情況。妳根本就是引來麻煩的磁鐵。半徑十哩內如果有任何危險，一定會找上妳。」為什麼是她？她究竟做了什麼，要碰上這種事？

貝拉的表情又變得嚴肅。「你把自己列為麻煩之一嗎？」

在這個問題上，誠實至關重要。「無庸置疑。」

她稍微瞇起眼睛——不是表達懷疑，而是關切。她露出在面對別人的痛苦時會出現的那種笑容。她再次把手伸過桌面，緩慢又刻意。我把手拉回一吋，但她無動於衷，而是決心要觸碰我。我屏住呼吸，這次不是因為她的氣味，而是因為突來的緊繃氣氛。恐懼。我的肌膚很可能會讓她反感。她可能會逃走。

她輕輕用指尖觸碰我的手背。我從沒感覺過她這種溫暖又主動的接觸，幾乎就像純然的快感，但因為我的恐懼而打了折扣。我看著她的臉，她感受著我的冰冷肌膚，我依然無法呼吸。

她出於關切的笑容轉變成更寬廣、更溫暖的表情。

「謝謝你，」她以熱烈的眼神回應我的瞪視。「這是你第二次救了我。」

她柔軟的手指在我的肌膚上逗留，彷彿覺得愉快。

我盡可能以輕鬆的態度回應。「不要有第三次，好嗎？」

聽見這句話，她有點不高興，但還是點頭。

我從她的手底下抽手。我雖然喜歡她的觸感，但沒打算讓她的包容轉變成反感。我把兩隻手藏在桌底下。

我判讀她的眼睛。我雖然聽不見她的想法，但能從她的眼裡看見信任和驚奇。在這一刻，我意識到，我想回答她的問題。不是因為我欠她，不是因為我希望她信賴我。

而是因為我希望她認識我。

「我是跟蹤妳來到安吉拉斯港。」我告訴她，已經來不及修改說詞。我知道說實話的危險。她不尋常的冷靜隨時可能粉碎，轉為歇斯底里。但奇怪的是，我反而因此說得更快。「我以前從沒試過不斷拯救一個人的性命，我沒想到會有那麼多的棘手麻煩，但這可能因為那個人是妳，因為普通人不會一天遇上那麼多災難。」

我看著她，等候。

她笑得更開心。她那雙清澈的棕眼似乎比以前更深邃。

我剛剛承認了我在跟蹤她，她竟然微笑。

「你有沒有想過，可能我上次就該被那輛休旅車撞死，而你干涉了命運？」她問。

「那也不是第一次，」我低頭盯著褐紅色桌布，慚愧得垂下肩膀。我卸下了戒備，繼續衝動地說出事實。「在我第一次遇見妳那天，應該就是妳的死亡之日。」

這是事實，而且這令我氣憤。對她的人生來說，我就像斷頭臺的刀刃——就像她說的，這彷彿是命運的安排。她彷彿被某種不公平的殘酷命運盯上，而且——因為我不情願地提供了工具——這個命運持續試著處決她。我把這個命運想像成「人」，它是個妒火中燒、貪得無厭、一心只想報復的恐怖老太婆。

我想把這件事怪在某個人身上，好讓我有個能實際對抗的對手。我想毀了這個對手，以確保貝拉的安全。

貝拉沉默不語，呼吸加速。

我抬頭看著她，知道我終於能見到我在等待的恐懼。我剛剛不是承認了，我原本差點殺了她？我比那輛差點撞死她的休旅車更可怕。但她神情平靜，眼裡只有關切。

「妳想起來了？」

「是的。」她的語調沉穩又嚴肅，深邃眼眸充滿警覺。

她知道。她知道我曾經想殺了她。她為什麼不尖叫？

「可是妳現在坐在這裡。」我指出矛盾之處。

「是的，我坐在這裡……因為你。」她硬生生地改變了話題，表情變得好奇。「因為你今天就是知道在哪能找到我……？」

我無助地再次試著突破她的心靈屏障，絕望地試著瞭解她。我無法理解。這個真相就擺在眼前，她竟然還在乎其他事？

她繼續等候，眼裡只有好奇。她的肌膚雖然和平時一樣蒼白，但我看了還是感到擔憂。她點的食物擺在面前，幾乎沒碰。如果我繼續對她說這麼多，她遲早會受到打擊。

我說出條件。「妳邊吃，我邊說。」

她思索半秒，然後迅速地把一口食物送進嘴裡，這個動作證明了她心裡一點也不鎮定，她其實正焦急地等候我的答案。

「跟蹤妳比我預料得更難，」我告訴她：「我通常很容易就能找到我要找的人，只要我以前聽過他們腦海裡的聲音。」

我說話時，仔細觀察她的臉。「猜中」是一回事，「獲得證實」是另一回事。

她靜止不動，眼神茫然。我等著她驚慌失措的時候，感覺自己咬緊牙關。

但她只是眨一下眼，大聲地嚥口水，然後迅速地把另一口食物送進嘴裡。她焦急地希望我說下去。

「我原本不經意地在監視潔西卡，」我說下去，看著她把每一個字聽進去。「就像我說的，只有妳會在安吉拉斯港惹上麻煩。」我忍不住補充這點。她知不知道一般人不會這樣天天和死神擦身而過？還是她以為發生在自己身上的事情都很正常？「而且我一開始沒注意到妳脫隊行動。後來，我意識到妳沒跟她在一起，我就去我在她腦海裡看到的那家書店找妳。我看得出來妳沒進去，而且妳往南邊走……我也知道妳遲早得折返。所以我繼續等妳，並觀察路人的思緒，看有沒有人注意到妳，好讓我能查出妳的下落。我沒有理由擔心……但我就是覺得焦慮……」我的呼吸加快，因為我想起當時驚慌的感覺。她的氣味灼燒我的喉嚨，我欣然接受，因為這表示她還活著。

只要我感到灼燒之痛，就表示她安然無恙。

「我開車到處繞圈子，繼續……聆聽。」我希望她聽得懂這句話。她一定聽得莫名其妙。「太陽終於下山了，我正打算下車徒步找妳。然後——」

然後那道回憶控制住我，全然清晰，我彷彿又回到那一刻，我感覺那股殺氣貫穿我全身，我的身體為之凍結。

我想殺了他。他該死。我咬牙切齒，逼自己坐在原位上。貝拉依然需要我，這才重要。

「然後怎麼了？」她輕聲道，睜大深邃的眼睛。

「我聽見他們在想什麼。」我咬牙道，忍不住發出低吼聲。「我在他的腦海中看到妳的臉。」

我依然清楚知道上哪能找到他。他的黑暗思緒吸引著我。

我伸手掩面，知道自己的表情一定就像獵人，就像殺手。我閉著眼，想著她的臉，控制自己。她嬌小的骨架，吹彈可破的白皙肌膚……就像以絲綢覆蓋玻璃，無比柔軟脆弱。這個世界太容易毀了她。她需要有人保護。造化弄人，我成了那個保護者。

我試著解釋自己為何有暴力反應，以便她理解。

「這很……難，妳不知道這有多難，我只是把妳帶走，而讓他們……活下去，」我呢喃：「我應該讓妳跟潔西卡和安琪拉一起回去，但我擔心如果我離開妳，我就會回去對付他們。」

這是我今晚第二次坦承有意殺人。至少我這個意圖有其理由。

我試著控制住自己的時候，她保持沉默。我聽著她的心跳。她心跳的節奏並不均勻，但有逐漸放慢，變得平穩。她的呼吸也一樣緩慢均勻。

我太緊繃。我必須送她回家，否則我會……

我會殺了那個男人？她信賴我的時候，我會再次成為殺人犯？我有沒有辦法阻止自己？

她保證過，會在我們獨處時說出她最新的理論。我想聽嗎？我很想聽，但我的好奇心換來的獎勵會不會比不知情更糟糕？

總之，她今晚聽真相一定已經聽夠了。

我再次看著她，她的臉色比剛剛更蒼白，但顯得鎮定。

「妳準備要回家了嗎？」我問。

「可以走了。」她謹慎用字，彷彿說聲「是的」並不足以表達她想說什麼。

我感到沮喪。

女侍再次出現。她剛剛在隔板另一側躊躇不決，結果聽見貝拉說什麼，因此想找個理由接近我。聽見她在腦海中想的藉口，我很想翻白眼。

「有沒有需要什麼？」她問我。

「我們可以買單了，謝謝。」我對她說，但眼睛看著貝拉。

女侍的呼吸加快，她被我的嗓音弄得——借用貝拉的用詞——暈眩。

我在這個微不足道的女侍腦海中聽見我自己的聲音，我意識到自己今晚為什麼引來這麼多愛意——她們沒出現該有的恐懼反應。

因為貝拉。因為她，我努力試著變得安全，不那麼嚇人，像個人類，結果我真的變弱了。我努力克制住自己的恐怖氣息，結果我在人類眼裡只剩美感。

我抬頭看著女侍，等她恢復過來。我現在明白原因後，覺得這個理由有點好笑。

「沒……沒問題。這是您的帳單。」她遞來用板夾夾著的帳單，想著她藏在收據後面的名片。那張名片上有她的名字和電話號碼。

沒錯，真的挺好笑。

我準備好更多鈔票，當場把帳單還給她，省得她浪費時間等候一通永遠不會來的電話。

「不用找零。」我告訴她，希望這麼多小費能緩和她的失望。

我站起身，貝拉立刻照做。我想對她伸手，但覺得今晚自己已經用了太多好運不宜再冒險。我謝過女侍，但眼睛始終盯著貝拉的臉。貝拉似乎也覺得什麼事很好笑。

我鼓起勇氣，盡量走在她身邊，她的體溫彷彿實際接觸到我的左半身。我幫她開門時，她輕聲嘆息，我不禁納悶：她在什麼事上感到後悔。我盯著她的眼睛，正準備問的時候，她突然看著地面，顯得難為情。我更感到好奇，但也不太願意問清楚。我幫她打開車門，然後自己也上了車，我們始終保持沉默。

我打開暖氣。溫暖的天氣已經驟然消失，車裡太冰冷，她一定覺得不舒服。她拉緊我借給她的外套，嘴角微微上揚。

我等候，等離開商店街後才打算繼續跟她談話。這讓我覺得跟她更為密切。

這麼做是對的嗎？這輛車感覺很狹小。她的氣味隨著暖氣在車內打轉，越來越強烈，就像車裡的第三者，要求獲得重視。

它達成目的，因為我覺得喉嚨灼痛。但我能接受這種痛楚。也不知道為什麼，我就是覺得能接受。我今晚獲得了許多東西，超出我的預期。而她在這裡，依然願意坐在我身邊。我應該為此付出代價。獻祭。焚燒獻上。

希望這種灼燒已經足夠。但我嘴裡灌滿毒液，我興奮地繃緊肌肉，就像在狩獵。

我不能想著這種事，而且我知道什麼樣的事能轉移我的心思。

「現在……」我對她說。我不知道她會有什麼反應，而這種恐懼減緩了喉嚨的灼熱感。「該妳說了。」

chapter 10
想法

「沒錯，」她的低沉嗓音極為溫柔。

「對我來說，不管你是什麼，都不重要。」

她真的有問題。

「妳不在乎我可能是怪物？我可能不是人類？」

「沒錯。」

我開始懷疑她腦子是不是有問題。

「我可以再問一個問題嗎？」她沒對我的要求做出答覆，而是提出懇求。

我擔心她會說出我不想聽見的話，但我實在想延長這一刻，讓她這樣自願地待在我身邊，多幾秒也好。我對這種兩難發出嘆息，然後說：「一個。」

「嗯……」她遲疑幾秒，彷彿在決定提出哪個疑問。「你說你知道我不在書店裡，也知道我往南走。我只想知道你是怎麼知道的。」

我瞪著擋風玻璃外頭。這種疑問不會洩漏她的任何想法，卻會洩漏我太多祕密。

「我以為我們已經跳過那些閃爍其詞的階段，願意打開天窗說亮話了。」她的語調充滿批評和失望。真諷刺。閃爍其詞的明明是她，她卻希望我直截了當地回答。而且無論如何，這場談話不會通往好的方向。

「好吧，」我說：「我是跟著妳的味道找到妳。」

我想看著她的臉色，但我害怕自己會看見什麼。我聽見她的呼吸加速後變得均勻。片刻後，她再次開口，嗓音比我預料得平穩。

「而且你還沒回答我的另一個問題……」她說。

我低頭皺眉看著她。她也在拖延時間。

「哪一個？」

「你怎麼有辦法聽見別人的想法？」她想起在餐廳提出的疑問。「你能在任何地方聽見任何人的念頭嗎？怎麼做到的？你的家人也能……」她欲言又止，臉龐再次泛紅。

「這不只是『一個』問題。」我說。

她只是看著我，等候答案。

我何不告訴她？她已經猜到很多答案，而且現在這題還算簡單。

「不，只有我會，我也不是隨時隨地都能聽見任何人的心聲，我必須相當接近對方。如果是我熟悉的人……的『聲音』，就算遠一點我也聽得見，但還是不能超過幾哩遠。」我試著用她能明白的方式解釋，她能理解的比喻。「這就像置身於一個擠滿人的大廳，每個人都在談話，聽起來就像嗡嗡作響。我如果專注於其中一個聲音，對方的想法就會變得清晰。我平時對這些聲音充耳不聞，不只因為它們很吵，也因為這容易讓我表現出異常的行為——」我板起臉。「像是不小心在別人還沒問出來前就回答他們。」

「那為什麼你聽不見我的想法？」她感到好奇。

我說出另一個真相和比喻。

「我不知道，」我坦承：「我唯一能想到的是，可能妳的心智運作方式跟其他人不一樣，有點像是，妳的想法是AM頻道，但我只能接收FM頻道。」

話剛說完，我就意識到她不會喜歡這個比喻。她的反應令我微笑。她沒讓我失望。

「我的腦子運作不對勁？」她提高嗓門。「我是怪胎？」

啊，又是諷刺。

「我聽得見別人腦子裡的聲音，妳卻擔心妳是怪胎。」我發笑。她聽得懂瑣碎細節，在大環節上卻弄錯了。她總是做出錯誤的本能反應。

貝拉咬著嘴脣，眉頭緊蹙。

「別擔心，」我安撫她。「那只是個理論……」而且另外有個更重要的理論等著我們討論。我只想早點談完這個話題。隨著時間經過，我覺得每一秒都愈加可貴。「而這個話題就回到妳身上。」

她嘆口氣，還咬著嘴脣，我擔心她會傷到自己。她盯著我的眼睛，神情不安。

「我們不是說好開誠布公嗎？」我輕聲問。

她低下頭，顯然感到兩難。她突然渾身僵硬，睜大眼睛。這是她臉上第一次閃過恐懼。

「天啊！」她驚呼。

我感到驚慌。她看到什麼？我哪裡嚇到她了？

然後她喊道：「開慢點！」

「怎麼了？」我搞不懂她的驚恐打哪來。

「你的時速高達一百哩！」她朝我呼喊。她瞥向窗外，看到陰暗樹林從旁飛過時嚇一跳。

速度這種小事居然嚇得她尖叫？

我翻白眼。「放輕鬆，貝拉。」

「你想害死我們兩個？」她質問，嗓音高亢緊繃。

「我們不會出事的。」我向她保證。

她倒抽一口氣，嗓門又稍微高了一點。「你幹麼開這麼快？」

「我一向都是這樣開車。」

我回視她，對她的震驚表情感到莞爾。

「專心看路！」她喊道。

「我從沒出過車禍，貝拉，我連罰單都沒拿過。」我對她咧嘴笑，觸碰自己的額頭。這麼做感覺更好笑，因為我竟然拿自己的怪異能力跟她開玩笑。「內建雷達掃描器。」

「很好笑，」她諷刺地說，語氣裡的害怕依然多過憤怒。「查理是警察，還記得嗎？我生來就被教導要遵守交通法規。況且，如果你害我們成了纏在樹幹上的富豪汽車蝴蝶餅，你大概也會毫髮無傷。」

「大概。」我重複這個字眼，發出不帶笑意的笑聲。的確，如果發生車禍，我和她的下場將截然不同。她有理由害怕，不管我的駕車技術多麼高明。「而妳沒辦法毫髮無傷。」

我嘆口氣，讓車速放慢。「滿意了嗎？」

她瞥向時速表。「幾乎。」

這種速度對她來說還是太快？「我討厭開太慢。」我咕噥，但還是讓時速表的指針再下降一截。

「這樣叫慢？」她問。

「別再對我怎麼開車指指點點了。」我不耐煩地說。她已經避開我的提問幾次了？三次？四次？她的想法有那麼恐怖？我必須得知，不能再等。「我還在等著聽妳最新的理論。」

她又開始咬唇，表情顯得難過。

我克制住不耐煩的情緒，放輕語調。我不希望她覺得緊張。

「我不會笑妳。」我保證。希望她只是因為難為情而不願開口。

「我比較怕你會生我的氣。」她低語。

我逼自己維持嗓音平靜。「有那麼糟？」

「沒錯。」

她低下頭，拒絕看著我的眼睛。時間一秒秒經過。

「說吧。」我鼓勵她。

她的嗓音聽來微弱。「我不知道該從哪說起。」

「何不從頭說起？」我想起她在晚餐前說過什麼。「妳說不是妳自己想到的。」

「沒錯。」她同意，然後又陷入沉默。

我推敲她可能的靈感來源。「是什麼讓妳想到的？書？電影？」

我真該趁她不在家的時候看看她有什麼樣的書。我不知道她那疊破舊的平裝書裡有沒有伯蘭・史杜克或安・萊絲的作品。

「不是，」她開口：「是星期六，在海邊。」

我沒料到。這個小鎮居民對我們的議論通常都不會太離奇，也不會太正確。我錯過了什麼新的謠言？

貝拉抬起頭，看到我臉上的驚訝。

「我遇見一個老朋友——雅各・佈雷克。」她說下去：「從我們還是嬰兒的時候，他爸和查理就是朋友。」

雅各・佈雷克——我不熟悉這個名字，但想起……很久以前……我瞪著擋風玻璃外頭，回想昔日。

「他爸是奎魯特族的長老之一。」她說。

雅各・佈雷克。**埃夫萊姆・佈雷克**。想必是後裔。

糟糕。

她知道真相。

我飛快駛過陰暗彎道時，腦子飛快思索她知道真相的可能後果。我苦惱得渾身僵硬，倚賴習慣動作駕車。

她知道真相。

不過……如果她是在星期六得知真相……所以她今晚早就知道了，卻……

「我們一起散步，」她說下去：「他告訴我一些古老的傳說。他跟我說了一個……」

她再次欲言又止，但我現在不需要她這種疑慮。我知道她要說什麼。現在唯一的謎團，是她為什麼還願意坐在我的車上。

「繼續。」我說。

「關於吸血鬼的故事。」她的嗓音輕如呢喃。

聽見她說出這句話，比「知道她知道真相」還糟糕。我整個人愣住，然後再次控制住自己。

「然後妳立刻想到我？」我問。

「不。他……有提到你的家人。」

真諷刺，埃夫萊姆的幼崽違反了埃夫萊姆本人曾發誓履行的協定。應該是孫子，也許是曾孫。已經過了多少年？七十年？

我早該意識到，真正的危險不是來自相信傳說的老人。可能讓我們暴露身分的，當然是年輕一輩——他們雖然被長輩警告過，但覺得那些古老迷信很可笑。

我猜這意味著，只要我願意，我現在能隨意屠殺海邊那個脆弱的小部落。埃夫萊姆和他那群保護者很久以前就死了。

「他覺得這只是個很白痴的迷信。」貝拉突然說道，嗓音流露焦慮，彷彿她聽得見我的想法。「他原本以為我不會想太多。」

我從眼角注意到她不安地扭擰雙手。

「是我的錯，」她接著開口，然後似乎羞愧地垂下頭。「是我逼他告訴我的。」

「為什麼？」我現在想穩住嗓音並不難，因為最糟的部分已經差不多結束了。只要話題維持在這個故事的細節上，我們就不用討論到後果。

「蘿倫說了一些關於你的事，她想激怒我。」想起往事，她氣得皺眉。我有點分心，搞不懂貝拉為什麼會因為有人談到我而不高興。「另一個從部落來的男孩說你們家不會去保護區，但他那麼說好像話中帶話，所以我找雅各跟我獨處，耍了點詭計讓他說出來。」

她坦承這件事的時候，頭垂得更低，臉上是……罪惡感。

我把視線從她臉上移開，發出冰冷的笑聲。她覺得愧疚？她又沒做錯什麼，我怎麼可能責備她？

「什麼樣的詭計？」我問。

「我試著跟他調情——效果比我想的更好。」她的語調流露震驚，顯然因為她自己也沒想到當時會成功。

我能想像，等她認真嘗試散發魅力的時候，會變得多麼迷人。她自己不知道，但她對男性充滿吸引力。我突然同情被她施展這種力量的那個無辜少年。

「我真希望能親眼看到。」我再次發出冷笑。我真想聽見那個少年的反應，真想親眼目睹她的威力。「妳竟然指控我迷惑別人。可憐的雅各・佈雷克。」

我其實並沒有很氣那個揭穿我身分的少年。他不懂事。而且我怎能期待任何人拒絕這女孩的請求？不，我只感到同情——不知道她對他的純真造成了多少傷害。

我能感覺到她因害羞而散發的體溫。我瞥向她，她正望向窗外，沒再說話。

「然後妳做了什麼？」我催促。該把話題引回恐怖故事上了。

「我上網查了些資料。」

真務實。「有說服妳嗎？」

「不，」她說：「沒有吻合的。大部分看起來都很白痴。然後——」

她又一次欲言又止，我聽見她咬牙。

「怎麼了？」我追問。她發現了什麼？什麼資料讓她看清了夢魘？

她停頓幾秒，然後輕聲道：「我覺得那些並不重要。」

我震驚半秒，然後理解了一切。她為何沒跟朋友們一起逃走，而是支開她們。她為何沒逃走、尖叫著找警察，而是上了我的車。

她總是做出錯誤反應，大錯特錯。她吸引危險。她邀請危險。

「不重要？」我咬牙切齒，怒火中燒。她就是這麼……這麼……這麼不想被保護，那我還要怎樣保護她？

「沒錯，」她的低沉嗓音極為溫柔。「對我來說，不管你是什麼，都不重要。」

她真的有問題。

「妳不在乎我可能是怪物？我可能不是人類？」

「沒錯。」

我開始懷疑她腦子是不是有問題。

我是可以為她安排最好的醫療照顧……卡萊爾一定能為她找到最好的醫生和治療師。她竟然能氣定神閒地坐在吸血鬼身旁，顯然有毛病，希望治得好。當然，我會看守她所在的醫療設施，在她同意下多多探望她。

「你生氣了，」她嘆道：「我不應該說這些的。」

彷彿她不說出來就對我們倆很有幫助。

「不。我很想知道妳的想法，無論妳想的有多荒謬。」

「所以我又猜錯了？」她的語調有點挑釁。

「我不是那個意思！」我再次咬牙。「『那不重要』！」我用挖苦語氣重複這幾個字。

她倒抽一口氣。「那我說對了嗎？」

「那很重要嗎？」我反駁。

她深吸一口氣。我憤怒地等候她的答案。

「不怎麼重要，」她的嗓音恢復鎮定。「但我很好奇。」

算了吧。那其實不重要。她不在乎。她知道我不是人類、我是怪物，但她覺得不重要。

我雖然為她的心智感到擔憂，卻也感到希望。我試著壓碎這份希望。

「妳好奇什麼？」我問她。現在已經不剩祕密，只剩瑣碎細節。

「你多大了？」她問。

我不假思索地做出答覆。「十七歲。」

「你已經十七歲多久了？」

聽見她挖苦的口吻，我強忍笑意坦承。「一陣子了。」

「瞭解。」她突然變得興奮，對我微笑。我看著她，再次為她的精神狀態感到擔憂時，她笑得更開心。

我皺眉。

「別笑。」她警告。「那你怎麼能在白天活動？」

她雖然叫我別笑，我還是笑出聲。看來她上網調查看到的都是那些很一般的資料。「迷信。」我告訴她。

「會被太陽燒成灰？」

「迷信。」

「白天要睡在棺材裡？」

「迷信。」

我已經很久沒睡覺了——最近這幾個晚上，我是看著貝拉作夢的模樣。

「我沒辦法睡覺。」我咕噥，更完整地回答她的問題。

她沉默片刻。

「完全沒辦法？」她問。

「永遠沒辦法。」我低語。

我回視她的銳利目光，看見裡頭的驚訝和同情時，我突然渴望睡眠。不是像以前那樣希望能失去知覺，不是為了逃離煩悶，而是因為我想作夢。如果我能失去意識，如果我能作夢，也許我就能在一個她和我在一起的世界共處幾小時。她有夢見我。我想夢見她。

她盯著我，臉上充滿好奇。我不得不移開視線。

我不能夢見她。她不該夢見我。

「妳還沒問我最重要的問題。」我覺得胸腔裡的石之心比以前更冰冷堅硬。我必須逼她明白。她遲早必須明白這一切很重要——比其他事情都重要，例如我愛她的這項事實。

「什麼問題？」她感到驚訝，搞不懂我在問什麼。

我的語調因此變得更嚴肅。「妳不關心我靠吃什麼維生？」

「噢。這個。」我無法解讀她的低沉語氣。

「沒錯，這個。妳不想知道我喝不喝血？」

聽見我的疑問，她終於撇過臉。

「嗯，雅各有談到一些這方面的……」她說。

「雅各說了什麼？」

「他說你不會……傷害人們。他說你們一家不危險，因為你們只狩獵動物。」

「他說我們不危險？」我充滿懷疑。

「不全然是，」她澄清：「他說你們應該不危險。但奎魯特族還是要求你們遠離他們的土地，以防萬一。」

我凝視道路，思緒混亂，喉嚨裡有著熟悉的灼痛。

「那麼，他說的是對的嗎？」她平靜地問，彷彿在確認天氣預報。「關於不會傷人這件事？」

「奎魯特族的記性很好。」

她點點頭，陷入沉思。

「妳不能因為這樣就對我掉以輕心。」我立刻補充：「他們遠離我們是正確的，我們還是很危險。」

「我不懂。」

她確實不懂。我該怎樣讓她懂？

「我們……很努力，」我告訴她：「我們通常表現得很好，但有時也會犯錯。像我就是，我竟然讓自己跟妳獨處。」

她的氣味在車裡依然強勁。我雖然開始習慣她的味道，幾乎能予以無視，但我無法否認，我的身體還是出於最糟糕的理由被她吸引。我吞下灌滿嘴裡的毒液。

「這是個錯誤？」她的嗓音帶有哀傷。這個聲音令我卸下心防。她想跟我在一起；雖然發生了這些事，她還是想跟我在一起。

我再次壓抑心中的希望。

「非常危險的錯誤。」我實話實說，真希望這個事實能變得不再重要。

她沉默片刻。我聽見她的呼吸改變，聽起來不像恐懼。

「多告訴我一些。」她突然開口，語調因苦惱而扭曲。

我仔細觀察她。

她似乎陷入某種痛苦。我怎能允許這件事發生？

「妳還想知道什麼？」我思索有什麼辦法能避免讓她難過。她不該覺得難過。我不能讓她感到難過。

「告訴我，你為什麼獵殺動物而不獵殺人。」她的苦惱依舊。

很明顯吧？也許她不覺得明顯。

「因為我不想變成怪物。」我喃喃道。

「動物能滿足你們嗎？」

我判斷用什麼比喻能讓她明白。「我當然沒辦法確定。我比較想過只靠青菜豆腐維生的日子。我們自稱素食主義者，這是我們自己的小笑話。這種飲食沒辦法完全止飢，或是止渴，但讓我們有能力抗拒吸人血的慾望，至少大多數的時候。」我的音調變得低沉。我感到羞愧，因為我害她碰上那種危險。我持續放縱的危險。「有些時候很難抗拒。」

「現在就是嗎？你很難忍住？」

我嘆氣。她當然會提出我不想回答的疑問。「是的。」我坦承。

我這次猜對了她的肢體反應：她的呼吸和心跳都很規律。我雖然猜對，但不明白原因。她為什麼不怕我？

「可是你現在不餓。」她自信滿滿地宣布。

「妳為什麼會這樣認為？」

「你的眼睛。」她不假思索地回答：「我告訴過你我有個想法，我注意到人們——特別是男人——在飢餓時特別易怒。」

她的用字——「易怒」——讓我輕笑。這個字眼略嫌保守。但她和平時一樣猜對了。「妳很會觀察，是嗎？」我再次發笑。

她微微一笑，再次皺眉，彷彿在想什麼。

「你這個週末去狩獵了，跟艾密特一起？」我的笑聲平息後，她問。她一派輕鬆的口氣令我好奇又洩氣。她真的能一口氣接受這麼多？跟她相比，我似乎離「受到驚嚇」更近一點。

「是的。」我告訴她。我原本不打算說下去，但我感覺到在餐廳時的那股衝動：我想讓她更瞭解我。「我原本不想去，」我慢慢說下去：「但非去不可。我如果不覺得飢渴，就比較容易跟妳相處。」

「你為什麼不想去？」

我深吸一口氣，然後轉頭回應她的視線。出於另一種原因，我很難老實回答。

「我會……變得焦慮……」我覺得焦慮二字應該夠了，雖然少了一點勁道。「因為要遠離妳。我上週四跟妳說，要妳小心別掉進海裡或跌倒，那並不是開玩笑。我整個週末都心神不寧地擔心妳，經過今晚的事，我很驚訝妳竟然毫髮無傷。」然後我想起她的掌心擦傷。「好吧，也不算毫髮無傷。」我糾正自己。

「什麼？」

「妳的手。」我提醒她。

她嘆口氣，嘴角下垂。「我跌倒了。」

「我想也是。」我難忍笑意。「我猜，對妳來說，掌心擦傷一點也不算嚴重——而我離開的那段時間，這個可能性不斷地折磨我，那三天真的很漫長，我差點把艾密特惹毛了。」說真的，最後這句不該用過去式。

我現在應該還是讓艾密特連同全家人很不高興。艾利絲例外。

「三天？」她的語調突然變得尖銳。「你不是今天才回來嗎？」

我不明白她的語調為何改變。「不，我們星期天就回來了。」

「那為什麼你們全都沒來上學？」她追問。我搞不懂她為何發火。她似乎沒意識到這個問題跟迷信其實有點關聯。

「這個嘛，妳問陽光會不會傷害我，答案是不會，」我說：「但我不能在陽光下活動——至少不能讓一般人看見。」

她分了心，莫名惱怒的情緒暫時化解。「為什麼？」她把頭歪向一邊。

我應該想不出適合的比喻來解釋這件事，所以我只是告訴她：「總有一天會讓妳知道。」然後我立刻自問，我會不會違背這項諾言——我是隨口說出這句話，但我無法想像予以履行。

現在不是想這個問題的時候。我根本不知道今晚過後我還能不能見她。我這麼愛她，能忍受離開她嗎？

「那你至少可以打電話給我。」她說。

好奇怪的結論。「可是我知道妳很安全。」

「可是我根本不知道你在哪。我——」她突然停住，看著自己的手。

「怎麼了？」

「我不喜歡那樣，」她羞澀道，臉頰開始泛紅。「不喜歡看不見你，那也會讓我焦慮不安。」

你現在開心了嗎？我質問自己。這就是我的希望帶來的獎勵。

意識到我最瘋狂的幻想其實離事實不遠，我感到困惑、欣喜又驚恐——最主要的是驚恐。難怪她不在意我是怪物。我就是出於同樣的理由而不再在乎那些規則，「錯誤」和「正確」對我不再有影響力，我原本的優先事項全都讓路給這女孩。

貝拉也在乎我。

但她是凡人，她會改變，而相較之下，我對她的愛更為強烈，而且無法改變。她並不會深陷其中無法自拔。儘管如此，她還是相當在乎我，願意冒生命危險坐在我身邊，而且是自願這麼做。

在乎到如果我做出正確決定、丟下她，她會感到難過。

我究竟怎樣做才不會讓她難過？

我和她在這裡說的每個字都是一顆石榴籽。我在餐廳裡想像出來的那幅畫面，其實非常貼近我的現況。

我一開始就不該來這裡。我根本不該回來福克斯。我只會給她帶來痛苦。

我會因此離開嗎？以免讓情況惡化？

我在這一刻能感覺到她的體溫……

不行，什麼都無法阻止我。

「啊，」我自言自語：「這是不對的。」

「我剛說了什麼嗎？」她立刻責怪自己。

「妳沒發現嗎，貝拉？這件事讓我一個人痛苦就好，不應該讓妳捲進來的。我不想聽見妳有這種感覺。」這既是實話也是謊話，但我自私的一面感到狂喜，因為她想要我，正如我想要她。「這是錯的，這不安全。我很危險，貝拉，請妳試著瞭解。」

「不。」她倔強地噘嘴。

「我是認真的。」我試著對抗自己，因此說話時咬著牙。我希望她接受我的警告，也盡量試著讓她聽進去。

「我也是。」她堅稱：「我告訴過你，無論你是什麼都不重要。已經太遲了。」

太遲了？有那麼一秒，這個世界彷彿變成陰鬱的黑白色。我在回憶中看著陰影爬過陽光下的草地，爬向睡著的貝拉，避無可避。陰影奪走了她肌膚的色彩，把她帶進黑暗冥界。

太遲了？艾利絲的幻象在我的腦海中打轉，貝拉的血紅眼睛冰冷地瞪著我。她一定會為了這種未來而恨我，恨我奪走了她的一切。

事情還沒到太遲的地步。

「永遠別說這種話。」我嘶吼。

她凝視窗外，再次咬脣，握緊放在膝上的拳頭，呼吸顫抖。

「妳在想什麼？」我必須知道。

她搖頭，沒看我。我在她的臉頰上看到水晶般的閃亮物體。

痛苦。「妳在哭嗎？」我害她哭了。我這樣傷害了她。

她用手背擦掉眼淚。

「沒有。」她說謊，嗓音顫抖。

某個壓抑已久的本能驅使我朝她伸手。在這一秒，我覺得自己格外像個人類，然後我想起自己不是……人類。我放下手。

「我很抱歉。」我繃緊下巴。我有什麼辦法讓她知道我多麼抱歉？抱歉，我犯了這麼多愚蠢的錯誤。抱歉，我這麼自私。抱歉，她這麼倒楣，激起了我這輩子第一個也是最後一個的悲劇之愛。我也為我無法控制的事感到抱歉——我原本是被命運揀選的劊子手，要來終結她的性命。

我深吸一口氣，無視她的氣味給我造成的反應，我試著冷靜下來。

我想改變話題。幸好我對這女孩無比好奇。

「我有個疑問。」我說。

「什麼？」她嗓音沙啞，眼裡依然噙著淚。

「今晚，在我拐過轉角之前，妳在想什麼？我無法瞭解妳的表情──妳看起來並不是真的那麼害怕，而是好像專心在想別的事。」我想起她的表情，看到她眼裡的決心。我逼自己忘掉我當時透過誰的眼睛窺視她。

「我那時候試著想起能癱瘓歹徒的招式，」她的語調變得鎮定。「也就是防身術。我原本想打扁對方的鼻梁。」她在說完之前已經失去冷靜，語調充滿恨意。她的說法並無誇張之意，她的怒火也不帶任何幽默感。我能看見她的嬌小身軀──就像玻璃上的絲綢──籠罩在那些人渣的陰影底下。我的心中燃起怒火。

「妳原本想跟他們打？」我想呻吟。她的本能對她自己來說很致命。「妳沒想過逃跑？」

「我只要跑步就一定會跌倒。」她羞怯地說。

「尖叫求救？」

「我正要說到這點。」

我難以置信地搖搖頭。「妳說得沒錯，」我以酸溜溜的語氣告訴她：「我去拯救妳，這麼做的確是反抗命運。」

她嘆口氣，瞥向窗外，然後回頭看著我。

「我明天會見到你嗎？」她突然質問。

既然我們要去地獄，何不享受這趟旅程？

「會的，我也有報告要交。」我對她微笑，這麼做的感覺很好。顯然不是只有她的本能錯亂。「我會在午餐時幫妳留個位置。」

她的心跳加快，而我已死的心臟感覺變暖。

我在她父親的家門前停車。她沒打算下車。

「你保證明天一定會出現？」她堅持。

「我保證。」

為什麼做錯誤的事讓我覺得這麼開心？這當中一定有哪裡有問題。

她滿意地點頭，打算脫下我借給她的外套。

「妳可以留著。」我立刻對她說。我想留個紀念品給她，就像我的口袋裡還留著那個汽水瓶蓋。「不然妳明天就沒外套穿了。」

她還是把外套還給我，一臉苦笑。「我不想跟查理解釋。」她告訴我。

我想也是。我對她微笑。「噢，也對。」

她把手放在門把上，但又停止動作。她不願離開，正如我不希望她離開。

一想到沒人保護她，就算只是片刻……

彼得和夏洛特現在想必離西雅圖很遠，但世上還有其他吸血鬼。

「貝拉？」我光是說出她的名字就感到喜悅，我對此感到驚奇。

「嗯？」

「妳可以答應我一件事嗎？」

「好。」她輕快地答覆，然後眼神變得嚴肅，彷彿想到應該拒絕的理由。

「不要單獨進入森林。」我警告她，不知道這項請求會不會觸發她眼裡的反對。

她眨眨眼，嚇一跳。「為什麼？」

我瞪著危機四伏的黑暗處。我的夜視能力雖然優秀，但另一名獵手想必也一樣。

「我這麼說吧，」我告訴她：「我不一定是外頭最危險的生物。」

她打個冷顫，但很快恢復過來，綻放笑容。「你說了算。」

她的鼻息拂過我的臉龐，聞起來無比甜美。

我樂意在這裡待整晚，但她需要睡眠。我想要她，但我也希望她平安；我心中這兩個慾望似乎同樣強烈。

想到這點，我嘆氣。「明天見。」雖然我知道我會更早見到她，但她會明天才見到我。

「明天見。」她打開車門。

看著她離去，我再次感到痛苦。

我俯身靠向她，希望她留在原處。「貝拉？」

她轉身，然後停住，沒想到我的臉跟她靠這麼近。

這也令我興奮。她的體溫飄來，拂過我的臉。我幾乎能感覺到她的肌膚如絲綢般的觸感。

她的心跳加速，嘴脣張開。

「晚安。」我低語，接著退後，以免自己做出可能傷害她的舉動──因為吸血的慾望，或是我突然感到的另一種飢渴。

她靜靜坐在原處幾秒，瞪大眼睛。我猜她暈眩了。

我也是。

她終究恢復過來，雖然表情還是有點困惑。她下車時踉蹌一步，必須抓住車身來穩住身子。

我輕笑，希望輕得她聽不見。

在我的注視下，她蹣跚地走向家門前的光芒。她目前很安全，而且我很快就會回來確認。

我沿黑暗街道駛離之時，能感覺她在看著我。我不習慣這種感覺，因為我平時能透過別人的眼睛來看著我自己。感覺被別人看著，這令我莫名興奮。我知道我會這麼想，是因為看著我的人是她。

我駛進黑夜，腦海中有無數想法。

我漫無目的地在街上繞圈很長一段時間，想著貝拉，還有她知道真相所帶來的釋放感。我再也不用擔心她會不會知道我是誰，因為她已經知道，而且她不在乎。這對她來說雖然很糟，卻讓我覺得無比自在。

除此之外，我想著貝拉，還有獲得回應的愛。她沒辦法像我愛她那樣愛我——我的愛太強烈，恐怕會壓垮她的柔弱身軀。但她還是對我有強烈的感覺，強烈到能壓住本能的恐懼，強烈到讓她想跟我在一起。跟她在一起，讓我感到前所未有的幸福。

在我獨處並且難得沒有因此而傷害任何人的這段時間，我允許自己感受那種幸福，而不是沉浸在悲劇裡。我很興奮，因為她在乎我。我心裡充滿勝利的喜悅，因為我贏得了她的芳心。光是想像明天坐在她身邊，聽見她的聲音，贏得她的微笑，我就感到開心。

我在腦海中重播她的笑容，看見她飽滿的嘴唇上揚，尖尖的下巴隱約浮現酒窩，眼睛散發暖意。今天晚上，她的手指為我帶來暖意和柔軟觸感。我想像她顴骨的光滑肌膚的觸感，宛如絲綢，溫暖又……脆弱。絲綢覆蓋玻璃……吹彈可破。

我發現這些想法通往什麼方向的時候，已經來不及了。我想著她多麼脆弱時，她臉龐的其他畫面侵入我的幻想。

被陰影遮蔽，因恐懼而蒼白——但她咬緊牙關，眼睛充滿鬥志，嬌小身軀準備攻擊包圍她的那些夢魇形體。

「啊。」我呻吟，因為我幾乎忘掉的強烈恨意再次爆發，猶如地獄烈火。

我現在獨自一人。我相信貝拉現在安然在家；有那麼幾秒，我很慶幸查理‧史旺——這個城鎮的警長，訓練有素，而且擁有武器——是她的父親。他一定能保護她。

她很安全。我如果去毀了今晚差點傷害她的那個凡人，一定花不了多少時間。

不行。她不該落得如此下場，我不能讓她在乎一個殺人犯。

可是……其他人呢？

貝拉是很安全沒錯。安琪拉和潔西卡此刻也一定在各自的家中安睡。

但現在有個歹徒在安吉拉斯港的街上遊蕩。他是人類怪物……這表示他是人類的問題？我們很少過問人類的問題，唯一的例外是卡萊爾每天忙於治療人類。對我們——卡萊爾以外的成員——來說，想吸人血是我們的弱點，我們因此不能跟人類太接近。當然，還有住在遠方的監護人，實質上的「吸血鬼警察」——佛杜里家族。我們庫倫一家的生活方式很不一樣。如果我們做出類似超級英雄的舉動而引起人類的注意，這對我們一家來說非常危險。

這絕對是個致命的危機，跟我們的世界無關。我不能犯下我很想犯下的謀殺，但任憑他再次出手，也不是正確的舉動。

餐廳那個金髮領檯員，還有我一直沒正眼瞧過的女侍，那兩人都以瑣碎的方式令我惱火，但這並不表示她們活該碰上危險。

我往北駛去，加快車速，因為我有了目標。每次碰到我無法處理的這種兩難局面，我都知道該向誰求助。

艾利絲坐在門廊，正在等我。我在家門前停車，沒停進車庫。

「卡萊爾在書房裡。」她直接對我開口。

「謝謝。」我從旁經過時弄亂她的頭髮。

謝謝你回我的電話。她挖苦地心想。

「噢。」我在門口停步，拿出手機，掀開上蓋。「抱歉，我根本沒看是誰打來的。我當時很……忙。」

「嗯，我知道。我也很抱歉。我看到會發生什麼事的時候，你已經在路上了。」

「千鈞一髮。」我喃喃自語。

抱歉。她重複並感到自責。

我沒生氣，因為我知道貝拉很平安。「別這麼說。我知道妳不是什麼未來都看得一清二楚。沒人期望妳無所不知，艾利絲。」

「謝了。」

「我原本差點想邀妳共進晚餐——妳有沒有在我改變主意前看到這個想法？」

她露齒而笑。「沒有，這我也錯過了。真希望我能更早知道。我會答應的。」

「妳當時專注在什麼事情上？怎麼會錯過這麼多？」

賈斯柏想給我們的紀念日做安排。她笑出聲。**他試著別在給我挑的禮物上做決定，但我大概已經知道他想送我什麼……**

「妳真不要臉。」

「一點也沒錯。」

她噘嘴瞪著我，似乎在指控我什麼。**在那之後，我有更仔細觀察。你會讓他們知道她已經知道了嗎？**

我嘆氣。「會的，晚點。」

我什麼也不會說出去。幫我一個忙，等我不在的時候再跟羅絲莉說，好嗎？

我愣了一下。「沒問題。」

貝拉很坦然地接受了這個事實。

「太坦然了。」

艾利絲對我咧嘴笑。**別小看貝拉。**

我試著排除我不想看到的畫面：貝拉和艾利絲成為摯友。

我感到不耐煩，因此長嘆一聲。我想早點解決接下來要做的事。但一想到離開福克斯，我有點擔心。

「艾利絲……」我開口。她看見我打算問什麼。

她今晚不會有事的。我正在密切觀察。她有點需要我二十四小時盯著她，不是嗎？

「沒錯。」

「總之，你很快就會再跟她在一起。」

我深吸一口氣。她這句話聽在我耳裡宛如天籟。

「去吧，把這件事解決掉，你才能去你想去的地方。」她對我說。我點頭，快步走向卡萊爾的房間。

他正在等我，他盯著門扉，而不是桌上的厚書。

「我聽見艾利絲讓你知道上哪能找到我。」他綻放微笑。

能跟他共處，看到他眼裡的同情心和智慧，我感到安心。卡萊爾會知道該怎麼辦。

「我需要幫助。」

「儘管說，愛德華。」他擔保。

「艾利絲有沒有告訴你，貝拉今晚發生了什麼事？」

差點發生了什麼事。他糾正。

「是的，差點。我面對兩難，卡萊爾。其實，我很想……殺了他。」我開始滔滔不絕，說得又快又激動。「非常想。但我知道這麼做是錯的，因為這是報仇，不是正義。出於憤怒，欠缺公正。話雖如此，如果放任一個連續強姦殺人犯在安吉拉斯港遊蕩，這麼做也不可能是對的！我雖然不認識當地的人類，但我也不希望別人代替貝拉、成為他的受害者。其他那些女人——這麼做不對——」

他突然綻放開心的笑容，我當場說不出話。

看來她對你產生了很好的影響吧？你充滿同情心和自制力。我很佩服。

「我想聽的不是恭維之詞，卡萊爾。」

「當然不是，但我也無法壓抑自己的想法，不是嗎？」他再次微笑。**我會處理這件事。你可以放心。不會有人代替貝拉受害**。

我在他的腦海中看見他的計畫，雖然跟我想的不一樣——無法滿足我的破壞慾——但我看得出他的做法才正確。

「我會讓你知道上哪能找到他。」我說。

「咱們走。」

他順手抓起一個黑色包包。我比較喜歡更激烈的癱瘓手法——像是敲昏人家的腦袋——但我讓卡萊爾使用他的辦法。

我們開我的車走。艾利絲還坐在門階上。我們開車離去時，她咧嘴笑，揮揮手。我看到她提前窺見的未來。我們不會碰上任何困難。

行駛於漆黑無人的路上，這趟旅程很短暫。我關掉車頭燈，以免引起注意。想到貝拉會對這種高速狂飆產生什麼樣的反應，我不禁微笑。她抱怨說我開太快的時候，我已經放慢車速，也為了能跟她相處得更久。

卡萊爾也在想著貝拉。

我沒料到她會這麼適合他。這讓我始料未及。也許這算是天造地設。也許這對大局有很好的影響。只不過……

他想像貝拉擁有冰雪肌膚和血紅雙眸，不禁打個冷顫。

沒錯。的確。**只不過**。摧毀掉這麼純潔又美麗的東西，能有什麼好處？

我瞪著黑夜，今晚所有喜悅全毀了。

愛德華值得擁有幸福。這是他該得到的。我沒想到卡萊爾在這方面的思想這麼強烈。**一定有辦法**。

我真希望我能相信他這兩個希望。但是貝拉的遭遇並不是為了滿足什麼大局，只是壞心腸的醜惡命運沒辦法忍受讓她擁有她值得的人生。

我沒在安吉拉斯港逗留。我帶卡萊爾來到一家廉價酒吧，名叫藍尼的人渣正在和朋友們在這裡借酒澆愁，其中兩人已經醉得暈倒。卡萊爾看得出我多麼難受——我能聽見這個人渣的想法，看見他的回憶，而貝拉的相關回憶跟其他不幸的女孩們混在一起。

我的呼吸加快。我抓緊方向盤。

你先回去吧，愛德華。他溫柔地對我說。**我會讓他們變得人畜無害。你回去貝拉那兒**。

他說的一點也沒錯。在這一刻，只有她的名字對我有意義。

我讓卡萊爾坐在車上，我自己以一直線跑回福克斯，穿過沉睡森林，花費的時間比我飆車還短。幾分鐘後，我爬上她家的牆壁，打開她房間的窗戶。

我安心地嘆口氣。一切安好。貝拉安全地躺在床上，正在作夢，頭髮纏在枕頭上。不同於其他夜晚，她蜷縮身子，毛毯裹在肩上。我猜她覺得冷。我正想在平時的位子坐下，這時她打個顫，嘴唇發抖。

我思索片刻，然後輕輕來到走廊，這是我第一次探索她家的其他區域。查理的鼾聲響亮又規律。我幾乎能聽見他的夢境，跟水流和耐心期待有關……也許是釣魚？

我在樓梯頂端發現一個櫥櫃。我滿懷希望地打開它，找到我要找的東西。我選了一條最厚的毛毯，回到她的臥室。我會在她醒來前把毛毯放回櫥櫃，這樣就不會有人起疑。

我屏住呼吸，小心翼翼地把毛毯蓋在她身上。她沒有對這個重量做出反應。我回到搖椅上。等她變暖時，我想著卡萊爾，好奇他現在在哪。我知道他的計畫會很順利——艾利絲已經看到了。想到父親，我嘆口氣——卡萊爾真的太看得起我。我真希望我是他心中的那種人。值得擁有幸福的那個愛德華，根本配不上這個正在睡覺的女孩。如果我能成為那個愛德華，不知道事情會有多大的改變。

如果我沒辦法成為我應該成為的那種人，那麼宇宙中應該要有某種力量來化解我心中的黑暗。應該有一股同樣強大的善良力量吧？我將不斷朝貝拉逼近的驚恐與不可思議夢魘想像成有著醜惡面貌的命運——先是我初次見到她時想殺了她，再來是車禍，然後是今晚的人渣藍尼。如果命運擁有這麼龐大的力量，不是應該有一股相反的力量來中和它？

貝拉這種人應該要有個保護者，有個守護天使，這是她應得的，但她顯然無比脆弱。我很希望能相信有個天使正在守護她，能給她少許保護，但我試著想像那個衛士時，我知道它不存在。什麼樣的守護天使會允許貝拉來到這裡？遇到我，害得我沒辦法忽視她？她的強烈氣味要求我注意她，她的寂靜心聲點燃我的好奇心，她的低調之美吸引我的眼睛，她無私的靈魂贏得我的敬畏，再加上她對我一點也不反感，而且她總是在錯誤的時候出現在錯誤的地方。

這清楚證明了所謂的守護天使只是幻想。沒有誰比貝拉更需要、更有資格擁有守護天使。允許我跟她相遇的那種天使想必很不負責任，很魯莽，很……輕率，不可能站在善良的那一邊。天使這麼沒用，那我寧可希望命運真的是個恐怖老太婆，至少我還能對抗那醜陋的命運。

我會持續反抗。想傷害貝拉的那股力量得先擊敗我。沒錯，她沒有守護天使，但我會盡力保護她。

守護吸血鬼——有意思。

半小時後，貝拉放鬆身子，不再蜷縮，呼吸變得更緩慢，她開始喃喃自語。我綻放微笑，感到滿意。讓她變得暖和雖然只是小事，但至少她今晚睡得更舒服，是因為有我在。

「愛德華。」她嘆口氣，也綻放微笑。

我暫時把悲劇推開，讓自己再次感到開心。

chapter 11

交叉審問

「所以那個女侍很漂亮，是嗎？」

她再次挑眉。

「你真的沒注意到？」

彷彿任何女人都能把我的注意力從貝拉身上移開。

她這種想法真的很荒謬。

「沒有，我沒注意到，我當時在想很多事情。」

「她真可憐。」

貝拉面露微笑。

CNN電視臺先報導了這條新聞。

我很慶幸我在上學前就看到這則報導。我很想聽聽人類會如何描述這件事，而且這起事件會引來多少注意力。幸好今天有很多重大新聞，像是南美洲發生了地震，中東發生了政治綁票案，所以那則新聞只有寥寥幾句話、一幅模糊的相片，而且草草帶過。

「歐藍多・卡德拉斯・華勒斯，被懷疑在德州和奧克拉荷馬州犯下謀殺的嫌犯，昨晚透過匿名舉報而在奧勒岡州波特蘭市被捕。華勒斯今早被發現昏倒在一條小巷裡，離警察局只有幾碼。警方目前不確定他會被送去休士頓還是奧克拉荷馬市受審。」

報導上的臉部特寫照不夠清晰，而且他在拍攝時滿臉鬍鬚。貝拉就算看到這張相片，大概也認不出他。我希望她不會看到這張相片，否則只會引發不必要的恐懼。

「我們這個小鎮不會大肆報導這個新聞。這兒離那個地點太遠，本地人不會感興趣。」艾利絲告訴我：「卡萊爾把他送去別州，這麼做判斷正確。」

我點頭。貝拉本來就很少看電視，我也很少看過她父親看運動頻道以外的節目。

我已經盡了我所能。那個人渣再也不能狩獵，我也沒成為謀殺犯，至少目前如此。我果然能信賴卡萊爾，雖然我還是希望那個人渣能遭到更嚴厲的下場。我有點希望他能被送去以死刑聞名的德州。

不，這不重要。我要放下這件事，把心思放在更重要的事情上。

我在不到一小時前離開了貝拉的房間，但我已經渴望再次見到她。

「艾利絲，妳介不介意——」

她打斷我。「羅絲莉會開車，會表現得很生氣，但你也知道她就是想炫耀她那輛車。」艾利絲發出尖銳笑聲。

我對她咧嘴笑。「學校見。」

艾利絲嘆口氣，我的笑容轉為瞪視。

我知道，我知道。她心想。**現在還不行。我會等到你覺得貝拉可以認識我的時候。不過，你應該知道，我並不是自私。貝拉也會喜歡我**。

我快步出門，沒答覆她。她的看法跟我不一樣。貝拉會想認識艾利絲嗎？會希望能跟吸血鬼當姊妹淘？

根據我對貝拉的瞭解，她對此應該一點也不會感到困擾。

我忍不住皺眉。「貝拉想要什麼」跟「怎麼做對貝拉最好」完全是兩回事。

我把車停上貝拉的車道時，開始覺得不自在。人類常說「事情到了早上就會顯得不一樣」——睡一覺醒來的觀點會變得不同。在晨霧的微弱天光之下，我在貝拉眼裡會顯得不一樣嗎？跟我站在黑夜下相比，我會不會看起來更嚇人？她會不會在睡覺時終於面對現實？她是不是會終於對我感到害怕？

但她昨晚作的夢很平靜。她一再說出我的名字時，有露出微笑。她不只一次呢喃，懇求我留下。那些會不會在今天都變得毫無意義？

我緊張地等候，聽著她在屋裡的動靜——樓梯上的匆促腳步聲，撕下鋁箔紙的尖銳撕裂聲；關上冰箱時，裡頭的東西彼此碰撞。聽起來好像她很趕時間。她急著去學校？我不禁微笑，又覺得充滿希望。

我瞥向時鐘。考慮到她那輛老卡車必定限制了她的速度，我猜她確實快遲到。

貝拉跑出家門，書包掛在肩上，頭髮凌亂地綁起，頸窩部位的頭髮已經散開。她雖然穿著綠色的厚毛衣，但在寒冷的晨霧下還是冷得拱起肩膀。

那件長毛衣對她來說太大了，不太吸引人，遮住她的苗條曲線，看起來就像一團缺乏形狀的物體。我看著這幅畫面，希望她穿的是昨晚那件藍色襯衫。那件襯衫的布料以吸引人的方式攣住她的肌膚，領口也夠低，露出從咽喉凹陷處往外伸展的迷人鎖骨。那種藍色就像沿著她的婀娜身軀流動的水。

我最好——甚至是必須——讓我的思緒遠離那曲線，所以我對這件醜毛衣心懷感激。我不能犯錯，我不能想著她的嘴脣……肌膚……身體，那會是個天大的錯誤，我體內那股陌生的慾望會失控。我壓抑了一百年的慾望。我也不能允許自己想著去觸摸她，因為那是不可能的事。

我會傷了她。

貝拉關上家門，轉過身，動作匆忙，經過我的車時差點因為沒注意到而撞了上去。然後她急忙停步，像受驚的小馬一樣僵住膝蓋，書包沿胳臂滑落。她盯著我的車，瞪大眼睛。

我下了車——不再逼自己以人類的緩慢速度移動——幫她開門。我不會再試著欺瞞她——我和她獨處的時候，我會做自己。

她抬頭看著我，看我彷彿憑空出現，她再次感到一驚。她眼裡的驚訝變成別的情緒，我也不再害怕——或擔心——她對我的感受在今早有所改變。她那雙透明又深邃的眼裡充滿暖意、驚奇和著迷。

「妳今天願意搭我的便車去上課嗎？」我問。不同於昨夜的晚餐，我現在要讓她選。從現在起，我完全尊重她的選擇。

「好的，謝謝你。」她輕聲道，毫無猶豫地上了我的車。

她竟會對我說出「我願意」，這個事實所帶來的驚喜會有消退的一天嗎？

我快步繞過車子，急著跟她獨處。看到我突然出現在車上，她沒再顯得震驚。

她像這樣坐在我身邊，我感到前所未有的快樂。我雖然喜歡家人給我的關愛和陪伴，而且我族世界裡的娛樂和消遣與眾不同，但我從沒像現在這樣開心。我雖然知道這麼做是錯的、不可能有好結局，但能跟她獨處時，我還是忍不住微笑。

我的外套掛在她的座椅頭枕上，我有看到她瞄它。

「我幫妳把外套帶來了。」我告訴她。這是我為今早不請自來所準備的藉口。天氣很冷，她沒有外套。這一定是她能接受的紳士風範。「我不希望妳感冒之類的。」

「我沒那麼嬌弱。」她盯著我的胸膛，而不是我的臉，彷彿不太願意看著我的眼睛。但她在我打算採取勸誘或懇求手段之前穿上外套。

「是嗎？」我喃喃自語。

我朝學校駛去時，她看著窗外。我只能忍受幾秒鐘的沉默。我必須知道她今早在想什麼，畢竟昨天發生了太多改變。

「怎麼，今天沒有二十個問題？」我再次試著讓氣氛輕鬆。

她面露微笑，似乎很高興我提起這個話題。「我的問題讓你很煩嗎？」

「比不上妳的反應。」我老實告訴她，微笑以對。

她的嘴角下垂。「我反應過度嗎？」

「不，那正是問題。妳對這一切事的反應太冷淡了——那不自然。」她目前為止從沒尖叫過。怎麼可能？「這讓我好奇妳到底在想什麼。」當然，不管她做什麼，我都會這樣好奇。

「我總是告訴你我到底在想什麼。」

「妳編輯過的。」

她再次咬唇。她似乎沒注意到自己有這種舉動，她在碰上壓力時會下意識地這麼做。「不多。」

這兩個字就足以點燃我的好奇心。她究竟對我隱瞞了什麼？

「就夠把我弄瘋了。」我說。

她遲疑片刻，然後輕聲道：「你根本不想聽。」

我不得不回想昨晚的談話，然後才看出關聯。我花了不少工夫，因為我無法想像她有什麼事情是我不會想聽的。然後我想起來了——因為她的口氣跟昨晚一樣，突然再次出現悲痛。我曾經叫她別說出她的想法。**永遠別說這種話**。我當時咬牙對她說。我害她哭了……

這就是她向我隱瞞的？她對我的強烈感受？她不在乎我是怪物，而且她已經來不及改變心意？

我沒辦法說話，因為我感到的喜悅和痛苦太過強烈，這兩者之間的衝突太過狂野，我做不出合理反應。車裡一片寂靜，只聽得見她規律的心跳和呼吸聲。

「你其他的家人呢？」她突然問。

我深吸一口氣，逼自己放輕鬆。我因為聞到車裡的氣味而第一次感到疼痛，但我滿意地意識到，我越來越習慣她的味道。

「他們搭羅絲莉的車。」我停進她那輛車旁邊的空位。看到她瞪大眼睛，我強忍笑意。「就是這輛，很搶眼吧？」

「哇！嗯……既然她有那種車，為什麼還坐你的車？」

羅絲莉一定會很喜歡貝拉這種反應……雖然她應該不會願意客觀看待貝拉。

「就像我說的，太搶眼了。我們想和大家打成一片。」

當然，貝拉完全沒注意到我這輛車有個矛盾之處。我們幾乎總是乘坐這輛富豪汽車，以「安全」著稱的品牌，但是吸血鬼其實並不需要安全的座車。沒幾個人注意到這輛是少見的賽車版，更別提我們為它進行了改裝。

「你們沒成功。」她對我說，然後發出輕鬆的笑聲。

聽見她自由自在的歡笑，溫暖了我空洞的胸膛。

「如果它那麼搶眼，羅絲莉為什麼今天要開來學校？」她好奇。

「妳沒發現嗎？我現在要打破所有的規則。」

我的答覆應該有點嚇人，所以，當然，貝拉面露微笑。

下車後，我鼓起勇氣走在她身邊，注意我這麼做會不會讓她不高興。她有兩次把手靠向我，然後又抽手，看起來好像她想觸碰我……我的呼吸加快。

「既然你們想低調些，又為什麼會有那種車？」她問。

「嗜好，」我坦承：「我們都喜歡開快車。」

「我想也是。」她咕噥，語氣酸溜溜。

她沒抬頭看到我回應的露齒而笑。

不會吧！我不相信！貝拉是怎麼做到的？

潔西卡的心聲打斷我的思緒。她在等貝拉，站在學生餐廳的屋簷下躲雨，手裡拿著貝拉的冬季外套。她瞪大眼睛，一臉難以置信。

貝拉也注意到她。看到潔西卡的表情時，貝拉臉頰微微泛紅。

「嘿，潔西卡，謝謝妳記得帶來，」貝拉對她打招呼。潔西卡默默把外套遞給她。

我會禮貌對待貝拉的朋友，不管是不是好朋友。「早，潔西卡。」

哇靠……

潔西卡的眼睛瞪得更大，但她沒像我預料得那樣愣住或後退。雖然她向來覺得我很迷人，但總是跟我保持安全距離，我們的仰慕者們都會下意識地這麼做。我意識到自己在貝拉身邊變得柔和，我覺得怪異、莞爾，而且有點難為情……似乎再也沒人怕我了。艾密特如果得知這件事，一定會笑到下一個世紀。

「呃……嗨。」潔西卡咕噥，意有所指地看著貝拉。「我想我們三角函數課見囉。」

妳一定要給我說清楚。我必須知道細節！妳身邊竟然是見鬼的愛德華·庫倫！

貝拉嘴角抽搐。「好，待會見。」

潔西卡匆忙走去第一堂課，不時回頭瞥我們，滿腦子瘋狂思緒。

她一定要說出完整經過。我只接受完整經過。他們昨晚就安排好見面？他們在交往？多久了？她竟然隱瞞這件事？她為什麼想隱瞞？這不可能只是玩玩——她對他一定是認真的。我會找出答案。不知道她跟他親熱過沒有？噢……我暈……潔西卡的思緒突然瓦解，腦子裡只有無聲幻想。我皺眉，不只是因為她在幻想中用自己取代貝拉。

事情不可能朝那方向發展，但我卻……我想……

我阻止自己想下去。我想要貝拉的方式應該都是錯的吧？其中哪一種會要她的命？

我搖頭，試著放輕鬆。

「妳要跟她說什麼？」我問貝拉。

「喂！」她低聲咕噥：「我以為你聽不見我的想法！」

「我是聽不見。」我驚訝地瞪著她，試著明白她的意思。啊——看來我跟她在同一時間想到同一件事。

「但是，」我告訴她：「我聽得見她的想法，她會在課堂上好好拷問妳。」

貝拉呻吟，然後脫下外套。我一開始沒意識到她要把外套還給我，我沒要她還，我寧可她當成……紀念品留著，所以我沒立即協助她脫下。她把外套遞給我，穿上自己的冬季外套。

「所以妳要怎麼跟她說？」我問貝拉。

「那你稍微幫幫我吧？她想知道什麼？」

我微笑搖頭。我想聽見她自己的想法。「這樣不公平。」

她瞇起眼睛。「才怪。你不跟我分享你知道的，那才叫不公平。」

沒錯——她不喜歡雙重標準。

「她想知道我們是不是在私下約會，」我緩緩道：「她也想知道妳對我做何感想。」

她挑起眉毛，不是因為受驚，而是故作無辜。

「哎呀，」她嘀咕：「那我該怎麼說？」

「嗯……」她總是試著要我多透露一點。我苦思該如何答覆。

她被霧氣弄溼的一綹頭髮貼在被醜毛衣遮住的鎖骨處。這吸引了我的眼睛，我想像被遮住的線條……

我小心翼翼地伸手，避免碰到她的肌膚——今早已經夠冰涼了，不需要我讓她涼上加涼——把頭髮塞回她雜亂的髮髻，以免自己胡思亂想。想起麥克・紐頓曾碰過她的頭髮，我繃緊下顎。她當時避開他，但她現在的反應完全不一樣；她突然臉頰泛紅，心跳加速。

我回答她的問題時，試著強忍笑意。

「我想，妳對第一個問題可以回答『是的』……如果妳不介意。」讓她自己選，這永遠會是由她來抉擇。「這樣比較不需要多加解釋。」

「我是不介意。」她低語，心跳還沒恢復平時的速度。

「至於她的另一個疑問……」我忍不住笑意。「嗯，我待會想透過她的腦海來聽聽妳怎麼回答。」

就讓貝拉慢慢想吧。看她一臉震驚，我壓抑笑聲。

趁她還來不及追問，我已經轉身。我很難不滿足她提出的要求，而且我想聽見她的想法，不是我自己的想法。

「午餐見。」我回頭對她喊道，藉此確認她還在盯著我。她目瞪口呆。我面向前方，哈哈大笑。

我走離時，依稀注意到周圍諸多的震驚揣測；人們來回看著貝拉的臉和我離去的身影。我懶得理他們。我沒辦法集中精神。我走過潮溼的草地，前往第一堂課，很難讓步伐維持在正常速度。我想奔跑——真正地奔跑，快到讓人看不見，快到感覺就像在飛翔。我心中的一部分正在飛翔。

我來到教室時，穿上外套，讓她的芬芳包圍我。我要讓自己習慣這股氣味，在午餐時間和她相處時就更容易忽視她的味道。

幸好老師們都不再叫我回答問題，否則今天就會是他們逮到我偷懶，沒有準備還給不出答案。在這個早上，我的想法飛去太多地方，只有身體還在教室裡。

我當然正在窺視貝拉。這麼做變得很自然，就像呼吸一樣，我幾乎不用動念頭。我聽見她正在跟沮喪的麥克・紐頓談話。她很快地把話題導向潔西卡，我露齒而笑，坐在我右邊的羅伯・沙耶明顯被嚇到，盡量遠離我。

呃。怪咖。

看來我嚇人的本領依舊。

與此同時，我心不在焉地監視潔西卡，看著她對貝拉提問。我希望第四節課趕緊到來，我比渴求八卦、好奇心大作的潔西卡更急切又焦躁。

我透過安琪拉・韋柏聆聽心聲。

我沒忘記我對她的感激——她對貝拉只有善意，而且她昨晚有幫忙，所以我今早也在觀察她想要什麼。我猜應該是很簡單的東西；跟一般人一樣，她一定想要飾品或玩具之類的小東西，大概不只一個。我會匿名寄給她，當作還了這份人情。

但在思想方面，事實證明安琪拉的想法幾乎跟貝拉一樣特別。以青少年來說，她意外地知足常樂，也許這就是為什麼她特別善良——她是很少見的那種類型：擁有自己想要的東西，而且想要自己擁有的東西。如果她沒把注意力放在老師身上或筆記上的時候，那就會想著她這個週末要帶年幼的雙胞胎弟弟去海邊；她幾乎帶著母愛期待他們會多麼興奮。她常常照顧他們，也不為此埋怨。她這點真的很體貼。

可是對我沒多大幫助。

一定有什麼是她想要的，我只是必須繼續尋找。晚點再說。貝拉接下來要跟潔西卡一起上三角函數課。我走去英文課教室的時候，沒看著眼前的路。潔西卡已經在座位上，不耐煩地用腳掌拍地板，等貝拉出現。

相較之下，我坐進英文課教室後，全然不動。我必須提醒自己：偶爾挪動身子，表現得像個人類。這很難，因為我的心思集中在潔西卡身上。我希望她會好好觀察貝拉的臉，以符合我的需求。

貝拉走進教室時，潔西卡跺地的頻率加快。

她看起來很……憂鬱。為什麼？也許她跟愛德華・庫倫之間根本沒怎樣。那就令人失望了。如果是這樣……那表示他依然單身……如果他突然對約會感興趣，我完全不介意幫忙。

貝拉的臉色並不憂鬱，而是顯得不情願。她在擔心——她知道我會聽見這場對話。

「**告訴我一切！**」潔西卡要求時，貝拉脫下外套，掛在椅子上。她的動作謹慎，看似心不甘情不願。

唉，她動作真慢。我們快來聊好料啦！

「**妳想知道什麼？**」貝拉就座，拖延時間。

「昨晚發生什麼事？」

「他請我吃晚餐，然後開車送我回家。」

然後？得了吧，不可能這麼簡單！她一定在撒謊，我知道。我要揭穿她的謊言。

「妳怎麼這麼快就到家？」

我看著貝拉對充滿懷疑的潔西卡翻白眼。

「他開起車來像瘋子一樣快，真的很恐怖。」

她淺淺一笑，我不禁發噱，打斷了梅森先生的發言。我試著用咳嗽聲掩飾這個笑聲，但騙不了任何人。梅森先生惱火地瞪我一眼，但我懶得聆聽他的心聲。我正在聽著潔西卡的想法。

嗯……她聽起來是在說實話。她為什麼一定要我逼迫才說出來？如果我是她，我一定會四處炫耀。

「這是約會嗎？是妳叫他去那邊找妳？」

看貝拉一臉困惑，潔西卡感到失望，因為貝拉的表情似乎不是演技。

「不，我很驚訝在那邊看到他。」貝拉告訴她。

怎麼回事？「但他今天開車送妳上學？」一定還有更多劇情。

「嗯，這也令我驚訝。他注意到我昨晚沒穿外套。」

沒意思。潔西卡心想，再次覺得失望。

我受夠了她的質詢——我想聽些我不知道的事。我希望她不會因為失望而跳過我在等候的提問。

「所以你們還會再出去嗎？」潔西卡追問。

「他提議星期六載我去西雅圖，因為他覺得我的卡車沒法跑那麼遠……這算嗎？」

嗯……他這麼大費周章，就為了……算是照顧她。她如果沒隱瞞什麼，那他一定有。到底隱瞞了什

麼？貝拉這個瘋子。

「算。」潔西卡回答貝拉的疑問。

「嗯，那麼……是的。」貝拉做出結論。

「哇……愛德華・庫倫。」不管她喜不喜歡他，這都是頭條新聞。

「我知道。」貝拉嘆口氣。

她的語氣激勵了潔西卡。**終於——她聽起來似乎懂了！**

不知道潔西卡有沒有正確解讀貝拉的語氣。我真希望她叫貝拉說清楚，而不是自己瞎猜。

「等一下！」潔西卡突然想起最重要的問題。

「他親妳沒有？」拜託說有，然後描述每一秒！

「沒有。」貝拉咕噥，然後低頭看自己的手，一臉洩氣。**「不是妳想的那樣啦。」**

靠。我真希望……哈。看起來她也希望。

我皺眉。貝拉確實對某件事感到沮喪，但不可能是潔西卡所想的失望。她不可能會希望我親她，畢竟她知道我是什麼。她不可能希望接近我的牙齒。就她所知，我擁有獠牙。

我打個冷顫。

「妳覺得星期六……」潔西卡試探。

貝拉顯得更沮喪。**「我很懷疑。」**

沒錯，她確實希望。這對她來說可真可惜。

因為我正在透過潔西卡的視角觀看這場對話，所以我總覺得她說得對？

有那麼半秒，我被她的想法轉移了心思，開始幻想吻貝拉的感覺。我的嘴唇貼上她的嘴唇，冰冷的石頭貼上溫暖又脆弱的絲綢……

然後她會死。

我搖頭，皺眉，重新集中精神。

「你們都聊些什麼？」妳有跟他說話？還是妳像現在這樣支支吾吾，逼得他追問？

我苦笑。潔西卡猜得八九不離十。

「我不知道，小潔，聊了很多。我們有稍微談到英文課的作業。」

非常稍微。我笑得更開心。

唉，多說點啦。「拜託，貝拉！多告訴我一些細節。」

貝拉思索幾秒。

「嗯……好吧，有了。妳該看看那個女侍跟他調情的樣子——真的很誇張。不過他根本沒注意她。」

她怎麼會想分享這麼怪的細節？我沒想到貝拉當時有注意到。我總覺得那是小事。

有意思……「這是好現象。她漂亮嗎？」

嗯……潔西卡比我更在意這件事。

「很漂亮，」貝拉告訴她。**「大概十九、二十歲。」**

有那麼幾秒，潔西卡被轉移了心思，想到星期一晚上跟麥克約會的事——麥克跟一個女侍互動得太熱烈，潔西卡覺得那女人一點也不漂亮。她推開這道回憶，吞下惱火情緒，繼續追問細節。

「這樣更好，他一定很喜歡妳。」

「我是這麼認為，」貝拉緩緩道，我渾身緊繃。**「但很難說，他總是神祕兮兮。」**

看來我不是我自以為的讓人一目了然，而且我沒失去自制力。儘管如此，她這麼善於觀察……她怎麼沒意識到我愛上她？我回想跟她的談話，有些驚訝地發現我沒說出那幾個字。感覺比較像是，那幾個字藏在我和她的每次談話之中。

哇。妳怎麼有辦法坐在男模面前跟他說話？「我真不知道妳哪來的勇氣，敢單獨跟他在一起。」潔西卡說。

貝拉臉上閃過震驚。**「怎麼說？」**

好怪的反應。不然她以為我是什麼意思？「他很……」該怎麼說呢？「令人畏懼。我根本不知道該怎麼跟他說話。」我今天跟他說英文都做不到，而他只對我說了一聲「早」。我那時候講話一定像個白痴。

貝拉微笑。**「我跟他在一起的時候，的確會有點胡言亂語。」**

她這麼說，一定是為了讓潔西卡覺得比較好受。她和我相處的時候，總是冷靜自持到不自然。

「總之，」潔西卡嘆口氣。**「他真是帥到令人難以置信。」**

貝拉的表情突然變得比較冰冷，這是她碰到不公不義時會有的眼神。潔西卡看不懂她的表情變化。

「他不只是帥而已。」貝拉厲聲道。

噢。看來我問對問題了。「真的嗎？例如什麼？」

貝拉咬脣片刻。**「我很難解釋，」**她終於說：**「但他在那副外表底下更令人難以置信。」**她把目光從潔西卡身上移開，眼睛有點茫然，彷彿在瞪著很遠的東西。

我想起卡萊爾或艾思蜜過度讚美我的時候，我有何感受。這種情緒很熟悉，但更為強烈。

去別的地方賣蠢啦——他最大的優點就是那張臉！還有他的身體。唉唷我的天。「這可能嗎？」潔西卡咯咯笑。

貝拉沒轉身，只是繼續凝視遠方，沒理潔西卡。

換作正常人一定會炫耀。也許我該提出簡單的問題。哈哈。好像我在跟幼稚園小鬼說話。「所以妳喜歡他，是不是？」

我再次渾身僵硬。

貝拉沒看著潔西卡。「**是的。**」

「**我是說，妳真的喜歡他？**」

「**是的。**」

來人啊看看她臉紅成這樣！

「**妳有多喜歡他？**」潔西卡追問。

就算我所在的英文課教室發生火災，我也不會注意到。

貝拉滿臉通紅——我幾乎能透過這幅畫面感受到她的體溫。

「**太多，**」她呢喃：「**比他喜歡我還要多。可是我看不出我還能怎麼辦。**」

靠！瓦納先生剛剛問什麼？「呃——哪一題，瓦納先生？」

潔西卡再也無法追問貝拉，這是好事。我需要休息一分鐘。

那女孩的腦袋究竟都裝了些什麼？「比他喜歡我還要多」？她怎麼想得出這種話？「可是我看不出我還能怎麼辦」？這話是什麼意思？我沒辦法解讀。聽起來根本是胡言亂語。

看來我對任何事都不能視為理所當然。明顯的事情、合理的事情，進入她那個古怪的腦袋也會變得顛倒錯亂。

我瞪著時鐘，咬緊牙關。對我這個永生者來說，短短幾分鐘怎麼會感覺如此漫長？我怎麼一點也沒辦法維持客觀？

瓦納先生的三角函數課結束前，我始終咬緊牙關。我聽見三角函數課的內容，比我自身所在的英文課內容還多。貝拉和潔西卡沒再談話，但潔西卡偷瞄貝拉幾次，有一次注意到她又莫名臉紅。

午餐時間令我望穿秋水。

我不確定潔西卡能不能在下課時問出我想知道的答案，但是貝拉動作比她快。

鈴聲一響起，貝拉立刻轉向潔西卡。

「上英文課的時候，麥克問我，妳有沒有提到星期一晚上的事。」貝拉嘴角上揚。我明白她的用意——進攻就是最好的防禦。

麥克問起我？潔西卡開心得卸下心防。**「妳在開玩笑吧！妳怎麼說的？」**

看來我今天只能透過潔西卡得知這麼多。貝拉面帶微笑，顯然也做出同樣結論，彷彿贏了這個回合。

好吧，咱們午餐時間走著瞧。

我不耐煩地跟艾利絲一起上了體育課，在體能方面盡量表現得像人類。很自然地，她是我的隊友。絕對沒有人類願意跟我們組隊。今天是第一天打羽毛球。我不耐煩地嘆口氣，用慢動作揮動球拍，把球打回網子的另一側。對手之一的蘿倫・馬洛里沒打到球。艾利絲把球拍當成指揮棒一樣轉動，瞪著天花板。她朝網子走近一步，蘿倫急忙後退兩步。

我們都很討厭體育課，尤其是艾密特。對他來說，這種球賽是嚴重羞辱。體育課似乎比平時更無聊，我和艾密特一樣感到煩悶。我不耐煩到腦袋炸開之前，克拉普教練宣布下課，讓我們提早離去。我無比慶幸他為了減肥而沒吃早餐，他餓得想早點離開校園、找個油膩的漢堡狂啃。他對自己保證，明天會再努力減肥……

因此，我能在貝拉下課前來到數學教室。

去好好享受吧，要去見賈斯柏的艾利絲透過想法告訴我。**你只需要再忍耐幾天。我猜你不會幫我問候貝拉吧？**

我惱怒地搖頭。所有的先知都這麼狂妄自大？

順便告訴你，這個週末會出大太陽。你最好調整一下計畫。

我嘆氣，繼續往反方向走。雖然狂妄自大，但確實有用。

我斜靠在門旁的牆壁上等候。我離她們很近，能隔著磚牆聽見潔西卡的嗓音和心聲。

「妳今天不會跟我們一起坐，是嗎？」**她看起來……容光煥發。她一定還有很多事情沒讓我知道。**

「應該不會。」貝拉似乎不太確定。我不是保證過會跟她一起度過午餐時間？她在想什麼？

她們一起走出教室，看到我的時候，兩人都瞪大眼睛。但我只聽得見潔西卡的心聲。

賞心悅目。哇。沒錯，她一定還對我有所隱瞞。

「晚點見，貝拉。」

貝拉走向我，在一步之遙外停步，看起來依然面帶遲疑。她的顴骨染上紅暈。

我挺瞭解她，知道她這種反應不是因為恐懼，而是出自她想像出來的代溝。**我喜歡他多過他喜歡我。**荒謬！

「哈囉。」我的口氣有點唐突。

她滿臉通紅。「嗨。」

她似乎沒打算說別的話，所以我帶路前往學生餐廳，她默默走在我身邊。

外套發揮了作用，我已經習慣了她的氣味，平時感受到的那股痛楚只有稍微加劇。我能忍受——以前的我一定無法想像自己能忍受。

我們排隊時，貝拉顯得不自在，她心不在焉地拉扯外套拉鍊，輪流用單腳支撐體重。她常常偷瞄我，但她每次看著我的眼睛時，都會低下頭，彷彿覺得難為情。是因為周圍有太多人盯著我們？也許她聽得見他們竊竊私語——今天言語上的八卦閒語和腦海心聲一樣多。

又或許，她從我臉上看出我會希望她做些解釋。

她一直沒說話，直到我幫她拼湊午餐。我不知道她喜歡什麼——至少現在還不知道——所以每種都拿了一個。

「你在幹什麼？」她嘶聲道：「這些不會都是給我的吧？」

我搖頭，把托盤推向收銀員。「當然有一半是給我的。」

她狐疑地挑眉，但沒說什麼。我付了錢，帶她來到我們上星期坐過的位子。那感覺已經是滿久以前的事，如今一切都變了。

她再次坐在我對面。我把托盤推向她。

「挑妳想吃的。」我鼓勵她。

她拿起一顆蘋果，在手中轉動，臉上帶著好奇。

「我很好奇。」

我還真驚訝。

「如果有人跟你玩打賭遊戲，要你吃東西，你會怎麼樣？」她繼續壓低嗓門，避免被旁人聽見。旁邊如果有永生者，而且有專心聽，就會聽得見。我皺眉。

「妳總是很好奇。」我抱怨。好吧。我並不是沒吃過東西。這是演戲的一部分，令人不悅的部分。

我朝最近的一個食物伸手，在她的注視下咬了一小口。我沒看著這東西，所以不知道它是什麼。它又軟又黏，很大一塊，而且很噁心，就跟其他的人類食物一樣。我迅速咀嚼吞下，試著別皺眉。這團食物慢慢沿我的喉嚨往下挪動，令我難受。想到晚點得把它吐出來，我嘆口氣。真噁心。

貝拉一臉震驚，顯然感到佩服。

我想翻白眼。我們當然早就練就了這種演技。「如果有人要妳吃泥土，妳還是吃得下去，不是嗎？」

她皺起鼻頭，面露微笑。「我吃過一次……因為跟人打賭。滋味還不錯。」

我發笑。「我並不覺得驚訝。」

他竟敢這樣？那個自私的混蛋！他竟然這樣對待我們？羅絲莉的尖銳心聲貫穿我的笑意。

「放輕鬆點，羅絲莉，」我聽見一段距離外的艾密特低語。他緊緊摟著她的雙肩，以免她亂來。

抱歉，愛德華。艾利絲愧疚地心想。**她從你的談話看得出來貝拉知道太多……而且，我如果不對她說實話，下場會更糟。相信我。**

她傳來一幅心靈畫面，讓我知道我如果回家後——羅絲莉到時候不再需要維持形象——才對羅絲莉承認貝拉知道我是吸血鬼，到時候會有什麼下場。如果羅絲莉在放學時還沒冷靜下來，我到時候就得把我那輛奧斯頓馬丁藏在別的州。在腦海中看到我最愛的那輛車被砸爛焚燒讓我非常不悅……就算我知道是我活該。

賈斯柏也不高興。

我晚點再應付其他人。我跟貝拉相處的時間不多，我不打算浪費掉。

愛德華和貝拉看起來很愜意，不是嗎？我試著無視羅絲莉時，潔西卡的想法侵入我的腦海。這一次，我不介意。**很好的肢體語言。我晚點再對貝拉說明我的看法。他俯身靠向她，顯然對她感興趣。他看起來對她充滿興趣。他看起來……真完美。**潔西卡嘆氣。**真美味。**

我回視潔西卡好奇的眼睛，她緊張地移開視線，蜷縮在座位上。**嗯……我最好還是把精神放在麥克身上。現實歸現實，幻想歸幻想……**

雖然只是片刻，但貝拉已經注意到我轉移心思。

「潔西卡正在分析我做的每一件事，」我拿這件事當藉口，沒讓她知道羅絲莉對我發飆。「她晚點會解釋給妳聽。」

羅絲莉還在大發雷霆，在心裡滔滔不絕地對我怒罵，並從回憶裡找出新的羞辱丟向我。我盡量無視這些心聲，決心把注意力集中在貝拉身上。

我把托盤推向貝拉——我意識到我剛剛吃的是披薩——不確定該如何開口。我又感到洩氣，因為我想起她說過什麼：**我喜歡他比他喜歡我還要多，可是我看不出我還能怎麼辦**。

她咬著我咬過的披薩。她這麼信賴我，我感到驚奇。當然，她不知道我有毒——雖然分享食物並不會傷害她。儘管如此，我原本還是以為她會把我當成非人類對待，但她未曾這麼做。

我決定從輕鬆一點的話題開始。

「所以那個女侍很漂亮，是嗎？」

她再次挑眉。「你真的沒注意到？」

彷彿任何女人都能把我的注意力從貝拉身上移開。她這種想法真的很荒謬。

「沒有，我沒注意到，我當時在想很多事情。」

「她真可憐。」貝拉面露微笑。

她很高興，因為我一點也不覺得那個女侍很特別。我能理解。我上生物課的時候，有多少次想像把麥克・紐頓打成瘸子？

但她竟然相信她的人類情感，短短十七年凡人生命的成果，會比將我空虛了一百年的情緒徹底摧毀的情感更強烈。

「妳跟潔西卡說的某件事……」我沒辦法維持語氣輕鬆。「讓我很介意。」

她立刻換上辯解的口吻。「你聽見你不喜歡的事，這我並不感到驚訝，你知道偷聽是不應該的。但你應該知道他們是怎麼形容偷聽這件事。」

俗話說，偷聽者總是不會聽到有人說自己好話。

「我警告過妳我會聽。」我提醒她。

「我也警告過你，你不會想知道我想的每一件事。」

啊，她想起我惹她哭的那次。我因為自責而嗓音沙啞。「妳是說過，但妳不一定是對的。我確實想知道妳在想什麼——所有一切。我只是希望……妳不會有些特定的想法。」

更多謊言。我知道我不該希望她在乎我。但我希望她在乎我。我當然這麼希望。

「這是有分別的。」她咕噥，對我板起臉。

「但這不是我現在想討論的重點。」

「那重點是？」

她俯身靠向我，一手搭在脖子上。她的手吸引了我的眼睛，轉移了我的心思。她的肌膚不知道多麼柔軟……

集中精神。我命令自己。

「妳真的覺得妳在乎我的程度，比我在乎妳還多？」我問。聽在我自己的耳裡，這個問題顯得荒謬，彷彿文字是胡亂拼湊。

她僵住片刻，就連呼吸也停止。然後她移開視線，迅速眨眼，說話時嗓音低沉。

「你又來了。」她呢喃。

「什麼？」

「讓我暈眩。」她坦承，忐忑地看著我的眼睛。

「噢。」我不確定該如何反應。我因為自己能迷惑她而感到興奮，但這對談話沒幫助。

「那不是你的錯。」她嘆道：「你也無能為力。」

「妳到底要不要回答問題？」我追問。

她盯著桌子。「是的。」

她只有說出這兩個字。

「是的，代表妳要回答問題，還是，是的，妳真的這麼想？」我不耐煩地問。

「是的，我真的這麼想。」她沒抬頭。她的口氣有點鬱悶。她再次臉紅，下意識地咬唇。

我意識到，要她承認此事很困難，因為她真心如此相信。我也沒比麥克那個懦夫好到哪裡去——我還沒確認自己的感受，就要她確認她的感受。我覺得我已經清楚說出自己的感受，但這並不重要。她沒明白我的心意，我也沒有藉口。

「妳錯了。」我做出保證。她想必有聽見我的溫柔口吻。

貝拉抬頭看著我，眼神茫然，沒洩漏任何情緒。「你不可能知道這點。」她呢喃。

「妳為什麼這樣想？」我好奇。我猜，她認為我小看了她的感受，是因為我聽不見她的想法。但事實是，問題在於，她嚴重低估了我的感受。

她瞪著我，皺眉咬唇。我又一次迫切希望我能聽見她的心聲。

我正打算哀求時，她伸出一根指頭，要我別說話。

「讓我想想……」她提出請求。

如果她只是在整理想法，我願意耐心以對。

至少我能假裝有耐心。

她合起雙手，勾轉纖細的手指。說話時看著自己的手，彷彿這雙手屬於別人。

「嗯，撇開明顯的不談，有時候……」她輕聲道：「有時候……我也不確定——我不會讀心——但有時候我覺得你說的話，像是要跟我道別。」她沒抬頭。

她注意到了？她有沒有意識到，我是因為軟弱和自私而留下？她對我的評價會因此變低嗎？

「妳很敏銳。」我低語，然後驚恐地發現她臉上多麼痛苦。我急忙反駁她的猜測。「不過，這正是妳錯的地方——」我停頓，想起她剛剛的用字。那幾個字令我莫名不安。「妳為什麼說『撇開明顯的』？」

「這個嘛，你看看我。」她說。

我正在看著她。我唯一在做的就是看著她。

「我這麼平凡，」她解釋：「只有在經常遇到壞事這方面很不平凡，像是那些瀕死經驗，而且我笨手笨腳得就像殘障人士。再看看你。」她指向我，彷彿不用明說。

她覺得自己很平凡？她覺得我比她優秀？在誰的眼裡？潔西卡或科普太太那種愚蠢、小心眼又盲目的人類？她竟然沒意識到自己是最美……最別致？這些詞彙根本不夠。

她一無所知。

「看來妳沒看清楚自己。」我告訴她：「我承認，妳在碰到瀕死經驗這方面說得一點也沒錯。」我發出不帶笑意的笑聲。我不覺得追殺她的邪惡命運很好笑。但她的笨手笨腳是有點好笑，很可愛。如果我告訴她她內外皆美，她會相信嗎？也許她需要旁證。「但妳沒聽見學校所有男生在第一天是怎麼說妳的。」

啊，那些心聲所散發的希望、興奮和急切。那些想法一下子就成了不可能成真的幻想。不可能成真，因為她不想要他們。

她只有對我說「我願意」。

我的笑臉一定顯得沾沾自喜。

她驚訝得神情茫然。「我不相信。」她咕噥。

「這一次相信我——妳一點都不平凡。」

我看得出來，她不習慣被讚美。她臉紅，改變話題。「可是我沒有說再見。」

「妳還不明白？這證明了我是對的。我非常在乎妳，因為如果我做得到……」我有沒有可能哪天無私地做出正確的事？我絕望地搖頭。我必須找到那股力量。她值得擁有人生，而不是艾利絲在幻象裡看到的那副模樣。「如果離開是正確舉動……」一定是正確舉動吧？貝拉不應該跟我在一起，她不該進入我所在的冥界。「那我寧願傷害自己也不願傷害妳，好讓妳安全。」

我說出這番話的時候，要求它們成為事實。

她怒瞪我。出於某種原因，我這番話惹她生氣。「你不覺得我也會做同樣的事？」她氣沖沖地質問。

如此憤怒——如此柔軟又脆弱。她怎麼可能傷害任何人？「妳永遠不需要做這個選擇。」我告訴她。我因為彼此間的龐大代溝而再次感到鬱悶。

她瞪著我，眼裡不再是憤怒，而是擔憂得皺眉。

這麼美好又脆弱的人沒有守護天使保護，這個宇宙真的有問題。

這個嘛，我在心裡冷笑，**至少她有個守護吸血鬼**。

我面露微笑。我真喜歡讓自己留下的這種藉口。「當然，為了能讓妳活下來，我只好一直出現，這似乎已經變成我二十四小時的職業了。」

她也綻放笑容。「今天沒人試著要我的命。」她輕快地說，然後臉上出現懷疑，眼神又變得黯淡。

「還沒。」我淡然地補充道。

「還沒。」她同意，這令我感到意外。我原以為她會說不需要有人保護她。

餐廳的另一頭，羅絲莉的抱怨越來越大聲。

抱歉。艾利絲透過想法告訴我。她想必有看到我皺眉。

但是聽見她的聲音，讓我想起我有件事要處理。

「我還有個問題要問妳。」我說。

「說吧。」貝拉微笑道。

「妳這個星期六真的需要去西雅圖，還是妳只是找個藉口拒絕妳的仰慕者？」

她對我板起臉。「你知道，關於泰勒那件事，我還沒原諒你。他以為我會跟他一起去舞會，那是你的錯。」

「噢，就算沒有我，他也一定會找機會問妳的——我只是很想看看妳的表情。」

我發出笑聲，想起她當時不知所措的模樣。我自己的黑暗故事都沒讓她那麼驚嚇。

「如果是我問妳，妳會拒絕我嗎？」

「大概不會，」她說：「但我之後一定會取消——假裝生病或是扭傷腳踝。」

真怪。「妳為什麼要這麼做？」

她搖頭，彷彿因為我沒立刻聽懂而感到失望。「我猜你沒在體育課看過我，我原本以為你會瞭解。」

啊。「妳是說，妳走在穩定平坦的地面上就是有辦法跌倒？」

「顯然是。」

「那不會是問題。要看帶舞的人的技巧。」

我想像我把她摟在懷裡，帶她跳舞；她會穿著漂亮的衣服，而不是身上這件難看的毛衣。

我清楚記得，我把她推離休旅車的時候，她的身體是什麼樣的觸感。我記得那種感覺，比驚慌或絕望都強烈。她無比溫暖又柔軟，體型小鳥依人……

我逼自己回過神。

「但妳還沒回答我——」我立刻說下去，以免她跟我爭論。「妳真的要去西雅圖，還是我們可以去做些別的事？」

我很狡猾——我給了她一個選擇，但她那天就是不能離開我身邊。不算公平。但我昨晚給了她一個承諾。雖然太若無其事，太欠缺思慮……如果我想贏得她給我的信賴，我就必須履行每一個承諾。這個想法令我驚恐。

這個星期六會出大太陽。我能讓她看看真正的我，只要我願意承受她的驚恐和反感。我知道有個地方很適合讓我冒這種險。

「可以商量，」貝拉說：「但我要請你幫個忙。」

她算是答應了。她會希望我幫什麼忙？

「什麼？」

「能讓我開車嗎？」

這是她在耍幽默？「為什麼？」

「這個嘛，主要是因為，我跟查理說我要去西雅圖，他當時問我是不是一個人去，我說是。如果他再問一次，我大概不會說謊，雖然我不覺得他會再問，但如果把我的卡車留在家，只會讓這個話題不可避免地再被提起。另一個原因是，你開車的方式實在嚇死我。」

我對她翻白眼。「我有太多事能嚇死妳，妳卻只擔心我怎麼開車。」她的想法真的異於常人。我反感地搖頭。她為什麼就不能對「該讓她害怕的事情」感到害怕？我為什麼就是沒辦法讓她害怕我？

我跟不上這場拌嘴的嬉鬧語氣。「妳不打算告訴妳爸，妳一整天都會和我在一起嗎？」我的語調變得陰沉。我想著所有重要的理由，已經猜到她會如何答覆。

「對查理來說，說得愈少愈好。」貝拉確信這項事實。「說起來，我們到底要去哪裡？」

「到時候天氣會很好，」我緩緩道，壓抑心中的驚慌和遲疑。我會不會為這個決定感到後悔？「所以我會避開公眾場合……妳可以跟我在一起，如果妳願意。」

貝拉立刻注意到重點，一臉興高采烈。「你會讓我看到陽光對你的影響？」

到時候，她的反應也許會跟我預料的相反，就跟之前一樣。想到這個可能性，我不禁微笑，勉強回到當下。「是的。但是——」她還沒答應。「如果妳不想……跟我獨處，我也不希望妳一個人去西雅圖。一想到妳在那種大城市會惹上多少麻煩，我就嚇得發抖。」

她抿起嘴脣，顯然被冒犯了。

「鳳凰城光是人口就是西雅圖的三倍，如果要說面積大小——」

「但妳在鳳凰城顯然一直很幸運，」我打斷她。「所以我還是希望妳待在我身邊。」

她可以永遠待在我身邊，而這對我來說還不夠漫長。

我不該這麼想。我們並沒有「永遠」。流逝的每一秒都格外重要，都改變了她，而我毫無變化，至少在肉體上。

「很湊巧地，我不介意跟你獨處。」她說。

她當然不介意，因為她的本能有問題。

「我知道。」我嘆道：「但妳還是應該告訴查理。」

「我幹麼這麼做？」她對這個想法覺得反感。

我怒瞪她，雖然我氣的是我自己。我真希望我能給她別的答案。

「好讓我有點理由帶妳回來。」我嘶聲道。她應該配合我——準備一個證人，好逼迫我小心行事。

貝拉大聲嚥口水，凝視我許久。她看見什麼？

「我寧可賭賭看。」她說。

唉！她覺得冒生命危險很刺激？她喜歡體內充滿腎上腺素的感覺？

你能不能閉嘴！羅絲莉的心靈尖叫再次提高，闖進我的腦海。我看到她對這場談話、貝拉知道多少做何感想。我下意識地回視，只見羅絲莉怒瞪我，但我意識到我根本不在乎。她要砸我的車就砸吧，那只是個玩具。

「我們談點別的吧。」貝拉突然提議。

我回頭看著她，搞不懂她為什麼對一些很明顯的事情視而不見。她為什麼就是看不出我是怪物？羅絲莉看得出我是怪物。

「妳想談什麼？」

她左顧右盼，彷彿想確認沒人偷聽。看來她的話題跟迷信有關。她的眼神愣住一秒，身子僵了一下，然後看著我。

「你上週末為什麼要去石羊山……狩獵？查理說那不是健行的好地方，因為有熊。」

她真遲鈍。我看著她，挑起一眉。

「熊耶？」她倒抽一口氣。

我苦笑，看來她終於明白。這件事會不會讓她認真看待我的身分？究竟怎麼做才會？

你乾脆什麼都跟她說吧，反正我們也沒有規矩要遵守。羅絲莉朝我嘶吼。我勉強排拒她的心聲。

貝拉一臉認真。「可是獵熊季又還沒到。」她語氣嚴厲，瞇起眼睛。

「妳如果仔細讀過說明，會發現那條法規只規範使用武器的狩獵季。」

她目瞪口呆。

「熊？」她重複，這次不是因為震驚，而是試探地詢問。

「灰熊是艾密特的最愛。」

我看著她的眼睛，她慢慢冷靜下來。

「嗯……」她呢喃，咬一口披薩，低著頭，若有所思地咀嚼，然後喝一口飲料。

「所以，」她終於抬起頭。「你的最愛是什麼？」

老實說，我沒料到她會這麼問。

「山獅。」我粗率地答覆。

「啊。」她的語調不高不低。她的心跳依然平穩，彷彿我們在討論最喜愛的餐廳。

好吧。如果她想表現得這沒什麼……

「當然，我們要很小心，不能因為任意的狩獵而影響環境。」我以就事論事的口氣告訴她：「我們試著專注在肉食動物較多的區域，範圍多大都行。這裡有很多鹿跟麋鹿，雖然也能湊合，不過這樣還有什麼樂趣？」

她臉上帶著禮貌的好奇心，彷彿我是美術館裡的導遊，正在描述一幅畫。我忍不住微笑。

「的確。」她平靜地說道，又咬一口披薩。

「早春是艾密特最喜歡的獵熊季，」我繼續用同樣的語氣說下去：「牠們剛從冬眠醒來，所以比較暴躁。」

就算過了七十年，他還是因為輸掉跟熊的第一場打鬥而懷恨在心。

「被激怒的灰熊再有趣不過了。」貝拉同意，嚴肅地點頭。

看她莫名鎮定，我搖搖頭，忍不住輕笑出聲。她一定是故作鎮定。「告訴我妳現在到底在想什麼，拜託。」

「我試著想像……但沒辦法。」她眉頭緊蹙。「沒有武器要怎樣獵熊？」

「噢，我們有武器。」我告訴她，然後露齒而笑。我以為她會被嚇到，但她全然平靜，繼續看著我。「只不過不是那些立法的人會想到的武器。妳如果在電視上看過熊怎樣攻擊，應該就能想像艾密特如何狩獵。」

她瞥向我的手足們所坐的桌位，打個冷顫。

終於。

我不禁發笑，因為我知道我有點希望她繼續遲鈍下去。

她瞪著我，張大眼睛。「你的狩獵方式也像熊？」她的語調輕如呢喃。

「比較像獅子，至少他們是這麼說的。」我再次試著用就事論事的語氣。「或許我們的喜好也是種象徵。」

她的嘴角微微上揚。「或許。」她重複，然後歪起頭，眼裡充滿好奇。「我會有機會看到這種場面嗎？」

我的腦海裡出現一幅極為清晰的畫面——我抱著貝拉毫無血色的癱軟身軀——彷彿是我自己產生這幅

幻象，而不是透過艾利絲的腦海窺見。但我不需要預知能力也看得見這個恐怖場面。結論很明顯。

「絕對不能。」我對她咬牙道。

她被我突來的怒火嚇得後退。

我也靠向椅背，想拉開一點距離。她就是這麼遲鈍？在「維持她的安全」這件事上，她就是不想幫我。

「怕我受不了？」她語氣平靜，但心跳快了一倍。

「如果真是那樣，我今晚就會帶妳去看看。」我咬牙反駁。「妳需要好好被嚇一嚇，恐懼對妳有好處。」

「那麼，我為什麼不能看？」她追問。

我冷眼瞪著她，等著她害怕。我在害怕。

她的眼神依然只有好奇和不耐煩。她在等答案，不打算退縮。

但是午餐時間結束了。

「以後再說吧，」我厲聲道，站起身。「我們要遲到了。」

她困惑地東張西望，彷彿忘了我們在吃午餐，彷彿忘了我們在學校，而不是在某個私下場合。我完全明白這種感受。我跟她在一起的時候，也常常忘了周圍的世界。

她急忙站起，有點搖晃，然後背上背包。

「以後再說。」她說。

我從她的嘴角看得見她的決心。她在這件事上一定不會放過我。

chapter 12

複雜的糾葛

嚴厲的並不是這些字句本身，

而是她的想法和語氣。

她在腦海中想著貝拉的臉

——我愛的那張臉龐的諷刺畫。

在這一刻，

羅絲莉對我的恨遠遠不及她對貝拉的恨。

我和貝拉默默走向生物課。我們遇到安琪拉・韋柏，她在路邊逗留，跟三角函數課的一個男孩討論作業。我大略掃視了她的思緒，以為會有更多失望，卻驚訝地發現她的思緒帶了點期望。

啊，看來安琪拉還是有想要的東西。不幸的是，那不是能被輕易地包裝成禮物的東西。

聽見安琪拉絕望的渴望，我感到有些安慰。在這一刻，我覺得自己跟這個善良的人類女孩產生某種默契。

得知不是只有我碰上悲劇的愛情故事，這讓我感到莫名的撫慰。看來心碎無所不在。

在下一秒，我突然感到怒火中燒。因為安琪拉的故事不需要成為悲劇。她和那個男孩都是人類；跟我的狀況相比，她覺得無法跨越的鴻溝根本可笑。她沒有心碎的理由。她白傷心了。她的故事為什麼不能有圓滿結局？

我想給她一個禮物……我會把她想要的東西給她。根據我對人性的瞭解，這應該不會很困難。我瀏覽她身邊那個男孩——她愛戀的對象——的意識，他不像是不願意，只是跟她碰上一樣的困難。

我唯一需要做的，就是做出暗示。

我很快就想出辦法；我不用怎麼努力，劇本已經自行寫好。我會需要艾密特的幫助，讓他點頭是唯一的困難。跟永生者的習性相比，人性更容易操弄。

我對我為安琪拉準備的禮物感到滿意。這能讓我把注意力從自己的問題上移開。真希望我的問題也能輕鬆解決。

我和貝拉就座時，我的心情稍微好轉。也許我的想法應該更正面些。也許我們倆的狀況其實有個解決之道，只是我還沒想到，就像安琪拉看不見她自己的解決之道。應該沒這麼簡單……但我何必把時間浪費在「無助感」上？在貝拉的事情上，我沒有時間能浪費，每一秒都很寶貴。

班納先生拉著古老的電視和錄放影機進教室。在接下來的三堂課他要播放一部電影——《羅倫佐的油》，藉此跳過他不太感興趣的「遺傳性疾病」章節。這個題材雖然不算令人愉悅，但教室裡的氣氛還是十分興奮。不用寫筆記，不用考試。人類們歡欣鼓舞。

我並不在乎這部電影，我只打算把所有注意力放在貝拉身上。

之前，我會為了讓自己能呼吸而離她遠一點，但我今天沒這麼做，而是像正常人那樣坐在她旁邊，比在我車上還近，我的左半身感覺被她的體溫包圍。

這個體驗很怪異，既舒適又令人緊張，但我喜歡坐在她身邊，而不是和她隔著桌子。這種距離比我習慣的更密切，我立刻意識到這種距離對我來說還是太遠。我並不覺得滿足。這樣靠近她，只讓我想更靠近她。

我說過她是吸引危險的磁鐵，而在這一刻，這種說法彷彿就是字面上的事實。我就是危險，而我越是允許自己靠近她，她的吸引力就會越強。

班納先生關了燈。

熄燈雖然對我的眼睛沒什麼影響，卻帶來了不一樣的氣氛。我還是看得一樣清楚，教室裡所有細節都一樣清晰。

既然如此，為什麼氣氛突然變得刺激？是因為我知道只有我能看得一清二楚？其他人看不見我和貝拉？彷彿這間黑暗的教室裡只有我們倆，像這樣坐在彼此身邊。

我的手不禁伸向她，只是想觸碰她的手，在黑暗中牽她的手。這會是很嚴重的錯誤嗎？如果我的肌膚讓她覺得不舒服，她只需抽手。

我把手抽回來，緊緊抱在胸前，握起拳頭。我跟自己保證過：不可以犯錯。如果我牽她的手，我只會想要更多——想再觸碰她，想更靠近她。我感覺得到，我心中正浮現一股新的慾望，想破壞我的自制力。

我不能犯錯。

貝拉穩穩地雙臂抱胸，握起拳頭，和我一樣。

妳在想什麼？我真想對她如此呢喃，但教室裡太安靜，就算輕聲說話也會被聽見。

電影開始了，稍微驅散了教室裡的黑暗。貝拉瞥向我，對我微笑，注意到我跟她一樣僵硬。她的嘴唇微張，眼睛似乎充滿溫暖的邀請。

我也可能只是看見自己想看見的畫面。

我微笑以對。她稍微倒抽一口氣，迅速地移開目光。

這讓我覺得更糟。我不知道她在想什麼，但我突然確信我沒猜錯——她希望我觸碰她。她和我一樣感受到這個危險的慾望。

電流在我們倆的身體之間嗡鳴。

在這一個小時裡，她完全沒動，而是跟我一樣維持僵硬的姿勢。她偶爾會瞥我一眼，我覺得被嗡嗡作響的電流電到。

這一小時經過了——很緩慢，卻也不夠緩慢。這種感受實在新穎，我能像這樣跟她一起坐個好幾天，就為了徹底體驗這種感覺。

時間一分一秒地經過時，理性和慾望在我心中交戰，我和自己爭吵了十幾回。

班納先生終於開燈。

在明亮的日光燈下，教室的氣氛回歸正常。貝拉嘆口氣，伸個懶腰，把胳臂伸到身前伸展手指。她維持同一個姿勢這麼久，一定很不舒服。對我來說比較容易——我們能很自然地保持靜止不動。

看她放鬆的表情，我輕笑。「嗯，真有意思。」

「嗯。」她咕噥，顯然知道我指的是什麼，但沒做出評論。我真想聽見她現在的心聲。

我嘆口氣。我再怎麼希望也沒用。

「我們走吧？」我問她，同時站起身。

她扮個鬼臉，搖搖晃晃地站起，攤開雙手，彷彿擔心跌倒。

我可以伸手扶她。我也可以輕輕把手放在她的手肘底下，幫忙穩住她。這應該不算踰矩吧。

我不能犯錯。

我們走向體育館時，她沉默不語。看她皺眉的模樣，她顯然陷入沉思。我也在想事情。

我的自私心態聲稱：讓她稍微碰到我的肌膚，並不會傷到她。

我能輕易地調整手勁，這不算困難。我的觸覺比人類的優秀：我能同時拋甩十幾個水晶杯而不弄壞任何一個；我能撫摸肥皂泡而不戳破它。只要我能完全控制住自己。

貝拉就像肥皂泡——脆弱又短暫。**暫時的存在**。

我能合理地在她的人生裡存在多久？我有多少時間？我以後還能擁有這種機會、這一刻、這一秒嗎？她不會永遠在我伸手可及之處。

貝拉在體育館門口轉向我；注意到我的表情，她瞪大眼睛，沒說話。我看著我在她眼裡的倒影，看到我自己正天人交戰。我的表情改變，我的理性面輸掉了這場爭論。

我的手自行抬起。我輕輕撫摸她顴骨上的溫暖肌膚，彷彿她是最薄的玻璃，彷彿她跟我想像的泡沫一樣脆弱。我能感覺到她的透明肌膚底下的脈搏和血流。

夠了。我命令自己，雖然我的手很想撫摸她的臉側。**夠了**。

我很難抽手，很難阻止自己再靠近她。我的腦海閃過一千個可能性——一千個觸碰她的方式。我的指尖撫過她嘴脣的輪廓。我的手掌捧起她的下巴。我將她的髮夾抽走，讓她的頭髮滑過我的手。我的雙臂摟住她的腰際，讓她靠向我。

夠了。

我逼自己轉身、遠離她。我的身體僵硬地移動——不甘願。

我僵硬地走離，幾乎像是逃離這個誘惑，但我還是透過別人的思緒看著她。我聽見麥克•紐頓的思緒——他的最大聲——他默默看著貝拉從旁走過，她的眼睛茫然，臉頰紅潤。他板起臉，我聽見他在腦海中咒罵我的名字。我忍不住微微咧嘴笑。

我的手發麻。我伸展這隻手，握成拳頭，但它還是出現無痛的刺麻感。不，我沒傷到她——但觸碰她依然是個錯誤。

感覺就像悶燒的煤炭，彷彿我喉嚨裡的灼燒感在全身擴散。

下一次靠近她的時候，我能阻止自己再次觸碰她嗎？如果我再次觸碰她，我會就此滿足嗎？

不能再犯錯。夠了。**珍惜這個回憶，愛德華**。我嚴肅地告訴自己，**不准再亂碰她**。另一個辦法是，我可以逼自己離開……透過某種辦法。如果我堅持要犯錯，我就不能讓自己靠近她。

我深吸一口氣，試著穩住思緒。

艾密特在英文課教室外頭找到我。

「嘿，愛德華。」**他看起來比之前好。雖然還是很怪，但比之前好。看起來很開心**。

「嘿，艾密特。」我看起來開心嗎？應該吧。我腦子裡雖然一團亂，但還是感覺到類似開心的情緒。

你還真不懂得少說兩句，小子。羅絲莉會拔掉你的舌頭。

我嘆氣。「抱歉，害你幫我應付她。你有沒有生我的氣？」

「才沒有。羅絲莉會消氣的。反正這種事遲早會發生。」**畢竟艾利絲看到那幅畫面……**

我現在不願想著艾利絲那些幻象。我凝視前方，咬緊牙關。

我想另外找個話題時，注意到班恩‧錢尼走進前方的西班牙文教室。啊——這是我能送安琪拉‧韋柏禮物的機會。

我停下腳步，拉住艾密特的胳臂。「稍等一下。」

怎麼了？

「我知道我沒資格，但你能不能幫我一個忙？」

「什麼忙？」他好奇。

我壓低嗓門，用人類聽不見的速度，解釋我希望他怎麼做。

我說完後，他瞪著我，腦袋跟表情一樣空白。

「所以？」我催促。「你願意幫忙嗎？」

他過了一會兒才做出答覆。「可是，為什麼？」

「拜託啦，艾密特。為什麼不？」

你究竟是誰？你把我兄弟抓去哪了？

「你不是成天抱怨說學校總是一成不變？這樣就能有點變化，不是嗎？你就把這當作實驗吧——人性的實驗。」

他瞪我片刻，然後屈服。「好吧，這會不一樣，我承認。好吧。」艾密特悶哼一聲，聳聳肩。「我會幫你。」

我對他咧嘴笑；他願意加入，我對這個計畫因此更感到投入。羅絲莉雖然令我頭痛，但我因為她選了艾密特而欠她大恩；艾密特是最棒的兄弟。

艾密特不需要練習。我們走進教室時，我輕聲對他說明他要說的臺詞。

班恩已經在我座位後面的位子坐下，整理要交的作業。我和艾密特就座，也拿出作業。教室還沒安靜下來；在果夫太太叫大家安靜之前，這種低聲談話會持續下去。但她暫時不會這麼做，因為她正在改上一堂課的小考。

「那麼，」艾密特刻意提高嗓門：「你找安琪拉．韋柏約會了沒有？」

我身後的紙張窸窣聲驟然停止──班恩被我們的談話吸引了。

安琪拉？他們在討論安琪拉？

很好。我引起了他的興趣。

「還沒。」我慢慢搖頭，故作後悔。

「為什麼還沒？」艾密特即興發揮：「你沒膽？」

我對他皺眉。「不是啦。我聽說她對別人感興趣。」

愛德華．庫倫想約安琪拉？可是……不。我不喜歡這樣。我不希望他接近她。他……不適合她。他不……安全。

我沒料到他會有這種想保護她的騎士風範。我原以為他會吃醋。沒差，反正產生了效果。

「你竟然因為這種事打退堂鼓？」艾密特挖苦道，繼續即興發揮：「你不敢跟別人競爭？」

我怒瞪他，但利用他丟給我的題材。「聽著，她好像真的很喜歡一個叫班恩的傢伙。我不會試著說服她改變心意，反正女孩子多得是。」

我後面的椅子傳來聲響。

「誰？」艾密特回到劇本上。

「我的實驗搭檔說那是個叫錢尼的小子，我不確定那人是誰。」

我強忍笑意。只有臭屁的庫倫有理由不認識這所小學校的每個學生。

班恩震驚得腦子一團亂。**我？她喜歡我多過她喜歡愛德華・庫倫？可是她怎麼會喜歡我？**

「愛德華，」艾密特壓低嗓門，眼珠轉向那男孩。「他就在你後面。」他慢條斯理的用唇形說道，如此明顯好讓那人類能輕易地解讀出來。

「噢。」我咕噥。

我在椅子上轉身，瞥身後的男孩一眼。那雙被眼鏡遮蔽的黑眸起初有點害怕，但他挺起肩膀，顯然覺得我輕蔑的評估是對他的侮辱。他抬起下巴，金棕色的肌膚因憤怒而漲紅。

「哈。」我傲慢地哼一聲，轉向艾密特。

他覺得他比我優秀。可是安琪拉不這麼認為。我會證明給他看……

完美。

「你不是說她要帶約基去舞會？」艾密特提到大家公認的阿宅，一臉不屑。

「聽說那是集體決策。」我想確保班恩明白這點。「安琪拉很害羞。如果班——總之，如果男生沒勇氣邀她，她也永遠不會邀人家。」

「你喜歡害羞的女生。」艾密特又開始即興演出。**文靜的女生。例如……嗯……我也不知道。例如貝拉・史旺？**

我對他露齒而笑。「一點也沒錯。」然後我回到劇本上。「也許安琪拉會受夠了等待。也許我會邀請她參加畢業舞會。」

不，想得美。班恩心想，在椅子上坐直。**她比我高又怎樣？如果她不在乎，那我也不該在乎。她是全校最親切、最聰明、最漂亮的女生……而且她想要我**。

我喜歡班恩這傢伙。他似乎很聰明，而且心地善良。也許他配得上安琪拉這種女生。

我在桌底下對艾密特比個大拇指，這時果夫太太站起身，對全班打招呼。

好吧，我得承認，這還滿好玩的。艾密特心想。

我不禁微笑，很高興我能把某個愛情故事推上軌道。我相信班恩在這件事上會做出行動，安琪拉就會收到我的匿名禮物，我就能還清欠她的人情。

人類可真愚蠢，讓六吋的身高差異阻礙幸福。

這項成功讓我心情愉悅。我再次微笑，靠向椅背，準備找點樂子。正如貝拉在午餐時間說的，我從沒見過她在體育課的表現。

在體育館裡的諸多心聲裡，麥克的最好找。這幾個星期，我太熟悉他的腦袋。我嘆口氣，無可奈何地透過他聆聽體育館。至少我確定他的注意力會在貝拉身上。

我湊巧聽見他主動提議當她的羽毛球搭檔；他做出這個提議時，腦子裡幻想用其他方式跟貝拉搭檔。我笑意消失，咬牙切齒，我必須提醒自己：我還是不能殺掉麥克・紐頓。

「謝了，麥克——你不用這麼做的，你知道。」

「別擔心，我會離妳遠遠的。」

她對他露齒而笑。麥克的腦海裡閃過各種意外，都跟碰到貝拉有關。

麥克一開始先獨自打球，貝拉則待在場地的後半段，小心翼翼地握著球拍，彷彿動作太激烈就會造成球拍爆炸。然後克拉普教練悠哉走來，命令麥克讓貝拉打球。

糟糕。麥克心想。貝拉嘆口氣，來到球場前側，用笨拙的角度舉起球拍。

珍妮佛・福特把球直接打向貝拉，腦海中閃過竊笑。在麥克的注視下，貝拉衝上前，揮動球拍，但完全沒打中球。麥克上前試圖挽救。

我震驚地看著貝拉揮動球拍的軌道。果不其然，球拍打中緊繃的網子，反彈而回，擦過她的額頭，再打中麥克的胳臂，發出響亮的啪一聲。

痛。痛。呃。這鐵定會留下瘀青。

貝拉揉揉額頭。看到她受傷，我很難待在原位。但我在場又能怎樣？而且她的傷似乎並無大礙。我遲疑不決，繼續觀看。

教練哈哈大笑。**「抱歉，紐頓。」這女孩真的是我見過最大顆的掃把星。我真不該讓她傷到別人。**

教練刻意背對她，看別人打球，好讓貝拉繼續當個旁觀者。

痛。麥克揉揉胳臂，轉向貝拉。**「妳還好嗎？」**

「嗯，你呢？」她不好意思地問。

「應該死不了。」我不該像個小孩子一樣埋怨。可是，老天，這真的很痛！

麥克轉轉胳臂，皺著眉。

「我還是繼續待在後面吧。」貝拉臉上的慚愧多過痛苦。也許麥克被打得比較痛。我確實如此希望。至少她停止了打球。她小心翼翼地把球拍放在背後，臉上充滿自責……我不得不用咳嗽聲掩飾笑聲。

什麼事這麼好笑？艾密特想知道。

「晚點再告訴你。」我咕噥。

貝拉沒再繼續打球。教練懶得理她，讓麥克一個人打。

我飛快寫完小考，果夫太太讓我提早下課。我走過校園時，專心窺視麥克的腦海。他決定問貝拉關於我的事。

潔西卡發誓說他們在交往。為什麼？他為什麼非選她不可？

他弄錯了，真正的重點是她選了我。

「所以……」

「所以什麼？」她好奇。

「妳和庫倫……真的嗎？」妳和那個怪胎。既然妳只想跟有錢人交往……

聽見他的侮辱，我氣得咬牙。

「這不關你的事，麥克。」

辯解的口吻。看來這是真的。可惡。「我不喜歡。」

「你不用喜歡。」她厲聲道。

她為什麼就是看不出來他是怪咖？他們都一樣。他盯著她的方式……讓我渾身發涼。「他看妳的方式就像……就像妳是他的食物。」

我皺眉，等著聽她的答覆。

她滿臉通紅，緊抿嘴唇，彷彿屏住呼吸。她的唇間突然冒出輕笑聲。

她在嘲笑我。棒透了。

麥克轉身，悶悶不樂地去換衣服。

我斜靠在體育館的牆上，試著冷靜下來。

麥克的指控完全是事實，她竟然還笑得出來？我開始擔心福克斯的居民太瞭解我們這一家。她明知道我確實能殺掉她，她為什麼還笑得出來？

她究竟哪裡有問題？

她擁有很病態的幽默感？這不符合我對她的判斷，但我要如何確定？又或許，我對她的某個判斷是對的：她完全沒有恐懼感。可以說，她很勇敢。有些人也許會說她很愚蠢，但我知道她有多聰明。不管什麼理由，她是因為欠缺恐懼而常常陷入危險？也許她會隨時需要我保護她。

就這樣，我覺得心情大好。

如果我能控制自己、讓自己不會造成威脅，那麼我也許就是該待在她身邊。

她走過體育館門的時候，肩膀僵硬，而且又在咬唇，顯然感到焦慮。但她一看著我的眼睛，她的姿態就放鬆了，臉上綻放開心笑容，表情格外平靜。她毫無遲疑地來到我身旁，離我很近的時候才停步，她的體溫如海浪般掃過我。

「嗨。」她呢喃。

我在這一刻感到前所未有的快樂。

「哈囉，」因為我心情愉悅，所以我忍不住逗她：「體育課如何？」

她的微笑動搖了。「還好。」

她真的很不擅長撒謊。

「真的嗎？」我正想追問，因為我擔心她被球拍打到的頭還痛不痛，但是麥克・紐頓的思緒闖進我的腦海。

我恨他。我真希望他死。我希望他開著那輛閃閃發亮的車墜崖。他為什麼就不能離她遠一點？他應該

跟他那群怪胎在一起。

「怎麼了？」貝拉追問。

我把目光放回她的臉上。她看著麥克遠去的背影，然後看著我。

「紐頓惹毛我了。」我坦承。

她目瞪口呆，笑意消失。她要麼忘了我有能力窺視她悲慘的體育課，要麼就是希望我沒動用這種能力。「你該不會又偷聽了吧？」

「妳的頭怎麼樣了？」

「你真是過分！」她咬牙道，然後轉過身，氣沖沖地走向停車場。她的肌膚漲紅，顯然因為難為情。

我跟上她，希望她的怒氣很快消散。她通常很快就會原諒我。

「是妳說我從沒在體育館看過妳，」我解釋：「所以我很好奇。」

她沒回話，眉頭緊蹙。

她在停車場突然停步，因為她意識到通往我那輛車的路被一群學生擋住，大多都是男生。

不知道他們開這輛車開過多快。

瞧瞧車上的SMG變速器。**我只有在雜誌上看過這種車**。

側面的散熱孔真漂亮！

真希望我也有六萬塊等著我花……

這就是為什麼羅絲莉最好在出城的時候才開她那輛車。

我從這群流口水的男生之間鑽過，上了自己的車。貝拉遲疑一秒後也照做。

「愛現。」我咕噥時，她上了車。

「那是什麼車？」她好奇。

「M3。」

她皺眉。「我平時沒在看《汽車與駕駛員》雜誌。」

「那是BMW。」我翻白眼，然後專心倒車，以免輾過任何人。有幾個男生似乎不願意讓路，我只好跟他們互瞪。被我瞪了半秒，他們似乎就被說服了。

「妳還在生氣？」我問她。她的眉心已經放鬆。

「當然。」她簡短道。

我嘆氣。也許我不該提起這個話題。唉。我猜我是可以做些彌補。「如果我道歉，妳會原諒我嗎？」

她思索片刻。「可能會……如果你是真心的。」她做出決定。「而且你得答應我，以後不會再這麼做。」

我不打算對她說謊，我也不可能答應她以後不會再犯。如果我跟她做另一種交易……

「那如果我是真心的，而且我同意星期天讓妳負責開車呢？」我在心裡打個冷顫。

她皺眉思索這個新提議，思索幾秒後答道：「成交。」

接下來輪到我的道歉……我以前從沒試過刻意迷惑貝拉，但現在似乎是個好機會。我駛離學校時，凝視她的眼睛，不太確定我有沒有做對。我換上最具說服力的語氣。

「我真的很抱歉讓妳生氣。」

她的心跳變得更為響亮，節奏變得凌亂。她張大眼睛，顯得震驚。

我微微一笑。看來我成功了。當然，我也有點不願意把視線從她的眼睛上移開。我們倆迷惑了彼此。

還好我對目前開的路線瞭若指掌。

「我會在星期六一早就到妳家門口等妳。」我說完協議的內容。

她迅速眨眨眼，搖搖頭，彷彿釐清思緒。「呃，」她說：「如果有輛富豪突然出現在我家的車道上，可能只會讓查理更困惑。」

啊，她對我還有太多不瞭解之處。「我沒打算開車去。」

「那你要怎麼——」她問道。

我打斷她。我如果做出答覆，只會引來更多疑問。「別擔心。總之我會出現，不會開車去。」

她歪起頭，似乎想追問，但還是改變了主意。

「現在算『晚點』了嗎？」她指的是我們今天在學生餐廳裡未完的話題。

我當時真該回答她其他的問題。現在這個話題真沒意思。「應該算。」我不情願地同意。

我在她家前面停車，心想該如何解釋，該如何避免讓我的怪物本質嚇到她。還是我不該隱藏自己的黑暗面？

她出現午餐時間那種帶有好奇的禮貌表情。我要不是因為很焦慮，她這種荒謬的鎮定姿態一定會讓我笑出來。

「妳還是想知道妳為何不能目睹我狩獵？」我問。

「這個嘛，我主要是對你的反應感到好奇。」她說。

「我嚇到妳了嗎？」我確信她會否認。

「沒有。」很明顯的謊話。

我試著別微笑，但失敗了。「我很抱歉嚇著妳。」然後我的微笑和笑意消失了。「只是想到我們狩獵時，妳如果在場……」

「會很糟？」

我腦海中的畫面令我無法忍受——無比脆弱的貝拉，還有失控的我……我試著驅逐這幅畫面。「非常糟。」

「因為……」

我深吸一口氣，把精神集中在灼熱的喉嚨上。我感受並控制這股灼熱感，證明我有能力掌控它。它絕對不會再控制我——我以意志力要求這點成真。我會為了她而控制自己。我望向雲層，想到如果在狩獵時聞到她的氣味，我真希望我的意志力能發揮任何效果。

「我們狩獵的時候……會臣服於感官，」我說出每個字之前都經過思考。「用的不是理智，而主要是用嗅覺。如果我失去理智的時候，妳就在附近……」

想到如果發生那種事，我一定會做出什麼舉動——不是「可能」，而是「一定」——我痛苦地搖頭。

我聽著她的心跳加速，然後我轉身，焦躁地看著她的眼睛。

貝拉表情鎮定，眼神嚴肅，嘴脣稍微噘起，我猜這表示關切。她在關切什麼？她自己的安全？我終於讓她明白我是什麼樣的怪物？我繼續盯著她，試著解讀她的表情。

她回視我。幾秒後，她瞪大眼睛，瞳孔放大，就算光線並沒有改變。

我的呼吸加速，安靜的車裡突然嗡嗡作響，就跟今天下午關掉燈光的生物課教室一樣，電流又在我們之間奔竄。有那麼幾秒，我想觸碰她的慾望甚至比我的吸血慾更強烈。

電流讓我覺得我彷彿再次擁有脈搏，我的身體產生共鳴，彷彿我是人類。我現在最想要的，就是用嘴感受她溫熱的嘴脣。我努力尋找力量和自制力，想讓自己的嘴靠近她的肌膚。

她顫抖地吸口氣。我意識到自己的呼吸加速時，她停止了呼吸。

我閉上眼睛，試著切斷彼此間的連結。

不能再犯錯。

貝拉的存在，是跟無數個巧妙又平衡的化學過程有關，非常容易遭到破壞：她的肺臟的規律擴張，氧氣的流動就決定了她的生死。太多愚蠢的意外、疾病，或是……我，都能讓她脆弱的心臟停止跳動。

我的家人——也許艾密特例外——如果能回到過去，選擇是否「用永生換回凡人生命」，應該都不會猶豫。我、羅絲莉，還有卡萊爾，願意為此站在火中，燒個幾天或甚至幾百年都無所謂。

我們這一族，大部分都把永生看得比什麼都重要。有些人類甚至也渴望永生，在黑暗的地方尋求最黑暗的禮物。

但我們不是。我的家人不一樣。我們願意為了成為人類而付出任何代價。

但沒有任何人，甚至包括羅絲莉，曾像我現在這樣渴望變回人類。

我睜開眼睛，瞪著擋風玻璃上的微小瑕疵，彷彿裡頭藏著解決之道。電流尚未消退，我集中精神，雙手握著方向盤。

我的右手再次出現無痛的刺麻感，就在我之前觸碰她的部位。

「貝拉，我想妳現在最好進屋去。」

她立刻照做，下了車，關上車門。她跟我一樣清楚感覺到我可能失控？

她離開時覺得不捨？正如我目送她離去時感到不捨？唯一讓我感到安慰的，是我很快就會再次見到她，比她再次見到我更快。我不禁微笑，然後降下車窗，傾斜身子，再次對她說話。現在比較安全，因為她的體溫不在車裡。

她轉過身，好奇地看我想要什麼。

她總是這麼好奇，就算我對她幾乎有問必答。我自己的好奇心則完全沒被滿足。這不公平。

「對了，貝拉？」

「什麼事？」

「明天輪到我了。」

她皺眉。「輪到你什麼？」

「問問題。」明天，等我們在安全的地方，被見證者包圍，我就要問個清楚。我露齒而笑，然後轉開臉，因為她沒打算離開。她雖然在車外面，但電流仍在車裡迴盪。我也想下車，陪她走向她的家門，就為了跟她多相處片刻。

不能再犯錯。我踩下油門，她消失在我身後時，我嘆口氣。我似乎總是跑向或逃離貝拉，而不是待在原處。如果我們想和平共處，我就必須找到辦法堅守原地。

我開車經過家門，開往車庫時，屋子顯得平靜又靜默。但我能聽見屋裡有些騷動，包括說話聲和心聲。我瞥向我最喜愛的車——它目前依然完好如初——然後準備去面對美麗的食人妖。我還沒從車庫走進家裡，就被攔住。

一聽見我的腳步聲，羅絲莉就從前門快步出來，站在階梯底端，咬牙切齒。

我在二十碼外停步，姿態毫無敵意。我知道這是我活該。

「我真的很抱歉，羅絲莉。」她還來不及投來批評，我已經對她開口，因為我接下來大概沒機會說話。

她挺起肩膀，抬起下巴。

你怎麼可以這麼愚蠢？

艾密特慢慢來到她身後。我知道羅絲莉如果對我動手，艾密特會介入，不是為了保護我，而是為了避免她激得我還手。

「我很抱歉。」我再次對她說。

我看得出來她感到驚訝，因為我的口吻沒有諷刺，而且我很快就屈服了。但她太生氣，無法接受道歉。

你現在高興了嗎？

「不。」我難過的口氣證明了這個否認。

那你為何那麼做？你為什麼告訴她？就因為她問了？嚴厲的並不是這些字句本身，而是她的想法和語氣。她在腦海中想著貝拉的臉——我愛的那張臉龐的諷刺畫。在這一刻，羅絲莉對我的恨遠遠不及她對貝拉的恨。她想相信這股恨意是合理的，是因為我行為不當——貝拉現在成了問題，是因為她對我們來說是威脅，是個被違反的規矩。貝拉知道太多了。

但我看得出來，她這個判斷並不公正，因為她嫉妒那女孩，更何況我覺得貝拉遠比羅絲莉充滿吸引力。她的妒火轉移了事情的焦點。貝拉擁有羅絲莉想要的一切，她是人類，擁有選擇。羅絲莉大發雷霆，因為貝拉明明有其他選擇，卻還要跟我們這一族攪和。

羅絲莉心想，如果能再次成為人類，她願意跟樣貌平庸的女孩交換臉孔。

羅絲莉等候我的答案時，雖然試著別想這些事，但效果不佳。

「為什麼？」看我沒說話，她開口質問。她不希望我繼續觀看她的腦海。「你為什麼告訴她？」

「我其實很驚訝你能告訴她。」艾密特搶先我開口：「你就算在我們當中也很少說出那個字。那不是你最喜歡的字。」

他覺得我和羅絲莉在這件事上很像，我跟她都刻意避開我們討厭的非人生的頭銜。艾密特沒有這種保留。

擁有艾密特那種感受，會是什麼感覺？如此務實，了無遺憾，接受現況，繼續前進？我和羅絲莉如果能像他那樣，會變得比較快樂。

想到我跟羅絲莉之間的相似處，我能原諒羅絲莉繼續投向我的惡意。

「你說得沒錯，」我對艾密特說：「我自己應該說不出來。」

艾密特歪起頭。在他身後的屋裡，我能感受到其他人的震驚，只有艾利絲不覺得驚訝。

「那麼，為什麼？」羅絲莉嘶吼。

「別反應過度。」我沒抱多大期望。她瞪大眼睛。「那並不是刻意的透露，而是我們應該早就料到的。」

「你在胡說什麼？」她追問。

「貝拉和埃夫萊姆・佈雷克的曾孫是朋友。」

羅絲莉驚訝得愣住。艾密特也被嚇一跳。在這個話題上，他們倆跟我一樣沒做好準備。

卡萊爾出現在門口。這個話題不再是我和羅絲莉之間的吵嘴那麼簡單。

「愛德華？」他問。

「我們早該知道，卡萊爾。我們回來的時候，那些長老當然會警告下一代，而下一代當然不會把這個警告當一回事，對他們來說那只是個蠢故事。回答貝拉問題的那個男孩，根本不相信自己對她說的那些話。」

我並不急著目睹卡萊爾的反應。我知道他會如何反應。我現在專心聆聽艾利絲的房間，我想知道賈斯柏在想什麼。

「你說得沒錯，」卡萊爾說：「事情確實會這樣發展。」他嘆口氣。「埃夫萊姆的幼崽碰上一個聰明的聽眾，這純屬運氣不好。」

賈斯柏聽著卡萊爾的回應，感到擔憂。但他想的不是如何讓奎魯特族閉嘴，而是和艾利絲一起離開。

艾利絲正看著他對未來的計畫，準備一一反駁。她沒打算離開這裡。

「才不是運氣不好。」羅絲莉咬牙道：「那女孩知道一切，這是愛德華的錯。」

「的確，」我立刻同意：「這是我的錯，我真的很抱歉。」

少來了。羅絲莉把想法拋向我。**別搞乖乖挨罵那一套，別演這種懺悔戲**。

「我不是在演戲，」我對她說：「我知道這都是我的錯，我搞砸了一切。」

「艾利絲跟你說了我打算燒掉你的車，是不是？」

我微微一笑。「她是有說，但那是我活該。如果那麼做會讓妳心情比較好，那妳儘管動手。」

她看著我良久，想著破壞我的車。她在試探我，看我是不是在虛張聲勢。

我對她聳肩。「它只是個玩具，羅絲莉。」

「你變了。」她咬牙道。

我點頭。「我知道。」

她轉身，大步走向車庫。虛張聲勢的是她。如果燒了我的車也不會影響到我，這麼做就沒有意義。在我的家人當中，只有她跟我一樣愛車。我那輛實在太美，不值得隨意破壞。

艾密特看著她的背影。「你現在願意告訴我事情的來龍去脈嗎？」

「我不知道你在說什麼。」我無辜地說。他翻白眼，然後追上羅絲莉。

我看著卡萊爾，用脣形說出賈斯柏的名字。

他點頭。**嗯，我能想像。我會跟他談談**。

艾利絲來到門口，對卡萊爾說：「他在等你。」卡萊爾對她苦笑。我們雖然習慣了艾利絲的能力，但還是常常感到驚奇。卡萊爾從旁經過時，拍拍她留著黑色短髮的頭。

我在階梯頂端坐下，艾利絲在我身旁坐下，一起聽著樓上的對話。艾利絲一點也不緊繃，她知道這場談話會如何結束。她向我展示畫面，我的緊繃也隨之消失。衝突在發生前就結束了。賈斯柏和我們一樣欣賞並樂意追隨卡萊爾……除非他認為艾利絲可能會有危險。我發現我現在更容易理解賈斯柏的觀點。說來也怪，我在遇見貝拉之前，對很多事情不瞭解。她對我造成很大的改變，我沒想到我在改變的時候依然能當我自己。

chapter 13

另一個難題

我瞪著擋風玻璃外頭，

迎上他的視線。

我根本看不出他跟他爺爺之間的相似處，

因為我從沒見過埃夫萊姆的人類型態。

車上那人想必是比利・佈雷克，

連同他兒子雅各。

當天晚上，我回到貝拉的臥室，沒感覺到平時的罪惡感，就算我知道應該要有這種感覺。但我覺得這麼做是正確的行動——我現在唯一該做的事。我來這裡，是為了讓喉嚨灼痛。我要訓練自己能無視她的氣味。我做得到。我不會讓這成為我們之間的問題。

說來容易，做來難。但我知道這麼做會有幫助。多加練習，忍受痛楚，讓這成為最強烈的反應，排除掉我體內的慾望。

貝拉今晚睡得不好。看著她翻來覆去，聽見她不斷呢喃我的名字，我也覺得不好受。在她漆黑的臥室裡，我在生物課教室感覺到的吸引力更為強烈。她雖然不知道我在這裡，但似乎能感覺到。

她醒來不只一次。第一次的時候，她沒睜開眼睛，只是把頭埋在枕頭底下，發出呻吟。這對我來說是好運氣——我不配擁有第二次機會，因為我沒趕緊離開，而是坐在最遠的陰暗角落的地板上，相信她的人類眼睛看不見我。

她沒發現我，就算她曾起身下床，去浴室裡倒杯水。她動作氣沖沖，彷彿因為睡得不好而沮喪。我希望自己能做些什麼，例如像上次那樣幫她從櫥櫃裡拿出厚毛毯。但我只能看著她，忍受喉嚨灼痛，幫不上她的忙。她終於陷入無夢的昏睡狀態時，我鬆了一口氣。

天色從黑色轉為灰色時，我藏身於樹，屏住呼吸，這次是為了留住她的氣味。我拒絕讓純淨的早晨空氣減緩喉嚨裡的痛楚。

我聽著查理弄早餐，還是一樣很難聽清楚他的心聲。說來也妙，我能猜測他的話語背後的原因，我幾乎能感覺到他的意圖，但就是沒辦法讓它們成為完整的句子。我不禁希望他的父母依然健在，我很想看看這個基因特徵的來源。

根據他模糊不清的想法和說出的話語，我能拼湊出他今天早上的心情。他擔心貝拉的身心健康。和我一樣，他也擔心貝拉獨自前往西雅圖，只不過沒我那麼瘋狂地擔心。這應該是因為他的情報沒我完整，他根本不知道她最近經歷過多少危險。

她小心翼翼地答覆他，遊走於說謊邊緣。她顯然不打算讓他知道她改變了計畫，或是關於我的事。

查理擔心的另一件事，是她不打算參加星期六的舞會。她對此感到失望？她覺得遭到排斥？學校的男孩們對她不好？他感到無助。她雖然看起來並不難過，但他懷疑她是刻意不讓他知道壞消息。他決定在白天時打電話給她的母親，尋求建議。

至少我認為他是這麼想的。我可能有弄錯某些部分。

查理上車時，我回到自己的車上。他駕車拐過轉角後，我就開進車道等候。我看見她的窗簾挪動，然後聽見她匆忙下樓。

我待在車上，沒下車幫她開門——也許我該這麼做，但我覺得現在更重要的是觀看。她的行為總是令我出乎意料，我需要能準確預測她，我需要研究她，看她獨自一人時如何行動，以便猜測她的動機。她在車外遲疑片刻，然後開門上車，微微一笑——好像有點害羞。

她今天穿著深咖啡色的高領毛衣，雖然不是緊身款式，但依然服貼。我不禁想念那件難看的毛衣，那件比較安全。

我應該觀察她的反應，我卻突然被自己的反應弄得不知所措。我和她面對這麼多問題，我不知道我為什麼還能覺得如此平靜，但跟她在一起，痛苦和焦慮就會煙消雲散。

我從鼻孔深吸一口氣——喉嚨灼熱，看來不是所有痛苦都消失無蹤——綻放笑容。

「早安。今天好嗎？」

她的臉龐反應了昨晚沒睡好。她的透明肌膚藏不住祕密，但我知道她不會抱怨。

「很好，謝謝。」她再次面露微笑。

「妳看起來很累。」

她低下頭，甩甩頭髮，這個動作似乎出於自然。頭髮遮住了她的左臉頰。「睡不著。」

我對她咧嘴笑。「我也是。」

她發笑，我把她的快樂之聲吸進體內。

「我猜也是。」她說：「我想我只比你多睡一點而已。」

「我也這麼想。」

她隔著頭髮瞥向我，眼裡露出我認得的光芒，是好奇。「所以你昨天晚上做了什麼？」

我輕聲發笑，慶幸有理由不用對她說謊。「別來這套，今天換我問問題了。」

她的眉心微微浮現皺痕。「噢，對喔。你想知道什麼？」她的語氣略帶懷疑，彷彿不相信我真的感興趣。她似乎根本不知道我多麼好奇。

有太多事情是我不知道的。我決定慢慢來。

「妳最喜歡什麼顏色？」

她翻白眼——還在懷疑我有多感興趣。「每天都不一樣。」

「妳今天最喜歡什麼顏色？」

她停頓一秒。「應該是棕色吧。」

我以為她在跟我開玩笑，所以我也換上諷刺的口吻。「棕色？」

「當然。」她說，然後出乎意料地換上辯駁口吻。也許我早該料到，她不喜歡被批評。「棕色很溫暖，我想念棕色。原本應該是棕色的東西，像是樹幹、岩石、塵土……在這裡都沾上了泥濘狀的綠色玩意兒！」

她的口吻讓我想起她之前在睡夢中的抱怨。**太綠了**——這就是她的意思？我瞪著她，覺得她說得一點也沒錯。說真的，現在看著她的眼睛，我意識到我也最喜歡棕色。我想像不出還有什麼顏色更美。

「妳說得對，」我告訴她：「棕色很溫暖。」

她微微臉紅，下意識地靠向椅背。為了看清楚她的臉，我小心翼翼地把她的頭髮撥到她肩後，並全程做好心理準備，以防她突然做出什麼反應。她唯一的反應是心跳突然加速。

我拐進學校的停車場，停在我平時那個位子——今天被羅絲莉占據——的旁邊。

「妳現在聽的是哪一張CD？」我邊問邊拔出鑰匙。她睡覺的時候，我因為不相信自己的定力而不敢靠近她，我現在很想知道答案。

她歪起頭，彷彿試著回想。「噢，我想起來了，」她說：「是聯合公園的《混合理論》。」

跟我預料的不一樣。

我從車上的CD堆裡抽出同一張唱片，試著想像這張專輯對她來說有什麼意義。它似乎不符合我見過的她的心情，但我對她還有太多地方不瞭解。

「從德布西換成這個？」我提出好奇。

她瞪著專輯的封面，我還是看不懂她的表情。

「妳最喜歡這張專輯的哪首歌？」

「嗯……」她還在看著唱片封面。「《如影隨形》吧。」

我回想這首歌的歌詞。「為什麼是這首？」

她微微一笑，聳個肩。「我也不確定。」

這個答覆沒多大幫助。

「妳最喜歡哪部電影？」

她思索片刻。

「我恐怕沒辦法只選一部。」

「那麼，哪『幾』部電影？」

她點頭，下了車。「嗯……絕對包括《傲慢與偏見》，柯林‧佛斯演的那六集。《迷魂記》。還有……《聖杯傳奇》。還有更多……但我一時想不起來……」

「妳想起來的時候告訴我。」我們走向她的英文課教室。「妳繼續想的時候，告訴我妳最喜歡什麼味道。」

「薰衣草，或者該說……洗好的衣服。」她原本看著前方，但突然瞥向我，臉頰微微泛紅。

「還有嗎？」我催促，搞不懂她這個眼神是什麼意思。

「沒有了，就這些。」

我不確定她為何如此簡化答案，但我寧可認為是她刻意簡化了。

「妳最喜歡什麼糖？」

她在這個提問上做出肯定答覆。「黑甘草糖和小鬼頭酸味軟糖。」

我對她這種熱忱綻放微笑。

我們來到她的教室，但她在門口猶豫。我也不急著跟她分開。

「妳最想去哪旅遊？」我假設她的答覆不會是國際漫畫展。

她歪起頭，瞇眼沉思。教室裡的梅森先生清清喉嚨，要全班注意他即將開始上課。她快遲到了。

「妳慢慢想，午餐時間給我答案。」我提議。

她咧嘴笑，朝門伸手，然後轉身看著我。她的笑意淡去，眉心再次皺起。

我原本想問她在想什麼，但這會害她遲到而惹上麻煩，而且我大概知道她在想什麼。至少，門扉關上的時候，我知道我有什麼感受。

我逼自己綻放鼓勵的微笑。梅森先生開始講課時，她匆忙進教室。

我快步走向自己的教室，我知道我今天會再次無視周遭一切。但我失望了，因為她早上這堂課沒人跟她說話，所以我沒有新的發現。我只瞥見她發呆，表情難辨。時間過得格外緩慢，我等著再次親眼看到她。

她走出三角函數課的時候，我就在外頭等她。其他學生旁觀我們，但貝拉只是快步走向我，面帶微笑。

「《美女與野獸》，」她宣布：「還有《帝國大反擊》。我知道大家都喜歡這片，不過……」她聳肩。

「出於充分理由。」我向她保證。

我們邊走邊聊。我已經很自然地縮短步幅，而且低下頭，以便跟她的頭靠得更近。

「妳有沒有考慮過關於旅行的那題？」

「嗯……我認為應該是愛德華王子島，你知道，因為《清秀佳人》。但我也想看看紐約，我從沒去過那種到處都是摩天樓的大城市，我只見過洛杉磯和鳳凰城那種很寬廣的城市。我想試試看攔計程車。」她發笑。「然後，如果我能去任何地方，我想去英國，去看看我在書上看過的那些東西。」

這跟我接下來的疑問有關，但我想先釐清幾件事。

「告訴我，妳已經看過、而且是妳最喜歡的地點。」

「嗯……我喜歡聖莫尼卡碼頭。我媽說蒙特雷比較好，但我們沒去那麼偏北邊的海岸，我們平時都待在亞歷桑那。我們沒多少時間能旅行，她也不想把那些時間浪費在車上。她想去看看據說鬧鬼的地方，像是傑羅姆鎮、城堡圓頂鎮……任何鬼城都行。我們一隻鬼也沒看到，她說那是我的錯，我的懷疑心態太重，結果把它們全嚇跑了。」她再次發笑。「她很喜歡文藝復興博覽會，我們每年都會去勾德峽谷參加當地的……好吧，我今年錯過了。我們有次在索爾特河看到野馬，那真的很酷。」

「妳去過離家最遠的地方是哪？」我開始有點擔心。

「應該是這裡吧，」她說：「至少是鳳凰城以北最遠的地方。如果是以東……阿布奎基市，但我當時太小了，沒什麼印象。以西的話，大概是拉布席那個海灘。」

她突然不說話。也許她想到上次去拉布席、在當地的發現。此刻，我們在學生餐廳裡排隊，她很快選好了要吃的東西，而不是等我每一種都買一個。她也很快地自行付了帳。

「妳未曾出國？」來到我們專屬的座位，我追問。我不禁在想，也許就是因為我坐在這裡，其他人才不敢接近這個桌位。

「還沒有。」她的語調愉快。

她雖然才十七歲，但我還是感到驚訝，連同……愧疚。她見識過的東西這麼少，體驗過的東西少得可憐。她不可能真正地知道自己想要什麼。

「《千鈞一髮》。」她若有所思地咬一口蘋果，沒注意到我的心情突然改變。「好電影，你看過沒有？」

「有，我也喜歡。」

「你最喜歡的電影是什麼？」

我搖頭微笑。「今天不是輪到妳發問。」

「說真的，我這個人超無聊的，你一定沒問題可問了。」

「今天輪到我問問題，」我提醒她：「而且我一點也不覺得無聊。」

她噘嘴，彷彿對我感興趣的程度有意見，但綻放笑容。我猜她不太相信我的說詞，但她決定公平點，畢竟今天輪到我問問題。

「跟我說說書的事。」

「你不能叫我只選一本。」她堅持。

「我不會這麼做。把妳喜歡的都告訴我。」

「我該從哪說起？嗯……《小婦人》，這是我讀過的第一本書，我每年都會重讀一次。奧斯汀的書我都喜歡，雖然我沒那麼喜歡《愛瑪》——」

我知道她喜歡奧斯汀，我那天注意到她那本破舊的小說集，但我對結論感到好奇。

「為什麼？」

「唉，因為她太自大了。」

我對她露齒而笑，繼續說下去，但沒催促。

「《簡愛》，我也常讀這本，那才是我心目中的女主角。勃朗特的作品我都喜歡。我還喜歡……當然，《梅岡城故事》。《華氏四百五十一度》。《納尼亞傳奇》系列，尤其是《黎明行者號》。還有《亂世佳人》。道格拉斯・亞當斯、大衛・埃丁斯、歐森・史考特・卡德，還有羅賓・麥金萊的作品。我有沒有提到露西・莫德・蒙哥馬利？」

「剛剛聽妳提到最想去的旅行地點，我就猜到妳喜歡她。」

她點頭，然後顯得困惑。「你還想聽嗎？我說得太多了。」

「想，」我向她擔保：「我想聽更多。」

「我不按照順序排列喔。」她警告我：「我媽有一大堆扎內・格列的平裝書，其中一些很不錯。莎士比亞，尤其是喜劇。」她咧嘴笑。「瞧，已經沒順序了。嗯……阿嘉莎・克莉絲蒂的作品我都喜歡。安・麥考菲利的龍系列……說到精采的龍作品，我喜歡喬・沃爾頓的《牙齒與爪》。《公主新娘》，小說比電影版好太多了……」她用手指敲敲嘴唇。「還有一大堆，但我的腦子又一片空白。」

她顯得有點緊繃。

「目前先這些。」她在虛構世界中的探索比在現實生活中更多，我沒想到她說出一本我還沒讀過的書，我得去弄一本《牙齒與爪》來看看。

我能在她身上看到那些作品的要素——書中角色們塑造了她的世界。她身上有點簡・愛的影子，還有思葛・芬奇、喬・瑪奇、愛蓮娜・達斯伍，以及露西・佩文西。我相信只要我更瞭解她，就能看出更多關聯。這感覺就像玩一幅擁有數十萬個碎片的拼圖，而且沒有完成圖可供參考。很耗時間，陷阱很多，但我終究能看見整個圖案。

她打斷我的思緒。「《似曾相識》。我愛死那片，我竟然沒一開始就想到。」

它不是我最喜愛的作品之一。一對戀人得等到死後才能在天堂相聚，我就是難以接受。我改變話題。

「跟我說說妳喜歡的音樂。」

她嚥口水，然後莫名其妙地臉紅。

「怎麼了？」我問。

「這個嘛，我應該不算……很懂音樂。聯合公園那張CD是費爾送我的禮物，他想讓我的喜好更接近現代。」

「妳在認識費爾之前，喜歡什麼樣的音樂？」

她嘆氣，無奈地兩手一攤。「我媽聽什麼，我就聽什麼。」

「古典音樂？」

「有時候。」

「其他時候？」

「賽門與葛芬柯。尼爾・戴門、瓊妮・密契爾、約翰・丹佛……之類的。她跟我一樣，她母親聽什麼，她就聽什麼。我們開車旅行的時候，她喜歡跟著唱。」她突然露齒而笑，不對稱的酒窩為之浮現。「還記得我們之前討論過什麼叫做害怕嗎？」她發笑。「你得聽聽我和我媽試著唱《歌劇魅影》主題曲的高音，你才會知道何謂真正的恐懼。」

我跟著她一起笑，但確實希望我能目睹並聽見那一幕。我想像她坐在車上，駛過明亮而蜿蜒的沙漠道路，車窗搖下，陽光襯托出她頭髮裡的紅澤。我真想知道她母親是什麼模樣、開的是什麼樣的車，好讓我腦海中這幅景象更為準確。我想在場聽見她駭人的歌聲，看著她在陽光下微笑。

「最喜歡的電視節目？」

「我不常看電視。」

我不禁好奇，她是不是因為擔心我會覺得無聊而不想談到細節。如果我問幾個輕鬆的問題，她就會放鬆。

「可口可樂還是百事可樂？」

「胡椒博士。」

「最喜歡的冰淇淋口味？」

「餅乾麵團。」

「披薩？」

「起司。是很無聊，但這口味才是王道。」

「美式足球隊？」

「呃，跳過？」

「籃球？」

她聳肩。「我不太懂運動。」

「芭蕾舞還是歌劇？」

「芭蕾舞吧。我從沒看過歌劇。」

我沒意識到，我這份清單除了能讓我瞭解她，也另外有個用途：我得知哪些東西讓她感到開心。我能送她什麼禮物。我能帶她去什麼地方。小東西，大東西。我雖然沒天真到想像我在她的人生裡能有那麼重要的地位，但我真的很希望……

「妳最喜歡什麼寶石？」

「黃寶石。」她口氣堅定，但突然眼神變得緊繃，臉頰漲紅。

我之前問起氣味的時候，她也有這種反應。我當時沒追問，但這次不同。之前那次的好奇心已經夠讓我難受了。

「這個問題為什麼讓妳覺得……難為情？」我不確定我有沒有誤判她的情緒。

她趕緊搖頭，低頭瞪著自己的手。「沒什麼。」

「我想明白原因。」

她又搖頭，依然拒絕看著我。

「拜託，貝拉？」

「下一題。」

這讓我迫切想知道答案。我感到洩氣。

「告訴我。」我堅稱，口氣不禮貌。我立刻感到慚愧。

她沒抬頭，只是用指尖勾轉一綹頭髮。

但她終於回答。

「因為這是你今天眼珠的顏色。」她坦承。「我猜，如果你過兩星期再問我這個問題，我會說是黑瑪瑙。」

就像我現在最喜歡的顏色是巧克力般的深棕色。

她的肩膀下垂，我突然認出她的姿勢。就跟昨天一樣，她不太願意回答我的問題——她是不是相信她在乎我多過我在乎她。我害她碰上同樣的窘境，她承認了她多麼喜歡我，卻沒獲得我做出同樣的承諾。

我詛咒自己的好奇心，接著繼續問問題。也許看我這麼在乎她個性方面的細節，她就會相信我對她多麼感興趣。

「妳最喜歡什麼花？」

「呃，大麗花，我喜歡它的模樣。味道的話，我喜歡薰衣草和紫丁香。」

「妳不喜歡看運動比賽，但有沒有參加過什麼球隊？」

「只有在學校，他們逼我的時候。」

「妳母親沒讓妳參加足球隊？」

她聳肩。「我媽喜歡把週末留作冒險之用。我參加過女童軍一陣子，她有次讓我去學跳舞，但那是個錯誤。」她挑眉，彷彿看我敢不敢懷疑她。「她覺得那樣很方便，因為我放學就能走去舞蹈教室，但任何便利性都不值得那種混亂場面。」

「混亂場面，真的？」我狐疑地問。

「我如果有賈米涅夫小姐的電話號碼，她應該願意作證。」

她突然抬頭。我們周圍的學生們正在收拾東西。時間怎麼會過得這麼快？

她做出反應，站起身，我也跟著站起，把她的垃圾收在托盤上，她背上背包。她伸手過來，彷彿想從我手中拿走托盤。

「我來。」我說。

她悶哼一聲，有點不高興。她還是不喜歡被照顧。

我們走去生物課教室的時候，我沒辦法把注意力放在我那些尚未獲得解答的疑問上。我想起昨天，我好奇昨天那股渴望和電流今天會不會出現。果不其然，電燈關掉的瞬間，那些強烈的慾望全都回來了。我今天有把椅子放得稍微離她遠一點，但這麼做沒幫助。

我的自私面認為牽她的手不算有錯，甚至提議這是測試她如何反應的好辦法，可以讓我為跟她獨處時做好準備。我盡量試著無視我心中的自私之聲和引誘。

就我看來，貝拉也在嘗試。她向前傾身，下巴壓在雙臂上，我看得出她輕輕抓住桌底下的邊緣，指關節發白。我不禁好奇，她正在對抗的是哪種誘惑。她今天沒看我，一次也沒有。

我對她還有太多地方不瞭解，太多我不能問的事。

意識到自己的身體稍微傾向她，我立刻後退。

燈光重啟後，貝拉嘆口氣，我總覺得她的表情算是「安心」。為什麼安心？

我陪她走去她的下一堂課，對抗跟昨天一樣的內心掙扎。

她在門前停步，抬頭用深邃的眼睛看著我，眼神清澈。這個表情是期待？還是困惑？是邀約還是警告？她究竟想要什麼？

這只是個提問。我告訴自己，我的手下意識地伸向她的手。**另一種形式的提問**。

我屏住呼吸，用手背擦過她的側臉，從太陽穴滑過尖下巴。就和昨天一樣，她的肌膚十分溫暖，她的心跳加速。她稍微偏了偏頭，靠向我的手。

這是另一種答覆。

我再度立刻走離，知道在這方面的自我控制已經毀了，我的手又出現無痛的刺痲感。

我來到西班牙文課的教室，艾密特已經就座。班恩・錢尼也是。不是只有這兩人注意到我進來。我聽得見其他學生的好奇心，他們想著我和貝拉的名字，產生懷疑……

人類當中，只有班恩沒在想貝拉。看到我出現，他有點不高興，但沒表現出敵意。他已經跟安琪拉談過，約好了這個週末約會。她對他的邀約做出熱情回應，他到現在還飄飄然。他雖然對我的動機充滿警戒，但也注意到我就是讓他這麼開心的媒介。只要我別惹安琪拉，他就不會找我麻煩。他甚至對我有點感激之意，雖然他根本不知道這個結局就是我要的。他似乎是個聰明人——我對他的評價提高了。

貝拉在體育課，但跟昨天課堂的下半場一樣沒參加活動。麥克・紐頓每次看著她，她就會望向遠方，顯然在想別的事。麥克猜想，不管說什麼，她都會覺得討厭。

看來我從頭到尾都沒機會。他既無奈又悶悶不樂。**怎麼會這樣？好像一個晚上就變了。看來庫倫想要什麼，很快就會得手**。他想像我「得到」什麼東西的畫面實在下流，我停止聆聽。

我不喜歡他的觀點，彷彿貝拉沒有自己的意願，但從頭到尾都是她在選擇，不是嗎？如果她叫我離她遠一點，我就會轉身離去。但從以前到現在，她都希望我留下。

我的心思回到所在的教室，很自然地聽著我最熟悉的聲音，但我跟平時一樣想著貝拉，所以我沒意識到自己聽見什麼。

然後我用力咬牙，就連我旁邊的人類們也聽得見喀嚓聲。一個男孩掃視周圍，尋找這個聲響的來源。

哎呀。艾密特心想。

我握起雙拳，逼自己留在原位。

抱歉，我原本試著別想那件事。

我瞥向時鐘。我得再忍十五分鐘才能對他的臉揮拳。

我不是故意的。嘿，我是站在你這邊的，不是嗎？說真的，賈斯柏和羅絲莉竟然敢跟艾利絲打賭，只不過是犯傻而已。這筆錢我一定贏得很輕鬆。

他們打賭貝拉這個週末會不會死。

還剩十四分鐘又三十秒。

艾密特扭捏不安，清楚知道我靜止不動意味著什麼。

別這樣啦，愛德華。你也知道這只是開玩笑。況且，重點其實根本不是那女孩。你比我更清楚羅絲莉究竟怎麼回事。我猜是你跟她之間有過節。她還在生氣，她也絕不會承認她其實在替你加油。

他總是寬恕羅絲莉，而我雖然知道我剛好相反——我總是對她很嚴厲——但我不認為他這次是對的。羅絲莉會很樂意見到我在這件事上失敗。她會很樂意見到貝拉的錯誤決定引來她認為應有的下場。她到時候還是會嫉妒，因為貝拉的靈魂能升天。

至於賈斯柏——這個嘛，你也知道。他受夠了當最弱的一環。你在自制力這方面太完美了，開始讓人很討厭。卡萊爾不一樣。承認吧，你有點……沾沾自喜。

還剩十三分鐘。

對艾密特和賈斯柏來說，這只是我給自己挖出來的坑。無論成功還是失敗，對他們來說，這只是個跟我有關的趣聞。貝拉不是重點，她的生命只是他們拿來下注的話題。

別放在心上。

那我還能放在哪？十二分鐘又三十秒。

你希望我退出這場賭局？我能配合。

我嘆口氣，讓身子放鬆。

發脾氣有什麼用？難道我應該因為他們無法明白而責怪他們？他們怎麼可能明白？

這麼做根本沒意義。我雖然氣惱，不過……如果改變的不是我的人生，如果事情跟貝拉無關，我跟他們會有什麼不同？

總之，我現在沒時間跟艾密特吵架。我要等貝拉離開體育課，我有太多謎團要解開。

鈴聲響起，我衝出教室，聽見艾密特鬆一口氣，但我沒理他。

貝拉走出體育館，看到我，因此臉上出現笑容。我感覺到今早在車上感受到的安心感，我心中所有的懷疑和苦惱似乎全都卸下了。我知道它們依然是真的，但我能看到她的時候，它們似乎不再那麼沉重。

「跟我說說妳的家。」我們走向我的車時，我問：「妳想念什麼？」

「呃……我住的房子？還是鳳凰城？還是你指的是這裡？」

「以上皆是。」

她狐疑地看著我，似乎不確定我是不是認真的。

「拜託？」我邊問邊幫她開門。

她挑起一眉，上了車，依然感到懷疑。

我也上車，我們再次獨處時，她似乎很放鬆。

「你從沒去過鳳凰城？」

我微笑。「沒去過。」

「瞭解，」她說：「也對，因為太陽。」她思索片刻。「太陽會對你造成某種問題？」

「沒錯。」我沒打算試著說明答案，因為這件事要親眼目睹才容易瞭解。此外，鳳凰城有點太靠近南方那些氏族占領的土地，但我也不想細談這件事。

她等候，不確定我會不會詳細說明。

「那麼，跟我說說我從沒看過的這個地方。」我催促。

她思索後開口：「整體來說，那座城市很平坦，建築物頂多兩層樓。市中心雖然有幾棟小型的高樓，但那裡離我住的地方滿遠的。鳳凰城很大，進出郊區需要開很遠的路，隨處可見灰泥、瓷磚和碎石。那裡到處都很堅硬，大部分的東西都有尖刺，不像這裡一片柔軟蓬鬆。」

「可是妳喜歡那裡。」

她點頭，咧嘴笑。「那裡真的很……開放，放眼望去都是天空。當地的山其實只是山丘——堅硬、多刺的丘陵。整個山谷很像一個很淺的大碗，感覺裡頭總是裝滿陽光。」她用手勢描述形狀。「跟這裡相比，那裡的植物很像當代藝術，充滿角度和線條，大多都帶刺。」她再次露齒而笑。「但它們也充滿開放感，就算有葉子也是很稀疏的那種。那個地方藏不了東西，也沒有任何東西能擋住陽光。」

我把車停在她家門前那個我常停的位置。

「不過呢，那裡偶爾會下雨，」她修正說詞：「不過那裡的雨不一樣，更刺激。很多雷電和暴洪，不像這裡是天天下不停的毛毛細雨。而且那裡的味道比較好，因為木餾油的關係。」

我知道她指的是沙漠的長青灌木，我只有一次晚上在南加州開車時見過，看起來沒什麼特別。

「我從沒聞過木餾油的味道。」我坦承。

「它們只有在雨天才有味道。」

「聞起來像什麼？」

她思索一會兒。「聞起來既甜又苦，有點像樹脂，也有點像藥。我這樣形容聽起來很糟。它聞起來很新鮮，就像乾淨的沙漠。」她咯咯笑。「我這樣形容好像沒幫助？」

「剛好相反。既然我沒去過亞歷桑那，我還錯過了什麼？」

「巨人柱仙人掌，但你應該看過照片。」

我點頭。

「你如果親眼目睹，就會發現它們比你想像的還大。初次見到的人都會感到驚訝。你有沒有住過有蟬的地方？」

「有，」我發笑。「我們在紐奧良住過一陣子。」

「那你懂我的意思。」她說：「我去年夏天在一個苗圃打工，蟬的叫聲就像釘子刮過黑板，快把我逼瘋了。」

「還有什麼？」

「嗯……那裡的顏色不一樣。當地的山——或者該說丘陵——大多都是火山，很多紫色的岩石，色澤很深，所以會吸熱。柏油路也是。夏天的時候總是熱烘烘——『人行道能煎蛋』可不只是都市傳說。不過當地的高爾夫球場有很多綠意。也有些人養草地，雖然我覺得那麼做很瘋狂。總之，顏色的對比很酷。」

「妳最喜歡在哪裡消磨時間？」

「圖書館。」她咧嘴笑。「如果你還看不出來我很宅，那我這個答案應該很明顯了。我覺得我好像看過我家附近那間小圖書館的每一本小說。我拿到駕照後，第一個去的地方就是市中心的中央圖書館，我真想住在裡頭。」

「還有哪裡？」

「我們夏天的時候會去仙人掌公園的游泳池。我學會走路之前，我媽就讓我去學游泳，因為新聞上常常報導幼兒溺水，所以她很緊張。冬天的時候，我們會去走鵰公園，那裡雖然不大，但有個小湖，我小時候會在那裡放紙船。不是很刺激啦，我一直試著讓你明白這點……」

「我覺得聽起來很可愛。我對我小時候的事沒多少印象了。」

她收起逗弄我的微笑，皺起眉頭。「那對你來說一定很困難，而且怪異。」

現在輪到我聳肩。「我只知道這些。沒什麼好擔心的。」

她沉默一會兒，思索我這番話。

看她一直沒說話，我終於問道：「妳在想什麼？」

她的微笑變得比較低調。「我有很多疑問，可是我知道——」

我們接著同時開口。

「今天輪到我。」

「今天輪到你。」

我們也同時發出笑聲。像這樣跟她在一起，就是讓我這麼放鬆，彼此接近得剛剛好，感覺危險似乎在千里之外。我開心得幾乎沒感覺到喉嚨裡的疼痛。這股痛楚雖然有點強烈，但跟她相比就是不值得我在意。

「我讓你喜歡上鳳凰城沒有？」她沉默片刻後開口。

「也許妳需要再說服我一番。」

她陷入沉思。「那裡有一種相思樹，我不知道它究竟叫什麼，看起來就跟其他類似的樹一樣，帶刺、半枯。」她臉上突然出現思鄉之情。「但在春天，它會長出毛茸茸的黃花，看起來就像絨球。」她用拇指和食指比出大小。「那種花的味道……很神奇，非常不一樣，很清淡，很雅致——微風會讓你聞到味道，但是稍縱即逝。之前談到我最喜歡的氣味時，我真該提到這種花。我希望有人把它做成蠟燭之類的。」

她突然改變話題。「還有，當地的夕陽實在不可思議，我說真的，這裡絕對看不到那種景象。」她又思索一會兒。「就算在大白天，天空——這就是最大的差別。那裡的天空不是這裡那種藍色——雖然這裡很少看得見天空。那裡的更亮、更淡，有時候幾乎是白色，而且無所不在。」她用手勢強調這番話，劃個弧線。「那裡的天空更大。如果稍微遠離城市的燈火，就能看到無數繁星。」她露出愁悶的笑容。「你真該挑個晚上去看看那裡。」

「那裡對妳來說很美。」

她點頭。「也許不是每個人都會覺得很美吧。」她停頓，若有所思，但我看得出她還沒說完，所以我讓她思索。

「我喜歡那裡的……極簡風格，」她做出決定：「那個地方讓人覺得坦率，不會隱藏任何東西。」

我思索這裡有什麼東西瞞著她，我懷疑也許她這番話表示她知道這點，她知道她周圍有看不見的黑暗。但她盯著我，眼裡不帶批判。

她沒再添加什麼。看她稍微低下頭，我猜她可能又覺得自己太多嘴。

「妳一定很想念那裡。」我催促。

她的表情沒像我預料的那樣變得複雜。「一開始是這樣。」

「但現在？」

「我猜我已經習慣了這兒。」她微笑，彷彿已經接受了森林和雨水。

「跟我說說妳在那裡的家。」

她聳肩。「沒什麼特別。就像我剛剛說過的，灰泥和瓷磚。房子是一層樓，有三間臥室，兩間浴室。我最想念我那間小浴室，跟查理共用一間浴室真的很麻煩。屋外是碎石路和仙人掌。屋裡所有東西都來自七〇年代——木製牆板、油氈地板、厚毛地毯、層壓板流理臺……之類的。我媽不喜歡搞翻修，她宣稱那些舊東西很有個性。」

「妳的臥室是什麼模樣？」

她的表情讓我覺得我好像錯過了什麼笑話。「現在？還是我住在那兒的時候？」

「如果說現在？」

「好像成了瑜伽房，我的東西都被搬進車庫。」

我驚訝地看著她。「妳回去的時候怎麼辦？」

她顯得不在乎。「我們會想辦法把床鋪塞進去。」

「妳不是說有第三間臥室？」

「那是她的工藝室，除非發生奇蹟，否則裡頭不可能塞得下床鋪。」她發出歡笑。我原以為她會想多跟她母親相處，但她說話的方式，彷彿她在鳳凰城的時光是過去式而非未來式。我意識到這讓我感到安心，但我不動聲色。

「妳住在那兒的時候，妳的房間是什麼樣子？」

她微微臉紅。「呃，很亂。我不是井然有序的那種人。」

「說給我聽聽。」

她又對我露出「你一定在開玩笑吧」的表情，但看我神情堅定，她乖乖照做，用手勢輔助說明。

「那是個很狹窄的房間，南側的牆壁放了一張雙人床，北側的窗前放著梳妝臺，中間是很窄的走道。房間裡有個小小的步入式衣帽間，可惜我都沒在整理，根本走不進去。我在這裡的臥室比較大，也比較整齊，可是這是因為我才剛搬來，還沒時間弄亂。」

我維持面無表情，因為我清楚知道她在這裡的房間是什麼模樣，我也因為得知她在鳳凰城的房間比這裡的更雜亂而感到驚訝。

「呃……」她看著我，想知道我是不是想知道更多，我點頭鼓勵她。「吊扇壞了，只有電燈還能用，所以我在梳妝臺上放著一架很吵的大電扇，在夏天的時候聽起來就像風洞。但以睡覺來說，電扇的聲響遠遠好過這裡的雨聲，這兒的雨聲節奏不夠一致。」

想到下雨，我瞥向天空，看到天色已暗，我大吃一驚。我實在搞不懂，我跟她在一起的時候，時間為什麼就像經過扭曲壓縮。我們的共處時間已經結束了？

她誤會了我為何分心。

「你問完了？」她顯得放鬆。

「還早呢，」我告訴她：「可是妳父親快到家了。」

「查理！」她倒抽一口氣，彷彿忘了他的存在。「現在多晚了？」她邊問邊查看儀表板的時鐘。

我瞪著雲層——它們雖然很厚，但太陽顯然就躲在後面。

「現在是暮光時分。」我說。吸血鬼出來嬉戲的時分——我們不用再擔心雲朵挪移、陽光洩漏而給我們造成麻煩——我們能享受天上最後一抹光明，而不用擔心自曝身分。

我低下頭，發現她好奇地瞪著我，她透過我的語氣明白我的意思。

「對我們來說，這是一天當中最安全的時候，」我解釋：「最輕鬆的時候。但從某方面來說，也是最令人難過的時候……一天的結束，夜晚的歸來。」這麼多年的夜晚。我試著甩掉語氣裡的沉重感。「黑暗總是千篇一律，妳不覺得？」

「我喜歡夜晚。」她跟平時一樣唱反調。「沒有黑暗，我們就看不見星辰。」她皺眉。「雖然這裡很少看得見星星。」

看到她這副表情，我發出笑聲。看來她還是不喜歡福克斯。我想起她描述在鳳凰城看過的星星，我懷疑也許它們就像阿拉斯加的星星——明亮、清晰，近在眼前。我真想今晚就帶她去阿拉斯加，以便比較，但她有正常的生活要過。

「查理再過幾分鐘就會回來。」我告訴她。我勉強聽見他的心聲，距離大約還有一哩，他正緩緩駛來，而且正想著她。「所以，除非妳打算告訴他妳星期六要跟我……」

我明白，貝拉出於許多理由而不想讓她父親知道她跟我的關係。但我希望……不只因為我需要藉此鼓勵自己保護她，不只因為我認為我的家人遭到的威脅能幫忙控制我體內的怪物。我希望她會……想讓她父親認識我，讓我成為她這個正常人生的一部分。

「謝謝，但還是免了。」她立刻說。

這當然是不可能的願望，就跟其他諸多願望一樣。

她開始收拾東西，準備下車。「所以明天輪到我？」她用明亮又好奇的眼睛看著我。

「當然不是！我不是跟妳說過我還沒問完？」

她困惑皺眉。「還有什麼要問的？」

一切。「妳明天就會知道。」

查理越來越近。我傾身幫她開門，聽見她的心跳加速。我和她對視，她似乎又在對我提出邀請。我能再一次觸摸她的臉嗎？

然後我僵住，我的手抓住她那一側的門把。

另一輛車正接近轉角。那不是查理的車，他還在兩條街外，所以我沒理會這輛車裡的陌生心聲，我猜這輛車正開往街上的某個住處。

但某個字眼抓住我的注意力。

吸血鬼。

應該不會給我兒子帶來任何威脅。沒理由在這兒碰到任何吸血鬼。那人心想，**就算這裡是中立領土。希望帶兒子進城不是錯誤決定。**

怎麼會這麼巧？

「不妙。」我輕聲道。

「怎麼了？」她焦急地試著看懂我的表情變化。

我現在根本什麼也做不了。真倒楣。

「另一個難題。」我坦承。

那輛車拐進這條短街，朝查理的房子而來。車頭燈照亮我的車，我聽見這輛老舊的福特天霸裡的另一個心靈，是個興致勃勃的年輕人。

哇塞，那是S60R——賽車版？這是我第一次親眼見到，好酷。不知道是誰開的？客製化上色的前導流板……紋熱熔胎……那輛車一定有夠快。我得看看它的排氣管……

我沒把心思放在男孩身上，雖然我知道如果換作平時，我會很喜歡聽見這種愛車人士的興奮發言。我打開她的車門，手勁稍微大了一些，然後我立刻後退，俯身向前，等那輛車逼近。

「查理就在轉角。」我警告她。

她立刻跳進雨中，但還來不及進屋，他們已經看到我跟她在一起。她用力關上門，但在原地遲疑不決，瞪著駛來的車輛。

那輛車停定時，正對著我的車，車頭燈直射而來。年長者的腦袋突然充滿震驚和恐懼。

冷血人！吸血鬼！庫倫！

我瞪著擋風玻璃外頭，迎上他的視線。

我根本看不出他跟他爺爺之間的相似處，因為我從沒見過埃夫萊姆的人類型態。車上那人想必是比利・佈雷克，連同他兒子雅各。

彷彿為了確認我的猜測，那男孩傾身向前，面帶微笑。

噢，是貝拉！

我不禁注意到，沒錯，她在拉布席問東問西的時候，確實迷住了這個少年。但我的注意力大多都在他父親身上——知道一切的那人。

他說得沒錯，這兒是中立領土，我和他都有權利來這裡，他對此也心知肚明。他咬緊牙關，表情顯得既害怕又憤怒。

它來這兒做什麼？我該怎麼做才好？

我們在福克斯住了兩年，沒有任何人受到傷害，他卻驚恐成這樣，彷彿我們天天都在屠殺受害者。

我怒瞪他，稍微露出牙齒，下意識地對他的敵意做出反應。

但是激怒他沒幫助。如果我做了什麼而讓那個老頭擔憂，卡萊爾一定會不高興。我只能希望，他會比他兒子更懂得遵守我們彼此間的協定。

我踩下油門，輪胎在潮溼的地面上吱嘎作響，那個男孩很喜歡我這個勉強符合道路法規的輪胎聲音。我加速離去時，他轉頭查看我這輛車的排氣管。

我拐過轉角時，從查理旁邊經過，他注意到我的車速，露出警察那種皺眉狀，我下意識地減速。他繼續駛向住處，我能聽見他腦海中的驚訝，無字但清晰——他注意到在他家門前等候的那輛車，於是忘了我這輛超速的銀色富豪。

我在兩條街外停車，把車停在兩塊土地之間的森林旁。下車後，我在短短幾秒內就被淋溼，我躲在一棵雲杉上，俯視她家的後院，我在那個晴朗日就是躲在這裡。

我很難追蹤查理。在他模糊的思緒裡，我沒聽見任何值得我擔心的事，只有興奮——他一定很高興見到客人。沒人說出任何讓他不高興的話……目前還沒有。

查理對比利打招呼，邀請對方進屋時，後者的腦海充滿疑問。就我所知，比利還沒做出任何決定。我感到慶幸，因為他跟協定有關的想法混雜了焦躁，希望他會因此管住舌頭。

貝拉逃進廚房，男孩跟著她，他的每個想法都充滿對她的迷戀。聆聽他的腦海並不難，就像聆聽麥克・紐頓或她其他仰慕者的腦海。雅各・佈雷克的腦海就是非常……吸引人，純潔又坦率，有點讓我聯想到安琪拉的腦海，只不過沒她那麼矜持。這個男孩生下來就是我的敵人，我突然為此感到遺憾。他是很容易窺見其中的那種心靈，幾乎稱得上寧靜。

在客廳裡，查理注意到比利顯得心不在焉，但沒多問。他們倆之間有點緊繃——很久以前有過不愉快。

雅各正在詢問貝拉關於我的事。一聽見我的名字，他哈哈大笑。

「怪不得。」他說：「難怪我爸表現得那麼怪。」

「沒錯，」貝拉顯然故作無辜。「他不喜歡庫倫一家。」

「迷信的老頭。」男孩咕噥。

沒錯，我們早該料到局面會變成這樣。這支部落的年輕成員當然會把自己的歷史視為迷信——丟臉、好笑，尤其因為長老們這麼認真看待這些歷史。

他們倆接著也來到客廳。比利和查理看電視時，貝拉的視線始終落在比利身上。彷彿跟我一樣，她也在等他說出真相。

但他沒這麼做。佈雷克父子並沒有待到很晚，畢竟雅各明天還要上學。我徒步跟蹤他們，來到領土疆界，只為了確保比利沒叫兒子把車子調頭。但他的腦海依然充滿困惑。他想著一些我不認識的名字，他今晚要跟那些人商量。即使他仍然感到驚慌，但他知道其他長老會說什麼。面對面看到吸血鬼，他雖然因此不安，但這並沒有改變什麼。

父子倆的車遠去，我聽不見他們的心聲，我相當確定事情沒出現新的危險。比利會遵守規定。他還有什麼選擇？就算我們違反了協定，那些老頭其實也不能怎樣。他們已經失去了獠牙。如果他們違反了協定……我們的陣容已經比以前更強。我們不再是五人，而是七人。他們一定會因此而小心。

雖然卡萊爾絕不會允許我們用那種方式履行協定。我沒回貝拉的住處，而是決定改道去醫院。父親今天值晚班。

我能在急診室聽見他的思緒。他正在處理一名來自奧林匹亞市、手遭到嚴重穿刺傷的卡車司機。我走進大廳，認出前檯的珍妮・奧斯丁，她正忙著跟她十幾歲的女兒通電話，幾乎沒注意到我對她揮手、從旁走過。

我不想打擾她，所以我穿過一道遮住卡萊爾的隔簾，直接前往他的辦公室。他會認出我的腳步聲——

因為只有我的腳步聲沒有伴隨心跳聲——連同我的氣味。他會知道我想見他，而且這並不是緊急狀況。

片刻後，他來到辦公室。

「愛德華？一切還好嗎？」

「是的。我只是想立刻讓你知道，比利・佈雷克今晚看到我出現在貝拉的住處。他並沒有對查理透露什麼，不過……」

「嗯……」卡萊爾說。**我們在這裡住了這麼久，如果局勢再次變得緊張，那可實在不幸**。

「大概沒什麼。他只是沒想到會離冷血人只有兩碼。其他人會說服他冷靜下來，畢竟他們又能怎樣？」

卡萊爾皺眉。**你不該有這種想法**。「他們雖然失去了保護者，但我們不會對他們造成任何危險。」

「嗯，當然不會。」

他緩緩搖頭，判斷怎麼做最好。除了忘掉這場不幸的相遇之外，似乎沒有任何選擇。我已經想出同樣的結論。

「你……等會兒會回家嗎？」卡萊爾突然問。

他說出這句話，我立刻感到慚愧。「艾思蜜生我的氣？」

「不是生你的氣……而是擔心你。」**她很擔心。她很想你**。

我嘆氣，點頭。接下來的幾小時，貝拉在自己家裡應該會很安全。大概吧。「我現在就回家去。」

「謝謝你，兒子。」

我陪母親度過這個晚上，忍受她的嘮叨。她要我換上乾淨的衣服——主要是為了保護她花了許多時間打掃的地板。其他人都不在家，我看得出這是因為她的請求；卡萊爾有提前打電話來通知。我很慶幸家裡很安靜。我們一起坐在鋼琴前，邊彈琴邊說話。

「你現在究竟怎麼樣，愛德華？」這是她的第一個疑問，不是隨口問問。她很在意我的答案。

「我……不太確定。」我老實告訴她。「起起伏伏。」

聽著我彈奏的音符，她偶爾按下搭配旋律的琴鍵。

她給你造成了痛苦。

我搖頭。「我造成了自己的痛苦。這不是她的錯。」

這也不是你的錯。

「我就是我。」

而這不是你的錯。

我綻放不帶笑意的微笑。「妳責怪卡萊爾？」

不。你呢？

「不。」

那你何必自責？

我沒有答案。我真的不責怪卡萊爾那麼做，但是……總得怪在誰的頭上吧？那個人不就是我？

我很討厭看到你受折磨。

「不是只有折磨。」還不是。

這個女孩……她讓你開心？

我嘆氣。「是的……當我沒在困擾我自己的時候。她確實讓我開心。」

「那就好。」她顯得安心。

我的嘴角扭曲。「是嗎？」

她沉默不語，在腦海中分析我的答案，想著艾利絲的臉和她那些幻象。她知道他們打了賭，也知道我知道這件事。她在生賈斯柏和羅絲莉的氣。

如果她死了，這對他代表著什麼？

我皺眉，從琴鍵上抽手。

「抱歉，」她急忙道：「我不是有意——」

我搖頭，她沉默下來。我瞪著自己的手，冰冷、尖銳、非人類。

「我不知道該怎麼……」我呢喃：「該怎麼避開這一點。我看不見任何……任何改變的方法。」

她用雙臂摟住我的雙肩，雙手扣在一起。「那不會發生的，我知道不會。」

「我希望我也能一樣肯定。」

我凝視她的雙手，她的手跟我的很像，卻也不一樣。我沒辦法以同樣的方式討厭她這雙手。她這雙手雖然也是石頭，卻不是……不是怪物的手。她這雙手是母親的手，善良又溫柔。

我確定。你不會傷害她。

「看來妳把賭注下在艾利絲和艾密特那一邊喔。」

她鬆開雙手，輕輕拍打我的肩膀。「這件事不能開玩笑。」

「的確不行。」

不過，等賈斯柏和羅絲莉輸掉的時候，我不介意看艾密特取笑他們。

「我認為他在這方面不會讓妳失望。」

你也不會讓我失望，愛德華。噢，我的兒子，我真愛你。等難過的部分過去……我會很開心的，你知

道。我認為我會很喜愛這個女孩。

我挑眉看著她。

你不會殘酷到不讓她見我吧？

「妳現在的口氣跟艾利絲一模一樣。」

「我搞不懂你何必在任何事上跟她爭論。接受宿命會比較輕鬆。」

我皺眉，但繼續彈琴。「妳說得對，」我開口：「我不會傷害她。」

你當然不會傷害她。

她繼續摟著我，我過了一會兒也把頭靠向她。她嘆口氣，把我抱得更緊。這讓我覺得自己有點像小孩。就像我對貝拉說過的，我已經記不清楚小時候的事。但她摟著我的時候，我產生了某種感官記憶。我的生母一定抱過我，這種觸感一定也安撫了我。

彈完琴後，我嘆口氣，站起身。

你現在要去她那兒？

「是的。」

她納悶地皺眉。**你整晚都在做些什麼？**

我微笑。「想事情……忍受喉嚨痛，還有聆聽。」

她觸摸我的喉嚨。「我不喜歡你忍受痛苦。」

「這部分是最簡單的，沒什麼，真的。」

最困難的部分呢？

我思索一會兒。雖然有很多答案可能是真的，但只有一個感覺最像真的。

「我認為……我跟她在一起的時候，我沒辦法像個人類。最好的版本，就是不可能成真的版本。」

她皺眉。

「一切都會順利的，艾思蜜。」我對她說謊很容易。這個家裡只有我有辦法說謊。

嗯，會順利的。你一定最能保護她。

我再次發出不帶笑意的笑聲，但我要向母親證明我是對的。

chapter 14

拉近距離

「艾利絲，貝拉。」

我盡可能簡短地介紹她們倆認識。

我看著貝拉，心不在焉地用一手示意。

「貝拉，艾利絲。」

「哈囉，貝拉。真高興終於能見到妳。」

她強調終於二字的口氣很微妙，

但一樣討厭。

我瞪她一眼。

今晚，貝拉的臥室很平靜，平時應該會令她不安穩的陣雨也沒打擾到她。我雖然感到喉嚨痛，但也覺得平靜，比在家裡被我母親摟著的時候還覺得自在。和之前一樣，貝拉在睡夢中呢喃我的名字，而且帶著笑意。

隔天早上，聽見查理在吃早餐時說她看來心情愉快，我不禁微笑。至少我也讓她感到開心。

她今天很快地上了我的車，臉上帶著燦爛又熱切的笑容，似乎跟我一樣渴望有彼此作伴。

「睡得好嗎？」我問她。

「很好。你昨晚過得如何？」

我微笑。「很好。」

她噘起嘴。「我可以問你做了些什麼嗎？」我能想像，如果我必須昏睡八小時、完全沒有察覺她的存在，我現在會對她多麼好奇。但我還沒準備好回答這個問題……也許永遠都不會準備好。

「不行，今天還是我問問題。」

她嘆口氣，翻白眼。「我應該已經什麼都跟你說了。」

「再跟我說說妳母親。」

這是我最喜歡的話題之一，因為這顯然是她最喜歡的話題之一。

「好吧。呃，我媽算是有點……狂野？不是老虎那種狂野，而是像麻雀，像鹿。她就是……不適合待在籠子裡？我的外婆——順道一提，我外婆很正常，而且她搞不懂我媽的個性是怎麼養成的——總是說我媽是『鬼火』。我猜我媽在少女時期應該把我外婆搞得頭很大。總之，她很難在同一個地方待很久。和費爾一起去四處流浪……我猜那是我見過她最快樂的日子。但她有為了我而努力嘗試，她透過週末的冒險和不斷換工作來滿足那種流浪心態。我也盡可能幫忙，讓她不用處理無聊的瑣事。我猜費爾也有這麼做。我覺得……我算是不孝女，因為我現在覺得鬆了一口氣，你知道？」她兩手一攤，臉上出現道歉的表情。「她現在不再需要為了我而待在同一個地方，這讓她輕鬆不少。至於查理……我從沒想過他會需要我，但他其實需要我。這棟屋子對他來說太空蕩。」

我若有所思地點點頭，消化這一大筆情報。我真希望能見見這名女子，因為她塑造了貝拉的個性。我有點希望貝拉擁有比較輕鬆又傳統的童年——她能當個孩子。但如此一來，她就不會是同一個人，而且說真的，她對此似乎並無埋怨。她喜歡當照料者，喜歡被需要。

也許這就是為什麼她被我吸引。還有誰比我更需要她？

我送她到她的教室門口，這個早上的一切就跟昨天差不多。我和艾利絲像是夢遊似地上完了體育課。我再次透過潔西卡・史丹利的眼睛看著貝拉的臉，跟潔西卡一樣注意到貝拉似乎心不在焉。

不知道貝拉為什麼不想談談她的心事？潔西卡納悶。**八成因為她想霸占他。除非她之前說的是實話，她跟他之間真的沒什麼。**她想起貝拉在星期三早上的否認之詞，她問起接吻的事情時，貝拉的答覆是「不是妳想的那樣啦」，而且貝拉顯得失望。

那種感覺很折磨。潔西卡心想。**只能看但不能碰**。

我被某個詞彙嚇一跳。

折磨？這種說法當然誇張了點，不過……這種事，無論多小，真的給貝拉造成了痛苦？一定不是，因為我跟她一樣知道實際情況。我皺眉，注意到艾利絲帶有疑問的眼神。我對她搖頭。

她看起來還滿開心的，潔西卡心想，看著貝拉。貝拉茫然地瞪著高窗。**她一定有對我說謊，不然就是發生了別的狀況**。

噢！艾利絲突然僵住，加上她腦海中的驚嘆，我提高警覺。她的腦海中是在未來的學生餐廳，而且……

終於啊！她心想，露齒而笑。

影像成形：艾利絲會在學生餐廳裡站在我身後，跟貝拉隔著桌子，彼此進行很簡短的介紹。至於這場互動如何開始，則尚未敲定。畫面動搖，顯然受到另一些因素影響。但這件事很快就會發生，甚至可能就在今天。

我嘆口氣，心不在焉地把球打回網子另一側。我沒集中精神，球卻飛得很好，我得了一分，這時教練吹哨子，宣布下課。艾利絲已經走向門口。

別這麼幼稚。這又沒什麼。而且我已經看得出來，你不會阻止我。

我閉上眼睛，搖搖頭。「沒錯，這沒什麼。」我輕聲同意，跟她一起走。

「我可以很有耐心。慢慢來。」

我翻白眼。

能親眼看見貝拉，我總是覺得鬆了一口氣，但貝拉走過教室門的時候，我還在想著潔西卡的猜測。她露出溫暖的微笑，我覺得她看起來非常開心。既然不可能發生的事情並沒有令她心煩，我就不該擔心。

有些問題是我目前還不願意詢問她的。想到潔西卡那些念頭，我突然好奇心大作。

我們在平時的位子坐下，她翻弄著我幫她拿的食物——我今天的動作比她快。

「跟我說說妳的第一次約會。」我說。

她張大眼睛，臉頰漲紅，遲疑不決。

「妳不想告訴我？」

「我只是不確定……怎樣才算第一次約會。」

「最低限度就算。」我提議。

她瞪著天花板，噘嘴思索。「好吧，那應該是麥克——另一個麥克。」看我變臉，她立刻補充說明。「他是我在六年級的方塊舞舞伴。我受邀參加他的生日派對——活動內容是看電影。」她微笑。「《冰上特攻隊》第二集，結果只有我出現。後來，大家說那是約會。我不知道是誰開始造謠。」

我在她父親的屋子裡看過她以前上學的照片，所以我知道十一歲的貝拉是什麼模樣。聽起來，她那時候的生活沒有很大的變化。「這種最低限度可能太低了點。」

她露齒而笑。「是你說最低限度。」

「繼續吧。」

她思索時把嘴唇歪向一邊。「有一次，我有幾個朋友要跟一些男生去溜冰，她們需要我幫忙湊人數。如果我早知道我會跟瑞德·莫臣配對，我就一定不會去。」她打個冷顫。「想當然，我很快就意識到溜冰是個壞主意。我受的傷很輕，但好處是我後來整晚都能坐在零食吧檯前看書。」她微笑，幾乎顯得……沾沾自喜。

「我們能不能直接跳去真正的約會？」

「你是說，有人提前邀請我，然後跟我單獨去某個地方？」

「這個定義聽起來很適合。」

她又一臉沾沾自喜。「那麼，抱歉，我沒這種經驗。」

我皺眉。「妳來這裡之前，都沒人約過妳？真的？」

「我不太確定。我很難區分約會和朋友聚會。」她聳肩。「這也無所謂，因為我在這兩方面都沒有時間。等消息散播出去之後，就再也沒人邀我了。」

「妳是真的很忙？還是就跟在這兒一樣只是藉口？」

「我是真的很忙，」她堅稱，有點受到冒犯。「做家務事很花時間，而且我通常都有在打工，更別提我還要上學。如果我想上大學，就需要全額獎學金，而且——」

「稍等一下，」我打岔。「進入下一個話題之前，我想先問清楚現在這個。妳當時如果不忙，會接受任何一項邀約嗎？」

她歪起頭。「應該不會。我的意思是，除非只是晚上出去玩。那些男生不算令人感興趣。」

「其他男生呢？沒開口邀妳的那些？」

她搖頭，清澈的眼睛似乎毫無隱瞞。「我沒注意他們。」

我瞇起眼睛。「所以妳從沒遇到妳喜歡的人？」

她又嘆口氣。「在鳳凰城沒有。」

我們凝視彼此。我意識到，正如她是我的初戀，而根據她剛剛說的這些，我……至少算是她第一個喜歡上的人。這令我感到愉快，卻也令我不安。跟我交往，這對她來說一定是很不正常的戀愛初章。而且我意識到，對我來說，她是我第一個也是最後一個愛上的人，這點跟人類不一樣。

「我知道今天不是輪到我，不過——」

「沒錯，不是。」

「別這樣嘛，」她堅稱：「我剛剛才完整洩漏了讓我超丟臉的零約會歷史。」

我微笑。「其實我的歷史也差不多——少了溜冰和生日派對。我也很少注意這種事。」

她似乎不太相信我，但我說的是事實。我也曾經拒絕了一些人的邀約。想起譚雅不高興的表情，我得承認，那種邀約跟人類的不太一樣。

「妳想上哪所大學？」我問。

「呃……」她稍微搖頭，彷彿為了適應這個新話題。「這個嘛，我以前覺得亞歷桑那州立大學最實際，因為我能住在家裡。但既然我媽現在常常搬家，我猜我的選項變得更多了。總之必須是州立大學——學費比較合理——最好有獎學金。我剛搬來這裡的時候……這麼說吧，我很慶幸查理的住處離華盛頓州立大學不夠近，沒讓那所學校成為務實選項。」

「妳看不起我們這個州的美洲獅標誌？」

「我討厭的不是那所學校，而是天氣。」

「如果妳能去任何地方——如果錢不是問題——妳會想去哪？」

她思索我提出的這個假設性未來時，我試著想像一個我能接受的未來。貝拉二十歲，二十二歲，二十四歲……她的年紀再過多久就會超越不會老化的我？如果她能保持健康，繼續當個人類，而且快樂，我願意接受那個時間限制。如果我能為了她而讓自己變得人畜無害，變得適合她，讓自己能成為那幅快樂畫面的一部分，在她願意給我的每一秒鐘裡……

我再次想著如何讓那種日子成真——跟她在一起，但不會給她的人生帶來負面影響。待在波瑟芬妮的春天裡，遠離我的冥界。

我看得出來，她在我平時的棲息地不會快樂，這點很顯然。但只要她想要我，我就會跟隨她。這意味著常常待在室內，但這是很小的代價，幾乎不值一提。

「我得研究一下。大多數的時髦學校都在下雪區。」她咧嘴笑。「不知道夏威夷的大學是什麼樣子？」

「我相信一定很宜人。大學畢業之後呢？到時候做什麼？」我意識到，我必須知道她對未來的計畫，所以我沒有改變話題。我想把這個不太可能成真的未來塑造成最適合她的版本。

「跟書有關。我一直覺得我能教書，就像……好吧，不是跟我媽一模一樣。如果可以……我想找間大學教書，大概是社區大學，教選修英文課——如此一來，去上課的都是自願想去。」

「這是妳的夢想？」

她聳肩。「算是吧。我曾經想過去出版社工作，當個編輯之類的。」她皺起鼻頭。「我做了一些研究，發現老師的工作比較好找，比較務實。」

她的每個夢想都被剪了翅膀，不像一般的青少年那樣夢想征服世界。這顯然是因為她提早面對現實。

她咬一口貝果，若有所思地咀嚼。我不禁好奇，她還在想著未來？還是在想別的事？不知道她在那個未來裡有沒有瞥見我的影子？

我想到明天。我應該為此感到興奮——我明天能跟她相處一整天。這麼多時間。但我只想到她會見到我真實模樣的那一刻，我到時候再也無法躲在人類的外表底下。我試著想像她的反應；我在預測她的感受時雖然常常出錯，但我知道她只可能有兩種反應：不是反感就是驚恐。

我想相信會有第三個可能。她會像之前那樣原諒我的身分。她會接受我，無論如何。但我無法想像那幅畫面。

我會有勇氣履行承諾嗎？如果我向她隱藏我的真面目，我還看得起自己嗎？

我想起第一次在陽光下看到卡萊爾。我當時很年輕，只對血感到著迷，但那幅畫面完全抓住我的注意力。我雖然完全信賴卡萊爾，雖然已經開始去愛他，我卻感到恐懼。那一切都太不可思議，太神奇。那引發了我自保的本能。在很長一段時間裡，他試著以思緒安撫我，但都沒產生效果。後來，他說服我也站在陽光下，確認這種現象不會造成傷害。

我想起看見自己站在明亮的晨光下，清楚意識到，我已經跟以前的我毫無關聯。我不是人類。

但我如果向她隱藏我的真面目，這並不公平。這等同隱瞞事實。

我試著想像我——如果我不是怪物——和她一起站在草地上，那會是什麼樣的畫面。那是個美麗又平靜的地方。我真希望她會喜歡那裡，就算有我在場。

愛德華，艾利絲焦急地心想，語氣有點驚慌，這令我愣住。

我突然看到艾利絲的幻象，盯著一團明亮陽光。我剛剛在想像自己和貝拉在陽光下——那片只有我去的小草地——所以我一開始不確定我看見的是艾利絲的思緒而不是我自己的腦海。

但那不同於我自己的畫面——未來，不是過去。貝拉直視著我，一臉興高采烈，眼睛深邃。看來我確實夠勇敢。

那是同一個地方。艾利絲心想，她的心中充滿跟幻象不符合的驚恐。如果是緊張，我能理解，但為什麼是驚恐？她說同一個地方是什麼意思？

然後我看到了。

愛德華！艾利絲拚命想表達。**我愛她，愛德華！**

但她不像我那樣愛貝拉。她的幻象很荒謬，是錯的。她瞎了，看見不可能發生的事，那是謊言。

時間只經過不到半秒，貝拉還在嚼著食物，想著一件我永遠不會知道的事。她應該沒看見我臉上閃過驚懼。

那只是個昔日的幻象，不再成立。一切都已經改變了。

愛德華，我們必須談談。

我和艾利絲沒什麼好談的。我稍微搖頭。只有一下，貝拉沒看見。

艾利絲的想法轉為命令。她把我無法忍受的畫面塞回我的腦海。

我愛她，愛德華。我不會讓你對這件事視而不見。我們要離開了，我們要解決這件事。我只能讓你拖到午餐時間結束。你趕緊找個藉口離開——噢！

她今早上體育課時看到的幻象闖了進來，內容簡短。我清楚看到事情會如何發生，詳細到以秒計算。所以這幅令人不悅、已經失效的過期幻象就是之前缺少的觸媒？我咬牙。

好吧，我願意跟她談。我願意犧牲今天下午跟貝拉相處的時間，來證明艾利絲弄錯了。但事實是，我知道我一定會坐立不安，直到艾利絲願意承認這次是她弄錯了。

我改變心意時，她看見未來改變。**謝謝你**。

我這個下午碰到突來的生死關頭，我卻因為無法跟貝拉共度下午而難過。這應該只是小事，只需要花幾分鐘。

我試著甩掉艾利絲害我感到的驚恐，以免破壞我僅剩的幾分鐘。

「我今天應該讓妳開車來的。」我極力壓抑語氣裡的絕望。

她立刻抬眼看我，吞下食物。「為什麼？」

「午餐後我要跟艾利絲先走。」

「噢。」她的臉垮下來。「沒關係，走回家並不太遠。」

我皺眉。「我不會讓妳走路回家的。」她真以為我會隨便丟下她？「我們會把妳的卡車弄來這邊給妳。」

「我沒帶車鑰匙。」她嘆口氣。這對她來說是個大難題。「我真的不介意走路。」

「妳的卡車會在這兒，鑰匙也會在裡面，」我告訴她。「除非妳擔心車會被偷。」她那輛車的引擎聲就跟防盜器一樣有效，可能更大聲。想像那幅畫面，我逼自己發笑，但效果不佳。

貝拉噘起嘴，眼神難辨。「好吧。」她在懷疑我的能耐？

我試著綻放自信的微笑——我確實自信，我知道我不會搞砸這麼簡單的事——但我的肌肉太緊繃。她似乎沒注意到，而看起來像是在處理她自己的失望。

「那麼，」她說：「你們要去哪？」

艾利絲讓我看見如何回答貝拉。

「狩獵。」我發覺自己的嗓音突然變得陰沉。我本來就會找個時間狩獵。狩獵的必要性令我無奈又羞愧，但我在這件事上不會對她說謊。

「既然我明天要跟妳單獨在一起，我就要採取一切可能的預防措施。」我凝視她的眼睛，不知道她看不看得見我眼裡的恐懼。艾利絲的幻象影響了我的鎮定。「妳知道妳隨時可以取消。」**拜託妳遠離我，別回頭。**

她低下頭，臉龐比之前更蒼白。她終於願意聆聽？如果貝拉現在就叫我遠離她，艾利絲的幻象就會變得毫無意義。如果貝拉這樣要求我，我知道我做得到。我感覺我的心準備碎裂。

「不。」她呢喃。我的心臟往另一個方向扭轉，等著承受更糟的一種碎裂。她抬頭凝視我。「我做不到。」

「或許妳是對的。」我輕聲道。也許她跟我一樣無可救藥。

她俯身靠向我，眼裡似乎充滿關切。「我明天幾點會見到你？」

我深吸一口氣，試著鎮定下來，甩掉末日來臨的感覺。我逼自己換上較為輕快的語氣。「看情況……明天是星期六，妳不想睡晚一點？」

「不。」她立刻回覆。

我忍不住微笑。「那就跟平常一樣的時間。查理會在家嗎？」

她露齒而笑。「不會，他明天要去釣魚。」她顯然對此感到慶幸，但她這種態度激怒了我。她為什麼就是決心要讓自己任憑我宰割——最糟的那個我？

「如果妳不回家，」我咬牙問：「他會怎麼想？」

她神情平靜。「我也不知道。他知道我原本打算洗衣服，也許他會以為我掉進洗衣機裡了。」

我怒瞪她，一點也不覺得她這個笑話很好笑。她也怒目回視，然後表情放鬆。

她改變話題。「你今晚要獵什麼？」

真怪。一方面，她似乎完全不在意這個危險。而另一方面，她很平靜地接受我最醜陋的一面。

「看我們能在公園裡找到什麼。我們不會跑很遠。」

「為什麼是跟艾利絲去？」

艾利絲專心偷聽。

我皺眉。「艾利絲最……支持我。」我是可以為了讓艾利絲高興而說出其他詞彙，但這麼做只會讓貝拉聽得莫名其妙。

「那其他人呢？」貝拉的嗓門極輕，語氣從好奇轉為焦慮。「他們的態度是……」她如果知道他們能輕易聽見她的輕聲細語，一定會嚇一大跳。

這個疑問也有很多個答案，我選了最不嚇人的一個。「大半是不敢置信。」這是事實。

她瞥向我的手足們所坐的位子，靠近學生餐廳的後側角落。艾利絲已經警告了他們，所以他們都望向別處。

「他們不喜歡我。」她猜測。

「並非如此。」我立刻反駁。

哈！羅絲莉的心聲傳來。

「他們只是搞不懂我為何離不開妳。」我說下去，試著無視羅絲莉。

好吧，這還算貼近事實。

貝拉扮個鬼臉。「說起來，我也離不開你。」

我搖頭，想起她之前的荒謬猜測，她竟然以為她在乎我多過我在乎她。我還以為我已經解釋了這點。

「我告訴過妳，妳並不真的瞭解妳自己。妳跟我認識的其他人都不一樣，我為妳著迷。」

她一臉懷疑。也許我需要說得更明確。

我對她微笑。雖然心事重重，但我一定要讓她明白我接下來要說的。「我因為擁有這種優勢……」我一派輕鬆地用兩根手指滑過額頭。「所以我很瞭解人性。人很容易預測，但妳……妳卻永遠超乎我的預期，妳永遠讓我驚訝。」

她移開視線，表情似乎有點不夠滿足。這個細節顯然沒能說服她。

「這個部分還算容易解釋，」我很快地說下去，等她把視線放回我身上。「但有些……」不是有些，而是很多。「不容易用言語表達……」

妳竟敢偷瞄我，妳這個長得像蝙蝠的討厭鬼？

貝拉臉色蒼白，看起來像是僵住了，彷彿沒辦法把視線從餐廳後側移開。

我立刻轉身，以眼神警告羅絲莉，亮出牙齒，輕聲對她嘶吼。

她從眼角瞥我一眼，然後撇開臉。我回頭看著貝拉，這時她轉頭瞪著我。

是她先開始的。羅絲莉悶悶不樂地心想。

貝拉瞪大眼睛。

「我很抱歉她那樣做，」我立刻輕聲道：「她只是在擔心。」我感到火大，因為我竟然必須為羅絲莉的行為辯解，但我想不出其他方式解釋。在羅絲莉的敵意之中，這才是真正的問題。「妳要明白……在我公開和妳在一起相處了這麼久之後，如果有了萬一……受到危害的將不只是我。」

我說不下去。我心中充滿驚恐和羞愧，我低頭瞪著自己的手——怪物的手。

「萬一？」她催促。

我現在怎能不回答她？

「萬一結局……不好。」

我抱頭掩面。她明白我的意思，我不想看著她恍然大悟的眼神。這段日子來，我一直在試著贏得她的信賴，而現在，我卻不得不讓她知道我多麼不值得她信賴。

讓她知道真相，這麼做是對的。她在這一刻會一走了之。這是好事。我開始被艾利絲的驚慌所影響。我沒辦法真心地對貝拉保證我對她不會造成任何威脅。

「你現在要走了嗎？」

我慢慢抬頭看著她。

她神情平靜，雖然眉心微皺，但毫無恐懼。她傳達給我的是十足的信賴，就像她在安吉拉斯港那天跳上我的車。我雖然不值得她信賴，她卻還是相信我。

「是的。」我告訴她。

我的答覆令她皺眉。她應該因為我要走而安心才對，她卻顯得難過。

我真想用指尖撫平她皺起的眉心。我希望她再次綻放微笑。

我逼自己對她咧嘴笑。「這樣大概也好。生物課那部該死的電影還剩十五分鐘要看，我覺得我已經沒辦法忍受了。」

我猜這句話是事實，我確實無法忍受。我如果去上課，就是繼續犯錯。

她回以微笑，顯然大略明白我的意思。

然後她嚇了一跳。

我聽見艾利絲從我身後走來。我不覺得驚訝，我已經提前看到這個部分。

「艾利絲。」我對她打招呼。

她興奮的笑臉反映於貝拉的眼眸。

「愛德華。」她模仿我的語氣。

我遵照劇本。

「艾利絲，貝拉。」我盡可能簡短地介紹她們倆認識。我看著貝拉，心不在焉地用一手示意。「貝拉，艾利絲。」

「哈囉，貝拉。真高興終於能見到妳。」

她強調終於二字的口氣很微妙，但一樣討厭。我瞪她一眼。

「嗨，艾利絲。」貝拉的語調有點不知所措。

我會適可而止。艾利絲對我保證。「你準備好了嗎？」她大聲問我。

彷彿她不知道我的答案。「快好了。我到車子那兒和妳會合。」

我就先不煩你了。**謝了**。

貝拉盯著艾利絲的背影，嘴角微微下垂。艾利絲消失在門外之後，貝拉慢慢轉頭看著我。

「我應該說『玩得開心』嗎？還是這並不適當？」她問。

我對她微笑。「不會，『玩得開心』適用於一切場合。」

「那麼，祝你玩得開心。」她的模樣有點哀怨。

「我盡量。」但這不是事實。我離開這裡的時候，只會想著她。「也麻煩妳盡量讓自己平安。」我多常對她說再見並不重要，我一想到沒人保護她，我就會感到驚慌。

「在福克斯保持平安，」她咕噥：「多大的挑戰。」

「對妳來說是一大挑戰。」我指出。「妳保證？」

她嘆口氣，但微笑帶有笑意。「我保證一定試著讓自己安全。」她說：「我今晚會洗衣服——冒著生命危險。」

我不喜歡想起這場談話一開始的內容。「別掉進洗衣機。」

她試著維持表情嚴肅，但終究失敗。「我盡量。」

我真的很難離開。我逼自己起身，她也站起。

「明天見。」她嘆口氣。

「這對妳來說很漫長，是吧？」這對我來說也很漫長。

她點點頭，顯得洩氣。

「明天早上我會去接妳。」我保證。

艾利絲在這件事上說得沒錯，我還會繼續犯錯。我沒能阻止自己，而是俯身越過桌面，用手指撫過她的顴骨。趁自己還沒造成更多傷害，我轉身離去，留下她。

艾利絲已經在車上等候。

「艾利絲——」

首先，我們有件事要辦，不是嗎？

她的腦海裡閃過貝拉的住處。廚房牆上用來掛鑰匙的鉤子是空的。我在貝拉的臥室裡搜索梳妝臺和桌面。艾利絲在客廳裡嗅個不停。然後又是艾利絲，在小小的洗衣間裡，得意洋洋地拿著一把鑰匙。

我開快車來到貝拉的家。我原本靠自己也能找到鑰匙——金屬的氣味很好追蹤，加上她的車鑰匙沾染了她指尖分泌的油脂——但是艾利絲的辦法絕對比較快。

畫面變得更清晰。我看到艾利絲會從前門獨自進去。她從十幾個地方尋找正門的備用鑰匙，最後在正門上方的屋簷底下找到。

我們進屋後，艾利絲只花幾秒鐘就找到車鑰匙。接著，艾利絲鎖上正門的喇叭鎖，讓原本就沒鎖上的輔助鎖維持原狀，然後爬上貝拉的卡車。引擎發動時發出如雷轟鳴，幸好屋裡沒人。

開回學校的路程比較緩慢，因為這輛老雪佛蘭的極速有限。我搞不懂貝拉怎麼有辦法忍受，但她似乎就是喜歡開慢車。艾利絲把車停進我的富豪汽車留下的空位，然後熄掉吵死人的引擎。

我看著這輛生鏽的巨獸，想像貝拉坐在裡頭。它幾乎毫髮無傷地挺過了泰勒那輛休旅車的撞擊，但這輛車顯然沒有安全氣囊，也沒有潰縮區。我不禁皺眉。

艾利絲鑽進我的右前座。

拿著。她心想，拿出一張紙和一支筆。

我從她手中接過。「我承認，妳很有用。」

沒有我，你鐵定活不下去。

我寫了簡短的字條，飛快下車，把紙張放在卡車的駕駛座上。我知道這麼做沒多大意義，只希望這能讓她記得她的承諾。不過，這麼做確實稍微減輕了我的焦慮。

chapter 15

可能性

我心中夾雜喜悅和痛苦。

她還是人類，

她在老化。

這是我唯一能接受的未來，

就算不太可能成真。

在這個未來裡，她沒失去生命，也沒失去來生。

在這個未來裡，我遲早會失去她，

避無可避，正如晝夜的替換。

「說吧，艾利絲。」我關上門。

她嘆口氣。**抱歉，我不是有意**——

「那幅幻象不是真的。」我打斷她的思緒，駛離停車場。我不需要把心思集中在我熟悉的這條路上。「那只是個很舊的幻象，很久以前的事了，我當時還不知道我會愛上她。」

她在腦海中又看到那幅最糟糕的幻象，令我煩惱了好幾星期的可能發展，艾利絲在我救了貝拉那天時看到的未來。

貝拉扭曲而蒼白的身軀躺在我懷裡……折斷的脖子上有一道帶有藍邊的凌亂傷口……我的嘴脣沾染她的血，我的眼睛呈現明亮的緋紅色。

在艾利絲的腦海中看到這幅幻象，我不禁憤怒地低吼，對鞭笞向我的痛楚產生反應。

艾利絲愣住，眼神焦慮。

是同一個地方。艾利絲今天在學生餐廳時意識到這點，所以心裡產生我當時不明白的驚恐。

這道幻象太過駭人，我看不下去，也因此沒仔細研究細節。艾利絲當然比我更瞭解她自己的幻象，她知道如何不帶情緒地客觀分析整個畫面，而不是逃避。

艾利絲看到了細節……像是幻象中的場景。

也就是我明天要帶貝拉去的草地。

「這個幻象不可能還成立。妳不是再次看到它，只是想到它。」

艾利絲慢慢搖頭。

它不只是個記憶，愛德華。我現在正看著它。

「那我會帶她去別的地方。」

她腦海中的幻象背景如萬花筒般旋轉，忽明忽暗。畫面的前景沒變。這些畫面令我退縮，我試著讓自己的心靈之眼看不見它們。

「我會取消這個行程，」我咬牙道：「她以前也原諒過我食言。」

幻象閃爍搖動，然後又變得穩固，擁有尖銳又清晰的邊緣。

她的血太吸引你，愛德華。你一旦接近她……

「我會再次跟她保持距離。」

「我不認為這麼做有效，你已經試過了。」

「我會離開。」

聽見我痛苦的口吻，她為之一愣，她腦海中的畫面再次顫抖。季節改變，但主題依舊。

「幻象還在，愛德華。」

「怎麼可能？」我咬牙。

「因為你就算離開也會回來。」她的口氣咄咄逼人。

「不，」我說：「我能保持距離，我知道我做得到。」

「你做不到，」她平靜道：「也許……如果只有你感到痛苦……」

她查看各種可能的未來。無論從哪個角度看，貝拉的臉龐總是面如死灰，她變得比較瘦，顴骨底下凹陷，眼睛有黑眼圈，表情茫然，看起來死氣沉沉但沒死，跟她在其他幻象裡不一樣。

「怎麼了？她為什麼變成這樣？」

「因為你離開了。她……過得不好。」

我很討厭艾利絲這種混雜現在式和未來式的怪句子，聽起來就像悲劇正在發生。

「總好過其他選項。」我說。

「你真以為你有辦法丟下她？你不會回來看她？你如果看到她這副模樣，不會想跟她說話？」

她提出這些質問時，我在她的腦海裡看到答案。我躲在陰暗處看著貝拉。我潛入貝拉的房間。我看著她受惡夢騷擾，她蜷縮身子，雙臂緊緊抱胸，在睡夢中呼吸困難。艾利絲也同情地做出雙臂抱胸的動作。

艾利絲當然說得對。我感受到我在這個幻象裡的情緒，我知道我會回來，就為了看看她。然後，當我看到她這副模樣……我會叫醒她。我沒辦法忍受看著她受折磨。

諸多未來重新聚集於同一個必定成真的幻象，只有稍微延遲。

「我當初實在不該回來。」我輕聲道。

如果我從來沒有愛上她？如果我根本不知道自己錯過了什麼？

艾利絲搖頭。

你離去的時候，我看到別的東西……

我等她展示，但她只是看著我的臉。她不想讓我看見。

「什麼東西？妳看見什麼？」

她眼裡流露痛苦。**令人不悅的內容。就算你當初沒回來，就算你未曾愛上她——你還是會為了她而回來，為了……獵殺她。**

她還是沒讓我看到相關畫面，但我不用看也明白。我傾身跟她拉開距離，車子差點失控。我猛踩煞車，靠向路邊，輪胎壓過蕨草，幾塊苔蘚飛到路邊。

我在第一次見到貝拉的那天就想獵殺她。不管她去哪，我都可能跟蹤她。

「跟我說些有幫助的事吧！」我發脾氣，我的大嗓門嚇到艾利絲。「告訴我另一條路！讓我知道怎樣遠離她——讓我知道我該去哪！」在她的腦海中，另一道幻象突然取代原本那幅。驚恐畫面消失，我鬆一口氣。但這幅幻象並沒有好到哪裡去。

艾利絲和貝拉，挽著彼此的胳臂，膚色如大理石般蒼白，肌膚如鑽石般堅硬。

太多數不清的石榴籽，她註定要跟我一起去冥界。回不來了。春季、陽光、家人、未來、靈魂……她失去了這一切。

你的勝算是百分之六十……左右。也許六十五。你還是可能不會殺了她。她以語氣表達鼓勵。

「她終究還是會死，」我呢喃：「我會停止她的心跳。」

「這不是我的意思。我的意思是，她會活過明天……但她首先得經歷明天那塊草地——寓意上的草地——如果你明白我的意思。」

她的想法……很難用言語形容……似乎放寬了，彷彿她同時想著各種可能性。我看到諸多細線，每一條都充滿靜止的畫面，都是某個未來的快照，彼此集合成一個混亂的結。

「我不明白。」

她所有的路都通往同一個點——都綁在一起。不管那個結是草地還是什麼地方，她都已經和做出決定的那一刻緊緊相繫。你的決定，她的決定……有些細線會延伸到另一側，有些……

「別說了。」我感覺咽喉緊繃。

你避無可避，愛德華。你遲早必須面對。就算可能發生任何狀況，你還是必須面對。

「我怎樣才能救她？告訴我！」

「我不知道。你必須在你自己心中、在那個結裡，找到答案。我看不見它會以什麼形式呈現，但我認為會有某一刻——某個考驗、試煉。我雖然看得見這點，但幫不了你。只有你跟她能在那一刻做出選擇。」

我咬緊牙關。

你知道我愛你，所以現在聽我說。就算拖延這件事，也不會有任何改變。帶她去你那片草地吧，愛德華，然後帶她回來，為了我，更為了你。

我抱頭，覺得好難受，就像破損的人類，就像飽受疾病煎熬的受害者。

「想不想聽聽好消息？」艾利絲溫柔地問。

我怒瞪她。她微微一笑。

我是說真的。

「告訴我。」

「我看到第三條路，愛德華，」她說：「如果你能熬過這個危機，就會看到一條新的路。」

「新的路？」我茫然地重複這幾個字。

「畫面雖然粗糙，但你自己看看。」

她的腦海裡出現另一幅畫面，較為模糊，是貝拉住處的狹小客廳，有三個人：我坐在破舊的沙發上，貝拉坐在我身邊，我輕鬆地摟著她的肩膀；艾利絲坐在貝拉旁邊的地板上，斜靠在她的腿邊。我和艾利絲的模樣跟現在一樣，但我從沒見過這個版本的貝拉。她的肌膚依然柔軟透明，臉頰白裡透紅，看來健康。她的棕色眼睛依然溫暖，依然是人類。但她就是顯得不一樣。我分析畫面，然後意識到自己看到什麼。

貝拉不是少女，而是女人。她的腿似乎更長了一些，彷彿長高了一、兩吋，身體稍微變得更豐滿，纖瘦的骨架多了曲線。她的頭髮如黑貂般烏黑，彷彿這幾年——大概三、四年——比較常晒太陽。但她仍是人類。

我心中夾雜喜悅和痛苦。她還是人類，她在老化。這是我唯一能接受的未來，就算不太可能成真。在這個未來裡，她沒失去生命，也沒失去來生。在這個未來裡，我遲早會失去她，避無可避，正如晝夜的替換。

「這個未來的可能性雖然還很低，但你應該會想知道它存在。如果你跟她能熬過這個難關，也許就能看到這個未來。」

「謝謝妳，艾利絲。」我輕聲說。

我把車開回路上，擋住一輛緩慢駕駛的旅行車。我下意識地踩油門，幾乎沒注意到這個過程。

當然，現在這些都是你的想法。她心想。她還在想著沙發上的三人組。**你沒考慮到她的意願**。

「什麼意思？她的意願？」

「你有沒有想過，貝拉也許不想失去你？也許短暫的凡人生命對她來說不夠長？」

「妳瘋了。怎麼會有人選擇——」

「這件事可以以後再爭論，你先處理眼前的危機。」

「謝了，艾利絲。」我挖苦道。

她發出尖銳笑聲，是鳥啼般的緊張笑聲。她跟我一樣緊繃，被種種悲劇的可能性弄得不知所措。

「我知道妳也愛她。」我咕噥。

不一樣。

「不，沒有不一樣。」

畢竟艾利絲擁有賈斯柏。她的生活重心安穩地在她身旁，而且賈斯柏堪稱堅不可摧，況且他的靈魂並不是毀在她的手裡。她只給賈斯柏帶來幸福和平靜。

我愛你。你能熬過去。

我想相信她，但我看得出來，她哪些話是依據確切基礎，哪些話只是普通的希望。

我默默駕車來到國家公園的邊緣，找到一個不起眼的停車地點。我停車後，艾利絲沒動，她看得出來我需要思考片刻。

我閉上眼睛，試著別聽見她的心聲，試著什麼也別聽見，而是專心做出決定——下定決心。我用指尖按壓太陽穴。

艾利絲說我遲早必須做選擇。我想高喊我已經做出決定，也就是沒有決定；然而，我雖然覺得我只在乎貝拉的安危，但我知道我體內的怪物依然存在。

我要怎樣殺了牠？如何讓牠永久緘默？

噢，牠現在安靜下來了。牠在躲藏。牠在為即將到來的戰鬥養精蓄銳。

有那麼幾秒，我認真考慮自盡。只有這麼做才能確保我體內的怪物無法活命。但要怎麼做？卡萊爾剛變成吸血鬼的時候，試過一大堆辦法自殺，但就是無法成功，就算他在這方面下定了決心。我如果靠自己，也不可能成功。

我的任何一個家人都有能力殺了我，但我知道無論我如何哀求，他們都不會配合。就連羅絲莉也不會答應，雖然我相信她會聲稱她很生我的氣、願意殺了我，她下次見到我的時候會對我恫嚇威脅。因為，她雖然有時候討厭我，但她是愛我的。而且我知道，如果我能跟他們任何一人交換，我也不可能傷害我的家人，不管他們多麼痛苦，多麼想要解脫。

還有其他人……但是卡萊爾那些朋友不會幫助我，他們永遠不會這樣背叛他。我只想得到某個地方有能力迅速終結我體內的怪物……但這麼做會害貝拉遇到危險。雖然她不是透過我而得知關於我的真相，但她還是知道了她不該知道的事情。那不會給她帶來糟糕的注意力，除非我做了什麼蠢事，像是去義大利。

可惜奎魯特族協定已經失去了獠牙。換作三個世代前，我只要走去拉布席，就能換來死亡。這個想法現在毫無用處。

看來這些辦法都沒辦法殺掉我體內的怪物。

艾利絲似乎很確定我必須面對這個問題。但這怎麼可能是我該做的，畢竟我還是可能殺掉貝拉？

我打個冷顫。這個主意令我痛苦，我無法想像我體內的怪物要如何控制我。牠不動聲色，只是靜候良機。

我嘆口氣。我除了面對這件事，還有什麼選擇？「被逼的」還算是「勇氣」嗎？我確定不算。

我現在唯一能做的，似乎就是用雙手拚命抓住我做的決定。我要比我體內的怪物更強大。我絕不傷害貝拉。我要做出最正確的行動，我要成為她需要我成為的那種人。

我這麼想的時候，突然不再覺得不可能做得到。我當然做得到。我能成為貝拉想要也需要的愛德華。我要抓住我能接受的可能未來，逼它成真。為了貝拉。我當然做得到，如果是為了她。

這個決定感覺比較堅定，比較明確。我睜開眼睛，看著艾利絲。

「啊，你看起來好多了。」在她的腦海中，她看到糾纏細線對我來說依然是迷宮，但她看到希望。「你的勝算提高到百分之七十了。不管你正在想什麼，繼續想就對了。」

也許關鍵就在於接受最近的未來，面對它。別小看我體內的邪惡力量。為它做好準備。

我現在要做最基本的準備，這就是為什麼我們現在在這裡。

我還沒開門，艾利絲已經看到我即將做出的行動，因此下車奔跑。我感到莞爾，差點微笑。她總是跑輸我，所以總是試著作弊。

我也下車飛奔。

往這兒走。我即將追上她時，她透過想法告訴我。她以意念探查前方，尋找獵物。我聞到附近幾個獵物的氣味，但牠們顯然都不是她想要的。她對看到的動物都視而不見。

我不確定她究竟在找什麼，但還是毫無遲疑地跟著她。她無視幾群鹿，而是帶我深入森林，跑向南方。我看到她觀察前方，看到我們來到公園的各個角落，我們都很熟悉這裡。她拐向東邊，然後拐向北邊。她在找什麼？

然後她注意到草叢裡的動靜，瞥見黃褐色的毛皮。

「謝了，艾利絲，可是——」

噓！我在打獵。

我翻白眼，但還是繼續跟著她。她似乎想給我什麼驚喜。她不可能知道我其實根本不在乎獵物的種類。我最近一直在給自己強制灌食，現在恐怕根本分不出獅子和兔子的差別。

她把注意力集中在她在幻象中看到的東西上，我們很快就找到了。聽見動物的動靜後，艾利絲放慢速度，讓我帶頭。

「我真的不該這麼做，畢竟這個公園裡的獅子數量——」

艾利絲傳來不高興的心聲。**偶爾放縱一下不會死吧**。

跟艾利絲吵嘴向來毫無意義。我聳個肩，跑到她前方。我已經捕捉到了那個氣味。我很容易換上狩獵模式，只要在追蹤獵物時讓血味引導我就行。

能有幾分鐘暫停思考，這令我放鬆。現在是我成為頂尖掠食者的時間。我聽見艾利絲去東邊尋找獵物。那頭獅子還沒注意到我。牠也在往東走，在尋找獵物。因為我的關係，某個動物今天不會被那頭獅子吃掉。

我很快就來到牠後面。我跟艾密特不一樣，我看不出讓獵物有機會反抗有什麼意義。牠橫豎都是死，而且讓牠死得痛快不是更人道？我扭斷了獅子的脖子，很快吸乾了這副溫暖身軀的血。我本來就不算很渴，所以吸血也沒讓我感到放鬆。又是強制灌食。

之後，我追蹤艾利絲的氣味，來到北邊。她發現一隻在灌木叢裡睡覺的雌鹿。相較於艾密特，艾利絲的狩獵風格跟我比較像。雌鹿死前似乎未曾醒來。

「謝謝妳。」為了禮貌起見，我告訴她。

別客氣。西邊還有更大的一群鹿。

她站起身，再次帶路。我強忍嘆息。

我們再獵一次就夠了。我已經覺得飽脹，體內充滿液體，不太舒服。但我沒想到她願意就此罷手。

「我不介意繼續狩獵。」我告訴她，懷疑她是不是看到我打算停止。

「我明天要跟賈斯柏出去。」她告訴我。

「他不是最近才狩獵過——」

「我最近做出了決定，有必要做更多準備。」她微笑。**一個新的可能性**。

我在她的腦海中看到我們的家。卡萊爾和艾思蜜滿懷期待地在客廳等候。門打開，我走進，某人走在我身邊、牽著我的手……

艾利絲發笑，我試著控制住表情。

「怎麼會？」我問：**「什麼時候？」**

「很快。」**可能是星期天……**

「這個星期天？」

嗯，也就是後天。

貝拉在這幅幻象中很完美——她是人類，很健康，她對我的父母微笑。她身上是襯托出透亮肌膚的藍色襯衫。

至於「怎麼會」，我不太確定。這雖然只是個可能性，但我希望賈斯柏做好準備。

我看到賈斯柏站在樓梯底端，禮貌地對貝拉點頭，眼睛是亮金色。

「這是……透過那個結？」

其中一條細線。

這條充滿種種可能的長繩再次在她的腦海中轉動。太多事情會在明天發生。

「我的勝算現在是……」

她噘起嘴。**百分之七十五？**她的想法帶有懷疑，我看得出來她這個數字是高估了。

別這樣。她心想，看著我彎下腰。**你應該接受這個賭注。像我便接受了。**

我下意識地亮出牙齒。

「拜託啦！」她說：「我怎麼可能錯過這種機會。這已經不只跟貝拉有關了。我相當確定她會平安無事。現在的重點是讓羅絲莉和賈斯柏學會尊重。」

「妳不是無所不知。」

「也夠接近了。」

我跟不上她開玩笑的心態。「妳如果是無所不知，就能告訴我該怎麼辦。」

你自己會找出答案，愛德華。我知道你會的。

我真希望這是事實。

我們回到家的時候，家裡只有父親和母親在。艾密特想必警告過其他人暫時別回家。我不在乎。我沒精神在乎他們的愚蠢賭局。艾利絲跑去找賈斯柏。我慶幸沒多少心聲傳進我的腦子，這讓我稍微比較能集中精神。

卡萊爾在樓梯底端等候，我很難阻擋他的想法，裡頭充滿我曾向艾利絲哀求答案的疑問。我不想向他坦承，我是因為軟弱而沒在闖出大禍前離開這裡。我不想讓卡萊爾知道，我要是沒有回來福克斯，什麼樣的驚恐場面會成真，我體內的怪物會多麼沉淪。

我從他身旁走過時，對他點一下頭，他知道這個動作的意思是：我知道他在擔心什麼，但我沒有好的答案能給他。他嘆口氣，也對我點個頭，然後慢慢上樓。我聽見他進書房去找艾思蜜。他們沒說話。她分析他的表情時，我試著無視她的想法——她的擔憂和痛苦。

跟其他人——甚至艾利絲——相比，卡萊爾最能明白我時刻都聽見別人心聲時的心境，因為他跟我相處得最久。也因此，他帶艾思蜜走出我們當成出口的一扇大窗。幾秒後，他們已經遠離我，我什麼也聽不見。我終於擁有寂靜。此刻，我腦海裡唯一的騷動，都來自我自己。

我以人類的速度緩慢移動，沖了澡，洗掉肌膚上和頭髮裡的森林痕跡。就跟之前開車時一樣，我覺得自己受到損害，彷彿力量被抽乾。這當然都出自我的幻想。我如果真的能失去力量，這絕對是奇蹟，是禮物。我真希望能變得軟弱，人畜無害。

我差點忘了我先前的恐懼——真是自大的恐懼：我在陽光下揭露自身的時候，貝拉會覺得我令人作嘔。我竟然浪費了幾秒鐘操這種心，我對自己生氣。我在尋找乾淨衣服時，必須再次考慮這個問題，不是因為她覺得「我是否令人作嘔」重不重要，而是因為我必須履行承諾。

我平時很少在意自己穿什麼。艾利絲為我準備了各式各樣的衣物，看起來都很搭配。衣服的主要功能是讓我們融入人群，符合當代的時尚，避免讓我們顯得太過蒼白，而且盡可能以適當方式遮蔽我們的肌膚，同時不會顯得老舊過時。艾利絲很討厭我們必須避免引人注目，因此在這方面盡量突破限制。她不僅給她自己選衣服，也給我們挑衣服，做為表達藝術的方式。我們的肌膚是被遮住了，我們不會用深色衣物來襯托自己的灰白膚色，而且我們的衣服絕對符合時尚，但我們沒有融入人群。衣服就像無害的放縱，就像我們開的車。

撇開艾利絲的前衛品味不說，我的衣服都是為了盡可能遮蔽身子。如果我想履行對貝拉的承諾，就不能只是露出雙手。我露出的部分越少，她就越難看出我的狀況。她需要看到我的真面目。

在這一刻，我想起衣櫃深處裡有一件我從沒穿過的襯衫。

那件襯衫是個異類。艾利絲如果看得見我們不會穿某件衣服，就不會買給我們，她很注重這點。我想起兩年前那天下午，我第一次看見這件襯衫跟艾利絲買的其他衣服掛在一起，但這件掛在最尾端，彷彿她知道這件有問題。

「這件是做什麼用？」我問她。

她聳個肩。**我也不知道。穿在假人身上很好看。**

我當時沒看到她藏起任何想法。她似乎跟我一樣搞不懂她為何衝動地買下這件，但她也不允許我丟掉。

你搞不好以後會穿。她當時堅稱，**你搞不好以後用得著**。

此刻，我抽出這件衣服，莫名地感到驚奇，甚至算是寒意——如果我能產生這種感覺。她看到兩年後的未來，就算她根本不明白自己為何採取某個行動。出於某種原因，她在貝拉選擇搬來福克斯的幾年前，就察覺到我可能會面臨這個古怪的試煉。

也許她真的無所不知。

我穿上這件白色的棉質襯衫，在鏡中看到自己雙臂裸露，感到忐忑不安。我扣上鈕釦，嘆口氣，然後又解開鈕釦。明天的重點就是讓自己裸露肌膚，但我不需要從一開始就露這麼多。我抓起一件米色的毛衣，套在身上。這樣舒服許多，領口只有露出白色襯衫的衣領，看起來很正常。也許我該穿著這件毛衣，也許全然揭露是錯誤路線。

我的動作不再緩慢。說來好笑，我的腦子裡充滿恐懼和決心，但我比較熟悉的那個恐懼，最近幾乎決定了我所有行動的那個恐懼，還是輕易地控制了我。

我已經好幾小時沒見到貝拉。她現在安全嗎？

最大的危險就是我，我卻擔心她碰上其他危險。其他的威脅都不算致命。話雖如此……如果她碰上什麼重大危機呢？

我本來就打算晚上去貝拉那裡，尤其是今晚，我現在更是急著過去。

我早早來到她家，這裡當然一切平安。貝拉還在洗衣服，我能聽見重心欠缺平衡的洗衣機發出的聲響，聞到烘衣機的散熱口吹出來的衣物柔軟紙的味道。想起她在午餐時開的玩笑，我有點想笑，但這個笑意不足以壓過我心裡的驚慌。我聽見查理在客廳看運動節目，他的心靈似乎昏昏欲睡。我相信貝拉沒改變心意、讓他知道她明天真正的計畫。

史旺家簡單平靜夜晚的輕鬆氣氛讓我平靜下來。我棲息在平時那棵樹上，讓它安撫我。

我不禁嫉妒貝拉的父親。他的人生很簡單，他沒有什麼重大的煩惱。明天只是個普通的一天，有他期待的宜人嗜好等著他。

但後天……

他沒辦法保證那天會有什麼等著他。我有辦法保證嗎？

我驚訝地聽見共用浴室裡傳出吹風機的聲響。貝拉平時懶得吹頭髮。我平時來這裡保護她（雖然是不請自來）的時候，注意到她睡覺時頭髮是溼的，到了早上自然變乾。不知道她為什麼開始吹頭髮。我能想到的唯一解釋，是她希望頭髮變得更好看。既然她明天打算見到的人是我，這表示她是為了我而打扮。

也許我錯了。但如果我猜對了……我好開心！她真可愛！她的人生明明碰到前所未有的危機，她卻在乎我——我就是對她最大的威脅——是否喜歡她的外貌。

就算加上吹頭髮的時間，她房間裡的燈光還是比平時更晚熄滅，我能聽見她在熄燈前房裡有些微動靜。我總是對她充滿好奇，我感覺等了很久以後才能確信她已經入睡。

我進入她的房間後，發現我其實不需要等那麼久。她今晚睡得特別香，頭髮平順地散落在枕頭上，雙臂放鬆地放在兩側。她睡得很熟，連夢話都沒說。

在她的房間裡，我立刻明白剛剛那陣聲響的來源。衣服丟得到處都是，有幾件掉在她的床尾，就在她的赤腳底下。想到她是為了我而打扮，我覺得喜悅，但也感到痛苦。

我咀嚼這份疼痛與喜悅，並將這份感受與我在遇見貝拉之前的相比較。我當時對什麼都不感興趣，彷彿我已經感受過了這世上所有的情緒。我真蠢。我其實才剛啜飲了人生之杯。我現在才意識到我錯過了什麼，還有多少事情等著我去發掘。前方一定還有更多折磨，比喜悅更多。但喜悅是如此甜美又強烈，我要是錯過其中一秒，就絕對不會原諒自己。

想到沒有貝拉的人生是多麼空虛，我回想起我遺忘許久的某個夜晚。

那是一九一九年的十二月，卡萊爾改變我的一年後。我的眼睛當時已經冷卻，從亮紅色變成琥珀色，而且我時刻感受到讓眼睛維持這種顏色的壓力。

我在一開始那幾個月的適應期中，卡萊爾盡可能讓我與外界隔絕。過了將近一年，我相當確定我的瘋狂狀態已經結束，卡萊爾也毫無懷疑地接受了我的自我評估，準備讓我重返人類社會。

一開始，我只有在晚上偶爾出門：我會盡可能事先吸血，然後等太陽下山後，我們會走在某個小鎮的大街上。我當時感到很驚訝，我們竟然能融入人類社會。人類的臉孔跟我們的截然不同：平凡、凹陷的肌膚，大同小異的五官，圓潤的臉龐，皮肉帶有瑕疵和斑點。我心想，他們如果真的以為我們也是人類，那他們的混濁眼睛一定瞎了。我過了幾年才習慣人類的臉孔。

我當時走在路上時，極力控制自己別殺人，所以我幾乎沒注意到我聽見諸多思緒，那些聲音對我來說只是雜音。隨著我無視吸血慾的能力越來越強，人群的心聲也變得越來越清晰，我很難充耳不聞，也越難控制殺人的慾望。

我辛苦地通過了這些早期的考驗，獲得了完美成果。接下來的挑戰，是在他們當中生活一個月。卡萊爾選擇了新伯倫瑞克省的聖約翰市，這是一個繁忙的海港城市，他訂的房間是一個靠近西碼頭的簡陋小旅館。除了年邁的老闆之外，我們遇到的鄰居都是水手和碼頭工人。

這項挑戰很難熬。我被完全包圍，到處都是人類的血味。我能在房間的布料上聞到人類的手的味道，能隔著窗戶聞到人類的汗味。我吸的每一口氣都混雜了人類的氣味。

我雖然年輕，但不服輸，而且決心要贏。我知道卡萊爾對我的迅速進步感到欽佩，而「取悅他」也成了我最大的動力。我當時雖然仍處於自我隔離狀態，但也聽見不少人類的思緒，我知道我的恩師在這個世界上是個獨特的人物，值得被我崇拜。

我知道他準備好的逃脫計畫——以防這項挑戰對我來說太過艱難。他打算向我隱瞞這件事，但他幾乎什麼也沒辦法對我隱瞞。我們雖然被人類的血味包圍，但只要穿越港口的冰冷水面，就能迅速撤離。我們離混濁的灰水只有幾條街。如果我禁不起誘惑、獵食了人類，他就會催促我逃跑。

但卡萊爾相信我不會屈服於本能，因為我太有天賦，太堅強，太聰明。他想必看到了我對他在心中對我的稱讚如何反應。我認為他的讚美使我變得傲慢，但也把我塑造成他心目中的我，我也決心贏得他已經給了我的讚許。

卡萊爾就是這麼聰明。

而且他很善良。

那是我成為永生者的第二個聖誕假期，雖然那是我第一次懂得欣賞四季的改變——在那之前的一年，我因為「新生」帶來的狂熱嗜血慾望而很少注意周遭。我知道卡萊爾私下很擔心我會想念的生活——我仍是人類時所擁有的親友，還有讓陰鬱天氣稍微變得好受的傳統活動。但他其實不需要操這種心。花環、蠟燭、音樂、盛會……那一切似乎都與我無關。我從無比遙遠的距離旁觀那一切。

某天晚上，他要我第一次獨自出門散步。我認真看待這項任務，盡可能讓自己像人類，我穿上層層衣物，假裝能感到寒意。我來到室外後，僵著身子，對抗每個誘惑，我的動作緩慢又刻意。我經過幾個從寒冷碼頭回家的男子。他們雖然都沒理我，但我並沒有刻意避免接觸。我想著自己未來的生活，我會像卡萊爾那樣從容自若，我想像以後無數次像這樣散步。卡萊爾為了幫助我而擱置了一切，我決心早日成為他的助力而非累贅。

我回到旅館房間，甩掉羊毛帽上的雪花，感到頗為自豪。卡萊爾會急著聆聽我的報告，我也迫不及待想對他說明。出門走在人類當中、只靠自己的意志力做為保護，這其實一點也不難。我故作淡定地走進門，這才注意到強烈的樹脂味。

我原本想用「輕鬆完成任務」這件事來給卡萊爾一個驚喜，但他正等著給我另一個驚喜。兩張床鋪整齊地堆在角落，搖搖晃晃的桌子推到門後，房間裡放著一棵十分高聳的冷杉，頂端的樹枝碰到天花板。針葉潮溼，幾處依然可見積雪，樹梢黏著他融在上頭的蠟燭，燃著燭火，溫暖的黃色火光反映在卡萊爾光滑的臉頰上。他綻放燦爛笑容。

聖誕快樂，愛德華。

我有點尷尬地意識到，我今晚的偉大成就，我的獨自冒險，其實是他為了支開我。接著，我覺得感激，因為卡萊爾非常相信我的自制力，他願意用這種方式支開我，好給我一個驚喜。

「謝謝你，卡萊爾。」我立刻回應：「也祝你聖誕快樂。」說真的，我不確定我對他的心意做何感想。我覺得……這種想法有點幼稚——彷彿我的人類生活只是我拋下的幼蟲期，連同相關的束縛；我現在擁有了翅膀，卻被期待繼續在泥濘裡龜爬。我覺得自己年紀大得不適合這樣過節，但我也深受感動，因為卡萊爾願意送我這種禮物，讓我能暫時回到昔日的喜悅。

「我有準備爆米花。」他告訴我：「也許你願意跟我一起修剪這棵樹？」

我在他的腦海裡看到這件事對他的意義。這不是我第一次聽見他因為把我拉進這種生活而感到的罪惡感。他會盡量給我人類擁有的瑣碎喜悅。我也不會傲慢得拒絕在這件事上給他喜悅。

「當然。」我同意。「我猜，今年的我在修剪樹枝這件事上，動作一定比以前快。」

他哈哈笑，前去攪動壁爐裡的餘燼。

我很快地放鬆下來，配合他構想的這個共度佳節的家庭，雖然是個很小、很不尋常的家庭。我雖然覺得我的角色很容易扮演，但我總覺得我不屬於這個世界。我不禁好奇，我會不會隨著時日經過而適應卡萊爾安排的這個人生，還是我會永遠覺得自己像個異類。我是不是比他還像真正的吸血鬼？我太像吸血妖怪，而無法接受他那種更貼近人類的感性？

隨著歲月流逝，我這些疑問獲得解答。在那些日子裡，我其實比自己意識到的更像個新生兒，而隨著我成長，一切也變得更簡單。身為異類的感覺逐漸消退，我發現我確實屬於卡萊爾的世界。

但在那個季節裡，我的擔憂使得我更脆弱，更容易受到陌生人的思緒所影響。

隔天晚上，我們和幾個朋友見面，那是我的第一個社交場合。

時間是午夜過後，我們離開了鎮上，前往北邊的山丘，尋找一個遠離人類、能讓我安心狩獵的地區。我竭力約束自己，管住自己的諸多感官，它們渴望獲得釋放，想帶我穿越黑夜，獵捕能滿足我的吸血慾望的生物。我們必須確保我們離人類居民夠遠。我一旦釋放了自己的力量，就會無法拒絕人類的血味。

這麼做應該安全。卡萊爾表示贊同，而且他放慢腳步，讓我帶領這場狩獵。也許我們會找到一些正在雪地中狩獵的野狼。但在這種天氣下，我們大概得深入獸穴才找得到動物。

我讓感官隨意探索——這麼做讓我非常放鬆，感覺就像伸展束縛許久的肌肉。我一開始只嗅到乾淨的雪，連同落葉林的枯枝。我注意到自己覺得安心，因為我沒聞到人類，沒有慾望，沒有痛苦。我們悄然飛奔，穿越密林。

然後我注意到一股新的氣味，讓我覺得既熟悉又怪異。它帶有甜味，聞來清新，比新雪更純淨。這股芬芳有種明亮感，而就我所知，只有兩個氣味跟這種味道很像：我和卡萊爾的味道。但除此之外，這股味道讓我覺得陌生。

我驟然停步。卡萊爾注意到這股氣味，也在我身邊僵住。在那半秒間，我聆聽他的焦慮。然後他的焦慮轉為恍然大悟。

啊，西歐班。他心想，立刻冷靜下來。**原來她在這一區**。

我狐疑地看著他，不確定現在是否適合開口說話。他雖然放鬆，但我覺得忐忑不安。我因為不知道陌生人是誰而提高警覺。

是幾個老朋友，他向我擔保。**我猜你也該見見我們的族人了。我們去找他們。**

他顯得平靜，但我感覺到他的話語暗藏擔憂。這是我第一次感到納悶，我們以前為何沒遇過其他吸血鬼。根據卡萊爾教過我的，我知道我們其實沒那麼罕見。他想必是刻意避免我跟其他族人接觸。為什麼？他不用擔心肢體方面的危險。他這麼做是出於什麼動機？

那股氣味十分新鮮。我聞得到兩股味道。我納悶地看著他。

西歐班和瑪姬。不知道利安在哪？他們的家族就是這三人。他們通常一起旅行。

家族。我在卡萊爾給我上的歷史課聽過這個單字，但總以為它是指大型的軍事團體。佛杜里家族，在他們之前則是羅馬尼人和埃及人的家族。如果西歐班擁有三人家族，那麼家族二字是不是也適用在我們身上？我和卡萊爾算是家族嗎？這個詞彙似乎不適合我們，聽起來……太冰冷。也許我對這個單字的理解有瑕疵。

我們花了幾小時才追上他們，因為他們也在奔跑。我們沿著他們的蹤跡，深入覆雪荒野，這點十分幸運。我們如果太靠近人類的棲息地，卡萊爾就會叫我在後面等著。透過嗅覺來追蹤，跟利用嗅覺來狩獵沒多大不同，我知道我如果碰到人類的蹤跡，一定會感到不知所措。

我們離對方很近，我能勉強聽見他們在前方奔跑的聲響——他們完全沒試著避免出聲，而且顯然不擔心被追蹤——卡萊爾這時大聲喊道：「西歐班！」

前方的動靜停頓幾秒，然後他們朝我們折返而來，動作聽來強悍，我不禁繃緊身子，就算卡萊爾顯得老神在在。他停下腳步，我在他身邊停定。在我的印象中，他的決策總是正確，但我還是幾乎下意識地蹲伏身子。

放輕鬆，愛德華。第一次遇見能力相當的掠食者，這確實是個挑戰，但我們沒理由擔心。我相信她。

「當然。」我咕噥，然後站直身子，雖然姿態還是很僵硬。

也許這就是為什麼他避免讓我見到其他族人。也許他急著保護我，是因為他知道我在新生後已經被吸血慾望弄得不知所措。我把肌肉繃得更緊。我現在不會讓他失望。

「是你，卡萊爾？」某個嗓音傳來，如教堂鐘聲般清晰低沉。

一開始，只有一名吸血鬼從雪林中出現。她是我見過體型最大的女子，比我和卡萊爾都高，肩膀很寬，四肢粗大。但她的身形並不是肌肉賁張的類型，而是婀娜多姿——強悍又強勢的女性。她今晚顯然沒打算喬裝成人類，因為她身上只有一件很簡單的無袖亞麻連衣裙，腰間是一條造型複雜的銀鏈。

我上次這樣注意到女人，是我還是人類的時候，我發現自己不知道該把視線往哪擺。我把目光集中在她的臉上，她的臉蛋就跟她的身體一樣充滿女人味。她的嘴唇豐滿又具有線條，一雙緋紅大眼，睫毛比松針還粗。她烏黑的頭髮在頭頂挽成髻，裡頭插著兩根細細的木籤。

看著這張和卡萊爾相似的臉孔——完美，光滑，缺乏人類臉孔那種起伏肉感——我感到莫名安心。這種對稱美讓我感到放心。

半秒後，另一名吸血鬼現身，從高䠷女子後面探頭出來。這人比較不那麼起眼，只是個小女孩，看起來還是個孩子。高䠷女子女人味十足，小女孩則完全相反。她骨瘦如柴，身穿黑色連衣裙，充滿警覺的眼睛大得誇張，但那雙眼睛跟與她同行女子的一樣完美無瑕。女孩只有髮量堪稱豐沛——一頭狂野的亮紅鬈髮，糾結得似乎不可能梳開。

高䠷女子跳向卡萊爾，我逼自己別擋在她面前。我在這一秒意識到，從她粗壯的四肢來看，我根本不夠她打。我不禁謙卑起來。卡萊爾不讓我遇到其他族人，也許是為了保護我的自尊。

她伸出赤裸的雙臂，擁抱卡萊爾，嘴裡亮出白牙，但笑容看起來很友善。卡萊爾用雙臂摟住她的腰際，發出歡笑。

「妳好，西歐班，好久不見。」

西歐班放開他，但雙手繼續放在他肩上。

「你躲到哪兒去了，卡萊爾？我原本還在擔心你是不是碰上什麼壞事。」她的嗓音幾乎跟他的一樣低沉，宛如充滿磁性的女低音，聽起來就像愛爾蘭裔碼頭工人的輕快腔調，極其悅耳。

卡萊爾的想法轉向我，想到我們去年經歷的種種。與此同時，西歐班很快瞄我一眼，然後移開視線。

「最近太忙了。」卡萊爾說，但我的注意力集中在西歐班的想法上。

根本還算是個新生兒……可是他那雙眼睛，很怪異，但不是卡萊爾那種怪異。琥珀色，而不是金色。他還挺帥的。不知道卡萊爾在哪找到他。

西歐班後退一步。「我真失禮，還沒請教你夥伴的大名。」

「容我介紹你們認識。西歐班，這位是愛德華，我的兒子。愛德華，這位是……相信你也猜到了，這是我的老朋友西歐班。而那邊那位是她的瑪姬。」

小女孩歪起頭，但不是為了跟我打招呼。她皺起細眉，彷彿專心試著解謎。

兒子？這個字眼讓西歐班愣住。**啊，看來他還是選擇創造出一個夥伴。有意思。不知道他為什麼現在才這麼做？這男孩一定有什麼特別之處。**

他說的是事實，瑪姬這時心想。**但事情應該沒這麼簡單。卡萊爾有所保留。**她彷彿對自己點一下頭，然後瞥向仍在打量我的西歐班。

「愛德華，很高興見到你。」西歐班朝我伸手，目光停在我的虹膜上，彷彿試著判斷色澤。

我只知道人類會對這種會面做出什麼樣的反應。我握住她的手，輕吻她的手背，注意到她的肌膚如玻璃般光滑。

「我的榮幸。」我回話。

真迷人。她放下手，對我燦笑。**真帥**。**不知道他擁有什麼天賦，而且為什麼吸引卡萊爾？**

她的想法讓我愣住——她說出「天賦」一詞的時候，我才明白她為什麼認為我一定有什麼特別之處——但我經過多次練習，已經懂得藏起自己的反應。

她說得當然沒錯，我確實擁有某種天賦。不過……卡萊爾明白我擁有什麼能力的時候，是發自內心地感到驚訝。因為我的天賦，我知道他的驚訝不是裝出來的。他在回答我的問題時——他為何改造我——他的心裡沒有謊言，沒有遮掩：他很寂寞，而且我的母親哀求他救我的命。我的臉龐下意識地保證我擁有某種美德，就算我不確定我擁有這種美德。

她轉向卡萊爾的時候，我還在判斷她的猜測哪裡對、哪裡錯。她轉身時，腦子裡閃過一個想法。

可憐的孩子。我猜卡萊爾把自己的怪習性傳承給了這孩子，所以他的眼睛這麼怪。真悲劇——他無法獲得這種人生最大的喜悅。

在當時跟她這個結論相比，她的另一個揣測比較讓我不安。她和卡萊爾持續談話，我們因此在太陽下山後才回到我們租來的房間。我和卡萊爾再次獨處時，我問起這件事。卡萊爾說明西歐班的來歷，她對佛杜里家族深感著迷，她對吸血鬼的天賦充滿好奇，最後是她發現了一個似乎無所不知的特殊孩子。西歐班把瑪姬改造成吸血鬼，不是為了獲得伴侶，不是因為擔心小女孩的安危（換作其他場合，這女孩原本會成為她的晚餐），而是因為她急於為自己的家族取得天賦異稟之人。這是看待這個世界的另一種方式，比卡萊爾更缺乏人性的方式。他沒向西歐班透露我擁有什麼樣的天賦（難怪瑪姬對我的態度很怪，她透過自己的天賦而知道卡萊爾有所隱瞞），他未經刻意尋求就獲得了我這麼罕見又強大的能力，他不確定西歐班會如何反應。因為，我是透過怪異的巧合而擁有天賦。我的讀心術就是我的一部分，所以卡萊爾不希望我這個能力消失，正如他不想改變我頭髮的顏色，或是我的音調。話雖如此，他從沒把我的天賦視為讓他獲利的物品或優勢。

隨著時間經過，我越來越少想到這些事。我在人類的世界當中越來越感到自在，卡萊爾後來也重拾手術刀、回去當醫師。他出門的時候，我讀了醫學和其他科目，但只有從課本裡，而不是在醫院裡。幾年後，卡萊爾找到艾思蜜，她在適應新生活的期間，我們又過起比較隱密的生活。那是一段很忙的日子，我們獲得新知識，認識新朋友，所以我又過了幾年才開始對西歐班的憐憫之詞感到困擾。

可憐的孩子……真悲劇——他無法獲得這種人生最大的喜悅。

這句話開始影響我，而她其他的想法則很容易推翻，因為我能聽見卡萊爾的想法。她那句「這種人生最大的喜悅」造成了我後來離開卡萊爾和艾思蜜。我為了追尋那種喜悅而一再殺人，我傲慢地運用天賦時，以為自己做的好事比壞事多。

我第一次嘗到人血的時候，我的身體感到極致喜悅。我感覺到完全的飽足，完全的舒爽。我比以往更充滿生命力。雖然那次的人血品質不算頂尖——我的第一個獵物的體內充滿帶有苦味的毒品——卻還是讓我覺得平時吸的血就像水溝裡的水。話雖如此……我的心靈還是跟我身體感到的滿足稍微拉開距離。我一直看到醜惡面。我忘不了卡萊爾必定對我的抉擇做何感想。

我原以為那些疑慮遲早會消退。我找到一些壞事做盡但不吸毒的男子，嘗到品質更好的血。我回想自己以前身兼法官、陪審團和劊子手三個身分時，可能救了多少人。就算我每殺一個壞人也只是挽救一個受害者，也應該好過放任那些壞蛋繼續行惡吧？

那種日子過了很多年後，我才放棄。我一直不太確定，為什麼對我來說，血其實不是西歐班所認定的那種極致狂喜；為什麼跟自由相比，我還是很想念卡萊爾和艾思蜜；為什麼我每次殺人的罪惡感持續累積，最終把我壓垮。我回到卡萊爾和艾思蜜身邊後，努力重新學習我拋下的紀律時，我做出結論：西歐班可能不知道比血更重要的召喚，而我重生是為了做更好的事。

此刻，曾經騷擾我、驅動我的那句話再次歸來，威力十足。

這種人生最大的喜悅。

我毫無疑惑。我現在明白這句話的意義。我的人生最大的喜悅，就是正在熟睡的這個脆弱、勇敢、溫暖、擁有洞察力的女孩。貝拉。這是人生給我的最大喜悅，而她如果消失，就會是我最大的痛苦。

我襯衫裡的手機發出震動。我立刻拿出來查看號碼，然後湊到耳邊。

「我看見你不能說話，」艾利絲輕聲道：「但我猜你應該會想知道，你的勝算提高到百分之八十。不管你正在做什麼，繼續下去。」她掛了電話。

我看不見她的想法，當然無法信賴她信心十足的語氣，她也知道這點，她可能在電話上對我說謊，但我還是覺得受到鼓舞。

我正在做的，是沉浸於我對貝拉的愛。我認為繼續下去不會很困難。

chapter 16

糾結

我嘆口氣，有點想打退堂鼓，

有很多原因，跟生死有關的原因。

但在這一刻，

我最擔憂的，

是她終於看到我的時候，

會出現什麼樣的表情，

眼裡會不會充滿反感。

貝拉今晚睡得無比香甜，這反而令我緊張不安。

打從我第一次聞到她的氣味，我就無法阻止自己的情緒產生極端變化。今晚比平時更糟——前方的危險所帶來的重擔，把我推向前所未有的緊張狀態。

貝拉四肢放鬆，眉心平坦，嘴角上揚，呼吸如節拍器般規律。跟我來這裡陪伴她的其他晚上相比，這是我第一次看到她如此平靜。這意味著什麼？

我猜這表示她還是不明白。我雖然給了她那麼多警告，她卻還是不相信真相。她太相信我。她不該這麼做。

她父親探頭進來察看她的時候，她完全沒動。現在還很早，太陽還沒升起。我待在原位，確信我在陰暗角落中猶如隱形。她父親的朦朧思緒夾雜著遺憾和罪惡感，我猜這只是因為他今天不會見到她。有那麼幾秒，他考慮要不要留在家裡，但責任感——他的計畫、夥伴、他約好要開車載人——還是引他離去，起碼我猜是這麼回事。

查理從樓梯下方的衣櫃裡拿出釣魚用具，發出很多聲響。貝拉毫無反應，眼皮完全沒跳一下。

查理出門後，輪到我離開，雖然我很不想離開她這個平靜的房間。她的祥和睡姿安撫了我的靈魂。我最後吸一口氣，把她的氣味留在肺臟裡，細細品嘗灼痛感，直到痛楚平緩下來。

她醒來後，房間裡立刻變得吵雜，她在睡夢中獲得的平靜似乎在醒來後煙消雲散。她的動作聽來匆忙，而且她拉開窗簾幾次，我猜她在看我出現沒有。這讓我迫不及待地想跟她在一起，但我們已經約好了幾點會合，我不想提早出現而影響她的準備工作。我已經做好準備，但總覺得不夠完善。我在這種日子真的能做好準備嗎？

我真希望能感覺到那種喜悅——一整天都在她身邊，問她一大堆問題，被她的暖意包圍。然而，我卻也希望我能背對她的住家，往反方向奔跑——我能堅強跑到世界的另一頭，待在那裡，永遠不再危害她。但我想起艾利絲的幻象——貝拉被陰影遮蔽的陰鬱臉孔——我知道這麼想是錯的。

我從樹上跳下，走過她家門前的草地時，已經換上陰沉的心情。我試著不把心情寫在臉上，但我似乎就是不知道如何以正確方式移動肌肉。

我輕輕敲門，知道她在聆聽，然後我聽見她匆忙下樓。她跑向門，花了一些時間打開門鎖，最後用力拉開門，門板因此撞到牆壁。

她直視我的眼睛，整個人全然靜止，臉上的笑容表明昨晚睡得多麼香甜。

我的心情也跟著放鬆。我吸口氣，新鮮的灼痛感取代了淡去的痛楚，但這不算什麼，因為現在能跟她在一起，我感到強烈的喜悅。

我好奇地瞥向她的衣服。她決定穿什麼？我立刻想起她這套服裝——這件毛衣原本是放在一個最顯眼的位置，她那臺老舊的電腦上，底下是白色的排釦襯衫，旁邊是一條藍色牛仔褲。淡棕、白領、藍色牛仔褲……我不用看也知道，她是刻意跟我穿得很像。

我呵笑一聲。看來我跟她又有了共通點。

「早安。」

「怎麼了？」她問。

這個疑問有無數答案，所以我愣了一下，但我注意到她低頭查看自身，所以我明白她是問我笑什麼。

「我們的衣服很配。」我解釋。

我再次發笑。她觀察我的衣服，然後看著她自己的衣服，一臉驚訝。突然間，她的驚訝變成皺眉。為什麼？我以為這種巧合應該只會讓人感到莞爾。她選了這套衣服，是出於某種更重要的原因，所以我的笑聲惹她生氣？我如果追問這件事，聽起來一定很怪吧？我唯一能確定的是，她選擇這套衣服的原因，一定跟我不一樣。

想到我那些衣服，還有艾利絲預見的畫面，我在心裡打個冷顫。但我不該逃避。我不應該「想」在她面前隱藏我自己。她有權利知道一切。

她跟我走向她的卡車，臉上再次露出笑容——突然顯得沾沾自喜。雖然我不打算食言，但我也不太想履行這個約定。我知道這樣想並不合理。她天天開著這輛古董巨獸到處跑，並沒有碰上壞事。嚴格來說，壞事似乎都等我在場目睹的時候才會發生。看到我的表情，她似乎以為我後悔做了約定。

「我們說好的。」她一臉沾沾自喜，坐進駕駛座，傾身打開右前座的車門。

我真希望令我擔憂的只是這麼瑣碎的原因。

老舊的引擎勉強發動，金屬車架劇烈顫抖，我擔心會有什麼東西掉下來。

「要去哪？」她在噪音中提高嗓門。她把檔位打到倒檔，扭頭查看後方。

「妳先繫好安全帶，」我堅稱：「我已經開始緊張了。」

她瞪我一眼，但還是扣上安全帶，然後嘆口氣。

「去哪？」她再問一次。

「走一〇一公路，往北。」

她盯著道路，緩緩駛過鎮上。我不確定等我們開上主要道路後，她會不會加速，但她的時速始終比限速慢三哩。太陽依然低垂於東邊的地平線，被幾層薄雲遮蔽，但是艾利絲跟我說過中午就會放晴。按照她這種車速，我不確定能不能趕在中午之前抵達那片樹林。

「妳要等到黃昏才開出福克斯嗎？」我這樣羞辱她的卡車，她一定會做出抗議。她的反應果然符合我的預期。

「這輛卡車老得足以當你那輛車的阿公了，」她厲聲道：「放尊重點。」但她還是稍微提高車速，現在的時速比限速快兩哩。

我們終於離開福克斯鎮中心的時候，我稍微鬆了一口氣。不久後，窗外的森林多過人煙。引擎的噪音聽起來就像鑿岩機撞擊花崗岩。她未曾把視線從路上移開。我想說些什麼，想問她在想什麼，但我不想讓她分心。她的表情幾乎顯得強悍。

「在一一〇公路右轉。」我告訴她。

她點點頭，然後為了拐彎而把車速放慢，宛如龜爬。

「一直開下去，直到路的盡頭。」

「那裡有什麼？」她問：「路的盡頭有什麼？」

有一片無人森林。完全沒有目擊者。有一個怪物。「小徑。」

她回話時依然盯著路面，嗓音變得更高亢緊繃。「我們要健行嗎？」

她的語氣流露擔憂，這令我擔心。我沒有考慮到……那段路很短，也很好走，跟她家後面那條小徑沒多大分別。

「有問題嗎？」我能帶她去別的地方嗎？我沒安排任何備用方案。

「沒有。」她立刻說，但語調還是有點緊繃。

「別擔心，」我向她保證。「只有五哩遠，我們也不趕時間。」說真的，我一點也不急。我突然感到驚慌，因為我意識到這段路真的很短。

她又皺眉，幾秒後開始咬脣。

「妳在想什麼?」

她想掉頭折返?她在這整件事上改變了心意?她後悔今早應門?

「只是好奇我們要去哪。」她回話,顯然想說得一派輕鬆,但效果不佳。

「是個我在天氣不錯時會想去的地方。」我瞥向窗外,她也這麼做。雲朵宛如一層薄紗,很快就會被太陽蒸發。

她原本期待太陽照射我的肌膚時會是什麼樣的畫面?她在腦海中想出了什麼樣的畫面,來解釋她今天為何要跟我出門?

「查理說今天會很溫暖。」

我想像她父親在河邊享受這美好的一天。他不知道自己來到一個十字路口,有個夢魘離他很近,很可能吞噬他的世界。

「那妳有告訴查理妳和誰在一起嗎?」我詢問時,心中不帶希望。

她微笑,凝視前方。「沒。」

我真希望她如此答覆時不是這麼開心。儘管如此,如果貝拉沒能回家,我知道有個證人知道她跟我出門。

「可是潔西卡以為我們要一起去西雅圖?」

「不,」她心不在焉。「我跟她說你取消了——這是事實。」

什麼?我現在才聽說。這想必是發生在我跟艾利絲去狩獵的時候。貝拉幫我湮滅了這方面的證據,彷彿她希望我就算殺了她也能逍遙法外。

「沒人知道妳跟我在一起?」

聽見我的語氣，她稍微愣了一下，但還是抬起下巴，擠出笑容。「這得看情況。我猜你有讓艾利絲知道？」

我深呼吸，以維持語調平靜。「這麼做還真有幫助，貝拉。」

她的笑意消失，但她假裝沒聽見我說什麼。

「福克斯讓妳心灰意冷到想自殺？」

「是你說你可能會惹上麻煩，」她輕聲道，收起所有笑意。「如果我們一起出現在公眾面前。」

我清楚記得那次對話，我搞不懂她怎麼完全弄錯意思。我對她那麼說，不是為了讓她變得更方便讓我下手，而是為了讓她逃離我。

「所以妳擔心如果妳沒有回家……」我咬牙問，試著把話一字一句地講清楚，以確保她沒有任何機會錯誤解讀自己的立場有多麼愚蠢。「我可能會惹上什麼麻煩？」

她盯著路面，點一下頭。

「妳怎麼就是不明白我是個錯誤？」我嘶吼，因生氣而說得又快又急。話語對她來說就是沒用，我必須展示給她看。

她顯得緊張，眼睛差點移向我，不過依然未曾從路面上移開。她被我的怒火嚇到，但沒到我預期的程度。她只是擔心她害我不高興。我就算無法讀取她的心思，也看出怎麼回事。

和往常一樣，我其實不是氣她，而是氣我自己。沒錯，她對我做出的反應總是反常，但這是因為從某方面來說，她這些反應才是正確的。她太善良。她給了我不值得擁有的信賴，她在意我的感受，彷彿我的感受很重要。她就是因為善良而陷入這種危險。她的美德，我的邪惡，這兩股相反的力量綁住我們。

我們來到路的盡頭。貝拉把卡車停在路肩的泥土地上，熄掉引擎。被卡車的噪音騷擾了這麼久，突來的寧靜幾乎令人吃驚。她解開安全帶，迅速下了車，沒看我。她背對著我，花了幾秒鐘脫下毛衣，然後把袖子綁在腰間。我驚訝地發現，她的襯衫不只是顏色跟我的一樣，也同樣是無袖款式。我很少看她穿著露出這麼多肌膚的衣服，我雖然感到著迷，但也立刻感到擔憂。任何打斷我注意力的事物都是危險。

我嘆口氣，有點想打退堂鼓，有很多原因，跟生死有關的原因。但在這一刻，我最擔憂的，是她終於看到我的時候，會出現什麼樣的表情，眼裡會不會充滿反感。

我要面對她的反應。我假裝勇敢，假裝超越自己自私的恐懼，就算這只是演技。

我也脫下毛衣，覺得忐忑不安。我只有在家人面前露出這麼多肌膚。

我咬著牙，跳下卡車——我把毛衣留在車上，逼自己別穿上——然後關上門。我凝視森林。如果我走離路面、進入樹林，也許就不會覺得自己過於裸露。

我感覺她在看著我，但我膽小得不敢轉身看她，而是轉頭望向身後。

「往這兒走。」我把話說得太快。我必須控制住自己的焦慮。我開始慢慢往前走。

「小徑呢？」她的音調比平常高八度。我瞥向她——她繞過卡車的車頭，來到我身邊，神情緊張。有太多因素可能嚇到她，我不確定是哪個。

我試著讓自己聽來像個正常人，語氣輕盈而詼諧。我就算無法撫平自己心中的忐忑不安，但也許能撫平她的。「我說路的盡頭有小徑，但沒說我們要走。」

「沒有小徑？」她說出小徑二字時，彷彿指的是最後一艘救生艇。

我挺起肩膀，擠出笑容，轉身面對她。

「我不會讓妳迷路。」我保證。

這比我預料得更糟。她竟然張著嘴，就像搭配罐頭笑聲那種情境喜劇裡的角色。她掃視我的裸露肌膚，只看到蒼白的膚色，嚴格來說是極度蒼白的皮肉，線條不太像人類，因為我的四肢輪廓不太像人類。如果她看到我在樹蔭下的肌膚是這種反應……

她板起臉，彷彿我先前的意氣消沉轉移到她身上，連同我這一百年來的分量。也許這麼做就夠了，也許她已經看夠了。

「妳想回家？」

如果她想離開我，如果她現在就想走，我會讓她走。我會目送她消失，我會承受。我不太確定怎麼做，但我會找出辦法。

她的眼裡閃過某種我無法辨識的反應，然後她說：「不！」她說得很快，聽起來簡直就像反駁。她快步來到我身旁，離我很近，我只要挪動胳臂幾吋就能碰到她的手。

這意味著什麼？

「怎麼了嗎？」我問。她的眼裡依然流露痛苦，跟她的行動不符合的痛苦。她究竟想不想離開我？

她回話時，音調低沉，幾乎單調。「我不擅長健行，你得很有耐心才行。」

我不完全相信她這番話，但她這種謊話算是善意的謊言。她顯然因為沒有一般的小徑可走而擔心，但這種原因不足以給她造成這麼難過的表情。我靠向她，盡可能溫柔地微笑，試著逗她笑。我討厭逗留於她的嘴脣和眼睛的痛苦。

「我可以很有耐心，」我向她擔保，讓語氣聽來輕鬆。「只要我努力嘗試。」

她微微一笑，但只有一邊的嘴角上揚。

「我會帶妳回家。」我保證。也許她覺得別無選擇，只能面對這場試煉、這是她欠我的。但她什麼也不欠我，她隨時可以一走了之。

她的反應令我愣住。她沒接受我提供的出路，而是明顯地對我板起臉。她開口時，語氣刻薄。

「如果你要我在太陽下山前穿越叢林、走完五哩路，你最好開始帶路。」

我驚訝地瞪著她，等她說清楚，讓我明白我究竟哪裡得罪了她，但她只是抬起下巴，瞇起眼睛，彷彿提出挑戰。

我不曉得還能怎麼辦，所以只是向她伸出胳臂，引導她前進，用另一手撥開擋路的樹枝。她從樹枝底下大步走過，然後拍開一根擋路的小樹枝。

進入森林後，氣氛確實變得比較輕鬆。也許我只是需要一點時間來消化她最初的反應。我帶路，為她撥開樹枝。她大多的時候都垂頭看地，似乎不是為了避免看著我，而是怕跌倒。注意到她跨越樹枝時怒瞪它們，我這才明白原因。笨手笨腳的人當然會因為地面崎嶇不平而緊張。但這還是無法解釋她剛剛為何悶悶不樂，之後又為何發脾氣。

在森林裡，許多事情變得比我預料得簡單。這裡只有我們，沒有目擊者，但氣氛卻不覺得危險。我們有幾次碰到障礙物，像是擋路的倒木，或是難以跨越的裸岩，我本能地伸手想扶她，就跟在學校的時候一樣，觸碰她不會很難。「不會很難」這種描述不算正確。應該說，就跟之前一樣，觸碰她讓我感到刺激又愉悅。我溫柔地扶她時，聽見她的心跳加速。我想像自己的心臟如果也會跳，聽起來應該也一樣。

我覺得安全，或者該說還算安全，因為我知道這裡不是那片草地。艾利絲未曾在幻象中看到我在森林裡殺掉貝拉。我真希望我沒看過艾利絲那道幻象……當然，不知道那個可能的未來，沒為此做好準備，可能就是引發貝拉死亡的原因。這一切都過於迂迴，難以理解。

這不是我這輩子第一次希望自己的大腦能放慢點。我想逼它以人類的速度運作，一天也好，甚至一小時也好，我就不會一直想著那些沒有答案的問題。

「妳最喜歡的生日派對？」我問她。我迫切需要轉移心思。

她的嘴角上揚，既像苦笑也像不悅。

「怎麼？」我問：「今天不是輪到我問問題？」

她發笑，揮個手，彷彿把我的疑慮揮開。「沒關係。我只是不知道答案。我對生日沒什麼興趣。」

「這還真……不尋常。」我想不出我見過的哪個青少年跟她一樣。

「生日很麻煩，」她聳個肩。「收禮物之類的。如果你不喜歡人家送的禮物？你得立刻演戲，以免傷了人家的感情。而且他們會常常盯著你看。」

「妳母親不太會挑選禮物？」我做出猜測。

她回個莫測難辨的微笑。我看得出來，她不打算說她母親的壞話，就算她在這方面一定有陰影。

我們默默走了半哩路。我原本希望她會主動開口或提出疑問，好讓我知道她在想什麼，但她始終盯著森林的地面，陷入沉思。我再次嘗試。

「妳小學的時候最喜歡的老師？」

「海普曼尼克太太，」她毫無遲疑。「二年級。她讓我在課堂上讀我自己想讀的書。」

我對她咧嘴笑。「好典範。」

「你上小學的時候，最喜歡哪個老師？」

「我不記得了。」我提醒她。

她皺眉。「也對。抱歉，我沒考慮到——」

「不需要道歉。」

我再走了四分之一哩路後，想出一個她沒辦法輕易拋回來的疑問。

「妳喜歡狗還是貓？」

她歪起頭。「我不太確定……也許貓吧？很萌卻也很獨立，不是嗎？」

「妳從沒養過狗？」

「我兩種都沒養過。我媽說她會過敏。」

她顯然懷疑她母親的說詞。

「妳不相信她？」

她再次停頓，不想背叛母親。「這個嘛，」她緩緩道：「因為我常常看到她摸人家養的狗。」

「這究竟是……」我思索。

貝拉笑出聲，聽來無憂無慮，毫無苦悶。

「我花了好多工夫才說服她讓我養魚。我終於明白，她是擔心為了照顧寵物而無法出門。我跟你說過，她很喜歡每個週末都出門，參觀哪個小鎮或古蹟。我跟她介紹了那種能自動餵魚一星期的機器，她才答應。芮妮就是受不了被綁住。我的意思是，她已經有我了，不是嗎？我綁住她，改變了她的人生，她不想再被其他東西綁住。」

我維持面無表情。她這種洞察力——我一點也不懷疑她這方面的能力，她總是輕易看穿我——讓我對她的過去多了一種比較黑暗的解讀。貝拉需要當個照料者，不是因為她母親需要幫助，而是因為她覺得自己需要贏得地位？一想到貝拉可能覺得沒人想要她，或是她需要證明自己的價值，我就覺得生氣。我很想用某種社會允許的方式服侍她，讓貝拉明白她光是存在就已經足夠。

她沒注意到我試著控制自己的反應。她又笑一聲，繼續說下去。「我們從沒試著養過比金魚更大的寵物，這樣大概也好。我不太擅長養寵物。我覺得我餵第一隻也許餵太多了，所以我養第二隻的時候餵比較少，但這麼做是個錯誤。至於第三隻——」她抬頭看著我，神情困惑。「我真的不知道牠哪裡有問題，牠一直跳出水缸，直到有一天，我來不及把牠放回水裡……」她皺眉。「連續三隻都——我猜我算是連續謀殺犯。」

我沒辦法忍住笑聲，但她似乎沒生氣，而是跟我一起笑。

我們的笑聲平息後，天色出現變化。艾利絲保證會出現的陽光降臨在茂密的樹冠上方，我立刻感到既興奮又緊張。

我知道這種情緒很荒謬，我能找到的形容詞就是「怯場」。如果貝拉覺得我很噁心？如果她對我感到反感？沒關係，真的沒關係。這是今天對我影響最小的煩惱。虛榮、脆弱的自我，影響力真有那麼大？我從不相信它能那樣影響我，我現在也不這麼認為。我滿腦子擔心揭露自身這件事，反而不會擔心其他事。例如，她在對我感到反感之後，對我產生排斥，跟我拉開距離，而我知道我必須讓她走。她會不會被我嚇得拒絕讓我帶她回卡車上？我至少得帶她回到路上，好讓她獨自開車回家。雖然那幅畫面似乎會壓垮我的身子，但更糟糕的是——艾利絲見過的試煉。如果我沒能通過那個試煉……我無法想像。我要怎樣活下去？我怎樣才能找到辦法讓自己停止活下去？

我們離目的地很近。

我們走過一片較為稀疏的樹林時，貝拉注意到天色的變化。她以開玩笑的態度皺眉。「我們到了沒？」

我假裝也同樣愉快。「快到了。妳看得到前方的亮光嗎？」

她瞇眼看著前方的森林，皺起眉心。「呃，我應該看得到嗎？」

「對妳的眼睛來說或許太遠了。」我承認。

她聳個肩。「該去看驗光師了。」

我們繼續前進，彼此間的沉默似乎更為沉重。我看得出來，貝拉注意到了那片草地的亮光。她下意識地微笑，加大步伐。她不再看著地面，而是盯著那團經過過濾的陽光。看她熱切的模樣，我的不情願加深。我想要更多時間，一、兩個小時就好……我們能不能在這裡停步？我如果臨時喊停，她會不會原諒我？

但我知道拖延毫無意義。艾利絲已經看到那一刻遲早會來。逃避也不會讓那一刻更好受。

貝拉走在前面，毫無遲疑地穿越蕨草，進入草地。

我真想看到她的表情。我能想像那片草地在這個晴朗日是多麼美麗。我能聞到在暖日下更為芬芳的野花，我能聽見草地另一側汩汩作響的小溪。昆蟲嗡鳴，遠方飛鳥顫聲啼叫。這一刻，我的周圍沒有鳥兒——我的存在已經嚇跑了較大的生物。

她幾乎以恭敬的姿態走到金光底下。陽光給她的頭髮鍍上金澤，使得她的白皙肌膚閃閃發亮。她撫摸較為高聳的野花，我再次想到波瑟芬妮。她就是春天的化身。

我樂意久久地看著她，也許永遠，但這片美地一定沒辦法讓她忘掉陰影中的怪物。她轉過身，驚奇地瞪大眼睛，嘴角帶著笑意，她看著我，滿臉期望。看我沒動，她開始慢慢朝我走來，舉起一臂，以鼓勵的姿態朝我伸手。

在這一刻，我好想成為人類，這個念頭令我痛苦萬分。

但我不是人類，而且我必須控制住自己。我伸出一掌，以示警告。她明白我的意思，但不顯得害怕，而是放下胳臂，待在原處。等待。好奇。

我深吸一口森林的空氣，清楚注意到她令我灼痛的氣味。

我雖然信賴艾利絲的幻象，但我還是搞不懂這件事怎麼會有後續。這件事一定到此結束，不是嗎？貝拉會看到我的真面目，然後做出她一開始就該做出的反應：驚恐、鄙視、震驚、反感……而且不再跟我攪和。

我覺得這是我這輩子最困難的舉動，但我還是逼自己抬腳，把身子的重心往前挪。我要面對她的反應。

話雖如此……我還是無法承受她臉上會出現的第一個反應。她雖然會善待我，但一定無法藏起最初的震驚和作嘔。所以我會給她一點時間，讓她鎮定下來。

我閉上眼睛，走進陽光。

chapter 17

坦白與渴望

這是我這一百年來第一次慶幸自己的身分。
我突然能接受自己身為吸血鬼
——除了我給她造成的危險——
因為這樣我才能活到現在、找到貝拉。

我的肌膚感覺到溫暖的陽光，不過我慶幸我看不見，我在這一刻不想看著自己。在這漫長的半秒間，周遭一片寂靜，然後貝拉發出尖叫。

「愛德華！」

我立刻睜眼，以為會看到她因為我揭露自身的真實模樣而逃離。

她卻徑直跑向我，目瞪口呆。她朝我伸手，越過草地時腳步踉蹌。她的表情不是害怕，而是焦急。我搞不懂她在做什麼。

不管她有什麼意圖，我都不能讓她撲進我懷裡。我必須讓她跟我保持距離。我再次向她伸出一掌，示意她別過來。

她蹣跚停步，神情焦躁。

我在她眼裡看見自己的倒影，似乎明白怎麼回事。我看到的是一名彷彿著火的男子。我雖然推翻了她那些迷信，但她似乎還是以為我遭到陽光焚燒。

這是因為她在擔心我。她擔心怪物的安危，而不是擔心怪物會不會傷害她。

她朝我走近一步，看我後退半步，她遲疑不決。

「你這樣會痛嗎？」她輕聲道。

我猜對了。就算在這一刻，她也不是擔心自己的安危。

「不會。」我呢喃。

她又走近一步，動作謹慎。我放下伸出的手。

她還是想跟我拉近距離。

她走近時，表情改變。她歪起頭，眼睛先是瞇起，然後瞪大。我們之間雖然相隔一段距離，但我還是能看到我的肌膚折射出來的光線投放在她身上。她接連走近兩步，慢慢在我周圍盤旋。我保持全然靜止，感覺她來到我的視線範圍外、盯著我的肌膚。她的呼吸和心跳都比平時快。

她來到我右邊的視野，嘴角微微上揚。她不再盤旋，而是再次面對我。

她竟然笑得出來？

她再次邁步，離我只有十吋時停步，舉起一手，貼在胸前，彷彿想觸碰我但不敢這麼做。反射自我胳臂的陽光照在她臉上。

「愛德華。」她語帶驚奇。

「妳現在害怕了嗎？」我輕聲問。

我這句疑問似乎令她出乎意料又震驚。**「沒有。」**

我凝視她的眼睛，無法阻止自己再次試著聆聽她。

她慢慢朝我伸手，盯著我的臉。我以為她可能在等我叫她住手。我沒叫她住手。她溫暖的手指擦過我的手腕。她盯著從我身上跳到她身上的舞動光斑。

「你在想什麼？」我輕聲問。在這一刻，我因為無法讀取她的心聲而再次感到痛苦。

她微微搖頭，似乎不知道該如何開口。「我……」她抬頭看著我的眼睛。「我現在才知道……」她深吸一口氣。「我從沒見過這麼美……從沒想像過有這麼美的東西存在。」

我震驚地瞪著她。

我這身著火般的肌膚，明明就是我所患疾病的最顯著症狀。在陽光下，是我最不像人類的時候。她竟然覺得我很……美。

我下意識地抬起手，想牽起她的手，但我逼自己放下手、不碰她。

「可是我這副模樣看起來很怪。」我說。她應該能明白，我這副模樣明明很恐怖。

「是不可思議。」她糾正我。

「妳沒有因為我不像人類而覺得我很噁心？」

我雖然相當確定她會給我什麼答覆，但還是感到驚奇。

她微微一笑。「我不覺得你噁心。」

「妳應該這樣覺得才對。」

她笑得更開心。「我覺得像不像人類其實並不重要。」

我小心翼翼地從她溫暖的指尖裡抽回胳臂，藏在背後。她不看重人類。她不明白失去人類身分的痛苦。

貝拉又朝我踏出半步，離我很近，我能清楚感受到她的體溫，勝過太陽的熱氣。她抬頭看著我，陽光染上她的喉嚨，舞動的影子襯托出她下巴後方的動脈血流。

我的身體做出本能反應——分泌毒液，繃緊肌肉，思緒渙散。

我的獸性這麼快就浮上水面！我們明明幾秒前才來到幻象中的場景。

我停止呼吸，朝她後退一大步，再次伸手警告她。

她沒試著追來。「我很……抱歉。」她呢喃，句尾的音調拉高，聽起來像問句。她不知道自己為何道歉。

我謹慎地放鬆肺臟，小心地吸口氣。她的氣味並沒有令我特別痛苦，我沒有覺得她的味道會令我失控。

「我需要一點時間。」我解釋。

「好。」她的嗓音還是很輕。

我慢慢繞過她，走向草地的中心地帶，在一片短草上坐下，和之前一樣僵住肌肉。我小心翼翼地吸氣吐氣，聽著她遲疑的腳步聲接近，她在我身邊坐下時，我品嘗她的芬芳。

「這樣行嗎？」她猶豫地問。

我點頭。「只是……讓我集中精神。」

她張大的眼睛裡充滿困惑和擔憂。我不想解釋，只是閉上眼睛。

我告訴自己：我這麼做不是因為我懦弱。或者該說，不只是因為我懦弱。我確實需要集中精神。

我把注意力集中在她的氣味上，還有流過她心房的血流之聲。我只允許自己的肺臟做出動作，並牢牢固定住自己其他的部位。

貝拉的心臟。我提醒自己的時候，我的身體對她做出反應。貝拉的生命。

我總是刻意避免想著她的血——我無法避開她的氣味，但她血液的流動、脈動和灼熱感……我不能想著這些。但此刻，我讓這些刺激物充斥我的腦海，侵入我的身體，襲擊我的自制力。血液的流動、脈動、衝擊和翻攪。血液湧過大動脈，鑽進最細微的靜脈。就算我跟她相隔一段距離，血液的熱氣還是如海浪般掃過我裸露的肌膚。血液的味道灼痛我的舌頭和喉嚨。

我保持不動，並觀察自己。我的大腦有稍微保持冷靜，不受這些刺激物所擾。憑藉著這少許理性，我仔細觀察自己所有的反應，計算需要多少力量才能壓抑每個反應，並評估自己擁有多少力量。雖然只是估算，但我相信我的意志力強過我的獸性——稍微。

這就是艾利絲看到的那個結？感覺不夠……完整。

與此同時，貝拉幾乎跟我一樣完全不動，似乎陷入沉思。她能想像我正在經歷的折磨嗎？她如何解釋這場怪異又寂靜的對峙？無論她有何想法，她的身體都全然靜止。

時間似乎隨著她的脈搏而放慢了。遠方樹林的鳥叫聲比之前微弱，小溪的流動聲似乎也比先前倦怠。

我的身體放鬆，就連我的口腔也不再分泌毒液。

她的心臟跳了兩千三百六十四下之後，我感覺自制力充沛。正如艾利絲所預測的，關鍵就在於「勇於面對」。我準備好了嗎？我要如何肯定？我有辦法肯定嗎？

而且我要如何打破這漫長的沉默？我開始覺得這陣沉默很尷尬，而她一定早就這麼覺得。

我放鬆身子，往後仰躺在草地上，隨意地把一手枕在後腦杓底下。透過肢體語言假扮出情緒，這是我的老習慣。如果我故作放鬆，她就會以為我真的放鬆。

她只是輕聲嘆息。

我等著聽她會不會開口，但她依然默默坐著，陷入我聽不見的沉思，在這個偏僻的地方和一個周身折射陽光的怪物獨處。我能感覺她在看著我，但我不再認為她覺得反感。她的視線——我現在知道她給我的眼神是愛慕，她覺得我很美——讓我感覺到之前在黑暗的教室裡感到的電流，如生命力般流過我的血管。

我讓自己沉浸於她身體的脈動，讓聲響、暖意和氣味彼此混雜，我發現我還是能掌控自己的非人類慾望，就算無形潮浪正在我的肌膚底下湧動。

但這占據了我大部分的注意力。這個安靜的等待期遲早會結束。她會有很多疑問——應該會比之前更尖銳。我欠她無數個解釋。我能同時應付這一切嗎？

聽著她的血流聲時，我決定試著同時承擔更多事，我要看看我的心思能否應付。

首先，我收集情報。我判斷我能聽見的那些飛鳥的位置，從牠們的叫聲來判斷其品種。我分析溪流裡的魚類潑水聲，判斷其大小和種類。我歸類周圍的昆蟲——不同於更高級的物種，昆蟲把我這一族當成石頭、不予理會——觀察牠們的翅膀的速度、飛行高度，或是牠們爬過土壤的細微喀啷聲。

我繼續分類時，開始進行計算。如果這片草地——大約一萬一千三十五平方呎——目前有四千九百十三隻昆蟲，那麼一千四百平方哩的奧林匹克國家公園大約有多少昆蟲？如果海拔每降低十呎，昆蟲的數量就會減少百分之一？我在腦海中建立了公園的地形圖，開始計算數字。

與此同時，我想著我這輩子只聽過一次的那些歌曲，像是我經過酒吧時聽過的曲子，我在夜間飛奔時聽見的搖籃曲，我的大學教室隔壁的音樂系學生譜寫一半放棄的曲子。我飛快地唱著這些曲子，觀察它們為何註定失敗。

她的血液依然脈動，她的體溫依然灼熱，我還是感到灼痛，但我能控制住自己。我沒失去自制力。我維持了對自己的控制，勉強足夠。

「你剛剛說了什麼嗎？」她輕聲問。

「我只是……在哼歌。」我坦承。我不知道該如何解釋自己為何這麼做，她也沒追問。我感覺得到這場寂靜即將結束，而這並沒有令我害怕。我幾乎對現況感到自在，我覺得堅強而且充滿自制力。也許我已經穿過了那個結，也許我們已經安然來到另一頭，艾利絲那些充滿希望的幻象逐漸成真。

貝拉的呼吸改變，顯然表示她有了新的想法，而我不是覺得擔心，而是感到好奇。我以為她會提出疑問，我卻聽見她周身的草葉挪動，因為她俯身靠向我，她手掌的脈搏聲離我更近。

她伸出柔軟又溫暖的手指，慢慢撫摸我的手背。她這個動作雖然非常溫柔，卻給我的肌膚帶來觸電般的反應。這種灼燒感不同於我喉嚨的感受，而且更令我心煩意亂。我的計算和音樂回想就此瓦解，她完全占據了我的注意力，她的心跳聲離我只有一呎。

我睜開眼睛，急著看見她的表情、猜測她的思緒。我沒失望。她的眼睛充滿好奇，嘴角上揚。她看著我的眼睛，笑得更燦爛。我做出同樣的反應。

「我沒嚇著妳？」我沒嚇跑她。她想留下，想跟我在一起。

她用逗弄的口吻做出答覆。「不比平常嚇人。」

她靠得更近，把整隻手放在我的前臂上，慢慢往我的手腕撫摸。在這種接觸下，她的肌膚感覺更為灼熱，她的手指雖然微顫，但沒有恐懼之意。我再次閉上眼睛，試著控制自己的反應。電流感覺就像地震，撼動我的核心。

「你介意嗎？」她停住手。

「不。」我立刻回話。我想讓她稍微知道我的感受，所以我說：「妳無法想像這種感覺有多美好。」在這一刻之前，我根本無法想像這種感覺。這超越了我感受過的所有快感。

她的手指滑到我的手肘內側，持續撫摸。她調整身子的重心，把另一手伸向我。我感覺到她輕輕拉扯我，我意識到她想轉動我的手。但我照做時，她僵住兩隻手，輕輕倒抽一口氣。

我抬起頭，立刻意識到自己犯了什麼錯——我的動作不像人類，而是像吸血鬼。

「抱歉。」我呢喃。然而，我們倆對視的時候，我看得出來我沒有傷到她。她已經從驚訝中恢復過來，臉上未曾失去笑意。「跟妳在一起的時候，我太容易做我自己。」我解釋，然後又閉起眼睛，想把所有注意力集中在她觸摸我的感覺上。

她開始試著抬起我的手，我感覺到壓力。我移動我的手，配合她的動作，我知道她想抬起我的手並沒有那麼輕鬆，我其實比看上去更重。

她把我的手拉向她的臉。她溫暖的鼻息灼燒我的手掌。我遵照她的手指施加的壓力，幫助她轉動我的手。我睜開眼睛，看到她凝視我，被我的身體折射成彩虹的陽光在她臉上舞動。她皺起眉心。什麼事讓她心煩？

「告訴我，妳在想什麼。」我溫柔道，但她是否聽得出來我在哀求？「這對我來說還是很奇怪，我完全不知道妳的想法。」

她稍微噘嘴，左眉挑高半吋。「你知道，我們其他人都是這種感受。」

我們其他人。龐大的人類家庭，不包括我。她的族人，她的同類。

「真是艱難的生活。」我想逗她，但我這番話聽起來不像在開玩笑。「但妳還沒告訴我。」

她慢慢答話。「我其實希望我也能知道你在想什麼……」

明顯不只。「而且？」

她的嗓音很低，一般人會聽不清楚。「我希望我能相信你是真實的，我希望自己不會害怕。」

一陣痛苦穿透我全身。我弄錯了。看來我還是嚇到她了。我當然有嚇到她。

「我不希望妳害怕。」這是道歉，也是悔恨。

她露出頑皮的咧嘴笑容，我為之一愣。「這個嘛，我不是說那種恐懼，雖然這確實值得考慮。」

她竟然在開玩笑？她究竟想表達什麼？我稍微坐起，渴求答案，沒辦法再故作瀟灑。

「那麼，妳到底在怕什麼？」

我意識到我們的臉有多近。她的嘴脣未曾離我這麼近。她收起笑意，嘴脣分開。她從鼻孔吸氣，眼皮半閉。她向我挪近，彷彿為了捕捉我更多的氣味，她的下巴抬起半吋，脖子往前伸，露出頸靜脈。

我產生反應。

毒液湧過我的口腔，我的另一手下意識地想抓住她，我在她靠向我時張開嘴。

我急忙離開她。我的兩條腿沒有失控，我成功地跳到草地的另一頭。我逃得很快，所以沒辦法溫柔地從她手裡抽手，而是猛然拉回。我蹲在樹蔭下的時候，第一個念頭就是擔心自己扯斷了她的手；看到她的兩隻手仍在她的手腕上，我鬆了一口氣。

接著，我覺得自我厭惡。討厭。反感。我今天害怕在她眼裡看到的情緒，再乘上一百年的分量，我知道這些情緒都是我罪有應得。怪物、夢魘、生命的毀滅者，夢想的毀壞者——她的夢想，還有我的夢想。

如果我沒這麼差勁，如果我更堅強，而不是差點殺了她，剛剛那一刻很可能就是我們第一次接吻。

看來我沒能通過試煉？希望已經消失？

她眼神茫然，眼睛瞪大。在我的注視下，她眨眨眼，眼睛重新聚焦，找到我。我們互瞪許久。

她的下唇顫抖一下，然後她張嘴。我等候，繃緊身子，等著她做出譴責，等著她對我尖叫，叫我永遠別再接近她。

「我……很抱歉……愛德華……」她的聲音輕得近乎寂靜。

當然。

我得深吸一口氣才能做出答覆。

我調整音量，恰巧夠讓她聽見，並試著讓語氣聽來溫柔。「給我一點時間。」

她後退幾吋，依然張大眼睛。

我又吸口氣。我隔著這段距離還是能嘗到她的氣味，它助長了揮之不去的灼熱感，但沒造成別的效果。我覺得……就跟我平時在她身邊一樣。我的身心都沒出現相關跡象，我並不覺得體內的怪獸即將浮出水面，我應該不會失控。這讓我想尖叫，想把旁邊的樹連根拔起。如果我感受不到那種緊繃感，看不見誘發點，那我要如何保護她不受我的傷害？

我能想像艾利絲的鼓勵。我有保護過貝拉，沒發生壞事。然而，雖然艾利絲看見了那麼多，看見我的失控是在未來而非過去，但她不可能知道那是什麼感受。無法控制自己，輸給自己最糟的衝動。無法停止。

可是你有停下來。她會這麼說。她不知道剛剛多麼驚險。

貝拉一直看著我，心跳比平時快一倍，太快了，這對她來說不可能健康。我想牽起她的手，對她說一切都很好，她沒事，她很平安，沒什麼好擔心的——但這些明顯都是謊話。

我還是覺得……正常——至少這幾個月所謂的正常。在控制範圍內。就跟之前一樣，我的自信差點要了她的命。

我慢慢走回，不確定是否該保持距離。但我覺得隔著草地對她高聲道歉並不適合。我不像之前那樣敢那麼靠近她。我在幾步外停定，適合對話的距離，然後席地而坐。

我試著用文字描述我所有的感受。**「我真的真的很抱歉。」**

貝拉眨眨眼，又瞪大眼睛，心跳急促。她一臉茫然，似乎看不見周遭世界。

我像以前那樣試著大事化小，但一這麼做就知道這不是個好主意。我急著移除她臉上的僵硬震驚。

「如果我說我只是個凡人，妳能瞭解我的意思嗎？」

她在一秒後才點頭——只有一下。她試著對我的冷笑話做出微笑，但表情反而顯得更僵硬。她看來難過，接著終於顯得害怕。

我以前在她臉上見過恐懼，但她總是安撫我。我每次希望她意識到我不值得她冒險，她都推翻我的認定。她眼裡的恐懼從來不是針對我。

直到現在。

半空中充斥著她的恐懼的氣味，聞起來刺鼻，帶有金屬味。

這就是我在等候的一刻。我一直告訴自己，這就是我想要的。我希望她遠離我。我希望她挽救自己，讓我一個人忍受痛苦。

她的心臟持續快速跳動，我想哭也想笑。我得到了我想要的。

就因為她太靠近我。她當時靠得很近，聞到了我的氣味，覺得好聞，正如她覺得我的臉和其他陷阱都充滿吸引力。我的一切都讓她想更靠近我，這正符合我這些特徵的功用。

「我是全世界最棒的掠食者，不是嗎？」我不再隱藏口氣裡的苦悶。「我的每個表現都在誘惑妳——我的聲音、我的臉、甚至我的氣味。」這些都是殺雞用牛刀。我的魅力和吸引力有什麼意義？我不是固定在原地的捕蠅草，等著獵物飛進我的嘴裡。既然我內在醜惡，為什麼我的外表卻不醜惡？「就算我根本不需要這些！」

我覺得自己失控，但不是同一種方式。我所有的愛、渴望和希望都崩潰成沙，我眼前只有無盡的悲痛，**而且我不想再演戲**。如果我不能擁有幸福，因為我是個怪物，就讓我當那個怪物吧。

我站起身，繞著空地飛奔兩圈，不確定她看不看得見我。

我在原本所站的位置驟然停定。這就是為什麼我不需要優美的嗓子。

「就算妳根本逃不出我的手掌心。」我對這個念頭發笑，我腦子裡的醜惡喜劇。我的笑聲沿樹林迴響。追逐之後就是獵捕。

我旁邊有一棵古老雲杉，底端的樹枝就在伸手可及之處。我輕而易舉地拔下這根樹枝，枝條吱嘎抗議，斷裂處的樹皮和碎片爆發噴飛。我掂掂這根斷枝，大概八百六十三磅，不足以擊碎右邊的一棵鐵杉，但足以造成損傷。

我把斷枝拋向鐵杉，瞄準樹幹離地三十呎的一塊節疤。斷枝正中目標，發出喀啷巨響，碎木撒落在下方的蕨草上，發出窸窣聲。節疤的中心處往上下裂開。鐵杉顫抖一下，撞擊力沿樹根深入地底。我不確定我是不是殺了這棵樹，我得過幾個月才會知道答案。希望它能復原，畢竟這片草地現在這樣最完美。

我沒有對這片草地的完美帶來多少貢獻。我用的力量太多了。這麼暴力。這麼多傷害。

我在兩步內來到她面前，離她只有一臂之遙。

「就算妳不可能打得贏我。」

我的語調裡不再有苦悶。我發的這個小小脾氣沒有損耗任何能量，但確實稍微減弱了怒火。

她自始至終都沒動。她保持靜止，睜著眼睛。我們就這樣瞪著彼此，感覺好像過了很長一段時間。我還在生自己的氣，但這股怒氣中已經沒有烈火。這一切感覺毫無意義。我就是我。

她先做出動作，只有一點點。我剛剛抽手後，她的雙手垂在膝上，現在攤開其中一隻手。她的手指稍微伸向我，這大概是個出自下意識的動作，卻莫名地很像她在睡夢中說「回來」時朝某個東西伸手的動作。我當時希望她是夢見我。

那是在發生了安吉拉斯港事件、我得知她已經知道我的身分的前一晚。我要是知道雅各・佈雷克對她說了什麼，就絕不會相信她會夢見我，除非是惡夢。但這一切對她來說都不重要。

她的眼裡依然有恐懼，當然有，卻似乎也有懇求。難道她希望我回到她身邊？就算她是這麼希望，我應該照做嗎？

她的痛苦，我最大的弱點——正如艾利絲所揭示。我討厭看到她這麼害怕。我活該被她害怕，這雖然令我崩潰，但跟這些重擔相比，我更受不了看見她感到悲痛。這讓我根本做不出正確的決定。

「別害怕，」我輕聲哀求：「我保證——」不，這個字眼太輕。「我發誓絕不會傷害妳。別害怕。」

我慢慢接近她，不做出任何她來不及預料的動作。我刻意慢慢坐下，為了回到我們一開始的狀態。我稍微駝背，以便讓眼睛對準她的眼睛。

她的心跳變慢了，眼皮回到平時的位置，彷彿我這樣接近她讓她平靜下來。

「請原諒我，」我懇求。「我現在能控制自己了。妳剛剛逮到我不受控制的樣子，但我現在一定會規規矩矩。」好可悲的道歉，但她的嘴角還是微微上揚。我像個傻子一樣，再次試著笨拙地搞笑。「說真的，我今天不渴。」

我竟然對她眨個眼。我明明一百零四歲，現在卻表現得像十三歲。

但她還是發出笑聲，有點喘不過氣，有點顫抖，但依然是真正的笑聲，帶有真正的笑意和放鬆。她的眼神變得溫暖，肩膀放鬆，雙手再次攤開。

我把手放回她的手裡，感覺這麼做再正確不過。我不該這麼覺得，卻就是這麼覺得。

「妳還好嗎？」

她瞪著我們的手，然後抬起頭，回視我片刻，接著又低下頭，開始用指尖撫摸我的手掌，就像我剛剛失控前她對我做的事。她的視線回到我的眼睛上，臉上慢慢綻放笑容，下巴浮現小小的酒窩。她這副笑容裡沒有批判和後悔。

我回以微笑，覺得我現在才能欣賞這個地方的美感。太陽、花朵、金光……我突然覺得這一切都是為我而準備，充滿喜悅和寬容。我感覺到她賜給我的寬容，我的石之心充滿感激。

安心感，還有喜悅與愧疚的交錯感，突然讓我想起我在幾十年前回家的那一天。

我當時也沒做好準備。我原本打算等候，想先讓眼睛恢復成金色，再讓卡萊爾看到我。我的眼睛當時依然是怪異的橘色，比較傾向於紅色的琥珀色。我很難回歸之前的飲食習慣。以前不會這麼困難。我害怕的是，如果卡萊爾不幫我，我就沒辦法往前走，我會走回頭路。

我的眼睛就是證據，這讓我擔心。我當時心想，他對我做出的最糟的反應會是什麼？他會不會趕我走？他會不會不願意看著我，因為我這麼令他失望？他會不會要求我贖罪？無論他要我怎麼做，我都會去做。我的努力會讓他感動嗎？還是他只會看到我的失敗？

我很容易地找到他們，他們的新住處離原本的地方不遠。也許這是方便我回來找他們？

在那片荒野高地，只有他們那棟屋子。冬陽映窗，我從下方接近，所以不確定有沒有人在家。我沒有穿越樹林走捷徑，而是橫越陽光下的一片覆雪曠野，讓自己容易被看見。我緩緩走動，不想奔跑，以免令他們提高警覺。

艾思蜜先看到我。

「愛德華！」我聽見她呼喊，雖然我還在一哩外。

不到一秒後，我看到她跑出側門，穿越山丘周圍的岩石，腳下激起濃密的雪晶。

愛德華！他回來了！

這不是我預料的反應，不過這應該是因為她還沒清楚看見我的眼睛。

愛德華？真的嗎？

我父親跟在她身後，踏著較大的步伐追來。

他的思緒充滿焦急的希望，沒有批判，至少目前還沒有。

「愛德華！」艾思蜜的呼喊明顯帶有喜悅。

她來到我面前，緊緊摟住我的脖子，不斷吻我的臉頰。**求求你別再離家出走**。

一秒後，卡萊爾用雙臂摟住我們倆。

謝謝你，他的想法熱情又真誠。**謝謝你回來我們身邊**。

「卡萊爾……艾思蜜……真的對不起，我很——」

「別說了。」艾思蜜低語，把頭靠在我的頸窩，嗅聞我的氣味。**我的兒子**。

我抬頭看著卡萊爾的臉，張大眼睛。他毫無隱藏。

你在這裡。卡萊爾瞪著我的臉，心裡只有快樂。雖然他一定知道我眼睛的顏色意味著什麼，但他的喜悅毫無減損。**你不需要為任何事道歉**。

我慢慢舉起胳臂，回應家人給我的擁抱，我還是不敢相信事情會這麼簡單。

此刻，我再次感覺到我不配擁有的接納，我很難相信我的不良行為——無論是否出自我的意識——已經成了過去式。但她的原諒似乎洗淨了黑暗。

「所以……我們說到哪了，在我做出那麼粗魯的行為之前？」我想起自己剛剛做了什麼。我離她張開的嘴脣只有幾吋。她的神祕心靈令我著迷。

她眨眼兩下。「老實說，我真的不記得了。」

可以理解。我吸進她灼熱的氣味，然後吐出，真希望這股氣息能對我造成實際的損傷。

「我們剛剛好像在討論妳為何害怕，除了那些明顯的原因之外。」最明顯的那個恐懼，大概已經完全驅逐了她心中其他的恐懼。

但她綻放笑容，再次低頭看著我的手。「噢，對。」

她沒說別的。

「所以？」我催促。

她沒回視我，而是開始用指尖在我的手掌上塗鴉。我試著看懂她是不是在畫圖，或甚至寫字，最好是寫下「愛德華請離我遠一點」，但我實在看不懂她在畫些什麼。更多謎團。這是她永遠不會回答的另一個疑問。我不配知道答案。

我嘆口氣。「我真容易感到沮喪。」

她抬起頭，窺探我的眼睛。我們凝視彼此幾秒，我對她的視線如此熱切感到驚訝。我覺得她判讀我的成功率遠高過我判讀她。

「我當時在害怕，」她開口。我感激地意識到，她終於開始回答我的疑問。「因為……很明顯的，我怕不能跟你在一起。」她說出在一起的時候再次垂下眼。很難得地，我清楚明白她的意思。她的在一起指的不是在陽光下的這一刻、這個下午或這個星期。她的意思是我想對她說的那個意思。**久久在一起。永遠在一起**。「我怕我想永遠跟你在一起，比我應該的更想。」

我想著如果我強迫她做出她描述的事，會有什麼後果。如果我逼她永遠留下。她將承受的所有犧牲，她將哀悼的每個損失，每個令她心痛的懊悔，令她無淚的瞪視。

「沒錯。」我很難贊同她的說法，就算我的想像力裡充滿痛苦。我太想跟她在一起。「這的確是該害怕的事。想跟我在一起。」自私的我。「這對妳來說確實沒好處。」

她怒瞪我的手，彷彿跟我一樣不喜歡我這個說法。

這條路很危險，連提都最好不要提。冥王黑帝斯和他的石榴。我已經在她心中種下了多少毒籽？夠多了，因為艾利絲曾見到她臉色蒼白哀悼我離開的模樣。雖然我覺得自己也受到汙染，上了癮，不可能復原。我無法完整地想像那幅畫面。離開她。我要怎麼活下去？艾利絲曾讓我看到貝拉悲痛的模樣，不過如果她在那個版本的未來有看著我，她會在我身上看到什麼？我認定自己只會是個破碎的陰影，毫無用處，潰縮空虛。

我說出這個想法，但主要是說給我自己聽。「我很久以前就該離開。我現在就該離開，但我不知道我做不做得到。」

她繼續盯著我們的手，臉頰變得溫暖。「我不要你離開。」她呢喃。

她希望我留在她身邊。我試著對抗這股幸福感，它一直試著要我投降。這個選擇屬於我嗎？還是現在只屬於她？我要留下嗎，直到她叫我走？她的話語似乎在微風中迴響。**我不要你離開**。

「這正是為什麼我應該離開。」我們如果相處得越久，一定就會越難分開。「不過，別擔心。我是個自私的怪物，我太渴望妳的陪伴，做不出我應該做的事。」

「我很高興。」她簡短道，彷彿這顯而易見，彷彿每個女孩都會因為自己最喜愛的自私怪物把自己擺在女孩之上而感到開心。

我不禁發脾氣，但氣的是自己。我僵硬地控制自己，從她手裡抽手。

「別高興！我渴望的不只是妳的陪伴！永遠別忘記這點。永遠別忘記我對妳來說格外危險。」

她困惑地看著我，眼裡毫無恐懼。她把頭歪向左邊。

「我好像不太懂你的意思……至少最後那一部分。」她以分析的口吻說。這讓我想起我們在學生餐廳的那場談話，她當時問起關於狩獵的事，語氣就像為了寫報告而蒐集資料——她深感興趣的報告，但也只是個學術作業。

看見她的表情，我忍不住微笑。我的怒火來得快，去得也快。有那麼多令人愉悅的情緒可選，我何必把時間浪費在發脾氣上？

「我該如何解釋才好？」我喃喃自語。很自然地，她完全聽不懂我在說什麼。在我對她的氣味產生什麼反應這件事上，我向來無法明確解釋，這也當然，畢竟這件事很醜惡，令我深感羞愧，更別提這個話題多麼令人驚恐。這實在很難說明。「而且不嚇著妳……嗯……」

她攤開手指，伸向我的手。我無法抗拒。我輕輕地把手放回她的手裡。她願意觸碰我，她熱切地、緊緊地握住我的手，這都安撫了我的情緒。我知道我打算跟她說明一切，我感覺真相正在我心裡翻攪，準備爆發。但我完全不曉得她會如何反應，就算她對我總是寬宏大量。我細細品嘗她接受我的這一刻，我知道這一刻會突然終結。

我嘆道：「妳的暖意真的讓我感到舒適。」

她微笑，低頭看著我們的手，眼裡流露好奇。

我別無選擇，只能把真相描述得生動寫實。說得支支吾吾只會令她困惑，而她需要知道真相。我深吸一口氣。

「妳知道每個人喜歡的口味都不一樣？有些人喜歡巧克力冰淇淋，有些人喜歡草莓口味？」

呃。話剛說完，我就覺得這種開場白實在很沒力。貝拉點頭，似乎是禮貌地表示同意，但整體來說沒什麼反應。也許她要過一會兒才會聽懂。

「抱歉用食物比喻，」我道歉：「我想不出其他方法說明。」

她露齒而笑，臉上出現酒窩，這個笑容帶有真正的笑意和親和力。她的笑容讓我覺得我們是一起置身於這個荒謬的處境，我們不是對手，而是搭檔，正合力找出解決之道。我想不出我還會想要什麼——當然，除了不可能成真的那個願望，也就是我能成為人類。我也對她咧嘴笑，但我知道我的笑容不如她的真誠坦率。

她更用力握住我的手，催促我說下去。

我慢慢說話，試著採用最好的比方，就算我知道效果不佳。「其實，每個人聞起來的味道不一樣，有著不同的精華。如果把一個酒鬼關在一個擺滿過期啤酒的房間裡，他還是會開心地喝下啤酒。但他也可能抗拒，如果他想抗拒……如果他是個正在戒酒的酒鬼。接下來，假設這個房間裡有一瓶百年白蘭地，最罕見、最美味的干邑——它溫醇的芬芳充斥整個房間——妳認為酒鬼會做出什麼反應？」

我是不是把酒鬼描述得太像我自己？我描述的是個悲劇性的受害者，而不是真正的壞蛋？

她凝視我的眼睛，我雖然下意識地試著聆聽她心裡的反應，但我總覺得她也在試著聽見我的心聲。

我分析自己的話語，不確定這個比喻夠不夠有力。

「也許這個比喻不恰當。」我思索。「也許拒絕白蘭地容易得很。也許我該把酒鬼換成海洛因毒蟲。」

她綻放微笑，雖然沒剛剛那麼開心，但嘴角還是上揚。「所以你想說的是，我是你特製的海洛因？」

我驚訝得差點哈哈大笑。她做出我總是試著做出的舉動——說個笑話，讓氣氛輕鬆下來，減緩緊繃情緒——只不過她做得比我成功。

「沒錯，妳就是我特製的海洛因。」雖然這是個令人驚恐的自白，但也不知道為什麼，我覺得鬆了一口氣。這都是因為她，她的支持和理解。她竟然能原諒這一切，這令我頭暈目眩。她是怎麼做到的？

但她又換回研究員模式。

「這常發生嗎？」她好奇地歪起頭。

我雖然擁有讀心術這種超能力，但還是很難做出精確的比較。我沒辦法確切感受到我聆聽的對象的感受，而是只聽得見他們對這些感受的想法。

我對飢渴的定義甚至跟我的家人不太一樣。對我來說，飢渴就像烈火焚燒。賈斯柏雖然也把它描述成燒灼，但他覺得比較像酸液的那種化學浸透灼燒。羅絲莉覺得飢渴是強烈的乾燥感，是一種宛如尖叫的匱乏之感，而不是來自外界的力量。艾密特也用同樣的方式來評估自己的飢渴；我猜這也很自然，畢竟他在重生後，受到羅絲莉的影響最大。

所以，我知道其他人什麼時候難以抗拒飢渴，但我無法確認他們感受到的誘惑有多強烈。不過，我能依據他們的控制力來做出相當精確的猜測。這個技巧雖然不夠完美，但應該能回答她的好奇。

這個辦法比較驚恐。我做出答覆時，沒辦法看著她的眼睛，所以我瞪著挪向樹木邊緣的太陽。流逝的每一秒都令我痛苦——我再也沒辦法跟她共度的每一秒。我真希望我們不用把這些珍貴的時間浪費在這麼令人反感的話題上。

「我跟我的兄弟們談過這點……對賈斯柏來說，所有的人類都差不多。他是最後加入我們家的，經過一番掙扎才戒掉了人血。他還沒成熟到能聞出氣味或口味的差異——」我愣住，這才意識到自己說錯話。「抱歉。」我急忙道歉。

她不高興地悶哼一聲。「我不介意。請不要擔心會冒犯我或嚇到我之類的，那只是你思考的方式，我能瞭解，或至少我會試著瞭解。你只要盡力解釋就好。」

我試著冷靜下來。我需要接受這個事實：透過某種奇蹟，貝拉知道了關於我的黑暗祕密，卻不覺得驚嚇，而且不會為此恨我。如果她堅強到能聽下去，我就該堅強地說下去。我回頭看著太陽，感受隨著它緩緩下沉而來的期限。

「總之……」我慢慢開口：「賈斯柏不確定他曾經遇見……這麼吸引他的人，就像妳給我的感受。根據他這種說詞，我猜他從沒遇見過。至於艾密特，他加入這一行已經很久了，請容許我這麼比喻，所以他瞭解我的感受。他說他遇過兩次，其中一次比另一次更強烈。」

我終於看著她的眼睛。她稍微瞇眼，全神貫注。「那你呢？」她問。

這個問題很好答覆，我不需要猜測。「從來沒有。」

她似乎思索許久。我真希望能知道這個答案對她的意義。然後她的表情稍微放鬆。

「艾密特做了什麼？」她以閒聊的口氣問道。

彷彿這只是我分享的童話故事，彷彿邪不勝正，正義永遠戰勝邪惡——雖然征服之路偶爾會變得陰暗。

我該怎樣讓她知道那兩個無辜的受害者？那兩個人類有過希望和恐懼，還有愛他們的親友，那兩個不完美的人值得擁有改進和嘗試的機會。那一男一女的名字如今刻在簡單的墓碑上，葬在雜草橫生的墓園裡。

如果她知道卡萊爾當時要求我們參加那些人的葬禮，她對我們的評價會變得更高還是更低？不只那兩人，而是因我們犯錯、吸血慾發作而死的每個受害者。就因為我們曾在場聆聽那些受害者的親友描述他們短暫的一生，我們的罪行是否減輕？因為我們有目睹那些親友的淚水和哀哭？事後回想起來，我們匿名提供的金錢彌補顯得愚鈍。如此無力的補償。

她放棄等我答覆。「我想我知道了。」

她臉上充滿哀悼之意。她譴責艾密特的同時，是不是對我太過寬容？整體來說，他的罪行——受害者雖然不只兩人——還是比我輕微。她對他印象不佳，這令我難過。兩個受害者就是令她無法容忍的程度？

「就算是我們當中最堅強的人，也會有失手的時候，不是嗎？」我疲憊地問。

這也能獲得原諒嗎？

也許不能。

她皺眉，稍微退離我，雖然只有一吋，感覺卻有一碼。她的嘴角下垂。

「那你在尋求什麼？我的許可？」她尖銳的口氣聽起來像諷刺。

看來這就是她的界線。我原以為她太過善良、慈悲又寬容，但她其實只是低估了我多麼墮落。我雖然給了她那麼多警告，但她想必以為我只有遇過誘惑，以為我總是做出更好的選擇，就像在安吉拉斯港那晚那樣，我放棄了殺人。

我在那天晚上跟她說過，我們雖然盡可能努力，但我的家人還是犯過錯。她沒意識到，我正在坦承曾犯下謀殺？難怪她這麼容易地接受一切；她以為我總是堅強，我只有差點犯錯過。好吧，這不是她的錯。我未曾清楚承認我殺過人。我未曾告訴她我殺過多少人。

我如此思索時，她的表情變得柔和。我試著考慮如何對她道別，能讓她知道我多麼愛她，而不會覺得被這個愛威脅。

「我的意思是，」她突然解釋，口氣柔和。「這種事真的沒有希望嗎？」

我立刻回想剛剛的對話，意識到自己誤解了她的反應。我為過去的罪行尋求寬恕時，她以為我想為未來的罪行找藉口，以為我想——

「不，不！」我逼自己把說話速度放慢成人類的速度，我急著讓她聽見我想說的話。「當然有希望！我的意思是，我當然不會——」

殺了妳。我沒辦法把句子說完。想像她不復存在，這令我痛苦。我盯著她的眼睛，試著傳達我說不出口的訊息。「這對我們來說不一樣，」我擔保：「艾密特……他碰巧遇到一些陌生人。那是很久以前的事，當時的他不像現在這樣……經過練習、小心謹慎。」

她思索我的字句，聽見我沒說出口的意思。

「所以如果我們以前相遇在……」她停頓，尋找適合的情境。「例如，在黑暗的小徑或某處……」

啊，這就是苦悶的事實。

「在那一天，我拚命克制自己，沒有在滿是學生的課堂撲向——」

殺了妳。我從她臉上移開視線。我的心中充滿罪惡感。

儘管如此，我還是不能讓她對我保持任何過譽的幻想。

「那一天，妳從我身旁走過的時候，」我坦承：「我差點當場毀了卡萊爾為我們建立的一切。要不是我已經壓抑自己的飢渴多年，就會無法阻止自己。」

我在腦海裡清楚看見那間教室。完美的記憶力其實不是恩賜，而是詛咒。我需要這麼清楚地記得那個小時的每一秒嗎？她當時恐懼得瞪大眼睛，讓我在她的瞳孔上看到自己的猙獰面目。她的氣味毀了我所有的自制力。

她的表情變得茫然。也許她也想起那一刻。

「妳當時一定覺得我瘋了。」

她沒否認。

「我當時無法理解的是，」她虛弱地說：「你為什麼那麼快就憎恨我……」

她憑直覺猜到了真相。她猜得沒錯，我當時確實痛恨她，其程度幾乎就跟我對她的渴望一樣強烈。

「對我來說，妳就像是某種惡魔，從我自己的地獄裡被召喚出來，只為了毀掉我。」重溫那種情緒，想起我當時把她當成獵物，這令我痛苦。「妳肌膚散出的香味……那是妳讓我瘋狂的第一天，在那一個小時內，我想了一百種不同的方法要引誘妳跟我離開教室，好讓妳落單。但我又在腦海中一一擊退每個辦法，因為我想到我的家人，我不能這樣對待他們。我必須逃走，必須遠離妳，在我說出任何必定能讓妳追隨我的話之前……」

她知道這一切，不知道會做何感想？她如何消化這些彼此對立的事實？差點成為謀殺犯的我，還有差點成為她愛人的我？我確信她當時會願意跟隨我這個殺人犯，她對我這種自信會做何感想？

她的下巴抬高一公分。「我當初會願意跟你走，毫無疑問。」她同意。

我們的十指依然小心翼翼地交纏在一起。她的手幾乎跟我的一樣靜止，唯一的差別是她的手裡有血流湧動。不知道她有沒有感覺到我也感受到的恐懼？我害怕我們遲早得十指分離，她會找不到勇氣和寬容來再次握住我的手。

我沒看著她的眼睛時，比較容易坦白。

「後來，」我說下去：「我試著調整課表、避開妳，妳卻在那兒出現——那個溫暖的密閉小房間裡，妳的氣味令我發狂。我當時差點就要殺了妳，現場只有另一個脆弱的人類——太容易對付。」

我感覺到寒意沿她的胳臂流向雙手。我試著解釋時，發現自己的用字越來越緊繃。這些是適當的字句，真實的字句，卻也是醜惡的字句。

但我已經停不下來，而她幾乎動也不動地默默坐著，聽我滔滔不絕地說話，在說明的同時認了更多罪。我向她說明，我試著逃走但徒勞無功，我因為傲慢而回來；那種傲慢心態塑造了我跟她的互動，我因為聽不見她的心聲而感到痛苦；她的氣味始終給我帶來折磨和誘惑。我偶爾提到家人，我不確定她能否明白，他們影響了我的每個行動。我告訴她，我的觀點因為挽救她避免被泰勒撞死而改變，我被迫明白她對我來說不只是個危險或煩惱。

「在醫院？」我停下來後，她催促。她打量我的臉孔，態度帶有同情，並熱切地等我說下去。雖然我對她的寬容不再感到驚訝，但我還是視為奇蹟。

我說明我當時感到不安，不是因為救了她，而是因為暴露了我自己和我家人的身分，好讓她明白我當時為何在那條空蕩走廊裡對她態度惡劣。很自然地，我提到我家人的反應，其中一些人想將她滅口，我不確定她對此做何感想。她沒發抖，沒流露任何懼色。她現在得知了整件事的來龍去脈，感受一定很複雜。她僅知的光明面如今摻雜著黑暗。

我告訴她，我在那之後試著假裝對她絲毫不感興趣，那是為了保護我們這一家，而且我那麼做徹底失敗。

我不只一次感到好奇，如果我那天在學校的停車場沒出於本能地救她，現在的我會是什麼模樣。如果——正如我剛剛對她描述的——我當時袖手旁觀，看著她被撞死，然後當場吸她的血，用這麼醜惡的方式向人類目擊者們自曝身分……我的家人就會必須立刻逃離福克斯。我想像他們對那個版本的事件會做出……相反的反應。羅絲莉和賈斯柏就不會生氣。他們也許會嘲笑我，但能理解我為何失控。卡萊爾會對我深感失望，但還是會原諒我。艾利絲會不會為了一個沒機會認識的朋友哀悼？只有艾思蜜和艾密特的反應不會有多大變化：艾思蜜會擔心我的安危，而艾密特只會聳個肩。

我知道我會惹上不小的麻煩。在當時，雖然我跟她只有交換幾個字，但我對她已經深感著迷。但我能猜到這場悲劇會多麼深遠嗎？應該不會。我會覺得難過，然後繼續過著我空虛的人生，而根本沒意識到自己失去了什麼，根本不知道什麼是真正的快樂。

我知道，如果在停車場就失去她，這麼做會簡單許多。我就不會知道何謂喜悅，也就不用承受我現在知道存在的痛苦。

我想著她這張親切、甜美、我深愛的臉孔，她已經成了我世界的中心。在剩下的時間裡，我只想看著她的臉。

她回視我，眼裡也流露同樣的好奇。

「總之，」我為這個漫長的認罪做出結論：「我如果當時就揭露了我們這一家的身分，也好過我在這裡、在現在——周圍沒有證人，沒人能阻止我——傷害妳。」

她瞪大眼睛，不是因為恐懼或驚訝，而是好奇。

「為什麼？」她問。

這個解釋會很困難，充滿我不想說出的字句，但也充滿我想對她說的話。

「伊莎貝拉……貝拉。」光是說出她的名字，我就感到喜悅，感覺就像某種公開聲明。**這就是我歸屬的名字**。

我小心翼翼地鬆開一手，撫摸她被太陽晒暖的柔軟頭髮。這樣觸摸她，知道自己能這樣接觸她，令我深受震撼。我再次抓住她的雙手。

「我如果傷了妳，我就永遠沒辦法面對自己。妳不知道這把我折磨得多慘。」我必須把視線從她充滿同情的臉孔上移開，但我很難看到她的另一張臉孔，在艾利絲的幻象裡看過的那張。「一想到妳靜止不動、蒼白冰冷……再也看不見妳漲紅的臉，再也看不見妳看穿我的時候的眼神……我難以承受。」這些話語完全無法傳達我的痛苦。但我已經說完醜惡的部分，現在能說出我老早想對她說的話。我再次看著她的眼睛，為現在的告白感到喜悅。

「現在，對我來說最重要的就是妳，只有妳。」

難以承受這四個字並不足夠，這些試著傳達我的感受的字句也不足夠。我希望她能從我的眼睛裡明白這些話語多麼無力。跟我試著讀取她的心聲相比，她總是擅長看穿我的心思。

她看著我狂喜的眼睛，臉頰泛紅，接著低頭看著我們的手。看到她的膚色如此美豔，看到她臉上只有美感，我感到興奮。

「當然，你已經知道我有什麼感受。」她的嗓音輕如呢喃。「既然我在這裡……意思就是，我寧死也不願離開你。」

我沒想到我能同時感到這麼強烈的喜悅和後悔。她想要我——這是幸福。她為了我而冒生命危險——這我無法接受。

她板起臉，依然垂著頭。「我是個大白痴。」

我對她的結論哈哈大笑。從某個角度來說，她說得沒錯。一頭衝向最危險的天敵，無異於找死。幸好她是個特例。

「妳真是個大白痴。」我溫柔地挖苦她。我也會永遠為此感激。

貝拉抬頭看著我，綻放淘氣的露齒笑容，我們倆都哈哈笑。我說出了這麼多殘酷事實，現在的笑聲從莞爾轉為純然喜悅。我確信她也有同樣感受。在這一刻，我跟她完全契合。

雖然不可能，但我跟她屬於彼此。這幅畫面很有問題——一個殺手和一個無辜之人這麼靠近彼此，沉浸於彼此的陪伴，全然平靜。彷彿我們來到一個更好的世界，這種不可能發生的事還是發生了。

我突然想起很多年前看過的一幅畫。

我們在鄉間尋找適合定居的城鎮時，卡萊爾常常造訪老舊的教堂，他似乎就是沒辦法阻止自己。教堂簡單的木製結構，因為缺乏良好的窗戶而內部陰暗，地板和長椅的椅背因為人類的長年接觸而光滑，並散發出層層堆疊的氣味……這種畫面似乎帶給他平靜。他想起他父親和童年，他變成吸血鬼的那件事似乎變得久遠。他只想起開心的事。

有一次，我們在費城北方三十哩的某處，發現一間老舊的貴格教派聚會所。這是個很小的建築，跟農舍差不多大，外牆是石砌而成，內部非常簡陋。地板和直背長椅都很樸素，所以我看到遠側的牆上有個裝飾品的時候，感到有些震驚。卡萊爾也引起興趣，所以我們一起前去查看。

那是一幅小型畫作，大小不超過十五平方吋。我猜這幅畫比這間石砌教堂還老舊。作畫者顯然未經訓練，風格明顯外行，但這幅畫得不好的簡單畫作似乎傳達了某種情緒。畫上的動物有種溫暖的脆弱感，溫柔得令人心痛。繪者想像出來的這個溫柔的宇宙令我莫名感動。

一個更好的世界，卡萊爾如此心想。

我現在心想，在那幅畫中的世界裡，這一刻能夠存在，我再次感受到那個令人心痛的溫柔。

「所以獅子愛上了綿羊……」我低語。

有那麼一秒，她的眼神無比坦蕩，她再次臉紅，低下頭，穩住呼吸，再次綻放淘氣的微笑。

「好笨的羊。」她挖苦。

「有受虐傾向的病態獅子。」我反駁。

但我不確定這個說法正確。沒錯，我是刻意給自己造成不必要的痛苦，而且樂在其中，這是典型的受虐傾向。但是痛苦就是代價……而獎勵遠好過痛苦。說真的，這個代價不算什麼，十倍我也願意支付。

「為什麼……」她遲疑地喃喃自語。

我對她微笑，急著知道她的想法。「關於？」

她開始皺眉。「告訴我，為何你之前要逃離我身邊。」

她這句話給我造成肢體上的衝擊，停留在我的胃袋裡。我無法明白她為何提起令人討厭的往事。

「妳知道原因。」

她搖頭，眉頭緊蹙。「不，我是說，我到底做錯了什麼？」她口氣嚴肅。「我得更小心，所以我最好開始學習什麼不應該做。例如這樣——」她慢慢地用指尖撫摸我的手背和手腕，留下無痛的火痕。「好像沒問題。」

她就是這種個性，把所有責任都往身上攬。

「妳什麼也沒做錯，貝拉。是我的錯。」

她抬起下巴，原本看起來有點頑固，但眼神充滿哀求。

「但我想幫忙，如果可以的話，我希望讓你好過一點。」

我的本能是繼續堅稱問題在我、她無需擔心。但我知道她只是試著瞭解我，因為我充滿古怪的特點。如果我乾脆地、明確地回答她的問題，她會比較開心。

但我該如何解釋嗜血慾？真丟臉。

「這個嘛……其實只是因為妳離我太近。一般的人類會出於本能地遠離我們，排斥我們這群異類……我沒料到妳會這麼靠近我。還有妳喉嚨的氣味——」

我後退，希望沒令她反感。

她嘛嘴，彷彿強忍笑意。

「瞭解，不露出喉嚨。」她做出把下巴壓在右鎖骨上的動作。

她的意圖顯然是安撫我的焦慮，而且這招奏效了。看見她這副表情，我忍不住哈哈大笑。

「不，說真的，」我向她擔保：「最主要是因為一時的驚訝。」

我再次抬起手，輕輕放在她的脖子上，感受她這一處無比柔軟的溫暖肌膚。我的拇指擦過她的下巴，只有她能喚醒的電流開始竄過我全身。

「妳瞧，」我低語：「我好得很。」

她的脈搏也開始加速。我的手能感覺到她的脈搏，我能聽見她的心跳狂飆。她的下巴到髮際線之間泛起紅潮。聽見、看見她的反應，這並沒有喚醒我的吸血慾，而似乎只是強化了我偏向人類的反應。我想不起自己上一次覺得如此充滿生命力是什麼時候；我可能從來沒有這種感受，就算我還活著的時候。

「妳臉頰上的紅潮真美。」我呢喃。

我輕輕從她手裡抽手，用雙掌捧起她的臉蛋。她的瞳孔放大，心跳加速。

我這時候真想吻她。她微微分開的柔軟嘴脣令我著迷，吸引我上前。然而，雖然這些新的人類情緒似乎格外強烈，但我還是對自己充滿懷疑。我知道自己需要再接受一個考驗。我認為我已經通過了艾利絲那個結，但我總覺得還缺了什麼。我現在意識到自己還需要做什麼。

我一直避開、不讓自己去想的某件事。

「別動。」我警告她。她的呼吸停住。

我慢慢俯身靠向她，觀察她的表情，看她是不是覺得反感，但我沒發現這類跡象。

我把頭往前傾，把臉頰靠向她的喉嚨底部。她的溫血身軀散發的暖意穿過她脆弱的肌膚，滲進我的寒石之身。我的手底下能感覺到她的脈搏。我把自己的呼吸維持得跟機器一樣規律。我等候，觀察自己體內所有的微小變化。也許我等候太久，但這個宜人的地方很適合等候。

我確定前方沒有陷阱後，開始行動。

我小心翼翼地調整動作，維持動作緩慢又平穩，以免嚇到她。我的雙手從她的下巴來到她的肩膀，她打個冷顫；有那麼幾秒，我的呼吸不再規律。我恢復過來，再次鎮定下來，然後移動頭部，把耳朵對準她的心口。

她的心跳聲似乎同時傳進我的左右兩耳。我身子底下的大地似乎隨著她的心跳微微震顫。

我忍不住嘆口氣。「**啊。**」

我真希望能永遠維持這樣，沉浸於她的心跳聲和肌膚的暖意。但我該進行最後一項考驗，我想早點完成。

這是有史以來第一次我嗅聞她灼熱的氣味時，開始進行想像。我沒有攔阻、切斷或壓抑自己的思緒，而是任憑它們自由發揮。它們沒有自願地前進，但我強迫自己前往始終避開的某處。

我想像自己在品嘗她……吸乾她。

我有不少經驗，我知道我如果徹底滿足自己的獸性，那種放鬆的感受會是什麼感覺。跟我見過的其他人類相比，她的血擁有最強大的吸引力，我只能想像「放鬆」和「快感」會格外強烈。

她的血能撫平我灼痛的喉嚨，澆熄這幾個月的烈火。我會覺得彷彿我未曾為她燃燒，我的痛苦將徹底消弭。

我比較難想像的是，她的血嘗起來會有多甜。我知道我以前從沒體驗過跟我的慾望如此契合的血，但我確信它會滿足我有過的所有慾望。

在我這七十五年來都沒吸食人類血的首次——我終於能獲得飽足，我的身體將覺得強壯又完整，我會在很多個星期後才再次感到飢渴。

我完整地想像這一切，驚訝地發現這些禁忌的幻想畫面對我的吸引力有多低。我就算不想像後續——吸血慾回歸，這個世界因為沒有她而多麼空虛——我還是沒打算將這些想像付諸行動。

在這一刻，我也清楚明白我體內並沒有一個獨立的怪物，牠從頭到尾都不存在。我為了把我的心智和慾望分開，而出於習慣地賦予了我討厭的那個自我一個人格，好讓它跟我保持距離。正如我把命運想像成恐怖老太婆，就為了讓自己有個抗爭的對象。這是一種心理應對機制，也不是個很好的機制。我最好還是把自己看成一個擁有善惡兩面的完整個體，接受這個事實。

擁抱她的時候，我的呼吸依然平穩，她的氣味帶來的刺激中和了其他令我不知所措的生理感受。

我覺得稍微瞭解自己之前為何有那種反應，我做出的那種暴力舉動嚇到了自己，也嚇到了她。我當時以為自己可能不知所措，所以當我真的不知所措的時候，這簡直就像一個自我應驗預言。我的焦慮，我在乎的那些幻象，加上這幾個月來的自我懷疑，都弱化了我的決心，而我現在知道我絕對有能力保護貝拉。

就連艾利絲那道夢魘幻象也突然顯得褪色。它對我的影響力減退了，因為，很明顯的，**那個未來不可能成真**。我和貝拉會手牽手離開這個地方，我的人生終於即將展開。

我們走過了那個結。

我確信艾利絲也看到這幅畫面，她一定很開心。

我雖然對目前的立場感到自在，但也期望我接下來的人生。

我退後，撫摸她放在我兩側的雙臂，我光是能看到她的臉就感到喜悅。

她好奇地看著我，不知道我在腦海中經歷了什麼。

「以後就不會這麼困難了。」我保證，雖然我猜她大概聽不懂我在說什麼。

「剛剛對你來說很困難？」她的眼神流露同情。

她的關心讓我打從體內感到溫暖。

「沒我想像中的難。妳呢？」

她對我投來難以置信的一瞥。「不，對我來說……不難。」

她讓「被吸血鬼擁抱」這件事顯得如此輕鬆。但她一定鼓足了勇氣，比表現出來得更多。「妳明白我的意思。」

她開心地微笑，露出酒窩。很顯然的，就算她被我擁抱時努力忍受，也絕不會承認。

頭暈目眩——我只能用這四個字來形容我現在體驗到的快感。我很少把這四個字用在自己身上。我腦子裡的每個思緒都想鑽出我的嘴唇。我想聽見她腦海裡的每個思緒。這點不是什麼新鮮事，但其他的一切都變新了，都有所改變。

我伸向她的手——我沒在腦子裡討論我該不該做出這個舉動——純粹因為我想感受她的肌膚。這是我第一次覺得能隨心所欲。這些新的衝動跟舊的那些毫無關聯。

「這裡。」我把她的手掌貼在我的臉頰上。「妳感受到這裡的溫暖嗎？」

對我這個出於本能的動作，她做出了超乎我預料的反應。她的手指在我的顴骨上顫抖。她張大眼睛，收起笑意，心跳和呼吸加快。

我正想為自己的舉動感到後悔時，她俯身靠近，呢喃道：「別動。」

我感到興奮。

我乖乖遵從她的指示。我進入人類做不到的靜止狀態。我不知道她有什麼用意——她應該不是試著習慣我的身體沒有脈搏——但我急著找出答案。我閉上眼睛。我不確定這麼做是為了避免自己分析她，還是因為我想全然專心於這一刻。

她的手開始緩慢移動。首先，她撫摸我的臉頰，她的指尖擦過我閉起的眼瞼，然後在我的眼睛底下畫圈。她的指尖經過之處，留下刺麻的火痕。她撫摸我的鼻梁，接著撫摸我的嘴唇，手指顫抖得更厲害。

我再也無法保持靜止。我稍微張開嘴，以便吸進她的氣息。

她用一指撫摸我的下唇，然後把手移開。她後退時，我感覺到彼此間的空氣變得涼爽。

我睜開眼睛，迎上她的視線。她臉龐潮紅，心跳依然急促。我感覺自己體內也出現心跳的回音，雖然沒有血流湧動。

我想要……好多東西。我在遇見她之前，不覺得我這個永生者需要的東西。我在成為永生者之前，也確信自己不想要的東西。我覺得其中一些東西，我原以為不可能成真的東西，其實可能成真。

然而，現在跟她在一起，雖然我的吸血慾並未發作，但我還是太強大。我遠比她強大，我的四肢如鋼鐵般堅硬。我必須時刻考慮到她多麼脆弱。我必須盡快學會如何跟她互動。

她瞪著我，似乎想知道我對她的接觸做何感想。

「我希望……我希望妳能體會我感受到的……複雜……」我試著解釋。「困惑。我希望妳能明白。」

她的一綹頭髮被微風吹動，在陽光下舞動，浮現紅澤。我伸手，感受這綹頭髮的質感。我離她很近，所以我忍不住撫摸她的臉。她的臉頰感覺就像被太陽晒暖的天鵝絨。

她歪起頭，靠向我的手，但眼睛盯著我的臉。

「告訴我。」她低語。

我根本不知道該從何說起。「我……不認為我做得到。我跟妳說過，我雖然感到飢渴，而且——」我對她綻放帶有歉意的笑容。「我是個可悲的怪物，我卻對妳產生了愛意。我猜妳在某種程度上能明白這點。因為妳沒對任何毒品上癮，妳大概無法完全瞭解……不過……」

我的手指似乎自行伸向她的嘴唇，予以輕撫。終於。她的嘴唇比我想像的更柔軟，更溫暖。

「還有一些其他的慾念，」我說下去：「我根本不瞭解、對我來說很陌生的渴望。」

她又投來有些狐疑的眼神。「我可能比你以為的更瞭解。」

「我不習慣覺得自己這麼像人類。」我坦承：「人類都是像這樣嗎？」狂野電流竄過我體內，磁鐵般的吸力把我往前拉，讓我只想貼近她。

「對我來說？」她陷入沉思。「不，從未。我從未有過這樣的感覺。」

我握住她的雙手。

「我不知道如何靠近妳，」我警告她：「我不知道能不能靠近妳。」

為了保護她的安全，我該在哪劃清界線？如何避免我的自私慾望不智地越過那些界線？

她向我挪近。我保持靜止時，她把臉靠在我胸膛的裸露肌膚上；在這一秒，我真感謝艾利絲幫我挑這件衣服。

她閉上眼睛，滿足地嘆口氣。「這樣就夠了。」

我無法抗拒這種邀請。我知道我應付得來。我小心翼翼地輕輕摟住她，這是我第一次真正地擁抱她。

我把嘴唇壓在她的頭頂上，吸進她溫暖的氣味。這是第一個吻，雖然是她沒做出回應、我單方面的吻。

她呵笑一聲。「你在這方面其實表現得很好，你過謙了。」

「我有人類的本能，」我對她的頭髮呢喃：「也許被深埋著，但還是有。」

我抱著她，嘴唇壓在她的頭髮上，時間的流動變得毫無意義。她的心跳變得慵懶，呼吸變得緩慢均勻，吐出的氣息拂過我的肌膚。樹的影子蓋過我們的時候，我才注意到變化。少了我的肌膚折射的光芒，這片草地似乎突然變暗，現在不再是下午，而是傍晚。

貝拉長嘆一聲，這次不是因為滿足，而是因為遺憾。

「妳必須走了。」我猜測。

「我以為你無法讀到我的心。」

我露齒而笑，最後一次吻她的頭頂。「變得清楚了一些。」

我們在這裡待了很久，就算感覺只有幾秒。她一定會有人類的需求。想到走來這片草地的漫長之路，我想到一個點子。

我稍微後退——不甘願地結束這個擁抱，不管接下來會發生什麼事——輕輕地把雙手放在她肩上。

「我能讓妳看個東西嗎？」我問。

「給我看什麼？」她的語調略帶懷疑。我意識到自己的語調相當熱切。

「我想讓妳看看我在森林中如何移動。」我解釋。

她困惑地噘嘴，眉心皺起——比我之前差點襲擊她的時候更緊。她這個反應讓我有點驚訝，畢竟她平時總是好奇又無懼。

「別擔心。」我向她保證：「妳會很安全，而且我們能更快到達卡車那邊。」

我以鼓勵的姿態對她咧嘴笑。

她考慮了一分鐘，然後輕聲道：「你會變成蝙蝠？」

我壓抑不住笑聲，其實也不想壓抑，我想不起上次這麼輕鬆自在是什麼時候。這當然不是事實——我和家人在一起的時候，總是輕鬆自在。但我在家人身邊時，不像現在這樣感到狂喜，體內每個細胞都如通電般朝氣蓬勃。和貝拉在一起，強化了我所有的感官。

「我確實聽過這種說法。」我喘過氣之後逗弄她。

她咧嘴笑。「瞭解。我確信常常有人這樣問你。」

我迅速站起，朝她伸出一手。她狐疑地看著我這隻手。

「來吧，膽小鬼，」我勸誘：「爬到我背上。」

她遲疑地盯著我一會兒。我不確定她是對我的提議感到擔心，還是只是不確定如何爬到我背上，畢竟今天是我們第一次這樣靠近彼此，我們都還很害羞。

我判斷原因是第二個，所以我把事情簡化。

我將她抱起，輕輕調整她的四肢，好讓她整個人趴在我背上。她的脈搏加快，屏住呼吸，但她坐好之後，用四肢纏住我。我感覺被她的體溫包圍。

「我比一般的背包重喔。」聽來有些擔心，怕我背不動她？

「哈。」我嗤之以鼻。

我沒想到會這麼簡單——我指的不是她微不足道的體重，而是讓她纏著我。我的飢渴完全被喜悅淹過，幾乎沒給我造成任何痛苦。

我抓住她抱住我頸部的手，把她的手掌壓在我的鼻子上，盡可能深深吸氣。沒錯，痛楚還在，依然真實，但微不足道。跟這團光明相比，一團小火算什麼？

「越來越輕鬆。」我低語。

我放鬆地邁開大步，選了一條最平緩的路，返回起點。這條路雖然比較遠，會多花一點點時間，但我們還是會在幾分鐘裡——而非幾小時——就回到她的卡車所在。如果選擇更陡峭的路，她就會覺得更顛簸。

這是另一個嶄新又開心的體驗。我向來喜歡奔跑——這一百年來，跑步最令我感到生理上的喜悅。但現在，跟她分享這一刻，我們彼此間沒有任何距離，我意識到這種喜悅遠勝單純的跑步。不知道她是不是跟我一樣感到強烈的興奮？

但我有個疑慮。我急著送她回家，因為這似乎是她的意願，然而……我們應該用更正式的方式給剛剛那重大的一刻畫下尾聲吧？算是敲定我們的新關係？就像禮拜結束時的賜福祈禱？但我們準備回去的時候，我才意識到少了這個環節。

現在還不遲。想到這件事——一個真正的吻——的時候，我感覺全身通電。我以前以為這不可能。我曾經為這件事哀悼，因為這似乎會給我們雙方帶來傷害。此刻，我確信這可能成真……而且正在快速逼近。電流在我的胃袋裡反彈，我搞不懂為什麼人類把這種感覺形容成「胃裡有蝴蝶飛舞」。

我平穩地停下腳步，離她的卡車只有幾步之遙。

「很刺激吧？」我急切地想知道她的反應。

她沒做出反應，只是繼續用四肢緊緊纏著我的腰和脖子。她沒做出答覆。怎麼了？

「貝拉？」

她大口喘氣，我這才意識到她剛剛屏住呼吸。我早該注意到。

「我覺得我得躺下來。」她虛弱地說。

「噢。」我實在欠缺跟人類互動的經驗，根本沒考慮到她可能會感到暈眩。「抱歉。」

我等她鬆手，但她沒放鬆緊繃的肌肉。

「我想我需要你幫忙。」她呢喃。

我緩慢又溫柔地鬆開她的腿，再來是她的胳臂，然後把她挪到我身前。

看她臉色蒼白，我一開始感到震驚，但我不是第一次看到她面有菜色。在那一天，我也是把她抱在懷裡，只是那次完全不同於這次。

我屈膝跪地，把她放在一片柔軟的蕨草上。

「妳現在覺得怎麼樣？」

「應該是……頭暈。」

「把妳的頭放在膝蓋中間。」我建議。

她立刻照做，彷彿這是經過多次練習的反應。

我在她身邊坐下，聽著她規律的呼吸，覺得自己有點緊張過度。我知道這沒什麼，她只是有點頭暈，但是……看她臉色蒼白，我還是感到不安。

幾分鐘後，她試探性地抬起頭，雖然還是很蒼白，但不像剛剛那樣發青。她的額頭浮現薄薄一層汗水。

「看來背著妳這樣跑不是好主意。」我咕噥，覺得自己真蠢。

她露出慘淡的笑容。「不，剛剛那樣非常有意思。」她說謊。

「哈，」我苦澀地悶哼一聲。「妳蒼白得跟鬼魂一樣——不，妳蒼白得跟我一樣。」

她慢慢吸口氣。「我覺得我剛剛應該閉上眼睛。」她邊說邊閉眼。

「下次記得。」她的氣色恢復了一些。看到她臉頰變得粉紅，我不再那麼緊繃。

「下次？」她誇張地呻吟。

看她故作生氣的模樣，我笑出聲。

「真愛現。」她咕噥，嘟起飽滿的雙唇，看起來無比柔軟。我想像她的嘴唇吸引我們靠向彼此。

我屈膝跪坐，面向她。我覺得緊張、不安、不耐煩，而且忐忑。想靠近她的這種渴望，讓我想到曾經控制我的吸血慾。這種慾望也讓我無法忽視。

她的灼熱鼻息拂過我的臉。我更靠近她。

「睜開眼睛，貝拉。」

她慢慢照做，隔著濃密的睫毛看著我，然後抬起下巴，對齊我的視線。

「我奔跑的時候在想……」我欲言又止。這種開場白實在算不上浪漫。

她瞇起眼睛。「希望你想的是『別撞到樹』。」

我輕笑出聲，她強忍笑意。「傻貝拉。奔跑是我的第二本能，我連想都不用想。」

「真愛現。」她重複這三個字，這次的語調較為強硬。

我們離題了。我們如此靠近彼此，竟然還能離題。我微笑，回到原本的話題上。

「不，我想的是有件事我想試試看。」

我輕輕把雙手放在她臉頰的兩側，讓她有空間後退，以防她不喜歡我這個舉動。

她屏住呼吸，下意識地把頭靠近我的頭。

我用了半秒重新調整，檢查自己的身體，確認完全做好準備。我的吸血慾被牢牢地控制住，壓在生理需求的最底層。我調整雙手、胳臂和上半身的勁道，確保這個接觸會比微風更輕盈。我雖然確定這種預防措施其實沒必要，但我還是屏住呼吸，畢竟小心駛得萬年船。

她閉上眼睛。

我拉近彼此間的距離，輕柔地把嘴唇壓在她的嘴唇上。

我雖然以為自己做好了準備，但這一刻還是帶來爆炸性的感受。嘴唇的接觸遠比手指的接觸更為強烈，這種化學反應怎麼會這麼古怪？這一處的肌膚帶給我前所未有的體驗，這在邏輯上說不通。感覺就像我們四唇相接之處產生了一顆新的恆星，它的強光把我的身體灌滿至瀕臨粉碎。

我在應對這個吻的強勁影響的半秒後，這個化學反應也衝擊了貝拉。她倒抽氣，分開雙唇，灼熱鼻息焚燒我的肌膚。她用雙臂摟住我的脖子，手指抓住我的頭髮，藉此施力，更用力地把嘴唇壓在我的嘴唇上。她的嘴唇充血，比剛剛更溫暖。她的嘴唇張得更開，這是邀請……

我如果接受這份邀請，就會產生危險。

我以最輕盈的手勁把她的臉往後推，我的指尖停在她的肌膚上，讓她跟我保持這段距離。我保持靜止不動，就算不是為了忽視這個誘惑，也至少是為了讓自己跟它拉開距離。我注意到幾個掠食反應再次出現——我的口腔分泌大量毒液，我的核心處繃緊——但這些都只是表層的反應。我雖然不算理性地控制住自己，但至少我沒產生吸血的狂熱念頭。控制我的是一種更宜人的熱忱，但因為它的本質，我還是需要控制住它。

貝拉的表情顯得不知所措，也帶有歉意。

「哎呀。」她說。

我忍不住心想，如果換作幾小時之前，她這種無辜的動作會造成什麼後果。

「這樣的反應真含蓄。」我同意。

她不知道我今天取得了什麼成果，但她總是表現得彷彿我完美地控制住自己，就算這不是事實。我現在終於贏得了她這種信賴，我覺得鬆了一口氣。

她試著後退，但我的雙手依然握住她的臉。「我應該……」

「不，」我向她保證：「我可以忍受。請等一下。」

我想確保完全控制住自己。我的肌肉已經放鬆，毒液退去。我雖然還是很想摟住她，繼續吻她，但我運用數十年來的自制力，做出正確選擇。

「好了。」我完全平靜下來後開口。

她強忍笑意。「可以忍受？」她問。

我發笑。「我比自己以為得更堅強。」我沒想到我能像這樣控制住自己。這個成果確實進步得很快。「很高興知道。」

「我希望我能說一樣的話。我很抱歉。」

「畢竟妳只是個凡人。」

她對我的冷笑話翻白眼。「真謝謝你喔。」

我們接吻時充斥我全身的那團光芒尚未退去。我渾身充滿喜悅，我不確定如何壓抑。強烈的愉悅和困惑讓我擔心我不夠負責任。我應該送她回家。我能結束這個下午的極樂互動，因為我們會一起回去。

我站起身，朝她伸手。這一次，她立刻握住我的手，我拉她站起。她搖搖晃晃。

「妳還因為剛才的跑步而頭暈？」我問：「還是因為我的親吻功力？」我發出笑聲。

為了穩住身子，她用另一手抓住我的手腕。「我沒辦法確定，」她逗我：「我還在頭昏眼花。我猜兩個原因都有。」她挪向我，似乎是刻意靠近我，而不是因為暈眩。

「也許妳應該讓我開車。」

她的暈眩似乎瞬間消失，她挺起肩膀。「你瘋了？」

如果是她開車，我會需要她把雙手放在方向盤上，而且我不能讓她分心。但如果是我開車，就不需要這麼提心吊膽。

「跟妳的最佳狀況相比，我還是開得比妳好。妳的反應能力比我慢多了。」我微笑，讓她知道我是在開玩笑——大部分。

她沒反駁。「我相信這是事實，但我不認為我的神經或我的卡車承受得了。」

我試著迷惑她，就像她之前指控的那樣。我還是不太確定哪些舉動是所謂的迷惑。「麻煩妳稍微信賴我，貝拉？」

這招沒用，也許因為她低著頭。她拍拍牛仔褲口袋，然後掏出車鑰匙，緊緊握在手裡。她抬起頭，然後搖搖頭。

「不，」她對我說：「你想都別想。」

她開始繞過我身旁，走向卡車所在。我不知道她是不是還在頭暈，還是只是動作笨拙。但她踏出第二步時步伐蹣跚，我及時扶住她，把她抱進懷裡。

「貝拉。」我低語。她的眼裡不再有笑意，她靠著我，抬頭看著我。我如果現在就吻她，應該會是個既神奇又糟糕的主意。我逼自己戒急用忍。

「我已經盡我所能讓妳活下去。」我以輕快口吻提醒她：「妳連路都走不穩，我才不會讓妳坐在方向盤前面。況且，朋友不會讓朋友酒醉駕車。」我引用公益廣告的名言。這句名言對她來說應該過時了，畢竟那支廣告播放的時候，她大概才三歲。

「酒醉？」她抗議。

我勾起一邊嘴角笑道：「妳因為我的存在而陶醉。」

她嘆口氣，承認戰敗。「這點我無法反駁。」她舉起拳頭，讓車鑰匙掉進我的手裡。

「開慢點，」她警告：「我的卡車上了年紀。」

「有道理。」

她的嘴角下垂。「你都沒被影響？被我的存在？」

影響？她徹底改變了我，我幾乎認不得自己。

這是我這一百年來第一次慶幸自己的身分。我突然能接受自己身為吸血鬼——除了我給她造成的危險——因為這樣我才能活到現在、找到貝拉。

我要是知道她正在等著我，我的存在正在持續接近一個我無法想像的美好事物，我活過的那幾十年就不會那麼難熬。事實是，那幾十年不是我所想的消磨時間，而是成果。磨練自己，做好準備，掌控自己，我才能擁有現在這份感情。

我對這個全新的自我仍有疑慮；我體內的激烈狂喜似乎沒辦法永久持續下去。儘管如此，我絕不想變回以前的我。現在看來，那個愛德華似乎是個未完成品，彷彿少了一半。

他絕對做不到我現在做的事：我俯身吻她的嘴角，這個位置就在她的動脈上方。我用嘴唇輕輕擦過她的下巴，然後滑到她的耳邊，感覺她天鵝絨的肌膚被我的嘴唇按壓。我的嘴唇慢慢回到她的下巴，靠近她的嘴唇。她在我懷裡顫抖，讓我記得這個天氣對我來說是前所未有的溫暖，但對她來說是寒冬。我放開她。

「總之，」我在她耳邊呢喃：「我的反應能力比妳好。」

chapter 18

心靈戰勝一切

「你真的……比較容易……貼近我了……」

「嗯……」這是我唯一的答覆。

我還在探索她被月光照映的喉嚨。

「我好奇……」她開口，但因為被我撫摸鎖骨而沉默下來。

她再次顫抖地吸口氣。

「嗯？」我鼓勵她說下去，我的指尖滑進她鎖骨上方的凹陷處。

她的顫抖嗓音變得更高亢。「你認為這是……為什麼？」

我輕笑。「心靈能戰勝一切。」

幸好我有堅持開車。

如果是她開車，她就必須把人類感官集中在馬路上，也就不能跟我牽手，不能看著我的眼睛，很多事都不能做。最重要的是，我到現在依然覺得心中充滿純淨之光。我知道這給我帶來強烈的感受，我不確定這對人類的身體影響會有多大。還是讓非人類來開車會比較安全。

太陽下山的時候，雲層挪移，偶爾會有一道紅色的陽光照在我臉上。我能想像，我如果昨天像這樣自暴身分，會感受到什麼樣的驚恐。但換作今天，我只想笑。我覺得體內充滿笑聲，彷彿我心裡的光芒需要這道出口。

我好奇地打開車上的收音機，驚訝地發現只聽見雜訊。考慮到這輛車的引擎有多吵，我猜她開車時不聽音樂。我調整頻率，只找到一個勉強還算清晰的電臺，正在播放約翰尼・埃斯的曲子，我不禁微笑。《愛的宣言》，還真貼切。

我開始跟著唱，雖然覺得有點肉麻，但也很高興有機會對她說這些話。**我永遠只愛妳**。

她始終盯著我的臉，臉上的笑容想必出自驚奇。

「你喜歡五〇年代的歌？」歌曲結束時，她問。

「五〇年代的音樂才好，比六〇或七〇年代好多了！」雖然有些歌曲例外，但以前那些數量有限的電臺播放的曲子，我大多都不喜歡。我一直沒很喜歡迪斯可。「八〇年代倒是還可以。」

她抿脣片刻，瞇起眼睛，彷彿在擔心什麼。然後她輕聲問：「你到底要不要告訴我你多老了？」

啊，她怕惹我不高興。我輕鬆地對她微笑。「這很重要嗎？」

看我態度輕鬆，她似乎鬆了一口氣。「不，但我還是很好奇……沒有什麼比得上不解之謎更讓人晚上失眠。」

現在輪到我擔心。「我想可能會嚇著妳。」

雖然她並沒有因為我不是人類而覺得反感，但她會不會因為我們年齡相差甚大而產生不同的反應？我在許多層面上真的還是十七歲。她能明白嗎？

她想像了什麼？我已經好幾千歲，以前住在哥德式城堡，說話有外西凡尼亞腔？那種吸血鬼確實存在，卡萊爾認識那種類型。

「說說看。」她提出挑戰。

我凝視她的眼睛，在裡頭尋找答案。我嘆口氣。經歷了那些事情後，我應該練就出一些勇氣了吧？我現在卻還是一樣害怕嚇到她。當然，我除了坦承以對之外，沒有別的路。

「一九〇一年，我出生在芝加哥。」我承認。我撇開臉，看著前方的道路，以免她在進行心算時覺得被我嚴密監視，但我忍不住從眼角瞄她。她故作鎮定，我意識到她在刻意調整反應。她不想表現出受到驚嚇，正如我不想嚇到她。我們越是熟悉彼此，就似乎越明白對方有何感受。默契。

「一九一八年的夏天，卡萊爾在一所醫院發現我。」我說下去：「我當時十七歲，因染上西班牙流感而瀕臨死亡。」

聽見這句話，她忍不住倒抽一口氣，瞪大眼睛。

「我已經記不太清楚了，」我向她擔保：「那是很久以前的事了，人類的記憶會褪色。」

她沒有完全平靜下來，但還是點點頭，不發一語，等我說下去。

我雖然暗自決定實話實說，但這時意識到必須維持一些界線。有些事是她應該知道的……但有些細節最好別跟她分享。也許艾利絲說得沒錯。如果貝拉的感受跟我現在差不多，也許她就會覺得有必要讓這個感受延續下去。為了跟我在一起，她在那片草地上的時候說過。我知道我很難拒絕貝拉的心願。我小心選擇用字。

「我確實記得卡萊爾當時……拯救我的感覺。那不是件容易的事，不太可能會忘。」

「你的父母呢？」她以弱怯的嗓音問道，我放鬆身子，很高興她沒追問剛剛的話題。

「他們已經死於那場流感疫病，只剩我一個人。」說出這句話並不困難。我這段歷史其實比較像個我聽說的故事，而不是實際的回憶。「這就是他為何選上我。在傳染病引發的混亂中，不會有人注意到我下落不明。」

「他是怎麼……救了你？」

看來敏感的問題還是避無可避。我判斷該向她隱瞞哪些部分，試著避重就輕。「很困難，不是每個人都擁有所需的自制力。但卡萊爾永遠是我們當中最仁慈，最慈悲的人……我想妳應該找不到像他一樣的人。」我想著父親，不確定對他的稱讚是否足夠。然後我說出她應該可以知道的部分。「對我來說，那段過程只是非常、非常痛苦。」

其他可能帶來痛苦的回憶——例如我失去親生母親——雖然已經褪色，但這段痛苦的回憶依然清晰。我微微打個冷顫。如果貝拉以後又問起這件事，而且她清楚知道跟我在一起是什麼意思，那麼我會因為這段回憶而拒絕她。一想到讓她面對那種痛苦……

她把我的答覆聽進去，噘嘴瞇眼，陷入沉思。我想知道她的反應，但我知道我如果問，就會面對更多尖銳的提問。我繼續描述過去，希望能轉移她的心思。

「他那麼做，是因為他覺得寂寞，這通常都是這種選擇的背後的理由。我是卡萊爾家的第一人，不過他很快就發現艾思蜜。她掉下懸崖，被直接送往醫院的太平間，不過她的心臟竟然還在跳動。」

「所以只有垂死之人才能變成……」

看來我沒能轉移她的心思。她還在試著明白改造的機制。我急忙轉移她的想法。

「不，那只是卡萊爾的做法。他絕不會那樣對待還有其他選擇的人。不過，他說過，如果人的生命力變弱，改造起來會比較容易。」

我回頭看著道路。我不該補充最後那句。我懷疑我是刻意提到她想知道的答案，因為我其實有點希望她知道，我希望她能找到辦法來跟我在一起。我必須管住自己的舌頭，管住自己的自私心態。

「艾密特和羅絲莉呢？」

我對她微笑。她大概意識到我的避重就輕，但她願意為了讓我感到自在而裝作不知道。

「之後，卡萊爾把羅絲莉帶進我們家。我後來才知道他希望羅絲莉跟我配成一對，就像艾思蜜跟他那樣——他總是小心地避免讓我知道他在想什麼。」

我想起他終於不小心讓我知道的時候，我覺得多麼反感。一開始，羅絲莉跟我們處得不好——說真的，自從她加入我們的家庭，我們每個人的生活都變得複雜許多——我得知卡萊爾希望我跟她更為親密，這令我大為驚恐。但我如果讓貝拉知道我當時多麼反感，這會很沒禮貌，缺乏紳士風度。

「可是她對我來說一直就是姊弟關係。」這樣做出結論，應該是最有口德的方式。「兩年後，她帶回艾密特。她當時在狩獵——我們那時候住在阿拉契亞山——發現一頭熊即將殺死他。她把他帶到卡萊爾面前，就算路程超過一百哩，因為她擔心自己未必……做得到。」

我們當時住在諾克斯維爾市的郊區，當地的天氣對我們來說不算理想，所以我們平時都待在室內。但那並非長期安排，卡萊爾當時是在田納西大學的醫學院進行一些病理學的研究，我們只會待幾星期，幾個月……他這個安排不算強人所難。我們能去幾間圖書館，紐奧良的夜生活也不算太遠，至少對我們這種身手敏捷的生物來說。然而，羅絲莉因為新生不久而不太願意靠近人類，所以拒絕去鎮上找樂子，而是成天悶悶不樂地抱怨，對任何關於娛樂或自我改善的建議都挑三揀四。說真的，她大多數的時候是在腦子裡埋怨。艾思蜜因為聽不見而沒我那麼惱火。

羅絲莉喜歡獨自狩獵，我雖然實在應該看守她，但還是順從了她的意願，而這對我和她來說都輕鬆許多。她知道如何小心行事。我們都懂得壓抑感官，直到進入沒有人煙的地區。我雖然一點也不願意稱讚這個討人厭的攪局者，但就連我也得承認，她在「自我控制」這方面堪稱天賦異稟，主要是因為她很頑固，而且在我看來，應該也因為她想擊敗我。

因此，聽見羅絲莉比平時更急促又沉重的腳步聲劃過諾克斯維爾市那個夏季的寧靜破曉，聞到她令我們熟悉的氣味夾雜著強烈的人類血味，感覺到她的想法慌亂，我的第一個想法並不是她犯了錯。

羅絲莉重生後的第一年裡，在她為了報仇而消失之前，她的想法都清楚洩漏了她的祕密。我知道她有何打算，我也告知卡萊爾。第一次的時候，他溫柔地勸告她，催促她放下以前的人生，確信她如果忘掉以前的事情，痛苦就會減輕。報仇沒辦法讓她拿回她已經失去的東西。但他的引導只引來她的怒火，所以他建議她如何在報仇時盡量低調。我和卡萊爾都沒資格說她不能去報仇，也確實相信這個世界如果少了那些殺害她的姦殺犯，會變得更好。

我當時相信她殺了他們每個人。後來，她的思緒一直很平靜，不再充滿殺戮凌虐的慾望。

但在那一刻，血味如海嘯般湧進屋子裡的時候，我立刻以為她又發現了那幫仇人的共犯。我對她的整體評價雖然不高，但我相當確定她不會傷害無辜。

她驚慌地呼喊、向卡萊爾求助時，完全顛覆了我對她的看法。然後，在她的尖銳呼喊下，我聽見一聲非常微弱的心跳。

她這聲呼喊還沒落定，我已經衝出臥室，發現她在起居室。卡萊爾已經趕來。羅絲莉的頭髮遠比平時凌亂，她最喜歡的連身裙沾滿血跡，裙襬變得緋紅。她手上抱著一名魁梧的人類男子，他意識不清，茫然地掃視周圍。他被抓得遍體鱗傷，幾處明顯骨折。

「救他！」羅絲莉幾乎朝卡萊爾尖叫。「求求你！」

求求你求求你求求你。她在腦海中哀求。

我看得出這幾個字讓她付出什麼代價。她換氣時，逼自己忍受鮮血帶來的誘惑。她把男子抱得離自己遠一點，而且轉過臉。

卡萊爾明白她的痛苦，立刻從她手上接過男子，輕輕地把對方放在起居室的地毯上。男子虛弱得沒力氣呻吟。

我旁觀時，下意識地屏住呼吸，對這幅怪異場面感到震驚。我真應該離開屋子。我能聽見艾思蜜的想法，她快步離去。她一聞到血味就懂得離開，就算她跟我一樣搞不懂這是怎麼回事。

太遲了，卡萊爾查看男子時意識到。他很不想讓羅絲莉失望；她雖然擺明了討厭他給她的第二人生，但她很少對他有什麼要求，更別提在這種情況下。**他想必是她的家人**，卡萊爾心想。**我怎麼忍心再次害她難過？**

魁梧男子——我仔細看著他的臉，覺得他的年齡沒比我大多少——閉上眼睛，微弱的呼吸開始顫抖。

「你在等什麼？」羅絲莉尖嘯。**他快死了！他快死了！**

「羅絲莉，我……」卡萊爾無奈地攤開血淋淋的手。

這時候，她的腦海裡浮現一幅畫面，我清楚明白她有什麼要求。

「她不是要你治療他，」我立刻解讀：「而是要你救他。」

羅絲莉的眼睛掃向我，臉上充滿強烈的感激之意，她的五官因而變化，變成我以前從沒見過的模樣。

有那麼幾秒，我想起她當時有多美。

卡萊爾很快就做出決定。

噢！卡萊爾心想。然後我清楚看到他願意為羅絲莉做到什麼程度，他覺得自己欠她多少。他幾乎沒經過任何考慮。

他在支離破碎的男子身邊跪下時，趕我們離開現場。「你們如果留下，對你們來說不安全。」他把臉對準男子的喉嚨。

我揪住羅絲莉血淋淋的胳臂，拉她跑向門口，她沒抗拒。我們倆都逃出屋子，一路飛奔，來到附近的田納西河，涉進其中。

我們躺在河邊的冰涼泥濘上，羅絲莉讓水沖掉衣服和肌膚上的血跡，我們開始進行第一場真正的談話。她不常開口，只是在腦海裡讓我看見她如何發現這名男子，這個瀕臨死亡的陌生人。她看到他那張臉孔的時候，就是無法忍受他死亡的這個下場。她說不出為什麼。她也無法解釋她抱著他回來的時候，為什麼她自己沒有殺了他。我在她的腦海裡看見她跑了幾十哩，速度比她平時更快，她在一路上也渴望滿足吸血慾。她重溫這一切的時候，心靈因不設防而變得脆弱。她也在試著明白，她幾乎跟我一樣困惑。

我並不希望家裡又多出一個成員，也不太在乎羅絲莉想要或需要什麼。但透過她的眼睛看著這一切的時候，我突然只希望她能快樂。這是我跟她第一次站在同一邊。

我們暫時不能回家裡，就算羅絲莉非常想知道現在正在發生的事。我向她擔保，卡萊爾如果沒能成功，一定會來找我們。所以我們現在只能等候，直到情況變得安全。

那幾小時改變了我和她。卡萊爾終於來叫我們回家的時候，我和她成了姊弟。

我想起我跟姊姊的感情時，這場談話並沒有停頓很久，貝拉還在等我說下去。我想起剛剛說到哪：

渾身滴著血的羅絲莉，盡可能把艾密特抱在離自己遠一點的位置。她這副模樣讓我想到一個較為近期的回憶：我抱著頭暈的貝拉去醫務室。很有趣的比較。

「我此刻才漸漸瞭解那趟路對她來說多麼艱難。」我做出結論。我和貝拉十指緊扣。我拉起彼此的手，用手背撫摸她的臉頰。

天上最後一抹紅光已經褪為深紫。

「但她做到了。」短暫的沉默後，貝拉開口，希望我趕緊說下去。

「是的。她在他臉上找到讓自己走下去的力量。」不可思議，因為她是對的。令人驚奇，因為他們倆是天造地設的一對。這是命運？還是天大的好運？我一直沒有答案。「從那之後，他們就一直在一起。有時他們會跟我們分開住，以已婚夫妻的身分。」唉，我真喜歡他們不在家的日子。我雖然喜歡艾密特也喜歡羅絲莉，但是這兩人在一起的時候，讓我的讀心腦袋實在難以應付。「不過呢，我們把自己的年齡說得越小，就能在同一個地方待得越久。福克斯似乎很完美，所以我們都進高中就讀。」我發笑。「我猜我們過幾年又要參加他們的婚禮。」

羅絲莉超愛結婚。對她來說，永生生活最讓她喜歡的，大概就是能重複結婚。

「那艾利絲和賈斯柏？」貝拉問。

「艾利絲和賈斯柏是兩個特別的生物。他們在沒有外力引導的情況下，發展出我們所謂的『良知』。賈斯柏屬於另一個……家庭。」我避開正確用語；想到他的來歷，我差點打個冷顫。「非常不一樣的家庭。他因為感到憂鬱而獨自流浪。艾利絲發現他。跟我一樣，她也擁有我們這一族很罕見的天賦。」

貝拉驚訝得臉色不再平靜。「真的嗎？但你說只有你聽得見別人腦子裡的聲音。」

「是真的。她的能力和我不同。她能看見事情——可能會發生的事情、即將來臨的事情。」因為今天的一切而不可能發生的事情。我已經走過最糟的部分。話雖如此……我還是感到不安，因為新的幻象，我能接受的那個，實在模糊。另一個幻象——艾利絲和貝拉都蒼白冰涼——則清晰許多。這不重要，不可能重要。我已經控制住了一個不可能成真的未來，我也能控制住另一個。「但她看見的內容很主觀，」我說下去，聽見自己的語氣有些緊繃，「畢竟未來並沒有刻在石頭上，事情隨時可能改變。」

我瞥向她白裡透紅的肌膚，有點像在安撫自己，因為她的模樣依然正常，然後我在她回視我的時候移開視線。我沒辦法確定她在我的眼裡看懂多少。

「她看見哪一類的事？」貝拉想知道。

我給她安全的答案，經過證明的預言。

「她看到賈斯柏，比他自己更早知道他正在尋找她。」他們的配對真的很神奇。賈斯柏擁有影響旁人情緒的能力，所以每當他想起這件事，全家人就會連帶地感到放鬆又滿足。「她看到卡萊爾和我們這一家，於是跟賈斯柏一起來找我們。」

艾利絲和賈斯柏登門拜訪，向不安的卡萊爾和害怕的艾思蜜，以及充滿敵意的羅絲莉自我介紹的那一天，我不在場。卡萊爾和艾思蜜之所以忐忑，是因為賈斯柏身經百戰的模樣，但是艾利絲清楚知道該說什麼來安撫他們倆。她當然知道，因為她在幻象中看過了那場會面的所有可能性，選了最好的版本。我和艾密特當時不在家，那並非巧合。我們這一家的主要防禦者不在家，場面就會比較平順，比較符合她的心意。

幾天後，我和艾密特回到家時，她和賈斯柏已經成了這個家的成員。我和艾密特當時都感到驚訝，艾密特看到賈斯柏的時候更是做好開打的準備。但是艾利絲已經跑上前，用雙臂摟住我。

如果場面充滿敵意，我並不會感到害怕，但她的心靈充滿對我的信賴和關愛，我當時還以為那是我在重生後第一次患上失憶症，因為這個嬌小的永生者如此熟悉我，比我目前或以前的家人都瞭解我。她究竟是誰？

噢，愛德華！我們終於見面了！我的哥哥！我們終於在一起了！

她緊緊摟住我的腰——我也猶豫地摟住她的肩——她飛快地回想自己的一生，從第一個回憶到這一刻，然後想著我們接下來幾年一起生活的重要事件。我在那一刻意識到自己也熟悉她，這真的是非常怪異的感受。

「這位是艾利絲，艾密特。」我對他說，同時繼續擁抱我的新妹妹。艾密特的戰鬥姿態變成困惑模樣。「她是我們這一家的成員。那位是賈斯柏。你一定會很喜歡他。」

艾利絲有太多相關的故事、奇蹟、自相矛盾和謎團，我如果光是挑重點說就得耗上一整個星期，所以我只跟貝拉說了幾個很簡單的細節。

「她對『非人類』最敏感。例如，如果有另一群族人接近，她一定看得見，連同他們可能帶來的威脅。」艾利絲也成了我們這一家的守護者。

「你們這一族……數量很多？」貝拉似乎有點害怕。

「不，不多，」我向她擔保：「但他們多半不會長期待在同一個地方，只有我們這種已經放棄對人類狩獵的——」我朝她挑起一眉，捏捏她的手。「才能和人類長期共存。我們只見過一個跟我們一樣的家庭，在阿拉斯加的一個小村莊，我們共同生活了一段時間，但因為太多人聚在一起而太引人注目。」也因為譚雅，該氏族的族母，為了接近我而成天騷擾我。「生活方式與我們不一樣的族人……通常會聚在一起。」

「那其他人呢？」

我們已經來到她的家門前。屋裡沒人，窗戶沒透出燈火。我把卡車停在她平時停的位置，將引擎熄火，突來的靜謐氣氛讓我們覺得格外親密。

「多數是流浪者。」我答覆：「我們都有過那種生活，無事可做，乏味透了。但我們三不五時會碰到族人，因為我們大多喜歡待在北方。」

「為什麼？」

我露齒而笑，輕輕用手肘頂她一下。「妳今天下午沒睜開眼睛看著我？妳覺得我如果在陽光普照的街上大搖大擺走過，能不引發車禍？我們選擇奧林匹克半島是有原因的，這是全世界陽光最少的地區之一。白天也能外出是件快樂的事，妳一定無法相信八十多年只能在晚上活動是多麼讓人厭煩。」

「所以這是你們在陽光下會毀滅的傳聞由來？」她不禁點頭。

「可能。」

那些傳聞後面其實有個來源，但我現在不想提。佛杜里家族離這裡很遠，而且熱衷於管控全世界的吸血鬼。他們對貝拉的影響，也只有他們為了保護永生者的隱私而編造的故事。

「艾利絲也是來自另一個家庭，跟賈斯柏一樣？」她問。

「不，而且這確實是個謎團。艾利絲根本不記得自己的人類生活。」

我見過那個回憶。明亮的晨曦，空中飄著薄霧。她周圍是糾結的草地，她在一片窪地醒來，粗壯的橡樹投下陰影。她腦子裡一片空白，完全不知道自己的身分或使命。她看著自己在陽光下閃閃發亮的蒼白肌膚，不知道自己究竟是什麼。然後，她看到第一道幻象。

一名男子的臉，強悍卻也破碎，帶疤卻也俊美。深紅眼眸，一頭金髮。這張臉孔讓她感到強烈的歸屬感。然後她看到他說出一個名字。

艾利絲。

她意識到，這就是她的名字。

透過幻象，她知道自己是誰、會變成誰。這些是她唯一獲得的線索。

「她也不知道是誰改變了她，」我告訴貝拉。「她醒來時獨自一人。改造她的那人已經離去，我們也沒人明白那人為何這麼做、如何做到。如果她沒有那種天賦的特別能力，如果她沒看到賈斯柏和卡萊爾，並因此得知她有一天會成為我們的一分子，她大概就會變成真正的野蠻人。」

貝拉默默沉思。我確信這對她來說很難理解。我的家人也花了一段時間才適應。我不禁好奇，貝拉接下來想問什麼。

聽見她的胃袋咕嚕作響，我意識到我們相處了一整天，她什麼都沒吃。啊，我真該懂得照顧到她的人類需求！

「很抱歉，我害妳一整天都沒吃東西。」

「我沒事，真的。」她立刻說。

「我從沒跟需要吃東西的人相處這麼久，」我道歉。「是我忘了。」很差勁的藉口。

她一臉坦然，露出脆弱面。「我想要跟你在一起。」

在一起這幾個字似乎比平時更有分量。

「我可以進屋嗎？」我溫柔地問。

她眨眼兩下，顯然沒料到我會這麼問。「你想進來嗎？」

「是的，如果可以。」

我不禁好奇，她是不是想到某個迷信：吸血鬼如果沒獲得屋主的明言邀請，就不能進屋。我不禁微笑，但接著感到慚愧而皺眉。我必須向她坦承，再一次。但我該如何承認那麼丟臉的事？

我下車幫她打開車門時，想著這件事。

「你的舉止很像人類。」她稱讚。

「我漸漸想起了自己身為人類的那一面。」

我們一起用人類的速度走過陰暗寂靜的前院，彷彿再正常不過。我們行走時，她瞥我幾眼，面帶微笑。我們經過屋簷時，我從那底下拿出鑰匙，幫她開門。她遲疑地看著陰暗的走廊。

「門沒鎖？」她問。

「不，我用屋簷下的鑰匙打開的。」

我把鑰匙放回屋簷底下，這時她打開門廊燈。她再次轉身面對我的時候，黃光在她臉上襯出黑影。她挑眉看著我。我看得出來，她原本想擺出嚴肅的表情，卻似乎試著強忍笑意。

「因為我對妳好奇。」我坦承。

「你暗中監視我？」

這個話題不應該是個笑點，但她聽來似乎很想笑。

我應該坦承一切，但還是配合她逗弄的口吻。「不然晚上要做什麼？」

我這個選擇是錯的，是懦弱的選擇。她聽見的只是個笑話，不是坦白。我再次意識到，我雖然解決了幾個原本可能成真的夢魘，但還是有很多事情值得害怕。當然，這是我自己的錯，因為我嚴重錯誤的行為。

她微微搖頭，然後示意我進屋。我走過她身邊，進入走廊，打開電燈，以免她在黑暗中摸索。我在她的廚房小桌旁坐下，掃視周圍，查看從窗外看不到的角落。室內整齊又溫暖，俗麗的黃漆雖然沒能模擬陽光，卻顯得溫馨。每個東西聞起來都像貝拉，按理來說這應該讓我覺得痛苦，但我發現我反而樂在其中。我果然有受虐傾向。

她瞪著我，表情莫測難辨。我猜她有點困惑也有點好奇。她彷彿不確定我是否真的存在。我微笑，指向冰箱。她露齒而笑，轉向那個方位。我希望裡頭有現成的食物。也許我該帶她出門用餐？但我實在不想讓我們處於陌生人當中。我跟她的新默契還太特別，太敏感。伴隨沉默的障礙物必定讓我們難以忍受。我想獨占她。

她只花了一分鐘就找到能吃的東西。她切下一塊千層麵，放進微波爐加熱。我能聞到奧勒岡葉、洋蔥、大蒜和番茄醬。義式料理。她專心地盯著轉動的盤子。

也許我該學做菜。雖然我沒辦法像人類一樣品嘗到味道，這一定會是個阻礙，但料理的過程似乎跟數學有關，我相信我一定能學會辨識食物的氣味。

因為，我突然覺得這只是我們共處的第一個夜晚，而不是唯一一次。我們會共處很多年。她和我，享受彼此的陪伴。這麼多小時……我體內的光芒似乎變得更強烈，我再次以為自己可能會碎裂。

「多常？」貝拉問的時候沒看我。

我滿腦子想著關於未來的那幅畫面，所以一開始沒聽懂她說什麼。「嗯？」

她還是沒轉身。「你有多常來這兒？」

噢，原來是問這個。我得鼓起勇氣、誠實以對，無論有什麼後果。不過，考慮到今天是怎樣的一天，我相當確定她遲早會原諒我，至少我這麼希望。

「我幾乎每晚都來。」

她轉身看著我，眼睛瞪大。「為什麼？」

誠實以對。

「妳睡覺時很有趣。妳會說夢話。」

「不！」她驚呼，臉頰浮現紅潮，甚至蔓延至額頭，她散發的熱氣稍微提高了周圍的溫度。她用力抓住身後的流理臺，指關節發白。我在她臉上只看到震驚，但我確信她遲早會出現其他情緒。

「妳很生我的氣？」

「看情況！」她屏息地衝口說出。

看情況？我不確定什麼樣的情況能減輕我的罪行。什麼樣的情況會讓我的罪行變得更嚴重？她想先確認我的行為有多惡劣，然後再做出裁決？這令我反感。她把我當成那種惡劣的偷窺狂？我在陰暗處窺探她，是因為希望能看到她赤身露體？如果我的胃袋翻得動，現在一定正在翻攪。

如果我試著說明，我這麼做是因為我不願跟她分開，她會相信我嗎？有誰會相信我是因為擔心她可能遭遇不測？我想像出來的那些情節都很誇張。然而，如果我現在跟她分開，我知道那些不可能發生的危險會再次開始騷擾我。

很長一段時間過去了，微波爐尖聲表示完成任務，但貝拉還是沒開口。

「看什麼情況？」我催促。

貝拉呻吟開口：「看你聽見什麼！」

她似乎並不認為我做得出下流的偷窺舉動，我覺得鬆了一口氣。她只是怕丟臉，擔心我可能聽見她說過什麼夢話？好吧，我在這件事上能安撫她。她沒什麼好丟臉的。我跳起身，上前握住她的雙手。我有點因為自己能輕易地做出這個舉動而感到興奮。

「別生氣！」我懇求。她垂著眼睛。我俯下身，跟她對齊視線，等她回視我。

「妳很想念妳的母親。妳擔心她。下雨的時候，」我輕聲道：「雨聲讓妳煩躁。妳常提到家，但最近比較少。妳有一次說『太綠了』。」

我輕聲發笑，試著逗她笑。她一定看得出來她沒必要覺得窘迫。

「還有什麼？」她追問，挑起一眉，稍微轉過臉，眼睛先往下再往上，這讓我意識到她在擔心什麼。

「妳的確喊過我的名字。」我坦承。

她吸口氣，然後長嘆一聲。「很常嗎？」

「這得看妳對『很常』的定義。」

她垂眼看地。「不會吧！」

我伸手輕輕摟住她的雙肩。她靠向我的胸膛，依然藏起臉龐。

她不知道我聽見她說出我的名字時只感到狂喜？那是我最喜歡的聲音，連同她的呼吸聲、她的心跳聲……

我在她耳邊呢喃：「別害羞。如果我會作夢，夢中也一定都是妳。我不會羞於承認。」

我曾經強烈地希望能夢見她！我曾經為此心痛。而現在，現實好過夢境。我不會為了任何一種夢境而錯過一秒鐘的現實。

她的身體放鬆。她發出一種愉悅的聲響，有點像嗡嗚，也有點像打呼嚕。

這是真的嗎？我不會因為做出那麼誇張的舉動而被懲罰？現在這樣感覺比較像獲得獎勵。我知道我欠她一種更深層的贖罪。

我開始聽見她的心跳以外的聲響。有輛車持續逼近，而且駕駛人的心聲非常安靜，感覺因為工作了一整天而疲憊，期待回到燈火通明的家中後能獲得食物和舒適。但我沒辦法確認這就是他的想法。

我不想離開原處。我把臉頰靠在貝拉的頭髮上，靜心等候，直到她也聽見她父親的車聲。她渾身緊繃。

「該讓妳爸知道我在這嗎？」

她感到猶豫。「我不確定……」

我用嘴唇擦過她的頭髮，然後嘆口氣，放開她。

「那就改天吧……」

我衝出廚房，快步上樓，來到臥室之間的陰暗處。我之前就是在這裡幫貝拉找出毛毯。

「愛德華！」她在廚房裡輕聲喊道。

我發出她聽得見的笑聲，讓她知道我就在附近。

她父親踏著沉重的腳步來到前門，在門墊上刮兩下鞋底，然後把鑰匙插進鎖孔。發現鎖已經被解開，他不禁悶哼一聲。

「貝拉？」他邊喊邊開門。他的心靈注意到微波爐裡的食物氣味，他的胃袋發出咕嚕聲。

我意識到貝拉到現在還沒進食。她父親打斷了我們的互動，我猜這也算是好事，否則我會害她餓死。

但我還是有點……鬱悶。我問她想不想讓她父親知道我在這兒、我們在一起，我當時其實希望她會給我不一樣的答案。當然，她在介紹我給他認識之前，有太多事情要考慮，否則她可能完全不想讓他知道她有我這種對象，我也完全能理解。這很公平。

而且說真的，我現在的打扮確實不太適合正式跟她父親見面。我現在的衣著實在不算得體。我猜我該感激她的多慮。

「在這兒。」貝拉對她父親呼喊。我聽見他輕輕嗯一聲，鎖上前門，接著走向廚房。

「妳可以分我一點吃的嗎？」查理問：「我又累又餓。」

我雖然沒辦法透過心聲來判斷，但聽得出貝拉在廚房走動、查理就座。咀嚼——貝拉終於開始吃東西。冰箱打開又關上。微波爐嗡嗡作響。液體灌進杯子裡，聽起來濃稠得不像水，八成是牛奶。盤子被輕輕地放在木桌上。貝拉就座時，椅腳刮過地板。

「謝謝。」查理說，然後兩人都咀嚼了許久。

貝拉先打破了這陣舒適的沉默。「你今天過得如何？」她的音調聽起來有點怪，彷彿她的心思在別處。

我不禁微笑。

「很好，魚有上鉤……妳呢？想做的事都做完了嗎？」

「不算有——天氣太好，不適合一直待在屋內。」她故作輕鬆地答覆，但沒他那麼放鬆。她不像她父親那樣天生就擅長隱瞞事物。

「天氣真的很好。」他同意，似乎沒注意到她的語氣有點緊繃。

我又聽見椅子挪動的聲響。

「趕時間？」查理問。

貝拉大聲吞嚥。「嗯，我很累，想早點上床。」她走向水槽，水開始流動。

「妳看起來有點興奮。」查理說下去。看來他還是有注意到。我原本應該能發現他注意到了什麼，偏偏他的心聲就是很難聽見。我試著仔細聆聽他的心靈。貝拉的眼睛掃向走廊、她的臉頰突然泛紅……他似乎只注意到這些。然後幾幅畫面突然混在一起，朦朧不清，而且缺乏脈絡。一輛一九七一年的芥末色雪佛蘭羚羊轎車。福克斯高中的體育館……用縐紋紙裝飾。門廊鞦韆……有個金髮女孩戴著亮綠色的髮夾。一家俗氣的餐館，鍍鉻吧檯前有兩張紅色塑膠椅。一名女孩在月光下行走於海灘，擁有一頭長長的深色鬈髮。

「我有嗎？」貝拉故作無辜。水槽嘩啦作響，我能聽見菜瓜布刮過美耐皿的聲響。

查理還在想著月亮。「今天是星期六。」他心不在焉地宣布。

貝拉似乎知道該如何回應。我也不確定他這麼問有什麼用意。

他終於說下去：「今晚沒有計畫？」

我好像明白了剛剛那些畫面。他想起他年輕時的週六夜晚？可能。

「沒，爸，我只想早點睡覺。」她聽起來一點也不累。

查理哼一聲。「鎮上沒有一個男孩是妳的菜，是嗎？」

他擔心她錯過了正常的青春期生活？我充滿懷疑。我也該擔心這件事嗎？我害她錯過了什麼？

但我在草地時感受到的「確定」和「正確」湧過我心中。我跟她屬於彼此。

「嗯，目前還沒有哪個男孩引起我的注意。」貝拉的口氣有點敷衍。

「我還以為麥克・紐頓……妳說他很友善。」

我沒料到他會這麼說。怒火如利刃般在我的胸中扭轉。我意識到這不是怒火，而是吃醋。我好像格外討厭那個微不足道的男孩。

「他只是個朋友，爸。」

我不確定她的答覆讓查理覺得難過還是安心，也許兩者皆有。

「好吧，反正他們也配不上妳，」他說：「等妳上大學再看看吧。」

「聽起來是個好主意。」貝拉立刻表示同意。她拐過轉角，開始上樓，步伐很緩慢——大概是為了強調她很累——所以我有充足的時間比她更早進入她的房間，以防查理跟來。他如果發現我衣不蔽體地在這裡偷聽，這必定有違她的心願。

「晚安，親愛的。」查理朝她的背影喊道。

「明早見，爸。」她明顯想故作疲倦，但演技極差。

我總覺得不該像平時那樣坐在陰暗角落裡的那張搖椅上。那張椅子原本是藏身處，因為我不想讓她知道我在這裡，因為我在瞞著她。

我在她的床上躺下，這是房間裡最明顯的地方，我不可能能夠隱藏蹤跡。

我知道她的氣味會包圍我。洗衣精的味道十分清晰，看來她最近才洗過床單，但這股味道沒蓋過她本身的芬芳。她的強烈氣味雖然令我灼痛，卻也愉悅，因為這裡充滿她的存在感。

貝拉一進入房間，就不再拖著腳走。她甩上門，然後快步跑到窗前，從我身旁經過，根本沒注意到我。她推開窗戶，上半身探出窗外，凝視黑夜。

「愛德華？」她輕聲喊道。

看來我選的位置並不算很明顯。我明明沒打算隱瞞行蹤，她卻沒看見我。我輕聲發笑，然後對她做出答覆。

「什麼事？」

她急忙轉身，差點失去平衡，為了穩住身子而用一手抓住窗臺，另一手掩住自己的喉嚨。

「噢。」她屏息驚呼。她幾乎以慢動作沿牆壁往下滑，直到坐在木地板上。

我又一次覺得自己做的一切都是錯的，至少這次不是可怕，而是好笑。

「抱歉。」

她點頭。「給我一分鐘，等心臟重新跳動。」其實她被我嚇得心臟狂跳。

我坐起身，刻意讓動作緩慢，盡量像人類。她看著我，盯著我的每個動作，嘴角開始上揚。

注意到她的嘴脣，我覺得她離我太遠。我俯身靠向她，輕輕扶她起來。我抓住她的胳臂上段，扶她坐在我身邊，彼此間只相隔一吋。這樣好多了。

我把手放在她的手上，欣然接受她的肌膚帶給我的悶燒感，感覺鬆了一口氣。「過來跟我坐。」

她露齒而笑。

「妳的心臟還好嗎？」我問，雖然它正強力跳動，我能感覺到它引發她周身的空氣微微共振。

「你說呢？」她反駁。「我確信你比我更聽得見它的聲響。」

正確。我輕聲發笑，她笑得更開心。

好天氣還沒結束；雲層分開，一抹銀色月光沾染她的肌膚，她看起來就像仙女下凡。我不禁好奇，我在她眼裡是什麼模樣。她的眼睛似乎充滿好奇，我的眼睛一定也一樣。

樓下的前門打開又關上。除了查理模糊的心聲，這棟屋子周遭沒有別的思緒。不知道他要去哪？不遠……我聽見金屬吱嘎作響，還有模糊的敲擊聲。他的腦海裡閃過類似構造圖的畫面。

啊，她的卡車。我有點驚訝，查理竟然為了查明貝拉有何企圖而做到這種地步。

我正想提到查理的怪異行徑時，她的表情突然改變。她瞥向臥室門，然後回頭看著我。

「能給我一分鐘做些人類的事嗎？」她問。

「當然。」我立刻答覆，對她的用字感到莞爾。

她突然對我皺眉，用嚴肅口吻命令我：「留在這兒。」

這是我聽過最簡單的要求。我想像不出有什麼因素能迫使我離開這裡。

我刻意使用跟她一樣嚴肅的口氣。「是的，夫人。」我坐直身子，繃緊全身的肌肉。她綻放笑容，顯然感到開心。

她花了一點時間收拾東西，然後離開房間，沒刻意放輕關門的聲響。另一扇門關上時，發出更大的聲響。浴室。我猜她這麼做，是為了讓查理相信她沒暗藏別的計畫。他應該也想像不出她究竟隱瞞了什麼。但她做出的這個努力是白費了，因為查理過了一會兒才回到屋裡。不過，他聽見樓上傳來淋浴的聲響時，似乎確實感到困惑。

我等候貝拉時，趁這個機會瀏覽她放在床邊的收藏品。我之前問了她那麼多問題，所以現在並沒有發現多少令我驚訝的東西。我在她的藏書之中只找到一本精裝書，是《牙齒與爪》，她最喜歡的書之一，我從沒讀過。我最近一直沒時間找這本書來看，因為我一直像個失智的保鑣一樣跟著貝拉。我攤開這本小說，開始閱讀。

我也意識到貝拉洗澡的時間比平時更久。我又出現之前那種焦躁：我擔心她是不是終於開始躲著我。我試著無視這種感受。貝拉洗澡比平時久，這有上百種理由。我把注意力放在書上。我看得出她為什麼喜愛這本書——內容既獨特又迷人。當然，今天的我喜歡任何描述「愛的勝利」的故事。

聽見浴室門打開，我把書放回原位——記住自己看到第一百六十六頁，以便之後再接著讀——然後擺出之前那副雕像般的姿勢。但我感到失望，因為她沒回來，而是下樓。她的腳步在樓梯底端停定。

「爸，晚安。」她喊道。

查理的思緒有點混亂，但我無法判斷。

「晚安，貝拉。」他咕噥回應。

然後她飛奔上樓，一步跨越好幾階，顯然趕時間。她推開門——進房間之前先在黑暗中尋找我的身影——然後牢牢地把門在身後關上。她在預料的位置找到我的時候，露出開心的咧嘴笑容。

我中斷靜止不動的姿態，回應她的笑臉。

她遲疑幾秒——她低頭掃視身上的老舊睡衣——然後幾乎以道歉的姿態把雙臂抱在胸前。

我好像明白了她先前為何拖延——不是因為害怕怪物，而是因為另一種較為常見的恐懼。害羞。現在遠離了太陽，遠離了那片神奇的草地，也難怪她覺得忐忑不安。

我也有點不確定該怎麼做，所以我回歸原本的習慣，試著用開玩笑的方式讓她放下不安。我面帶微笑，對她這身打扮做出評論：「很不錯。」

她皺眉，但肩膀放鬆。

「我說真的，」我強調：「妳穿起來很好看。」

也許我這種描述聽起來太隨意。她的溼髮如海藻般糾結於肩，她的臉孔在月光下閃閃發亮，她看起來不是好看而已。英文這個語言需要一個新的詞彙，能形容既像女神又像水精靈的美女。

「謝謝。」她低語，然後在我身邊坐下，和剛剛一樣近。她這次是盤腿而坐。她的膝蓋碰到我的腿，帶來強烈的灼熱感。

我指向門口，再示意樓下，她父親的思緒依然模糊。

「剛剛怎麼回事？」我問。

她竊笑。「查理以為我想溜出去。」

「啊。」不知道我對她父親的判斷跟她的多麼相近。「為什麼？」

她張大眼睛，故作無辜。「我看起來顯然興奮過頭了。」

我配合她的笑話，輕輕伸手把她的下巴抬向月光，彷彿為了仔細觀察。但這樣接觸她的臉，就驅逐了我腦子裡所有的笑意。

「妳其實看起來在發熱。」我輕聲道，接著——沒顧慮可能的後果——俯下身，把臉頰靠在她臉上。我的眼睛自行閉上。

我吸進她的氣味。她的肌膚傳來舒適的高溫。

她開口時，嗓音充滿磁性。「現在你似乎……」她停頓幾秒，接著清清喉嚨。「比較容易……像這樣貼近我。」

「妳這麼覺得？」

我用鼻尖滑過她的下巴，思索她這個想法。我喉嚨裡的疼痛未曾舒緩，但也完全沒影響我觸摸她時感到的愉悅。我雖然沉浸於這一刻的奇蹟，但也隨時調整渾身每一條肌肉，檢查身體的每個反應。雖然這耗費我不少精神，但是永生者的腦力十分充足，而且這麼做並沒有影響這一刻。

我撥開她簾布般的溼髮，接著輕輕地把嘴唇按在她耳朵下方的柔軟肌膚上。

她顫抖地吸口氣。「你真的……比較容易……貼近我了……」

「嗯……」這是我唯一的答覆。我還在探索她被月光照映的喉嚨。

「我好奇……」她開口，但因為被我撫摸鎖骨而沉默下來。她再次顫抖地吸口氣。

「嗯？」我鼓勵她說下去，我的指尖滑進她鎖骨上方的凹陷處。

她的顫抖嗓音變得更高亢。「你認為這是……為什麼？」

我輕笑。「心靈能戰勝一切。」

她退離我，我因此愣住，並提高警覺。我越界了？說錯話了？她瞪著我，似乎跟我一樣驚訝。我等她開口，但她只是用大海般的深邃眼眸看著我。她的心臟急促跳動，聽起來彷彿剛跑完馬拉松……不然就是極為害怕。

「我做錯了什麼嗎？」我問。

「不，正好相反。」她嘴角上揚。「你讓我瘋狂。」

我有點震驚，所以只能問：「真的？」

她的心臟還在狂跳……不是因為恐懼，而是因為慾望。現在明白這點，我覺得渾身通電。

我對她綻放的笑容似乎感到極度開心。

她也笑得更高興。「需要我幫你鼓掌嗎？」

她覺得我這麼充滿自信？她不知道講這種話其實一點也不符合我的個性？我擅長很多事，大多因為我擁有超能力。我知道我有時候充滿自信，但現在不是那種時候。

「我只是……很高興也很驚訝。這一百年來——」我停頓，差點發笑，因為她臉上沾沾自喜；她很喜歡我的誠實。「我從未想過這種事。」完全沒想過。「我不相信我竟然能找到我終於想跟對方在一起的人，不只是那種兄弟姊妹的情誼而已。」也許愛情這玩意兒總是被視為愚蠢，直到親身經歷。「然後我發現，雖然這對我來說是種全新的體驗，但我好像很擅長……和妳在一起……」

我很少像這樣說不出話，但這是我未曾體驗過的情緒，我不知道該如何稱呼它。

「你擅長所有的事。」她的口吻表示這點顯而易見，她根本不需要說出口。

我聳個肩，用誇張的姿態表示接受，然後跟著她一起輕聲發笑，大多出於喜悅和驚奇。

她的笑聲逐漸平息，眉心開始皺起。「但現在怎麼會這麼容易？今天下午……」

我們現在雖然默契十足，但我想起今天下午在那片草地的時候，我和她之間的分歧有多大。她要如何理解我在這幾個小時經歷過的變化？雖然我和她親近了許多，但我知道我永遠不會向她說明我是如何改變的。她永遠不會知道我允許自己做了哪些想像。

我嘆口氣，考慮如何開口。我想讓她在我願意分享的範圍內盡可能明白。「那並不容易。」永遠不會容易。永遠會充滿痛苦。那些都不重要。我只要求「可能」。「但在今天下午，我還是……沒做出決定。」這適合解釋我當時為何突然出現暴力舉動嗎？我想不出其他的詞彙。「我很抱歉，我的行為真是不可原諒。」

她綻放親切的微笑。「並不是不可原諒。」

「謝謝妳。」我呢喃，然後繼續解釋。「其實……我當時不確定自己夠不夠堅強，而且……」我握住她的一隻手，按在自己的肌膚上，就像悶燒的餘燼接觸寒冰。這是個出自本能的舉動，我驚訝地發現這讓我更容易開口。「我原本還是可能……」我吸進她手腕上的氣味，感受到令我欣喜的灼痛感。「失控……我還是會受到影響，直到我下定決心，我相信自己夠堅強，我永遠不會……我永遠不可能……」

我欲言又止，終於回視她。我握住她的雙手。

「所以現在的你不可能傷害我。」我不確定她這句話是宣言還是疑問。如果是疑問，她似乎很確定答案是什麼。而且我開心得想高歌，因為她的答案正確。

「心靈能戰勝一切。」我重複這幾個字。

「哇，想不到其實很簡單。」她再次發笑。

我也笑出聲，輕鬆地沉浸於她熱情洋溢的心情。

「對妳來說很簡單！」我逗她。我抽回一手，用食指觸碰她的鼻尖。

我突然覺得這個舉動不太適合，有點討人厭。我的腦海中出現漩渦般的強烈焦慮感。我的笑意消失了，我忍不住說出另一個警告。

「我正努力嘗試。如果太辛苦，我相當確定我能離開。」

她皺眉的表情傳達出憤怒。

但我的警告還沒說完。「而且明天會更難。我腦中有妳今天一整天的氣息，我對妳也已經沒那麼敏感。但我如果離開妳一段時間，就會再度感受到妳對我的衝擊。不過，我想應該不至於像第一次那麼強烈。」

她俯身想靠向我的胸膛，但半途停住，彷彿阻止了自己。這讓我想起她之前收起下巴的模樣。**不露出喉嚨**。

「那就別走。」

我吸口灼熱的空氣，逼自己停止驚慌失措。她知不知道，她這句話裡的邀請之意，擊中了我最大的慾望？

我對她微笑，真希望自己臉上也能出現類似的和善表情。這種表情對她來說輕而易舉。

「正合我意。把腳鐐手銬拿出來吧——我是妳的囚犯。」

我抓住她纖細的手腕，對腦海中的那幅畫面發出笑聲。這脆弱的人類女孩只要看我一眼，對我的影響就遠勝過用鋼鐵或是更堅硬的合金製成的手銬。

「你看起來比平時樂觀，我以前沒看過你這樣。」她做出觀察。

樂觀……很敏銳的觀察。平時那個陰暗的我似乎是另一個人。

我靠向她，依然抓住她的手腕。「不應該像這樣嗎？初戀的燦爛氣氛之類的。讀到、看到和親身體驗，這三者之間的差異甚大，不是嗎？」

她點頭，若有所思。「很不一樣。比我想像的更……強烈。」

我想起我第一次親身體驗到某種情緒時所感受到的差異。「例如『嫉妒』，」我說：「我在書上讀過幾百次，也在幾百部戲劇和電影中看過演員表演，我以為我已經相當瞭解這種情緒。但我後來還是覺得震驚……還記得麥克邀妳去舞會那天嗎？」

「那天你再次開口跟我說話。」她的口氣像是在糾正我，彷彿我弄錯了那個回憶的重點。

但令我沉浸其中的，是我再次跟她說話之前的事，我清楚想起自己第一次感覺到嫉妒的那一刻。

我思索道：「當時突如其來的憎恨，幾乎像是狂怒的情緒，令我震驚不已——我一開始沒弄懂那究竟是什麼樣的情緒。我比平常更氣惱，因為我聽不見妳在想什麼，不知道妳為什麼拒絕他。真的只是因為妳顧慮到朋友嗎？還是因為妳另外有喜歡的人？我知道我沒有權利關心，我也試著別關心……」我的情緒隨著這個故事而改變。我笑了一聲。「然後越來越多人等著約妳。」

如我所料，她板起臉，而這只是更讓我想笑。

「我莫名焦慮地等著聽妳對他們怎麼說，等著觀察妳的表情。我無法否認，看到妳回答他們時一臉不耐煩，我鬆了一口氣。但我無法確認……所以那是我第一次晚上來這裡。」

她的臉頰慢慢變紅，但她還是靠向我，神情專注而非羞愧。氣氛再次改變，我忍不住再次坦白。我的口氣變得更輕盈。

「我每晚看著妳沉睡的臉孔時，都在心中掙扎……因為我的良知道德和我的慾望之間的分歧愈來愈大。我知道如果我堅持我該做的，也就是繼續忽視妳，或是我先離開幾年，直到妳也離開這裡，那麼或許有一天妳會答應麥克，或某個像他一樣的人……而這讓我憤怒。」

憤怒、痛苦，彷彿人生失去了所有的色彩和宗旨。

她似乎下意識地搖頭，否認這個版本的未來。

「後來，妳在睡夢中說出我的名字。」

現在回想起來，那幾秒似乎就是轉捩點。我當時雖然對自己充滿懷疑，但一聽見她叫我，我就再也沒有別的選擇。

「妳說得那麼清楚，」我輕聲說下去：「我一開始還以為妳醒了。但妳只是煩躁地轉身，再次呢喃我的名字，而且嘆氣。我當時感到極度不安，我也知道我再也不能忽視妳。」

她的心跳加快。

「但嫉妒……是件奇怪的事，比我想像的更為強大，而且不合邏輯！就在剛剛，查理問妳關於那惹人厭的麥克．紐頓時——」

我沒說完，因為我覺得我最好別向她透露我多麼討厭那個倒楣的男孩。

「我早該料到你在聽。」她咕噥。

我當時離她和查理那麼近，想不聽也沒辦法。「當然。」

「那真的讓你感到嫉妒？」她的口氣從惱怒變成難以置信。

「這種感覺對我來說很新鮮，」我提醒她：「妳使我的人性復活，而我的感受如此強烈，就是因為每個體驗都是新的。」

我沒想到她微微竊笑。「但坦白說，有件事也讓我像你一樣感到煩躁。當我聽說你和羅絲莉——她完全是美麗女神的化身——原本該是一對時，不管艾密特是否存在，我該怎樣跟她競爭？」

她的口氣彷彿這就是她的王牌，彷彿嫉妒這種情緒能壓過第三方的外貌，能被清楚感受到。

「妳跟她之間根本沒有競爭。」我對她保證。

我輕輕地把她的手腕拉向我，直到她把頭靠在我的下巴底下。她的臉頰令我覺得灼熱。

「我知道沒有競爭，而這就是問題所在。」她咕噥。

「當然，羅絲莉確實很美……」我沒辦法否認羅絲莉的美貌，但她美得不尋常，有時候不是吸引人，而是令人不安。「但就算她不是我的姊妹，就算沒有艾密特跟她在一起，她對我的吸引力仍不及妳的十分之一……不，百分之一。將近九十年來，我跟我們這一族，還有你們人類生活在一起的時候，我一直覺得我獨自一人就夠了，我根本不知道自己該追尋什麼，我也從沒找到過什麼……因為那時妳還沒出生。」

她回話時，我感覺她的氣息拂過我的肌膚。「真不公平，我根本沒怎麼等。為什麼我這麼簡單就遇到你？」

沒人像她這麼同情惡魔。話雖如此，我還是沒想到她這麼看輕她自己的犧牲。

「妳說得對。我應該讓妳難受些的……絕對。」我用左手抓住她的雙腕，用右手輕撫她溼潤的頭髮，溼髮的質感其實跟海藻有點像。我勾轉她的一綹頭髮，同時列出她的損失。「妳跟我在一起的時候，只是每分每秒都需要冒生命危險罷了，這當然不算什麼。妳只需要背棄自然和人性……這算什麼？」

「沒什麼，」她朝我的肌膚呢喃。「我不覺得有被剝奪任何東西。」

我在眼前看到羅絲莉的身影，但我並不覺得驚訝。這七十年來，她讓我懂得該為人類的哪些層面哀悼。

「現在還沒有。」

聽見我的口吻，她試著掙脫我，稍微退後，想看著我的臉。我正準備放開她的時候，某個心聲闖入。

懷疑。尷尬。擔憂。這個心聲不算清晰，我也來不及猜測。

「怎麼——」她還來不及詢問，我已經做出行動。我飛快地來到我平時躲的那個陰暗角落，她則靠向床墊。

「躺下。」我對她輕聲催促，讓她聽見我的急迫口氣。我沒想到她沒聽見查理上樓來的腳步聲，不過他似乎也不想被聽見。

她立刻做出反應，躲到棉被底下，蜷縮身子。查理轉動門把。門打開一條縫的時候，貝拉深吸一口氣，然後慢慢吐氣，她這個動作稍微誇張了點。

嗯……這是我在查理的腦海中聽見的唯一反應。貝拉繼續表演呼吸時，查理輕輕關上門。聽見他關上他的臥室門、床墊的彈簧吱嘎作響時，我才回到貝拉身邊。

她依然縮成球狀，刻意緩慢呼吸，想必正在等我確認現況。如果查理剛剛真的有多花幾秒鐘觀察她，大概就會發現她在演戲。貝拉的演技很差。

在這些怪異的新本能帶領下——它們目前還沒出過差錯——我來到她的床邊，鑽進她的棉被底下，摟著她。

「妳真是個差勁的演員，」我以閒聊的口吻說道，彷彿我平時就是像這樣躺在她身邊。「妳最好別考慮進軍演藝事業。」

她的心臟再次咚咚作響，但口氣跟我一樣輕鬆自在。「可惡。」

她窩在我身邊，平靜地躺著，滿足地嘆口氣。我不確定她會不會在我懷裡睡著。應該不會，畢竟她心跳這麼快，但她沒再說話。

我突然想起她那首歌的旋律，我幾乎下意識地開始哼唱。這個音樂似乎屬於這裡，這個創造了它的地方。貝拉沒做出評論，但身子緊繃，彷彿正專心聆聽。

我暫停哼歌，問道：「我應該唱歌哄妳睡覺嗎？」

我沒想到她的反應是輕聲發笑。「有你在這兒，我睡得著才怪！」

「我平時都在這兒，妳照樣睡得著。」

她的口氣變得嚴肅。「那是因為我不知道你在這兒。」

我感到欣慰——她仍因為我擅闖她房間而不高興。我知道我該被懲罰，她應該找我算帳。但她沒有跟我拉開距離。既然她允許我抱著她，我就很難想像她懲罰我。

「所以，如果妳不想睡……」我問。這就跟進食一樣嗎？我是不是自私地害她無法滿足生理需求？但她既然希望我留下，我又怎麼可能離開？

「如果我不想睡？」她重複這個問題。

「那妳想做什麼？」她如果感到疲憊，會不會告訴我？還是她會假裝好得很？

她過了一會兒才回答。「我不確定。」她終於說道。我不禁好奇，她考慮了哪些選項。我很樂意這樣配合她，而且感覺莫名地自然。她也有同感嗎？還是她覺得我很放肆？她會因此想像更多嗎，就跟我一樣？所以她剛剛考慮了這麼久？

「等妳決定好之後告訴我。」我不打算提出任何建議，我要等她自行做出決定。

但說來容易。她沉默時，我忍不住更靠近她，我的臉擦過她的下巴，我吸進她的氣味和體溫。我已經習慣這種灼熱感，所以我能注意到其他事情。我平時總是以恐懼和慾望來看到她的氣味，但她的芬芳擁有許多層次，我以前不懂得欣賞。

「你不是說你對我的氣味已經不再敏感？」她呢喃。

我再次使用之前那個比方。「就因為我抗拒美酒，並不表示我不能欣賞酒的芳香。妳擁有花朵般的芬芳，像薰衣草……或小蒼蘭。」我發笑。「讓我垂涎。」

她大聲地嚥口水，答覆時故作瀟灑。「是啊，如果沒人跟我說我聞起來多可口，我就會覺得渾身不對勁。」

我再次發笑，然後嘆口氣。我會後悔自己對她嘆氣，但我對此已經不再那麼計較。和玫瑰的美感相比，這只是個微不足道的小刺。

「我已經決定好我想做什麼了。」她宣布。

我熱切地等候。

「我想多聽聽關於你的事。」

好吧，這個話題對我來說不算有趣，但我會配合她。「儘管問。」

「你為什麼要這麼做？」她的嗓音比剛剛更輕。「我還是搞不懂你怎麼有辦法這麼努力地抗拒你的……本性。請別誤會，我當然很高興你做到了。我只是搞不懂你為何願意這麼做。」

我很高興她這麼問。這件事很重要。我試著找個最好的方式解釋，但說到幾處的時候有所遲疑。「這是個好問題，妳也不是第一個問的人。其他族人——我們之中的多數人，他們很滿足這種生活——也懷疑我們如何生存下來。其實，就因為我們……被迫面對這樣的命運……並不表示我們不能選擇克服……征服我們不想要的那個宿命的限制，試著維持基本的人性。」

我這種說法夠清楚嗎？她有明白我的意思嗎？

她沒做出評論，也沒挪動。

「妳睡著了？」我的嗓音極輕，她如果真的睡著了，我這種音量就不會吵醒她。

「沒有。」她立刻答覆，但沒再多說什麼。

一切雖然改變了，但很多事情還是沒變，這令我感到沮喪又莞爾。我聽不見她的想法，這會永遠令我心煩意亂。

「妳好奇的只有這個？」我鼓勵她發問。

「不算是。」我看不見她的臉，但我知道她在微笑。

「那妳還想知道什麼？」

「為什麼你可以讀到人的念頭，而且為什麼只有你做得到？」她追問。「而艾利絲能看到未來……這是怎麼發生的？」

我真希望我有更好的答案。我聳肩，坦承：「我們也不知道。卡萊爾有個理論，他相信我們都帶著某種最強的人性特點進入新的生命，而那些特點被增強了，像是我們的心智或感官。他認為我以前一定就對身邊的思想極為敏感，而艾利絲可能原本就具有某種預知能力，不管她以前是什麼樣的人。」

「他自己帶了什麼能力進入新的生命？其他人呢？」

這個問題很好回答，因為我以前也多次考慮過。「卡萊爾帶來他的憐憫，艾思蜜帶來她的熱情與愛的能力，艾密特帶來他的蠻力，而羅絲莉……」羅絲莉帶來她的美貌，但考慮到我們剛剛的話題，這個答案好像不夠圓滑。如果貝拉的醋意跟我的一樣難受，我並不想讓她再次出現這種感受。「她帶來……韌性，也可以說是頑固。」這點也是事實。我輕聲發笑，想像她身為人類時想必是什麼模樣。「賈斯柏很有意思，他是人類時顯然很有魅力，能影響身邊所有人，讓他們採用他對事情的看法。現在的他能操弄旁人的情緒，像是讓一屋子憤怒的人平靜下來，或相反地讓一群麻木的人興奮起來。這是非常不可思議的天賦。」

她再次默不作聲。我不覺得驚訝，畢竟這些事情不容易聽懂。

「所以這一切是怎麼開始的？」她終於問：「我是說，既然卡萊爾改變了你，一定也有人改變他，以此類推……」

我只能給她推測出來的答案。「那麼，妳是從哪來的？演化？創造？我們應該也跟其他物種一樣，無論是掠食者還是獵物，也是進化而來吧？或者……」我雖然未必贊同信仰堅定的卡萊爾的看法，但他的答案也可能是對的。有時候，也許是因為他的想法如此堅定，所以他的答案讓人覺得最為可能。「如果妳不相信這個世界是靠自己變成這樣——我自己就很難相信——那麼我們為何不能相信，那股力量創造出嬌弱的神仙魚、凶猛的鯊魚、海豹寶寶和殺人鯨，也同時創造出我們這兩個種族？」

「我先弄清楚一件事。」她的口氣跟剛剛一樣嚴肅，但我聽得出她想開玩笑。「我是海豹寶寶，對嗎？」

「沒錯。」我同意，然後發出笑聲。我閉上眼睛，將雙唇印在她的頭頂。

她挪動身子。她覺得不舒服？我正想放開她的時候，她再次平靜下來，穩穩地靠向我的胸膛。她的呼吸似乎比剛剛稍微深沉一些。她的心跳已經放慢到平穩的節奏。

「妳要睡了嗎？」我輕聲問：「還是妳有更多問題？」

「大概只有一、兩百萬個。」

「我們還有明天、後天、大後天……」稍早在廚房的時候，我想著跟她一起度過更多夜晚。現在跟她窩在一起，這個想法變得更強烈。如果她願意，我跟她其實不太需要分開。我們在一起的時間可以比分開的時候短。她是否也感覺到這股粉碎一切的喜悅？

「你確定你不會在早上消失不見？畢竟你很愛搞神祕。」她的提問毫無笑意，聽起來像很嚴肅的擔憂。

「我不會離開妳。」我保證。這感覺像是誓言，像契約。我希望她聽得出這點。

「那……再一個問題，今晚……」

我等她發問，但她沒說下去。聽見她的心跳再次加速，我感到困惑。我周圍的空氣因為她血流脈動而加溫。

「怎麼了？」

「不，算了，」她立刻說：「我改變主意了。」

「貝拉，妳可以問我任何問題。」

她沒說話。我搞不懂她現在會害怕問什麼。她的心臟再次加速，我大聲呻吟。「我原以為我遲早會習慣聽不見妳的想法，但現在只覺得越來越糟。」

「我很高興你聽不見我的想法，」她立刻反駁：「你偷聽我說夢話已經夠糟了。」

我沒想到她對我偷窺一事唯一的埋怨是因為這種事，但我太想知道她想問什麼，她為何心跳加速。

「拜託？」我懇求。

她搖頭，頭髮甩過我的胸膛。

「如果妳不告訴我，我只好假設是更糟的事。」我等候，但我的虛張聲勢沒能影響她。說真的，我毫無頭緒，連瑣碎或陰暗的想法都沒有。我再次哀求。「拜託？」

「這個嘛……」她遲疑不決，但至少有開口。也許不算開口。她再次沉默下來。

「是的？」我催促。

「你說……羅絲莉和艾密特很快會結婚……」她欲言又止，我再次對她的思路感到困惑。她希望收到喜帖？

「他們的結婚……和人類一樣嗎？」

我的腦子雖然靈活，但還是花了一秒鐘才聽懂。我應該更快明白。我得提醒自己，她每次心跳加速的時候——至少有我在場的時候——十之八九都跟恐懼無關，而是因為吸引力，更何況我現在跟她同床共寢？

我笑自己這麼遲鈍。「妳在乎的就只是這個？」

我這句話聽來輕快，但我忍不住對目前的話題做出回應。我覺得渾身通電，而且我逼自己別調整姿勢、讓嘴唇對準她的嘴唇。這不是正確答案，不可能是，因為這個問題一定還沒問完。

「是的，我想應該是一樣的，」我答覆：「我跟妳說過，我們擁有大多數的人類慾望，只是那些慾望藏在更強大的慾望背後。」

「噢。」

她沒說下去。也許我錯了。

「妳這個好奇心的背後有目的嗎？」

她嘆口氣。「這個嘛，我只是好奇……你跟我……有一天……」

不，沒有錯。突來的悲痛如鉛塊般壓住我的胸膛。我真希望我能給她別的答案。

「我不認為這個……這個……」跟她一樣，我也避免使用「性關係」這三個字。「對我們來說有可能發生。」

「因為這對你來說會很困難？」她低語。「如果我……離你那麼近？」

我很難不想像……我重新集中精神。

「這的確是個問題，」我緩緩道：「但我想的不是這個，而是妳如此柔軟，如此嬌弱。我們在一起的時候，我時刻都得提醒自己注意行為，才不會傷到妳。貝拉，我很容易就能殺死妳，這種意外可能發生。」我小心翼翼地撫摸她的臉頰。「如果我太草率……就算只有一秒沒留意，我可能伸手想撫摸妳的臉，結果錯手壓碎妳的頭骨。妳不瞭解妳有多脆弱。我跟妳在一起的時候，絕對、絕對不能失去自制力。」

我坦承這種障礙，似乎沒比坦承自己的吸血慾那樣令我羞愧，畢竟我的力量就是我的一部分。好吧，我的吸血慾也是，但我在她身邊時感到的慾望實在反常。我覺得我無法為這部分的自己辯駁。我雖然能控制這部分的慾望，但還是對它的存在感到驚恐。

她思索許久。也許我的用字太嚇人，而這不是我的用意。但我如果把真相修改得太多，她要怎麼明白？

「妳害怕嗎？」我問。

又一陣沉默。

「不，」她緩緩道：「我沒事。」

我們倆都在憂鬱氣氛中沉默片刻。我擔心她在想些什麼。她雖然跟我說過她的過去，但許多事情充滿矛盾……雖然她提到這個話題時顯得羞怯……我還是感到好奇。而且我現在明白，如果我無視自己的好奇心，它只會變得更嚴重。

我換上淡定的口吻。「但我現在很好奇……妳以前有沒有……」

「當然沒有。」她立刻回答，不是生氣，而是難以置信。「我跟你說過我未曾有過這種感受，完全沒有。」

她以為我沒專心聽？

「我知道，」我向她保證：「只是我知道其他人的想法，我知道愛和慾是可以分開的。」

「但對我來說分不開，至少它們現在對我來說是存在的。」

她使用複數，這算是某種承認。我知道她愛我。我們倆都有慾，這絕對會讓事情變得更複雜。

我決定在她提出下一個疑問之前就做出答覆。「那很好，至少我們有個共同點。」

她嘆口氣，但聽來是開心的嘆息。

「你的人類本能……」她緩緩道：「你覺得我在那方面對你有吸引力嗎？」

聽見這句話，我忍不住發笑。我怎麼可能不想要她？身心靈，「身」的重要性一點也不輸給另外兩個。

我撫摸她頸部的頭髮。

「我雖然不是人類，但我是男人。」

她打呵欠，我強忍笑聲。「我已經回答妳很多問題，現在妳該睡覺了。」

「我不確定我睡不睡得著。」

「妳要我離開嗎？」我提議，雖然我非常不想這麼做。

「不！」她怒吼，嗓門比我們整晚談話的音量都大。還好查理的鼾聲絲毫不被影響。

我再次發笑，接著更靠近她。我的嘴唇擦過她的耳朵，再次哼著她的歌，輕如呢喃。

我能感覺到她開始失去意識，她的肌肉放鬆，呼吸放慢，雙手蜷縮在胸前，幾乎像在祈禱。

我一點也不想移動。其實，我永遠都不想離開她身邊。我知道她遲早會開始翻身，我到時候為了避免弄醒她就必須離開，但現在這樣剛剛好。我依然不習慣這種喜悅，這感覺也不像人能習慣的事情。我會盡可能珍惜這種時光，而且不管未來發生什麼事，能擁有這天堂般的一天，就值得我日後經歷的任何痛苦。

「愛德華，」貝拉在睡夢中呢喃：「愛德華……我愛你。」

我不禁好奇，我以後會不會擁有比今晚更快樂的夜晚？應該不會。

貝拉在睡夢中不斷告訴我她愛我。令我開心的不只是她的用字，更是她無比幸福的口吻。我讓她感受到真正的幸福，這不就是最重要的？

她在清晨時睡得更深沉，我知道她不會再說夢話。我看完了她那本書——它也成了我最喜歡的書之一——然後想著明天，想著艾利絲在幻象中看到貝拉拜訪我的家人。我雖然在艾利絲的腦海裡清楚地看見那道幻象，但我還是很難相信。貝拉會想這麼做嗎？我呢？

我考慮艾利絲和貝拉之間的友誼，貝拉根本不知道這個友誼的存在。既然我相當確定我已經獲得我在尋求的未來——它會發生——我也覺得如果就是不讓艾利絲接觸貝拉，這樣似乎對艾利絲太殘酷。貝拉會對艾密特做何感想？我沒辦法完全確定他會管好自己。他可能會覺得說出古怪或嚇人的話語會很好笑。也許，如果我保證給他獎賞，像是……摔角賽？打橄欖球？一定有什麼獎勵是他願意接受的。我已經看得出來賈斯柏會保持距離，但這是因為艾利絲叫他這麼做？還是她的幻象跟我的行動有關？當然，貝拉已經見過卡萊爾，但那次不一樣。想到貝拉跟卡萊爾相處一段時間，我感到開心，他是我們當中最好的人。她如果更熟悉他，對我們整體的評價只會更高。而且，艾思蜜一定會很樂意見到貝拉。一想到艾思蜜會多麼高興，我幾乎當場就做了決定。

說真的，現在只剩下一個障礙。

羅絲莉。

我意識到，我在考慮帶貝拉回家之前，必須先完成許多準備工作，而這就表示我必須暫時離開她。

我看著睡夢中的她。她開始翻身時，我已經來到她床邊的地板上。我斜靠床墊，伸出一手，勾轉她的一綹頭髮。我嘆口氣，伸展身子。我必須做好那些準備工作。她不會知道我曾經離去，但我會因為暫時離開她而想念她。

我很快回到家，希望能盡快完成這項差事。

和平常一樣，艾利絲已經完成了她的部分，我現在想完成的大多只是細節。艾利絲知道哪些最重要，而且果不其然，羅絲莉在門廊等候，坐在階梯的頂端，看著我跑來。

艾利絲沒對羅絲莉透露多少。看到我走來，羅絲莉表情有點困惑，彷彿根本不知道自己在等什麼。她一看到我，困惑的表情轉變成憤怒。

唉，又怎麼了！

「羅絲莉，拜託，」我對她喊道：「我們能不能談談？」

我早該意識到，艾利絲其實在幫你。

「她也有稍微幫她自己。」

羅絲莉站起，拍拍牛仔褲。

「拜託，羅絲莉？」

好吧！好吧。你想說什麼就說吧。

我伸出一臂，表示邀請。「我們邊走邊聊？」

她噘嘴，但還是點頭。我帶路，繞過屋子，走向黑夜下的漆黑河邊。我們走過河的北岸時都沒說話，周圍只聽得見流水聲。

我是刻意選這條路。我希望這能讓她聯想到她帶艾密特回家的那一天，我和她第一次產生默契的那一天。

「想說什麼就快點說吧。」她抱怨。

雖然她聽起來只是惱怒，但我在她的腦海中聽得見更多。她很緊張。她還在擔心我因為她拿貝拉的事打賭而生氣？看來這件事讓她有些丟臉。

「我想拜託妳幫個忙。」我告訴她。「我知道這對妳來說不容易。」

她沒料到我會提出這種請求。但我的溫柔口氣只是讓她更生氣。

你要我善待那個人類。她做出猜測。

「是的。妳如果不願意，可以不用喜歡她。可是她是我人生的一部分，如此一來，她也成了妳人生的一部分。我知道這不是妳的心願。」

沒錯。她同意。

「妳帶艾密特回家的時候，也沒徵求我的許可。」我提醒她。

她悶哼一聲。**那不一樣**。

「絕對更為永久。」

羅絲莉停下腳步，我也跟著停定。她瞪著我，感到驚訝又懷疑。

你這話什麼意思？你不是在講「永久」這回事？

她想著這些問題，接著談起另一個話題，令我感到意外。

「我選擇艾密特的時候，你覺得受傷？這讓你感到任何形式的傷害？」

「當然沒有，妳選得很好。」

她又悶哼一聲，對我的恭維不為所動。

「妳能不能給我個機會，讓我證明我也選得很好？」

羅絲莉轉身背對我，繼續往北邊走，走向原始森林。

我沒辦法看著她。我看著她的時候，沒辦法把她當成「人」。我只看到一個「浪費」。

我不禁怒火中燒。我強忍低吼聲，試著冷靜下來。羅絲莉瞥向身後，看到我表情改變。她再次停步，轉身面向我，表情變得柔和。

抱歉。我不是有意說出這麼刻薄的話。我只是沒辦法……我沒辦法忍受看她這麼做。「她擁有大好未來，愛德華，」羅絲莉輕聲開口，渾身緊繃。「她前途無量，她卻想浪費這一切，我失去的一切。我實在看不下去。」

我震驚地瞪著她。

羅絲莉因為我喜歡貝拉而吃莫名其妙的醋，這令我惱火，她在這部分真的很小心眼。但她現在說的話，是出於更深層的理由。我覺得這是我在救了貝拉的命之後，第一次明白羅絲莉的想法。

我小心翼翼地把手放在她的胳臂上，以為會被她甩掉，但她只是靜靜地站在原地。

「我不會讓那種事發生。」我做出承諾，和她一樣嚴肅。

她凝視我的臉孔許久，然後她想到貝拉的臉，不像艾利絲的幻象中那樣栩栩如生，而是比較像諷刺畫。但我明白她的意思。貝拉膚色蒼白，眼睛通紅。她對貝拉的臉孔充滿強烈的鄙視。

這不就是你的目標？

我搖頭，同樣覺得反感。「不。不，我希望她擁有一切。我不會從她身上奪走任何東西，羅絲莉。妳明白嗎？我不會用那種方式傷害她。」

她現在也感到心神不寧。**可是……你為什麼會覺得……你跟她會順利？**

我聳個肩，故作瀟灑，但效果不佳。「她再過多久就會厭倦了跟一個十七歲少年交往？妳覺得她到了二十三歲的時候還會對我感興趣嗎？二十五歲？她遲早……會往前走。」我試著控制表情，隱藏這番話讓我付出的代價，但她看穿我。

你在玩危險的遊戲，愛德華。

「我會找個方法活下去。等她離開後……」我的手垂到身旁。

「我不是這個意思。」**聽著，你雖然不符合我個人的標準，但世上沒有哪個人類的男人能跟你比，你對此也心知肚明。**

我搖頭。「她遲早會想要我給不起的東西。」有太多東西是我沒辦法給她的。「妳會想要更多，不是嗎？如果妳是她，而艾密特是我？」

羅絲莉認真考慮我這個問題。她想像艾密特綻放輕鬆微笑、朝她伸手。她想像自己變回人類——依然美麗，但不再那麼特別——握住他的手。然後她想像身為人類的自己轉身背對他。這兩幅畫面似乎都無法令她滿意。

但我知道我失去了什麼，她的語氣拘謹。**我不認為她有這種覺悟**。「我接下來這番話，聽起來會很像老媽子，」她的口氣有點幽默。「不過……你也知道這年頭的小鬼是什麼德行。」她微微一笑。「他們只在乎當下，不在乎五年後的未來，更別提五十年後。她要你改變她的時候，你會怎麼做？」

「我會告訴她，這麼做為什麼是錯的。我會告訴她，她會失去多少。」

她如果哀求你呢？

我猶豫片刻，想到艾利絲的幻象中的悲痛貝拉，她的臉頰凹陷，她難過地蜷縮身子。如果她這麼難過，是因為我留下，而不是因為我離去？我想像她充滿羅絲莉心中的苦悶。

「我會拒絕她。」

羅絲莉聽見我鋼鐵般的口吻，我看得出來她終於明白我的決心。她不禁點頭。

我還是覺得這太危險。我不確定你有那麼堅強。

她轉過身，開始慢慢走回家裡。我跟上她。

「妳的人生並不是妳想要的，」我輕聲開口：「但這七十年來，妳至少享有五年的純然幸福吧？」

她回想最美好的時光──都跟艾密特有關──雖然我看得出來，不服輸的她還是不願意贊同我的話。

我微微一笑。「搞不好有十年？」

她拒絕回答我。

「讓我擁有屬於我的五年，羅絲莉。」我輕聲道：「我知道這沒辦法天長地久。讓我在能夠幸福的時候幸福吧。希望妳能成為那份幸福的一部分。既然妳是我的姊姊，如果妳沒辦法像我愛妳所選的那樣愛我所選，那妳能不能至少假裝能接受她？」

我這番溫柔又輕柔的話似乎像磚塊一樣擊中她，她的肩膀突然變得僵硬又脆弱。

我不確定我能怎麼做。看到我想要卻摸不到的那一切……這太痛苦。

我知道這對她來說太痛苦。但我也知道，她的遺憾和悲痛完全比不上正在等著我的痛苦。羅絲莉的人生會回歸原貌，艾密特會安慰她。但我……我會失去一切。

「妳願意試嗎？」我追問，我的口氣比剛剛更嚴肅。

她的步伐放慢幾秒，她低頭看著自己的腳，接著終於垂下肩膀，點點頭。**我可以試。**

「艾利絲可能……有看到貝拉早上來我們家裡。」

她抬頭看我，眼神又變得憤怒。**我需要更多時間。**

我舉起雙手做投降狀。「妳想要多少時間都行。」

看到她的眼神再次顯得狐疑，我感到難過又疲憊。也許她不夠堅強。她似乎感受我的視線裡的批判。

她移開目光，然後突然跑向屋子。我讓她走。

我的其他事項很快就完成了，也沒這麼困難。賈斯柏一口答應了我的請求。我的母親開心得容光煥發。至於艾密特，他表示他會跟羅絲莉在一起，而羅絲莉到時候會遠離這裡。

好吧，這好歹是個開始。至少羅絲莉答應了我會試試看。

我甚至花了點時間換了衣服。雖然艾利絲很久以前買給我的無袖襯衫並沒有給我帶來任何我預期的悲劇——反而帶來了我沒料到的喜悅——我還是覺得這件衣服的品味很差。我穿平時的衣服覺得比較舒適。

我走出家門時遇到艾利絲，她斜靠於門廊階梯邊緣的柱子，離羅絲莉剛剛等候的位置很近。她一臉沾沾自喜。**看來家裡為貝拉的來訪做好準備了。就跟我在幻象裡看到的一樣。**

我想對她指出，她現在看到的依然只是幻象、還是可能改變，但我何必多此一舉？

「妳沒考慮到貝拉的意願。」我提醒她。

她翻白眼。**貝拉什麼時候對你說過「不」？**

很有意思的論點。

「艾利絲，我——」

她打斷我，已經知道我要問什麼。

你自己看看。

她想像貝拉的未來，就像錯綜複雜的無數絲帶，有些牢固，有些縹緲，有些蒸發消失。但這些絲帶不再是個凌亂的結，而是比較有順序。幸好那些夢魘般的未來不見蹤影。但在一條最為牢固的絲線上，我看到眼睛血紅、鑽石肌膚的貝拉。我在尋找的那道幻象，是混亂細線的一部分，邊緣那些絲帶。二十歲的貝拉，二十五歲的貝拉。看似薄紗、邊緣模糊的幻象。

艾利絲用雙臂抱住兩條腿。她不用讀心，也不用預見未來，也看得見我眼裡的沮喪。

「那永遠不會發生。」

你什麼時候對貝拉說過「不」？

我走下階梯時對她怒目相視，然後我開始奔跑。

幾分鐘後，我來到貝拉的房間。我不再想著艾利絲，而是讓貝拉的平靜睡意影響我。她看起來彷彿未曾移動過。但是……我的離開——雖然很短——還是造成了改變。我再次覺得……忐忑。我沒像之前那樣坐在她床邊，而是坐回那張搖椅上。我不想表現得太自以為是。

我來到這裡不久後，查理起床，這時天上只出現一小抹黎明之光。聽見他跟平時一樣的動靜，加上他模糊又喜悅的心聲，我相當確定他又要去釣魚。如我所料，他探頭進來查看，看到她睡得比昨晚更熟，然後他輕輕下樓，從樓梯底下的櫥櫃裡拿出釣魚用具。他走出家門時，灰雲微微發光。我再次聽見貝拉的卡車引擎蓋被打開時吱嘎作響。我來到窗前查看。

查理撐起引擎蓋，把昨晚拔掉的電瓶電線又重新裝回去。這雖然不是個很難解決的問題，但也許他認定貝拉不會試著在黑暗中修理卡車。不知道他想像她會想去哪裡。

查理花了一點時間把釣魚用具塞進警車的後座，然後駕車離去。我回到椅子上，等貝拉醒來。

一個多小時後，太陽掛在厚毛毯般的雲朵後方，貝拉終於翻身。她把一條胳臂放在臉上，彷彿想擋住光線，然後她輕聲呻吟，翻身側躺，用枕頭壓住頭。

她突然倒抽一口氣，「噢！」一聲，然後搖搖晃晃地坐起，顯然正用惺忪的眼睛尋找什麼東西。

我從沒見過她像現在這樣醒來後立刻找東西。我不太確定她的頭髮是不是總是這副模樣，還是被我弄得這麼亂。

「妳的頭髮看起來像稻草堆，不過我很喜歡。」我告訴她。她立刻把眼睛對準我，一臉安心。

「愛德華！你真的留下來了！」她因為躺了很久，起身時動作不太流暢。她跑向我，撲進我懷裡。突然間，我擔心自己自以為是顯得有點傻氣。

我輕易地接住她，扶她坐在我的大腿上。她似乎對自己的衝動感到驚訝。看她流露歉意的表情，我不禁發笑。

「當然。」我告訴她。

她的心臟咚咚作響，聽起來似乎感到困惑。她從「睡覺」到「飛奔」之間沒花多少時間調整。我揉揉她的肩膀，希望能讓她的心跳放慢。

她把頭靠在我的肩上。

「我原以為那只是個夢。」她呢喃。

「妳沒那麼有創意。」我逗她。我已經不記得作夢這回事，但依據我在其他人類的腦海中聽見的聲音，我覺得作夢應該缺乏一致性或細節。

貝拉突然坐直，急忙站起。我把雙手移到旁邊。

「查理！」她窒息道。

「他一小時前出門了，還幫妳把車子電瓶的電線裝了回去。我必須承認我有點失望。妳如果決定要出門，會被電池沒電這種事攔住嗎？」

她遲疑不決地搖晃身子，來回看著我的臉和門扉，似乎不確定該如何決定。

「妳早上的時候通常不會這麼困惑。」我說，雖然我根本不會知道。我平時都是她起床好一段時間之後才見到她。但我希望她會反駁我——她常常在我認定某件事的時候反駁我——然後說明她面對什麼樣的兩難。我伸出雙臂，讓她知道我非常歡迎她回到我懷裡，只要她願意。

她挪向我，然後皺眉。「我需要一點時間做人類的事。」

當然。我確定我在這方面會越來越習慣。

「我等妳。」我向她保證。她有請我留下，所以在她叫我離開之前，我會等她。

她這次沒離去很久。我聽見貝拉打開櫥櫃所發出的敲擊聲。她今天很趕時間。聽見她梳頭的聲響，我不禁皺眉。

不久後，她回到我身邊。她的臉頰紅潤，眼睛明亮，眼神充滿期望。儘管如此，她這次接近我的時候，動作更為謹慎，而且她的膝蓋離我只有一吋的時候，她猶豫地停頓。她似乎不知道自己正在扭擰雙手。

我猜她只是再次感到害羞，她因為隔了一段時間才見到我而感到不自在。但她完全沒必要產生這種感覺，正如我確定我也沒必要產生這種感覺。

我小心翼翼地把她拉進我懷裡。她自願地靠向我的胸膛，腿放在我的腿上。

「歡迎回來。」我呢喃。

她嘆口氣，顯得心滿意足。她慢慢地撫摸我的右臂，我慵懶地前後搖晃，順著她呼吸的節奏。

她的指尖滑過我的肩膀，然後在我的領口停頓。她把上半身往後仰，盯著我的臉，表情有點不高興。

「你離開過？」

我露齒而笑。「我總不能穿著昨天的衣服離開——妳的鄰居如果看到我那身衣服，不知道會怎麼想？」

貝拉的臉色變得更不高興。我不想解釋我回家做的準備工作，所以我說出一定能轉移她心思的話語。

「妳睡得很沉，我沒錯過什麼。妳很早就開始說夢話。」

如我所料，貝拉呻吟。

「你聽見什麼？」她追問。

我很難繼續這樣開玩笑。我對她說實話的時候，我開心得彷彿渾身融化。「妳說妳愛我。」

她垂下眼睛，接著把臉貼在我肩上。

「這你早就知道了。」她輕聲道。她鼻息的熱氣滲進我襯衫的棉料。

「還是很高興能聽見妳說出來。」我對她的頭髮呢喃。

「我愛你。」

她這幾個字依然令我興奮，而且威力更勝以往。她選擇說出這幾個字，而且她知道我在聆聽，這意義重大。

我想要更強烈的字句，能精確地描述她對我有多大意義。我心中的一切幾乎都跟她有關。我想起我們第一次談話，我記得我當時覺得自己並沒有真正的人生。這點改變了。

「如今妳是我的生命。」我低語。

太陽雖然被厚雲遮蔽，但這個房間似乎充滿金光，空氣變得比平時更為清澈。我們在搖椅上慢慢搖擺，我用雙臂摟住她，細細品嘗這完美的一刻。

我這二十四小時一直在想，如果我再也不需要移動，我還是會感到心滿意足。她的身體似乎在我身上融化，我猜她應該也有同樣的感受。

啊，可是我有責任。我必須管住心中的強烈喜悅，必須保持務實。

我再摟住她片刻，然後強迫自己放鬆雙臂。

「早餐時間？」我提議。

貝拉面帶猶豫，大概跟我一樣不想讓彼此間拉開距離。然後她把上半身往後仰，我能看見她的臉。

她驚恐地瞪大眼睛，張開嘴巴，用雙手保護喉嚨。

看她如此驚恐，我也連帶感到恐懼，搞不懂這怎麼回事。我急忙感測周圍，尋找可能的危險。

我正想抱著她跳出窗外逃命的時候，她面露竊笑。我終於明白我的話語和她的反應之間的關聯，她在開玩笑。

她咯咯笑。「開玩笑的！你還說我不會演戲。」

我花了半秒鐘讓自己鎮定下來。我鬆了一口氣，覺得疲憊，也感到惱火。「不好笑。」

「明明很好笑，」她堅稱：「你也知道。」

我忍不住對她微笑。如果我們之間常常會開吸血鬼的玩笑，我應該能承受，為了她。

「我應該改變措詞嗎？人類的早餐時間。」

她露出開心的笑容。「噢，瞭解。」

我雖然願意接受充滿低級笑話的未來，但沒打算就這麼放過她。

我以謹慎但不緩慢的動作把她抱到肩上，衝出房間，希望她跟我剛剛一樣震驚——但不會像我剛剛那樣害怕。

「喂！」她抱怨，我下樓時稍微放慢速度。

「哇靠。」她倒抽一口氣。我溫柔地把她放在廚房的椅子上。

她抬頭看著我，露出笑容，顯然已經恢復過來。「早餐要吃什麼？」

我皺眉。我一直沒時間瞭解人類的食物。好吧，我知道人類的食物看起來應該是什麼模樣，所以我應該能即興發揮……

「呃……」我感到猶豫。「我不確定。妳想吃什麼？」希望是很簡單明瞭的東西。

看我不曉得該怎麼辦，貝拉發笑，站起身，伸個懶腰。「沒關係，」她向我擔保：「我滿懂得照顧自己。」她挑起一眉，帶著笑意補充道：「看著我狩獵吧。」

看她如魚得水的模樣，感覺既有趣又吸引人。我以前從沒見過她這麼自信又自在。我看得出來，她就算蒙住眼睛，也知道每個東西放在哪。她先拿出一個空碗，然後踮腳從高處的架子上拿下一盒玉米片。她打開冰箱，同時從抽屜裡拿出湯匙，然後用髖部關上抽屜。她把所有東西都放在桌上時，面帶猶豫。

「你……需要什麼嗎？」

我翻白眼。「快吃，貝拉。」

她咬一口看起來不能吃的爛泥，迅速咀嚼，然後抬頭看著我。她吞下食物後問道：「今天有什麼計畫？」

「嗯……」我原本打算慢慢來，但如果此刻我對她說我一點主意也沒有，那就是對她說謊：「見見我的家人如何？」

她的臉色變得蒼白。好吧，如果她拒絕，這件事就到此為止。我搞不懂艾利絲怎麼會看錯。

「妳害怕了？」我的提問聽起來幾乎像我希望她答應。我猜我確實一直在期待終會有某件事讓她無法承受。

她的眼神已經透露答案，但她還是低沉地說聲「是的」，這令我始料未及。她以前在害怕的時候從不會承認。至少該說，她在害怕我的時候，從不會承認。

「別擔心，我會保護妳。」我不太熱切地微微一笑。我並不是試著說服她。我們今天可以做別的事，不會讓她覺得需要冒生命危險。但我希望她知道，我一定會保護她，不管威脅她的是隕石還是怪物。

她搖頭。「我不是怕他們。我是怕他們……不喜歡我。他們難道不會因為你帶……」她皺眉。「我這種人回家見他們而感到驚訝？他們知道我瞭解他們的身分？」

我突然感到生氣，也許是因為她說得沒錯，至少在羅絲莉的事情上。我很討厭貝拉這樣貶低自己，彷彿有問題的是她而不是別人。

「噢，他們知道所有的事。」我的語氣明顯流露惱怒。我試著微笑，但我知道我的口氣還是一樣強硬。「其實，他們昨天打了賭，賭我會不會帶妳回去，雖然我無法想像怎麼會有人敢跟艾利絲對賭。」我意識到這麼說會讓她對他們產生先入為主的觀念，但她還是應該知道。我試著壓抑怒火。「不過，我們家沒有祕密。有了我的讀心術和艾利絲預見未來的能力，誰也別想有祕密。」

她微微一笑。「而且別忘了，賈斯柏會讓人覺得溫暖舒適、想說出自己所有的祕密。」

「妳有專心聽。」

「我本來就有在專心聽。」她皺眉，像在專心，然後點頭，幾乎像是接受了邀請。

「艾利絲有看到我要去嗎？」

貝拉的口氣就事論事，彷彿這個話題稀鬆平常。但我感到驚訝，因為她聽起來似乎非常願意去見我的家人，彷彿艾利絲的幻象意味著她別無選擇。

她像守法般接受艾利絲的話語，這令我惱火。我痛恨我還是可能破壞貝拉的人生這個可能性。

「差不多。」我坦承，接著轉開臉，彷彿望向窗外的後院。我不想讓她看到我多麼不高興。我能感覺到她在看著我、懷疑我在耍她。

我逼自己解決我創造出來的這個氣氛，回頭看著她，盡可能綻放自然的笑容。「那玩意兒好吃嗎？」我指向她的玉米片。「老實說，看起來讓人不太有胃口。」

「這個嘛，是比不上暴躁的灰熊啦……」注意到我的反應，她欲言又止，把注意力放回食物上，吃得比剛剛更快。

她邊嚼邊發呆，顯然陷入沉思，但我猜她跟我想的並不是同一件事。

我再次望向窗外，讓她慢慢用餐。我看著小院子，想起之前在某個晴朗日在這裡看著她，想起烏雲的影子籠罩她。我太容易回到那種絕望的情緒，把自己所有的善意當成自私。

我滿腹心事地回頭看著她，發現她無懼地看著我。她和往常一樣信賴我。我深吸一口氣。

我要對得起她的信賴。我知道我做得到。她用這種眼神看著我的時候，我願意為她做任何事。

好吧，看來艾利絲這個小小預言會成真。這點不令人意外。我不禁好奇，貝拉願意答應我，是不是為了讓我開心？這大概是主要的原因。還有另一件事是我想要的，但我擔心貝拉如果再次答應，純粹只是為了我。我決定說出我的意見，觀察她的反應。

「我認為，妳也應該把我介紹給妳父親。」我一派輕鬆地說。

她愣住。「他已經知道你是誰。」

「我是說，以妳男朋友的身分。」

她瞇起眼睛。「為什麼？」

「習慣上不都是這樣？」我故作輕鬆，但她抗拒的態度令我驚訝。

「我不知道。」她坦承。她的嗓門變得比較小，不如剛剛那樣自信。「其實沒那個必要。我不期望你……

我的意思是，你不需要為我假裝。」

她以為我是為了她而勉強接受這份差事？「我沒有假裝。」我保證。

她低頭看著早餐，無精打采地攪拌剩下的玉米片。

也許直接說出「不」會比較好。

「妳到底要不要告訴查理，我是妳的男朋友？」

她依然低著頭，輕聲問：「你是嗎？」

這不是我害怕的拒絕。我顯然誤會了什麼。因為我不是人類，所以她不想把我介紹給查理？還是因為別的原因？

「我承認，男孩這個字不是太正確的詮釋。」

「事實上，我認為你代表的意義已經遠遠超出了那個字眼的範疇。」她輕聲道，依然低著頭，彷彿在對桌子說話。

她的表情讓我想到那天午餐時的談話，她覺得我們付出的感情並不對等，而她喜歡我多過我喜歡她。我只是希望能見到她父親，我搞不懂她為什麼會想到這些。難道……是因為「男朋友」這個字的定義？這是個人類的詞彙，給人一種短暫的感覺。這個詞彙無法表達我希望自己對她來說是什麼意義，但這是查理能明白的詞彙。

「好吧，我不確定我們是否該告訴他那些殘酷的細節。」我輕聲答覆，伸出一指，抬起她的臉，看著她的眼睛。「但至少讓他知道為什麼我常在這附近晃來晃去，我不希望史旺警長對我下禁制令。」

「你會嗎？」她急忙問，無視我的笑話。「你會一直在這嗎？」

「只要妳想要我。」除非她要我離開，否則我都是她的。

她幾乎怒瞪我，她的視線非常熱切。「我永遠會想要你。永遠。」

我聽見艾利絲那句自信滿滿的話：**你什麼時候對貝拉說過「不」**？

我聽見羅絲莉的質問：**她要你改變她的時候，你會怎麼做？她如果哀求你？**

羅絲莉確實說中了一件事。貝拉說的「永遠」，對我的意義來說不一樣。對她來說，「永遠」只是很長一段時間。這意味著她還看不到盡頭。她才十七歲，怎麼可能理解「五十年」的意義，更別提「永恆」？她是人類，不是凍齡的永生者。只要再過幾年，她就會出現許多變化。隨著她的世界變得更大，她的優先事項也會改變。她現在想要的，不會是她以後想要的。

我慢慢來到她身邊，知道自己不剩多少時間。我用指尖撫摸她的臉。

她瞪著我，試著明白。「這會讓你難過嗎？」她問。

我不知道如何回答她。我只是看著她的臉，彷彿能看著她的臉孔隨著她的心臟跳動而出現細微的變化。

她未曾移開視線。不知道她在我臉上看到什麼？她想著這一切永遠不會改變？

我覺得彷彿眼前出現一座沙漏。我嘆口氣。我沒有時間可以浪費。

我瞥向她的碗，裡頭幾乎已空。「妳吃完了嗎？」

她站起。「嗯。」

「去換衣服──我在這等。」

她默默照做。

我需要趁機獨處片刻。我搞不懂我為什麼出現這麼多陰暗思緒。我得振作起來。我必須把握我能獲得的每一秒幸福，因為時間有限。我知道我充滿懷疑和胡思亂想，非常可能破壞最美好的時刻。如果我只有幾年的幸福，卻把這段時間拿來自怨自艾，這是多麼大的浪費。

我隔著天花板聽見貝拉選衣服，聲響雖然沒有前天晚上那麼吵雜──她當時為了草地之旅選衣服──但也差不多。希望她不會太擔心我的家人會不會喜歡她。艾利絲和艾思蜜已經無條件地愛上她。其他人不會注意她穿什麼──他們只會看到一個人類女孩勇闖吸血鬼之家。就連賈斯柏也一定會刮目相看。

她跑下樓的時候，我已經打起精神。我要把注意力集中在這一天上，接下來的十二小時，在貝拉的身邊。這一定足以讓我微笑。

「好了，我看起來應該夠端莊吧？」她一次跨過兩階。她差點撞上我的時候，我抓住她。她抬頭看著我，露齒而笑，掃淨了我心中所有的懷疑。

如我所料，她身上是安吉拉斯港那次的藍色襯衫。我覺得這應該是我最喜歡的襯衫。她看起來真美。我也喜歡她綁起頭髮的模樣。如此一來，她就沒辦法躲在頭髮後面。

我衝動地摟住她，吸進她的芳香，綻放微笑。

「又錯了，」我逗她：「妳一點也不端莊。沒人像妳這麼有吸引力，真不公平。」

她推開我，我鬆開胳臂。她稍微後退，看著我的臉。

「我這樣太性感？」她顯得謹慎。「我可以換一件……」

她昨晚問我有沒有被她身為女人的魅力所吸引。我雖然覺得這件事明顯到荒謬的程度，但她也許還是不明白。

「妳這個小笨蛋。」我發笑，然後吻她的額頭。她的肌膚擦過我的嘴唇時，我覺得渾身通電。「我應該跟妳解釋妳有多吸引我嗎？」

我的手指慢慢地滑過她的背脊，來到她的後腰，然後停在她的髖部上。我原本打算逗她，但很快也陶醉在這一刻。我的嘴唇擦過她的太陽穴，我聽見自己的呼吸加速，變得跟她的心跳一樣快。她把顫抖的手指貼在我的胸膛上。

我稍微低下頭，嘴唇幾乎碰到她柔軟又溫暖的嘴唇。我小心翼翼地用嘴唇觸碰她的嘴唇，意識到這個化學反應多麼強烈。

我的身體再次充滿光芒和電流的時候，我等候她的反應，準備在必要時後退。她這次比較謹慎，身子幾乎完全不動。她不再顫抖。

我盡可能小心翼翼，更用力地把嘴脣壓在她的嘴脣上，細細品味她的嘴脣分開的一刻。我沒能控制住自己。我張開嘴脣，想感受她的鼻息。

在這一刻，她的腿似乎發軟，她從我的懷裡往下滑。

我立刻拉住她。我用左手扶住她的腦袋。她閉著眼睛，嘴脣發白。

「貝拉？」我驚慌地呼喊。

她大口吸氣，慢慢睜開眼睛。我意識到我已經有一陣子沒聽見她呼吸。

她顫抖地再吸一口氣，然後慢慢站穩。

「你……」她嘆氣，眼睛依然半閉。「害……我……昏眩。」

她竟然為了吻我而停止呼吸。她大概以為這麼做會讓我比較方便。

「我該拿妳怎麼辦？」我稍微咬牙。「昨天我親妳，妳攻擊我！今天我親妳，妳卻在我面前昏過去！」

她咯咯笑，被自己的笑聲弄得喘不過氣，她的肺臟試著吸進更多氧氣。我還在支撐她大部分的體重。

「妳還說我擅長所有的事咧。」我咕噥。

「這正是問題所在。你太擅長了。」她深吸一口氣。「遠遠超過水準。」

「妳覺得不舒服嗎？」至少她的嘴脣沒發青。在我的注視下，她的嘴脣慢慢恢復成粉紅色。

「不，」她的嗓音變得更有力。「這跟之前的暈眩不同。我不知道為什麼會這樣……我想我可能忘記呼吸了吧。」

我有注意到。

「妳這樣子，我哪都不能帶妳去。」我咕噥。

她再吸口氣，然後在我的懷裡站直。她眨眼五下，然後倔強地抬起下巴。

「我沒事。」既然她的嗓音變得更有力，我也只好退讓。而且她的臉龐已經恢復血色。「反正你的家人一定以為我瘋了，有什麼差別？」

我仔細打量她。她的呼吸已經恢復平穩，心跳聽起來比片刻前更有力。她似乎能靠自己站穩。她的臉頰逐漸恢復紅暈，在藍襯衫的襯托下顯得格外鮮豔。

「我特別喜愛妳肌膚現在這樣的顏色。」我告訴她。這句話害她臉更紅。

「聽著，」她打斷我的觀察。「我正在努力試著別去想我接下來要做什麼，所以我們可以出發了嗎？」

她的說話聲回到平時的有力狀態。

「妳很擔心，不是擔心要去見吸血鬼一家，而是擔心那些吸血鬼會不會接受妳，是嗎？」

她露齒而笑。「沒錯。」

我搖頭。「妳真是不可思議。」

她笑得更開心。她牽起我的手，拉我走向門口。

我決定假裝我們已經說好誰開車，而不問她細節。我讓她帶路，來到她的卡車旁，然後我靈巧地幫她打開副駕駛座的車門。她沒抗議，甚至沒瞪我。我覺得這算是好徵兆。

我駕車時，她坐直身子，望向窗外，看著路邊的房子一閃而過。我看得出她很緊張，但我猜她也很好奇。看我沒打算在某一間屋子前停車，她就對屋子失去了興趣，望向下一間。不知道她如何想像我的家？

我們離開小鎮後，她似乎變得更忐忑不安。她瞥向我幾次，彷彿想問問題，但她注意到我在看她的時候，她就立刻回頭望向窗外，馬尾為之甩動。她開始用腳趾拍打地板，雖然我沒打開收音機。

我把車拐進車道時，她坐得更直，不停抖腳。她緊緊抓住窗框，指尖為之發白。

她發現這條車道非常漫長時，開始皺眉。說真的，這趟路感覺就像前往一個很偏僻的地方——就像之前那片草地。她皺起眉心。

我伸手輕觸她的肩膀，她回以緊繃的笑容，接著又望向窗外。

我終於駛出森林，來到前院。這裡依然被高大的雪松的陰影覆蓋，所以氣氛的改變不大。

我看著熟悉的房子，試著想像貝拉會做何感想。艾思蜜的品味很好，所以我知道這棟房子客觀來說很美。但是貝拉會不會看見一個屬於另一個年代卻依然嶄新堅固的建築？彷彿我們回到過去而發現這棟房子，而不是它朝我們老化而來？

「哇。」她讚嘆。

我熄掉引擎，寂靜的氣氛讓人感覺置身於另一段歷史。

「妳喜歡？」我問。

她從眼角瞥我，然後回頭看著屋子。「它……擁有獨特的魅力。」

我發笑，扭了一下她的馬尾，然後下車。不到一秒後，我幫她拉開車門。

「準備好了嗎？」

「差得遠呢。」她發出窒息的笑聲。「我們走吧。」

她撫摸頭髮，確認沒有凌亂之處。

「妳看起來很美。」我向她保證，並牽起她的手。

她的掌心冒汗，而且比平時冰涼。我用拇指揉揉她的手背，試圖讓她明白她很安全、一切都會很順利。

我們走向門廊階梯時，她放慢腳步，手開始發抖。

猶豫不決只會讓她變得更不安。我打開門，已經知道門的另一側有什麼。

我透過父母的想法，加上艾利絲見過的幻象，知道他們在哪。他們站在門後的六步外，給貝拉一點喘息的空間。艾思蜜似乎和貝拉一樣緊張，不過她緊張的時候是全然不動，不像貝拉那樣扭捏不安。卡萊爾以安撫姿態把手貼在她的後背上。他雖然習慣以輕鬆姿態和人類互動，但是艾思蜜很害羞，她很少像這樣跟凡人互動。她平時都待在家裡，樂意讓我們把需要的東西從外頭帶回家。

貝拉掃視周圍。她站在我後面，彷彿把我的身體當成盾牌。我在家裡不禁感到放鬆，就算我知道她會有相反的感受。我捏捏她的手。

卡萊爾對貝拉綻放溫暖的微笑，艾思蜜也立刻照做。

「卡萊爾、艾思蜜，這是貝拉。」我介紹貝拉的時候，不知道她有沒有聽到我語帶自豪。

卡萊爾刻意慢慢上前，試探性地伸出一手。

「歡迎妳，貝拉。」

也許因為之前見過卡萊爾，貝拉似乎突然看起來更自在。她顯得自信，上前握住他的手——同時握住我的手——感覺到對方的冰涼肌膚時，絲毫沒皺眉。她當然已經習慣了這點。

「很高興再次見到你，庫倫醫師。」她聽起來言之由衷。

好勇敢的女孩，艾思蜜心想。**噢，她真可愛**。

「請叫我卡萊爾。」

貝拉一臉興高采烈。「卡萊爾。」她重複。

艾思蜜來到卡萊爾身旁，動作也一樣緩慢又謹慎。她把一手放在卡萊爾的胳臂上，然後伸出另一手。

貝拉毫無猶豫地握住這隻手，對我的母親綻放笑容。

「很高興認識妳。」艾思蜜的笑容散發熱情。

「謝謝妳，」貝拉說：「我也很高興認識妳。」

雖然這聽起來只是一般的談話，但因為兩人都極為誠懇，而充滿更深沉的意義。

我好喜歡她，愛德華！謝謝你帶她來見我！

感覺到艾思蜜的熱情，我只能微笑。

「艾利絲和賈斯柏呢？」我問，但這比較算是催促。我能聽見他們在樓梯頂端等候，艾利絲在等最佳時機入場。

她似乎正在等我這麼問。「嘿，愛德華！」她邊喊邊出現，然後飛奔下樓——不是以人類的速度——在貝拉面前幾吋處停步。我、卡萊爾和艾思蜜驚訝地愣在原地，但貝拉依然從容自若，就算艾利絲上前吻她的臉頰。

我投以警告的眼神，但是艾利絲顯然沒理我。她置身於這一刻，也置身於無數個未來，她很開心終於能跟貝拉發展出友誼。她的感受雖然很貼心，但我開心不起來。她那些尚未成真的記憶當中，超過一半都是臉色蒼白、失去生命的貝拉。

艾利絲沒理會我的反應，而是專注在貝拉身上。

「妳聞起來真的好棒，」她評論：「我之前都沒注意到。」

貝拉臉紅，他們三人都移開視線。

我試著想辦法化解尷尬氣氛，但這種氣氛突然自行消失。我感到無比自在，我感覺到貝拉也不再緊張。

賈斯柏跟著艾利絲下樓，他沒奔跑，但動作也不像卡萊爾和艾思蜜那麼緩慢。他不需要華麗的登場，他所做的一切都顯得自然又正確。

事實上，他做得有點過了頭。

我對他投以譏諷的眼神，他對我露齒而笑，然後在樓梯柱子旁停步，跟我們保持一段有點莫名其妙的距離，但話說回來，他有能力讓我們覺得這段距離並不莫名其妙。

「妳好，貝拉。」

「你好，賈斯柏。」她綻放輕鬆的微笑，然後看著艾思蜜和卡萊爾。「很高興看到你們大家——你們家很漂亮。」

「謝謝妳。」艾思蜜回應。「我們很高興妳能來。」

她真完美。

貝拉一臉期待地瞥向樓梯，但我知道不會有更多人出現。

艾思蜜看懂我的眼神。

很抱歉。她還沒做好準備。艾密特正在試著安撫她。

我該不該為羅絲莉的缺席找藉口？我還不確定該說什麼，這時卡萊爾引起我的注意。

愛德華。

我立刻看著他。他專注的態度和賈斯柏形成的輕鬆氣氛形成強烈對比。

艾利絲看到一些訪客。陌生人。按照他們移動的速度來判斷，他們明天晚上就會找到我們。我猜你現在就想知道這件事。

我點一下頭，抿起嘴脣。時機真不巧。好吧，我猜我現在得向貝拉解釋我為什麼要綁架她。她會明白。查理不會明白。我得想出最安全、最不會造成問題的計畫。或者該說我們會這麼做。她至少能擁有選擇。

我望向艾利絲，想確認這件事，但她正想著天氣。

「妳會彈嗎？」艾思蜜問。我回頭查看，發現貝拉正在看我的鋼琴。

貝拉搖頭。「完全不會，可是它真漂亮。它是妳的？」

艾思蜜笑幾聲。「不。愛德華沒告訴妳，他是個音樂家？」

貝拉狐疑地看著我，彷彿這個新聞令她惱火。我搞不懂為什麼。她突然發現自己討厭鋼琴家？

「沒有。」她回答艾思蜜：「我猜我早該知道。」

她這話什麼意思，愛德華？艾思蜜如此心想，彷彿以為我應該知道答案。幸好她的表情十分困惑，貝拉因此做出解釋。

「愛德華無所不能，」貝拉澄清。「不是嗎？」

卡萊爾強忍笑意，但賈斯柏哈哈大笑。艾利絲正在看著將在二十秒後發生的談話，所以現在這場談話對她來說如同舊聞。

艾思蜜對我做出「媽媽不贊同」的精湛表情。「我希望你沒有太愛現，那不禮貌。」

「只有一點點。」我坦承，也發出笑聲。

他看起來真開心，艾思蜜心想。**我以前從沒見過他這麼開心。感謝上帝，他終於找到她。**

「其實，他太謙虛了。」貝拉否認，再次瞟向鋼琴。

「為貝拉彈奏一曲吧。」艾思蜜鼓勵我。

我對母親回一個遭到背叛的眼神。「妳剛剛才說愛現是不禮貌的。」

艾思蜜強忍笑意。「每個原則都有例外。」

如果她到現在還沒完全迷上你，等你彈完鋼琴之後應該就會……

我冷眼回視。

「我很想聽你彈。」貝拉提議。

「就這麼說定了。」艾思蜜把手放在我的肩上，把我推向鋼琴。

好吧，如果這就是她們的心願。我拉著貝拉的手，逼她坐在我身邊，畢竟這是她的提議。

我以前從沒為自己的音樂感到害羞過，畢竟只有我身邊的親友聽過我彈琴，而且當中似乎只有艾思蜜會認真聽我彈琴，所以這是新的感受。也許，如果艾思蜜沒提到「愛現」這件事，我就不會覺得被強迫彈琴。

我在鋼琴凳上坐下，拉貝拉坐在我旁邊。她熱切地對我微笑。我皺眉回視她，希望她明白我這麼做純粹是應她要求。

我選了艾思蜜那首曲子——曲風愉悅，表達勝利，很適合今天的氣氛。

我開始彈的時候，從眼角觀察貝拉的反應。我不需要看著琴鍵，但也不想讓她覺得我在盯著她。聽了一開始的幾道音符後，她目瞪口呆。

賈斯柏再次發笑，這次艾利絲跟他一起笑。貝拉渾身僵硬，但沒轉身。她瞇起眼睛，盯著我在琴鍵上飛舞的手指。

我聽見艾利絲走向樓梯，也聽見卡萊爾心想：**我們該退場了，以免讓她覺得不知所措。**

艾思蜜感到失望，但還是跟著艾利絲上樓。他們都會假裝今天只是個普通的一天，家裡有個人類不算是什麼大事。他們一一離去，繼續去忙原本在做的事。

貝拉繼續全然盯著我的雙手，但我總覺得她好像……沒剛剛那麼熱情？她皺眉。我看不懂她的表情。

我試著鼓舞她，我轉頭看她，對她眨個眼。我這個舉動通常能逗她笑。

「妳喜歡嗎？」我問。

她歪起頭，然後似乎想到什麼，再次睜大眼睛。

「你寫的曲子？」她的口吻莫名帶有指控意味。

我點頭，補充道：「這是艾思蜜的最愛。」我的口氣像是道歉，雖然我不確定我為何道歉。

貝拉瞪著我，模樣有點莫名哀怨。她閉上眼睛，慢慢搖頭。

「怎麼了？」我懇求。

她睜開眼睛，終於微笑，但不是開心的笑容。

「我覺得自己實在微不足道。」她坦承。

我感到震驚。我猜艾思蜜剛剛提到的「愛現」這件事就是關鍵。她以為我能靠我的音樂徹底贏得貝拉的芳心，這種想法顯然錯了。

我該怎麼向她解釋，我能做的這些事，因為我的能力而輕鬆簡單的事，其實全都毫無意義？這些事情並沒有讓我變得特別或高人一等。我該怎樣讓她知道，這些事情並沒有讓我配得上她？她對我來說就是高嶺之花？

我只想得到一個辦法。我彈了幾個轉場的音符，然後彈起另一首曲子。她看著我的臉，期待我做出回應。我彈完主旋律，希望她認得出這首曲子。

「這是妳給我的靈感。」我呢喃。

她能不能感受到，這首曲子來自我的核心？而我的核心，連同整個我，都是以她為中心？

我讓旋律來填補我的話語無法填補的空間。我彈奏時，旋律持續擴張，遠離原本的小調，出現聽起來比較快樂的結尾。

我決定安撫她先前的恐懼。「他們其實都喜歡妳，尤其是艾思蜜。」貝拉應該已經看出這一點。

她查看身後。「他們去哪了？」

「相當巧妙地給我們一些隱私空間。」

「他們喜歡我，」她呻吟。「但羅絲莉和艾密特……」

我不耐煩地搖頭。「別擔心羅絲莉，她會改變心意。」

她噘嘴，並未信服。「艾密特？」

「這個嘛，他確實認為我瘋了，」我笑一聲。「但他對妳沒有意見。他正在試著跟羅絲莉講道理。」

她的嘴角下垂。「什麼事讓她不開心？」

我吸氣，然後慢慢吐氣——拖延時間。我只想說出最為必要的部分，而且用最不會影響她情緒的方式說出來。

「我們當中，羅絲莉最難接受……我們這種身分，」我解釋。「讓外面的人知道真相，這對她來說很難接受，而且她有點嫉妒。」

「羅絲莉嫉妒我？」她似乎不確定我是不是在開玩笑。

我聳個肩。「妳是人類。她希望自己也是人類。」

「噢！」她感到震驚，接著又開始皺眉。「就連賈斯柏……」

賈斯柏不再把注意力放在我們身上之後，一切自然又輕鬆的那種氣氛就消失了。她大概正在回想，他出現時刻意跟大夥保持距離。

「那其實是我的錯。我跟妳說過，他是最後才加入我們這種生活。我有警告他保持距離。」

我雖然口氣輕快，但貝拉還是打個冷顫。

「艾思蜜和卡萊爾？」她立刻問，彷彿急著換個話題。

「只要我開心，他們就開心。事實上，艾思蜜不在乎妳是否有三隻眼或腳上長蹼。她這段時間一直在擔心我，怕我的本性迷失，怕卡萊爾改造我時我還太年輕……她欣喜若狂，每次我觸碰妳，她幾乎就會滿足得哽咽。」

她噘嘴。「艾利絲似乎很……熱情。」

我試著保持冷靜，但我聽得見自己的語氣多麼冰冷。「艾利絲看事情有她自己的一套。」

她突然不再緊繃，而是咧嘴笑。「而你不打算解釋，是嗎？」

她當然有注意到，我聽見艾利絲這個名字時出現的怪異反應；我在這方面並沒有刻意隱藏。至少她綻放笑容，很高興能看出我的想法。我確信她根本不知道我為什麼對艾利絲感到不高興。她讓我知道她知道我對她有所隱瞞，這對她來說似乎夠了。我沒回應，我也不認為她期待我做出回應。

「那卡萊爾剛剛跟你說什麼？」她問。

我皺眉。「妳注意到了？」好吧，我知道我需要回答她。

「當然。」

我想起我在描述賈斯柏的時候，她微微打顫……我不想再次嚇到她，但她確實該感到害怕。

「他想告訴我一些事，」我坦承。「他不確定我是不是該讓妳知道。」

她坐得更直。「你會讓我知道嗎？」

「我必須說出來，因為我接下來幾天，甚至幾星期，會有點……過度保護妳，我不希望妳以為我是天生的暴君。」

我這種大事化小的說法沒有讓她放鬆。

「怎麼了？」她追問。

「其實也沒什麼。只是艾利絲看到一些訪客即將到來，他們知道我們在這兒，他們很好奇。」

她輕聲重複我的用字。「訪客？」

「是的……當然，他們跟我們不一樣——我是說他們狩獵的習性。他們大概根本不會進入這個城鎮，但在我確定他們離開之前，我不會讓妳離開我的視線。」

她用力打個冷顫，我能感覺凳子為之顫抖。

「妳總算出現了合理的反應！」我嘀咕。我想起之前跟她分享恐怖的消息時，她完全沒發抖。看來她只覺得其他吸血鬼很可怕。「我原本以為妳連一點自我防衛的意識都沒有。」

她無視我這句話，而是再次看著我的雙手在琴鍵上移動。幾秒後，她深吸一口氣，慢慢吐氣。她這麼輕易地又消化了另一個惡夢？

看來如此。她慢慢轉頭，掃視我的家。我能想像她在想什麼。

「和妳期望的不一樣，是嗎？」我猜測。

她還在觀察。「不太像。」

我不確定最讓她驚訝的是燈光的顏色，寬敞的空間，還是落地窗？這一切都是艾思蜜精心設計的，就是為了不讓這裡感覺像碉堡或精神病院。

我大概猜得到正常的人類會如何預測。「沒有棺材，角落沒有一堆人骨，我想應該也沒有蜘蛛網……這一定讓妳很失望。」

她沒有對我的笑話做出反應。「這裡很亮……很寬敞。」

「這是我們唯一不需要隱藏自己的地方。」

我把注意力放在她身上的時候，想起自己為何寫出這首曲子。我回想起陰鬱的一刻，我曾意識到一個很明顯的事實：貝拉實在完美。任何來自於我的世界的干擾，只會是個悲劇。

現在已經來不及挽救這首曲子了。我讓曲子像之前那樣以心碎的旋律結束。

有時候，我很容易相信我和貝拉是天造地設。我感到衝動的時候，一切都很自然的時候……我能這樣相信。但每當我客觀地看待這件事、不讓情緒影響理性的時候，我清楚知道我只會傷害她。

「謝謝你。」她呢喃。

她眼裡噙著淚。在我的注視下，她迅速擦掉眼淚。

這是我第二次見到貝拉掉淚。第一次的時候，是因為我傷了她的心。我當時暗指我跟她永遠不可能在一起，結果我害她難過。

她這次掉眼淚，是因為我為她譜寫的曲子令她感動。喜極而泣。不知道她對這個無字訊息瞭解多少？

她的左眼角還掛著一滴淚珠，反映周圍的光線，宛如一顆稍縱即逝的鑽石。在某種怪異的本能驅使下，我用指尖接住這滴淚。我的手移動時，這類球形眼淚閃閃發亮。我迅速把指尖移向舌頭，品嘗她的淚水，吸收了這部分的她。

卡萊爾花了很多年的時間，試著瞭解我們的永生構造。這是很困難的工作，大多只能依賴猜測和觀察，他無法取得吸血鬼的遺體用於研究。

他對我們的生理系統的最佳解釋是，我們的內部構造一定擁有某種滲透機制。我們雖然吞得下任何東西，但我們的身體只接受血液。血被我們的肌肉吸收，成為燃料。燃料耗盡時，我們的吸血慾就會變得強烈，鼓勵我們補充燃料，而似乎只有血才能在我們的體內移動。

我吞下貝拉的眼淚，也許這部分的她永遠不會離開我的身體。等她以後離開我，我度過那麼多寂寞的日子時，也許這部分的她永遠會在我體內。

她好奇地瞪著我，但我無法解釋自己為何這麼做，所以我提起剛剛另一個話題。

「想不想參觀我家其他地方？」我提議。

「沒有棺材？」她確認。

我發笑，站起身，拉她從凳子站起來。「沒有棺材。」

我帶她來到二樓；她已經參觀了一樓大部分的空間，沒進去從前門就看得到廚房和飯廳——我們從沒使用過的兩個空間。我們上樓時，她顯然變得更好奇。她觀察一切——欄杆、淺色的木地板、掛在走廊牆上的裱框相片。她認真得彷彿在為考試做準備。我們經過每個房間時，我說明房間的主人是誰，她點頭記下每個細節，準備接受測試。

我正準備拐過轉角，爬樓梯前往三樓，這時貝拉突然停步。我回頭查看，發現她納悶地瞪著某個東西。啊。

「妳可以笑，」我說：「它確實有點諷刺。」

她沒笑，而是伸出手，彷彿想觸摸掛在那裡的橡木十字架，但碰不到。十字架是深色的，造型嚴肅，和後面的淺色木頭形成鮮明對比。

「它一定很老了。」貝拉輕聲道。

我聳個肩。「大概一六三〇年代左右。」

她抬頭瞪著我，歪起腦袋。「你們把這東西留在這裡做什麼？」

「懷舊。它原本屬於卡萊爾的父親。」

「他收集古董？」她提議，但似乎已經知道自己猜錯了。

「不，」我答覆：「這是他自己刻的，原本掛在他用來講道的講臺牆上。」

貝拉抬頭看著十字架，眼神變得更專注。她停頓許久，我又開始覺得焦躁。

「妳還好嗎？」我輕聲問。

「卡萊爾到底多老了？」她反問。

我嘆口氣，試著壓抑驚慌的感受。這個故事會不會讓她難以承受？我解釋時，觀察她臉上每一條肌肉。

「他剛慶祝了他三百六十二歲的生日。」差不多是這個年齡。卡萊爾是為了艾思蜜著想而選了某個日期當作生日，這只是他盡可能估算出來的。「卡萊爾在倫敦出生，他認為自己是生於一六四〇年代。當年計算日期的系統不夠精確，至少平民在這方面沒能享有多少特權，總之是在克倫威爾掌權之前。他是一名聖公會牧師的獨生子，他母親因生他而死。他父親是個讓人無法忍受的角色；新教徒掌權時，他很熱心地幫忙迫害羅馬天主教和其他宗教的信眾，他也強烈地相信惡魔的存在。他帶頭獵殺女巫、狼人，以及……吸血鬼。」

貝拉始終故作鎮定，幾乎就像維持客觀。但我說到吸血鬼一詞的時候，她繃緊肩膀，屏息幾秒。

「他們燒死了很多無辜的人，但他在尋找的那些真正的怪物當然沒那麼容易捕獲。」這件事至今依然令卡萊爾不安——他父親殺害了那麼多無辜之人，加上卡萊爾當時被迫捲入那些謀殺。我為他感到慶幸的是，他那些回憶越來越模糊。

我很熟悉卡萊爾身為人類那些年的故事，就跟我自己的一樣熟悉。我描述他不幸地發現一個古老的倫敦吸血鬼家族的時候，我不確定她會不會把這當成虛構故事。這段歷史跟她無關，發生在一個她沒去過的國家，跟她相隔太久。

我描述一名吸血鬼感染了卡萊爾，殺害了他的夥伴們，但我隱瞞了不想讓她知道的細節。她似乎聽得津津有味。那名吸血鬼在飢渴驅使下，轉身撲向追兵，用沾滿毒液的牙齒咬了卡萊爾兩下，位置分別是手掌和二頭肌。那是一場混戰；那名吸血鬼勉強撂倒了四名男子，直到其他暴民太過接近。卡萊爾在事後判斷，那名吸血鬼當時想吸乾每個人的血，但終究還是選擇自保而非飽餐一頓，抓了抱得動的幾個人，逃之夭夭。那名吸血鬼那麼做，當然不是怕被那群暴民殺掉；對他來說，那五十名手持粗劣武器的男子，其威脅性大概就跟一群蝴蝶差不多。他害怕的是離他不到一千哩的佛杜里家族。在那時候，他們的律法已經建立了一千年，他們要求每個永生者為了所有吸血鬼著想而謹慎行事，這也受到所有吸血鬼的支持。在倫敦發現吸血鬼，還有五十個被吸乾的證人的屍體當證據，位於沃爾苔拉市的佛杜里家族對此絕不會容忍。

卡萊爾的傷勢很不幸運。他手上的傷遠離主動脈，胳臂上的傷則避開了鄰近的動脈和靜脈，這意味著毒液擴散得很緩慢，轉變期也會花上更多時間。對我們來說，從凡人變成永生者是最痛苦的過程，而長痛不如短痛。

我經歷過那種痛苦。卡萊爾決定把我改造成他的第一個夥伴時，感到……猶豫。他曾和一些更有經驗的吸血鬼相處過——包括佛杜里家族——他知道如果咬的位置恰當，改造過程就會更快。問題是，他從沒見過跟他相似的吸血鬼。其他吸血鬼都執著於血和力量，沒人跟他一樣想要家庭生活。他懷疑，他當初改變得很緩慢，加上感染的位置遠離主要血管，這可能影響了他的個性。也因此，他在創造自己的第一個兒子的時候，選擇模仿自己當年的傷口。他後來總是為此感到自責，尤其因為他後來得知，改造的方式其實跟永生者的個性和慾望無關。

他發現艾思蜜的時候，來不及做這種實驗，因為她當時比我更接近死亡。為了救她，他必須盡可能讓大量毒液從心臟旁邊進入全身。總之，他當時採取的做法比改造我的時候更激進，艾思蜜卻是我們當中最溫柔的人。

卡萊爾則是最堅強的人。我已經向貝拉說明了他在改造別人的時候如何自制。我刻意隱瞞了其中一部分，因為我不想多加描述卡萊爾經歷的強烈痛苦。也許，考慮到她對這個改造過程多麼好奇，我是該描述，也許這就能避免她想知道更多。

「事情結束了，」我解釋：「他意識到自己成了什麼。」

我在說明這個熟悉的故事時，一直在觀察她的反應。大多數的時候，她都維持同樣的表情：專心，感興趣，完全沒有其他不必要的情緒。但她自我克制得太明顯。她的好奇心是真的，但我想知道她究竟在想什麼，而不是她希望我以為她有何反應。

「妳感覺如何？」我問。

「我還好。」她下意識地回答，但面具還是稍微脫落。我看得出來，她想知道更多。看來這個故事沒嚇到她。

「我猜妳有幾個問題想問我。」

她咧嘴笑，全然平靜，看似無懼。「是有幾個。」

我回以微笑。「那來吧！我帶妳去看看。」

chapter 20

卡萊爾

「他知道自己變成什麼之後，做出反抗，試著毀滅自己，但那不容易。」

「怎麼做？」她倒抽一口氣。

我盯著這幅表達空虛的畫作，描述卡萊爾如何嘗試自殺。

「他從高處跳下，還有試著在海中淹死自己……但他的新生命還太年輕，而且很強大。不可思議的是，他竟然能抗拒……進食，」

我瞥她一眼，發現她盯著畫作。

「就算他才剛轉變。這時候的本能最為強烈。但他太討厭自己，所以想餓死自己。」

我們沿走廊折返，前往卡萊爾的辦公室。我在門前停步，等他提出邀請。

「請進。」卡萊爾說。

我帶她進去，她興高采烈地打量這個空間。這裡比其他區域更陰暗，深色的桃花心木讓卡萊爾聯想到以前的家。她掃視這裡一排排的書籍。我挺瞭解她的個性，看得出來這個擺滿書的房間對她來說簡直就是仙境。

卡萊爾把正在看的書別上書籤，然後起身歡迎我們。

「有什麼需要幫忙的嗎？」他問。

他當然有聽見我們在走廊的談話，他知道我們來這裡是為了什麼。他並不介意我說出他的故事，也似乎不意外我打算讓她知道一切。

「我想讓貝拉看看我們的歷史。嚴格來說，是你的歷史。」

「我們不想打擾你。」貝拉輕聲說。

「沒這回事。」卡萊爾向她擔保。「你們想從哪開始？」

「流浪的故事。」我說。

我把一手放在她肩上，輕輕轉動她，讓她面對我們身後的牆壁。我聽見她因為我的接觸而心跳加速，然後聽見卡萊爾因為她的反應而差點笑出來。

有意思。他心想。

貝拉瞪大眼睛，看著辦公室牆上的畫作。我能想像，一般人第一次看到這些畫的時候會多麼眼花撩亂。牆上一共有七十三幅畫，尺寸、媒介和色彩不盡相同，看起來就像一幅巨大的拼圖。她不知道從哪看起。

我牽起她的手，帶她來到起頭，卡萊爾跟來。就跟一般的書本一樣，這個故事是從最左邊開始。這幅畫並不顯眼，色彩單調，而且很像地圖。其實，它是地圖的一部分，是由一位業餘製圖師手工繪製而成，這是少數保存至今的畫作之一。

她皺眉。

「一六五〇年代的倫敦。」我解釋。

「我年輕時的倫敦。」在我們身後幾呎的卡萊爾補充道。貝拉愣住，沒想到他離我們這麼近，她當然聽不見他的腳步聲。我捏捏她的手，試著安撫她。這棟屋子對她來說是個奇怪的地方，但這裡不會有任何人傷害她。

「你願意說這個故事嗎？」我問他，貝拉轉身看他如何答覆。

他對貝拉微笑。「我很樂意，但我其實趕著出門。醫院今早來電，史諾醫師今天請病假。更何況——」

抱歉，我另外有事。

他看著我。「你跟我一樣清楚這個故事。」

卡萊爾給貝拉一個溫暖的微笑，隨即轉身離去。她轉過身來，再次看著這幅小型畫作。

「那時候發生了什麼事？」她問道：「他意識到自己有何變化之後？」

我下意識地望向右下方一幅較大的畫，畫面上是個荒涼陰鬱的地形，天空布滿烏雲，這種顏色似乎暗指太陽永遠不會出現。卡萊爾是在蘇格蘭的一座小城堡發現這幅畫，他決定留著這個作品，因為它讓他想到自己的人生最黑暗的那一刻，就算昔日那些回憶令他痛苦。對他來說，這種淒涼地形的存在，就意味著有人明白他經歷過的痛苦。

「他知道自己變成什麼之後，做出反抗，試著毀滅自己，但那不容易。」

「怎麼做？」她倒抽一口氣。

我盯著這幅表達空虛的畫作，描述卡萊爾如何嘗試自殺。

「他從高處跳下，還有試著在海中淹死自己……但他的新生命還太年輕，而且很強大。不可思議的是，他竟然能抗拒……進食，」我瞥她一眼，發現她盯著畫作。「就算他才剛轉變。這時候的本能最為強烈。但他太討厭自己，所以想餓死自己。」

「這能做得到嗎？」她輕聲問。

「不，我們很不容易被殺死。」

她張嘴想提出最明顯的問題，但我立刻開口，轉移她的注意。

「結果他變得非常飢餓，也越來越虛弱。他盡可能遠離人群，因為他知道自己的意志力變得越來越薄弱。有那幾個月的時間，他在夜間流浪，尋找最荒涼的地方，而且自我厭惡……」

我描述他在某個晚上發現另一種生存方式，他能用動物的血活下去，而且他恢復了理智。後來，他前往歐洲大陸——

「他游去法國？」她打岔，一臉震驚。

「很多人游泳橫渡英吉利海峽，貝拉。」我指出這點。

「這倒是，只是你剛剛那樣描述聽起來很好笑。請繼續。」

「游泳對我們來說很簡單——」

「每件事對你來說都很簡單。」她抱怨。

我對她微笑，等她幾秒，確認她已經說完。

她皺眉。「我保證不再打岔。」

我笑得更開心，因為我知道我接下來這番話會讓她有何反應。

「因為，從技術上來說，我們不用呼吸。」

「你——」

我發出笑聲，把一指貼在她的嘴脣上。「不，不，妳答應過的。妳到底想不想聽完這個故事？」

她的嘴脣在我的手指底下蠕動。「你說出這種事，我怎麼可能沒反應？」

我把手移到她的脖子側面上。

「你們不用呼吸？」

我聳肩。「沒錯，沒這必要，呼吸只是個習慣。」

「你們能……多久不用呼吸？」

「應該是無限久，我也不知道。」我試過最久是連續幾天，我當時一直待在水底。「聞不到味道會讓人有點不舒服。」

「有點不舒服。」她輕聲重複這幾個字。

她皺眉瞇眼，肩膀僵硬。我原本覺得這場談話很好笑，但我突然失去笑意。

我們真的很不一樣。雖然我原本跟她同屬一個物種，但現在只有幾個表面上的共同點。她想必終於感覺到我們之間的沉重差異和距離。我把手從她的肌膚上移開，垂於側身。我給她的這種異類接觸，一定只會讓那種鴻溝更為明顯。

我盯著她不安的表情，心想這個真相會不會讓她難以承受。漫長的幾秒後，她臉上的緊繃感逐漸消失。她盯著我的臉，出現另一種不安感。

她毫無遲疑地伸手觸摸我的臉頰。「怎麼了？」

她又在擔心我。看來她並沒有出現我擔心的那種反應。

「我一直在等著它發生。」

她聽得一頭霧水。「發生什麼？」

我深吸一口氣。「我擔心我告訴妳的一些事，或是妳目睹的一些事，對妳來說會太過沉重，然後妳會從我身邊逃走，邊跑邊尖叫。」我試著對她微笑，但效果不佳。「我不會阻止妳。我希望這種事發生，因為我想要妳安全，但我也想跟妳在一起，這兩個願望不可能共存……」

她挺起肩膀，抬起下巴。「我不會跑走。」她保證。

看她面無懼色，我不禁微笑。「我們等著瞧。」

「所以，繼續。」她要求。看我遲疑不決，她稍微板起臉。「你剛剛說卡萊爾游去法國。」

我評估她的情緒，然後轉頭看著牆上的畫作。這一次，我把她的注意力引向最搶眼、明亮又精美的一幅畫。主題雖然是描繪最終審判，但其中半數的人們似乎沉浸於某種縱慾狂歡，另一半則是進行血腥暴力的戰鬥。只有懸於上方、在大理石欄杆後方的幾個審判者顯得平靜。

這幅畫是個禮物。卡萊爾自己不可能會喜歡這種畫，但是佛杜里家族把這幅畫送給他，用來紀念彼此相處的日子時，他也沒辦法拒絕。

他對這幅俗麗的作品——連同畫中暗指的吸血鬼領主——有點情感，所以把它跟他喜歡的其他作品放在一起。畢竟佛杜里家族在許多方面都善待他，而且艾思蜜很喜歡藏在這幅畫裡的一個小小身影——酷似卡萊爾。

我描述卡萊爾剛抵達歐洲的那幾年時，貝拉盯著畫作，試著看懂所有身影和色彩。我發現自己的語調變得越來越嚴肅。回想起卡萊爾試著壓抑自己的本性、成為人類的助力而非寄生蟲，我不禁再次對他這場旅程感到敬畏。

我向來欽佩卡萊爾的強大自制力，但我也認定我不可能學得來。我意識到自己選擇了最懶惰、阻力最小的一條路：我欣賞他，卻從沒試著讓自己更像他。如果我這七十年來更努力試著改善自己，也許在和貝拉互動時就不會感到力不從心。

此刻，貝拉瞪著我。我輕敲眼前的這幅畫，把她的注意力引回故事上。

「他在義大利求學的時候，發現了其他吸血鬼。比起倫敦下水道的鬼影，那些人的文明和教育程度都比較高。」

她盯著我所指的畫，接著突然發笑，有點震驚。她認出了卡萊爾，就算畫中的他身披斗篷。

「名畫家索利梅納從卡萊爾和他那些朋友身上獲得許多靈感，常常把他們畫成神。厄洛、馬庫斯、凱撒。」我指向每個人，說出他們的名字。「夜間的藝術守護神。」

她的指尖懸在畫布上方。「他們怎麼了？」

「他們還在那裡，天知道他們在那裡已經待了多久。卡萊爾只有和他們相處幾十年。他非常欽佩他們的文明和教養，但他們堅持試著治療卡萊爾對『自然的食物來源』的反感。他們試著說服他，他也試著說服他們，雙方都徒勞無功。卡萊爾當時決定去看看新世界。他希望能找到像他一樣的人。其實，他當時非常寂寞。」

我只有大略描述之後幾十年的事：卡萊爾為了不再寂寞而終於開始考慮採取行動。這個故事變得更私人也更無趣。她已經聽過其中一部分：卡萊爾發現了瀕死的我，做出了改變我命運的決定。而現在，那個決定也正在影響貝拉的命運。

「故事說完了。」我做出結論。

「那之後，你就一直跟卡萊爾在一起？」她問。

她憑著可靠的本能，提出了我最不想答覆的疑問。

「幾乎。」我答覆。

我把手放在她的腰上，引導她走出卡萊爾的辦公室，很想把她的心思從這件事上移開，但我知道她不會配合。如我所料……

「幾乎？」

我嘆口氣，雖然不願答覆，但誠實比羞愧重要。「這個嘛，」我坦承：「我也有過叛逆的青春期，在我……重生……被改造——隨妳怎麼稱呼——的第十年，我不想接受他那種禁慾生活，我也埋怨他控制我的食慾，所以我離家出走了一段時間。」

「真的？」她的語調跟我預料的不一樣。她聽起來不像反感，而是急著知道更多。這不符合她在那片草地時的反應，她當時因為得知我殺過人而感到驚訝，彷彿她以前從沒想過這種可能性。也許她已經習慣了這件事。

我們走向三樓。她似乎只看著我，沒注意周遭。

「這沒讓妳厭惡得退避三舍？」我問。

她考慮了半秒。「沒有。」

我覺得她的答案令我不滿。「為什麼？」我質問。

「我想是因為……聽起來很合理？」她在句尾提高音調，像是提出疑問。

很合理。我發出刺耳笑聲。

但我沒對她說我當年逃家是否合理，而是忍不住換上辯解的口氣。

「我獲得新生後，也獲得了能聽見旁人心聲的能力，無論是人類還是非人類。這就是為什麼我在第十年才抗拒卡萊爾。我聽得見他全然真誠的心聲，也完全瞭解他為何過那種生活。」

我不禁好奇，我當初如果沒遇到西歐班之類的人，還會不會要叛逆？如果我當初不知道其他吸血鬼認為卡萊爾的生活方式簡直荒謬——譚雅及其姊妹在這方面倒是和卡萊爾一致。如果我只認識卡萊爾，而且從沒聽說過其他的生活方式，我應該不會逃家。我感到羞愧，因為我被那些比不上卡萊爾的人影響了，但我確實羨慕他們的自由。我當時也以為我不會像他們那樣沉淪，因為我很特別。我對我這種傲慢心態搖搖頭。

「只過了幾年，我就回到卡萊爾身邊，重新接受他的生活方式。我原以為我不會受到『良知』所帶來的鬱悶所影響。因為我聽得見獵物的想法，所以我能放過無辜的人，只獵捕壞人。如果我殺害的是某個在暗巷內跟蹤年輕女孩的殺人犯——因為我能拯救女孩，我就不算太壞。」

我用這種方式救了很多人類，但我總覺得這沒能彌補什麼。諸多臉孔閃過我的腦海，我處決的有罪者，我拯救的無辜者。

其中一個既有罪卻也無辜的臉孔揮之不去。

一九三〇年的九月。那是很糟的一年，各地的人類都努力試著熬過銀行破產、乾旱和沙塵暴之類的問題。流離失所的農夫及其家人湧入容不下他們的城市。當時，我懷疑旁人的絕望和憂鬱開始讓我越來越悲觀，但我認為，就連我自己也知道，我的憂鬱完全是因為我自己的選擇。

我當時在密爾瓦基市，正如我去過芝加哥、費城、底特律、哥倫布市、印第安納波利斯、明尼亞波利斯、蒙特婁、多倫多……然後一次又一次的回去，那是我這輩子第一次真正地流浪。我沒有深入南方，因為我懂得避開新生吸血鬼的大本營；我遠離東方，因為我要避開卡萊爾，不是為了自保，而是因為我沒臉見他。我在任何一個地點只有停留幾天，而且只跟我想獵捕的人類互動。四年多後，我很擅長找到我要找的心靈。我知道上哪比較容易找到他們，而且他們通常在什麼時候活動。我很容易找到理想的受害者，他們數量很多。

也許這也是讓我憂鬱的原因。

我獵捕的那些人，通常都失去了人類的憐憫，只擁有貪婪和慾望。這些人周圍的正常人則抱持著冰冷的心態。當然，那些惡人大多都花了不少時間才成為那種人，他們認為自己首要的身分就是掠食者。也因此，有很多受害者是我來不及挽救的。我只能挽救下一批。

我觀察這些心靈，找到比較不像人類的那些。但在密爾瓦基的那個晚上，我在黑暗中悄悄移動——有目擊者的時候，我走路；沒有目擊者的時候，我奔跑——我注意到一個不一樣的心靈。

他是個貧窮的年輕人，住在工業區邊緣的貧民窟。他心中的衝突闖進了我的意識，雖然「苦惱」在當時是很常見的情緒。但不同於害怕飢餓、無家可歸或是生病，這名男子害怕的是他自己。

我不能這麼做。我不能這麼做。我不能這麼做。我不能這麼做。我不能這麼做。他腦海裡的這句話簡直就像祈禱文，但一直沒提高強度，沒變成「我拒絕這麼做」。他想著負面的事，卻同時安排計畫。

就目前來說，這名男子什麼也沒做，只有夢想著他想要的東西，只有看著住在巷子裡一間廉價公寓的女孩，未曾對她說過話。

我有點困惑。我從沒殺過任何無辜者，但我總覺得這名男子的雙手應該很快就會染血，而他想著的那名女孩只是個孩子。

我不確定該怎麼做，所以決定等候。也許他能克服誘惑。

雖然我很懷疑。我對人性的研究讓我很難抱持樂觀態度。

在他所住的擁擠巷子裡，有個屋頂最近才塌陷的小屋，因為沒人能安全地來到這間小屋的二樓，所以我靜靜地在這裡躲了幾天，觀察動靜。我聆聽聚在這些破屋裡的人們的想法，很快地在一群較為健康的心聲裡看見那孩子的瘦削臉龐。我找到她和她母親以及兩個哥哥一起生活的房間，觀察她一整天；這很容易，因為她才五、六歲，所以活動範圍很小。她母親在她亂跑時喊她的名字——貝緹。

男子沒四處找零工的時候，也在觀察她。但他在白天時跟她保持距離。晚上的時候，他在她家的窗外駐足，躲在陰暗處，而屋裡只燃著一支蠟燭。他記錄蠟燭什麼時候被吹熄，觀察那孩子的床鋪在什麼位置——就在敞開的窗戶底下，而所謂的床鋪只是一張塞滿報紙的床墊。晚上雖然變得比較涼爽，但是人擠人的屋子還是飄散著臭味，所以家家戶戶都開窗。

我不能這麼做。我不能這麼做。我不能這麼做。雖然他又在重複這句話，卻開始做準備。他在一條水溝裡找到一截繩索。他在夜間窺探時，從晒衣繩上偷走一條破布，能用來塞住孩子的嘴。諷刺的是，他選擇把這些東西藏在我躲藏其中的破屋裡。崩塌的樓梯底下有個洞穴般的空間，他打算把那孩子帶來這裡。

儘管如此，我還是繼續等候，我無意在「確認他會犯罪之前」做出懲罰。最困難的部分，最令他掙扎的部分，是他知道他必須在事後殺了她。這點令人反感，而且他不願考慮其中的細節。但他也克服了這個疑慮，這部分花了一星期。

我在這時候已經十分飢渴，而且對他重複出現的想法感到厭煩。但我知道我如果不遵守我給自己訂下的規矩，我就沒辦法合理化我要犯下的謀殺。我只懲罰有罪者；我如果放過他們，他們就會給其他人帶來重大傷害。

那天晚上，他來破屋拿取繩索和破布的時候，我感到莫名失望。也不知道為什麼，我希望他能維持無辜之身。

他來到那孩子所睡的窗前，我一路尾隨；他聽不見我就在他身後，他就算轉身也看不見我在陰暗處。他腦海中的吟誦平息了。他做得到，他意識到。他做得到這件事。

我靜心等候，看著他把手伸進窗裡，他的手指擦過她的胳臂，尋找施力點……

我揪住他的脖子，往上一躍，落在三樓高的屋頂時只發出輕輕咚一聲。

被冰涼的手指抓住咽喉，突然往上飛，他當然感到驚恐又困惑。但我轉動他的身子，讓他面對我的時候，他似乎明白了。他看著我的時候，看到的不是人。他看著我烏黑的雙眸和死白的肌膚時，他看到審判。他雖然完全猜不中我的身分，但完全猜中接下來會發生什麼事。

他意識到我從他手中救了那孩子，這讓他鬆了一口氣。他不像其他掠食者那樣冷血又自信。

我沒動手，他心想時，我撲向他。這幾個字不是自我辯解，他確實慶幸有人阻止他。

嚴格來說，在我殺過的人們當中，只有他是無辜的受害者，只有他沒成為禽獸。我終止了他的邪惡之路，這麼做是正確的，也別無選擇。

回想起我處決的每個人，我絲毫不感到後悔。這個世界因為他們的離去而成為更好的地方。但也不知道為什麼，這並不重要。

而且到頭來，血只是血。血讓我有幾天、幾星期不再飢渴，僅此而已。我吸血時雖然感到生理上的快感，但我心靈上的痛苦太過強烈。我雖然頑固，但還是沒辦法逃避事實。不吸人類的血，我會比較快樂。

那些死亡的加總令我無法承受。幾個月後，我放棄了這場自私的遠征，不再試著在屠殺當中尋找意義。

「但隨著時間經過，」我說下去，不確定貝拉已經猜中多少。「我開始發現眼中的自己是個怪物。無論我怎麼自圓其說，我還是無法逃離殺了那麼多人所造成的血債，於是我回到卡萊爾和艾思蜜身邊，他們歡迎我這個浪蕩子回來，遠超過我應得的。」我想起他們當時抱著我，因為我回來而多麼開心。

她現在這樣看著我，也遠超過我應得的。看來我的辯解成功了，不管聽在我自己耳裡多麼薄弱。不過，貝拉想必已經習慣幫我找藉口，否則我搞不懂她怎麼願意跟我攪和。

我們來到走廊的最後一扇門前。

「我的房間。」我打開門，告訴她。

她的反應在我預料之內。她再次仔細觀察周圍，視線在每個細節上跳來跳去：窗外的河流景色、房間裡用來放置唱片的一大堆架子、音響設備、這裡沒有傳統家具……我覺得她的房間很有意思，不知道她對我的房間是不是也有同感？

她盯著牆上的隔音板。

「音響效果很好？」

我發出笑聲，點點頭，然後打開音響。音量雖輕，但隱藏在牆壁和天花板裡的揚聲器還是讓我們覺得宛如置身音樂廳。她綻放笑容，走向最近的一排CD。

看到她站在我這個與世隔絕的空間裡，我覺得這幅畫面不太真實。我和她大多數的時候都在人類的世界相處，像是學校、鎮上，還有她家，我總是覺得自己像個攪局的入侵者。換作幾天前的我，一定不敢相信她會這樣輕鬆自在地站在我的世界裡。她不是入侵者，而是完美地屬於這裡，彷彿這個房間是在這一刻才變得完整。

而且她是自願來此。我沒有對她說謊，而且我對她揭露了我所有的罪行。她知道我的過去，卻還是想跟我在這裡獨處。

「你怎麼分類的？」她試著理解我如何整理這些收藏。

我因為她在這裡而感到無比喜悅，所以過了一秒才做出答覆。

「嗯，照年份，然後照個人喜好。」

貝拉聽得出我心不在焉。她抬頭瞥向我，試著明白我為什麼這樣盯著她。

「怎麼了？」她下意識地整理頭髮。

「我原以為我會覺得……安心，因為妳知道了一切，我不再需要向妳隱瞞祕密。但我沒料到我的感受不只這樣。我喜歡這種感覺。它讓我覺得……開心。」

我們都露出微笑。

「我很高興你這麼想。」她說。

我看得出來，她說的完全是實話。她的眼裡沒有陰影。她在我的世界覺得開心，我在她的世界也覺得快樂。

我突然感到有些不安。我又想到石榴籽。我覺得她站在這裡是理所當然，這會不會是因為我的自私心態令我盲目？她沒有因為任何事情而被嚇跑，但這並不表示她不應該感到害怕。她總是勇敢過了頭。

貝拉注意到我的表情變化。「你還在等我逃跑尖叫，是吧？」

算是猜中了。我點頭。

「我不想戳破你的幻想，」她淡定道：「但你真的沒你自己想得那樣恐怖。說真的，我一點也不覺得你恐怖。」

這是個演技精湛的謊言，尤其考慮到她平時說謊很少成功，但我知道她說這個笑話，主要是為了避免讓我覺得洩氣或擔心。雖然我有時候為她對我如此寬容而感到遺憾，但我的心情確實好轉。她這個笑話確實好笑，我忍不住配合。

我微笑以對，露出太多白牙。「妳真的不該說這種話。」

畢竟她說過想看我狩獵。

我以放鬆又嬉鬧的態度擺出狩獵姿態，露出更多牙齒，輕聲低吼，聽起來簡直像在打呼嚕。

她開始後退，雖然臉上沒有真正的恐懼，至少沒有擔心受傷的那種恐懼。她確實看起來有點害怕——她怕自己會成為笑話的焦點。

她大聲嚥口水。「你在虛張聲勢。」

我縱身一躍。

她看不清楚我的動作，因為我是以永生者的速度移動。

我衝向她，把她抱進懷裡。我用身子保護她，我們倒在沙發上的時候，她完全沒感覺到衝擊力，我則是以背脊落在沙發上。

我把她抱在胸前，她似乎有點失去方向感，彷彿不確定哪裡是上方。她掙扎地想坐起來，但我還沒打算放她走。

她試著怒瞪我，但她的眼睛睜得太大，這個表情因此不夠有效。

「妳剛剛說什麼？」我逗她。

她試著喘氣。「我說你是個……非常、非常……嚇人的怪物。」

我對她露齒而笑。「這個答案好多了。」

艾利絲和賈斯柏正在上樓來。我聽得見艾利絲的心聲，她急於提出邀請，而且她好奇我房間裡的騷動是怎麼回事。她剛剛沒透過超能力窺探關於我的未來，所以現在只會看到現場這副凌亂樣，搞不懂原因是什麼。

貝拉還在試著坐起。

「呃，我可以起來了嗎？」

她還在氣喘吁吁，我忍不住發笑。她雖然自信過剩，但還是真的被我嚇到。

「我們能進來嗎？」艾利絲在走廊問道，為了也讓貝拉聽見而提高嗓門。

我坐起身，把貝拉抱在膝上。這裡不需要假裝什麼，雖然我猜在查理面前會需要保持更為禮貌的距離。

我說出「進來吧」的時候，艾利絲已經走進房裡。

賈斯柏在門口駐足，艾利絲則是站在地毯的中心地帶，露齒而笑。「剛剛聽起來你好像要拿貝拉當午餐，所以我們過來看看你要不要和我們一起分享。」她開玩笑地說。

貝拉繃緊身子，看著我的臉，向我尋求答案。我面露微笑，把她在懷裡抱得更緊。

「真抱歉，我想沒有多的可以分給你們。」

賈斯柏忍不住跟著進來，這裡的情緒幾乎令他陶醉。在這一刻，我知道貝拉的感受跟我一樣，這裡的開心氣氛給賈斯柏帶來快感。

「其實……」他改變話題。我看得出來，他想控制自己的感受。現場的氣氛令他興奮難耐。「艾利絲說今晚會有暴風雨，而艾密特想打球。你要參加嗎？」

我愣住，瞟向艾利絲。

她立刻投來關於那個可能未來的諸多畫面。羅絲莉雖然缺席，但艾密特不會錯過球賽。有時候是他的隊伍贏球，有時候是我的隊伍獲勝。貝拉在場旁觀，因為看到神奇的畫面而一臉興奮。

「你當然應該帶貝拉一起來，」她鼓勵，知道我為何猶豫。

噢。這出乎賈斯柏的預料。他在心裡調整想法。看來他到時候沒辦法放鬆。但是體驗到我和貝拉讓彼此感受到的情緒……他願意接受。

「妳想一起來嗎？」我問貝拉。

「當然。」她立刻答覆，然後停頓幾秒。「呃，我們要去哪裡？」

「我們要等到打雷的時候才能打球。」我解釋：「妳到時候就知道為什麼了。」

她臉上出現更多擔憂。「我需要帶傘嗎？」

原來她在擔心這個？我忍不住哈哈大笑，艾利絲和賈斯柏也笑出聲。

「她需要帶傘嗎？」賈斯柏問艾利絲。

我又看到許多畫面，這次是暴風雨的動向。

「不用。暴風雨會襲擊鎮上，林中的空地應該夠乾。」

「很好，那就這樣。」賈斯柏說。他發現自己也很想跟我和貝拉多多相處。他散發的期待感影響了我們大夥。貝拉的表情從擔憂變成期待。

酷，艾利絲心想，很高興這項計畫已經敲定。她也想跟貝拉一起玩耍。**我就讓你慢慢推敲細節**。

「我們去問問卡萊爾要不要一起參加。」她邊說邊轉向門口。

賈斯柏輕戳她的肋骨。「說得好像妳不知道答案似的。」

她已經消失在門外。賈斯柏以較為緩慢的動作跟上，顯然想跟我們稍微多相處幾秒。他在門口停步，然後把門在身後關上。

「我們到底要玩什麼？」門關上後，貝拉立刻問道。

「妳負責觀賽。我們要打棒球。」

她狐疑地看著我。「吸血鬼喜歡棒球？」

我故作嚴肅地回答她：「這是美式消遣。」

chapter 21

棒球比賽

「我和愛德華已經選好隊伍了，」

羅絲莉說：

「賈斯柏和艾密特在我這一隊。」

艾利絲一點也不覺得驚訝。

艾密特喜歡這種挑戰。

賈斯柏並不是很高興，

他比較喜歡跟艾利絲合作，而不是對抗她。

卡萊爾跟我一樣，對羅絲莉願意參賽而感到開心。

時間總是過得很快。不久後，貝拉又需要進食，但家裡現在完全沒有食物，我也打算盡快改善這點。該回去人類的世界了。只要我們在一起，這就不是重擔，而是喜悅。

我還能跟她相處一頓飯的時間，然後我就必須暫時跟她分開。我猜她會想先跟查理談談，然後才把我介紹給他認識。然而，我把車拐進她家這條街的時候，我對今天下午的期待顯然落空。

一輛一九八七年份的破舊福特天霸停在查理的停車位上。一名少年站在門廊的屋頂底下，他前方是一名坐在輪椅上的年老男子。

貝拉比他更早回到家。那個老頭心想。**這點很不幸**。

嘿，是貝拉耶！少年的想法更為熱情。

比利・佈雷克因為貝拉比她父親更早回到家而感到不悅……我只想得到一個理由，而這跟一份被打破的協定有關。我很快就會確認答案；比利還沒看到我。

「他忘了那份協定其實是為了保護誰嗎？」我嘶吼。

貝拉困惑地看著我，雖然我相當確定我這句話說得很快，她一定聽不清楚。

雅各比他父親更早注意到我坐在駕駛座上。

又是他。**看來她在跟他交往**。他的熱情消失了。

不！比利在腦海中咆哮，然後呻吟。**不**。

我聽見他的恐懼——該不該叫兒子逃走？已經太遲了嗎？——然後我聽見他的愧疚。

它是怎麼知道的？

看來我猜對了，他們來這兒不是為了串門子。

我把卡車停在路邊，和害怕的男子四目交會。

「這太過分了。」這一次，我把話說得很清楚。希望他看得懂我的脣形。

貝拉立刻明白我的意思。「他來警告查理？」她聽起來感到驚恐。

我點頭，依然回視比利。一秒後，他低下頭。

「讓我來處理。」貝拉提議。

我很想下車，走向那對無助的父子，以威嚇的姿態盯著他們，對他們亮出牙齒，發出非人類的低吼聲，看著那老頭寒毛倒豎，聽見他驚慌得心跳加速，但我知道這麼做不是好主意。首先，卡萊爾不會喜歡我這麼做。再來，那名少年雖然聽過那些傳說，但他根本不相信那些故事——除非我站在他面前，露出我非人類的一面。

「這麼做可能是最好的決定。」我同意。「但要小心，那孩子一無所知。」

她臉上閃過不悅。我搞不懂她為什麼出現這種表情，直到她開口。

「雅各又沒比我小多少。」

讓她不高興的是孩子一詞。

「噢，我知道。」我挖苦道。

貝拉嘆口氣，朝門把伸手，跟我一樣不想分開。

「叫他們進屋裡，這樣我才能離開。我會在黃昏回來。」我保證。

「你要開我的卡車嗎？」

「我走路回家都比這輛卡車更快。」

她微笑片刻，然後板起臉。「你其實不用離開。」她咕噥。

「其實，我必須離開。」我瞥向比利•佈雷克，他又在盯著我，但迎上我的視線時立刻撇開。「等妳打發走他們……」我忍不住綻放露齒笑容。「妳得準備讓查理見見妳的新男友。」

「真感謝你。」她呻吟。

她雖然明顯擔心查理會有何反應，但我看得出她會完成這件事。她會給我一個標籤，讓我在她的人類世界能有個身分。

我的微笑變得柔和。「我很快就會回來。」

我再次打量門廊那兩個人類。雅各・佈雷克神情尷尬，在心裡咒罵父親幹麼拖他來這裡監視貝拉和她男友。比利・佈雷克依然感到恐懼，認為我隨時可能屠殺現場所有人。他這種想法真侮辱人。

在他的這種思緒下，我俯身跟貝拉吻別；為了嚇唬那老頭，我故意把嘴唇貼上她的喉嚨而非嘴唇。他在腦海中的痛苦呼喊被貝拉的急促心跳聲淹沒，我真希望這兩個討人厭的人類能消失。

但她瞟向比利，評估他有多麼不高興。

「很快。」她命令我，依依不捨地看我最後一眼，接著打開車門，下了車。

我靜靜坐在原位，看著她穿過毛毛細雨、跑向家門。「嘿，比利。嗨，雅各，」她故作熱情。「查理出門了，希望你們沒等很久。」

「沒有很久。」男子輕聲道，不斷地瞥向我又移開視線。他拿起一個棕色紙袋。「我只是想送這個東西過來。」

「謝謝。你們要不要進來弄乾身子？」

她打開門，示意他們進屋，面帶笑意，假裝沒注意到他尖銳的目光。他們進屋後，她跟著進去。

「來，我來拿。」她對比利說，同時轉身。她看著我幾秒，然後關上門。

趁他們接近任何看得見院子的窗戶之前，我立刻從貝拉的卡車裡移動到我平時躲藏的那棵樹上。佈雷克父子離去之前，我不會離開。如果我們跟部落之間的關係又會變得緊張，我需要弄清楚比利今天打算做到什麼程度。

「又去釣魚了？在平時那個地點嗎？也許我會過去看看他。」**情況變得更危急了。沒想到會變得這麼糟。可憐的貝拉，她根本不知道——**

「不，」我咬牙的同時，貝拉厲聲反駁：「他去了一個新的地點……但我不知道在哪。」

儘管隔著牆，我還是聽得出來她的語調很怪。比利也注意到了。

這是怎麼回事？她不想讓我見到查理。她不可能知道我為何需要警告他。

我看得見他正在分析的貝拉的表情：她眼神閃爍，倔強地抬起下巴。這讓他想到他女兒，她從不來探望他。

我需要單獨跟她談談。

「雅各，」他緩緩說道：「你幫我把車上那幅麗貝卡的新相片拿來，我想留給查理。」

「在哪？」

雅各正在想著我在車上親吻貝拉的那一幕，原本清澈的思緒變得陰沉。那一幕對他造成的影響，非常不同於對他父親造成的影響。他知道她年紀比他大，不會對他產生他期望的感覺，但他看到證據時還是覺得難過。他嗅聞一下，然後皺眉，被轉移了注意力。

有東西發出腐臭味。他心想。我不確定他指的是不是他父親裝在紙袋裡的贈禮；我沒聞到什麼東西不對勁。

「好像在行李廂裡，」比利面不改色地說謊：「不過你可能得找一下。」

比利和貝拉都沒再說話。雅各走出前門，垂肩低頭。他無視雨水，來到車旁，嘆口氣，在舊衣服和垃圾堆當中翻找。他還在想著那個吻，試著判斷貝拉多麼沉醉其中。

比利和貝拉在走廊裡面對面。

我該如何開口？

他還來不及說話，貝拉已經轉身走向廚房。他看著她的背影，然後跟上。

冰箱門吱嘎作響，然後是窸窣聲。

在比利的注視下，她甩上冰箱門，轉身面對他。他注意到她繃緊嘴角。

貝拉先開口，口氣並不友善，她顯然認為裝傻沒意義。「查理要過很長一段時間才會回來。」

她想必是出於她自己的理由而隱瞞這件事。她也需要知道真相。也許我能在不違反協定的情況下給她一些警告。

「再次謝謝你的炸魚。」貝拉這句話顯然是逐客令。但是比利堅守原地，覺得她看起來並不驚訝。她嘆口氣，雙臂抱胸。

「貝拉。」比利的口氣不再一派輕鬆，而是更低沉，更嚴肅。

她靜靜地站著，等他說下去。

「貝拉，」他重複：「查理是我最好的朋友之一。」

「我知道。」

他說得很慢。「我注意到妳和庫倫家的其中一人來往。」

「是的。」她重複，幾乎毫不隱藏敵意。

他沒對她的口氣發表意見。「也許這不關我的事，但我不認為這是個好主意。」

「你說得沒錯，」她回嘴：「這的確不關你的事。」

她好生氣。

他考慮遣詞用字，語氣再次變得沉悶。

「妳可能不知道，但庫倫家族在保護區的名聲不佳。」

他的用字非常謹慎，勉強不算越界。

「我其實知道。」貝拉說得又快又急，直接反駁他的說詞。「但那有點不應該，不是嗎？因為庫倫一家從未踏入保護區，不是嗎？」

他愣住。**她知道！她知道？怎麼會？她既然知道，又為何……？她不可能知道。她不可能知道完整的真相**。聽見他在腦海中出現的反感情緒，我再次咬牙。

「是沒錯，」他終於讓步。「妳似乎……對庫倫一家所知甚多，比我預料的更多。」

「也許我知道的比你更多？」

他們究竟對她說了什麼，她竟然這樣為他們辯解？他們一定沒有對她說實話，一定是對她說了浪漫的童話故事。好吧，不管我說什麼，她顯然都聽不進去。

「也許。」他因為不得不同意她的說法而覺得不高興。「查理也跟妳一樣知道得這麼清楚嗎？」

在他的注視下，她顯得不自在。「查理很喜歡庫倫一家。」

查理一無所知。

「這不關我的事，」比利說：「但也許關查理的事。」

貝拉盯著他許久。

這女孩看起來就像個律師。

「但不管我是否認為這關查理的事，這還是我自己的事，是吧？」她這句話聽起來不像問句。

兩人再次四目交會。

比利終於嘆氣。

反正查理也不會相信我。我不能再瞞著他。我必須想個辦法監控這個情況。

「是的，我猜這件事是妳自己的事。」

貝拉嘆口氣，姿態放鬆。「謝了，比利。」她的語調變得柔和。

「好好想想妳在做什麼，貝拉。」比利勸戒。

她的答覆來得太快。「知道了。」

我注意到另一個思緒。我一直在觀察比利和貝拉的對峙，沒注意雅各的翻找。他終於意識到——

老天，我這個笨蛋。他這麼做是為了支開我。

雅各砸上行李廂蓋，走向前門，不高興地想著他父親這樣害他丟臉，但也有點害怕貝拉可能會讓他父親知道他跟她說了協定的事情。

比利聽見行李廂闔起的聲響，知道時間用完了。他最後一次做出懇求。

「我的意思是……別繼續做妳正在做的事。」

貝拉沒回話，但表情變得比較柔和。比利只能希望她有把話聽進去。

雅各砰的一聲推開前門。比利回頭瞥向身後，所以我看不見貝拉的反應。

「車上到處都找不到那張相片。」雅各大聲咕噥。

「嗯……我八成放在家裡了。」比利說。

「棒透了。」他兒子回嘴，諷刺意味十足。

「那麼，貝拉，請告訴查理……」比利停頓幾秒，接著說下去。「讓他知道我們來過。」

「我會的。」她的口氣再次流露酸苦。

雅各感到驚訝。「我們已經要走了？」

「查理很晚才會回來。」比利解釋，已經把輪椅推向前門。

那我們來這兒做什麼？雅各在心裡發牢騷。**這老頭有失智傾向。**「噢。好吧，那我們下次見了，貝拉。」

「好的。」貝拉說。

「保重。」比利以警告的口吻補充道。

貝拉沒吭聲。

雅各幫忙把父親的輪椅推過門口，跨過門廊唯一一道階梯。貝拉送他們到門口。她瞥向她的卡車，接著朝雅各揮個手，然後關上門，這時雅各正在扶他父親上車。

我雖然很想去見貝拉、跟她討論這件事，但我知道我的工作還沒完成。我從樹上跳下，穿過她屋子後面的樹林，聽見她氣沖沖地上樓。

在白天想徒步跟蹤佈雷克父子會比較困難，想沿著高速公路追著他們跑也不容易。我穿梭於密林，觀察周圍有沒有人看見我。我比他們更早來到拉布席的交流道，趁路上唯一一輛車開往反方向的時候，我全速穿越公路。我來到公路的西側後，就獲得了許多掩護。我等那輛老舊的福特出現，然後在旁邊追著跑，穿過陰暗的樹林。

那對父子沒交談。我也許錯過了雅各剛剛對他父親做出的責備。少年忙著回想那個吻，而且鬱悶地做出結論：貝拉很喜歡那個吻。

比利則是想著往事。我沒想到我也記得這件事……從另一個角度。

那是兩年半前的事了。我們家當時在德納利，正打算從一個半永久的住處前往另一個。我們準備搬回華盛頓州的時候，必須完成一件準備工作。卡萊爾已經找到工作，艾思蜜則是悄悄買下一棟有待整修的房子，我和我兄弟姊妹的偽造成績單已經送去了福克斯高中。但是最後一項準備工作最為重要，也最不尋常。雖然我們有搬回舊家的經驗——在別的地點待了夠長的一段時間後——但我們以前不需要事先做出警告。

卡萊爾從網路開始著手，找到一個在馬卡保護區工作的業餘族譜學者，那位女子名叫阿爾瑪・楊。然後他假扮成族譜同好者，問楊太太一個問題：埃夫萊姆・佈雷克在當地還有沒有任何後裔。楊太太很興奮地給了卡萊爾好消息：埃夫萊姆的孫子和曾孫都住在拉布席的海邊。她當然不介意把他們的電話號碼給卡萊爾。她確信比利・佈雷克會很樂意收到來自遠親的消息。

卡萊爾撥打下一通電話的時候，我就在屋子裡，所以聽見卡萊爾說的每一句話。此刻，比利也想起這件事。

那天真的是很普通的一天。那對雙胞胎跟朋友們出去了，所以家裡只有比利和雅各。比利正在教兒子如何把瑪都那樹木雕刻成海獅的時候，電話響起。坐在輪椅上的他把自己推進廚房；他兒子忙著手上的差事，幾乎沒注意到父親離去。

比利以為打來的不是哈利就是查理。他接電話時興奮地「喂！」一聲。

「喂。請問是比利・佈雷克嗎？」

他不認得電話另一頭的嗓音，這個聲音聽起來尖銳又清晰，他不禁坐直身子。

「是的，我是比利。你是？」

「我名叫卡萊爾・庫倫。」聽見這個柔和但強勁的嗓音，比利覺得天旋地轉。有那麼幾秒，他以為自己在作惡夢。

這個名字，連同這個銳利的嗓音，屬於某個傳說，某個恐怖故事。他雖然聽過相關警告，也做好準備，但那是很久以前的事。比利其實未曾相信，他有一天必須和那個恐怖故事共處。

「我的名字對你來說有任何意義嗎？」聽見這個嗓音這麼問，比利注意到對方聽起來多麼年輕。對方應該好幾百歲，聽起來卻不像。

比利終於找回自己的聲音。「是的。」他沙啞道。

他好像聽見對方輕輕嘆氣。

「很好。」怪物答覆。「這樣我們就比較容易履行自己的職責。」

意識到這怪物在說什麼的時候，比利覺得腦袋發麻。職責。他指的是那份協定。比利試著想起當年仔細牢記的祕密協議。如果這怪物說有職責要履行，就只可能代表一件事。

比利覺得牆壁似乎在旋轉，就算他知道自己穩穩地坐在輪椅上。

「你們要回來這裡。」他沙啞道。

「是的，」怪物表示：「我知道你一定……不喜歡這個消息。但我向你保證，你的部落和福克斯的人們絕對不會有任何危險。我們的生活方式並沒有改變。」

比利想不出該說什麼好。他在出生前就受到這份協定的約束。他想反駁，想做出威脅……但他無能為力，不管協定是否存在。

「我們將住在福克斯的郊區。」怪物說出一組數字，比利過了一會兒才識到這是座標。他急忙尋找紙筆，只找到一支黑色的奇異筆，找不到紙。

「再說一次。」他沙啞地要求。

對方這次說得比較慢，比利寫在胳臂上。

「我不確定你多麼熟悉那份協議——」

「我熟悉得很。」比利打岔。部落成員不得接近這群飲血者的巢穴方圓五哩內。跟屬於部落的土地相比，那塊地盤雖然顯得很小，但在這一刻顯得太大。

他們要如何說服孩子遵守這個規矩？他想起頑固的女兒和樂天派的兒子。他們都不相信那些故事。但他們如果犯下任何無心之過……就會成為獵物。

「當然，」怪物禮貌地說：「我們也很熟悉協定的內容。你完全不用擔心。這件事如果給你造成任何困擾，我向你道歉，但我們不會以任何形式影響你的族人。」

比利只是繼續聆聽，再次感到茫然。

「我們目前的計畫，是在福克斯住大約十年。」

比利覺得心跳停止。十年。

「我的孩子們會在當地的高中就讀。我不知道你的部落有沒有孩子也在同一所高中——」

「沒有。」比利低語。

「總之，如果有人想去同一所高中就讀，我能向你保證，這不會造成任何危險。」

比利想起福克斯那些孩子的臉龐。他真的完全無法保護他們？

「讓我把我的電話號碼給你。我們很樂意跟你們更友好——」

「不。」比利這次的口氣更為堅決。

「當然。你覺得怎麼做最適合，我都尊重。」

他突然感到驚慌。怪物剛剛說他的孩子們……

「有多少？」比利問，聲音聽起來像被掐住喉嚨。

「抱歉？」

「你們有多少人？」

這個柔和又自信的嗓音第一次顯得猶豫。「許多年前，又有兩人加入我們的家庭。我們現在有七個人。」

比利緩慢又刻意地掛了電話。

然後我不得不停下腳步。我雖然離協定劃分的界線還有些距離，但我因為想起這件事而不願離界線太近。我轉向北方，開始回家。

看來比利的思緒沒能提供多少線索。我相當確定他會回去他的安全地帶、聯繫他的同夥。他們會依據這少許的情報得出同樣的結論：他們無能為力。那份協定是他們唯一的保護。

我猜比利和查理多年來的友誼將是重點。比利會做出爭論，希望能以更詳盡的方式警告查理。有個冷血人選了他的獨生女當成……受害者、目標、大餐；我猜得到比利會如何選擇我跟她的關係。

其他人應該會冷漠地看待此事，堅持要比利閉嘴。

無論如何，比利曾警告過查理——讓卡萊爾在醫院工作並不安全——而這沒帶來好處。跟查理說明類似幻想故事的東西也不會有幫助。比利已經認清這一點。

我快到家了。我會向卡萊爾說明我對現況的分析。我們能做的其實不多，我相信他的反應也一樣。我們和奎魯特族除了遵守協定之外別無選擇。

確定路上沒有車輛後，我再次越過公路。我來到車道時，聽見車庫裡傳來熟悉的引擎聲。我在車道上停步等候。

羅絲莉的紅色ＢＭＷ拐過轉角，戛然停定。

我心不在焉地對她揮個手。

要不是會弄壞我的車，我一定會直接撞你，你應該也很清楚。

我點頭。

羅絲莉催一下油門，然後嘆口氣。

「我猜妳聽說了球賽的事。」

別擋路，愛德華。我在她的腦海裡看得出來，她沒想好目的地，只是想離開這裡。**艾密特會留下，這不就夠了？**

「拜託？」

她閉上眼睛，用力吸口氣。我搞不懂你為什麼這麼看重這件事。

「妳對我來說很重要，羅絲莉。」我答覆。

沒有我在，大夥會玩得更開心。

我聳個肩。她說的也許是事實。

我不會很親切。

我微笑。「我不需要妳親切，我只請妳包容點。」

她遲疑不決。

「不會那麼糟的。」我保證。「也許妳會贏得球賽，讓我難堪。」

她強忍笑意，一邊嘴角上揚。**艾密特和賈斯柏必須在我這一隊。**

她總是挑選肌肉男。

「成交。」

她再吸口氣，立刻為我們的約定感到後悔。她試著想像自己站在貝拉的立場上，但明顯有難度。

「今晚不會發生任何壞事，羅絲莉。她不會做出任何決定，她只會看著我們打球，就這樣。妳就把這當作實驗吧。」

實驗？因為可能會爆炸？

我疲憊地看她一眼。她翻白眼。

「如果效果不好，我們就另外想個辦法。」

羅絲莉有一大堆辦法，大多都是壞方法，但她準備好投降。她願意一試……但我看得出來，她到時候不會盡量顯得文明，但這好歹是個開始。

看來我最好換衣服。說完，她切入倒檔，掉頭回家，一下子就消失在我的視線裡。我走捷徑穿過林中。

我回到家裡，發現艾密特在大電視上同時觀看四場棒球賽。但他的視線不在電視上，而是聽著羅絲莉開車進入車庫。

我指向電視。「你在電視上看到的東西都沒辦法幫你今晚贏球。」

你說服羅絲莉打球？

我點一下頭，他綻放開心的笑臉。

我欠你一份人情。

我噘嘴。「是嗎？」

他感到好奇，因為我顯然有想要的東西。當然，所以你想要什麼？

「我要你善待貝拉？」

羅絲莉快步上樓，刻意把我們倆當空氣。

艾密特考慮我的請求。**意思是……**

「別刻意嚇到她。」

他聳個肩。「聽起來很公平。」

「好極了。」

我只是很高興你回來了。艾密特這幾個月一直有點鬱悶，因為我心情起伏加上常常不在家。

我差點向他道歉，但我知道他現在沒在生我的氣。艾密特總是活在當下。

「艾利絲和賈斯柏呢？」

艾密特又在盯著電視。**狩獵。賈斯柏想做好準備。有意思**——**他似乎很期待今晚的球賽，超過我預料的程度。**

「有意思。」我同意，雖然我大概猜到為什麼。

愛德華，親愛的，我能聽見你身上的雨水滴在地板上。請換上乾燥的衣物，然後把地上的水擦乾淨。

「抱歉，艾思蜜！」

我換上適合跟查理見面的衣服，拿出一件我很少穿的體面雨衣。我想讓自己看起來像個在乎天氣、想避開寒冷和雨水的那種人。這種細節會讓人類感到安心。

我換上一條新的牛仔褲後，下意識地把瓶蓋塞進口袋。

我拖地的時候，想著今晚前往球賽空地的那一小段路，我意識到——因為昨天的經歷——貝拉應該不會很想跟我一起跑去那裡。我知道到時候會需要跑一部分的路，但我認為路程越短越好。

「我能不能借你的吉普車？」我問艾密特。

你這件外套可真不錯。他輕笑。**請務必保持乾燥又舒適**。

我刻意擺出充滿耐心的態度。

「沒問題，」他同意：「不過這樣就變成你欠我一份人情。」

「我很樂意欠你的債。」

在他的笑聲下，我回到樓上。

跟卡萊爾的商談只花了一點時間；他跟我一樣，看不出我們除了繼續遵守那份協定之外還能怎麼辦。

然後我匆忙返回貝拉的住處。

艾密特的吉普車是個龐然大物，比我們的車子都更為高調。但現在下著滂沱大雨，視線不佳，所以路上沒什麼人。就算有誰看見，也會以為這輛大車來自外地。

我不確定貝拉會需要多少時間，所以我在一條街外停車，確保她有做好準備。

我聽得見查理的心聲，他顯然十分焦躁。看來她開始跟他談話了。我在他的腦海裡瞥見艾密特的臉。

這是怎麼回事？

我在兩棟房子之間的林地停車，沒熄火。

我離她家很近，聽得見他們的說話聲。附近的其他住家雖然並非無聲，但我很容易無視那些人的心聲和談話聲。我對貝拉的聲音已經無比熟悉，就算在吵雜的球場裡也能找到她的聲音。

「是愛德華，爸。」我聽見她說。

「他是嗎？」她父親追問。我試著弄懂他們為何提到我。

「算是吧。」她坦承。

「妳昨晚才說過妳對鎮上的男孩都沒興趣。」他指出。

「這個嘛，愛德華不住在鎮上，爸……而且我跟他其實才剛開始，你知道的，別拿出『跟女兒的男友好好聊聊』那套讓我出糗，好嗎？」

我開始聽懂這場談話的上下文。我試著判斷她揭露的真相讓查理多麼不安，但他今晚似乎特別冷靜。

「他什麼時候會來我們家？」

「他再過幾分鐘就到。」貝拉聽起來比她父親更焦躁。

「他要帶妳去哪？」

貝拉誇張地呻吟。「爸，希望你不要用警察審問那一套來盤問我，我們要和他的家人打棒球。」

查理沉默幾秒，然後發出笑聲。「妳要打棒球？」

我從查理的口氣聽得出來，貝拉並不熱愛棒球，就算她的繼父是棒球選手。

「好吧，我應該旁觀的成分居多。」

「妳一定很喜歡這傢伙。」他聽起來更加起疑。我觀察他的腦海，發現他正在回想以前的事情，我猜他正在判斷我跟貝拉交往了多久。他覺得他昨晚懷疑貝拉是有道理的。

我踩下油門，原地迴轉。她已經結束了這段心理建設的談話，我急著再次見到她。

我把車停在她的卡車後面，然後我快步來到她的家門前。我聽見查理說：「妳太寵我了。」

我按下門鈴，然後掀開兜帽。我雖然很會模仿人類，但我覺得我在這一刻更是必須模仿得維妙維肖。

我聽見查理朝門口走來，貝拉的腳步聲緊跟在後。查理的腦海似乎混雜著焦慮和笑意。我總覺得貝拉願意參加棒球賽這件事讓他覺得好笑。

查理打開門，眼睛對準我的肩高處，看來他原本以為來者會矮一點。他調整視角，然後踉蹌後退半步。

我常常碰上這種反應，我不需要看清楚他的腦海也明白他的感受。他就跟普通的人類一樣，因為突然遇到吸血鬼而全身充滿腎上腺素。他會恐懼半秒，然後恢復理智。他的大腦會強迫他忽視我身上的古怪跡象。他的眼睛會重新聚焦，他只會看到一個少年。

我看得出來他得出這個結論：我只是個普通的男孩。我知道他會因為自己的身體出現怪異反應而感到納悶。

他的腦海中突然出現卡萊爾的身影，我猜他正在比較我跟卡萊爾的臉龐。我和卡萊爾看起來確實不像，但一般人會把我們相似的膚色當成家族遺傳。也許查理不這麼覺得，他顯然總覺得不夠滿意。

貝拉緊張地從查理身後窺探。

「請進，愛德華。」他後退，示意我進來。貝拉從他身後退開。

「謝謝您，史旺警長。」

他勉強擠出笑臉。「叫我查理就行了。來，把你的外套給我。」

我迅速脫下。「謝謝您，先生。」

查理指向小小的起居室。「找個位子坐，愛德華。」

貝拉扮個鬼臉，顯然想跟我離開這裡。

我選擇在扶手椅坐下。我如果選擇沙發，坐在我身邊的不是貝拉就是查理。以正式的第一次約會來說，我最好還是讓他們父女倆坐在一起。

貝拉不喜歡我的選擇。查理就座的時候，我對她眨個眼。

「我聽說你要帶我女兒去打棒球。」查理臉上藏不住笑意。

「是的，先生，計畫是這樣。」

他笑出聲。「嗯，確實有益身心。」

我禮貌地跟著笑。

貝拉跳起身。「好了，開我的玩笑開夠了。我們走吧。」她快步走向走廊，穿上她的外套。我和查理跟上，我順路抓起自己的外套穿上。

「別太晚回來，貝拉。」查理告誡。

「別擔心，查理，我會早點送她回來。」我說。

他看我一秒。「好好照顧我女兒，好嗎？」

貝拉又誇張地呻吟一聲。

我回一句：「她和我在一起會很安全，我保證，先生。」我相信這句話是事實。

貝拉走出家門。

我和查理一同發笑，但這一次，我覺得我的笑聲更為真誠。我跟上貝拉時，對查理微笑揮手。

我沒有走很遠。貝拉愣在小小的門廊上，瞪著艾密特的吉普車。查理來到我身後，查看貝拉為何沒急著逃離此地。

看到吉普車，他驚訝地吹聲口哨，然後沙啞道：「繫好安全帶。」

她父親的聲音激怒了她，她快步走到滂沱大雨下。我維持人類的速度，但因為我的腿很長，所以我搶先來到車子的右前側，幫她開門。她遲疑片刻，來回瞥向座椅和地面，接著深吸一口氣，如即將跳躍般彎曲雙腿。因為吉普車的阻隔，查理看不見我們的身影，所以我把她抱到座位上。她發出驚呼。

我走到左前側，再次對查理揮手。他敷衍地對我揮個手。

車裡的貝拉不知道如何處理安全帶。她用雙手各抓著一條帶子，抬頭問我：「這是什麼？」

「越野安全帶。」

她皺眉。「老天。」

她尋找片刻，找到了安全帶釦，但插不進釦鎖裡。看她一頭霧水，我輕笑，幫她扣好安全帶。我的雙手擦過她喉嚨的肌膚時，她的心跳聲蓋過雨聲。我讓手指再次滑過她的鎖骨，然後我坐穩，發動引擎。

我們駛離時，她以有點驚訝的口吻說道：「這真是一輛……呃……大吉普。」

「這是艾密特的車。我不認為妳想一路用跑的去那裡。」我坦承。

「這輛車平時停在哪？」

「我們改建了一棟戶外建築，當成車庫。」

她瞥向我背後的安全帶。「你不繫上安全帶嗎？」

我只是看著她。

她皺眉，正想翻白眼，但突然愣住。

「一路用跑的？」她的音調提高八度。「意思是，我們還是要跑一部分的路？」

「妳不用跑。」我提醒她。

她呻吟。「我一定會吐出來。」

「妳只要閉上眼睛就會沒事。」

她咬住下唇。

我想讓她安心下來，她跟我在一起一定會很安全。我俯身吻她的頭頂……然後我僵住。

她頭髮上的雨水給她的氣味造成了影響。我喉嚨裡的灼熱感突然增強。我來不及阻擋，一聲疼痛呻吟已經逃出唇間。

我立刻坐直身子，跟她拉開距離。她一臉困惑地瞪著我。我試著解釋。

「妳在雨中聞起來真美妙。」

她提高警覺。「是好的還是不好的那種？」

我嘆道：「都有，永遠是兩種都有。」

雨水如冰雹般撞擊擋風玻璃，響亮得聽起來比較像固體。我把車拐進越野路線，進入這輛吉普車所能進入的森林深處，這能讓我奔跑的距離縮短幾哩。

貝拉凝視窗外，似乎陷入沉思。我懷疑我的答案可能令她不安。然後我注意到她緊緊靠著車窗，她用另一手抓住座椅的邊緣。我放慢車速，盡量讓車子平穩地駛過岩石路面。

她似乎只有坐在她那輛遲鈍恐龍般的卡車裡的時候才最為自在。也許這趟顛簸的旅程會降低她對我背著她飛奔的厭惡程度。

我們來到這條小徑的盡頭，這裡是一小塊空地，周圍是茂密的冷杉，這裡的空間勉強足夠讓汽車掉頭下山。我關掉引擎，車裡突然近乎寂靜。我們已經穿越了暴風雨，周圍現在只有毛毛細雨。

「抱歉，貝拉，」我道歉：「我們從這兒開始必須徒步。」

「你猜怎麼著？我還是在這兒等你好了。」

她聽起來呼吸困難。我試著觀察她的表情，看她究竟有多認真。我看不出她是真的受到驚嚇還是只是倔強。

「妳的勇氣到哪去了？」我追問：「妳今天早上就很勇敢。」

她的嘴角微微上揚。「我沒忘記上一次的經驗。」

我飛快下車，來到她的車門外，對她的微笑感到好奇。她是在逗我？

我幫她開門，但她依然待在座位上。她身上的安全帶是個阻礙。我很快解開。

「我自己來。」她抗議，接著補充一句：「我在這兒等，你自己去吧。」但我已經解開她身上的安全帶。

我評估她的表情。她看起來有點緊張，但並不害怕。我並不希望她放棄跟我一起旅行的意願。背著她跑，這是最簡單的移動方式，但更重要的原因是……我在認識貝拉之前，奔跑就是我最喜歡的活動，我想跟她分享。

但我得先說服她再給我一個機會。

也許我得試試對她施展更強力的迷惑之術。

我回想之前所有的互動。我以前常常誤判她對我出現的反應，而現在的我不一樣。我知道我如果深情款款地盯著她的眼睛，她就常常會陷入失神狀態。然後如果我吻她，她就會忘掉一切，像是常識、自保的本能，甚至呼吸之類的基本活動。

「嗯……」我考慮該如何著手。「看起來我得竄改妳的記憶。」

我把她抱出吉普車，輕輕地把她放下。她瞪著我，有點緊張，也有點興奮。

她挑眉。「竄改我的記憶？」

「類似。」

我以前如果試著聽見她的祕密思緒，就會對她造成最強烈的影響。這麼做也許徒勞無功，但我還是再次嘗試。我凝視她清澈又深邃的眼睛。我瞇起眼睛，試著對抗她寂靜的腦海，我當然什麼也聽不見。

她迅速眨眼四下，原本緊張的表情變得……震驚。

我覺得這個辦法有效。

我靠向她，把雙手壓在車頂上，她腦袋的兩旁。她後退半步，背靠車門。她需要更多空間？她抬起下巴，角度剛剛好適合我吻她。看來她不需要更多空間。我挪近幾吋。她的眼睛半閉，嘴脣分開。

「所以，妳到底在擔心什麼？」我輕聲道。

她再次迅速眨眼，倒抽一口氣；她常常像這樣忘了呼吸，我實在不確定該怎麼辦。我該三不五時提醒她？

「這個嘛……」她嚥口水，接著不平穩地又吸口氣。「呃，撞到樹、瀕臨死亡，然後嘔吐。」

聽她說出這麼奇怪的順序，我露齒而笑，接著逼自己換回深情款款的表情。我慢慢俯身，把嘴脣壓在她鎖骨之間的凹陷處。她屏住呼吸，心跳加快。

我的嘴脣滑過她喉嚨的肌膚。「妳現在還擔心嗎？」

她花了一點時間才找回嗓音。「什麼？」她呢喃，顯然不太確定自己該說什麼。「擔心撞到樹……還有嘔吐感？」

我慢慢抬起臉，用鼻尖和嘴脣滑過她的喉嚨。我朝她的下巴說出下一個疑問。她的眼睛完全閉起。

「現在呢？」

她急促喘氣。「樹？」她倒抽氣。「暈眩感？」

我的嘴脣擦過她的臉頰，然後我輕吻她一邊的眼皮，緊接著另一邊。

「貝拉，妳不可能真的認為我會撞到樹吧？」我的口氣略帶責備，畢竟她認為我無所不能。如果我讓問題聽起來像她對我有沒有信心……

「不，」她低語：「但我可能會撞到樹。」

我緩慢又刻意地吻她的臉頰，在她的嘴邊停頓。「妳覺得我會讓樹傷到妳嗎？」

我輕輕地用上脣觸碰她的下脣。

「不會。」她嘆氣，輕如呢喃。

我輕輕地用嘴脣擦過她的嘴脣，柔聲道：「妳瞧，根本沒有什麼好害怕的，不是嗎？」

「沒錯。」她同意，顫抖地嘆口氣。

我這麼做是想影響她，現在卻發現自己大受影響。

我覺得自己的心智失控。跟我狩獵時一樣，我的身體掌控一切，我的衝動和食慾推翻了理性。只不過，在這一刻，我的慾望無關於以前那些需求。我的心中產生了新的慾望，我還沒學會如何控制它們。

我重重地把嘴壓在她的唇上，用手把她的臉拉向我的臉。我想感受她的肌膚。我想緊緊抱著她，永遠不再分開。

這團新火——沒有痛楚的火，讓我無法思考的烈火——燒得更為熾熱，因為她用雙臂緊緊摟住我的脖子，她的身體貼向我的身體，她的體溫和脈搏滲進我體內。我沉浸於快感。

她張開的嘴唇在我的嘴唇上挪移，我似乎只想加強這個吻。

諷刺的是，我最基本的本能救了她。

她溫暖的鼻息湧進我的嘴裡，我不禁產生反應：嘴裡分泌毒液，渾身肌肉緊繃。這嚇得我回過神。

我急忙後退，感覺她的雙手滑過我的脖子和胸膛。

我驚恐萬分。

我剛剛差點傷了她？殺了她？

我看得見一個沒有她的世界，正如我現在能看到她受驚的臉龐。我以前多次想像過這種命運，所以現在能感覺到那種痛苦。我知道那不會是我能承受的世界。

或是……讓她痛苦的世界。如果她剛剛不小心用舌頭碰到我銳利的牙齒……

「該死，貝拉！」我倒抽一口氣，幾乎聽不見自己說些什麼。「妳會害死我，我發誓妳會。」我打個冷顫，對自己深痛惡絕。

我如果殺了她，我也一定活不下去。她的生命是我唯一的生命——脆弱又短暫的生命。

她把雙手撐在膝上，試著喘氣。

「你長生不死。」她咕噥。

她對我體能的判斷大致正確，但她不知道我的存在跟她的存在彼此綁定，而且她不知道她剛剛差點被我殺死。

「在我遇見妳之前，我也許會相信這點。」我呻吟，深吸一口氣。跟她獨處，我覺得不安全。「現在，在我真的做出蠢事之前，讓我們離開這裡吧。」

我朝她伸手，她似乎明白我們必須盡快離開。我把她背到背上的時候，她沒表示反對。她用四肢緊緊地纏住我，我逼自己把心思放在自己的身體上。

「別忘了閉上眼睛。」我警告她。

她把臉緊緊貼在我的肩上。

這趟奔跑的路程不算長，但足夠讓我冷靜下來。我似乎完全不能信賴自己的本能；就因為我在某方面能控制自己，並不表示我在其他方面一定也做得到。為了保護她，我必須後退一步，謹慎地劃下界線。我必須限制肢體接觸的程度，不會影響她的呼吸，也不會影響我的思考能力。次要的擔憂竟然比主要的擔憂更重要，這實在可悲。

在這趟短短的旅程中，她完全沒動。我聽見她平穩地呼吸，她的心跳聽起來很穩定，雖然稍微加快。

我停下腳步時，她變得更靜止。

我把手伸向後方，撫摸她的頭髮。「到了，貝拉。」

她先鬆開胳臂，深呼吸，然後鬆開緊繃的雙腿。她的身體突然變得冰涼。

「噢！」她驚呼。

我轉身查看，發現她笨拙地倒在地上，就像被丟在地上的洋娃娃。她眼裡的震驚迅速變成氣憤，彷彿她根本不知道自己怎麼會這樣，但知道這件事必須怪在某人頭上。

我不確定這件事為什麼很好笑。也許我只是過度緊繃，也許這只是因為我在差點殺了她之後感到的安心感，也許我只是需要宣洩情緒。

無論是什麼原因，我忍不住哈哈大笑，而且沒辦法立刻停下來。

看到我的反應，貝拉翻白眼，嘆口氣，然後站起身。她試著擦掉外套上的泥濘，一臉不耐煩，害我笑得更大聲。

她瞪我一眼，然後大步往前走。

我強忍笑意，箭步上前，輕輕摟住她的腰，並試著讓自己的嗓音聽來鎮定：「妳要去哪，貝拉？」

她拒絕看著我。「去看棒球賽，」她答覆：「你似乎已經沒興趣參賽，但我相信就算沒有你，其他人還是會玩得很開心。」

「妳走錯方向了。」我告訴她。

她從鼻孔吸口氣，以更倔強的姿態把下巴抬得更高，然後轉了一百八十度，朝反方向大步而去。我再次抓住她，因為她這個方向也是錯的。

「別生氣嘛，」我懇求：「我是真的忍不住。妳該看看妳的臉。」我又忍不住發笑，試著吞下之後的笑聲。

她終於抬頭，回視我，眼裡閃出怒火。「噢，所以只有你可以生氣？」

我想起她不喜歡雙重標準。

「我不是對妳生氣。」我向她保證。

她酸溜溜地引述我說過的話。「『貝拉，妳會害死我。』」

我的笑意轉為黑色幽默，但還沒完全消失。我在剛剛那情緒激動的那一刻口無遮攔。「那只是陳述事實。」

她掙扎地試圖擺脫我。我把一手貼上她的臉頰，逼她看著我。

我還來不及說下去，她堅稱：「你那時候在生氣！」

「是的。」我同意。

「可是你剛剛說——」

「我剛剛說我不是對妳生氣。」現在什麼都不好笑。她把這件事怪在自己頭上。「妳看不出來嗎，貝拉？妳不明白嗎？」

她皺眉，困惑又沮喪。「看不出來什麼？」

「我永遠不會對妳生氣。」我解釋。「我怎麼可能生妳的氣？妳這麼勇敢、天真……溫暖。」慈悲、善良、有同情心、誠懇、美好……充滿生命力……我對她有說不完的讚美，但她打岔。

「那為什麼……」她低語。

我猜她想說的是**你剛剛為什麼對我大發雷霆**？

我用雙手捧起她的臉，試著用眼神傳達訊息，試著讓話語更有力量。

「我氣的是我自己，」我告訴她。「我似乎一直害妳陷入危險。我的存在就害妳有危險。有時候……我真的很討厭我自己。我應該更堅強，我應該要能——」

我感到驚訝，因為她用手指壓住我的嘴唇，阻止我說下去。

「別說了。」她呢喃。

她臉上不再有困惑，只剩下善意。

我把她這隻手貼在我的臉頰上。

「我愛妳，」我告訴她：「這不是個好理由，但是個真實的理由。」

她瞪著我，眼裡充滿暖意和……愛慕。我似乎只能對這種眼神做出某個答覆，而且必須是個受到克制的答覆。我不能再做出衝動的行為。

「現在，試著控制一下妳自己。」我呢喃，比較像是在對我自己說話。

我輕吻她半秒。

她靜止不動，甚至屏住呼吸。我很快地站直身子，等她恢復呼吸。

她嘆口氣。

「你答應過史旺警長會早點送我回家，記得嗎？我們最好快點走。」

她又幫了我。她這麼堅強，就是因為我太軟弱。

「遵命，女士。」

我放開她，牽起她的手，帶她走向正確的路。我們只走了十碼，就走出樹林，進入一片寬廣的空地；我的家人就把這裡叫做「空地」。這裡的樹木早已被昔日的冰河剷除，如今只剩被薄薄一層土壤覆蓋的岩地，上頭只長著野草和蕨叢。這裡對我們來說是個很方便的遊戲場所。

卡萊爾正在安置壘包，艾利絲和賈斯柏正在練習她想表現的新招：如果賈斯柏事先決定往某個方向跑，艾利絲就會透過預知能力看到這個決定，把球擲向他的新位置。這麼做雖然不會給他們很強大的優勢，但考慮到大夥勢均力敵，任何一點優勢都可能帶來成果。

艾思蜜正在等我和貝拉，艾密特和羅絲莉坐在她身後。我們進入他們的視野後，我看到羅絲莉把手從艾思蜜的手裡抽回，她轉身背對我們，然後走離。

好吧，她沒說過會親切對待貝拉。我知道她願意來這裡已經是很大的讓步。

真荒唐。艾思蜜不贊同我的看法。她一整個下午都在試著鼓勵羅絲莉，但效果不佳，她也為此感到不悅。

我們開始比賽後，她就會恢復正常了。艾密特想著。他跟我一樣，很高興羅絲莉願意出席。

艾思蜜和艾密特上前歡迎我們。我警覺地看艾密特一眼，他對我露齒而笑。**別擔心，我跟你保證過了**。

他饒富興趣地看貝拉一眼。在人類的世界和人類互動是一回事，讓人類造訪我們的世界是另一回事。這讓我們很興奮。而且他已經把貝拉這個人類當成自己人。他向來歡迎新的家族成員，他很希望貝拉也能加入這個家庭。

我雖然很高興他這麼熱情，但我看得出來他很相信艾利絲看見的幻象。

我會保持耐心。他們遲早都會明白。

「我們剛剛聽見的聲音是你，愛德華？」艾思蜜刻意提高嗓門，好讓貝拉也聽得見。

「聽起來像一頭呼吸困難的熊。」艾密特補充道。

貝拉害羞地微笑道：「是他。」

艾密特對她咧嘴笑，很高興她願意配合。

「貝拉是在無意間耍幽默。」我解釋。

艾利絲如火箭般朝我們衝來。她表現得這麼忠於本色，我猜我不用感到擔心。她比我更能判斷什麼事會嚇到貝拉。

她在一臂之遙處停步。

「比賽要開始了。」艾利絲嚴肅地宣布，為了貝拉而擺出先知的姿態。就在這時候，一聲雷鳴劃破寂靜。我搖頭。

「真令人毛骨悚然，不是嗎？」艾密特對貝拉輕聲道。

她一臉驚訝，沒想到他會對她說話。看她這種反應，艾密特對她眨個眼。她對他露齒而笑，顯得有點難為情。

他瞥向我。**我喜歡她**。

「我們走吧！」艾利絲催促，朝艾密特伸手。她清楚知道我們打球的機會有多短，所以不想再浪費時間。艾密特也同樣充滿期望。他們倆一同跑向卡萊爾。

我能不能和她獨處片刻？我想讓她習慣跟我相處。艾思蜜提出懇求。我看得出來這件事對她來說多麼重要，她希望貝拉能把她當成「人」，也當成「朋友」，而不是懼怕的對象。我點點頭，然後轉向貝拉。

「妳準備好欣賞球賽了嗎？」我咧嘴笑。查理那席話讓我知道她很少接觸這種活動。那麼，希望我們能讓她看得盡興。

「加油！」

我對她佯裝的熱忱發出笑聲，隨即追上艾密特和艾利絲，讓她跟艾思蜜獨處。

我來到其他人身邊時，聽著艾思蜜和貝拉談話。艾思蜜並沒有想獲得什麼情報，只是單純地想和貝拉互動，但我還是感到好奇。我把注意力分散在她們倆的談話和我周圍的家人身上。

「我和愛德華已經選好隊伍了，」羅絲莉說：「賈斯柏和艾密特在我這一隊。」

艾利絲一點也不覺得驚訝。艾密特喜歡這種挑戰。賈斯柏並不是很高興，他比較喜歡跟艾利絲合作，而不是對抗她。卡萊爾跟我一樣，對羅絲莉願意參賽而感到開心。

艾思蜜抱怨我們缺乏運動家精神，這顯然是想讓貝拉做好最壞的打算。

卡萊爾拿出一枚二十五分錢的硬幣。「羅絲莉，妳來選正反面。」

「她已經選了隊伍。」我抗議。

卡萊爾看著我，然後意有所指地瞥向艾利絲，她已經看到擲硬幣的結果是正面。

「羅絲莉。」他重複，接著把硬幣拋向空中。

「正面。」

我嘆口氣，她露齒而笑。卡萊爾俐落地接住硬幣，壓在前臂上。

「正面。」他確認。

「我們先打擊。」羅絲莉說。

卡萊爾點頭，接著跟我和艾利絲前往各自的守備位置。艾思蜜正在對貝拉描述自己的第一個兒子，我沒想到她們已經聊到這麼私密的話題。這是最讓艾思蜜感到難過的往事，但她說話時語氣溫柔又鎮定。不知道她為什麼會決定分享這件事？

也許艾思蜜並沒有做出「決定」。貝拉聆聽的方式就是很特別……我不是也急著對她洩漏我所有的黑暗祕密？年輕的雅各・佈雷克不也為了取悅她而說出了古老的協定？她一定在任何人身上都有這種效果。

我來到左外野，還是能清楚聽見貝拉的聲音。

「那麼，妳不介意？不介意我……根本不適合他？」貝拉問。

可憐的孩子。艾思蜜心想。**這一切想必令她不知所措**。

「不。」她告訴貝拉，我聽得出這是事實。艾思蜜唯一想看到的，就是我過得幸福。「妳正是他想要的。你們倆之間的問題總有辦法解決。」

但她和艾密特一樣，只看得到一條路。我很慶幸我離她們很遠，貝拉沒辦法看清楚我的臉。

艾思蜜來到裁判的位置，貝拉在她身旁，艾利絲這時才踏上投手丘。

「好了，打擊手上場。」艾思蜜喊道。

艾利絲投出第一球。求好心切的艾密特猛力揮棒，產生的氣流影響了直球的飛行路線。賈斯柏接住球，然後丟回給艾利絲。

「這算好球嗎？」我聽見貝拉低聲詢問艾思蜜。

「沒打中就算。」艾思蜜答覆。

艾利絲又投出一球，飛過本壘板。艾密特調整了打擊路線。我在聽見球棒和球接觸所發出的爆炸聲之前，我已經邁步奔跑。艾利絲已經看見球要往哪飛，而且看得出我動作夠快。雖然這讓球賽少了點樂趣——說真的，羅絲莉不該笨到讓我和艾利絲在同一隊——但我決心贏得今晚的比賽。

我接到球之後往回跑，回到空地邊緣時，聽見艾思蜜談到艾密特。

「艾密特最會打擊，但愛德華跑得最快。」艾思蜜對貝拉說明。

我對她們倆咧嘴笑，很高興看到貝拉覺得開心。她張大眼睛，但笑得很燦爛。

艾密特跟賈斯柏一起站在本壘板後面。賈斯柏接過球棒，不過現在輪到羅絲莉當捕手。看到他們刻意跟貝拉拉開距離，我感到惱火——站在貝拉的方圓十呎範圍內應該不會是這麼沉重的負擔吧。我有點後悔慫恿她來這裡。

賈斯柏不打算見識我能跑多快，他知道他的打擊不如艾密特。他球棒的尖端碰到艾利絲投出去的球；球飛往卡萊爾的方向，顯然應該由他負責去追。卡萊爾往右邊衝刺，撿起球，然後追著賈斯柏跑向一壘。千鈞一髮，賈斯柏被卡萊爾碰到之前，左腳已經踩上壘包。

「安全上壘。」艾思蜜宣布。

貝拉踮腳站立，用雙手摀住耳朵，皺起眉心，但看到卡萊爾和賈斯柏站直的時候，她再次放鬆，接著瞟向我，再次綻放笑容。

輪到羅絲莉打擊時，我能感覺到氣氛變得緊張。羅絲莉面對投手丘上的艾利絲時，雖然看不到貝拉，但她似乎縮起肩膀，想背對貝拉。她的站姿很僵硬，臉上流露不屑。

我瞪著她，她對我噘嘴。

是你要我來的。

羅絲莉有點心不在焉，所以艾利絲投出的第一球直接飛進艾密特手裡。羅絲莉眉頭皺得更深，試著集中精神。

艾利絲再次投球，羅絲莉這次擊中，把球打得飛過三壘。我奔跑追去，但是艾利絲已經接到。艾利絲沒回傳封殺羅絲莉，而是直接跑向本壘。賈斯柏這時處於三壘和本壘之間。他垂下肩膀，彷彿打算像對付卡萊爾那樣把艾利絲撞出本壘板，但艾利絲沒等他衝來，而是做出一個半轉身、半滑壘的動作，滑過他身邊，從他背後觸殺他。艾思蜜宣布他出局，但羅絲莉已經趁這個機會上了二壘。

艾密特和賈斯柏再次交換位置之前，我猜得到他們接下來打算怎麼做。艾密特想打出一支高飛犧牲打，好讓羅絲莉回到本壘。艾利絲也在幻象中看到這個局面，但看起來此計將會奏效。我回到樹林邊緣，但我如果在艾密特打擊前就跑去艾利絲見到球會飛去的方位，艾思蜜會譴責我們作弊。我繃緊肌肉，準備奔跑——不是追著球跑，而是跑去艾利絲的幻象所指示的位置。

艾密特把球打得夠高但不夠遠，他知道地心引力的速度沒我快。這招產生了效果，我咬牙看著羅絲莉踩上本壘板。

貝拉卻看得津津有味，忍不住鼓掌，綻放開心的笑容，對這場球賽刮目相看。羅絲莉假裝沒聽見貝拉拍手——她根本懶得看人家一眼，只是對我翻白眼——但我聽見她的心聲，驚訝地發現她稍微……變得柔和。也許我不該感到驚訝，因為羅絲莉本來就喜歡被欣賞的感覺。

也許我該讓她知道貝拉如何稱讚她的美貌……但她可能不會相信我。如果她現在願意看著貝拉，就會發現對方多麼感到驚奇。這也許會對羅絲莉產生更大的安撫作用，但她就是拒絕瞟向貝拉。

儘管如此，我還是心生希望。只要再經過一段日子，再多一些讚美……我和貝拉就能一起贏得羅絲莉的支持。

艾密特也很喜歡貝拉這麼興奮的反應，他已經比我預料得更喜歡她，而且他覺得這場比賽因為有這麼熱情的觀眾而變得更有趣。羅絲莉喜愛被欣賞的感覺，艾密特則是喜愛趣味。

攻守交替，我、卡萊爾和艾利絲下場，羅絲莉的隊伍上場防守。貝拉對我瞪大眼睛，綻放開心的笑容。

「妳覺得如何？」我問。

她哈哈笑。「有件事我很確定，就是我再也沒辦法忍受無聊的大聯盟球賽。」

「說得好像妳以前常看似的。」

她噘嘴。「不過我有點失望。」

她看起來一點也不失望。「為什麼？」

「我這麼說吧，我很希望能找到一件你沒做得比地球上其他人更好的事。」

嗯。

聽見貝拉這句話，不是只有羅絲莉發出呻吟，但只有她呻吟得最大聲。

你們要在那裡你儂我儂多久啊？羅絲莉追問。**這場暴風雨可不會永遠持續下去。**

「我要上場了。」我對貝拉說，然後撿起艾密特丟在一邊的球棒，走向本壘板。

卡萊爾在我身後蹲下。艾利絲讓我看見賈斯柏投球的方向。

我打出一支短打。

「膽小鬼。」艾密特咬牙道，追著四處彈跳的球跑。羅絲莉在二壘等我，但我輕鬆上壘。她對我怒目相視，我回以咧嘴笑容。

卡萊爾站上打擊區，做出打擊姿勢。我聽得見他的意圖，而且艾利絲預見他會如願以償。我做好準備，每一條肌肉都準備衝刺。賈斯柏投出強勁的曲球，但卡萊爾把球棒擺在完美的角度上。

我真該提醒貝拉再次摀住耳朵。

卡萊爾打中球所發出的聲響，其實跟雷聲有相當差距。幸好人類很少起疑，因為他們其實並不想相信反常事件的存在。

在擊球聲的回音下，我全速衝刺，聽見羅絲莉衝過林中時發出的聲響。如果她動作夠快……不，艾利絲能看見球已經觸地。

我踩上本壘板，這時球正在飛往本壘的半路上。卡萊爾剛拐過一壘。我在距離貝拉幾呎處停步，她迅速眨眼，彷彿眼睛跟不上我奔跑的速度。

「賈斯柏！」羅絲莉的喊聲從林中深處傳來。卡萊爾快速跑過三壘。球朝我們飛來，穿越林中時發出颼聲。賈斯柏衝向本壘板，但啪一聲接住球之前，卡萊爾已經從他身子底下滑壘成功。

艾思蜜宣布：「安全上壘。」

「漂亮。」艾利絲恭喜我們，舉手跟我們擊掌。我們倆都配合她。

我們都能聽見羅絲莉咬牙切齒的聲響。

我來到貝拉身邊，跟她鬆散地十指交扣。她對我微笑，臉頰和鼻尖因為天寒而紅潤，但眼裡流露興奮。

艾利絲拿起球棒，考慮該如何打擊，但就是想不出辦法突破賈斯柏和艾密特的守備。艾密特在三壘附近逗留，知道艾利絲的體能無法超越羅絲莉的守備能力。

賈斯柏擲出快速球，被艾利絲打向右外野。他追著球跑，來到一壘，接到球，及時封殺了艾利絲。

「出局。」

我捏捏貝拉的手指，然後上場。

我這次試著把球打出羅絲莉的防守範圍，但賈斯柏投來慢速球，讓我無法獲得所需的速度。我打出滾地球，只上了一壘就被羅絲莉攔住。

卡萊爾把球打向岩地，希望球反彈高飛時讓我有時間衝刺，但賈斯柏縱身一躍，一下子就接住球。艾密特把我攔在三壘。

艾利絲踏上打擊區時，透過超能力判斷種種可能性，但結果都不理想。她還是盡力而為，奮力揮棒，打出飛向右側的界外球。賈斯柏沒上鉤，甚至沒試著觸殺她，而是直接把球回傳給如磚牆般聳立於本壘板的艾密特。我沒多少選擇。我沒辦法突破他的防禦，而如果我們整支隊伍的成員都被困在場上，那麼根據我們家的規矩，這局攻防就此結束。

我衝向艾密特，他似乎對我做出這個選擇而感到興奮，但我還來不及繞過他、跑向本壘，羅絲莉已經提出抱怨。

「艾思蜜——他想故意被封殺出局。」這麼做也違反我們家的規矩。

艾密特當然觸殺了我，我就是沒辦法避開他。

「作弊鬼。」羅絲莉嘶吼。

艾思蜜對我投來責備的眼神。「羅絲莉說得沒錯，你回場上去。」

我聳個肩，跑向外野。

羅絲莉的隊伍這次表現得比較好。她和賈斯柏都因為艾密特擊出的強勁安打而回到本壘，雖然我相當確定她有作弊。球在飛行途中改變了路線，彷彿在半空中被什麼小東西擊中，但我位於林中深處，看不見那個小東西從何而來。至少我來得及封殺艾密特。輪到羅絲莉再次打擊時，她擊出的球飛得太低，被艾利絲跳上去接住。賈斯柏再次上壘，但艾密特擊出的球在飛進林中之前被我接住，而且我和卡萊爾前後包夾了試圖上三壘的賈斯柏。

這場比賽持續下去時，我觀察貝拉有沒有出現不耐煩的跡象。但我每次查看，她似乎都全然投入。至少她覺得這種比賽很新鮮。我知道我們看起來不太像人類打棒球。我觀察她的表情，等著她臉上的新鮮感消失。這場暴風雨還會持續幾小時，艾密特和賈斯柏想把握每一秒。但如果貝拉顯得疲憊或受凍，我會提前告退。想到我如果離開，羅絲莉恐怕會大發雷霆，我不禁在心裡皺眉。沒關係，她死不了。

隨著分數變動，大夥的風度也變得越來越差，我不禁好奇貝拉會對我們做何感想，就算艾思蜜說過貝拉對我們只有好感。但羅絲莉先是大罵我是「可悲又愛作弊的白痴」（因為我知道爬上哪棵樹就能接到她的高飛球），之後又大罵我是「髒兮兮的臭豬」（因為我在三壘觸殺她），貝拉只是跟著艾思蜜一起笑。我們打球時，不是只有羅絲莉做出口頭抨擊，但也不是只有卡萊爾依然保持風度。我依然態度良好，沒對羅絲莉反脣相譏。

這算是雙贏。

來到第十一局（我們每一局只耗時幾分鐘；暴風雨什麼時候結束，整場比賽就什麼時候結束），卡萊爾先上場打擊。艾利絲預見這又將是一支強勁安打，我真希望壘上至少已經有一個人。果不其然，擔任投手的艾密特就是忍不住擲出快速直球，被卡萊爾打得飛向遠方，羅絲莉根本沒機會攔住。擊球聲在群山之間迴響，聽起來比較像爆炸而非雷鳴。

這陣聲響持續迴蕩之際，我注意到另一個聲響。

「噢！」艾利絲發出這個聲音，彷彿挨了一拳。

她的腦海中出現洪流般的無數景象，諸多未來模糊閃過，彼此似乎毫無關聯，有些明亮奪目，有些暗得什麼也看不見。無數個不同的背景，大多陌生。

她原本看到的那幅清晰未來已經消失無蹤。無論哪件事改變了，都徹底改變了我們的宿命。我和艾利絲都感到驚慌。

她集中精神，迅速追溯這些幻象的來源。這些翻攪畫面在某一刻成形，很靠近當下這一刻。

三名陌生人的臉孔。她看到三名吸血鬼跑向我們。

我衝向貝拉，考慮是否該立刻帶她離開。但幾道未來幻象顯示我們孤立無援，寡不敵眾……

「艾利絲？」艾思蜜問。

賈斯柏急忙來到艾利絲身邊，動作幾乎比我還快。

「我看不見，」艾利絲呢喃：「我沒辦法確認。」

她正在比較幾道幻象。明天晚上，三名年紀較大的陌生人將前往我們家。我已經為這個未來做好準備；在這個幻象中，我和貝拉在別的地方。

某件事改變了他們的計畫。她探索這條新的時間軸幾分鐘。友善的會面依然是個可能性。艾利絲意識到發生了什麼事。但我在意的是，這道幻象裡有貝拉，她安靜地處於背景。

此刻，我們圍成一個圈，艾利絲在圈子的中心處。

卡萊爾俯身靠來，把手放在她的胳臂上。「艾利絲，怎麼了？」

艾利絲匆忙搖頭，彷彿試著讓腦海中的諸多畫面變得合理。「他們移動的速度比我預料得更快，看來我之前弄錯了。」

「什麼事情發生了變化？」賈斯柏和艾利絲在一起很久，比誰——我例外——都清楚她的天賦如何運作。

「他們聽見我們打球，」艾利絲告訴我們。這三名陌生人如果和我們互動良好，之後應該就會說明這部分的真相。「這改變了他們的路線。」

每個人都盯著貝拉。

「多快？」卡萊爾追問，轉向我。

距離太遠，我不太容易聽見陌生人的想法。幸好今晚是暴雨之夜，我們周圍的山地幾乎沒有任何人類；更幸運的是，這個區域沒有其他吸血鬼。吸血鬼的心靈比較容易讓我產生共鳴，我能從更遠的距離聽見並判斷其方位。憑著我在艾利絲的幻象中看到的地標，我找到了他們，但我只能聽見其中最明顯的心聲。

「不到五分鐘，」我告訴他：「他們正在奔跑——他們也想參加。」

他再次瞥向貝拉。**你必須帶她離開這裡**。「你來得及嗎？」

艾利絲幫我觀察其中一條可能性：背著貝拉，試著逃離這裡。

貝拉不會拖慢我太多——問題不在她的體重，而是我會為了避免傷到她而小心移動——但我的速度也不夠快。這條可能性跟我看到的另一個未來有關：我們被包圍，敵眾我寡……

這批陌生人並沒有因為熱愛棒球而降低戒備。艾利絲看見他們會從三個方位觀察並接近這片空地。如果其中一人聽見我奔跑，另外兩人就會一起前來調查。

我搖頭。「不，就算沒背——」

卡萊爾的想法因警戒而焦急不安。

「再說，」我斷聲道：「我們最不該做的，就是讓他們聞到氣味而開始狩獵。」

「他們有多少人？」艾密特追問。

「三個。」艾利絲咬牙道。

艾密特悶哼一聲。他這個聲音完全不符合現在的緊張氣氛，我茫然地瞪著他。

卡萊爾考慮各個選項，但我看得出來選項只有一個。艾密特說得對，我們人數充足；這批陌生人如果跟我們起衝突，將無異於自殺。

「三個？」他嗤之以鼻。「讓他們來。」

「我們繼續比賽，」卡萊爾同意，雖然我不用讀心也看得出來他對這個決定感到多麼不滿。「艾利絲說他們只是好奇。」

做出這個決定後，艾利絲開始觀察將在這片空地發生的所有可能互動，畫面變得更為清晰。大多數的版本都很和平，雖然一開始很緊張。有幾個未來似乎跟對峙有關，但這幾個的畫面並不清楚。艾利絲看不出來什麼原因引發衝突——有些決定還沒成為定案。她看不出哪個版本的未來會演變成肢體衝突。

但還有許多幻象是她依然無法解讀的。我再次看到奪目的陽光，我們倆都無法理解她看到的這個場景究竟是哪裡。

我知道卡萊爾的決定是唯一的決定，但我還是覺得難受。我怎麼會讓這種事發生？

「愛德華。」艾思蜜輕聲道。**他們是否飢渴？他們是否正在狩獵？**

我在他們的思緒中沒看到吸血慾，而且艾利絲在幻象中發現他們的眼睛是飽足的紅色。

我對她搖頭。

至少這點算是幸運。她幾乎跟我一樣驚恐。和我一樣，她也擔心貝拉遭遇危險。艾思蜜雖然不是戰士，但我聽得出來，這件事讓她發怒，她會像保護自己的孩子一樣保護貝拉。

「妳來當捕手，艾思蜜。」我指示：「我來當裁判。」

艾思蜜立刻取代我的位置，但她的注意力都在貝拉身上。

沒人急著上場，而是待在附近，聆聽森林的動靜。和艾思蜜一樣，艾利絲也不打算遠離貝拉。雖然她和艾思蜜在這件事上有些差別——後者是出於母性——但我看得出來她也會盡一切代價保護貝拉。

我雖然覺得難受，但還是對她們倆滿懷感激。

「把妳的頭髮放下來。」我對貝拉低語。

這麼做雖然算不上什麼遮掩，但她除了氣味和心跳之外，最明顯的人類特徵就是肌膚。如果能盡量隱藏……

她立刻解開馬尾，甩開頭髮，披散於臉。她顯然明白隱藏身分的重要性。

「其他人要來了。」她的嗓音微弱但平穩。

「是的，」我說：「站著別動，保持安靜，而且千萬別離開我身邊，拜託。」

我調整她幾綹頭髮，盡量遮蔽她的臉孔。

「這麼做沒幫助，」艾利絲咕噥：「我隔著球場都聞得到她。」

「我知道。」我發火道。

「艾思蜜問了你什麼？」貝拉輕聲問。

我考慮說謊。她一定很害怕，但我還是對她說了實話：「他們是否飢渴。」

她的心跳節奏變得凌亂，然後加快。

我依稀注意到其他人假裝繼續打球，但我的心思都集中在即將發生的事情上。艾利絲看著腦海中的幻象逐漸成形。我看著他們將如何分開，走哪些路線，在面對我們之前會在哪集合。令我慶幸的是，他們在進入空地之前，都不會經過貝拉先前經過的小徑。也許這就是為什麼艾利絲在幻象中看到我們會友善互動。當然，等他們來到這裡，誰知道究竟會發生什麼事？我多次看到自己保護貝拉，其他人總是站在我身邊——嚴格來說，羅絲莉是站在艾密特身邊，她似乎只想保護他。有幾道幻象暗指戰鬥的發生，但這些畫面最為模糊。我沒辦法清楚看見會發生什麼事。

我能聽見他們的心靈持續逼近，目前依然遙遠，但越來越清晰。他們顯然對我們沒有敵意，不過殿後的那人——艾利絲看到那是個紅髮女性——心中充滿焦躁。她如果覺得我們具有侵略性，就會立刻逃跑。另外兩人是男性，很高興能有些娛樂活動。他們似乎不介意接近一群陌生人，我猜他們是熟悉北方的流浪者。

他們開始分開，在自曝身分之前謹慎行動。

要是貝拉不在這裡，要是她拒絕看我們打球……我猜我此刻應該還是在她身邊。卡萊爾就會打電話給我，讓我知道這批陌生人提早到來。我當然會感到焦慮，但我也會知道我什麼也沒做錯。因為我早就應該預見這個可能性。吸血鬼們嬉戲時，會發出非常獨特的聲響。如果我有花點時間考慮應變方案，如果我曾懷疑艾利絲說陌生人明天才到的這個說法，如果我小心謹慎而不是只有興奮……

我試著想像，如果這場互動是發生在六個月前，在我認識貝拉之前，我會有什麼感受。我應該會……老神在在。等我看到這些訪客的心靈，我就會確信沒什麼好擔心。我甚至可能會因為認識訪客、來場不一樣的球賽而感到興奮。

此刻，我只感到不安、恐慌……還有愧疚。

「我很抱歉，貝拉。」我壓低嗓門，只讓她聽見我說什麼。陌生人們持續接近，我不敢說得更大聲。「這樣愚蠢、不負責任地讓妳曝光，我真的很抱歉。」

她只是盯著我，瞪大眼睛。我不禁好奇，她保持沉默，是因為我的警告？還是她對我無話可說？

陌生人們在空地的西南角集合。我能聽見他們的動靜。我調整姿勢，用身子遮蔽貝拉，並跟著她心跳的節奏用腳掌拍打地面，希望能盡量遮掩她的心跳聲。

卡萊爾轉向陌生人們的腳步聲，其他人也照做。我們不會洩漏自己有什麼能力，而是假裝自己只擁有吸血鬼的感官。

我們等候，僵在原地，宛如石雕。

chapter 22

狩獵行動

艾密特雖然看不見艾利絲的幻象，

但他想像出來的畫面十分貼近我知道會發生的事：

我和艾密特在森林裡，追蹤那名追蹤客。

「我挺喜歡這個主意。」他說。

「閉嘴，艾密特。」

「聽著，如果我們試著在她在場時對付他，

就很可能會有人受傷——

可能是她，也可能是你為了保護她而受傷。

相反的，如果我們讓他落單……」

他想像自己逼近被困住的追蹤客。

陌生人們進入空地時，我早已熟悉他們的臉孔，我感覺我是認出他們而不是第一次見到面。

一名令人感覺不悅的矮小男子站在另外兩名夥伴的前頭，但他很快便以熟練的動作轉移到後面。

他專心評估我們的人數，判斷誰是威脅。他猜我們是兩、三個關係融洽的家族，在這裡一起打球。他當然有注意到卡萊爾身旁高大魁梧的艾密特，然後他注意到焦躁的我；吸血鬼很少像我這樣態度焦躁。他們三人都搞不懂我為何不斷用腳掌踏地。

我總覺得他好像注意到了什麼，但我沒心思仔細分析。

站在前頭的那人十分高大，而且比一般的吸血鬼更為俊美，腦海裡的想法充滿自信。他的家族無意在這裡鬧事；他認為我們這幾個家族對他們的到來感到吃驚，但他相信我們很快就會恢復鎮定。他也注意到艾密特的體格和我的緊繃狀態，但他接著被羅絲莉轉移注意力。

不知道她有沒有伴侶？嗯……他們看起來似乎都已經配了對。

他掃視我們其他人，然後視線又放回羅絲莉身上。

紅髮女子比我們任何人都緊張，身子幾乎為之顫抖。她始終專注地瞪著艾密特。

他們人太多了。羅倫特這個蠢貨。

她已經想好一千個逃脫路線。在這一刻，她認為最好的選擇是跑向北邊的薩利希海，避免我們追蹤她的氣味。我搞不懂她為何不選擇更近的太平洋海岸，但她如果不想著那些理由，我也就無法窺探。

我不禁希望這名忐忑不安的女子會找個地方躲起來、另外兩名夥伴照做，但是艾利絲顯然沒看到他們會這麼做。

紅髮女子看著低調的男子，等他先跑。她的視線又飄向艾密特，她不情願地移動，跟著另外兩人接近我們。

兩名男子似乎也沒辦法把視線從艾密特身上移開。我不禁打量我的兄弟。今晚的他似乎比平時更魁梧，而且他緊繃的模樣就是散發一種威嚇感。

儘管如此，擔任頭目的羅倫特對自己的計畫充滿信心。如果各家族能彼此和諧共處，那我們應該也能跟他的家族和平相處。每個人都會冷靜下來，一起打球，然後他就能認識那名美麗的金髮女子……

他綻放友善的笑容，放慢腳步，在卡萊爾幾碼外停步。他輪流瞥向羅絲莉、艾密特和我，然後看著卡萊爾。

「我們好像聽見打球的聲響。」他說話帶點法國腔，但內心想法是英文。「我是羅倫特，這是維多利亞和詹姆斯。」

這三人——來自歐洲大陸的斯文旅人，以及較為狂野的兩名夥伴——之間似乎沒多少相似處。女子對他的介紹感到惱火，她一心只想逃跑。名叫詹姆斯的男子對羅倫特的自信感到有點莞爾。他很享受這場邂逅的不確定性，等著看我們會如何回應。

維多利亞還沒逃跑，他想著。**所以情況應該還好**。

卡萊爾對羅倫特微笑，友善又坦率的表情暫時安撫了受驚的維多利亞。有那麼一秒，他們三人都把注意力從艾密特轉移到卡萊爾身上。

「我是卡萊爾，」他自我介紹：「這是我的家人：艾密特和賈斯柏、羅絲莉、艾思蜜和艾利絲、愛德華和貝拉。」他大略地指向我們，避免把陌生人的注意力引向我和我身後的貝拉。意識到我們同屬一個家族，羅倫特和詹姆斯做出反應，但我沒特別注意他們。

卡萊爾說出賈斯柏的名字時，我意識到自己忽略了什麼。

賈斯柏才應該成為他們評估的首要對象；他渾身傷疤，高大精瘦，如雄獅般強悍，久經沙場而眼神犀利。他的戰士氣質應該給這場談話造成影響。

我從眼角瞥向他，覺得……無趣，彷彿全天下最無趣的人就是站在這裡的他，這個不起眼又溫馴的吸血鬼。

不起眼？溫馴？**賈斯柏**？

賈斯柏正在全力地集中精神；他如果是人類，現在必定滿身大汗。

我以前從沒見過他這麼做，也沒想過他有這種本領。這是他在南方練就出來的能力？迷彩術？此刻，他安撫現場的氣氛，讓看著他的人覺得他很平凡。站在後面的他看似無比平庸、微不足道……不只是他……他也把這種平凡的氣息投射到艾利絲、艾思蜜和貝拉身上。

這就是為什麼這三名陌生人還沒注意到貝拉是人類。不是因為貝拉頭髮凌亂，也不是因為我頻頻踏地，而是因為這三名陌生人受到煩悶氣息所影響，沒仔細觀察她。她只是群體中的一員，不值一提。

賈斯柏為了保護脆弱的成員們而使盡全力。我聽得見他全然集中心思。如果發生肢體衝突，他就無法繼續這樣專心下去，但在這一刻，他以我無法想像的巧妙方式保護了貝拉。

我再次心生感激。

我用力眨眨眼，把注意力放回陌生人身上。他們受到卡萊爾的魅力所影響，但並沒忘了艾密特的體魄和我的專注。

我試著吸收賈斯柏散發的平靜氣息，但我只看得見它在其他人身上的效果，我自己無法使用。我意識到這就是賈斯柏的用意，他想讓陌生人把注意力放在我這個威脅上。

好吧，我樂意扮演這個角色。

「你還有位置容納更多球員嗎？」羅倫特詢問，態度和卡萊爾一樣友善。

「其實，我們剛結束了比賽。」卡萊爾答覆，口氣十分溫暖。「但下次我們當然有興趣。你們打算在這附近待很久嗎？」

「我們其實正在前往北方，但很想看看這附近有什麼樣的人。我們已經很久沒遇到同族了。」

「的確，這一區通常沒人，除了我們，還有偶爾會出現的訪客，例如各位。」

卡萊爾的善意和賈斯柏的影響力正在贏得他們的心，就連焦躁不安的紅髮女子也開始平靜下來。她觀察這種安全感，以一種我感到怪異的方式分析它。我不確定她是不是注意到賈斯柏的超能力，但她似乎沒起疑。她比較像是在懷疑自己的直覺。

詹姆斯感到有點失望，因為沒辦法打球，也因為……這場對峙緩和了下來。他喜歡面對未知所帶來的興奮感。

羅倫特正在吸收卡萊爾散發的鎮定和自信。他想更瞭解我們，他想知道我們如何又為何隱藏眼睛的顏色。

「你們的狩獵範圍有多大？」羅倫特問。這是流浪者之間會提出的普通問題，但我擔心這會嚇到貝拉。她無論有什麼感受，都盡可能保持靜止沉默。她的心跳節奏沒有變化，所以我踏地的頻率也沒變。

「奧林匹克山脈，偶爾會延伸到海岸山脈。」卡萊爾這番話不是謊話，但也利用了羅倫特的猜測。「我們在附近定居，德納利附近也有個跟我們類似的永久聚落。」

這令他們三人大吃一驚。羅倫特只是一臉困惑，但紅髮女子似乎感到恐懼，賈斯柏對她造成的影響瞬間消失。詹姆斯則顯得好奇。他們聽見了奇聞。我們這個家族不僅龐大，而且不是流浪性質。他們來見我們，顯然沒有白跑一趟。

「定居？」羅倫特一頭霧水。「你們是怎麼做到的？」詹姆斯很高興羅倫特開口、代替他說出他的疑惑。他不願讓自己引起注意，這點跟賈斯柏的迷彩術有點相似，只是不如後者強大。我不確定詹姆斯為什麼喜歡採取這種安全路線，這似乎不符合他喜歡轉移注意力的偏好。

難道他跟賈斯柏一樣也在隱瞞著什麼？

「你們何不來我們家，我們可以舒適地談談？」卡萊爾提議：「畢竟說來話長。」

維多利亞抽搐一下，我看得出她是靠意志力逼自己待在原地。她已經猜到羅倫特會如何答覆，而且她實在很想逃跑。詹姆斯以眼神鼓勵她，但她還是很緊張。儘管如此，她會跟隨他的帶領。

事情真的會這麼順利？如果他們接受這項邀請，卡萊爾和艾密特會帶領這三人離去，我就能帶貝拉離開。靠著賈斯柏的努力，這三人可能永遠不會意識到我們隱藏了什麼。

我查看艾利絲腦海中的未來，但在這一刻有點困難，因為我必須無視賈斯柏強大的影響力，這股力量試著讓我相信我不需要浪費這種時間。

艾利絲把注意力放在最近的可能未來上。令我驚訝的是，這幾個版本的未來都出現了對峙場面，其中幾個打鬥場面比之前更清晰。

看來事情不會那麼順利。

我在羅倫特的腦海中只聽見「興趣」和「同意」；詹姆斯也同意羅倫特的決定。維多利亞不安地懷疑我們是否暗藏陷阱。

這三人都無意製造麻煩，甚至無意更仔細觀察我們這一家。他們以後為什麼會改變心意？

我只想得到某個不受任何決定或念頭所影響的因素。

天氣。

我做好心理準備，知道自己在這方面無能為力。賈斯柏瞥向我，感覺到我的痛苦。

「這聽起來很有趣，也很吸引人。」羅倫特說：「我們從安大略一路狩獵過來，還沒機會好好打理一下儀容。」

維多利亞打個冷顫，試著引起詹姆斯的注意，但他視而不見。

「無意冒犯，但你們如果不在這個地區狩獵，我們會很感激。」卡萊爾告誡他們。「我們必須保持低調，相信你能明白。」

卡萊爾的語調極為平靜。我真羨慕他這樣滿懷希望。

「當然，」羅倫特同意：「我們不會侵犯你的領土，況且我們才剛在西雅圖郊外進食過。」

羅倫特發出笑聲，貝拉的心跳第一次漏了一拍。我急忙改變踏地的節奏，試著遮掩這個變化。這三名陌生人似乎都沒注意到。

「如果你們願意跟我們一起跑，我們可以帶路。」卡萊爾提議，但只有我和艾利絲知道時機已晚、他的計畫不會成功。她看到的幻象即將成真。「艾密特和艾利絲，你們和愛德華及貝拉一起搭吉普車。」

他說出貝拉的名字時，某件事發生了。

暴風雲團的尾巴往西邊轉動，從另一個方向吹來一陣微風，如此輕柔，如此避無可避。

貝拉新鮮又強烈的氣味直接飄到三名陌生人的臉上。

這三人都受到影響；羅倫特和維多利亞對這股不知從何而來的美妙氣味感到困惑，但詹姆斯已經進入狩獵模式。賈斯柏的迷彩術不足以影響他們這種專注力。

再偽裝下去也只是浪費時間。賈斯柏彷彿看懂我的思緒，在這一秒把投射範圍往後撤，只覆蓋他自己和艾利絲。我意識到他這麼做比較有利，因為他如果現在還試著遮蔽貝拉，三名流浪者就會發現他這項天賦。話雖如此，我還是有點覺得遭到背叛。

但這不是我的心思所在。我的腦海大多充斥著怒火。

詹姆斯上前一步，蹲伏身子。他滿腦子只有狩獵，想立刻獲得滿足。

我試著轉移他的注意力——

我蹲在貝拉身前，準備在他接近她之前撲向她，我所有的能力都集中於他的思緒。我以低吼聲警告他，知道現在如果想轉移他的心思，就必須讓他忙於自保。

我的怒火無比強烈，我有點希望他不把我的威脅當一回事。

他把視線從貝拉身上移開，轉而打量我，心裡出現一種怪異的驚訝感。看到我攔住他的去路，他幾乎感到……**不可置信**。我猜他以前從沒遇到有誰阻礙他。他遲疑不決，不確定該小心行事還是順從慾望。我沒笨到無視另外兩名陌生人，畢竟這場較量不僅局限於我和詹姆斯之間。但他很難抗拒我的挑戰。他似乎不太想抗拒。

「這是怎麼回事？」羅倫特喊道。我沒把任何注意力浪費在他的反應上。

詹姆斯移動之前，我已經在他的腦海中看到他的意圖，所以我及時攔住他的去路。他瞇起眼睛，重新評估我的威脅性。

他的動作比我預料的更快。太快？

他開始對我起疑，對我們所有人起疑。他為什麼現在才注意到這個女孩？她明明這麼不一樣，她的肌膚白裡透紅又柔軟，而且不像我們這樣會反映星光。

「她和我們一起。」我聽見卡萊爾用不同的語氣提出警告，不再友善。

詹姆斯瞥卡萊爾一眼，再次注意到他身旁的艾密特多麼強壯又好鬥。

看他感到沮喪，我覺得驚訝。詹姆斯並不想小心行事，而是渴望戰鬥。他維持戰鬥姿態，但稍微觀察維多利亞，看到她嚇得僵在原地。

羅倫特終於做出反應時，我的注意力也受到影響。

「她是你們帶在身邊的點心？」他顯得難以置信。

和詹姆斯一樣，他朝貝拉走近一步，雖然他的動作是出於本能而非侵略性。

我不在乎。我稍微扭動身子，盯著更大的威脅，朝羅倫特發出怒吼，亮出牙齒。不同於詹姆斯，羅倫特立刻後退。

詹姆斯再次挪動，試探我的專注力。他才剛做出動作，我已經上前攔截。他齜牙咧嘴。

「我說過了，她和我們一起。」卡萊爾重複，發出我從沒聽過的低吼聲。

「但她是人類。」羅倫特指出。他的心裡還是沒有侵略性，他只是感到困惑又害怕。他無法理解這個情況，但他意識到詹姆斯如果做出愚蠢的攻擊行為，就會害死他們三人。他瞥向維多利亞，也觀察她的反應，彷彿她是某種風向指標。

艾密特對羅倫特做出反應。我感覺地面震顫，我不確定這是誰造成的——又朝戰場走近一步的賈斯柏？還是表現出本色的艾密特？

「沒錯。」艾密特隆隆道，音調不帶任何情緒。他鋼鐵般的嗓音似乎劃過這場對峙，引發突來的寒意。

我相當確定這是賈斯柏的成果，但我沒浪費精神確認。

這個成果很有效。詹姆斯從蹲姿站起。

我仔細觀察他的反應，依然擺出防禦姿態，以防他耍詐。我以為他會表現出憤怒和沮喪。我剛剛已經看出他很傲慢，他不習慣遇到阻礙。被迫屈服於更強大的力量，這一定會讓他怒火中燒。

他的腦海中卻突然出現興奮感。他始終盯著我和貝拉，但從眼角評估周圍的威脅。他感受到的不是恐懼或惱怒，而是一種怪異又狂野的喜悅。他還是沒瞟向賈斯柏和艾利絲，沒把他們倆放在眼裡，不過艾密特的威猛體格似乎突然讓他感到興奮。

「看來我們對彼此還有許多需要瞭解之處。」羅倫特以安撫的口吻說道。

這時候，詹姆斯感到的莫名喜悅轉變成盤算、策略，還有昔日勝利的回憶。我終於不安又驚慌地意識到，他不是普通的獵人。

「的確。」卡萊爾表示同意，語調強硬。

我很想知道艾利絲現在看到什麼，但我必須把所有注意力集中在對手的思緒上。

在他的腦海中，我看到他想起以前圍困一個又一個狩獵目標，他回想起花費較久的狩獵過程，他為了捕獲獵物而克服了多少困難。那些挑戰都比不上他現在眼前的挑戰。八個人……不，他糾正自己：七個人。七人之家——這些人必定擁有某些天賦——連同一名軟弱的人類女孩，她的氣味比他這一百年來享用過的餐點都美味。

他感到興奮難耐。

這裡有太多人保護她，他沒辦法下手。

等他們分散。利用這段時間好好偵查。

「但我們還是願意接受你的邀請。」羅倫特對卡萊爾說。詹姆斯沉浸於自己的計畫，只有依稀聽見這場談話。

直到羅倫特補充道：「而且，當然，我們不會傷害人類女孩。我說過我們不會在你們的活動範圍裡狩獵。」

這句話穿透了詹姆斯感受到的興奮和專注力。他把視線從我身上移開，驚訝地瞪著羅倫特；但羅倫特面向卡萊爾，沒看到詹姆斯臉上的震驚轉變成反感。

你竟敢代替我發表意見？

他這種反應清楚表示這個家族遲早會分開。我聽得出來，羅倫特一旦失去用處，就會被詹姆斯殺掉。他之所以想殺掉羅倫特，似乎完全因為對方說出那句話；我找不到他們倆其他的過節。看來詹姆斯很容易發怒，而且喜歡記仇。也許我可以利用這點。

在詹姆斯的腦海中，他對於維多利亞選擇羅倫特並無任何意見。我不確定詹姆斯和維多利亞是不是配偶，但他沒表現出對她的任何特殊情感。看來他們倆在遇到羅倫特之前早就在一起。這個家族原本只有他們倆，羅倫特是入侵者。也難怪詹姆斯想剷除這個外來者。

「我們會帶路。」卡萊爾的口氣不太像邀約，比較像下達命令。「賈斯柏、羅絲莉、艾思蜜？」

賈斯柏不喜歡在這時候跟艾利絲分開，尤其當事情如此不順利的時候，但他現在不能跟卡萊爾爭論。我們必須表現得團結一致，他也不想引來注意。卡萊爾完全不知道賈斯柏正在施展的迷彩術。無奈之下，賈斯柏決定繼續施展迷彩術；如果現場會發生戰鬥，他打算做出伏擊。

他看著艾利絲，她對他點頭。她相信自己不會有危險。他雖然接受這點，但還是覺得不高興。她快步來到貝拉身邊。

賈斯柏、艾思蜜和羅絲莉默契十足地一同邁步，來到卡萊爾身旁，並避免讓詹姆斯看到貝拉。

詹姆斯的情緒已經平靜下來，他的攻擊意圖已經消失，滿腦子只有盤算。

艾密特最後一個撤退，來到我身旁，始終盯著詹姆斯。

卡萊爾做個手勢，示意羅倫特及其家族先走出這片空地。羅倫特立刻照做，維多利亞緊隨其後，她的腦子裡還是塞滿逃脫路線。

詹姆斯遲疑半秒，視線又回到我們身上。我知道貝拉的身影被艾密特擋住，但詹姆斯現在不是在尋找她。他盯著我的眼睛，露出微笑。

某件事引起他的注意——賈斯柏走離艾利絲，也因此不再以超能力遮蔽她。他驚訝地仔細打量她的臉，似乎搞不懂自己為何現在才觀察她，但他的驚訝沒有轉換成確切的思緒，接著只是轉身快步追上同伴。卡萊爾和賈斯柏緊跟在三名陌生人身後，羅絲莉和艾思蜜跟在後頭。

我開口時，逼自己別發出低吼或尖嘯聲。「我們走，貝拉。」

她似乎陷入癱瘓。她瞪大眼睛，我不確定她有沒有聽懂我說什麼。但我沒有時間安撫她；如果她處於震驚狀態，我也沒時間治療她。在這一刻，我們唯一的優先事項就是逃離此地。

我抓住她的手肘，把她拉向其他人消失之處的反方向。她踉蹌一步，站穩後開始小跑跟上我。艾密特和艾利絲走在我們身後，幫忙掩護她，以防萬一。

我確信詹姆斯不會跟著羅倫特一起前往我們的住處。他一找到機會就會脫隊，回來跟蹤貝拉。我不確定他多久就會找到這種機會，但我必須做出行動，認定他正在監視我們。如果他正在監視我們，最好讓他以為我們是配合貝拉的速度移動。她在林子裡的氣味突然變得稀薄時，他應該不會驚訝多久，但如果我們能隱藏自己的移動方式，他就必須停下腳步，重新評估。

他離我太遠，我現在無法判斷他的確切位置，雖然我大概知道那一群人現在在哪。我不確定他是不是還跟他們在一起。如果他已經跑到哪座山峰上，就能清楚掌握我們的行蹤。儘管如此，我還是對我們如此緩慢的速度感到苦惱。

艾密特和艾利絲沒有對我們這種移動速度發表意見。他們都知道詹姆斯可能正在監視我們，雖然艾利絲無法確認詹姆斯究竟在做什麼。他不會在這裡或近期內遇到我們。她之所以能看到這三名陌生人進入空地，是因為他們決定跟我們互動。她不容易看到外人，除非他們跟她的家族成員在一起。詹姆斯應該會持續隱匿行蹤，直到他決定攔截我們其中一人。

我們來到空地邊緣，感覺彷彿花了幾小時，但我知道其實只花了幾分鐘。我們深入林中，遠離任何人的監視範圍後，我背起貝拉。她明白我的用意，看來她並沒有嚇得失神。她用兩條腿緊緊纏住我的腰，用雙臂抱住我的脖子，把臉貼在我的肩胛骨上。

我開始奔跑。我們以適當速度遠離危險時，我原以為自己會覺得更安全，但我心中的沉重驚慌似乎完全沒消失。我知道這只是幻覺，但我總覺得我像是在原地踏步。

吉普車出現在眼前時，我立刻把貝拉抱進後座，我感覺自己動作太過緩慢。

「幫她綁上安全帶。」我對艾密特斷聲道。他選擇跟貝拉一起坐在後座上，他明白我開車時需要他擔任她的保鑣。他樂意這麼做，甚至期待這麼做。

艾密特想開玩笑的慾望難得獲得滿足，我感到慶幸，因為我實在不想在這時候聽他講冷笑話。他的腦海充滿暴力念頭。

艾利絲坐在我身旁，自發地瀏覽我們可能面對的所有未來。大多數的畫面都是我們前方有一條陰暗的路，我們駕車高速駛過，沒有明確的目的地。但在福克斯，在貝拉的家和我們的家裡，有其他的未來往錯誤的方向行進，雖然我無法想像什麼樣的力量能讓我轉向。

我在避免吉普車翻覆的範圍內全力踩油門，駛過粗糙的路面，但我總覺得我正在輸掉這場競速。

艾利絲繼續搜索時，我盯著路面。她在幻象中再次看到奪目陽光——我們為什麼會選個迫使我們待在室內的地點？我們終於回到公路上，我真希望我們是坐在別的車裡，不管是我的，羅絲莉的，還是卡萊爾的車。這輛吉普車並沒有經過改裝，不適合飆車，但我們現在別無選擇。

我依稀注意到自己的嗓音，我聽見自己正在罵髒話，但我覺得聲音聽來遙遠，彷彿不是由我控制。

除此之外，周遭只聽得見引擎怒吼，輪胎壓過潮溼的路面，後座的貝拉呼吸和心跳急促。

艾利絲在幻象中看到一個窗簾拉上的旅館房間，但無法確定它的地點。

「我們要去哪？」

貝拉這句話聽起來也像來自遠方。我正在專心觀看艾利絲的幻象，加上我心裡充滿驚恐，所以我沒辦法回答她。這種感覺就像這個問題與我無關。

她的嗓音顫抖無力，但她再次開口時，語調變得強硬。

「該死，愛德華！你要帶我去哪？」

我把心思從艾利絲看見的諸多未來上移開，回到當下。貝拉一定很害怕。

「我們得帶妳遠離這裡，越遠越好。」我解釋。我原以為她會覺得這是個好辦法，她卻突然厲聲咆哮，試著掙脫身上的安全帶。

「回頭！你得帶我回家！」

我該如何向她解釋，她已經失去了家，那該死的獵人今晚奪走她太多東西？

但當務之急是避免她跳車。

艾密特正在考慮是否該壓制她。我壓低嗓門說出他的名字，讓他知道我希望他這麼做。他小心翼翼地抓住她的兩隻手腕，制伏她。

「不！愛德華！不，」她對我咆哮：「你不能這麼做！」

我不知道她以為我在做什麼。她以為我有選擇嗎？聽見她的憤怒和絕望，我很難集中精神。這感覺簡直就像傷害她的人是我，而不是那名追蹤客。

「我必須這麼做，貝拉，」我嘶吼：「現在，請妳安靜。」我需要查看艾利絲看見的幻象。

「我不要！」她對我呼喊：「你必須帶我回家，否則查理會通知聯邦調查局！他們會調查你的家人——卡萊爾和艾思蜜！他們會被迫離開，永遠躲藏！」

她在擔心這個？她搞錯擔心的重點，不過我猜我不該感到驚訝。

「冷靜點，貝拉，我們以前也流浪過。」看來我們得從頭來過。在這一刻，這看似毫無意義。

「我不能這樣害你們！」她尖叫：「你們不能因為我而毀了一切！」

她試圖掙脫艾密特的手，她全身上下只有被艾密特抓住的雙手靜止不動。艾密特困惑地瞪著她。

我該怎麼做才好？

我還來不及讓貝拉知道她為何搞錯，或是叫艾密特別擔心，這時艾利絲開口。

「愛德華，把車停到路邊。」

她平靜的口氣令我惱火。但她正在考慮貝拉提出的問題，而且那些問題都不是問題。艾利絲早該知道這點。貝拉不明白發生了什麼事。她怎麼可能明白？她根本搞不懂來龍去脈。

我下意識地猛踩油門，突然意識到艾利絲也沒有掌握到所有的來龍去脈。她雖然有預知能力，但有些事情是她看不見的。

「愛德華。」艾利絲依然平靜，語調淡定。「讓我們談一談。」

「妳不瞭解，」我發脾氣：「他是個追蹤客，艾利絲，妳看不出來？他是追蹤客！」

聽見追蹤客一詞，艾密特的反應比艾利絲更大。我決定對她吼出這三個字的時候，她當然早就知道那人的身分。

我們只有聽過追蹤客的傳聞。最強大的追蹤客都在義大利。卡萊爾認識一個，那人名叫阿利斯泰爾，但他很討厭社交，所以我們都沒見過他。艾密特和艾利絲只知道追蹤客擅長找到特定的人或東西，不瞭解這種人的其他特徵。詹姆斯不只是擅長找人而已；對他來說，追蹤就是一切。

「靠邊停車，愛德華。」艾利絲重複，彷彿我剛剛都沒說話。

我怒瞪她，把車開得更快。

今晚不是這樣發展。她透過想法向我保證。「照做，愛德華。」

「聽我說，艾利絲。」我真希望我能把我知道的東西直接塞進她腦子裡。她就是不懂。「我看見了他的想法。追蹤就是他的激情和執念，而且他想要她，艾利絲——他就是要她。他今晚就會開始狩獵。」

我雖然發脾氣，但她無動於衷。「他不知道她在哪——」

我打斷她的話。她就是不願認清事實，我感到不耐煩。「妳覺得他再過多久就能聞到她在鎮上的味道？」

他在羅倫特開口之前已經做了決定。

貝拉倒抽一口氣，然後又厲聲道：「查理！你不能把他獨自留在家裡！不能丟下他不管！」

「她說得沒錯。」艾利絲的口氣還是太鎮定。

我下意識地鬆開油門。我當然也不能害查理置身險境，但我實在分身乏術。

「我們先稍微看看有哪些選擇。」艾利絲勸誘。

看見她腦海中突然出現的畫面，我感到震驚。我之前沒看到她追蹤這個未來——如果有，我會激烈地阻止她——但她已經列出完整的畫面。

在艾利絲看到的這個未來中，追蹤客失去興趣，放棄獵捕。

沒了戰利品，這件事對他來說就毫無意義。她解釋。

這個畫面看起來很像舊的幻象，但我看得出來這是新的，才剛出爐。在這個畫面中，貝拉雙眼通紅，五官如鑽石雕像般稜角分明，肌膚比冰塊還蒼白。

果不其然，追蹤客在這個版本裡不見蹤影。

而且貝拉那雙明亮的眼睛冷冷地瞪著我……對我做出指控。

我把吉普車開到路肩，用力踩下煞車，車子搖晃停定。

「沒有選擇。」我對艾利絲咬牙道。

「我不能丟下查理！」貝拉對我咆哮。

「我們得帶她回去。」艾密特插嘴。

「不。」

艾密特從後照鏡盯著我看。「他打不過我們，愛德華，他碰不到她的。」

「他會等。」他喜歡等候。

艾密特冷笑。「我也能等。」

我沮喪得想扯掉頭髮。「你沒看見——你不瞭解！他一旦投入狩獵，就沒人能甩掉他。我們必須殺了他。」

艾密特看著我，彷彿遲鈍的人是我。

我們當然必須殺了他。他心想，但說出來的話語比較婉轉。他意識到身邊有個脆弱的人類，所以表現得比平時體貼許多。「這也是個選項。」

「還有那個女的，」我提醒他：「她跟他是一夥的。」看艾密特面不改色，我補充道：「如果發生戰鬥，那個頭目也會配合他們。」雖然我對此抱持懷疑態度。

「我們有足夠的人手。」

他把羅絲莉和艾思蜜也算進去？當然沒有。他覺得自己能一打三，彷彿那三人會堂堂正正地面對他、絕不耍花招。

「還有另一個選項。」艾利絲重複。

那個選項正在到來。你何不接受它？你現在就能讓她安全。

我覺得心中的怒火充滿危險性，彷彿我現在有可能傷害艾利絲，就算我很愛她。我試著壓抑這團怒火，我只透過言語來發洩它。

「沒有其他選項！」我咆哮，離她的臉只有幾吋。

艾利絲面不改色。

聰明點。有太多未來是我沒辦法解讀的，它們太過深遠。你說得沒錯，他不會放棄……除非他沒動機繼續行動。

在艾利絲的腦海中，我看見接下來的幾十年裡，詹姆斯持續追捕我試圖藏匿的貝拉。各式各樣的陷阱和花樣。他顯然沒艾密特所想的那麼容易收拾。

沒關係，我能保持警覺好幾十年。我不會拿她的生命換取一個輕鬆的未來。

一個顫抖的微弱嗓音打岔——是貝拉。

「有人願意聽聽我的計畫嗎？」

「沒有。」我厲聲道，依然怒瞪艾利絲。她也對我怒目相視。

「聽著，」貝拉說下去：「送我回家——」

「不。」

「送我回家，」她堅持，語氣變得更為強硬憤怒。「我會跟我爸說我要回鳳凰城的家，然後我打包行李。

追蹤客監視我們的時候，我們就逃走。他會跟著我們，遠離查理。查理就不會跟聯邦調查局舉報你們家，然後你想帶我去哪都行。」

看來她的想法並非完全不理性。我原本以為她想拿自己的命換查理的命，或換取我們一家的安定。看來她想出了辦法。

「說真的，這主意不壞。」艾密特思索道。他對追蹤客的評價很低，所以他寧可留下一條蹤跡給人家，這好過不知道敵人會從哪出現。而且他覺得這樣能更快解決問題；他雖然剛剛嘴上那麼說，但他其實真的沒多少耐心。

艾利絲陷入沉思，觀察貝拉這個辦法如何影響了未來。她看見追蹤客會出現在她家附近，就算只是為了看她演戲。

「這個辦法可能有效。」她承認。諸多新幻象迅速浮現。我們會分成三個方向分頭行動，只留下我們想留下的蹤跡。她看見艾密特和卡萊爾在森林裡狩獵。有時候羅絲莉會出現，有時候是艾密特和賈斯柏，總之沒有群體行動。

「我們不能讓她父親碰上危險，你也知道。」艾利絲補充道，還在看著幻象如何演變。我們會讓追蹤客有查理以外的目標可以跟蹤。

但在最為清晰的幾個幻象中，追蹤客太接近貝拉。這讓我已經繃緊的神經更為緊張。

「這樣太危險，」我咕噥：「我不希望他出現在她方圓百哩之內。」

「愛德華，他過不了我們這關。」艾密特感到洩氣，因為他覺得我一直在試著避免戰鬥發生。他完全沒感受到賭注有多大。

艾利絲觀察這個決定的後果——她正在做這個決定，因為她看得出來我遲疑不決。沒有哪個版本的未來是以「在查理家中大打出手」做為結局。追蹤客打算靜心等候、多多觀察。

「我沒看見他出手，」她確認：「他在等我們讓她落單。」

「他很快就會意識到這不可能發生。」

「我要求你送我回家。」貝拉下令，試著讓嗓音聽起來更有威嚴。

我試著在驚慌、絕望和慚愧的影響下維持理性思考。我們設下自己的陷阱，這麼做是不是比「等追蹤客設下他的陷阱」更合理？這麼做雖然聽起來合理，但我就是無法想像讓貝拉更接近他、擔任誘餌。

「求求你。」她呢喃，口氣流露痛苦。

我想像追蹤客發現查理獨自在家。我知道貝拉一定正在想著這一幕。我只能想像她現在多麼驚慌又絕望，畢竟我的家人都沒這麼脆弱。貝拉是我唯一的弱點。

我們必須誘導追蹤客遠離查理，這點顯而易見。在她的計畫裡，只有這個部分重要。然而，如果這個辦法沒能成功，如果追蹤客沒看見我們演的那場戲，我不打算繼續冒險。我們會另外想個辦法。艾密特會保護查理，無論多久。我知道他會很樂意單挑追蹤客。想到賈斯柏在棒球場上施展的迷彩術所造成的影響，我相當確定追蹤客絕不想接近艾密特。

「妳今晚就得離開，無論追蹤客是否出現。」我告訴貝拉，洩氣得無法抬頭。「妳要告訴查理，妳再也沒辦法忍受福克斯，一分鐘都待不下去。總之他怎樣才會信，妳就怎麼說。妳手邊拿到什麼就打包什麼，然後進入妳的卡車。我不在乎他對妳說什麼。妳有十五分鐘。」我看著後照鏡，迎上她的視線，她一臉嚴肅。「妳聽到我說的了嗎？從妳進門開始十五分鐘。」

我催油門，原地迴轉，因別的理由而匆忙趕路。我想盡快完成「設下誘餌」這件事。

「艾密特？」貝拉問。

透過艾密特的腦海，我看見貝拉看著自己被抓住的雙手。

「噢，抱歉。」艾密特咕噥，放開她。

看我沒表示反對，艾密特放鬆身子。

既然已經決定了該怎麼做，我再次觀察艾利絲的幻象。她看到的穩固未來不算很多，大概只有三十個。在大部分的畫面中，追蹤客會比我們晚兩分鐘抵達查理的住處，跟我們保持安全距離。在少數幾個畫面中，他是在我們離去後才抵達，但他無視查理，而是繼續跟蹤我們。

之後的諸多可能性更為聚集。我們會回家。追蹤客會跟我們保持更遠的距離，不想跟我們起衝突。紅髮女子會在那裡等他。我的家人會分開。沒有哪個版本顯示羅倫特會協助詹姆斯和維多利亞。如此一來，我們只需要分成三組。

我唯一不明白的是，這三組的成員為什麼一直改變。這沒道理。

無論如何，接下來這部分非常明確。

「計畫是這樣的，」我對艾密特解釋：「我們抵達後，如果追蹤客不在那兒，我會陪她進門，然後她有十五分鐘。」我再次在後照鏡上瞥向貝拉的眼睛。「艾密特，你監視屋外。艾利絲，妳監視卡車。我會一直在屋內，等到她出來。之後，你們兩個把吉普車開回家，回報卡萊爾。」

「才不要，」艾密特反對：「我要跟著你。」**你欠我一份人情，還記得嗎？**

他有此要求，我並不感到驚訝。這大概就是為什麼諸多未來充滿矛盾之處。

「你仔細想想，艾密特，我不知道我會離開多久。」

「直到我們知道要走多遠為止，我都會跟著你。」

他的想法非常堅定。也許這樣也好。我沒爭論。

艾利絲在腦海中看見卡萊爾和賈斯柏在森林裡狩獵。

「如果追蹤客已經在那裡，」我說下去：「我們就繼續開車。」

「我們會比他更早到那裡。」艾利絲堅稱。

她雖然百分之九十九確定，但我不打算拿曖昧不明的幻象冒險。

「那吉普車怎麼處理？」艾利絲問。

「妳把它開回家。」

「不，我才不要。」她的口氣不容商量。

關於我們如何分頭行動的幻象再次出現變化。

我對她吐出一連串過時的咒罵。

貝拉以低沉嗓門打岔：「我的卡車載不下我們這麼多人。」

她以為我們要坐她那輛老邁又遲鈍的車子逃亡。但我沒說什麼，因為我知道她很在乎她那輛卡車。我沒精神跟她吵無聊的架。

看我沒反應，她輕聲道：「我覺得你應該讓我一個人離開。」

我再次弄錯了她的意思。她以為她的職責就是犧牲自己，以確保查理身邊有好幾個保鑣。

「貝拉，請依我說的做，就這一次。」我懇求，雖然聽起來不像，因為我說話時咬牙切齒。「聽著，查理不是笨蛋。如果你明天不在鎮上，他一定會起疑。」

我完全誤會了她的意思。她讓自己面對危險，就是為了確保我有不在場證明？

「這不重要，」我的語氣表示沒得商量。「我們會確保他平安，這就夠了。」

「那追蹤客怎麼辦？」她反駁：「他有看到你今晚的態度。他會認為你和我在一起，無論你是不是。」

我們三個都愣住，對這個走向感到驚訝。連艾利絲也僵住，她原本沒在聽這場談話，而是忙著觀察其他的未來。

艾密特立刻明白其中道理。「愛德華，你該聽她的，我覺得她說得對。」

「是的，她是對的。」艾利絲同意。

她看得出來貝拉說得沒錯：不管我加入哪一組，追蹤客就會跟蹤那個小組。這就會破壞整個計畫，我們根本沒辦法轉守為攻。更糟的是，她將再次成為誘餌，而未來將充滿諸多可能，我們很難確保她平安。

可是別的選項是什麼？離開貝拉？

「我做不到。」

貝拉再次開口，語氣平靜，彷彿我們已經接受她剛剛那番話。「艾密特也應該留下。他當時一直在打量艾密特。」

「什麼？」艾密特愣住。

但艾利絲知道他反對的是什麼。「你如果留下，就更能接近他。」

剛剛充滿變化的諸多幻象似乎平靜下來。她看到我跟艾密特和卡萊爾在一起，我們跑過林中，然後為了狩獵而改變方向。

在這個未來中，貝拉在哪？

我瞪著艾利絲。「妳認為我應該讓她落單？」

她開口之前，我已經在她的幻象中看到答案。一間廉價旅館裡的普通房間，貝拉睡覺時蜷縮身子，艾利絲和賈斯柏在另一個房間裡站崗。

「當然不是。我和賈斯柏會照顧她。」

「我不能這麼做。」但我的嗓音有氣無力。我想不出別的辦法。如果追蹤客會盯上我，那我確實應該遠離貝拉。我必須控制自己心中的驚慌和痛苦，當個獵人。想到能消滅引發這場夢魘的那名吸血鬼，我感到有些喜悅，但我壓抑這個感受。唯一重要的就是貝拉的安全。

貝拉還有別的提議。

「在鎮上待一星期。」她輕聲道。我再次在後照鏡上瞥她。她對今晚引發的危機瞭解得真少。「幾天也好？」她提議，似乎以為我覺得一星期太久。我真希望這場危機在一星期內就能結束。

「讓查理知道你沒有綁架我，」她說下去：「這樣也能讓詹姆斯白忙一場。確保他跟丟我後，你就來見我。當然，你得多繞些圈子，然後賈斯柏和艾利絲就能回家了。」

我觀察艾利絲對這個辦法的反應；發現這個辦法可行，我不禁覺得有點放鬆。在某些幻象中，我會跟貝拉、艾利絲和賈斯柏在一起。我看見的那個宿命是長期躲藏。追蹤客避開了我。但還有很多可能性在她的腦海中穿梭。在其中一些幻象中，我看到貝拉回到她家。奪目陽光再次侵入這些畫面，令我失去方向感。那到底是什麼地方？

「在哪跟妳會合？」我問。貝拉的決定將驅動未來。她想必已經知道答案。

她的口氣十分堅定。「鳳凰城。」

但我在艾利絲的腦海中看到下一幕。我已經聽過貝拉會給查理的說詞，我知道追蹤客會聽見什麼。

「不。他會聽見妳要去那裡。」我提醒她。

「而你當然會讓他以為這是詐術。」她強調當然二字，顯得不耐煩。「他會知道我們知道他在偷聽，他絕不會相信我真的要去我說我要去的地方。」

「她跟惡魔一樣聰明。」艾密特笑出聲。

我還沒被說服。「萬一不成功呢？」

「鳳凰城有幾百萬人口。」貝拉的口氣依然不耐煩。我懷疑她是因為恐懼而不耐煩。我知道恐懼對我造成了同樣的影響。

「找本電話簿並不難。」我咬牙道。

她翻白眼。「我不會回家。」

「噢？」

「我已經夠大了，可以自己找住的地方。」

艾利絲決定打斷這場沒意義的吵嘴。「愛德華，我們會跟她在一起。」

「你們在鳳凰城要做什麼？」

「待在室內。」

艾密特雖然看不見艾利絲的幻象，但他想像出來的畫面十分貼近我知道會發生的事：我和艾密特在森林裡，追蹤那名追蹤客。「我挺喜歡這個主意。」他說。

「閉嘴，艾密特。」

「聽著，如果我們試著在她在場時對付他，就很可能會有人受傷——可能是她，也可能是你為了保護她而受傷。相反的，如果我們讓他落單……」他想像自己逼近被困住的追蹤客。

如果我們做得到，如果我們迅速收拾追蹤客，這就是正確的選擇。既然如此，為什麼這個決定讓我這麼痛苦？

如果我能確認貝拉也在乎她自己的安全，她明白自己在冒什麼險，她知道賭注不只是她自己的生命，我就會覺得比較好受。

也許這就是關鍵。她從不擔心她自己……卻總是擔心我。如果我強調的不是她的安危，而是我的情緒狀態，也許她就會更謹慎。

我的控制力非常薄弱。我開口時，嗓音輕如呢喃，因為我擔心自己會咆哮。「貝拉。」

她在後照鏡上看著我的眼睛。她的眼神不算害怕，而像是辯解。

「如果妳出事——任何事——我會要妳負全責，」我輕聲道：「妳明白嗎？」

她的嘴唇顫抖。她終於意識到這當中的危險？她大聲嚥口水，咕噥：「明白。」

好吧。

艾利絲正在觀看各式各樣的幻象，大多數的畫面是隔著黑窗看著陽光普照的高速公路。貝拉總是坐在後座，茫然地凝視前方，被艾利絲摟著肩。賈斯柏在右前座上看著她們。我想像他在狹小的車廂裡承受貝拉的氣味襲擊……

「賈斯柏應付得來嗎？」我質問。

「對他有點信心吧，愛德華。」艾利絲責備。「考慮到發生過什麼事，他表現得其實非常、非常好。」

但為了以防萬一，她還是觀看了十幾個未來，確認賈斯柏完全沒失去專注力。

我打量艾利絲。她雖然外表嬌弱，但我知道她是個強勁的對手。無論是追蹤客還是誰，都會低估她的能耐，這應該算是優勢。話雖如此，想像她保護貝拉，我還是覺得不太自在。

「妳應付得來嗎？」我咕噥。

她氣得瞇起眼睛，就算她已經看到我會這麼問。

我被蒙住眼睛也能撂倒你。

她對我發出漫長又響亮的低吼聲，撼動了吉普車的玻璃窗，也嚇得貝拉心跳加速。

有那麼半秒鐘，艾利絲這副荒謬的模樣讓我忍不住微笑，但我很快收起笑意。事情怎麼會演變成這樣？我竟然允許自己離開貝拉，就算她身邊會有很強大的保鑣？

另一個令我不悅的想法穿過我的腦海。貝拉和艾利絲獨處，發展出艾利絲已經預見的友誼。艾利絲會不會讓貝拉知道她打算如何解決這場惡夢？

我用力點一下頭，讓她知道我已經承認她是貝拉的守護者。「把妳的意見留給妳自己吧。」我警告。

chapter 23

告別

已死之心還會碎嗎？

我來到她身旁，

緊緊摟住她，

把她抱離地面。

她在我懷裡的暖意宛如流沙，

我想沉溺其中，

永遠不想出來。

我們駕車返回福克斯的路上，沒人再次開口。因為我很害怕回到福克斯，這條路當然也顯得不夠漫長。不久後，我們在貝拉的家門前停車，屋裡無論樓上還是樓下都燈火通明，客廳裡傳來大學籃球賽的聲響。我觀察周圍有沒有非人類的跡象，但那名追蹤客似乎還沒抵達，艾利絲也沒看到哪個幻象顯示我們會在這裡發生戰鬥。

也許我們應該留下，讓貝拉回去過原本的生活，而我們會在她身邊永久站崗。我相信艾密特、艾利絲、卡萊爾和艾思蜜會願意這樣幫我，我相當確信賈斯柏也不例外。有這麼多人看守她，追蹤客想對她出手難如登天。在同一處集結，是不是比分成三個小組更安全？

就在我考慮這個問題時，艾利絲看到追蹤客將如何等候、隨機應變。他在感到煩悶的時候將發動一場消耗戰。他會在夜間擄走貝拉的朋友、她最喜歡的老師、查理的同事，甚至根本不認識她的陌生人。神祕失蹤的人數將持續累積，逼得我們主動消失。那些無辜者為了貝拉的安全而犧牲，我猜得到她將做何感想。

所以我們只能按照原定計畫行動。

這個決定所造成的生理感受令我難受。我知道我的胸腔沒有打開一個洞，但我就是有這種感覺。我懷疑這可能是我遺忘許久的人類反應，我因為驚慌而再次出現這種感受。

我們必須行動。我雖然知道重點是讓追蹤客有東西可以跟蹤，但我還是希望貝拉在他出現之前早已離開這裡。

「他不在這兒。」我告訴艾密特。艾利絲已經知道這點。「我們走。」

我和艾利絲默默跳下吉普車，觀察周圍。艾利絲在幻象中看到追蹤客將在我們在室內時出現。我咬牙發出的喀啷聲聽來格外響亮。

「別擔心，貝拉，」艾密特解開她的安全帶，我覺得他的語氣太過輕快。「我們會很快處理好這裡的事情。」

「艾利絲。」我嘶聲道。

艾利絲跑向卡車，然後壓低身子，鑽到卡車底下。她在半秒內就攀住車底，就算是吸血鬼也沒辦法發現她。

「艾密特。」

他已經做出行動，爬上前院的一棵松樹。他的體重明顯壓彎了這棵樹，但他立刻移動到旁邊的另一棵。我們在室內的時候，他會持續移動。雖然他比艾利絲更容易被發現，但他能對敵人造成效果十足的嚇阻。

貝拉等我幫她開門。她看起來嚇得僵在原地，臉頰掛著兩條淚水。我朝她伸手時，她回過神，讓我輕輕地扶她下車。我知道自己會離開她，所以我發現現在很難碰觸她。她肌膚的溫度給我帶來不一樣的痛楚。我無視這個陌生的痛楚，而是摟住她，用身子保護她，並催促她進屋。

「十五分鐘。」我提醒她。十五分鐘太過漫長。我真想趕緊離開這個被盯上的地點。

「我做得到。」她的口氣比我預料的堅強。她繃緊下巴。

我們來到門廊，往前走，但她停下腳步。我立刻停步，就算我只想繼續往前走。

她以熱切的視線凝視我的眼睛，把雙手貼在我的臉頰上。

「我愛你，」她的嗓音聽起來像壓抑的尖叫。「無論此刻起發生什麼事，我都永遠愛你。」

我感覺腹部彷彿開了一個大洞。「妳絕對不會有事，貝拉。」我咬牙道。

「總之，按計畫行事，好嗎？」她堅持。「幫我保護查理。這件事過去之後，他應該不會喜歡我，我希望以後能有機會向他道歉。」

我不知道她這話是什麼意思，我驚慌得沒辦法分析她古怪的思路。

「進屋去，貝拉，」我催促：「我們得動作快。」

「還有一件事——別把我今晚說的任何話聽進心裡！」

我來不及弄懂這怪異的請求，貝拉已經踮起腳，用力吻我。她這個動作勁道十足，是我不敢用在她身上的程度。

她轉身背對我的時候，臉頰和額頭通紅，而且滿臉是淚。她抬起一條腿——我看不懂她為何這麼做——直到她用力踹開前門。

「走開，愛德華！」她扯開喉嚨尖叫。屋裡雖然開著電視，但查理也必定聽得一清二楚。

她在我面前甩上門。

「貝拉？」查理呼喊，顯然相當震驚。

「別來煩我！」她吼道。我聽見她氣沖沖上樓，然後又是甩門聲。

原來如此，她在車上沉默不語，不是因為驚嚇過度，而是為了醞釀情緒。她想好了劇本。我猜我要扮演的就是無形又沉默的角色。

查理也跑上樓，腳步聲踉蹌。我猜他可能處於半睡半醒的狀態。

我爬到房子的外牆上，在她的窗邊等候，看查理會不會跟著進入她的房間。我一開始看不到貝拉，這讓我感到驚慌，但我接著看見她從床邊站起身，手裡拿著一個行李袋，連同一個針織小袋。

查理用拳頭捶她的房門。門把顫抖——看來她花了幾秒鐘把門鎖上——接著又是捶門聲。

「貝拉，妳還好嗎？究竟怎麼回事？」

貝拉高喊「我要回家！」的時候，我拉開窗戶鑽進去。

「他傷害妳了？」查理隔著門板追問。我皺著眉，快步來到梳妝臺旁，幫她收拾行李。查理這句話其實沒說錯。

貝拉尖叫一聲「沒有！」，也來到梳妝臺前，彷彿早就知道我會在這裡。她拉開行李袋的袋口，我把衣服塞進去，連同其他一些物品。如果她只帶T恤，將很難融入所處的環境。

她的卡車鑰匙就放在梳妝臺上。我把鑰匙收進口袋。

「他跟妳分手了？」查理換上較為緩和的口氣。這句疑問倒是沒有刺痛我。

不過貝拉的答覆令我驚訝。

「不是！」她再次喊道，雖然我認為分手算是最簡單的理由。我很好奇她的劇本是怎麼寫的。

查理再次捶門，節奏明顯不耐煩。「貝拉，到底怎麼了？」

行李袋已經塞滿，她徒勞地試著拉上拉鍊。

「是我跟他分手！」她咆哮。

我移開她的手指，拉上拉鍊，然後掂掂行李袋的重量。這對她來說會不會太重？她不耐煩地朝袋子伸手，我小心翼翼地把背帶套到她肩上。

我浪費寶貴的一秒，把額頭貼在她的額頭上。

「我會在卡車上。」我雖然嗓音輕柔，但完全遮掩不住口氣裡的絕望。「去吧！」

我催促她出門，然後我鑽出窗外，提前在外面等她。

艾密特正在地面等我。他朝東邊撇個下巴。

我以意念觀察那個方向——果不其然，追蹤客就在半哩外。

那個大隻佬今晚扮演守門人。我得耐心點。

看來他在林子裡看到艾密特，但他在這一刻看不見我們倆。他會認定我在這裡？還是他會提防埋伏？我真希望賈斯柏也在場。如果我們能從三面夾攻追蹤客……

愛德華，艾利絲從躲藏處警告我。她觀察了我想到的幾個可能未來。追蹤客很狡猾。我們如果發動攻勢，反而可能讓貝拉缺乏保護。

「發生什麼事？我以為妳喜歡他？」查理追問，已經回到樓下。

我對接下來會發生的事做了決定。

我去處理，艾利絲答覆。她從卡車底下鑽出來，進入吉普車，把檔位切到空檔，把車悄悄地推出車道，一手撐在門框上，另一手盡量伸到車裡，用兩根手指轉動方向盤。我不希望吉普車突然發出引擎聲，以免查理把心思從貝拉的演技上移開。最好讓他以為我已經駕車離去。

艾密特看著艾利絲半秒，接著對我挑眉。**我該幫她嗎？**

我搖頭。**查理**，我以脣形告訴他。**徒步跟蹤**。

他點頭，然後跳到樹上，刻意再次現形。追蹤客看到艾密特，必定就會保持距離。然而，追蹤客就算看到了艾密特也沒後退，而是對這個場面感到好奇，而且他深信能擺脫任何追兵。這讓我想跟他證明他錯了。但貝拉就在附近，我不能冒險，以免可能上當。

「我是喜歡他。」貝拉解釋，嗓音模糊又哽咽。她正在放聲大哭，我知道她的演技沒好到能偽造淚水。我能感受到她嗓音裡的痛苦。我體內的傷痕也隨之一陣痛楚。她不該經歷這種痛苦。她正在為我犯的錯、我的愚蠢付出代價。

「這就是問題所在，」她抱怨：「我受夠了！我不能在這裡扎根！我不想跟媽一樣被困在這個愚蠢又無聊的小鎮！我不想犯跟她一樣的錯。我恨死這裡——我一分鐘都待不下去！」

查理的精神反應比我預料的更深刻、更灼熱。

貝拉沉重的腳步聲朝前門移動。我悄悄爬進她的卡車，把鑰匙插進鎖孔，然後壓低身子。艾密特這時候躲在前門的陰暗處。但是前門和卡車之間的距離感覺還是很遙遠。我專心觀察追蹤客：他沒動，而是豎耳傾聽屋子裡的動靜。

他會聽見什麼？他會聽見貝拉準備逃跑，她在近期內不打算回來。

他會知道艾密特有看到他。他猜貝拉知道他正在某處偷聽。他會這麼猜測嗎？

「貝拉，妳不能現在離開，」查理的語調輕柔又急切。「現在很晚了。」

「如果我累了，會睡在卡車上。」

查理想像女兒昏睡在陰暗的卡車上，車子停在荒野的路邊，諸多陰暗身影從周圍逼近她。這個惡夢雖然不算合理，但也和我狂亂又毫無理性的驚慌情緒相呼應。

「再等一星期就好，」他懇求：「芮妮到時候會回來。」

貝拉的腳步踉蹌停頓。我聽見低沉的聲響——鞋底吱嘎作響，她好像轉身面對他？

「什麼？」

我輕輕跳下卡車，在前院的中心地帶遲疑不決。如果她因為他的話語而困惑得不知如何是好，那我該怎麼做？她知不知道追蹤客就在附近？

「妳出門時，她來過電話。」查理急忙道：「他們在佛羅里達不算順利，如果費爾在這個週末還是沒能簽約，他們就會回亞歷桑那。響尾蛇隊的助理教練說，可能有另一個游擊手的位置可以給他。」

我和查理都屏息等候她的反應。

「我有這棟屋子的鑰匙，隨時可以回來。」她咕噥，我聽見她來到門前。門把開始轉動。我迅速回到卡車上。

她的話語聽起來像個薄弱的藉口。追蹤客應該會認定這是說給查理聽的捏造故事。

門沒開。

「讓我走，查理。」貝拉說。我聽得出來，她原本想讓這句話充滿怒火，但她的嗓音裡最強烈的情緒是痛苦。

門扉終於打開。貝拉推門而出，查理緊跟在後，一手伸向她。她似乎注意到他的手，並刻意避開。

我在卡車上壓低身子，近乎隱形。我忍不住從車窗窺視。貝拉咬牙說話，沒轉身看著父親。「這裡就是不適合我，行嗎？」她跳下門廊，但查理毫無動靜。「我真的、真的很討厭福克斯！」

這句話聽來簡單，但重創了查理。他的思緒一團亂，幾乎就像失了魂。他在腦海中看到另一張臉孔，神似貝拉，也滿臉是淚，但這名女子的眼睛是淡藍色。

看來貝拉是精心安排了這些臺詞。查理震驚地站在原地時，貝拉笨拙地跑過小小的草地，被沉重的行李袋影響了平衡。

「我明天會打電話給你！」她朝查理呼喊，同時把龐大的袋子丟進卡車的載貨架。

他尚未恢復過來，無法答話。

我不再懷疑貝拉是不是沒搞懂這件事的嚴重性。我知道她如果有其他選擇，絕不會對任何人——尤其她父親——造成這種傷痛。

是我害她陷入這種處境。

貝拉繞過卡車，來到駕駛座前。她害怕地回頭瞥一眼，但不是為了望向查理。她拉開車門，跳上駕駛座，直接朝鑰匙伸手，發動引擎，彷彿已經知道鑰匙會在鎖孔裡。引擎的怒吼聲劃破了寂靜之夜，這個聲響必定方便追蹤客尾隨。

我伸手輕觸她的手背，希望能安撫她，但我知道這是妄想。

她倒車開出車道時，把右手從方向盤上放下，好讓我牽住。卡車以最快的速度駛離這條街。查理依然站在門口，但隨著道路彎曲，卡車很快消失在他的視線中。我坐進右前座。

「靠邊停。」我提議。

她用力眨眨眼，淚水從臉上滑落，滴到身上的雨衣上。她經過艾利絲旁邊，似乎沒注意到一旁的吉普車。我懷疑她現在看得見任何東西。

艾利絲輕鬆地跟上我們，她還在推著吉普車，以免吵雜的引擎聲驚動查理。

「我能開。」貝拉堅稱，但嗓子哽咽。她聽起來筋疲力盡。

我輕輕地把她抱到我膝上、跟她交換位置時，她似乎不覺得驚訝。我把她抱在身邊，她垂頭喪氣。

「妳這樣根本找不到我們家。」我說出理由，但她似乎根本不在乎。

我們離查理家夠遠的時候，艾利絲跳進吉普車、發動引擎，不過我還是聽得見查理震驚的心靈，他依然僵在門口。注意到我們後面出現車頭燈，貝拉愣了一下，轉身查看，心跳加速。

「那是艾利絲。」我握住她的左手，輕輕捏一下。

「追蹤客呢？」她低語。

他正在跟蹤我們。引擎聲雖然吵雜，但艾利絲還是能輕易地聽見貝拉的話語。**艾密特還在那裡等候，確認他已經遠離那棟房子**。

「他聽見妳最後的表演內容。」我告訴她。

「查理？」她的嗓音沙啞。

艾利絲向我說明最新狀況。**追蹤客已經離開了那棟屋子。我沒看到他回去。艾密特正追過來。**

「追蹤客正在跟蹤我們，」我向貝拉擔保：「他就跑在我們後面。」

這番話並沒有讓她感到安心。她屏住呼吸，輕聲問：「我們甩得掉他嗎？」

「不。」我坦承。至少開這輛可笑的卡車跑不贏。

貝拉轉身查看窗外，雖然我確信吉普車的車頭燈會讓她看不見周圍。艾利絲正在觀察所有跟查理有關的未來。查理是她從沒見過的人類，這對她來說並不是容易預知的對象。但根據她所見，詹姆斯和他那容易受驚嚇的夥伴似乎都沒打算回去查理所在之處。

這一刻，艾密特就跑在我們後面。我對他的意圖感到驚訝。我原以為他會很想逮住追蹤客、用暴力的手段解決這件事，我卻發現他的心思都在貝拉身上。他擔任保鑣的時間雖短，這卻已經深深地影響了他。他的當務之急就是她的人身安全。

貝拉引出了每個人的保護慾。

艾密特想像追蹤客正在某處旁觀，只有我和艾利絲知道追蹤客是刻意保持距離、在黑暗中跟蹤卡車的聲響。他今晚不會靠近我們。儘管如此，艾密特還是想讓追蹤客明白，想接觸貝拉就得先過他這一關。他縱身一躍，越過吉普車，落在卡車的載貨架上。卡車為之搖晃時，我穩住方向盤。

貝拉發出沙啞的尖叫聲。

我蓋住她的嘴，讓她聽清楚我說什麼：「那是艾密特。」

她從鼻孔吸氣，又垂下肩膀。我放開她的嘴，把她抱在身邊。我覺得她似乎渾身都在發抖。

「別擔心，貝拉，妳會安全的。」我低語。她好像根本沒聽見我說什麼，而是持續顫抖，呼吸急促。

我試著轉移她的心思。我換上平時的嗓音，彷彿我們根本沒遇到危險。「我沒想到小鎮生活還是讓妳感到煩悶。我原以為妳調適得很好，尤其是最近。我還以為是我讓妳的生活變得更有趣，看來是我往自己臉上貼金。」

考慮到她現在多麼難過，也許我這番話不夠體貼，但確實轉移了她的心思。她扭動身子，稍微坐得更直。

「我剛做得很過分。」她呢喃，沒理會我剛剛說什麼，而是直接切入痛苦的部分。她垂下頭，彷彿慚愧得沒辦法看著我。「那是我媽當初離開他時說過的話，我這麼做根本就是在傷口上撒鹽。」

剛剛看到查理腦海中的畫面時，我也猜到是這麼一回事。

「別擔心，他會原諒妳。」我保證。

她認真地抬頭看著我，很想相信我這句話。我試著對她微笑，但我的臉部肌肉就是做不到。

我再次嘗試。「貝拉，一切都會沒事的。」

她打個冷顫。「如果我沒辦法跟你在一起，這就不算是沒事。」她的聲音輕如呢喃。

我把她抱得更緊，感覺心裡的空洞變得更大，因為她說得對。她不在我身邊的時候，一切都不對勁。

我不太確定該怎麼走下去。

我維持表情鎮定，嗓音輕盈。「我們幾天後就會在一起。」我以意志力希望這句話會成真，因為我還是覺得這句話聽起來像謊話。艾利絲看過這麼多不同的未來……「別忘了，」我補充道：「這是妳的主意。」

她抽鼻子。「這麼棒的主意，當然是我想出來的。」

我試著微笑，但終究放棄。

「這件事為什麼會發生？為什麼偏偏挑上我？」她彷彿在自問自答。

我還是以尖銳嗓音做出答覆：「這是我的錯。是我這個蠢貨讓妳曝光。」

她抬頭瞪著我，顯得驚訝。「我不是這個意思。」

還能有什麼理由？這件事不是我的錯，會是誰的錯？

「我出現在那片空地上，」她說下去：「這又怎樣？另外兩人並沒有覺得我很特別。為什麼這個叫詹姆斯的傢伙就是決定要殺了我？」她又抽鼻子。「這個地方有這麼多人，他為何偏偏挑上我？」

很公平也很敏銳的疑問，而且答案不只一個。她有資格聽見完整的解釋。

「我今晚仔細觀察了他的心靈。他看到妳的那瞬間，我恐怕已經無力避免這件事發生。這件事有一部分是妳的錯。」我的嗓音扭曲，我希望她聽得出話中的黑色幽默和諷刺。「要不是妳聞起來這麼美味，他可能對妳根本不會感興趣。但我挺身保護妳的時候……」我想起他當時因為我擋路而多麼震驚——甚至憤怒。他心中充滿傲慢和怒火。「總之，我那麼做讓情況惡化許多。他不習慣遭到攔阻，無論目標多麼微不足道。對他來說，他唯一的身分就是獵人。他的存在就是為了追蹤獵物，他唯一想要的就是挑戰。我們突然給了他一個美麗的挑戰——一整個氏族的強大戰士們協力保護一個脆弱的小東西。妳無法相信他現在多麼雀躍。這是他最喜愛的遊戲，而我們讓這場遊戲變得無比刺激。」

無論我如何分析，都想不出其他解釋。我帶她去那片空地，就必定會換來這種結局。我如果沒有挺身攔阻他，也許就不會引發他對這種遊戲的喜愛。

「但我當時如果袖手旁觀，」我比較像在自言自語：「他應該會當場殺了妳。」

「我以為……」她輕聲道，語帶遲疑：「其他人聞到我的感覺，和你的感受不一樣。」

「的確。」她給我造成的生理反應，在永生者當中是前所未有的激烈。「但這並不表示妳對他們沒有造成誘惑。如果妳當時給追蹤客或另外兩人造成了妳對我的影響，就會立刻上演一場大戰。」

她打個冷顫。

我現在意識到，在棒球場上大打出手還比較簡單。我確信那個膽小的紅髮女子會倉皇而逃，羅倫特也不太可能在必敗之戰中站在追蹤客那一邊。就算他們三人一同投入戰鬥，也必死無疑，尤其考慮到他們三人會把注意力集中在艾密特身上，難以提防假扮平凡的賈斯柏發動伏擊。我看過賈斯柏不少的回憶，我知道他應該能撂倒那三人，雖然艾密特絕不會讓他獨吞戰果。

就算我們是個一般的吸血鬼家族（雖然我們永遠不會被視為普通的吸血鬼家族，因為我們的規模太大），也大概會因為遭到羞辱而動手。

但我們不是一般的吸血鬼家族，而是文明人。我們試著遵循更高的標準，更溫和、和平的作風，這是因為我們的父親。因為卡萊爾的關係，我們今晚猶豫了。我們選擇了更人道的路線，因為這就是我們的習性，我們的生活方式。

難道這讓我們變得……軟弱？

這個想法令我一驚，但我立刻做出決定：我們的選擇依然是正確的，就算這確實讓我們變得軟弱。我感覺得出來。這種感覺在我的身心靈裡共鳴——如果驅動這副肉身的靈魂真的存在。

這不重要。艾利絲雖然能讓我們稍微掌控未來，但我們就跟一般人一樣完全無法掌握過去。我們並沒有動手，而更為複雜的未來依然在前方。我們無法避開即將到來的戰鬥。

「我恐怕別無選擇，只能殺掉他。」我喃喃道：「卡萊爾不會喜歡這樣。」

但我確信他能理解。我們給過追蹤客機會，讓他離開，但他不願意接受這個機會。現在只有「殺」與「被殺」。

「怎樣才能殺死吸血鬼？」貝拉的嗓音輕如呢喃。我聽得出她很想掉淚。

我早該料到她會這麼問。

她抬頭看著我，流露另一種恐懼，簡直就像她擔心這份差事得由她來扛。當然，我看不見貝拉的想法，沒辦法確定她在想什麼。

我直言不諱：「最保險的方法是將他撕碎，然後徹底燒毀屍塊。」

「另外兩人會為他而戰嗎？」

「那個女的會。」如果她能控制住心中的恐懼。「我不確定羅倫特會不會。他們倆之間沒有很強韌的關係，羅倫特只是為了方便而跟另外兩人一起行動。在棒球場上的時候，他因為詹姆斯的表現而感到困窘。」更別提詹姆斯想殺了羅倫特。也許我該跟羅倫特分享情報，這麼做一定能拉攏他。

「可是詹姆斯和那個女的……他們會試著殺了你？」她輕聲道，因痛苦而嗓音扭曲。

我明白了。她果然又操錯了心。

「貝拉，我不准妳花時間擔心我。」我斷聲道：「妳現在唯一該關心的是妳自己的安全，而且，算我拜託妳，請妳別魯莽行事。」

她把我的話當成耳邊風。「他還在跟蹤我們嗎？」

「是的，不過他不會襲擊我們家，至少今晚不會。」

至少我們在一起的時候不會。追蹤客就是希望我們分頭行動？但我想起艾利絲曾在幻象中看到，如果我們試著在這裡保護貝拉將有何下場。我雖然不喜歡麥克・紐頓，但他或福克斯的任何居民都不該為此犧牲。

我拐進車道，雖然即將回到我的家，但我並不覺得放鬆。只要追蹤客活著的一天，傷害就可能到來。艾密特依然興奮難耐。我很想告訴他追蹤客在哪，以減緩他的焦躁，但這麼做就可能被追蹤客聽見。追蹤客已經猜到我們擁有特殊天賦，而如果我們讓他猜到我們究竟擁有什麼樣的能力，這只會對他有利。

我正要聽見他的心聲時，艾利絲的想法傳來。

他會和那個女的見面，就在河的另一邊。他們會再次分開，觀察動靜。她會躲在山坡上，他會躲在樹上。

我並沒有因為他們躲得比較遠而感到安心。

在這一刻，艾密特完全處於保鑣模式。我把車開到家門前，艾密特從載貨架跳下，快步來到車子的右前側，一把拉開車門，朝貝拉伸手。

「動作輕一點。」我壓低嗓門提醒他。

我知道。

我原本能阻止他，他沒必要這麼做。但話說回來，這時候的任何警戒是不是都沒必要？如果我當時更謹慎，現在就不會走上這種局面。

但看著魁梧的艾密特抱起貝拉，我確實覺得安心，他那雙粗壯的胳臂幾乎完全遮住了她的身子。半秒後，他已經走進前門。我和艾利絲立刻跟上。

我的其他家人都站在客廳裡，羅倫特站在他們中間。

他的想法充滿恐懼和歉意。艾密特小心翼翼地把貝拉放在我身邊，然後刻意上前一步，發出渾厚的低吼聲。羅倫特立刻後退半步，心中的恐懼變得更為強烈。

在卡萊爾以眼神警告下，艾密特稍微後退。艾思蜜站在卡萊爾身邊，來回掃視我和貝拉。羅絲莉怒瞪貝拉，但我盡量裝做沒看見，因為我有更重要的事要處理。

我等羅倫特把視線放在我身上。

「他在追蹤我們。」我告訴他，試著在他心中激起我想聽見的想法。

他當然在追蹤這個人類，而且他會找到她。「這正是我擔心的。」他開口。

我必須讓開，他心想，**我不能讓詹姆斯認為我選了這些人的陣營。我可不希望他在事後找我算帳。**羅倫特差點打個冷顫。**也許我可以跟他說，我只是在蒐集情報。可是他在林中跟我們分開時是那種表情……我最好還是趁他忙於這場狩獵時逃之夭夭。**

我再次咬牙。羅倫特緊張地看著我。

他熟悉詹姆斯的個性，明白自己在那片空地上造成了多大的分裂。我雖然沒興趣幫他任何忙，但我知道詹姆斯如果死了，他一定會很感激。

「來吧，吾愛。」我聽見艾利絲在賈斯柏耳邊呢喃。我們進屋的時候，我沒仔細注意賈斯柏，他還在以迷彩術偽裝自身。此刻，賈斯柏就算在腦海中也沒質問艾利絲。他們倆手牽手地快步上樓。賈斯柏的迷彩術效果強大，羅倫特甚至懶得看著他們倆離去。我看得出來，艾利絲會寫下重要情報，以免羅倫特偷聽。她很快就會收拾好必要的行李。

「他打算怎麼做？」卡萊爾質問羅倫特，雖然我也知道答案。

「我很抱歉。」羅倫特顯得誠懇。**我真遺憾遇到那些惡魔。我早該知道玩火的後果。我因為煩悶而變得愚蠢**。「你兒子為了保護她而挺身而出的時候，恐怕就已經激起他非行動不可的決心。」**當然。他和人類女孩喪命之前，詹姆斯絕不會罷手。這些陌生人彷彿活在另一個世界。或者該說他們自以為活在另一個世界，而真實的世界即將打破這個幻想。**

「你能制止他嗎？」卡萊爾追問。

哈！「詹姆斯一旦開始行動，就沒人能制止他。」

「我們會制止他。」艾密特咬牙道。

羅倫特以近乎期望的眼神瞥艾密特一眼。**我真希望他能被制止。這絕對會讓我的日子比較輕鬆。**

「你打不贏他。」羅倫特警告，看起來好像給我們這筆情報就等於幫了我們大忙。「我這三百年來，從沒見過有誰能與他匹敵。他非常危險，這就是為什麼我會歸順他。」

他想起和詹姆斯及維多利亞有過的幾場冒險，儘管維多利亞總是躲在一邊。詹姆斯雖然讓羅倫特的日子精采許多，但他的施虐傾向讓羅倫特這幾年開始感到憂心，而羅倫特已經沒辦法安全地離開他。

他也希望自己現在能感到樂觀，但他見過詹姆斯在缺乏勝算的情況下獲得勝利。他瞟向貝拉，只看到一個再普通不過的人類女孩，在億萬人之中毫不顯眼。

他直接說出心中的想法：「你確定這值得嗎？」

我發出的咆哮聲就和爆炸聲一樣震耳。羅倫特立刻做出屈服的動作，卡萊爾則舉起一手。

自制，愛德華。這個人不是我們的敵人。

我盡量壓抑怒火。卡萊爾說的雖然沒錯，但羅倫特也絕不是我們的朋友。

「你恐怕必須做出選擇。」卡萊爾對羅倫特說。

我沒有多少選擇。羅倫特心想。**我只能遠走高飛，希望詹姆斯懶得追殺我。**他回想之前有過的一場談話，想起其中一筆情報。**我雖然擺明跟他們鬧翻了，但也許我可以去認識一些新朋友。天賦異稟的朋友。**

「我對你們在此地的生活深感好奇，」他顯然謹慎用字，試著看著我們每個人的眼睛，但這個效果在我身上不夠好，因為我聽得見他的想法。「但我不想插手這件事。我不想當你們的敵人，但我也不會去對付詹姆斯。我打算去北方，去投靠德納利那個氏族。」他想像跟卡萊爾一樣的五名陌生人，他們不喜歡動粗，而且擁有充沛的人數和天賦。如果投靠那些人，也許詹姆斯就不敢追殺他。

心懷感激的羅倫特再次警告卡萊爾：「別低估詹姆斯。他有顆很聰明的腦袋，也具有無比的感官能力。他和你們一樣對人類的世界感到自在，而且他不會從正面襲擊你們。」他想起詹姆斯多麼狡猾。追蹤客耐心十足……而且有幽默感。黑色幽默感。

「我對這裡發生的事感到遺憾，」羅倫特說下去：「萬分遺憾。」

他再次屈服地低下頭，但瞥貝拉一眼，搞不懂我們為什麼為她冒險。**他們不瞭解詹姆斯的危險性**，他做出結論。**他們不相信我。不知道他會不會把他們全殺光？**

羅倫特認為我們很軟弱。他認為我們的家庭生活是軟弱的象徵。我以前也擔心過同樣的問題，但那是以前的事了。我不打算讓詹姆斯覺得我們很軟弱。沒關係，就讓羅倫特相信詹姆斯會贏吧。他可以驚恐地躲藏接下來的一百年，我也不會為他感到難過。

「一路平安。」卡萊爾的口氣是祝福也是逐客令。

羅倫特掃視現場，懷念起他很久以前有過的生活。這裡雖然不像他住過的宮殿，卻散發他已經很久沒感受過的安定和安心。

他對卡萊爾點一下頭；有那麼幾秒，我覺得他好像對我父親充滿一種怪異的懷念之情。他尊敬我父親，而且很希望能屬於這裡。但他很快壓抑這個情緒，快步走出大門，不打算放慢腳步，直到他能順利地進入海裡，讓他的氣味無法被追蹤。

艾思蜜快步走過客廳，啟動鋼鐵製的百葉窗，這些金屬片覆蓋後牆的巨大窗戶。

「多近？」卡萊爾問我。

羅倫特已經即將脫離我的讀心範圍，而且未曾放慢速度。他一點也不想在離去時碰到詹姆斯。他聽不見我們說什麼。我以意念尋找詹姆斯。艾利絲的幻象已經讓我知道他大略的方位。他也離我們很遠，不會聽見我們的計畫。

「大約三哩，在河的另一頭。他正轉向，準備跟那女的會合。」

他打算在高地跟她碰面，觀察我們往哪個方向逃。

「計畫是？」卡萊爾問。

我雖然知道追蹤客聽不見，再加上百葉窗正在吱嘎下降，但我還是壓低嗓門。「我們引他離開，賈斯柏和艾利絲會帶她去南邊。」

「然後呢？」

我知道他在問什麼。我答覆時，看著他的眼睛。「一等貝拉安全，我們就獵殺他。」

卡萊爾雖然已經知道這是我的答案，但還是覺得難過。「我想我們別無選擇。」

這三百年來，卡萊爾一直努力避免殺人，也總是能跟其他吸血鬼取得某種共識。今天這件事對他來說雖然不容易，但他也不是第一次面對難事。

我們必須動作快，以免給追蹤客太多時間。但我們在逃跑之前，必須先處理幾個問題。

我看著羅絲莉的眼睛。「帶她上樓，跟她交換衣服。」

計畫的第一步，就是先混淆氣味。我會讓自己沾些貝拉的味道，然後引開追蹤客。

羅絲莉雖然知道這點，但眼神還是顯得震驚。

你還看不出她對我們做了什麼嗎？她毀了一切！你竟然要我保護她？

她說出剩餘的答覆，刻意也讓貝拉聽見。「我為什麼要配合？她對我來說算什麼？她只是個禍害，是你選擇加諸在我們每個人身上的危險！」

貝拉愣了一下，彷彿挨了羅絲莉一巴掌。

「羅絲莉……」艾密特呢喃，把一手放在她肩上，但被她甩掉。艾密特瞥向我，以為我會衝向她。

但我不在乎她的反應。羅絲莉這種屁孩個性雖然總是令人惱火，但她這次發脾氣挑錯了時機，而我現在最缺的就是時間。

如果她決定在今晚跟我斷絕手足關係，我也接受她的選擇。

「艾思蜜？」我知道她會如何答覆。

「沒問題！」

艾思蜜明白時間緊迫。她小心翼翼地抱起貝拉——就像艾密特之前那樣——接著飛奔上樓。

「我們要做什麼？」我聽見貝拉在艾思蜜的辦公室裡問。

我讓艾思蜜去忙，我專心處理接下來要做的事。追蹤客和他的狂野搭檔已經來到我的讀心射程的邊緣。他們雖然聽不見我們說話，但我相信他們看得見我們。他們會看到我們駕車離去，然後他們會跟蹤我們。

我們需要什麼？卡萊爾問。

「幾支衛星電話、比較大的運動用品袋。車子都加滿油了嗎？」

我去處理。艾密特衝出前門，前往車庫。我們平時都有儲備幾桶汽油，以備不時之需。

「吉普車、賓士，還有她的卡車。」我朝他身後低語。

知道了。

我們要分成三組，？卡萊爾也對我們分頭行動感到猶豫。

「艾利絲看到這是最好的辦法。」

他接受這個理由。

他會受傷。他欠缺考慮。他總是一頭熱。這都是她的錯！

羅絲莉對我大發牢騷。我把她這些想法當成耳邊風，假裝她根本不在場。

我該做些什麼？卡萊爾想知道。

我遲疑不決。「艾利絲看到你跟我和艾密特在一起。但我們不能讓艾思蜜獨自看守查理……」

卡萊爾轉向羅絲莉，表情嚴肅。「羅絲莉，妳願不願意為我們這個家盡一份心力？」

「你是說為了貝拉吧？」她譏諷道。

「是的，」卡萊爾回話：「如我所說，為我們這個家。」

羅絲莉惱火地瞪著他，但我聽得見她在腦海裡評估各個選項。她如果背棄我們大家，卡萊爾就必定會和艾思蜜一起留在這裡，而不是站上前線，而艾密特就可能負擔過大。羅絲莉只看見艾密特可能面對的危險。但看我冷酷的模樣，她也不禁有點緊張。

她終於翻白眼。「我當然不會讓艾思蜜獨自行動。我其實很在乎這個家。」

「謝謝妳。」卡萊爾的語調遠比我溫暖，他接著快步離去。

艾密特這時走進門，肩上背著我們用來裝運動用品的大袋子，裡頭塞得下體格較小的人。袋子這時裝滿了運動用品，看起來就像藏了一個人。

艾利絲出現在樓梯頂端，這時貝拉和艾思蜜也從艾思蜜的辦公室出現。艾利絲和艾思蜜抓住貝拉的雙肘，帶她飛奔下樓。賈斯柏也跟上，他神情緊繃，不停觀察屋子的前窗。看他這麼狂野的模樣，我試著讓自己冷靜下來。無數吸血鬼曾試圖殺了賈斯柏，但他遠比他們更危險。他今天施展了我無法想像的新能力，我確信他還藏了好幾手。追蹤客根本不知道我們多麼厲害。有賈斯柏保護，貝拉絕對安全。加上有艾利絲在身邊，追蹤客就無法偷襲他們。我試著如此相信。

卡萊爾拿來衛星電話，把其中一支遞給艾思蜜，並輕撫她的臉頰。她抬頭看著他，眼神充滿信心。她相信我們做的是正確的事，而且我們一定會成功。我真希望我跟她一樣充滿信心。

她把一團布料遞給我。是襪子，上頭是貝拉的氣味，新鮮又濃烈。我把這些襪子塞進口袋。

艾利絲從卡萊爾手上接過另一支手機。

「艾思蜜和羅絲莉會開妳的卡車，貝拉。」卡萊爾告訴她，彷彿徵求同意。這麼做很符合他的作風。

貝拉點頭。

「艾利絲，賈斯柏——你們開賓士。南方的大太陽會需要隔熱玻璃，以免車內被看得一清二楚。」

賈斯柏點頭。艾利絲已經知道這點。

「我們開吉普車。艾利絲，他們會中我們的圈套嗎？」

艾利絲集中精神，雙手握拳。這個過程並不簡單，她必須觀察我們還沒接觸的辦法，而且還得觀察敵人。她在這方面會越來越熟練。希望我們不會需要她越來越熟練。希望我們明天就能解決這件事。

我看到追蹤客在樹上飛竄、盯著遠離此地的吉普車。紅髮女子保持距離，跟蹤開往北方的貝拉的卡車。其餘的相關變化都不大。

她停止觀看時，和我一樣充滿信心。

「他會追蹤你。女的會追蹤卡車。我們在那之後應該能脫身。」

卡萊爾點頭。「我們走。」

我原以為我已經做好準備，時間的流動聲正在我的腦袋裡敲鑼打鼓，但我顯然沒做好準備。

貝拉在艾思蜜身旁顯得無比哀怨，眼神困惑，彷彿搞不懂事情怎麼會這麼快徹底改變。不過一小時前，我們大夥開開心心，而現在，她遭到獵捕，得靠她幾乎不認識的幾個吸血鬼保護她。在我們這群非人類的陌生人包圍下，她顯得無比脆弱。

已死之心還會碎嗎？

我來到她身旁，緊緊摟住她，把她抱離地面。她在我懷裡的暖意宛如流沙，我想沉溺其中，永遠不想出來。我吻她一下，我擔心如果我沒辦法離開她，這整個計畫就會陷入混亂。如果能讓她待在我身邊，而福克斯、拉布席和西雅圖的每個人類都必須為此犧牲……我恐怕並不在乎。

但我必須堅強起來。我必須解決這件事。我會再次讓她安全。

我放下她的時候，感覺渾身每一顆細胞一一死亡。我依依不捨地撫摸她的臉，抽手時感到刺痛。

堅強起來。我提醒自己。我必須排除這股悲痛，才能完成自己的任務。消滅威脅。

我轉身背對她。

我原以為自己知道「灼燒」是什麼感受。

卡萊爾和艾密特來到我身旁。我從艾密特手裡接過袋子。我知道追蹤客期待我軟弱得沒辦法讓她離開我的視線。我緊緊抱著袋子，彷彿裡頭的東西遠比運動用品貴重。我在兄弟和父親的包圍下快步走出家門。艾密特爬上吉普車的後座，我把袋子豎放在他旁邊，然後我迅速關上門，盡量顯得神祕兮兮。我飛快進入駕駛座，卡萊爾已經坐在副駕駛座上，然後我們高速駛離，這種速度一定會嚇到貝拉——如果她在我們車上。

我不能這麼想。我必須信賴艾利絲和賈斯柏，我必須專心想著自己的任務。

追蹤客還在遠處，我聽不見他的腦海。但我知道他在觀察，在跟蹤。我已經在艾利絲的腦海中看到這點。

我把車拐進北向的高速公路，然後加快車速。吉普車的性能遠優於卡車，但我雖然把油門踩到底，還是很難拉開多少距離。不過，我現在並不想甩掉追蹤客。他只會看到我在全速駕駛，彷彿為了逃離此地。

我希望他沒意識到，我就是為了這個目的而選擇這輛吉普車。他不知道我的車庫裡還有什麼車。

有那麼一秒，他進入我的讀心範圍。

……想搭渡輪？否則這是繞遠路。我可以走捷徑……

「撥電話吧。」我說話時幾乎沒動嘴脣，就算我知道追蹤客在我們後方、不可能看得見我的臉。

卡萊爾沒把手機湊到耳邊，而是藏在大腿處，單手撥號。我們都聽見艾思蜜接聽時線路喀啷一聲。她不發一語。

「安全。」卡萊爾低語，接著切斷通話。

我和貝拉之間的那條線彷彿也被切斷。我現在根本看不見她在做什麼，聽不見她的聲音。我推開這份絕望感，免得感到難過。

我有任務在身。

chapter 24
埋伏

我拐進一條小路，

這條路通往班夫國家公園的最南端，

雖然遲早會轉向卡加利，

但離其他地點都很遠。

這是我們第一次出現他始料未及的舉動，

這一定會引起他的興致。

卡萊爾和艾密特知道這個轉向意味著什麼，

也因此突然變得專注。

艾密特更是顯得興奮難耐，

期待幹架。

追蹤客選擇跑在我們後面，而不是猜測我們會走哪條路。我三不五時會看見他眼中的吉普車，也稍微聽見他的思緒，但只聽得見隻字片語。他在山中的高地跟蹤我們，並不在乎他因此離道路有幾哩遠，他還是看得見我們。

我不願想著貝拉目前狀況如何、正在做什麼或說什麼，以免分心，但我還有幾件事要做。

我輕聲指示卡萊爾傳簡訊去艾利絲的手機。這麼做也許沒必要，但會讓我覺得比較好受。

「貝拉在二十四小時裡需要至少進食三次，而且需要補充水分。確保她手邊有水，而且最好讓她每天睡滿八小時。」

卡萊爾迅速地在放低的手機上輸入我口述的訊息。

「還有……」我猶豫幾秒。「叫艾利絲別提起我們之前在吉普車上的那場談話。貝拉如果提出疑問，想辦法避而不答。告訴她，我在這件事上不容商量。」

卡萊爾好奇地看著我，但還是輸入這個訊息。

我想像艾利絲收到訊息時翻白眼。

她回覆時只寫了一個字母「y」。我猜這表示貝拉還醒著，而且艾利絲不會把我這些指示說出去。她大概看見了無視這些指示的後果——我會很生她的氣。

艾密特則是想著如果逮住追蹤客要怎樣動手。他想像出來的畫面十分精采。

我們必須補充汽油時，我拿出艾密特裝進後座的一個大型汽油桶。在我的口袋裡，貝拉的襪子飄散出她的薄弱氣味。我飛快移動，彷彿我唯一的目的就是再次上路。追蹤客拉近距離，在某處窺視時，我感到慶幸。在某一刻，他離我們不到一哩遠。我想利用這個機會，把逃亡轉變成埋伏，但現在時機尚早，我們太靠近水岸。

我沒有試著隱瞞逃亡路線，而是盡量以直線方式開往目的地。我希望追蹤客會以為我有個目的地，我想去一個易守難攻的安全地帶。他雖然對我們所知甚少，但他知道跟一般的流浪者相比，我們擁有更多工具和資源，而且我們的人數也比較多。也許他以為我們在北方的森林裡有更多盟友等著我們。

而且我有想過去找譚雅一家，我相信她們會伸出援手，尤其是凱特，她一定會是我們這個狩獵團隊的優秀成員。但她們也離水岸太近。追蹤客如果看到她們有五個人，也許就會逃去海上。他只要跳進海裡，就能逃之夭夭，因為我們沒辦法追蹤水底下的人。而且他可能會在任何地方上岸，像是五哩外的海灘，甚至是日本。我們永遠沒辦法跟蹤他，而是必須從頭來過。

我正在開往靠近卡加利的國家公園，那裡離最近的寬廣水域有六百多哩遠。

我們對追蹤客發動攻勢的時候，他就會知道自己上了當、貝拉根本不在我們身邊。他會逃，我們就會追。我確信我能追上他，但我需要充足的距離。六百哩讓我有些緩衝空間。

我想盡快解決這件事。

我們整夜開車，我只有在聽見前方有警察抓超速時才減速。不曉得追蹤客看到我減速時會做何感想？他已經猜到我擁有超能力。我雖然不願意洩漏線索，但超速被抓會浪費更多時間。就讓他以為我們正在前往某個地點吧。例如避難所？這一定會讓他感到好奇。

我很想聽聽他有何猜測，但他始終保持距離，我只聽得見隻字片語。他應該對我的超能力有所猜測，而且可能猜得八九不離十。

從我聽得見的少許想法來判斷，追蹤客持續飛奔，毫無倦意，而且樂在其中。

他的愉悅令我惱火，但這其實是好事，因為只要他繼續追來，我就有時間趕往我選定的伏擊地點。

但隨著時間經過，我開始覺得緊張。太陽離西邊的地平線越來越近。我們只有停下來加油幾次——每次都會留下貝拉的氣味。這麼漫長的旅途會不會讓他煩悶？如果我們繼續前進，他會不會願意繼續追來，就算我們穿過北方地區，進入北極圈？他有沒有可能在確認貝拉是否在車上之前就放棄追捕？

「問艾利絲，她在幻象中有沒有看到那個獵人提早放棄。」

卡萊爾迅速照做。

幾分鐘後，他的手機收到答覆——「n」。

這讓我安心許多。我們接近目的地時，太陽也更靠近西方山脈。我想讓他更接近我，以便聽見他的想法。我必須做些什麼來引起他的興趣。

我們開在一條通往卡加利的小型高速公路上。我們是可以繼續前往埃德蒙頓，等天完全變黑，但我越來越焦躁。我想停止逃跑，我想開始狩獵。

我拐進一條小路，這條路通往班夫國家公園的最南端，雖然遲早會轉向卡加利，但離其他地點都很遠。這是我們第一次出現他始料未及的舉動，這一定會引起他的興致。

卡萊爾和艾密特知道這個轉向意味著什麼，也因此突然變得專注。艾密特更是顯得興奮難耐，期待幹架。

這條小路很快地帶我們遠離了前往卡加利的初春鄉間之路。道路變成上坡路，兩邊再次出現樹林。這裡看起來有點像我們在福克斯的家園，只是比較乾燥。我在附近沒聽見任何心靈。太陽懸於上坡路的另一頭。

「艾密特，」我低語：「我會買一輛新的吉普車賠你。」

他輕笑一聲。**別擔心啦**。

我們是可以假裝再次停下來加油——也差不多該加油了——但如果改變步調，就會讓追蹤客感到緊張。我們必須繼續迅速行動。

「等我下令。」我告訴家人，並等著接觸追蹤客的心靈。

艾密特抓住門把。

這條路遠比之前更顛簸。我壓過一條車轍，吉普車彈跳出車道。我穩住車子時，突然聽見追蹤客的心聲。

……他們在附近一定有個巢窩……

「現在。」我咬牙道。

我們三人都跳出疾駛中的吉普車。

另外兩人還沒恢復平衡，我已經以腳跟著地，並奔向追蹤客的心靈方位。

糟糕，這果然是陷阱！

雖然獵人突然成了獵物，但追蹤客的想法聽起來並不惱火也不害怕，而是依然樂在其中。

我加快腳步，穿梭於剛剛駛過的森林。我聽見卡萊爾和艾密特緊跟在後，艾密特如犀牛般衝過矮樹叢。他的聲響也許能掩蓋我的動靜。也許追蹤客會以為我在比較後面的位置。

在吉普車上待了那麼久，現在能靠自己的兩條腿移動，我覺得輕鬆許多。不用依賴道路，而是走最短的路線衝向目標，這讓我感到安心。

追蹤客的動作也很快。我很快就感到慶幸——我給了自己六百哩的空間來追捕他。

我們爬到洛磯山脈東側的更高處時，他跑向西邊的太平洋海岸。

卡萊爾和艾密特落在後頭，距離越拉越遠。這就是追蹤客的目的？讓我們分開，將我們各個擊破？我提高警覺，等著前方出現更多彎道。我欣然接受他的襲擊計畫。我雖然滿腔怒火，但也急著早點解決這件事。

我縱使聽不見他的想法──他稍微脫離了我的讀心範圍──但還是能輕易地追蹤他的氣味。

他拐向北方。

他跑，我也跑。時間一分鐘、一小時地過去了。

我們轉往東北方。

我不確定他究竟有沒有什麼計畫，還是只是四處亂跑，試圖擺脫我。

我勉強聽見艾密特衝過森林的聲響。他們倆現在應該在後面幾哩處。我好像聽見前方有什麼動靜。追蹤客的動作沒發出多少聲響，但並非寂靜無聲。我正在縮短跟他之間的距離。

接著，他完全沒發出任何聲響。

他停下腳步？他等著對我出手？

我跑得更快，急著觸發他的陷阱。

我越過一條覆雪山脊時，聽見遠方傳來嘩啦聲。聲響來自下方一面很深的冰河湖，又長又窄，很像河川。

水。

原來如此。

我想跟著他跳進水裡，但我知道這麼做會給他優勢。他可能在好幾哩長的湖邊任何一處上岸。我會被迫仔細搜索他，而這需要時間。他則沒有這種限制。

比較慢的辦法是沿著湖邊奔跑，尋找他的蹤跡。我必須提高警覺，不能錯過他上岸的那一刻。他不會「走」上岸邊、開始再次逃跑，而是會「跳」出水面，讓自己的氣味跟水岸之間拉開相當距離。

稍微快一點的辦法，是跟艾密特和卡萊爾合作，分頭搜索湖邊。

但還有個最快的辦法。

艾密特和卡萊爾持續逼近。我回頭跑向卡萊爾，朝他伸出一手。他只花了一秒就明白我想要什麼。他把衛星電話丟給我。我再次轉身，跟他們倆一起奔跑，同時傳簡訊給艾利絲。

告訴我，我們當中誰會找到那傢伙的蹤跡。

我們來到能夠俯視這面長湖的某處。

「艾密特，」我的嗓音近乎無聲。「你決定去搜索南岸，沿湖邊前往東邊。卡萊爾決定沿這條岸邊跑向北邊。我去搜索遠側的岸邊。」

我想像這幅畫面：跳進深藍色的水裡，高速游向對側的岸邊，上岸後往北跑，在湖的遠側和卡萊爾會合。

手機無聲震動。

艾密特，她寫道，**南端**。

我向兩人展示她的訊息，然後把手機還給卡萊爾。他把手機裝進一個防水袋。我跳進湖裡，聽見艾密特拔腿飛奔。我讓身子如小刀般筆直，盡可能無聲地劃過水中。

水裡非常清澈，而且非常接近冰點。我在水底下游了幾碼，在黑夜下等同隱形。我聽得見艾密特在我後面發出的微弱聲響。我完全聽不見卡萊爾的動靜。

我在湖的最南端上岸。我身後只聽見艾密特身上的水滴在岩岸上的聲響。

我向右走，艾密特向左。

卡萊爾鑽出水面時激起漣漪。我瞥向身後。他把衛星電話拿在手裡，並對艾密特做個手勢。我選了正確的方向。果不其然，我只走了幾碼，就注意到追蹤客的氣味。在我們上方——他曾跳上一棵高大的松樹。我爬上這棵樹，發現附近一些樹的樹枝都沾染了他的氣味。

我再次開始追捕。

我躍過幾根樹枝時，感到怒火中燒。我們在湖裡已經浪費了不少時間，他現在必定領先了好幾哩。

他正在回頭跑向來時路。他會選擇前往南方？回去福克斯，尋找貝拉的蹤跡？如果直線跑回福克斯，至少需要七小時。他會給我這麼多時間追上他？

隨著時間經過，我發現他改變了方向十幾次。他主要是往西邊移動，我猜他是想接近太平洋。而且他總是找到辦法拉開距離，拖慢我們。

其中之一是個寬廣的懸崖。我們三人選定各自的搜索路線，但艾利絲不斷傳訊息制止我們。她無法透過幻象找到追蹤客，只看得見我們會對他的蹤跡如何反應。我過了很久才發現崖壁上的某個痕跡——他在這裡施力，然後爬過岩壁。

另一個障礙物是他發現的一條河。我們三人再次想像自己要沿什麼方向搜索。他在水底下待了很久。我們損失了將近十五分鐘，艾利絲才透過幻象看到答案：卡萊爾會在西南方三十六哩處找到追蹤客的蹤跡。

這個過程實在令人洩氣。我們又跑又游又跳的盡快穿越森林，但他不斷耍弄我們，並持續拉開距離。他是個老手，而且我相信他深信自己會成功。現在優勢全都在他手上。我們會繼續落後，最終被他徹底甩掉。

一想到我和貝拉之間的數千哩距離，我就感到焦躁。我們試圖引開他，卻只給他造成了少許拖延。

但我們還能怎麼辦？我們必須繼續追捕他，希望終究能逮到他。這原本應該是個重大的機會，能讓我們阻止他，並避免給貝拉帶來任何危險。但我們表現得實在差勁。

他在另一面數哩長的冰河湖再次混淆了蹤跡。這種湖有幾十個，都以南北走向遍布於加拿大山谷，看起來就像巨人抓過這塊大陸的中心地帶。追蹤客經常利用這種地形，我們也每一次都必須想像如何搜索他，然後等艾利絲傳訊息讓我們知道誰會發現他的蹤跡。雖然我們在這個步驟上動作越來越快，但每次停頓都只是讓他跑得越遠。

太陽已經升起，但今天烏雲密布，追蹤客未曾放慢腳步。我不禁好奇，如果今天萬里無雲，他會採取什麼行動？此刻，我們位於山脈的西側，正在再次跑向人類的城鎮。我猜他如果碰上任何目擊者，應該會直接把他們殺掉。

我確信他正在跑向海邊，打算逃之夭夭。我們這時候已經遠離卡加利，接近溫哥華。他似乎沒興趣回去南邊的福克斯，而是稍微往北邊走。

說真的，他其實不再需要耍花招，因為他已經拉開充分距離，他就算直接跑向海邊，我們也不可能追得上。

然而，他的蹤跡再次通往一個湖。我有九成把握相信，他是為了自娛而耍弄我們。他原本大可直接逃跑，卻故意耍得我們團團轉。

我只能希望他聰明反被聰明誤，希望他會犯錯而被我們追上，但我不抱期待。他太擅長這種遊戲。

但我們還是繼續追捕。「放棄」似乎不是我們該選的選項。

上午十點左右，艾思蜜傳來簡訊。**你能說話嗎？**

他有可能聽見我嗎？卡萊爾想知道。

「我還真希望他聽得見我。」我嘆氣。

我們繼續奔跑時，卡萊爾打給了艾思蜜。她並沒有消息要給我們，只是很擔心我們的狀況。紅髮女子還在那個地區，但就是拒絕進入艾思蜜或羅絲莉的方圓五哩內。羅絲莉探查了周圍，發現紅髮女子晚上似乎去了高中，連同鎮上大多數的公共建築。她沒再往北走、接近我們那棟屋子，而且她似乎只有在南邊的小機場附近出沒，但她現在似乎躲在東邊，也許她想待在西雅圖附近，以掌握較大的獵場。她有去查理的住處一次，不過是等到他出門上班之後。艾思蜜從頭到尾都待在查理附近幾碼處，而且從未被他發現，這點令人佩服。

除此之外，她沒有其他發現，也沒有任何線索。她和卡萊爾懷著沉重的心情對彼此說「我愛你」之後，我們繼續這場令人煩悶的追捕。樂在其中的追蹤客再次拐向北方，就是不願乾乾脆脆地逃走。

下午三點左右，我們碰到另一面湖，形如弦月，而且比他之前利用過的其他湖泊更小。我們三人沒浪費時間商量，而是決定採用之前的搜索路線。艾利絲很快傳來了簡訊：「艾密特，看來追蹤客又拐回南方。」

我們再次找到他的氣味，追到一個位於山隘的小鎮。這個城鎮還算有點規模，狹窄的街道上有些車輛。我們不得不放慢腳步——我很不願意這麼做，就算我知道這根本沒差，因為我們已經落後太多，跑再快也追不上目標。讓我感到安慰的，是那傢伙大概也必須以人類速度移動。不知道他為何在此逗留？也許因為他渴了。他必定知道他有時間在這裡找個吸血的獵物。

我們搜索各個建築物，我觀察有沒有人注意我們；只要附近沒人，我們就快速奔跑。我們身上的單薄衣物顯然不符合這裡的寒冷天氣——如果有誰仔細觀察我們，還會發現我們渾身溼透——我盡量帶家人四處移動，避免引起任何注意。

我們來到城鎮邊緣時，並沒有發現任何屍體，看來追蹤客並沒有在這裡吸血。那他在這裡找些什麼？

我們前往南邊。

我們跟著他的蹤跡來到一間簡陋的大型棚屋，這裡是一片寬廣原野，灌木叢因時值寒冬而光禿。棚屋的門扉敞開，裡頭的牆邊堆滿機械相關的零件。他在棚屋裡的氣味較為濃烈，也許他曾在這裡逗留片刻。我只想得到一個原因，所以我開始尋找血味。但我一無所獲。我只聞得到排氣管的味道，還有汽油……

我意識到自己遺漏了什麼時，感覺頭暈目眩。我低聲咒罵，接著跑出棚屋，躍過高聳的灌木叢。艾密特和卡萊爾跟來，已經擺脫了昏沉的挫敗感，提高警覺。

原野的另一頭是一條很長的泥土路，路面被盡量壓得平整，寬度約兩百呎，向西邊延伸至少一哩。這是一個私人的小機場。

我再次咒罵。

我太專注於他走水路逃跑，忘了空中路線。

他開的飛機必定又小又慢，沒比汽車快多少，就算狀況良好，時速也頂多一百四十哩。既然機棚如此髒亂，我猜飛機的狀況應該不好。他如果打算飛很遠，就必須經常著陸加油。

但他可能飛往任何方向，我們也完全沒辦法追上。

我看著卡萊爾，他的眼神跟我一樣失望又絕望。

他會回去福克斯，試著尋找她的蹤跡？

我皺眉。「這雖然合理，但似乎也太顯而易見，不太符合他的作風。」

我們還能去哪？

我嘆氣。

我該打電話嗎？

我點頭。「打吧。」

他按下重撥鈕。電話只響了一次。

「艾利絲？」

「卡萊爾。」我聽見她低語。

我焦急地靠得更近，雖然我已經聽得見。

「你們那裡安全嗎？」他問。

「是的。」

「我們在溫哥華東北方一百七十哩處跟丟了他。他開走了一架小飛機。我們完全不知道他要去哪。」

「我剛剛看到他了。」她急忙道，對我們的失敗絲毫不感到訝異。「他會去某個小房間，我雖然看不見跟地點有關的線索，但那個房間很不尋常。牆上裝滿鏡子，房間中央有個金環，看起來像是椅子，房間裡沒什麼東西，但某個角落有一組老舊的視聽設備。裡頭還有另一個房間，十分陰暗，但我看得出來他在看錄影帶。我搞不懂這究竟意味著什麼。不管他為何開走那架飛機……他會前往那個房間。」

這筆情報太過貧瘠，沒什麼幫助。追蹤客搞不好只是想休息一下。也許他想故意讓我們等，讓我們越來越焦躁。這種做法似乎符合他的個性。我想像他躲在某個隨意選上的空屋裡觀看老電影，讓我們焦急地等他再次出現。這就是我們想避免的局面。

好消息是，艾利絲現在看得見關於他的幻象，不再需要我們接近他。我只能希望，她會因為越來越熟悉他而把他看得更清楚。我不禁好奇，她描述的那些房間跟我們有什麼關聯？也許我們遲早會在那些房間裡找到他？這確實有可能——只要艾利絲能看清楚房間周圍的環境。這個想法令我感到安心。

我伸手要手機，卡萊爾遞給我。

「我能不能跟貝拉說話？」

「好。」我聽得出來她把手機從耳邊移開。「貝拉？」

我聽見貝拉笨拙地跑過房間，腳步聲咚咚作響。我要不是垂頭喪氣，應該會因此綻放笑容。

「喂？」她喘息。

「貝拉。」我的語氣充滿安心的情緒。我跟她的暫時分離已經對我造成影響。

「噢，愛德華，」她嘆道：「我好擔心！」

當然。「貝拉，我跟妳說過，妳只要擔心妳自己就好。」

「你在哪？」

「溫哥華郊外。貝拉，我很抱歉——我們跟丟了他。」我不想讓她知道他如何耍弄我們。如果讓他知道他輕易地占了上風，她一定會緊張不安。我自己已經夠緊張了。「他似乎對我們起疑——他懂得跟我們保持距離，所以我就是聽不見他的想法。總之，他現在不知去向——他似乎開走了一架飛機。我們認為他打算回去福克斯、重新開始。」其實我們也想不出其他可能性。

「我知道。艾利絲有在幻象中看到他逃走。」她的語調無比鎮定。

「不過妳不用擔心。」我向她擔保，就算她聽起來並不緊張。「他不會找到跟妳有關的線索。妳只需要待在那兒，直到我們再次找到他。」

「別擔心我。艾思蜜在查理附近嗎？」

「是的——維多利亞有去鎮上，有進那棟屋子，但查理當時已經去上班了。她沒能靠近他，所以別害怕。有艾思蜜和羅絲莉看守，他會很安全。」

「她在做什麼？」

「大概想找些線索。她在晚上跑遍整個鎮上。羅絲莉發現她去過機場……」城鎮南邊的一個小機場。也許我們還是猜對了他的意圖。貝拉還沒注意到我分心前，我說下去：「鎮上所有的道路，還有學校……她在尋找線索，貝拉，但她一定什麼也找不到。」

「你確定查理很安全？」她追問。

「是的，艾思蜜不會讓他離開她的視線，而且我們很快就會過去。」我們絕對會朝那裡趕路。「如果追蹤客接近福克斯，我們一定會逮到他。」

我開始朝南方邁步。卡萊爾和艾密特跟上。

「我很想你。」她呢喃。

「我知道，貝拉。相信我，我知道。」我不敢相信我因為跟她分開而感到多麼無力。「妳就像把半個我帶走一樣。」

「那你來拿回去。」她提議。

「很快，我會盡快過去。我會先確保妳的安全。」我發誓。

「我愛你。」她低語。

「儘管發生這一切，但妳相信我也愛妳嗎？」

「是的，我相信，我真的相信。」她聽起來好像綻放笑容。

「我很快就會到妳身邊。」

「我等你。」她做出承諾。

結束通話，再次切斷跟她之間的聯繫時，我感到痛苦，但我得趕路。我把手機還給卡萊爾，然後開始衝刺。如果追蹤客很難取得燃料，我們也許能比他更早回到福克斯，如果那裡就是他的目的地。

卡萊爾和艾密特奮力跟上。

我們橫越薩利希海，三個半小時就回到福克斯。我們直接前往查理的家──艾思蜜和羅絲莉正在監視該處：艾思蜜在房子後面，羅絲莉則是在前院的樹上。艾密特立刻去找她，我和卡萊爾則去見艾思蜜。

羅絲莉對我投來苦悶的思緒，責備我多麼自私、害大家都有危險。我沒理她。

這棟房子裡安靜得詭異，不過一樓亮著幾盞燈。我意識到這裡缺少了什麼：客廳的電視沒傳來球賽的聲響。我感覺到查理坐在客廳的沙發上，面對一片漆黑的電視螢幕。他的腦海全然寂靜，彷彿陷入麻痺狀態。我皺眉，慶幸貝拉沒在場目睹這一幕。

我們只花了幾秒鐘討論事情就散開。卡萊爾待在艾思蜜身邊，我也為此替他高興。艾密特和羅絲莉去鎮中心搜查，然後去小機場周圍查看有沒有被棄置的螺旋槳飛機。

我跑向東邊，追蹤紅髮女子的蹤跡。我不介意困住她。但她的氣味只有通往普吉特海灣。她顯然不打算冒險。

我回去查理的住處時，搜索了我熟悉的奧林匹克國家公園，只是想看看紅髮女子有沒有去任何有意思的地點，但她似乎只有直接前往普吉特海灣。她不是願意冒險遇敵的那種類型。

我回到查理的住處，代為看守，艾思蜜和卡萊爾則去北方，想確認紅髮女子有沒有在安吉拉斯港附近上岸、試圖從別的方位接近查理。我猜她應該無此打算，但我們也沒別的事可做。如果追蹤客不打算回來福克斯──目前似乎是這樣──而紅髮女子離開這裡是為了去見他，那我們就必須集合，重新想個辦法。

我希望別人有辦法，因為我自己的腦袋一片空白。

凌晨兩點半左右，我的手機輕輕震動。我沒查看螢幕，直接接聽，以為是卡萊爾打來。

我聽見的卻是艾利絲滔滔不絕的說話聲。

「他要來我們這裡，他要來鳳凰城，搞不好已經到了──我又看到那個房間，貝拉認得那個畫面，那是她母親的家，愛德華——他的目標是芮妮。他不可能知道我們在這兒，可是我不想讓他離貝拉這麼近。他太狡猾，我很難看清楚他。我們必須帶貝拉離開這裡，但必須有人去找芮妮——他會害我們疲於奔命，愛德華！」

我覺得頭暈目眩，就算我知道這是幻覺，我的腦袋和身體完全沒問題。但是追蹤客又繞過了我，他總是攻擊我的死角。無論是有意還是純屬幸運，他都會在貝拉所在的城市出現，我卻離她有一千五百哩。

「他再過多久會到？」我嘶聲道：「妳能確認嗎？」

「沒辦法，但我知道很快，頂多幾小時。」

他是直接飛去那裡？他是刻意讓我們離她越來越遠？

「你們都沒接近芮妮的家？」

「沒有。我們根本沒離開這間旅館，更沒接近那棟屋子。」

鳳凰城離這裡太遠，用跑的過去來不及。我們必須飛過去，最快的選項是搭乘大型飛機。

「從西雅圖去鳳凰城的下一班飛機將在六點四十分起飛，」艾利絲搶先我一步。「你們必須遮住身體，這裡的太陽大得要命。」

「我們會讓艾思蜜和羅絲莉留下。紅髮女子不會接近她們。讓貝拉做好準備。三組的人馬不變。我、艾密特和卡萊爾會帶她去更遠的地方，直到我們能想出下一步。妳去找到她母親。」

「你們降落的時候，我們會跟你們會合。」

艾利絲結束通話。

我開始跑向西雅圖，同時撥電話給卡萊爾。他們倆得盡快追上我。

chapter 25

競速

我把注意力集中在紅白條紋的橫桿上。
這根桿子就像賽車方格旗。
它往上掀的那瞬間，
這場競速就此展開。
讀卡機發出嗶嗚，
賈斯柏按下某個按鈕。
橫桿上揚，
我猛踩油門。

飛機著陸時，我還是覺得不耐煩。我提醒自己，貝拉離我不到一哩，我很快就能再見到她，但我反而更想直接扯開艙門，而不是等飛機滑行停定。卡萊爾看得出來，我雖然靜止卻無比焦躁。他輕輕地頂我一下，提醒我稍微做些動作。

我們這一排的窗戶雖然放下了遮陽板，但機艙裡還是充滿直射而入的陽光。我雙臂抱胸，遮住雙手，而且我用兜帽——我在機場的商店買了帽T——盡量遮住臉。我們在其他乘客眼裡大概很可笑，尤其是艾密特，因為他身上的毛衣太小。我們看起來就像試著用兜帽和墨鏡遮蔽身分的明星，不然就是擔心美國西南部的春天會太冷的北方佬。我聽見一名男子的想法，他認為我們三人會在飛機滑行完畢之前脫下毛衣。

飛機在空中時已經讓我覺得無比緩慢，滑行過程恐怕會讓我更難受。

我對自己做出承諾：再忍耐一下。她在等著我，我會帶她離開這裡，我們會一起躲藏，直到想出辦法。這個想法讓我稍微好受一些。

但事實上，飛機很快就來到所屬的出口，打開了艙門。我們完全沒遇到任何可能導致誤點的阻礙，我應該為此感到慶幸。

我們真的很幸運，因為飛機是停在機場的北側，被航廈的影子遮住。這會讓我們方便行動。

空服員在打開艙門前進行相關檢查時，卡萊爾輕輕地把手指放在我的手肘上。我聽見空橋移動、接上艙門，然後有人敲敲門板。兩名空服員沒理會敲擊聲，只是盯著乘客名單。

卡萊爾再次推我一下，我假裝呼吸。

空服員終於推開艙門。我真的很想幫那人推門，但卡萊爾以指尖要我忍耐。

艙門嘶聲開啟，外頭的溫暖空氣迅速湧入，和機艙裡的混濁空氣混在一起。我這個傻子忍不住尋找貝拉的氣味，就算我知道我離她太遠。她應該在航廈裡，在安檢的另一頭，再過去就是停車場。耐心點。

安全帶的指示燈叮一聲熄滅，我們三人開始行動。我們鑽過人群，迅速來到門前。空服員驚訝地後退一步，但也因此沒擋路，我們把握這點。

卡萊爾拉扯我的毛衣，我不情願地讓他走在我前面，這不會影響多少速度，而且他一定比我慎重。不管追蹤客做了什麼，我們都不能引人注目。

我已經看過飛機上的小冊，牢記航廈的平面圖，而且我知道這個登機口最靠近航廈出口。這也是好運。我當然聽不見貝拉的想法，但我應該找得到艾利絲和賈斯柏的心聲。他們應該就在接送大廳，就在右前方。

我再次走到卡萊爾前面，急著見到貝拉。

艾利絲和賈斯柏的心聲跟人類的相比，就像聚光燈被營火包圍。我應該隨時能聽見他們——艾利絲混亂又痛苦的思緒侵入我的腦海，就像平靜的海面上突然出現漩渦，把我吸進去。

我踉蹌停步，感覺麻痺。我沒聽見卡萊爾說什麼，只感覺到他把我往前拉。我依稀感覺到，他注意到一名警衛正在狐疑地看著我們。

「不，你的手機就在我這兒。」艾密特演戲，刻意提高嗓門。

他抓住我的手肘，拉我前進。我雖然試著站穩，但似乎就是感覺不到地板。我周圍的人們似乎成了透明人。我只看到艾利絲的記憶。

蒼白、沉默、緊張兮兮的貝拉。眼神絕望的貝拉，跟賈斯柏一起離去。

還有關於某一道幻象的回憶：賈斯柏焦急地回到艾利絲身邊。

她沒等他來到自己面前，而是困惑地跟著他的氣味來到他所在的位置，是間女廁。

艾利絲追查貝拉的氣味，找到另一個出口，急忙追去，速度快得令人起疑。走廊和電梯擠滿人……穿過自動門來到外頭……路邊排滿計程車和接駁車。

氣味的盡頭。

貝拉失蹤了。

艾密特帶我來到天井般的大廳，艾利絲和賈斯柏緊繃地在一根大型支柱的影子底下等候。陽光穿過玻璃天花板斜射而來，艾密特壓低我的腦袋，確保我的臉被影子遮住。

艾利絲在幻象中看到貝拉坐在計程車上，駛過陽光燦爛的高速公路。貝拉閉著眼睛。幾分鐘後的幻象是：裝滿鏡子的房間，上方是日光燈，地上鋪著松木板。

追蹤客正在等候。

然後是血。好多血。

「你們為什麼不去追她？」我嘶吼。

光靠我們倆力量不夠。她死定了。

我逼自己壓抑幾乎令我麻痺的痛苦。

「發生了什麼事，艾利絲？」我聽見卡萊爾問。

我們五人走向立體停車場，陣仗有些嚇人。幸好天花板是水泥而不再是玻璃，我們遠離了陽光造成的威脅。雖然我們走路的速度比人類快——就算有些人類為了趕飛機而小跑——但我還是嫌不夠快。我們太慢了。現在何必壓抑情緒？有什麼意義？

別獨自行動，愛德華，艾利絲告誡我。**你會需要我們幫忙**。

她在腦海中看到……血。

為了回答卡萊爾的疑問，她把一張紙塞進他手裡。紙摺成三摺。卡萊爾瞥向這張紙，不禁愣住。

我在他的腦海中看到紙上的內容。

貝拉的筆跡。解釋。人質。道歉。懇求。

他把紙條遞給我，我把它揉成一團，塞進口袋。

「她的母親？」我輕聲低吼。

「我沒見到她。她應該不在那個房間裡。他可能已經……」

艾利絲沒把話說完。

她想起貝拉的母親在電話上的驚慌語調。

貝拉為了安撫母親而跑去另一個房間，然後這道幻象占據了艾利絲的腦海。她沒看出時間點，沒看出蹊蹺。

艾利絲心裡充滿愧疚。我厲聲嘶吼。

「現在不是崩潰的時候，艾利絲。」

卡萊爾正輕聲地向不耐煩的艾密特訴說相關情報。艾密特明白怎麼回事時也顯得驚恐，但他的反應跟我相比不值一提。

然而，我現在不能讓自己產生這種感受。艾利絲看到了一個很渺小的機會，也許不可能成功。貝拉流血之前，我們不可能追得上她。我知道這意味著什麼：「追蹤客找到她」以及「她的死亡」之間會有一段時間，相當一段時間。我強迫自己明白這點。

我必須動作快。

「我們知道該走什麼方向嗎？」

艾利絲透過腦海讓我看見一幅地圖。她顯然感到安心，因為她及時取得了最重要的一筆情報。在「看到第一道幻象」和「貝拉母親來電」之間的某個時間點，貝拉對她說明了追蹤客所選地點附近的路口。那裡離這裡不到二十哩，走高速公路就能到，只需耗費幾分鐘。

但是貝拉沒有幾分鐘。

我們通過了行李提領區，來到電梯前。推著行李的幾群旅客正在等下一批電梯。我們五人一同走進樓梯間，這裡沒人，所以我們飛快上樓，一秒內就來到停車場。賈斯柏前往車子所在，但被艾利絲拉住胳臂。

「不管我們開哪輛車，警察都會尋找車主。」

她想到幻象中的豔陽高速公路，以及飆速行駛的畫面。藍紅燈光轉動、路障、車禍……畫面還不夠明確。

大夥愣住，不確定這是什麼意思。

沒時間了。

我沿車子旁邊快速移動時，其他人恢復過來，以較為收斂的速度移動。停車場裡沒什麼人，沒人能清楚看見我。

我聽見艾利絲指示卡萊爾：從賓士的行李廂裡拿出袋子。卡萊爾在他開的每輛車裡都有放置急救箱，以防萬一。我不讓自己多想。

現在沒時間尋找最完美的選擇。這裡大多都是龐大的休旅車或務實的房車，但有幾輛比一般的車更快。我在一輛福特野馬和一輛日產 350Z 之間猶豫不決，我希望艾利絲能看到哪輛會更有幫助。這時候，我注意到一種獨特的氣味。

我聞到氮氣的時候，艾利絲看到我在找什麼。

我來到停車場的盡頭，就在陽光侵入的邊緣停著一輛經過大幅度改裝的賽車版速霸陸硬皮鯊。車主刻意把車停在遠離電梯的停車格，希望這樣就能避免遭到擦碰。

這輛車的顏色實在難看：深紫的岩漿色，混雜著與我頭部一般大的亮橘色氣泡。我這一百年來從沒見過這麼高調的車。

但它顯然保養良好，是車主的寶貝。車上沒有任何原廠零件；導流板、超大尾翼……完全是賽車取向。就算在這片陽光明媚，之地，車窗的隔熱玻璃仍黑得應該違法。

艾利絲所看到關於前方道路的幻象變得更清楚了。

她來到我身邊，手裡拿著從其他車上拔下來的天線。她把天線的尾端弄成鉤狀，解開車鎖。就在這時候，賈斯柏、艾密特和卡萊爾跟上，手持黑色的皮製行李袋。

我鑽進駕駛座，拔掉方向盤旁邊的外殼，把發動引擎的相關電線擰在一起。排檔桿旁邊有另一根桿子，上頭有兩顆按鈕，分別標示著「衝刺一號」和「衝刺二號」——我能明白車主對改車的狂熱，就算我搞不太懂他的幽默感。我只希望氮氣瓶是滿的。油箱是四分之三滿，對我來說非常足夠。大夥紛紛上了車，卡萊爾坐進副駕駛座，其他人坐後座。我倒車的時候，引擎發出渴望狂奔的低吼聲。

周圍沒人擋路。我高速駛過龐大的停車場，開往出口。我按下儀表板上的「加熱」鈕，氮氣要花點時間才會從液態轉變成氣態。

「艾利絲，幫我看看三十秒後的未來。」

好。

從停車場的四樓開往一樓的這條路，就像一個緊致的螺旋。正如艾利絲所預見，我在半路上被一輛同樣開往出口的凱雷德休旅車擋住去路。因為車道太窄，我別無選擇，只能跟在凱雷德的後面，並按了長長的一聲喇叭，要對方開快點。艾利絲已經看見這麼做沒幫助，但我就是忍不住。

我們拐過最後一個轉角，來到陽光下的繳費亭。這裡一共有六條車道，其中兩條是空的，凱雷德開往最近的一條，我開往最後一條。

紅白條紋的橫桿攔住這條車道。我有點想直接撞斷這條橫桿，但艾利絲在腦海中對我喊話。

警察如果追捕我們，我們就別想去救貝拉！

我用力握住亮橘色的方向盤。開向自動付費窗的時候，我逼自己放鬆手指。卡萊爾抓起塞在遮陽板後面的停車券，遞給我。

艾利絲一把搶走，她看得出來我會不耐煩地一拳捶破讀卡機。我把車子再往前開兩呎，賈斯柏放下車窗，拿出我們拿來付費的匿名信用卡。

我注意到他的袖子遮到指尖。他把手伸出窗外，把停車券塞進讀卡機的時候，他的肌膚只有微微反射陽光。

我把注意力集中在紅白條紋的橫桿上。這根桿子就像賽車方格旗。它往上掀的那瞬間，這場競速就此展開。

讀卡機發出嗶嗚，賈斯柏按下某個按鈕。

橫桿上揚，我猛踩油門。

我知道路怎麼走。艾利絲已經看見整個路線，連同路上會出現什麼。現在是中午，路上的車子不算太多，我看得見車流中的空隙。

十二秒後，我已經換到第六檔，我也不打算降檔。

高速公路的第一個區段沒什麼車，但前方有個車流會合處，來不及讓我利用氮氣加速。我把車開到最左線，繞過匝道周圍的車潮。

我對亞歷桑那的看法是：這裡的太陽雖然大得誇張，但是高速公路系統非常好。六條寬敞又通暢的車道，加上左右兩邊都有路肩，等於有八線道。我利用左路肩超越了兩輛自以為應該開在快車道的皮卡車。

路面平坦，陽光明媚，寬廣空曠的空間根本沒有任何地方能躲避陽光，浩瀚藍天在高溫下近似白色。整座山谷曝晒於太陽底下，簡直就像烤架上的肉塊，路邊只偶爾看見幾棵勉強存活的枯樹。我看不出貝拉為什麼覺得這裡很美，我也沒時間欣賞。

我現在的時速是一百二十哩。這輛硬皮鯊應該可以再快個三十哩，但我還不想把它操得太慘，因為我沒辦法確定這輛車的引擎究竟改裝到什麼程度。如果開得太快，車況可能會變得很不穩定。我只能查看儀表板上的油壓和溫度計，並仔細聆聽引擎的運作狀態。

能帶我們前往北向高速公路的高架橋就在前方，是單一線道，擁有非常寬敞的右路肩。

我一口氣切過六條車道，開往出口。有幾輛車因為我這麼做而稍微搖晃，但他們做出反應時，已經落在我後面一段距離外。

艾利絲透過幻象得知：那裡的路肩不夠寬敞。

「艾密特、賈斯柏，我要放棄側照鏡，」我咬牙道：「幫我看路。」

他們倆在座位上扭轉身子，查看左邊、右邊和後方的道路。我透過他們的腦海所看見的景色，遠比側照鏡更廣。

我沿狹窄的路肩行駛，速度很難高過一百哩。我咬緊牙關，緊握方向盤，從最右線的一輛大型廂型車旁邊開過。我的左側照鏡被廂型車撞掉，右側照鏡被水泥護牆撞毀。

透過艾利絲的腦海，我看見貝拉正在踉蹌地走過一條灼熱的人行道——或者該說她很快就會這麼做。

「妳觀察道路就好，艾利絲。」我咬牙道。

抱歉。我正在試。

她的想法透露驚慌。貝拉正在跑進一個停車場——或者該說她很快就會這麼做。

「停！」

她閉上眼睛，試著只觀察前方的柏油路。

我知道這些景象會讓我變得軟弱。我把這些畫面趕出腦海……

沒我想像的困難。

我所有的精神都在路面上。我能看到三十秒後、三百六十度的未來。我進入北向高速公路，切過所有車道，再次進入左路肩，時速提升到一百三十哩。我覺得我們的心靈彷彿成為同一個生命體，比分散時更為強大。我看到前方的車輛如何挪移，也看得出如何穿梭其中。

我高速鑽過兩座高架橋底下，陰影掠過時宛如光影閃動。

一百四十五哩。

前方十五秒處有個完美的空間。我鑽進中間的線道，掀起亮紅色的「衝刺一號」按鈕上的透明保護蓋。時機完美。我擺脫其他車輛的瞬間，捶下按鈕，點燃氮氣，整輛車就如砲彈般激射而出。

一百五十五哩。

一百七十哩。

貝拉正打開一扇玻璃門，進入一個陰暗無人的房間——或者該說她很快就會這麼做。

艾利絲很快地重新集中精神，也對此感到驚訝。她的想法跳到賈斯柏身上，我明白原因。

賈斯柏雖然不太適應和平的日子，但在面對戰爭這方面，他的能耐遠超過我所能想像。

此刻，我們都分享了他的戰鬥集中力；他在打仗的那些日子，就是利用這種能力來整合其他的新生吸血鬼。這種能力也非常適合現在這個情況，把我們整合成一個超高效率的機器。我接受這種整合，讓我的心靈來帶領這場衝鋒。

氮氣造成的加速力開始減弱。

一百五十哩。

我尋找下一個機會。

他們正在建立第一道路障，艾利絲提醒。我和她對此都不感到擔心。路障離這裡太近，攔不了我們。我們會在路障組裝完成之前就離開這裡。

還有第二道路障。她透過腦海中的地圖讓我知道位置。那道路障離這裡很遠，會造成問題，就算四秒後會出現另一個出路。

我考慮該怎麼辦的時候，艾利絲讓我看到各種可能後果。時間太短——我們別無選擇，只能換車。

我心不在焉地掀起保護蓋，按下「衝刺二號」鈕，整輛車立刻聽話地往前衝。

一百七十哩。

一百八十哩。

艾利絲讓我看到前方有哪些車可供我們選擇，我從中挑選。

其中一輛是雪佛蘭科爾維特，但車裡會很擁擠，我們這些人的體重也會影響它的性能。我考慮另外幾輛車。然後艾利絲看到一輛黑得發亮的 BMW S1000 RR 高性能摩托車，極速是一百九十哩。

愛德華，想都別想。

我沒理她，因為我騎乘這輛流線型黑色摩托車的畫面實在太吸引我。

愛德華，你會需要我們在你身邊。

她的思緒突然充滿混亂和鮮血、人類與非人類的尖叫，以及金屬切割的聲響。卡萊爾坐在中間，雙手沾滿紅血。

賈斯柏協助我穩住方向盤。他對我的情緒造成了強烈的影響，我覺得就像喉嚨被牢牢掐住。

我們一同迫使我把心思放回前方的車道上。這是我們這趟旅程最短的部分；車子已經不再重要。艾利絲瀏覽一輛輛轎車、旅行車和休旅車。

找到了。一輛嶄新的保時捷卡宴渦輪版，新得還沒掛牌——極速是一百八十六哩——後車窗上貼著卡通圖案的全家福貼紙：兩個女兒和三隻狗。

這個家庭會讓我們慢下來。艾利絲觀察我如果決定奪走這輛車的後果。幸好車上只有駕駛人獨自一人，是個三十幾歲的女性，深棕色的頭髮綁成馬尾。

艾利絲已經看不見貝拉在人行道上，那部分連同停車場的畫面已經成了過去。貝拉和追蹤客如今在室內。

我讓賈斯柏協助我集中精神。

「我們在下一座高架橋底下換車。」我警告他們。

艾利絲宣布我們將扮演什麼角色，她說話的速度比蜂鳥振翅還快。

卡萊爾在行李袋裡翻找東西。

艾密特下意識地伸展身子。

我追上那輛白色的休旅車，為了開在它旁邊而不得不減速。我損失的每一秒都會給貝拉造成痛苦。我違背所有本能，把檔位降到第四檔。

那輛BMW摩托車已經遠去，我逼自己別嘆氣。

高架橋就在半哩之外，所投下的影子只有五十三呎長。太陽現在幾乎就在正上方。

我開始把保時捷逼向左邊，車主因此改變車道，但我立刻跟上，並讓半個車身切進她所在的車道。她開始放慢車速，我也照做。

艾利絲幫助我算準時機。我稍微用車身擋住保時捷的去路，然後再次把方向盤往左打，強行切入她的車道，而且劇烈減速。車主猛踩煞車。

我們後面那輛雪佛蘭科爾維特急忙拐進另一條車道，從旁經過時拚命按喇叭。所有車輛都為了避開我們而一同往右拐。

我們在陰影下的最後十呎處完全停定。

我們五人同時下車。其他車輛以七十哩的時速從旁駛過，車上的人們好奇地看著我們。

保時捷的車主下了車，一臉盛怒，馬尾甩動。卡萊爾飛快來到她面前。她只有一秒鐘意識到一件事：她這輩子見過最英俊的這名男子逼她駛離道路。接著，她倒進他懷裡，大概根本沒感覺到針扎。

卡萊爾小心翼翼地把她放在路肩的安全地帶。我鑽進保時捷的駕駛座，賈斯柏和艾利絲已經坐進後座。艾利絲幫艾密特開了門；他蹲在硬皮鯊旁邊，眼睛盯著艾利絲，等她下令。艾利絲等著車流變少的一刻。

「現在。」她喊道。

艾密特把顏色俗麗的硬皮鯊掀進對向車道。

車子滾進從右邊數來的第二和第三條線道。一輛輛汽車急忙減速，但還是撞上了前方的車。安全氣囊的爆炸聲清晰可聞。艾利絲透過幻象確認有人受傷，但沒人喪命。正在追捕我們的警察再過幾秒就會抵達。

但那些聲響逐漸遠去，因為卡萊爾和艾密特已經上了車，我再次猛踩油門，焦急地想彌補我們在這裡損失的時間。

追蹤客站在貝拉面前，伸手撫摸她的臉頰。這個景象再過幾秒就會成真。

一百六十五哩。

四輛警車從對向車道趕來，前往我們引發的車禍現場，完全沒注意到這輛往北疾駛的主婦休旅車。

再過兩個出口就到了。

一百八十哩。

這輛休旅車雖然狀況良好，但我知道問題不在於引擎有沒有可能出問題——德國製的引擎非常耐操——而是輪胎。這種輪胎不適合這種高速。我雖然擔心讓輪胎爆胎，但我實在沒辦法把腳從油門上抬起。

一百六十哩。

我們正在快速接近那個出口。我超越一輛大卡車，切到右線。

艾利絲讓我看到那個出口的模樣。高架橋的盡頭是個十字路口，出口頂端的紅綠燈剛變成黃燈。一秒後，路口西側的紅綠燈會變成綠色箭頭，兩條車道的車輛將越過馬路中央。

我猛踩油門，以意志力命令輪胎不准炸開。

一百七十哩。

我開上左路肩的出口，離其他在等紅燈的車輛只有幾吋。

我在紅燈路口左轉，車尾往右甩，差點撞到高架橋北側的水泥護牆。

前往匝道的車輛開始駛過十字路口。我現在唯一能做的，就是穩住車子，繼續前進。

我超越了最前方的一輛凌志，彼此之間差點發生擦撞。

名叫「仙人掌路」的這條道路不如高速公路方便，路上只有兩個線道，連接著幾十條住宅區小路甚至私家車道。我們和那個裝滿鏡子的房間之間還有四個紅綠燈。艾利絲看到我們會被紅燈攔下來兩次。

一個標明限速的告示牌從旁掠過，上頭寫著限速是每小時五十哩。

我開到一百二十哩。

這條路給了我一個很小的優勢：路中間有一條調撥車道，邊緣是亮黃色線條。

貝拉正在爬過木地板，追蹤客抬起腳。

艾利絲重新集中精神，但我已經分了心。有那麼半秒，我回到福克斯，回到我那輛富豪汽車裡，想辦法自殺。

艾密特絕對不會幫我……但賈斯柏也許願意。只有他能明白我的感受。也許他會願意結束我的生命，就為了逃離那種痛苦，但他更可能一走了之，他不會想傷害艾利絲。既然如此，我唯一的選擇是前往義大利。

賈斯柏俯身向前，用指尖接觸我的頸後。我感覺就像被麻醉藥澆熄了痛苦。

我在中間車道暢通無阻地開了一哩，然後回到普通車道上，開過第一個綠燈。下一個十字路口迅速接近。調撥車道變成一個左轉道，三輛車在這裡等候。右轉道沒什麼車。我開上人行道幾秒，避開車道上的摩托車，勉強避免這輛休旅車翻車。

我瞥向時速表：八十哩。太慢了。

我鑽過車輛不多的道路——幾個駕駛人看到我逼近，立刻在十字路口完全停定——然後我回到調撥車道。

一百哩。

接下來這個路口比剛剛的更大，擁擠程度也多了一倍。

「艾利絲，讓我知道所有可能性！」

在她的腦海中，路上所有車輛停住。她把它們來回轉動，我看到它們被拉扯。車輛雖多，但彼此間有些小漏洞可鑽。我記住漏洞所在。

一百二十哩。

如果我們在這種速度下和其他車輛發生擦撞，下場就是兩輛車全毀。我們別無選擇，只能開進奪目陽光下，然後跳下車，朝貝拉所在地點直奔而去。人們會看到……我們的影子。

我的速度比家人都快。我不知道人們會如何解釋這件事——外星人、惡魔，還是政府的祕密武器——但我知道到時候一定會有故事。然後呢？那些永生領主來問問題的時候，我該如何挽救貝拉？除非別無選擇，否則我不能驚動佛杜里家族。

但是貝拉正在尖叫。

賈斯柏加強了對我施加的麻醉效果。麻醉感從肌膚滲進大腦。

我猛踩油門，拐進逆向車道，勉強穿行於車流。其他人的車速比我緩慢許多，我感覺就像在閃避不會移動的物體。

一百三十哩。

我鑽過路口，逮到機會，來到馬路的右邊。

「幹得好。」艾密特嘶吼。

一百四十哩。

最後一個紅綠燈會是綠燈。

但是艾利絲有別的主意。

「在這裡左轉。」她讓我看到一條狹窄的住宅區道路，就在舞蹈教室的商業區後面。馬路兩邊是高聳的尤加利樹，樹葉比較像銀色而非綠色。樹蔭幾乎能讓我們隱密行動、不會被發現。因為天氣太熱，路上沒有行人。

「現在減速。」

「時間不——」

他如果聽見我們接近，她就死定了！

我不情願地踩煞車，開始減速，接著迅速迴轉；要不是我已經減速，否則這輛休旅車很可能翻覆。我轉彎時，時速只有六十哩。

再慢點。

我咬緊牙關，減速到四十哩。

「賈斯柏，」艾利絲嘶聲道，話語近乎無聲。「你繞過建築物，從前面進去。我們其他人從後面進去。卡萊爾，做好準備。」

血濺在破碎的鏡子上，在木地板上形成血泊。

我把保時捷停在樹蔭下，只聽見輪胎壓過柏油路的碎石。住宅區和商業區之間豎立著一堵八呎高的磚牆，馬路另一邊是彼此緊鄰的灰泥房屋，每扇窗都以窗簾遮蔽、阻擋烈日。

在賈斯柏的協調下，我們一同跳下車，把車門虛掩，以免發出聲響。商業區的北側和西側車水馬龍，應該能掩蓋我們發出的任何聲響。

這個過程大概只花了四分之一秒。

我們翻過磚牆，盡量跳到遠處，避開牆底端的碎石地，落在柏油路上的時候近乎無聲。建築物後面有一條小巷，這裡有一個大型垃圾箱、一疊塑膠貨箱，還有一道逃生門。

我沒猶豫。我看得見門後面有什麼，或者該說門後面在一秒後會有什麼。我調整姿勢，確保追蹤客絕對無法逃脫，然後我衝進去。

chapter 26

血

我沒辦法把眼睛從貝拉染血的臉龐上移開。

她的肌膚被血水襯托得格外蒼白。

她的眼皮連抖都沒抖一下。

我把意念伸向艾利絲的心靈，

看到問題所在。

我沒仔細注意到我所處的這片血泊有多大。

我知道我的身體正在對這些血做出反應。

但不管是什麼反應，

都被痛苦壓住，

尚未浮現。

我破門而入，門板被我撞得粉碎四散。

我發出的怒吼聲完全出自本能。追蹤客猛然抬頭，隨即撲向地板上的緋紅身影。我看到一隻蒼白的手抬起，為了徒勞地自保。

門板絲毫沒有減緩我的衝力。我衝向追蹤客，將他撞離他的目標。他重重地摔在地上，木地板為之凹陷。

我翻個身，把他抓到我面前，再將他踹向房間中央——艾密特正在等候之處。

我擒抓追蹤客的這四分之一秒中，幾乎沒注意到他是個生物。他只是個擋路的阻礙。我早就知道我在今天會羨慕艾密特和賈斯柏，因為我想把追蹤客大卸八塊，但這件事在這一刻並不重要。我轉身。

如我所料，貝拉癱在牆邊，被鏡子的碎片包圍全身。到處都是血。

我在機場壓抑至今的驚恐和痛苦如海嘯般襲來。

她閉著眼睛，蒼白的一手無力地垂於身邊，心跳疲弱緩慢。

我不加思索，頃刻間就已經來到她身旁，跪在她的血泊中，動彈不得。我的胸腔和腦袋感到灼熱，但我分不清痛楚的來源。我不敢觸摸她。她有好幾處骨折。我如果碰她，很可能讓她的傷勢惡化。

我聽見自己不斷重複說著幾個字。她的名字。**不。拜託**。我不斷呢喃，就像唱片跳針，但我無法控制自己的聲音。

我聽見自己高喊卡萊爾的名字，但他已經跪在她另一邊的血泊裡。

我發出的聲音不再是字句，而是含糊不清的聲響，連同啜泣。

卡萊爾的雙手從她的頭皮摸到腳踝，動作快得化為糊影。他把兩隻手壓在她的頭上，尋找傷口，還用兩根手指緊緊壓住她右耳後面三吋處。我看不出他在做什麼，因為她的頭髮全是血。

她發出微弱的哭聲，痛得臉龐抽搐。

「貝拉！」我哀求。

和我沙啞的尖叫相比，卡萊爾的嗓音無比平靜。「她失了一些血，不過頭部的傷口不深。小心她的腿……斷了。」

一聲怒號劃過現場，我以為艾密特和賈斯柏有了麻煩，我查看他們的心靈——他們正在收拾屍塊——這才意識到這聲咆哮來自我。

「有些肋骨可能也斷了。」卡萊爾補充道，依然異常冷靜。

他的想法很務實，而且毫無情緒。他知道我在聽。但他對檢查結果感到慶幸。我們沒來晚，她受的傷不算致命。

但我聽得出他這番話裡的「如果」。如果他能控制住她的出血狀況。如果她的肺臟沒被肋骨刺穿。如果她受的內傷真的只是這種程度。如果，如果，如果。他治療過太多人類，知道人類的身體可能出現哪些狀況。

她的血滲透了我的牛仔褲，覆蓋我的胳臂。我渾身都是她的血。

貝拉痛得呻吟。

「貝拉，妳會沒事的。」我做出懇求：「妳聽得見我嗎，貝拉？我愛妳。」

又一聲呻吟……不，她在試著說話。

「愛德華。」她倒抽一口氣。

「是的，我在這裡。」

她呻吟：「好痛……」

「我知道，貝拉，我知道。」

嫉妒的情緒再次浮現，如拳頭般重捶我的胸腔。我好想慢慢地把追蹤客撕成一塊塊碎片。無論我怎麼做，都沒辦法讓他為貝拉受的苦做出補償。他會死，會被焚屍，但這並不足夠，永遠不夠。

「你能想想辦法嗎？」我對卡萊爾咬牙道。

「麻煩把我的袋子拿來。」他平靜地對艾利絲喊道。

艾利絲發出有點呼吸困難的聲音。

我沒辦法把眼睛從貝拉染血的臉龐上移開。她的肌膚被血水襯托得格外蒼白。她的眼皮連抖都沒抖一下。

我把意念伸向艾利絲的心靈，看到問題所在。

我沒仔細注意到我所處的這片血泊有多大。我知道我的身體正在對這些血做出反應。但不管是什麼反應，都被痛苦壓住，尚未浮現。

艾利絲雖然很愛貝拉，但在生理方面並沒有為這個場面做好準備。她遲疑不決，咬緊牙關，試著吞下毒液。

艾密特和賈斯柏也試著抗拒。他們已經把追蹤客的屍塊拖出這個房間——我只希望這些屍塊依然感覺得到痛苦。艾密特正在密切觀察賈斯柏；艾密特把自己控制得很好。他雖然平時看似毫無煩惱，但其實非常關心貝拉。

「屏住呼吸，艾利絲，」卡萊爾說：「這麼做會有幫助。」

她點頭，停止呼吸，接著把卡萊爾的行李袋放在他的腿邊。她動作謹慎，連鞋子都沒沾到血。她退到破損的緊急出口旁邊，吸進新鮮空氣。

門外傳來模糊的警笛聲，警察正在尋找在市區恣意狂飆的那輛車。我不認為他們找得到停在小巷陰暗處的贓車，但就算他們已經找到，我也不在乎。

「艾利絲？」貝拉倒抽一口氣。

「她在這兒，」我急忙道：「就是她帶我們找到妳。」

貝拉嗚咽。「我的手好痛。」

她特別說明手痛，這令我感到驚訝，這表示她受的傷不輕。

「我知道，貝拉。卡萊爾會幫妳止痛，痛苦很快就會平息。」

卡萊爾迅速地幫她縫合頭皮的傷口，動作快得只留下殘像。任何出血的傷口都逃不過他的眼睛。他有辦法以精細的縫合術修補較大的血管，一般的外科醫師就算有機器輔助也很難做到。我希望他暫停縫合、幫她注射止痛藥，但我在他故作鎮定的腦海中聽得出來，她頭部的傷勢超出他的預料。她流了好多血……

貝拉突然抽搐，稍微坐起。卡萊爾用左手牢牢地扶住她的頭。她猛然睜眼——眼白處因血管破裂而充血——發出淒厲尖叫，我沒想到她還有這種體力。

「我的手著火了！」

「貝拉？」我喊道。我蠢得以為是我感到的灼燒感蔓延到她身上。我正在傷害她？

她不斷眨眼，被血汙和沾血的頭髮遮住眼睛。

「火！」她尖叫，拱起背脊，就算肋骨疼痛。「趕快滅火！」

她的哀號令我不知所措。我知道我應該明白她在說什麼，但我驚慌得無法思考。感覺就像有人逼我別看著她的臉，逼我看著她伸出的染血之手，她痛苦地扭轉手指。

她手掌的肌膚有一條很淺的傷口。跟她身上其他的傷勢相比，這道傷口不算什麼。她體內的血流已經變慢……

我知道我看見什麼，但我說不出話。

我只說得出：「卡萊爾！她的手！」

他勉強抬起頭，手指第一次停頓。他也愣住。

他的嗓音有氣無力。「他咬了她。」

他咬了她。追蹤客咬了貝拉。她感到的灼熱感就是來自毒液。

我在腦海中以慢動作觀看剛剛那一幕。我破門而入。追蹤客撲向她。貝拉急忙伸出一手。我把他撞開。但他伸長了脖子，露出牙齒……我慢了一毫秒。

卡萊爾的雙手依然不動。**快治好她**。我想對他尖叫，但我和他都知道，他現在做什麼都來不及了。她受的傷將自行復原。每一根斷骨，每一道撕裂傷，很快都會恢復。

她的心臟將停止跳動，永遠不會恢復。

貝拉尖叫，痛苦地掙扎。

愛德華。

艾利絲回到這裡，鼓起勇氣蹲在卡萊爾身旁，鞋子沾染血跡。她輕輕撥開貝拉充血的眼睛旁邊的頭髮。

你不能讓事情這樣發生。她想著卡萊爾。

卡萊爾也想起往事。他手掌上的咬痕，漫長又痛苦的改變。

然後他想到我。

一陣幻影般的灼燒感沿我的手和胳臂蔓延。我也想起來了。

「愛德華，你非做不可。」艾利絲堅持。

我能讓貝拉經歷的轉變變得更為輕鬆又短暫。她不需要像我那樣受苦許久。她還是會受苦，無法想像的痛苦。她將承受好幾天的灼燒感。只不過……時間會縮短。

而且到最後——

「不！」我嗥叫，但我知道我的反對只是浪費時間。

艾利絲看見的幻象清晰得避無可避，與其說是未來，倒更像歷史。貝拉，渾身如岩石般白皙，眼睛比這個屠殺現場還要鮮紅。

我腦海中的一道回憶跟艾利絲的幻象重疊：羅絲莉。她心裡充滿埋怨和遺憾。她總是在悼念自己失去了什麼。她從不接受自己的遭遇。她被改變時毫無選擇，而且她未曾原諒我們。

接下來的一千年，我能忍受貝拉懷著同樣的遺憾瞪著我嗎？

能！我心中最自私的部分如此堅稱。總好過她現在就死。

這麼做真的會比較好嗎？她如果能理解所有的後果和損失，還會選擇這條路嗎？我有完全明白其中的代價嗎？我知不知道我為了換取永生而付出了什麼？追蹤客是不是遇到了我以後也註定會遇到的那堵虛無黑牆？還是我們倆都會見到永恆之火？

「艾利絲。」貝拉呻吟，慢慢閉上眼睛。她認得艾利絲回來了？還是只是放棄了我的幫助？我唯一正在做的，就是徹底崩潰分離。

貝拉又開始尖叫，發出一聲淒厲哀號。

愛德華！艾利絲對我呼喊。她對我的遲疑不決深深感到不耐煩，但她對自己信心不足，沒採取行動。

艾利絲看到我正在溺水。她看到我的未來化為無數絕望。她甚至看到我做出我未曾認真考慮的一件事，我確信我軟弱得做不到的事。我在她的腦海中看到這幅畫面之前，根本沒意識到那個版本存在在我的腦袋裡。

但現在，我看得見它。

殺死貝拉。

這是正確舉動？停止她的痛苦？讓無辜的她能擁有另一個宿命，而不是我知道我正在面對、無可逃避的宿命？另一種來生，而不是冰冷又嗜血的吸血鬼生涯？

痛苦太過強烈，我無法控制自己，因為貝拉正在尖叫。

我把視線和想法轉向卡萊爾，希望他能給我一些擔保，賜與我赦免，但我看到的是別的東西。

在他的心靈中，一條沙漠奎蛇盤著身子，沙色鱗片彼此摩擦時窸窣作響。

這幅畫面令我震驚得愣住。

「也許還有機會。」卡萊爾說。

他的腦海裡有一絲希望。他看得出來貝拉承受的折磨給我造成什麼影響；他也擔心如果強迫她踏進這種生活，以後會給她和我帶來什麼樣的後果。但他看到了一絲希望……

「怎麼說？」我哀求他。我們還能怎麼做？

卡萊爾繼續縫合她頭皮的傷口。他對這個想法充滿信心，所以他覺得應該有必要把她的傷口處理完畢。

「你看能不能把毒液吸出來，」他恢復冷靜。「傷口目前還算乾淨。」

我繃緊全身的肌肉。

「這麼做會有用嗎？」艾利絲追問，隨即查看未來，尋找這個疑問的答案。畫面模糊不清，因為決定尚未敲定。我還沒做決定。

卡萊爾沒抬頭。「我不知道，但我們必須動作快。」

我知道毒液將如何擴散。她在幾分鐘前感覺到第一波的灼熱感。這股感受會慢慢地蔓延至她的手腕和胳臂，然後越來越快。

沒時間了。

可是！我想尖叫。**可是我是吸血鬼！**

我會嘗到血味，我會發狂，尤其因為這是她的血。我的喉嚨和胸腔都覺得灼熱，但她感到的灼燒感必定更為強烈。如果我稍微屈服於吸血的慾望……

「卡萊爾，我……」我慚愧得說不下去。他有沒有意識到他在提議什麼？「我不知道我做不做得到。」

卡萊爾迅速移動縫合針，手快得幾乎讓人看不見。他正在處理她後腦杓的傷口。她身上有好多傷。

他的語調平靜但沉重。「由你決定，愛德華。只有兩種結果。」

讓她活下去，讓她死，或讓她成為半個人類，由我決定。生命掌握在我手裡嗎？我才沒有這麼堅強。

「我無法幫你決定。」他道歉：「如果你要吸出她手部的血，我必須給她頭部的傷勢止血。」

在另一波痛楚的襲擊下，貝拉痛得掙扎，扭曲的那條腿抽搐。

「愛德華！」她尖叫。

她驟然睜開充血的眼睛，這次銳利地瞪著我的雙眼，對我提出哀求。

貝拉正在承受火燒般的劇痛。

「艾利絲！」卡萊爾厲聲道：「幫我找些東西固定她的腿！」

艾利絲立刻從我的視線邊緣離開，我聽見她把木地板的碎片折成適當的大小。

「愛德華！」卡萊爾的語調失控。痛苦瀰漫現場。我的痛苦，貝拉的痛苦。「你必須現在動手，否則就來不及了。」

貝拉以眼神哀求我，尋求解脫。

貝拉正在燃燒，而最不適合救她的人就是我。在這項任務上，我是全宇宙最糟糕的人選。

但現場只有我能這麼做。

你必須這麼做，我命令自己。**別無選擇**。**你不能失敗**。

我抓住她扭動的手，攤開她彎曲的手指，予以固定。我停止呼吸，俯下身，把嘴對準她的手。

傷口邊緣的肌膚已經比其他部位冰涼，正在改變，正在變硬。

我用嘴唇蓋住這個小傷口，閉上眼睛，開始動手。

血只有一點點，因為毒液已經開始治癒傷口。我只吸得到幾滴血，雖然不足以讓舌頭變得溼潤，卻給我帶來爆炸般的衝擊，彷彿我的身體和心靈裡有一枚炸彈引爆。我第一次聞到貝拉的氣味時，以為自己必定失控，但那次的規模比較像是被紙片割出一道傷口，而這次像是被砍了頭。我覺得自己就像被卸下腦袋。

但這不是痛苦。貝拉的血帶來的不是痛苦。它消除了我感受到的所有灼燒感，而且不只是痛苦的消失。這是滿足，是幸福。我感到一種怪異的喜悅——身體方面的喜悅。我被治癒了，感覺充滿生命力，每一條神經都感到滿足。

我從傷口吸血時，逆轉了毒液造成的影響。血開始穩定流動，覆蓋了我的舌頭和喉嚨。相較之下，口感冰涼的毒液顯得貧弱，完全無法影響她的血散發的力量。

狂喜。喜悅。

我的身體知道還有更多血可以享用。**更多**，我的身體渴求更多。

但我的身體動彈不得。我逼自己的身體靜止不動，並如此維持下去。我幾乎無法思考，但我就是拒絕鬆懈。

我必須思考。我必須停止「感受」，而是開始「思考」。

幸福感外頭還有別的感受。

痛苦——喜悅無法觸及的痛苦。存在於我的心靈內外的痛苦。

這股痛苦無比尖銳，就像強勁的高音。

貝拉正在尖叫。

我在腦海中尋找施力點，發現有個救生圈正在等我。

是的，愛德華。你做得到。看到沒有？你會救她。

艾利絲讓我瞥見未來。貝拉微笑，貝拉歡笑，貝拉牽起我的手，貝拉擁抱我，貝拉好奇地凝視我的眼睛，貝拉在學校裡走在我身邊，貝拉在她的卡車裡坐在我旁邊，貝拉睡在我的臂彎裡，貝拉撫摸我的臉頰，貝拉捧著我的臉、小心翼翼地吻我。和貝拉在一起的一千個場景，她健康平安又快樂，而且身邊是我。

幸福感和肉體上的快感淡去。

毒液的味道很強烈。太快了。

我會告訴你什麼時候該停下來，艾利絲保證。

但我覺得我已經停不下來了。我正在失控。我會殺了她，我的身體一直感到喜悅又興奮。

貝拉的尖叫聲平息下來，我不再感覺到痛苦。她嗚咽幾次，然後嘆氣。

我會殺了她。

「愛德華？」她呢喃。

「他就在這兒，貝拉。」艾利絲安撫她。

就在這兒，正在殺死妳。

我幾乎感覺不到其他任何事情。聲音遠去，光芒似乎變暗，我什麼也感覺不到，只感覺到血。就連艾利絲的心聲——她彷彿在朝我尖叫——也似乎越來越遠。

時候到了，艾利絲告訴我。**停下來，愛德華**。

我雖然幾乎失控，但還是感覺得到毒液的冰涼口感消失了。我嘗到一種化學味，我意識到這是卡萊爾注射的藥物。

停下來，愛德華！快停下來！

但艾利絲看得出來我失控了。我聽得出來，她正在判斷要不要把我從貝拉身上拉開、這有沒有可能給貝拉造成更嚴重的傷。

「留下來，愛德華，」貝拉嘆氣，顯得平靜。「留在我身邊……」

她的輕柔嗓音進入我的腦海，比艾利絲的驚慌嗓音更有力，比我周身所有混亂之聲更響亮。她這個充滿自信的聲音就像一把鑰匙，似乎讓我的大腦和身體恢復聯繫。我再次變得完整。

我讓她的手從我的唇前往下垂。我抬起頭，看著她的臉。她依然滿身是血，依然蒼白，依然緊閉雙眼，但變得平靜。她的痛苦平息了。

「我會留在妳身邊。」我蠕動染血的嘴唇，對她做出承諾。

她綻放虛弱的笑容。

「都吸出來了嗎？」卡萊爾問。他擔心自己太早注射止痛藥而掩蓋了毒液造成的灼熱感。

但艾利絲已經確認貝拉平安。

「她的血嘗起來很乾淨了。」我的嗓音沙啞。「我能嘗到你給她注射的嗎啡。」

「貝拉？」卡萊爾嗓音低沉又清晰。

「嗯？」她做出回應。

「火退去了嗎？」

「是的，」她低語，聲音稍微變得更清楚。「謝謝你，愛德華。」

「我愛妳。」

她嘆氣，眼睛依然緊閉。「我知道。」

從我胸中溢出的笑聲令我驚奇。她的血還在我的舌頭上，這大概讓我的虹膜邊緣變成紅色。她的血滲進我的衣物，沾染了我的肌膚，她卻還是能逗我笑。

「貝拉？」卡萊爾問。

「什麼事？」她的口氣有點不耐煩。她看起來已半陷入昏睡，此刻只想沉眠。

「妳的母親在哪？」

她睜眼一秒，然後吐口氣。「在佛羅里達。他騙了我，愛德華。他看過我們家的錄影帶。」

她雖然因為傷勢和嗎啡而幾乎失去意識，但也顯然因為被侵犯隱私而怒火中燒。我綻放微笑。

「艾利絲？」貝拉徒勞地試著睜開眼睛，但盡量讓話語顯得急切。「艾利絲，錄影帶——他認識妳，艾利絲，他知道妳從哪來……我聞到汽油味？」

艾密特和賈斯柏回來了，取得了我們需要的汽油。警笛聲仍在遠方迴響，不過換了一個方向。他們不會找到我們。

艾利絲嚴肅地走過破碎的地板，來到門邊的視聽設備前，拿起仍在錄影的小型攝影機，關掉電源。

她決定拿起攝影機的那瞬間，腦海中閃過幾百個和未來有關的畫面，關於這個房間、貝拉、追蹤客，還有血。她重播錄影畫面時，腦海中的畫面太快也太混亂，我和她都看不清楚。她瞥向我。

我們晚點再處理這件事。為了弄懂這場惡夢，我們現在有太多事要忙。

我看得出來，她對我這麼說，其實是為了把自己的思緒從攝影機上移開，但我沒追問。攝影機的事情可以晚點再說。

「該把她移出去了。」卡萊爾說。艾密特和賈斯柏灑在牆上的汽油極其刺鼻。

「不要，」貝拉咕噥：「我想睡覺。」

「妳可以睡，甜心，」我在她耳邊溫柔道：「我會照顧妳。」

她的腿被緊緊地固定在艾利絲拿來的木板裡，卡萊爾也固定了她的肋骨。我以格外輕柔的動作把她抬離血泊，試著支撐她身體的每一吋。

「好好睡，貝拉。」我呢喃。

chapter 27

雜務

艾利絲皺眉，

回想這些雜務，

觀察諸多選擇的後果，

看到自己在醫院，

從行李箱裡拿出衣服給我們，

好讓我們換掉染血的衣物。

她有沒有抓到所有環節？

有沒有遺漏任何細節？

一切都很順利。

一定會很順利。

「我們有沒有時間——」艾利絲開口。

「不，」卡萊爾打岔：「貝拉需要立刻輸血。」

艾利絲嘆口氣。如果我們先去醫院，事情就會變得更複雜。

在保時捷上，我和卡萊爾坐在後座，他用手指輕輕按壓貝拉的頸動脈，用另一手支撐她的頭部。她的一條腿——以木板固定的斷腿——放在我另一邊艾密特的大腿上。艾密特屏息，凝視窗外，試著別想著我、貝拉和卡萊爾身上的血跡。他也試著別想我做了什麼。我竟然做到了。他知道他缺乏那種定力。

他想著他對剛剛那場戰鬥的不滿。因為，說真的。他當時完全壓制住了追蹤客，就算對方拚命掙扎、試著避開他粗壯的胳臂。掙扎其實對追蹤客毫無幫助，而且賈斯柏衝進那個血淋淋的房間時，艾密特已經開始拆解他的身子。

賈斯柏當時殺氣騰騰，眼神尖銳又茫然，看起來就像個上古天神或戰爭的化身，投射出純然的暴力氣息。追蹤客放棄掙扎；他看到賈斯柏出現的那瞬間（那是他第一次清楚看見賈斯柏，但是艾密特並不知道這點），就決定向命運臣服。儘管他被艾密特抓住的那一刻，命運就已經決定了，但看見賈斯柏才是他放棄掙扎的原因。

想到這件事，艾密特氣得幾乎抓狂。

我遲早得向艾密特說明，他在棒球場上是什麼模樣，而且為什麼是那種模樣，否則他的心情大概不會好轉。

賈斯柏坐在駕駛座上，車窗開了一條縫，乾熱的空氣吹進車內。和艾密特一樣，他也屏住呼吸。艾利絲坐在他身邊指揮一切——在哪轉彎，開進哪條車道，在避免旁人注意的情況下可以開多快。此刻，她要他維持時速六十七哩的車速。換作我會開得更快，但是艾利絲相信她能比我更快地讓我們抵達醫院。閃避警車只會逼我們放慢車速，而且把一切都搞得很複雜。

艾利絲雖然監視著這趟路的所有層面，但她的心思也放在其他事情上，從她眼前必須做的雜事中找出方法，考慮每個選擇的後果。

她能掌握其中幾件事。

此刻，她掏出手機，打給某家航空公司——她知道這家能提供適合的航班——訂了在兩點四十分飛往西雅圖的機票。時間會很趕，但她透過幻象看見艾密特會在那班飛機上。

她清楚地看見接下來會發生什麼事，我也看見了。

首先，賈斯柏會把我、卡萊爾和貝拉放在聖約瑟醫院。雖然另外有幾家醫院更近，但卡萊爾堅持選擇聖約瑟。他認識這家醫院的一名外科醫師，該醫院也以治療創傷聞名。看他態度急切，加上貝拉渾身蒼白——雖然她的心跳依然規律有力——我不禁感到驚慌，並默默咒罵我們車速太慢。

「她會沒事的。」艾利絲對我輕聲咬牙道，她看得出來我又想抱怨。她把一道幻象送進我的腦海：貝拉坐在病床上，面帶微笑，就算渾身瘀青。

但我發現她有所隱瞞。「這是什麼時候的畫面？」

一、**兩天後啦，行嗎？頂多三天。別擔心。放輕鬆。**

我越想越驚慌。三天？

卡萊爾雖然不會讀心術，但看得懂我的表情。

「她只是需要時間，愛德華，」卡萊爾安撫我。「她的身體和心靈都需要休息才能恢復。她會沒事的。」

我試著接受，但還是感到不安。我把精神集中在艾利絲身上。她有條不紊的計畫，遠好過我這樣毫無用處的焦躁。

她看到醫院會有點棘手。我們坐在這輛偷來的保時捷裡，而我們偷走的那輛硬皮鯊在一〇一號公路上引發了波及二十七輛車的連環車禍，而且醫院的急診室入口裝設了許多監視器。如果我們能換輛車，類似艾利絲晚點會弄到的租賃車……只需要十五分鐘左右，她清楚知道上哪能弄到——

我咬牙低吼。她哼一聲，沒看我。

你們倆永遠都是這麼煩人。艾密特在心裡抱怨。

看來我們暫時不換車。艾利絲接受這點，沒再提起。我們必須在監視器範圍外頭停車，而這會讓我們顯得可疑。我們為什麼不在急診室的遮棚底下停車？為什麼帶昏迷不醒的傷患繞路？至少我和卡萊爾能走在陰影底下，否則我們就必須走過監視器底下，艾利絲就必須想辦法偷走監視器的錄影檔案，但她沒有這種時間，她必須去旅館辦理入住手續，而且製造出一個發生重大意外的場景，因為貝拉受傷的時間點必須是在我們抵達醫院之前。

這點當然急迫。但首先，她需要輸血，這件事更為緊急。當我闖進急診室，看起來就像被人潑了一身紅漆，而且懷裡抱著一個動也不動的人，這幅畫面一定會引起騷動。急診室入口一百碼內的所有醫院員工都會在幾秒內趕來。艾利絲到時候能在卡萊爾的掩護下走過前檯，不會有人質疑她，她看得出這點。她能用醫院裡提供的藍色鞋套遮住鞋子的血跡，接下來就是想辦法溜進急診室的血袋儲藏室。

「艾密特，把你的上衣給我。」

艾密特小心翼翼地脫下上衣，丟給艾利絲，避免動到貝拉的腿。他的衣服顯得十分乾淨，尤其跟我或卡萊爾的衣服相比。

艾密特想問她為何要借這件衣服，但擔心開口就會聞到血味。

艾利絲穿上這件特大號的上衣，看起來有點像是前衛時尚風。艾利絲穿什麼都適合。

艾利絲看見自己來到血庫，把上衣的大口袋塞滿血袋。

「貝拉的血型是？」她問卡萊爾。

「O型陽性。」卡萊爾答覆。

看來泰勒在學校停車場引發的那場車禍，還是帶來了一點好處，至少我們知道她需要什麼樣的血。

艾利絲大概過度謹慎了，畢竟誰會去驗她在「意外現場」造成的血跡是什麼血型？不過，如果意外現場看起來太像犯罪現場……也許她過度謹慎也好。

「留充足的分量給貝拉。」我告誡她。

她在座椅上轉身，讓我看到她翻白眼。她回過身，繼續安排計畫。

賈斯柏和艾密特會坐在偷來的車裡，引擎發動著。她進出只需要兩分半的時間。

她會選個在醫院附近的旅館，好讓事件的時間點較為可信。她看到她想要的旅館就在南側的幾條街外。當然，她自己不會想住那種旅館，但拿來偽裝意外現場也能湊合。

我在腦海中看著她辦理入住手續，感覺彷彿看著即時畫面。

艾利絲大步走進這家旅館的簡陋大廳。她腳上的深紅色鞋子，還有綁在腰間的寬大帽T，看起來很像時尚宣言。櫃檯只有一名女子，她抬起頭，一開始顯得不感興趣，但接著注意到艾利絲令人驚豔的臉蛋。她驚訝地凝視艾利絲，幾乎沒注意到對方手上沒有行李。

但是艾利絲對這幅畫面覺得不滿意。

畫面倒帶。艾利絲回到醫院裡，走出血庫，口袋裡塞了四袋冰涼的血。她沿最短的路線行走，鑽進一個以隔簾區隔的地方。一名女子躺在病床上睡覺，監控生命徵象的設備嗶嗶作響。女子的私人物品放在一個袋子裡，旁邊放著一個藍色的行李袋。艾利絲拿走行李袋，回到走廊。繞這一小段路只有多耗費她兩秒鐘。

艾利絲回到旅館大廳。她沒穿艾密特的上衣，行李袋則是掛在肩上。櫃檯後方的女子多看她幾眼。現在這幅畫面看起來沒有任何問題。艾利絲要了兩個房間：一間雙人房，一間單人房。她拿出自己的駕照——不是假的——放在櫃檯上，連同寫著她名字的信用卡。她說同行的還有她的父親和哥哥，他們倆正在尋找室內停車場。女子在電腦上輸入資料。艾利絲瞥向手腕……空無一物。

她暫停幻象。

「賈斯柏，我需要你的手錶。」

他伸出胳臂，她從他的手腕上拿走她送的寶璣。他很習慣她這麼做，所以懶得問原因。手錶鬆垮地掛在她的手腕上，她戴起來就像手環，看起來很完美。她這身模樣可以帶領一波時尚風潮。

幻象繼續。

艾利絲看著掛在手腕上的手錶。

「現在才十點五十分，」她對女子說：「妳這裡的時鐘走得太快了。」

女子心不在焉地點個頭，把艾利絲提供的名字輸入電腦。

艾利絲等候時有點太過靜止。這個過程耗費太多時間，但她只能等候。

女子終於把兩組鑰匙卡遞給她，並寫下房間號碼。兩個房間都是「一」開頭：一〇六和一〇八。

畫面倒帶。

艾利絲走進大廳。櫃檯後方的女子多看她幾眼。艾利絲要了兩個房間：一間雙人房，一間單人房。**如果可以，麻煩給我二樓的房間**。她把駕照和信用卡放在櫃檯上。她以閒聊的口吻談到誰與她同行。女子在電腦上輸入資料。艾利絲糾正時鐘的時間。艾利絲等候。

女子把兩組鑰匙卡遞給艾利絲。她寫下房間號碼：二〇九和二一一。艾利絲對她微笑，拿走卡片。艾利絲以人類速度移動，直到進入樓梯間。

艾利絲迅速進入兩個房間，把行李袋放在其中一間，開了燈，拉上窗簾，然後在門把掛上「請勿打擾」的告示牌。她手裡拿著血袋，輕快地走過無人走廊，前往另一個樓梯間。沒人看到她。她在樓梯中間的平臺停步，樓梯底端是一個通往外頭的出口，門旁邊有一面落地窗。出口外側的周圍沒有人影。

艾利絲拿出手機撥號。

「按三秒鐘的喇叭。」

停車場響起刺耳的喇叭聲，蓋過了高速公路的車流聲（不是幾乎被我們癱瘓的那條高速公路，而是另一條）。

艾利絲如保齡球般滾下樓梯，撞破落地窗的中心處。玻璃飛散，灑在人行道和碎石路上，有些甚至飛到停車場的柏油路上。破窗形成的輪廓，看起來就像從雲隙照射下來的陽光。艾利絲退到陰暗處，接著用窗框上的碎玻璃弄破血袋，讓邊緣沾上血跡。她拋甩其中一個袋子，血如碎玻璃般飛灑。她把另外兩個袋子的血灑在人行道的邊緣上，讓血聚成一團，滲進水泥，流過柏油路。

喇叭聲平息。

艾利絲再次撥打電話。「來接我。」

保時捷幾乎立刻出現。艾利絲快步跑過陽光下，鑽進後座，手裡抓著最後一袋血。

然後……我跟她一起回到當下。艾利絲對這部分的演變感到滿意。她把注意力轉移到接下去的部分，雖然沒之前那麼有趣，但非常重要。

「有趣。」我嗤之以鼻。她沒理我。

回到機場。她在租車櫃檯選了一輛白色的薩博班休旅車。它的造型雖然跟我們這輛保時捷不太像，但同樣龐大，而且是白色，任何與此不符的目擊者證詞都會被警方作廢，雖然她在這方面並沒看到任何目擊者。

艾利絲駕駛著保時捷。她比賈斯柏和艾密特更能適應血的氣味；他們倆雖然不會傷害貝拉，但每次呼吸時都會感到灼痛。他們開著薩博班休旅車，跟在一段距離外。她找到一家名叫「豪華汽車美容」的洗車中心，用現金付了款，並警告櫃檯的少年——少年著迷地盯著她的臉蛋——她的姪女把一大堆番茄汁吐在後座上。她指向自己的鞋子。色瞇瞇的少年保證車子會被清理得乾乾淨淨。不會有人質疑她的說詞。清潔人員擔心聞到嘔吐物會想吐，所以到時候會只用嘴巴呼吸。她自稱瑪麗。她考慮過在廁所裡把鞋子洗乾淨，但看見這麼做幫助不大。

她會等一小時，等車子清理完畢。十五分鐘後，她打電話給旅館；她溜出後門，站在陰影下，吸塵器和噴霧器的聲響將確保沒人聽得見她說話。

她焦急地向旅館的櫃檯女子道歉。有個朋友來拜訪她，結果在樓梯間發生了可怕的意外。窗戶……血……（艾利絲說得語無倫次）。是的，她正在醫院裡陪那個朋友。可是窗戶！玻璃！其他人可能受傷。她請櫃檯女子封鎖那一區，直到維修人員能前去清理。她得走了——他們現在願意讓她探望她的朋友。謝謝妳。真的很抱歉。

艾利絲預見櫃檯女子不會報警。女子會打電話給經理，他們會指示她找人清理現場，以免別人受傷。以後警察找上門的時候，他們的說詞就是「為了安全著想而把證據清理掉」。他們會緊張地等候其實不會出現的官司；一年多後，他們才開始相信他們在這件事上真的很幸運。

汽車清理完畢，艾利絲檢查後座，沒有看得見的證據。她給了清潔人員小費。艾利絲坐進保時捷，從鼻孔深呼吸。好吧，雖然這輛車無法通過魯米諾檢測，但她能預見警察根本不會在這輛車上尋找血跡。

賈斯柏和艾密特跟著她來到斯科茨代爾市中心的商場。她把保時捷停在龐大的立體停車場的三樓。警衛在四天後才會向警察通報，有人把這輛車丟棄在這裡。

艾利絲和賈斯柏去購物時，艾密特在租來的車上等候。她在一家忙碌的Gap時裝店裡買了一雙網球鞋。沒人低頭注意她的腳。她用現金付款。

她給艾密特買了一件對他來說居然合身的薄帽T。她幫她自己、卡萊爾、艾密特和我買了六大袋衣服。她使用的駕照和信用卡不同於她在旅館使用的那組。賈斯柏幫她拎這些袋子。

最後，她買了四個不同款式的行李箱。她和賈斯柏把箱子推到薩博班上，然後她拔掉標籤，把新衣服通通塞進箱子裡。

離開的時候，她把染血的鞋子丟進一個大型垃圾箱。

她不再倒帶或重播。一切都進行得非常順利。

賈斯柏和艾利絲把艾密特放在機場。他拿了一個登機箱，看起來遠不如搭乘早上那班飛機時引人注目。他們在立體停車場找到卡萊爾的賓士。賈斯柏親吻艾利絲，然後踏上開車回家的漫漫長路。

男生們都離去後，艾利絲把最後一袋血倒在薩博班的後座和地板上。她把車開去一間加油站的自助洗車站。她的清潔功力遠不如專業的清潔人員，歸還這輛車的時候會被罰錢。

艾密特在西雅圖降落時，再過半小時就是日落，到時候會下雨。他會搭計程車去搭乘渡輪。他將輕易地溜進普吉特海灣，把行李箱丟進水裡，然後游泳加上奔跑，三十分鐘後就能回到家裡。他會立刻把貝拉的卡車開回鳳凰城。

看到這一幕，艾利絲皺眉搖頭。這項計畫會耗費太多時間，那輛卡車實在太慢。

此刻，我們離醫院只剩四分鐘的車程。貝拉在我懷裡慢慢呼吸，而且我們依然滿身是血。艾密特和賈斯柏繼續憋氣。我眨眨眼，試著恢復方向感。艾利絲的幻象顯得無比清晰的時候，我很容易忘了現實這一刻發生什麼事。她比我更擅長在「實境」和「幻象」之間切換。

艾利絲掏出手機撥號。艾密特的上衣在她身上太過鬆垮，手腕上還掛著賈斯柏的手錶。

「羅絲莉？」

在擁擠又寂靜的車上，我們都聽得見羅絲莉驚慌的嗓音。「發生什麼事了？艾密特——」

「艾密特很平安。我需要——」

「追蹤客呢？」

「追蹤客已經不再是問題。」

羅絲莉倒抽一口氣。

「我需要妳去租一輛平板拖吊車，」艾利絲指示：「或是買一輛，看怎麼做更方便，總之馬力要夠大。把貝拉的卡車運去西雅圖，在當地跟艾密特會合。他的班機將在五點半降落。」

「艾密特要回家來？究竟怎麼回事？為什麼要我拖吊那輛可笑的卡車？」

有那麼幾秒，我也納悶艾利絲為何要艾密特回家。為什麼不叫羅絲莉直接把卡車運來這裡？這麼做不是更直截了當？然後我意識到原因：艾利絲無法預見羅絲莉會那樣幫助我們。我在心裡感到冰涼的苦悶感。羅絲莉已經做了選擇。

艾密特想接過手機、安撫羅絲莉，但他目前還是不能張開嘴巴。

不可思議，他和賈斯柏竟然能忍耐這麼久。我猜那場戰鬥造成的亢奮感仍在影響他們，讓他們能無視血味。

「別擔心這個問題，」艾利絲簡短道：「我只是在收拾殘局。艾密特會向妳說明所有細節。讓艾思蜜知道這件事結束了，但我們會在這裡待幾天。她最好待在貝拉的父親身邊，以防那個紅髮女子——」

羅絲莉的語氣變得冷漠。「她會來對付查理？」

「不，我沒看到這部分，」艾利絲安撫她。「但小心為上，不是嗎？卡萊爾一有機會就會打給她。動作快，羅絲莉，妳有時間限制。」

「妳真是個被寵壞的小屁孩。」

艾利絲結束通話。

好吧，艾密特至少能留著新衣服。我很高興。他穿新衣服真好看。

艾密特對這通電話感到開心，因為他知道再過幾小時就能見到羅絲莉，她到時候能聽見他的說詞，他完全沒理由提到賈斯柏如何礙事。如果艾利絲沒看到紅髮女子搞出任何麻煩，羅絲莉就能跟他一同驅車前往鳳凰城。不過她也可能不願意這麼做……他低頭看著貝拉蒼白的臉龐和斷腿，心裡湧出強烈的父愛和關切。

她真是個好孩子。羅絲莉必須放下對她的歧見，他告訴自己。**盡快**。

艾利絲皺眉，回想這些雜務，觀察諸多選擇的後果，看到自己在醫院，從行李箱裡拿出衣服給我們，好讓我們換掉染血的衣物。她有沒有抓到所有環節？有沒有遺漏任何細節？

一切都很順利。一定會很順利。

「做得好，艾利絲。」我輕聲稱讚她。

她微笑。賈斯柏把車開到急診室的路邊，跟入口的監視器保持距離，尋找我們需要的陰暗處。

我調整在貝拉身上的手勁，準備初次經歷剛剛在腦海中看過的一切。

薩達蘭醫師——卡萊爾的友人——讓事情變得更為順利。醫護人員為貝拉準備輪床的時候，卡萊爾請他們呼叫這位醫師。短短幾分鐘後，薩達蘭醫師已經開始給貝拉進行第一次輸血。卡萊爾為此感到安心許多，並確信其他事情也會很順利。

我很難平靜下來。我當然信賴卡萊爾，薩達蘭醫師看起來也很優秀，而且我聽得見他們對她的狀態的客觀評估。薩達蘭醫師及其同事們查看貝拉經過完美縫合的傷口，連同精心固定的斷腿處，我聽見他們對此感到多麼驚奇。我聽見薩達蘭醫師在辦公室裡向同事們說明，他和庫倫醫師十四年前一起在巴爾的摩市的醫院工作時，這位醫師有過什麼樣的成就。我聽見他對卡萊爾未曾改變的面貌感到驚奇，而且他懷疑卡萊爾可能有整型，就算卡萊爾聲稱西北部地區涼爽溼潤的氣候能讓人青春永駐。他對貝拉的狀況感到樂觀，因此懇請卡萊爾順便幫他看看幾個還沒經過診斷的病患；他向實習醫生們宣布，庫倫醫師絕對是最厲害的診斷醫師。卡萊爾對貝拉的狀況也充滿信心，所以答應幫助其他患者。

但不同於他們倆，貝拉的狀況對我來說是生死關頭。躺在輪床上的那人是我的生命，她毫無血色，失去意識，渾身都是管線、膠帶和石膏。我盡可能保持鎮定。

薩達蘭醫師身為主治醫師，第一通電話必須打給查理，這通電話的內容聽得我無比心痛。卡萊爾立刻接過電話，盡可能簡單扼要地說明他和我在這裡做什麼的虛構版本，向查理擔保這裡一切都很順利，並保證會盡快再次打電話給他說明近況。我聽得見查理嗓音裡的驚慌，相當確定他根本不相信這番說詞。

不久後，醫師們認定貝拉狀況穩定，便把她送去恢復室。去處理雜務的艾利絲還沒回來。

輸入貝拉體內的血改變了她的氣味；我雖然應該預料到這點，但還是感到驚訝。我感覺自己的飢渴灼痛感減輕許多，但我並不喜歡這種變化。這袋陌生的血感覺像個入侵者，不屬於她，我也為此埋怨，雖然我這種想法很不合理。即使她到時候可能還沒甦醒，不過她自己的氣味將在二十四小時後便開始恢復。但即使經過許多星期後，她也無法完全恢復到原本的狀態。總之，這讓我明白一個道理：在未來的某個時間點，她令我瘋狂的那股氣味將永久消失。

能做的都做了。我現在唯一能做的就是等待。

這段時間裡，只有幾件事能抓住我的注意力。我向艾思蜜說明了近況。艾利絲再次出現，但看到我想獨處而再次離開。我凝視向東的窗戶，窗外是一條繁忙的馬路，還有幾棟高樓。我聽著貝拉穩定的心跳聲，好讓自己維持理智。

然而，有幾場談話對我來說十分重要。

卡萊爾也來到貝拉的病房，接著再次打電話給查理。他知道我會想旁聽這場談話。

「喂，查理。」

「卡萊爾？現在怎麼樣了？」

「她輸了血，也做了磁振造影，狀況目前看來很好，應該沒有其他內傷。」

「我能跟她說話嗎？」

「他們現在讓她熟睡一陣子，這麼做很正常。她如果醒著，會感到太強烈的痛楚。」我聽得皺眉。卡萊爾說下去：「她需要幾天時間恢復。」

「你確定一切都還好？」

「我向你保證，查理。如果有什麼事情需要擔心，我會立刻通知你。她真的會沒事的。她會需要拄拐杖一陣子，但除此之外，她會恢復正常。」

「謝謝你，卡萊爾。我真的很慶幸你在那兒。」

「我也是。」

「我知道這一定給你造成不少麻煩——」

「千萬別這麼說，查理。我很慶幸能陪在貝拉身邊，直到她準備好回家。」

「我得承認，這確實讓我覺得好受許多。那個……愛德華也會留在那裡嗎？我的意思是學校之類的事情……」

「他已經跟他的老師們談過了，」卡萊爾答覆，但安排這一切的其實是艾利絲。「他們會讓他遠程上課。他也在幫忙記錄貝拉的作業項目，雖然我相信老師們會放她一馬。」卡萊爾稍微壓低嗓門。「說真的，他非常難過。」

「我不太瞭解你的意思。他……愛德華說服你一路跑去鳳凰城？」

「是的。貝拉離開的時候，他非常擔心。他感到自責，覺得必須彌補這件事。」

「究竟發生什麼事？」查理聽起來大惑不解。「原本一切好好的，結果貝拉開始歇斯底里地說喜歡你兒子是個問題，然後半夜離家。你兒子有給你更合理的解釋嗎？」

「是的，我們在來這兒的路上討論了一切。愛德華好像跟貝拉說了他多麼在乎她。他說她一開始顯得很開心，但突然看起來很心煩。她發了脾氣，說想要回家。他送她回家後，她叫他走開。」

「嗯，我有聽見。」

「愛德華還是不明白這是怎麼回事。他們沒機會討論……」

查理嘆口氣。「我明白這部分的原因。這件事很複雜，跟她母親有關。我覺得她只是有點反應過度了。」

「我相信她有她的理由。」

查理不自在地悶哼一聲。「但你對這件事有何感想，卡萊爾？我的意思是，他們倆只是青少年，現在這樣會不會……太激烈了點？」

卡萊爾回以輕快的笑聲。「你不記得你十七歲的時候？」

「說真的，不記得了。」

卡萊爾再次發笑。「那你還記得第一次戀愛嗎？」

查理沉默片刻。「嗯，記得。這種事很難忘。」

「的確。」卡萊爾嘆口氣。「我很抱歉，查理。要是我們沒跑來這兒，她就不會站在那道樓梯上。」

「千萬別這麼想，卡萊爾。你就算不在那兒，她也可能撞破任何一處的窗戶。她這次很幸運，你就在旁邊。」

「我只慶幸她沒有大礙。」

「我真的很希望我能在那裡。」

「我很樂意幫你訂機票——」

「不，問題不在這兒。」查理嘆道：「你也知道咱們這兒很少發生大案子，但是去年夏天那起重大傷害案終於要上法庭了，如果我不出庭作證，只會對被告有利。」

「當然，查理。你什麼也不用擔心。你忙你的，去抓壞人，我會確保貝拉很快以最佳狀況回到你身邊。」

「你如果不在那兒，我一定會發瘋。所以，再次謝謝你。我會請芮妮去一趟，貝拉大概也比較想看到她母親。」

「這是個好辦法。我很高興能有機會見到貝拉的母親。」

「我得提前警告你，她到時候一定會大驚小怪。」

「做母親的當然會大驚小怪。」

「再次謝謝你，卡萊爾。謝謝你照顧我女兒。」

「不客氣，查理。」

卡萊爾結束通話後才坐在我身邊。他在醫院裡很難坐著不動，因為這種地方到處都是正在受苦的人類。他對貝拉的狀況並不感到焦急，我應該為此感到開心點，但我一點也不開心。

接下來發生的大事，是貝拉的母親來到醫院。將近午夜時，艾利絲讓我知道芮妮將在十五分鐘後出現在貝拉的病房裡。

我在病房的浴室裡試著稍微梳洗。艾利絲幫我們準備了新衣服，所以我至少看起來不會太嚇人。我檢查自己的眼睛，幸好顏色已經恢復成正常的黑赭色。虹膜裡雖然有一小圈紅色，但應該不容易注意到，加上我自己也不想注意到。

梳洗更衣後，我繼續悶悶不樂。我不禁好奇，跟查理相比，貝拉的母親會不會更不願意原諒我？如果查理或她知道真相……

我的沉思被某個突如其來的聲音影響。這是我以前從沒聽過的心聲，光是這點就很罕見，心聲聽起來清晰又響亮，我還以為有誰在我沒注意到的情況下進入病房。

我的女兒……誰能幫幫我？我該去哪？我的寶貝……

我以為有人在樓下大廳咆哮吶喊——我專心聆聽，發現這個聲音似乎是從大廳傳來——但沒人注意到騷動。

話雖如此，他們都注意到某個身影。

一名女子，看起來大概三十歲，也許更老。她樣貌漂亮，但明顯驚慌失措。她難過的樣子非常引人注目，就算她默默站在某個角落，似乎不確定該怎麼辦。幾個工作人員和兩名護理師停下腳步，看她需要什麼。

她顯然就是貝拉的母親。我在查理的腦海中看過她，她和她女兒真的很像。我當時以為查理回想起的是比較年輕的芮妮，但那也可能是現在的芮妮。她幾乎完全沒變老。我猜她和貝拉常常被誤認成姊妹。

「我在找我的女兒。她今天下午被送來這裡。她發生了意外，跌倒的時候撞破一扇窗……」

芮妮的嗓音聽來完全正常，很像貝拉的聲音，只是再尖銳一點。但她心裡的聲音十分激烈。

我好奇地看著其他人的心靈對她如何反應。似乎沒人注意到她內心多麼激動，但每個人都不禁想幫助她。他們似乎就是注意到她的需求，而且沒辦法視而不見。我聆聽她和他們的心靈互動，感到著迷。一名工作人員和一名護理師帶她穿過走廊，幫她拿著她的小行李袋，急著幫助她。

我想起我曾對貝拉的母親感到好奇，我當時很想知道是什麼樣的心靈——加上查理的心靈——造就出貝拉這麼獨特又不尋常的人。

芮妮跟查理截然相反。也許他們倆就是因此被彼此吸引？

在這麼多嚮導的指引下，芮妮很快就來到貝拉的病房。她在路上遇到另一名嚮導：負責照顧貝拉的護理師，這人立刻被芮妮散發的急切氣息所吸引。

有那麼幾秒，我把芮妮想像成吸血鬼。她的心聲就是會對每個人發出呼喊，沒人逃得掉？我很難想像她會是個很受歡迎的人物。我驚訝地發現自己綻放笑容——我真的分了心。

芮妮匆匆進入病房，把行李袋丟在門邊。護理師緊跟在後。芮妮一開始沒注意到我斜靠在窗邊，她只盯著女兒。貝拉一動也不動地躺在床上，瘀痕剛開始在臉上擴散，頭部纏著繃帶——雖然卡萊爾說服了他們別剃她的頭髮——而且身上到處都接著管線和監測器。她的斷腿從腳趾到大腿打了石膏，擱在一塊架高的泡棉上。

貝拉，我的寶貝女兒，看看妳。我的天啊。

母女之間還有個相似處：芮妮的血很甜，但不是貝拉那種味道，而是太甜，幾乎令人頭皮發麻的那種。這是一種很有意思的香氣，就算不完全有吸引力。我從沒注意到查理的氣味有什麼不尋常之處，但他和芮妮的孩子就是擁有無比誘人的血味。

「她被注射了麻醉藥。」看芮妮來到床邊、伸出雙手，護理師急忙道：「她會睡一陣子，但妳過幾天就能跟她說話。」

「我能觸摸她嗎？」她的嗓音很輕卻堅定。

「當然，妳可以觸碰她胳臂的這一處，只是得輕點。」

芮妮站在女兒身邊，輕輕地把兩根手指放在貝拉的前臂上。芮妮開始掉淚，護理師以母親的姿態摟住她的肩。我很難待在原處，我也想安慰她。

我真的很抱歉，芮妮在心裡對女兒說，**真的、真的對不起**。

「別難過，親愛的，妳女兒會沒事的，好嗎？那個英俊的醫師把她的傷口縫得漂亮又整齊。別哭，親愛的。妳來這兒坐下，休息一會兒吧？我猜妳坐飛機坐了很久。妳從喬治亞過來的？」

芮妮抽鼻子。「佛羅里達。」

「妳一定累壞了。妳女兒不會亂跑，也不會有任何狀況。妳何不試著睡一會兒，親愛的？」

在護理師的帶領下，芮妮來到病房角落的一張藍色塑膠躺椅。

「妳需不需要任何東西？妳如果想梳洗一番，護理站能提供盥洗用具。」護理師提議。她是個祖母類型的女子，一頭長長的灰髮在頭頂挽成髻，名牌上寫著「葛洛莉雅」。我稍早前見過她，當時沒特別注意，但現在忍不住欣賞她。因為她的仁慈？還是我對芮妮的感激做出反應？如此接近以這種方式投射出想法的人，感覺實在很怪。我覺得她跟賈斯柏其實有點像，只是她的意念粗糙許多，同時她投射的不是情緒，而是想法。我很清楚我正在聆聽她的想法。

我對貝拉跟她母親在一起的生活有了更深一層的瞭解。難怪她這麼保護她母親，難怪她為了照顧這個女人而放棄了童年。

「我自己有帶。」芮妮疲憊地對門邊的小行李袋點頭。

我開始覺得自己有點像所謂的「房間裡的大象」。她們倆都沒注意到我，就算我並不是透明人。夜間燈光雖然轉暗，但還是方便讓護理人員進行工作。

我決定宣告自己的存在。

「我去幫妳拿。」

我迅速地把她的行李袋放在躺椅旁邊的小桌上。

和查理一樣，芮妮最初的反應也是突如其來的恐懼和腎上腺素激增。她甩掉這些情緒，以為自己只是累壞了、被我的動作嚇到。

我太緊張了。可是這個人是誰？嗯……他就是那個英俊的醫師？他看起來太年輕了。

「噢，你好啊，孩子。」葛洛莉雅的口氣有點不高興。她已經習慣了我和卡萊爾的存在。「我還以為你已經回家去了。」

「我父親去幫薩達蘭醫師了，他要我看著貝拉。他跟我說明了要觀察她哪些狀況。」我今天已經用過這個藉口好幾次。我的口氣充滿自信，護理師們都沒起疑。

「他們還在忙？他們再這樣下去會站著睡著。」

薩達蘭醫師當然早就回家去了。但他把卡萊爾介紹給大夜班的血液科醫師，卡萊爾正在為幾個較為困難的案例提供意見。

貝拉的母親腦子裡滿是問號。葛洛莉雅立刻為我們介紹。

「這位是庫倫醫師的兒子。就是庫倫醫師救了妳女兒。」

「你是愛德華。」芮妮意識到。

這就是她那個男朋友？老天。難怪貝拉招架不住。

「親愛的，我只有這一張躺椅，」葛洛莉雅對我說：「我認為道爾太太比你更需要。」

「當然。我剛剛有睡一陣子，我能站著。」

「現在很晚了……」

我想跟他談談。

「沒關係的，」芮妮說出口：「如果妳不介意，我想問他關於這起意外的事。我們絕對會很安靜。」

聽見這句話，我很想笑。

「當然。那我去巡房了，晚點再過來。試著休息一會兒，親愛的。」

我對護理師綻放溫暖的笑容，她稍微放鬆。

可憐的孩子。他真的很擔心。他留在這兒應該沒關係，尤其她母親也會在這兒。

我來到芮妮面前，伸出一手。她疲憊地跟我握手，已經在躺椅坐下。接觸到我冰涼的肌膚時，她稍微退後，體內又分泌少許腎上腺素。

「噢，抱歉，這裡的冷氣太強。我是愛德華·庫倫。很高興見到您，道爾太太，可惜是在這種情況下。」

他說話的方式很成熟。她讚許的心情在病房裡迴響。

「叫我芮妮，」她下意識地說：「我……很抱歉，我失態了。」

老天，他真的很帥。

「這當然能理解。就像護理師說的，妳應該休息。」

「不，」芮妮輕聲反對——至少嗓音如此表態。「你介不介意稍微跟我談談？」

「當然不介意，」我答覆：「我相信妳有很多問題想問。」

我從貝拉的床邊拉來一張塑膠椅，在芮妮身旁坐下。

「她沒跟我說過你的事。」芮妮宣布，內心充滿難過的情緒。

「我……我很抱歉。我跟她沒有……交往很久。」

芮妮點頭，然後又嘆口氣。「我認為這是我的錯。費爾的工作很不順利，我……看來我沒好好聆聽女兒的感受。」

「我相信她原本打算很快讓妳知道。」然後我趁她自我懷疑時說謊：「我也完全沒讓我父母知道我跟她在交往。我猜我們倆都怕太早公布反而會讓事情不順利。這種想法有點傻。」

芮妮微笑。**這種想法真可愛。**「不傻。」

我回以微笑。

真令人心碎的微笑。唉，我真希望他不是在玩弄她。

我忍不住急忙安撫她。「發生了這件事，我真的很抱歉。這完全是我的錯，我願意盡一切代價彌補。如果能代替她受傷，我非常樂意這麼做。」我說的全是實話。

她拍拍我的胳臂。幸好袖子夠厚，掩蓋了肌膚的涼意。「這件事不是你的錯，愛德華。」

我真希望她說的是事實。

「查理跟我說了一部分的來龍去脈，但他自己也沒完全搞懂。」她說。

「我認為我們都沒搞懂，貝拉也是。」我想起那個夜晚，原本一切開開心心，結果一下子急轉直下。我覺得我還在試著跟上事情的發展。

「這是我的錯，」芮妮突然顯得難過。「我認為是我害慘了我女兒。她因為在乎你而想逃家——這都是我的錯。」

「不，別這麼想。」我知道貝拉對查理說出那些話的時候，多麼傷透查理的心。她如果知道她母親為這件事自責，一定會很難過。「貝拉是意志力很堅定的人，她想做什麼就做什麼。而且，她大概只是需要陽光。」

聽見這句話，芮妮微微一笑。「也許吧。」

「妳想聽聽這起意外是怎麼發生的嗎？」

「不，我剛剛也是這麼對護理師說的。貝拉滾下樓梯，這種事其實不算罕見。」不可思議，她的父母都輕易地接受了這個說詞。「那扇窗很倒楣。」

「非常。」

「我只是想更認識你。貝拉如果情緒很平靜，就不會做出這種事。她以前從沒這麼認真的看待任何人。我不確定她知道該怎麼做。」

我再次對她微笑。「我在這方面跟她一樣。」

自信又英俊，她的想法帶有懷疑。**他真的很懂得說話**。

「善待我的寶貝，」她下令，口氣變得強硬。「她的感受很強烈。」

「我向妳保證，我絕不會做出傷害她的事。」我說出這句話的時候無比誠懇——只要能確保貝拉開心又安全，我願意付出任何代價——但我不確定這句話是不是事實。因為，什麼事會給貝拉造成最大的傷害？

我無法擺脫最真實的答案。

石榴籽和我的冥界。我不是今天才目睹了我的世界能給她造成多大的傷害？她就是因此而傷痕累累地躺在這裡。

讓她待在我身邊，這對她來說絕對是最大的傷害。

嗯……他認為自己說的是肺腑之言。好吧，人總會心碎，但遲早會復原，這就是人生。但她想到查理的臉孔，感到不自在。**我沒辦法思考，我累壞了。這一切在明天早上都會變得更合理。**

「妳該睡了。佛羅里達跟這裡有時差。」我聽得出來我的嗓音因心痛而扭曲，但她並不熟悉我的說話聲。

她點頭，眼睛半閉。「她如果需要任何東西，你會叫醒我？」

「是的，我會的。」

她在不舒服的椅子上躺下，很快就失去意識。

我把椅子搬回貝拉身邊坐下。看她如此熟睡的模樣，感覺實在很怪。我真希望她會開始說夢話。不知道她在黑暗的夢境中有沒有看見我？我不知道這樣希望是對還是不對。

我聽著這對母女的呼吸聲時，第一次想到艾利絲。她給我這麼多空間，這很不像她的作風，不管我處於什麼樣的精神狀態。我意識到，她早就應該來查探我和貝拉的情況如何。她這樣避開我，我只猜得到一個原因。

我原本有許多時間整理今天發生的事，但我沒有這麼做。我只是盯著貝拉，徒勞地希望自己更有能力，徒勞地希望我有做出正確舉動，避免讓這場惡夢碰到她。

此刻，我意識到我還必須做一件事。我知道這麼做會很痛苦，但也不夠痛苦。我應該碰上更糟的下場。我不想離開貝拉，但這個地點不適合。我要打電話給艾利絲，我不確定她為了躲避我而跑去哪。

我來到走廊——兩名護理師看到我，還在想我會不會離開這間病房——我正想掏出手機，就聽見艾利絲的想法從樓梯飄來。我打開樓梯間的門就看到她。

她手裡拿著某個用細線纏繞的黑色小型物體；她拿著它的模樣，彷彿想用雙手把它壓碎。我有點驚訝她還沒動手。

我在這件事上已經跟你吵了三百多次，但我就是沒辦法說服你。

「沒錯，妳做不到。我需要看看它。」

我也只能尊重你的想法。拿去吧。她把攝影機遞給我，我看得出來她很高興能擺脫這東西。我不情願地接過，拿在手上，覺得它顯得黑暗陰森。**找個旁邊沒人的地方。**

我點頭。這是好建議。

我會去看著貝拉。雖然沒這必要，但我知道這麼做會讓你比較安心。

「謝謝妳。」

艾利絲迅速離開樓梯間。

我在走廊裡漫步。現在時候很晚，走廊裡很安靜，但還是有些人。我原本想進入一個沒有人的病房，但總覺得裡頭不夠隱密。我走過大廳，來到室外，但還是能看到一名警衛四處巡視。如果我看起來像正在前往某處，警衛就不會注意我；相反的，我如果看起來像在閒晃，警衛就一定會來質問我。

我想尋找一處既空曠卻又隱密的空間。幸好，我在圓形車道對面找到了一個無人空間。

諷刺的是，這棟無人建築是醫院的禮拜堂。雖然夜色已深，但裡頭燈火通明，而且門沒鎖。我知道這種地方能安撫卡萊爾，但我相當確定現在沒有任何力量能安撫我。

我進入禮拜堂，找不到鎖上大門的辦法，所以我來到大廳的前側，盡量遠離大門。這裡擺放的不是長椅，而是木製的折疊椅。我拉張椅子坐在牆邊，被風琴的陰影遮蔽。

我戴上艾利絲提供的耳機，閉上眼睛，深呼吸。我知道只要看了攝影機拍下的內容，我就會永遠忘不掉，我將永遠無法擺脫。不過我覺得這很公平，畢竟貝拉親身經歷了攝影機裡的內容，而我只需要觀看。

我睜開眼睛，打開攝影機的電源。攝影機的小螢幕只有兩吋寬，我不知道我是否該為此感到慶幸，還是我應該在更大的螢幕上觀看。

畫面一開始是追蹤客的臉部特寫。詹姆斯——跟他的本質相比，這個名字顯得太過無害——他對我微笑，我知道這就是他的目的，他想對我微笑。他拍這段影片是給我看的。接下來的片段是我跟他之間的對話，嚴格來說是單向對話，而且對象不是貝拉，而是我。

「你好，」他以悅耳的語調開口：「歡迎來到本節目。希望你會喜歡我為你準備的內容。很抱歉，這個節目臨時拼湊得有點匆促，畢竟誰想得到我只花幾天就贏了？在本節目『揭幕』之前，我想提醒你，這件事其實是你自己的錯。你當初要是沒擋老子的路，事情很快就能結束。不過現在這樣也更有趣，不是嗎？好好享受吧！」

畫面一片黑，然後出現一個新的「場面」。我認得鏡頭的角度，看來攝影機這時擺在電視機上面，對準鏡牆。追蹤客快速奔向鏡頭的最右側，速度快得在畫面上只留下殘影。他在緊急出口停定，伸出一手，手上是一個黑色的長方形物體——遙控器。他稍微歪起頭，似乎在聆聽什麼。他顯然聽見了攝影機沒能捕捉的低音，接著朝鏡頭微笑——對我微笑。

然後我聽見她的聲音：倉促的奔跑聲、喘息聲、開門然後停定的聲響。

追蹤客舉起遙控器，按下某個按鈕。

攝影機底下的喇叭發出聲音：貝拉母親的呼喊，語調驚慌，音量龐大。

「貝拉？貝拉？」

另一個房間裡再次傳來奔跑聲。

「貝拉，妳嚇死我了！」芮妮說。

貝拉衝進房間，焦急地搜尋。

「妳敢再這樣試試看！」芮妮說下去，發出笑聲。

貝拉轉身，找到母親的嗓音來源；她面對著我，眼睛盯著鏡頭底下的位置。我恍然大悟。她雖然還沒完全弄懂怎麼回事，但我看得出來她顯得安心。她的母親沒碰上危險。

喇叭不再發出聲音。貝拉不甘願地移動。她知道他在這裡，就算她不願看見真相。看到他的那瞬間，她整個人僵住。我只看得見她的側臉，但我能清楚看見他對她微笑。

他走向她的時候，我逼自己鬆開手指，因為現在捏碎攝影機還太早。他走過她身邊，來到電視機前，放下遙控器。他這麼做的同時看著鏡頭，對我眨個眼，然後轉身面向她。他這時背對鏡頭，但我能清楚看見貝拉。因為鏡頭擺放的角度，我在鏡子上看不見他。這應該是他粗心了，我猜他應該想讓我看到他這時候的表現。

「很抱歉，貝拉，但如果妳母親沒有捲入這件事，對妳也比較好，不是嗎？」

貝拉看著他，表情怪異，幾乎有點放鬆。「是的。」

「妳聽起來沒因為我耍了妳而生氣。」

「我沒生氣。」她的口氣聽來真誠。

追蹤客遲疑一秒。「真奇怪，妳是真的這麼想。」他歪起頭，我只能猜想他這時候是什麼表情。「我願意對妳那個怪異的吸血鬼家族承認這點：你們人類真的很有意思。我大概看得出『觀察人類』是多麼有趣。真不可思議，有些人類對自己的命運如此漠不關心。」

他俯身靠向她，彷彿期待她說出什麼答案。但她保持沉默，眼神茫然，沒洩漏任何情緒。

「我猜妳打算告訴我，妳男朋友會來為妳復仇？」他語帶挑釁，不是針對她。

「不，我不這麼認為，」貝拉輕聲答覆：「至少，我有叫他別這麼做。」

「他的回答是？」

「我不知道。我留了封信給他。」

拜託你別去找他報仇，她在那封信上寫道，**我愛你。原諒我**。

她的態度幾乎顯得一派輕鬆，而這似乎令追蹤客惱火。他的語調變得尖銳，口氣變得陰森。

「還真浪漫。」他這幾個字的諷刺意味十足。「訣別信。妳認為他會照妳說的做嗎？」

她的眼神依然莫測難辨，但表情平靜。「我希望他會。」

求求你，這是我對你唯一的請求，她在信上寫道。**為了我**。

「嗯……看來妳我所希望的並不一樣。」他的口氣變得酸苦。貝拉的姿態破壞了他安排的場面。「其實，這一切有點太容易也太快。老實說，我有點失望。我原本期望一場更大的挑戰，結果我只需要一點點運氣。」

貝拉臉上充滿耐心，就像父母知道小孩子要說個語無倫次又漫長的故事，但還是願意配合。

追蹤客的語調變得更嚴厲。「當維多利亞無法接近妳父親時，我叫她查出更多關於妳的情報。既然我能選個地方舒舒服服地等妳，又何必跑遍天下搜尋妳的下落……」

追蹤客滔滔不絕地說下去，說得緩慢又自鳴得意，但我感覺得出來他多麼沮喪。他說話的速度開始變快，但貝拉沒反應，只是耐心又禮貌地等下去。她這種態度顯然令他不悅。

我原本沒仔細想過追蹤客究竟怎麼找到貝拉——他應該沒時間安排計謀——但他的說詞確實合理，我聽得一點也不驚訝。我微微皺眉——沒想到我們飛往鳳凰城這件事引發他做出最後的行動，但這只是令我自責的無數錯誤之一。

他這場獨角戲即將來到尾聲——他以為我聽了會佩服他？我為接下來會發生的事做好心理準備。

「其實，這麼做真的很簡單，」他做出結論：「不太符合我的高標準。所以，我希望妳對妳男朋友的看法是錯的。他叫愛德華，是不是？」無聊，他假裝忘了我叫什麼名字。他不可能忘了我叫什麼名字，正如我永遠不會忘了他的名字。

貝拉沒吭聲。她現在看起來有點困惑，彷彿搞不懂他這麼做有什麼意義。她沒意識到，他這樣做秀，其實不是為了給她看。

「如果我也留個訊息給妳的愛德華，妳會非常介意嗎？」

追蹤客往後走，退出鏡頭外。鏡頭突然特寫貝拉的臉孔。

我清楚看見她的表情。她開始恍然大悟。她早就知道他會殺了她，但她沒想到他會先折磨她。這是她在發現母親平安之後，眼裡第一次出現驚慌。

我和畫面上的她同樣感到驚恐。我要怎麼撐下去？我不知道。但她挺過來了，所以我也必須挺過來。

確定我會有時間看到她多麼恐懼後，追蹤客再次把鏡頭往後拉，調整角度讓我在貝拉身後的鏡子上看到他的倒影。

「很抱歉，但他看過這段畫面後，一定會忍不住來追殺我。」他再次對自己的傑作感到滿意。貝拉的驚恐臉色就是他在等待的戲劇。「我也不希望他錯過。這當然都是為了他。我不得不說，妳只是個人類，在錯誤的地方、錯誤的時間和那一群錯誤的人在一起，因而遭遇這場不幸。」

他再次走進鏡頭，接近她，他的笑臉在鏡子上顯得扭曲。「在我們開始之前……」

貝拉的嘴唇發白。

「容我再囉嗦幾句。」他從鏡子上看著鏡頭。「答案其實一直都在，我真的很怕愛德華會看出這點、破壞我的樂趣。這種事以前發生過一次，很久以前，那是唯一一次我的獵物逃出我的手掌心。」

艾利絲已經讓我看到如何讓追蹤客失去興趣。但他沒意識到我拒絕了這個構想。他將永遠無法明白為什麼。

他又開始另一場獨白。雖然我意識到，就是因為他愛炫耀，貝拉才能活到我們趕到現場的那一刻，但我還是氣得咬牙，直到他說出「小朋友」這幾個字，我才意識到事情不單純。這就是貝拉試著告訴我們的。**艾利絲，錄影帶——他認識妳，艾利絲，他知道妳從哪來。**

「……她甚至沒感覺到痛苦，可憐的小東西。」追蹤客解釋：「她被關在黑暗的小房間裡很長一段時間。要是早個幾百年，她可能會因為她看見的幻象而被處以火刑。但在一九二〇年代，人們只把她當作精神病患、收留在精神病院。她睜開眼睛，變成血肉強壯的新生時，感覺就像以前從沒見過太陽。那古老的吸血鬼把她變成了強壯的新生吸血鬼，我就沒理由再追捕她。我後來殺了那個老頭，以洩心頭之恨。」

「艾利絲。」貝拉低語。這項認知並沒有讓她的臉龐恢復血色。她的嘴唇甚至有點發青。她會昏過去嗎？我不禁希望這段錄影畫面能有個空檔，就算我知道這只是妄想。

我得知了這麼多情報，而且我會想問問艾利絲的感受，但不是現在。不是現在。

「是的，就是妳那位小朋友。我在林中空地看見她的時候，確實感到驚訝。」他再次看著鏡頭。「所以我猜她的吸血鬼家族應該能在這件事上感到寬慰，畢竟我雖然逮到妳，但他們擁有她。她是唯一逃出我手掌心的受害者，這對她來說其實算是殊榮。

而且她當年聞起來實在可口，我還是很後悔沒機會品嘗……當年的她聞起來比現在的妳還美味。抱歉，無意冒犯，妳聞起來也不錯，就像花朵……」

他向她走近，站在她面前，伸出一手，我差點捏碎攝影機。他還沒傷害她，只是玩弄她的一綹頭髮，故意嚇唬她。

我從椅子上挪到地上坐下，把攝影機放在地板上。我緊緊握拳——幸好我有這麼做。追蹤客接著輕輕撫摸她的臉頰，我氣得差點捏碎自己的手。

「不，我不明白。」追蹤客做出結論。「好吧，我猜我們該開始了。」他再次看著鏡頭，嘴角微微上揚。他想讓我看到他會享受這一刻。「然後我會打電話給妳那些朋友，告訴他們上哪能找到妳，還有我錄的這段小小訊息。」

貝拉開始發抖，面如死灰，我沒想到她還有辦法站立。追蹤客開始在她周圍盤旋，從鏡子對著我微笑。他蹲俯身子，視線移向她的臉，露齒而笑。

她嚇得衝向後門。我猜這就是他的目的，他想逼她做出行動。他的笑容轉變成開心的微笑；他跳到她面前，反手一揮，將她擊飛到鏡牆上。

在那短暫卻又彷彿永恆的一秒，她飛騰在空中，接著她撞在牆上，只聽見金屬噹啷作響，連同骨頭斷裂、鏡面碎裂的聲響。她撞到黃銅製的牆面把手及其後方的鏡面。芭蕾舞桿脫離支架，砸落在底下的木板上。她頹然墜地，周身的碎玻璃反映光芒，宛如亮片。我真希望她這時候已經昏迷不醒，但我看到她的眼睛——

震驚、無助、茫然。

我就是無法鬆開疼痛的拳頭。

追蹤客慢慢走向她，眼睛透過鏡面看著鏡頭，看著我。

「畫面效果很好。」他對我指出這點，希望我懂得欣賞他的安排。「我猜得沒錯，這個房間給我的小小影片帶來了很棒的視覺效果。所以我選擇在這兒跟妳見面。這裡真完美，不是嗎？」

我不知道貝拉有沒有注意到他把注意力移往別處，還是她只是憑本能行動，但她痛苦地把雙手放在地板上，爬向門口。

追蹤客對她可悲的努力發出輕笑聲，立即來到她面前。

艾利絲已經讓我看過這段畫面。我真希望我能把眼睛移開，但我做不到——追蹤客這時重重踩踏她的小腿，我聽見她的脛骨和腓骨斷裂。

她渾身抽搐，尖叫聲充斥現場，迴響於玻璃和光滑的木地板。這聲尖叫感覺就像鑽子透過耳機鑽過我的耳朵。她痛得五官扭曲，眼睛裡的微血管爆開。

「妳想不想重新考慮妳最後的請求？」他問貝拉，所有注意力都在她身上。他用一根腳趾觸壓骨折處的中心點。

貝拉再次扯開喉嚨哀號。

「妳應該希望愛德華試著找到我吧？」追蹤客勸誘，就像來到舞臺邊緣的導演。

追蹤客會折磨她，直到她哀求我追殺他。她一定知道我會明白她是被迫配合，她一定會立刻說出他想聽的話。

「說出他想聽的話。」我徒勞地對她呢喃。

「不！」她沙啞地喊道。這是她第一次凝視攝影機的鏡頭，以充血的眼睛懇求我，直接對我說話：

「不，愛德華，別——」

他踹踢她抬起的臉。

我見過這一腳在她的左臉頰留下的瘀痕，她的顴骨因此有兩條細微的裂痕。他這一腳踹得很小心，因為他知道如果稍微用力點就會踹死她，而他還沒玩完。這一腳只是輕輕敲她一下。

她再次飛過半空中。

看著她被擊飛的軌道，我立刻看出他犯的錯。

碎玻璃的扭曲邊緣如歪斜的鋼牙般向外伸展。她的腦袋幾乎撞到跟剛剛一樣的位置，但這一次，她被地心引力拉向地板時，頭皮被碎玻璃的邊緣割開。我清楚聽見她肌膚撕裂的聲響。

他轉身察看。我在鏡子上看到他臉色變得緊繃——他意識到自己做了什麼。

她的頭髮裡滲出血，緋紅血珠流過臉頰，滾過頸部，聚於鎖骨上方的凹陷處。光是看到這一幕，我就覺得喉嚨灼熱，想起她的血的味道。

她的血啪噠啪噠地滴在地板上，在手肘周圍形成血泊。

好多血，而且迅速流動。這幅畫面令我不知所措。我看著螢幕，不敢相信她沒當場死亡。追蹤客也看著這一幕，心裡所有的計畫和自大為之褪色。他的表情變得狂野殘酷。我從他的眼神看得出來，他有點想壓住吸血慾，但他不習慣在這方面控制自己。他幾乎不再記得這場表演和觀眾。

他咬牙吐出狩獵的低吼聲。她本能地舉起一手，試著保護自己。她的眼睛已經閉上，臉上持續滴血。

伴隨著震耳的咬牙咆哮聲，追蹤客撲向她。就在這時候，一個蒼白身影掠過鏡頭前，模糊得無法辨別。追蹤客消失在畫面上。我看見他在貝拉的手掌上留下緋紅咬痕，然後她的手往下垂，撲通一聲掉進血泊。

我麻木地看著這一幕，看著螢幕上的我啜泣，看著螢幕上的卡萊爾努力救她。我的視線被引向畫面的右下角：追蹤客的身體碎塊不時飛過鏡頭前。我看到艾密特的手肘，還有賈斯柏的後腦杓。鏡頭只有捕捉到浮光掠影，沒辦法重組戰鬥經過。我遲早得叫艾密特或賈斯柏描述那一幕，雖然這應該沒辦法撫平我感受到的怒火。就算是我親手將追蹤客撕碎焚屍，也應該不夠，做什麼都無法改變這一切。

在某一刻，艾利絲走向鏡頭，神情有點難受，我知道她看到了關於錄影的幻象，我相信她也看到我會觀看這段錄影。她拿起攝影機，畫面變黑。

我慢慢拿起攝影機，然後有條不紊地把它捏碎成一團金屬和塑膠渣。

然後，我從襯衫口袋裡拿出隨身攜帶的瓶蓋。這是貝拉留給我的紀念物，我的護符，我的愚蠢，但卻是我跟她之間確實存在的聯繫。

瓶蓋在我手上閃爍幾秒，然後我用拇指和食指將它捏碎，把碎片丟進攝影機的殘骸裡。

我沒資格擁有跟她有關的紀念物，沒資格說她屬於我。

我在無人的禮拜堂裡坐了很久。喇叭曾輕輕傳出音樂聲，但沒人進來，似乎也沒人注意到我在這裡。我猜這裡的音響有設定自動播放。這是拉赫曼尼諾夫的《第二鋼琴協奏曲》的第二樂章。

我聽著音樂，渾身麻木冰涼，試著提醒自己貝拉會平安無事，我現在可以起身回去她身邊，艾利絲已經看到貝拉再過三十六小時——一天半——就會睜開眼睛。

但這一切現在似乎都不重要，因為她受過的折磨全是我的錯。

我凝視對面的高窗，看著黑夜逐漸讓路給灰白的天空。

然後我做出我已經一百年沒做過的舉動。

我在地板上蜷縮成一團，痛苦得靜止不動……我祈禱。

我不是向我的上帝禱告。出於本能，我早就知道我這一族沒有神祇。永生者沒理由需要上帝，我們已經讓自己脫離了任何天神的掌管。我們開創了自己的生命，只有跟我們一樣的人才有力量奪走我們的生命。地震壓不死我們，洪水淹不死我們，烈火緩慢得追不上我們，硫磺對我們毫無影響。我們自己就是我們專屬的另類宇宙的諸神。我們雖然身處凡人的世界，但我們超越了這個世界，我們只臣服於我們自己的律法。

我沒有所屬的上帝，我沒有能向其祈禱的上帝。卡萊爾在這方面有不同的想法，也許上帝會為他這種人破例。但我跟卡萊爾不一樣，我跟其他族人一樣罪孽滿盈。

所以我向她的上帝禱告。因為，如果她的宇宙有個慈愛的高等力量，那麼祂，無論什麼性別，一定會關心這個最勇敢也最善良的女兒。如果祂並不在乎她，那有這種天神又有什麼意義？我必須相信那位遙遠的上帝在乎她，如果祂真的存在。

所以我向她的上帝祈求我需要的力量。我知道自己不夠堅強——這股力量必須來自外界。我清楚地想起艾利絲看過的幻象：貝拉陰暗、茫然又凹陷的臉龐。她的痛苦和夢魘。我一直不相信我的決心不會崩潰，不會因為我知道她多麼痛苦而瓦解。我現在也無法想像。但我必須這麼做，我必須學習這份力量。

懷著我這個受詛咒又失落的靈魂，我向她的上帝祈禱，希望他、她或它能保護貝拉免於我的傷害。

chapter 29

宿命

「所以我們現在的結論是？」她遲疑地問。

我嘆口氣，發出不帶笑意的笑聲。

「這種局面叫做陷入僵局。」

通往宿命的僵局。

艾利絲已經看到貝拉會睜開眼睛的那一刻。出於一些必要的理由，我必須搶先跟她說話；貝拉對我們湮滅證據的相關行動一無所知。當然，艾利絲或卡萊爾原本能處理這件事，貝拉也會聰明的先假裝失憶，但是艾利絲知道我需要的不只是確保大夥的說詞一致。

在等候的期間，艾利絲向芮妮自我介紹，並運用魅力讓彼此成了好朋友——至少芮妮是這麼想。艾利絲說服芮妮在最適當的時間點去吃午餐。

這時候剛過下午一點。為了抵擋早上的陽光，我早已拉起窗簾，但很快就能打開。太陽已經繞到醫院的另一頭。

芮妮離去後，我把椅子拉到貝拉的床邊，手肘撐在床墊上，就在她的肩膀旁。我不知道她有沒有感覺到時間的流動，還是她的心靈仍停留在那該死的鏡牆房間裡。她會需要有人安撫她，而我知道我的臉龐能帶給她這種作用。無論好壞，我都能讓她安心下來。

她在艾利絲預知的那一刻開始扭動身子。她之前也有扭動過，但這次不是出於潛意識。她扭動身子時痛得皺眉。我做出我以前很想做出的舉動：用食指輕撫她的眉心，試著予以撫平。她稍微放鬆眉間，眼睛開始慢慢睜開。她身上的心律監測器的嗶嗚聲稍微加快。

她的眼睛睜開，然後閉上。她再次嘗試，在天花板的燈光照射下瞇起眼睛。她扭頭望向窗戶，讓眼睛適應周圍。她的心臟跳得更快。她摸摸身上的監測管線，接著把手伸向鼻孔裡的管子，顯然想把它拔出來。我抓住她的手。

「不行。」我輕聲說。

聽見我的嗓音，她的心跳開始放慢。

「愛德華？」她盡可能轉頭。我更靠向她。我們四目交會，她依然有些充血的眼睛開始滲出淚水。

「噢，愛德華，我真抱歉。」

聽見她對我道歉，這給我造成無比尖銳的痛苦。

「噓……」我說：「現在一切都沒事了。」

「發生什麼事？」她皺眉，彷彿試著解謎。

我已經準備好答案，也想好最溫柔的答覆方式，但我的恐懼和自責還是從我口中傾瀉而出。

「我差點晚了一步……我原本可能真的會來不及……」

她凝視我許久，我看著她想起事情經過。她皺起眉頭，呼吸加快。「我真笨，愛德華，我以為他抓走了我媽。」

「我們都被他騙了。」

她焦急得皺眉。「我得打電話給查理和我媽。」

「艾利絲已經打過電話給他們了。」她在這件事上為卡萊爾代勞，現在每天都和查理聊幾次。和芮妮一樣，他也非常喜歡艾利絲。我知道艾利絲一直在準備打電話讓查理知道貝拉醒來。她很興奮，因為她知道貝拉會在今天醒來。「芮妮在這兒——我的意思是她有來這家醫院。她現在去買東西吃了。」

貝拉挪動身子，彷彿想跳下床。「她在這兒？」

我按住她的肩，把她壓在原位。她眨眼幾下，環視周圍，似乎頭暈目眩。

「她很快就會回來，」我向她保證。「妳得躺著別動。」

她並沒有如我預料的平靜下來，而是眼神流露驚慌。「可是你是怎麼跟她說的？你為什麼讓她知道我在這裡？」

我微微一笑。「我跟她說，妳從二樓撞破窗戶摔下來。」

既然她爸媽都接受了這個說詞——她發生這種意外，這不僅可能，而且是意料之內——我覺得有資格補充一句：「妳得承認，這種事確實可能發生。」

她嘆口氣，但似乎因為知道證詞的內容而冷靜下來。她低頭瞪著自己在被單下的身子。

「我有多糟？」她問。

我列出比較重大的傷勢。「斷了一條腿和四根肋骨，頭骨有一些裂痕，渾身都是瘀傷。而且妳失血過多，他們得為妳輸血幾次。我不喜歡——這讓妳的味道有一陣子聞起來很糟。」

她微笑，然後皺眉。「這對你來說一定是好的改變。」

「不，我喜歡妳原來的味道。」

她凝視我的眼睛，過了許久後問道：「你是怎麼做到的？」

我不知道這個話題為什麼令我不悅。我明明成功了。我知道艾密特、賈斯柏和艾利絲都對我的成就感到欽佩。但我沒辦法抱持同樣看法。當初實在是千鈞一髮。我清楚記得我的身體多麼想永遠沉浸於這份幸福感。

我沒辦法回視她。我低頭看著她的手，輕輕牽起。她身上的管線湧向另一側。

她沒說話，我能感覺她在看著我、等我做出更好的答覆。我嘆口氣。

「我不確定。」我低語。

我的嗓音輕如吐息。「我差點……停不下來，我差點失敗，但我還是做到了。」

我終於試著對她微笑，試著回視她。「看來我一定很愛妳。」

「我嘗起來跟聞起來的味道一樣好嗎？」她對自己說的這個笑話露出笑容，但隨即皺眉，顯然感覺到顱骨受的傷。

我沒試著配合她輕快的語氣。很明顯的，她現在根本不該笑。

「更好，」我老實回答，雖然口氣有點苦悶。「比我想像的更好。」

「對不起。」

我翻白眼。「妳竟然為這件事道歉。」

她觀察我的表情，似乎感到不滿意。「那我該為哪件事道歉？」

我原本想說「什麼也不用」，但我看得出來她很想道歉，所以我給她反省的機會。「為我差點失去妳。」

她心不在焉地點頭，接受我的說詞。「對不起。」

我撫摸她的手背，不確定她能否隔著繃帶感覺到我的接觸。「我知道妳為什麼那麼做，但妳還是太衝動了。妳應該等我，應該告訴我發生了什麼事。」

她認為我的說法不合理。「你不會讓我去的。」

「沒錯，」我咬牙道：「我不會同意。」

她的眼神變得茫然，心跳加快。她打個冷顫，隨即因為身體顫抖所造成的疼痛而嘶吼。

「貝拉，怎麼了？」

她嗚咽。「詹姆斯怎麼了？」

好吧，我在這件事上能讓她安心。「我把他從妳身上拉下來之後，艾密特和賈斯柏就收拾了他。」

她皺眉，接著表情恢復平靜。「我當時沒看見艾密特和賈斯柏。」

「他們得離開那個房間……太多血。」血流成河。有那麼一秒，我感覺身上還沾染那些血。

「但你留下來了。」她低語。

「是的，我留下來了。」

「還有艾利絲，以及卡萊爾……」她的語調充滿驚奇。

我微微一笑。「他們倆都愛妳，妳知道的。」

她的表情突然又變得焦急。「艾利絲看了影帶嗎？」

「有。」

這是我們目前正在避開的話題。我知道艾利絲正在進行相關調查，她也知道我還沒準備好跟她討論這件事。

「她一直被關在黑暗中，」貝拉急忙道：「所以她不記得。」

不愧是貝拉——她在這種時候竟然還在擔心別人。

「我知道。她現在也瞭解了。」

我不確定自己做出什麼樣的表情，但顯然引來貝拉的關切。她試著抬手觸摸我的臉頰，但被點滴的管線拉住。

「啊。」她呻吟。

她拉到了點滴管？她的動作雖然不算粗魯，但我也無法仔細觀察。

「怎麼了？」我追問。

「針。」她抬頭瞪著天花板，集中精神，彷彿上頭的隔音板讓她非常感興趣。她深吸一口氣，我震驚地發現她的嘴唇邊緣有點發青。

「怕針。」我咕噥。「噢，一個殘酷的吸血鬼想把她折磨致死，她卻自己跑去見他。相反的，點滴卻能把她搞得……」

她翻白眼，嘴唇恢復血色。

然後她瞥向我，以困惑的語調問道：「你怎麼會在這兒？」

我還以為……不過這不重要。「妳希望我離開？」

也許我需要做的事比我想像得更簡單。我感覺心臟的大略部位出現痛楚。

「不！」她幾乎用喊的抗議，接著急忙壓低嗓門。「不，我的意思是，你在這兒，我媽是怎麼認為的？在她回來之前，我得弄清楚說詞才行。」

「噢。」

原來如此。我有好幾次以為她受夠我了，但她並沒有這麼想。

「我跟她說，我來鳳凰城找妳，要跟妳理性地談談，」我解釋的時候，用的是讓護理師們相信我應該留在這兒的那種真誠口吻。「想說服妳回去福克斯。妳答應見我，並開車來到我跟卡萊爾和艾利絲下榻的旅館。」我張大眼睛，讓眼神顯得格外無辜。「我來這兒當然是在父母的監督下……結果，妳走去我房間的時候，從樓梯上摔了下去，然後……接下來的事妳都知道了。不過呢，妳不用記得任何細節，妳只要說妳頭昏腦脹、什麼都想不起來就行了。」

她思索幾秒。「這故事有幾個瑕疵，例如現場沒有破損的窗戶。」

我忍不住咧嘴笑。「不見得。艾利絲挺熱衷於偽造證據，所有可信的證據都安排好了——妳如果願意，大概能控告那家旅館。」

這個點子顯然令她感到丟臉。

我輕撫她沒受傷的一邊臉頰。「不過妳不用擔心這些，妳現在唯一要做的，就是趕快好起來。」

她的心跳開始加速。我以為她感到疼痛，以為我說錯話，但我注意到她瞳孔放大。她是對我的接觸做出反應。

她盯著心律監測器，瞇起眼睛。「真丟臉。」

看到她的表情，我輕聲發笑。她沒受傷的臉頰稍微泛紅。

「嗯，我很好奇……」

我離她的臉只有一吋。我慢慢繼續拉近距離，她的心臟跳得更快。我的嘴唇輕輕擦過她的嘴唇時，她的心跳竟然漏了一拍。

我急忙後退，直到她的心跳恢復正常節奏。

「看來我得比平常更小心地照顧妳。」

她皺眉，然後說：「我還沒親夠。別逼我爬到你面前喔。」

聽見這個威脅，我不禁微笑，接著再次溫柔地吻她。她的心跳再次加快時，我立刻後退。這個吻很簡短。

她看似想抱怨，但我還是必須中斷這個實驗。

我把我的椅子從她的床邊移開一呎。「我好像聽見妳媽回來了。」

芮妮正在上樓，想從包包裡拿些硬幣，並擔心這幾天吃了太多垃圾食物。她很希望能有時間找家健身房，但目前只能靠爬樓梯湊合。

貝拉皺眉。我猜她這個表情是因為疼痛。我再次俯身靠向她，急著幫忙減緩她的疼痛。

「別丟下我。」貝拉差點哭出來，眼裡流露恐懼。

我不想對她這種反應多想。

在我的腦海裡，艾利絲的幻象糾纏著我。貝拉痛苦地掙扎、呼吸困難……

我逼自己鎮定下來，然後試著做出一派輕鬆的答覆。「我不會丟下妳。我會……睡個午覺。」

我對她咧嘴笑，接著快步來到藍綠色的躺椅旁，把椅子放平。畢竟芮妮對我說過，我隨時都可以躺在這張椅子上休息。我閉上眼睛。

「別忘了呼吸。」她低語。我強忍笑意，想起她在她父親查房時裝睡。我誇張地吸口氣。

芮妮走過護理站。

「有什麼變化嗎？」她詢問值勤的護佐，是個體格結實、名叫碧雅的年輕女子。芮妮的口氣心不在焉，顯然以為對方會說毫無變化。她繼續往前走。

「其實，她的監測器出現了變化，我現在正要進去查看。」

糟糕，我不該離開的。

芮妮擔心得加快步伐。「我去看她，然後讓妳知道……」

護佐剛站起來，聽見芮妮這句話又坐下。

貝拉扭動身子，床墊吱嘎作響。她母親的焦慮顯然令她不安。

芮妮輕輕開門。她當然希望貝拉已經醒來，但還是想減少噪音。

「媽！」貝拉開心地低語。

我裝睡時雖然看不見芮妮的表情，但聽得見她強烈的思緒。我聽見她的腳步聲停住，然後她注意到我在睡覺。

「他一直沒離開過，是嗎？」她輕聲嘟噥，但腦海中的想法宛如吶喊——但我已經習慣了這種音量，不像以前那樣令我意外。但她稍微平靜下來。她原本開始懷疑我是不是從不睡覺。

「媽，我真高興看到妳！」貝拉興奮地喊道。

看到貝拉充血的眼睛，芮妮愣住一秒。看到貝拉受這種折磨，她自己的眼睛開始泛淚。

我把眼睛睜開一條縫，看著芮妮小心翼翼地擁抱女兒。芮妮淚流滿面。

「貝拉，我真是擔心死了！」

「對不起，媽，但一切都沒事了，妳放心。」

聽著傷痕累累的貝拉這樣安慰平安無事的母親，我雖然感到不自在，但猜得到她們倆的關係就是這樣。芮妮的獨特心靈和別人互動的方式，也許讓她成了某種自戀狂。這倒也很難避免，畢竟每個人都試著顧到她沒說出口的需求。

「我真高興看到妳醒過來。」但她在心裡再次對女兒的傷痕皺眉。

片刻沉默後，貝拉納悶地問：「我睡了多久？」

我意識到我跟她沒談到這點。

「今天是星期五，親愛的，」芮妮告訴她：「妳昏迷了好幾天。」

貝拉大感震驚。「星期五？」

「他們不得不讓妳睡上幾天，親愛的，畢竟妳傷得不輕。」

「我知道。」貝拉同意。不知道她現在感到多少痛楚？

「妳很幸運，庫倫醫師剛好也在場。他真是個好人……雖然很年輕，而且看起來比較像模特兒而不是醫生……」

「妳見到了卡萊爾？」

「還有愛德華的妹妹艾利絲。她真是個可愛的女孩。」

「她的確是！」

芮妮再次把思緒轉向我。「妳沒告訴我，妳在福克斯有這些好朋友。」

非常、非常好的朋友。

貝拉突然呻吟。

我忍不住睜開眼睛，但芮妮盯著貝拉，沒發現我醒著。

「哪兒痛？」她追問。

「不要緊。」貝拉向芮妮擔保，不過我聽得出來她這句話也是說給我聽。我跟她對視一秒，然後閉上眼睛。「我只是必須記得不能亂動。」

芮妮徒勞地擔心女兒的現況。貝拉再次開口時，嗓音清晰。「費爾在哪？」

芮妮的心思在別處。

我還沒跟她說好消息。噢，她一定會很開心。

「佛羅里達——噢，貝拉！妳絕對想不到！就在我們準備要離開的時候，收到了最棒的消息！」

「費爾要簽約了？」貝拉問。我聽得出她的笑意，她確信自己沒猜錯。

「沒錯！妳怎麼猜到的？太陽隊，妳相信嗎？」

「這真是太好了，媽。」貝拉說。但我聽得出來，她根本不知道太陽隊是哪支隊伍。

「而且妳一定會喜歡傑克遜維市。」芮妮興奮難耐，她在腦海裡也同樣激動，我確信她的思緒對貝拉以及任何人都充滿影響力。她開始興奮地想著當地的天氣、海邊、可愛的白邊黃屋，確信貝拉也跟她一樣期待。

我聽見芮妮對貝拉的未來有何打算。我們等貝拉醒來的這段期間，芮妮一直想著這個好消息。從許多方面來看，她的計畫就是我等著聽的答案。

「且慢，媽！」貝拉一頭霧水。我想像芮妮的熱切就像條厚重的羽毛被蓋住她。「妳在說什麼？我不要去佛羅里達，我住在福克斯。」

「傻瓜，妳不用再住那邊了。」芮妮笑道：「費爾現在不用再四處奔波……我們談了很多，我想利用客場比賽的時間來取得一點平衡，一半時間陪妳，一半時間陪他。」

芮妮等貝拉恍然大悟的那一刻。

「媽，」貝拉緩緩道：「我想住在福克斯。我已經習慣了那裡的學校，也認識了幾個女生朋友……」

芮妮再次轉眼瞪著我。

「而且查理需要我。」貝拉說下去：「他一個人住在那兒，而且他完全不會煮飯。」

「妳想留在福克斯？」芮妮問，彷彿這句話毫無道理。「為什麼？」

那個男孩才是真正的原因。

「我跟妳說過了……學校、查理……哎喲！」

我忍不住再次窺視。芮妮查看貝拉，遲疑地伸出雙手，不確定該觸碰何處，最後決定把一隻手貼在貝拉的額頭上。

「貝拉，親愛的，妳討厭福克斯。」芮妮似乎很擔心貝拉忘了這點。

貝拉換上辯駁的語氣。「其實那地方還不壞。」

芮妮決定說重點。

「是因為這個男孩嗎？」她低語，口氣比較像指控而非詢問。

貝拉遲疑幾秒，然後坦承：「他是部分原因……那麼，妳跟愛德華聊過了嗎？」

「是的，而且我想跟妳談談這件事。」

「談什麼？」貝拉態度無辜。

「我認為這個男孩愛上妳了。」芮妮呢喃。

「我也這麼認為。」

貝拉墜入愛河？我究竟錯過了多少？她怎麼都沒讓我知道？我該怎麼做才好？

「那……妳對他有什麼感覺？」

貝拉嘆口氣，然後用事不關己的態度答道：「我還挺為他瘋狂的。」

「嗯，他看起來人很不錯，而且，我的老天，他長得真不是普通的帥，但妳還這麼年輕，貝拉……」

而且妳太像查理。現在對妳來說太早了。

「我知道，媽，」貝拉輕快地表示同意：「別擔心，這應該只是一時的迷戀。」

「也對。」芮妮說。

很好。看來她在這種事情上並沒有一頭栽進去，不像查理那樣。噢，時間這麼晚了？我要遲到了。

貝拉注意到芮妮突然分了心。「妳要走了嗎？」

「費爾等一下應該會打電話來……我不知道妳會醒過來……」

家裡的電話現在大概正響著。我真該叫他打電話來醫院。

「我沒事的，媽。」貝拉沒辦法完全隱藏自己鬆了一口氣。「我又不是一個人。」

「我很快就會回來。我最近可是一直在這裡過夜喔。」芮妮補充道，炫耀自己是個好母親。

「噢，媽，妳不用這麼做！」貝拉很不高興母親為她犧牲，她們倆的關係不該是這樣。「妳在家裡睡就好——反正我根本不會注意到。」

「我太緊張了，」芮妮坦承，在炫耀後顯得難為情。「家附近發生了犯罪事件，我不想一個人在家。」

「犯罪事件？」貝拉立刻提高警覺。

「有人闖入轉角那間舞蹈教室，放火將它夷為平地，燒得精光，一點渣都沒留下！歹徒還在屋前留下一輛贓車。親愛的，妳記不記得妳以前在那兒學過跳舞？」

看來不是只有我們有偷車。追蹤客偷的車停在舞蹈教室的南側。我們沒仔細清理他留下的犯罪證據。不過這對我們的不在場證明也有幫助，因為那輛車是在我們抵達鳳凰城的前一天被偷的。

「我記得。」貝拉的嗓音顫抖。

我很難繼續裝睡。芮妮的情緒也被貝拉影響。

「我可以留下來，寶貝，如果妳需要我。」

「不用了，媽，我沒事。愛德華會陪著我。」

他當然會。好吧，我真的得回家洗衣服，而且冰箱也該清了，那瓶牛奶已經放了好幾個月。

「我今晚會回來。」

「我愛妳，媽。」

「我也愛妳，貝拉。親愛的，妳走路時盡量更小心點，我不想失去妳。」

我強忍笑意。

這時碧雅來巡房，老練地繞過芮妮身邊，查看貝拉身旁的監測器。

芮妮親吻貝拉的額頭，輕拍她的手，然後離去，急著讓費爾知道貝拉恢復不少。

「妳感到焦慮嗎，親愛的？」碧雅詢問：「妳的心跳有點快。」

「我沒事。」貝拉向她保證。

「我會告訴妳的值班護士妳已經醒了，她等一下會來看妳。」

門扉還沒在碧雅身後完全關上，我已經來到貝拉身邊。

她挑著眉，不是出於擔憂就是佩服。「你偷了一輛車？」

我知道她指的是停車場那輛車，但她沒說錯。只不過我們其實偷了兩輛車。「那是輛好車，速度很快。」我告訴她。

「午睡如何？」她問。

我們之間的互動不再充滿嬉鬧的氣氛。「很有趣。」

她對這種氣氛的改變感到困惑。「怎麼說？」

我盯著她裹以石膏的斷腿，不確定她在我的眼睛裡會看到什麼。「我很驚訝。」我緩緩道：「我以為佛羅里達……還有妳母親……嗯，我以為那是妳要的。」

「可是你如果去佛羅里達，就得整天待在室內。」她搞不懂我的意思。「你只能在晚上出來，就像真正的吸血鬼。」

她這種說法讓我想笑，可是我實在不想笑。

「貝拉，我會留在福克斯，或是一個像福克斯的地方，一個我再也無法傷害妳的地方。」

她茫然地瞪著我，彷彿我用拉丁文說話。我等她聽懂我的意思。然後她的心跳開始加快，呼吸變得急促。她大口喘氣，擴張的肺臟壓迫斷掉的肋骨。

貝拉臉上出現痛苦。

我幾乎看不下去。我想說些什麼來安撫她的痛苦和驚恐，但我這麼做應該是對的。我雖然覺得不對，但我不能信賴我的自私情緒。

葛洛莉雅這時走進病房，開始執行下午的輪班工作。她以老練的眼睛打量貝拉。

她看起來痛得不算輕。不過，我很高興看到她終於睜開眼睛。

「親愛的，再給妳打點止痛藥好嗎？」她親切地問，同時敲敲點滴管。

「不，不，」貝拉屏息拒絕。「我什麼都不需要。」

「不用裝勇敢，親愛的。妳放輕鬆會好得快些，妳需要休息。」

葛洛莉雅等貝拉改變主意。貝拉小心翼翼地搖頭，臉上混雜痛苦和抗拒。

葛洛莉雅嘆道：「好吧。妳如果需要，就按叫人鈴。」

她瞥向我，不確定對我在這裡留守做何感想。她再看一旁的監測器一眼，然後離去。

貝拉的眼神依然狂亂。我用雙手捧住她的臉，幾乎沒碰到她受傷的左臉頰。「噓……貝拉，別激動。」

「不要離開我。」她哽咽哀求。

這就是為什麼我對自己沒信心。我怎麼可以給她造成更多痛苦？她傷痕累累、疼痛難耐，而她唯一懇求的就是我留下。

「我不會離開妳。」我雖然嘴上這樣對她說，但我在心裡補充說明。**我不會離開妳，直到妳痊癒，直到妳做好準備，直到我夠堅強**。「現在放鬆點，不然我會叫護士回來、給妳打鎮靜劑。」

她彷彿聽見了我的心聲。在這場追逐和恐怖遭遇發生前，我曾多次向她保證我會留在她身邊。我總是言之由衷，她也總是相信我。但現在，她看穿了我。她的心跳還是沒放慢。

我撫摸她的臉頰。「貝拉，我哪都不會去。只要妳需要我，我就會一直在這兒。」

「你發誓你不會離開我？」她呢喃，把手移向肋骨。那一處一定很痛。

她現在沒辦法承受更多痛苦。我早該知道這點，早該等候，就算芮妮剛剛邀請她去享受一個沒有吸血鬼的人生。

我再次捧起她的臉，用眼神表達我對她的愛，而且用這一百年來天天偽裝自身身分的演技說謊。

「我發誓。」

她的四肢放鬆。她依然盯著我，但心跳開始恢復正常節奏。

「好點了？」

她的眼神充滿警戒，口氣不夠確定。「是的？」

她顯然察覺到我依然有所隱瞞。

我需要她相信我，直到她傷勢痊癒。我不能拖慢她復原的速度。

所以我假裝我什麼也沒隱瞞。我假裝我對她這種焦躁反應感到惱火。我扮個不高興的表情，咕噥道：

「妳不覺得妳反應過度了？」

我說得太快，她大概沒聽懂。

「你為什麼要這樣說？」她低語，嗓子顫抖。「因為你受夠了成天救我？你希望我離你遠一點？」

她竟然以為我受夠了她？這能讓我笑上一百年……或是哭上一千年。

但我現在能肯定，我遲早得說服她離開我，所以我讓自己的反應顯得理智。

「不，我不希望妳離開我，貝拉，當然不。請妳講講道理。就算要我一直救妳，我也甘之如飴，但事實上就是我害妳陷入危險，是我害妳變成現在這樣。」

我還是說出了真話。

貝拉怒瞪我。「對，你就是那個原因——就是因為你，所以我在這裡、還活著。」

我沒辦法繼續故作平靜。為了隱藏痛苦，我壓低嗓門。「妳差點沒能活成。妳現在渾身包著紗布和石膏，動彈不得。」

「我指的不是我最近這次瀕死經驗，」她厲聲道：「而是其他那些——你可以隨便挑一個。要不是因為你，我早就躺在福克斯的墓地腐爛了。」

我不願想像那幅畫面，而是繼續描述我想說的重點，不讓她轉移我的自責。

「但這還不是最糟的部分。最糟的不是看見妳在地板上……被擊倒、被打斷骨頭。」我試著控制自己的嗓子。「最糟的不是擔心我可能來晚一步，甚至不是聽見妳的尖叫——我將永遠記得這些令人無法忍受的回憶。不，最糟的是感覺……知道我有一天可能會忍不住……我相信我遲早會親手殺了妳。」

她皺眉。「但你沒這麼做。」

「我可能會。那很簡單。」

她的心跳再次加快。

「答應我。」她嘶聲道。

「什麼？」

她怒瞪我。「你知道的。」

貝拉聽得出我想說什麼。她聽得出我在試著說服自己離開她。我必須提醒自己：她就是有辦法看穿我的心思。我必須把懺悔的需求放在一邊。現在最重要的是她的痊癒。

我試著只說實話，避免她太輕易地看穿我。「我似乎就是不夠堅強，沒辦法離開妳，所以妳大概能滿足妳的心願……無論這麼做會不會害死妳。」

「很好。」但我聽得出來，她並沒有被說服。「你有跟我說過你是如何停下來的……現在我要知道為什麼。」

「『為什麼』？」我納悶地重複這三個字。

「你為什麼那麼做。你當時為什麼不讓毒液蔓延？這樣我就會跟你一樣了。」

我從沒向她解釋這點。我一直小心避開她這些問題。我知道她不是在網路上搜索到這個真相。我眼前一片紅，而當中是艾利絲的臉。

「我願意承認，我對戀愛關係沒有經驗。」貝拉說得很快，顯然不想洩漏太多，並試著轉移我的心思。「但照理說……男人和女人應該有同等的地位，不能老是其中一人拯救另一人，而是應該彼此拯救。」

她說得雖然有道理，但她弄錯了某個重點：我永遠不可能跟她「同等」。我回不去了。她能保住一命，就是因為我跟她「不同等」。

我把雙臂交叉在她的床墊邊緣上，把下巴擱在胳臂上。我該讓這場談話的激烈氣氛平息下來。

「妳有拯救我。」我平靜地告訴她。這是事實。

「我不能永遠當露薏絲・蓮恩，」她警告我：「我也想當超人。」

我維持嗓音平靜，但避開她的眼睛。「妳不知道妳在要求什麼。」

「我想我知道。」

「貝拉，妳不知道。」我的嗓音依然溫柔。「我花了快九十年想這個問題，到現在仍然不確定。」

「你希望卡萊爾當初沒救你？」

「不，我沒這麼想。」因為如果他沒救我，我就不會遇到她。「但是我的人生當時已經結束了，我並沒有放棄任何事。」我只有放棄自己的靈魂。

「你就是我的生命。只有失去你，才會對我造成傷害。」

她準確地描述了我對我們這段關係的感想。

她要你改變她的時候，你會怎麼做？我想起羅絲莉對我說過的話。

「我做不到，貝拉。我拒絕那樣對妳。」

「為什麼？」她的嗓音沙啞，因憤怒而響亮。「別跟我說這麼做太困難！經過今天……或者該說幾天前發生的這件事……總之，發生了那種事，這應該不算什麼了。」

我故作鎮定。

「那疼痛呢？」我提醒她。我不願想著這件事，我希望她也別想著這件事。

她的臉變得蒼白。我很難繼續看著她。她回想那個回憶，然後抬起下巴。

「那是我的問題。我能忍。」

「勇氣跟瘋狂只有一線之隔。」我輕聲道。

「這不是問題。三天而已，沒什麼大不了。」

艾利絲！我根本不知道她現在在哪，這大概也好。我意識到她是故意的。我確信她是刻意避開我，直到我冷靜下來。我想打電話給她，讓她知道我對她這樣膽小地避開我做何感想，但我相信她根本不會接電話。

我重新集中精神。如果貝拉想繼續討論這個話題，我就必須指出她沒考慮到的問題。

「查理？」我簡單扼要地說：「芮妮？」

在這個問題上，她比較難輕描淡寫。漫長的幾分鐘裡，她試著想出答案，張嘴又閉上。她雖然沒避開我的眼睛，但眼裡的抗拒逐漸變成認輸。

她終於說謊。跟平時一樣，一聽就知道是謊話。

「聽著，這也不是問題。芮妮總是選擇適合她的選項，她一定希望我也這麼做。至於查理，他很堅強，也早就習慣一個人生活。我沒辦法永遠照顧他們倆，我有我自己的生活要過。」

「一點也沒錯，」我的語氣沉重。「而我拒絕終結妳的生命。」

「如果你在等著我的臨終時刻到來，那我跟你說個消息！我不久前才經歷過臨終時刻！」

我確保我能維持冷靜時才開口。「妳會復原。」

她深吸一口氣，痛得皺眉，然後以低沉嗓門說道：「不，我不會。」

她以為我拿她的病況說謊？「妳當然會復原，」我誠懇道：「雖然也許會留下一、兩條疤……」

「你錯了，我會死。」

我再也無法故作鎮定。我聽見自己嗓音裡的情緒。「我說真的，貝拉，妳只需要在醫院待幾天，最多兩週。」

她洩氣地瞪著我。「我可能不會現在就死……但遲早會。隨著每一天的每一分鐘，我都更接近死亡，而且我會變老。」

我聽懂她的意思，心中的焦慮轉變成絕望。她以為我沒考慮過這個問題？我沒注意到這個事實？我沒注意到她臉上出現細微變化，而我自己的臉絲毫沒變？我就算缺乏艾利絲那種能力，也看得見明顯的未來。

我雙手掩面。「那本來就會發生，也應該要發生，就算我不存在——我也不應該存在。」

貝拉噗嗤一笑。

我抬起頭，沒想到她的情緒出現變化。

「這種說法太蠢了，」她說：「這就像某人贏了樂透彩，你卻拿走他贏得的錢，然後對他說：『聽著，咱們讓事情回到過去，這樣比較好。』我才不相信。」

「我不是樂透。」我咬牙道。

「沒錯，你比那更好。」

我翻白眼，但還是試著恢復冷靜。這場談話對她沒好處，正如她身上的監測器所表達。

「貝拉，我們不要再討論這個話題了。我拒絕讓妳活在黑暗的永生不死世界，這話題到此結束。」

但是話音剛落，我就意識到我這番話多麼高高在上。她瞇眼之前，我已經知道她會如何答覆。

「如果你覺得事情就這樣結束了，那你根本不瞭解我，而且你不是我認識的唯一一個吸血鬼。」她提醒我。

我眼前又一片紅。「艾利絲不敢。」

「艾利絲已經看到了，是不是？」貝拉自信滿滿，就算艾利絲似乎有隱瞞一些事。「這就是為什麼她說過的一些話讓你心情不好。她知道我會變得跟你一樣……遲早。」

「她錯了。」我也自信滿滿。我曾經改變艾利絲預見的未來。「她也曾看到妳死了，但這並沒有發生。」

「你永遠也等不到我和艾莉絲唱反調的那天。」

她再次抗拒地瞪著我。我感覺自己的臉龐變得僵硬，我逼自己放鬆。這麼做是浪費時間，而且時間本來就不夠。

「所以我們現在的結論是？」她遲疑地問。

我嘆口氣，發出不帶笑意的笑聲。「這種局面叫做陷入僵局。」

通往宿命的僵局。

她的長嘆和我的互相呼應。「噢。」

我看著她的臉，再看著叫人鈴。

「妳現在覺得怎麼樣？」

「我很好。」她的口氣缺乏說服力。

我對她微笑。「我不相信妳。」

她噘嘴。「我不想睡覺。」

「妳需要休息。這些爭辯對妳不好。」這當然是我的錯，永遠是我的錯。

「那就聽我的。」她提議。

我按下叫人鈴。「妳想得美。」

「不要！」她抱怨。

「有什麼需要幫忙的？」碧雅的嗓音從小型揚聲器傳來，聽來微弱。

「請幫我們準備止痛藥。」我告訴她。貝拉怒瞪我，然後皺眉。

「我會請護士過去。」

「我不會吃的。」貝拉威脅。

我意有所指地看著她的點滴袋。「我不認為他們會要妳吞藥丸。」

她的心跳再次加快。

「貝拉，妳有傷在身，需要休息，這樣才會好得快。妳為什麼這麼難搞？他們現在不會再替妳打針了。」

她的表情不再顯得頑固，而是只有不安。「我不怕針，我是怕閉上眼睛。」

我撫摸她的臉，對她綻放真誠的笑容。這麼做並不困難。我想要的——我唯一想要的——是永遠看著她的眼睛。「我跟妳說過，我哪都不去。別害怕。只要能讓妳高興，我會留在這兒。」

直到妳健康，直到妳做好準備，直到我找到我需要的決心。

她面露微笑，就算感到疼痛。「你知道你說的是『永遠』。」

凡人那種永遠。

「噢，妳會挺過去的，」我逗她：「這只是一時的迷戀。」

她試著搖頭，但終究放棄，痛得皺眉。「我很驚訝芮妮這麼容易就相信了。我知道你會懂的。」

「身為人類，其中一件美麗的事就是……」我輕聲道：「事情會改變。」

「你別妄想屏息以待。」

看她酸苦的表情，我忍不住笑出聲。她知道我能屏住呼吸多久。

葛洛莉雅這時進來，手上拿著針筒。

他應該讓她好好休息。這可憐的小丫頭。

她正要說出「借過」時，我已經讓路。我斜靠另一邊的牆壁，給葛洛莉雅充足的空間。我不想惹火她，以防她再次試著趕我出去。我不確定卡萊爾在哪。

貝拉焦慮地瞪著我，擔心我會一去不回。我試著用表情讓她安心。她醒來的時候，我會在這裡，只要她需要我。

葛洛莉雅往管線裡施打了止痛藥。「親愛的，沒事了。妳很快就會覺得舒服許多。」

貝拉說出的「謝謝」欠缺感激之意。

沒過幾秒，貝拉已經閉上眼睛。

「這樣應該就行了。」葛洛莉雅自言自語。

她意有所指地看我一眼，但我凝視窗外，假裝沒注意到。她輕輕把門在身後關上。

我回到貝拉身邊，輕撫她沒受傷的那一邊臉頰。

「留下。」她含糊道。

「我會的。」我向她保證。她漸漸失去意識，我覺得能夠說出真相。「就像我說的，只要能讓妳開心……只要這麼做對妳來說最好。」

她嘆口氣，只稍微保有意識。「那不一樣。」

「現在別擔心這個，貝拉。等妳醒來再跟我爭辯。」

她的嘴角微微上揚。「好。」

我俯身吻她的太陽穴，在她耳邊呢喃「我愛妳」。

「我也是。」她輕聲道。

我輕輕發笑。「我知道。」這就是問題所在。

她強忍睡意，把頭轉向我……尋找我。

我輕吻她瘀青的嘴脣。

「謝謝。」

「不客氣。」

「愛德華？」她幾乎說不出我的名字。

「是的？」

「我賭艾利絲贏。」她咕噥。

她的臉龐放鬆，終於完全昏睡過去。

我把臉埋進她的頸窩，吸進她令我灼痛的氣味，再次希望我能夢見她。

epilogue 盛典

「我還是想知道，可以告訴我嗎？」

她嘆口氣，目光掃向銀雲。

「好吧，」

沉默許久後，她開口：

「我原以為是某種……盛典。

我沒想到竟然是人類的平庸活動……

高中畢業舞會！」

她嗤之以鼻。

他們讓她在醫院多待了六天。我看得出來，這段時間對她來說多麼漫長。她很想回歸正常生活，不想再讓醫師們對她做檢查，不想再挨針。

但對我來說，時間過得很快，就算我看到她躺在病床上而感到難過，就算我知道她正在承受折磨，而我完全沒辦法為她減輕痛苦。對我來說，這段時間是我的「安全時間」，因為我絕不能在她飽受病痛折磨時一走了之。我想拉長每一秒，就算這麼做令我痛苦，但時間還是轉眼即逝。

我痛恨自己必須暫時離開她的每分鐘，讓醫師們跟貝拉和芮妮商談，就算我能輕易地在樓梯間聽見他們說什麼。也許這樣也好，因為我不是時時刻刻都能控制自己的表情。

例如，在她醒來後的隔天，薩達蘭醫師對X光檢查結果感到滿意，因為她的斷骨處非常整齊，一定會恢復得很好；在這一刻，我卻只看得見追蹤客踩斷她的腿，我只聽得見她的骨頭斷裂聲。幸好這時候沒人看見我的表情。

她看得出來，她母親雖然焦躁不安──芮妮如果再不去報到，傑克遜維市一所小學的代課老師職位就可能必須讓給別人──卻還是決心在這段期間陪伴她。但貝拉還是說服母親應該直接回去佛羅里達、自己不會有事。她母親比我們提早兩天離開。

貝拉常常跟查理講電話。芮妮離開後，加上危險已不復存在，而且他有時間從各方面考慮這件事，他開始感到生氣。他當然不是生貝拉的氣，而是某個該讓他生氣的對象。畢竟，要不是因為我，這一切都不會發生。他和艾利絲成了朋友，雖然這稍微轉移了他的怒火，但我還是確信回到福克斯後，會在他的腦海中聽見什麼樣的責罵。

我試著避免跟貝拉談到更嚴肅的話題，而這比我預料的簡單。我跟她很少能夠獨處──芮妮雖然離開了，但醫師護士們還是常常來看她──而且她常常因為止痛藥而陷入昏睡。知道我就在附近，她似乎感到滿足。她沒再哀求我對她做出什麼承諾。但我有時候覺得，我在她眼裡看到懷疑。我真希望我能消除她這種懷疑，希望我說出任何承諾都是言之由衷，但我不想一開口就撒謊。

不久後，我們開始安排回家的行程。

查理打算讓貝拉和卡萊爾一同搭機，而我和艾利絲把卡車開回華盛頓州。卡萊爾接聽了查理這通電話；無需討論，卡萊爾也知道我在這件事上有何看法。卡萊爾說服了查理，理由是我和艾利絲已經太多天沒上學，查理對此也無法反駁。我們會一起搭機返回華盛頓州。卡萊爾會請人把卡車運回去。他向查理擔保，這麼做一點也不困難，也不昂貴。

我這次回到機場時，感受完全不同於上一次出現在這個機場，因為當時我的惡夢才剛開始。我們訂了晚上的班機，以免穿入玻璃天花板的陽光給我們造成麻煩。我不禁好奇，貝拉看著這些寬廣大廳時，會不會想起她上次在這兒的時候感受到的痛苦和驚恐？我們不再趕時間，而是慢慢移動。艾利絲推著貝拉乘坐的輪椅，好讓我走在貝拉身邊、牽著她的手。如我所料，貝拉不喜歡坐輪椅，也不喜歡旁人投來的好奇目光。她不時怒瞪身上的白色石膏，彷彿想徒手將它扯下，但她未曾大聲抱怨。

她在飛機上有入睡，還在睡夢中輕聲呼喚我的名字。我很想忘記這幾天發生的事，享受這完美的一天。換作以前，她說出我名字的時候，我不會覺得充滿罪惡感，但現在，想到我即將跟她分開，我沒辦法陷入那種美好的幻想。

查理在西雅圖國際機場跟我們見面，雖然這時已經十一點多，而且開車回福克斯會花他將近四小時的時間。卡萊爾和艾利絲都試著說服他打消這個念頭，但我能明白他的想法。而且，雖然他的心聲還是跟以前一樣朦朧不清，但我顯然猜得沒錯——他來這裡，是為了找我算帳。

他雖然沒抱持是不是我把她推下樓梯之類的黑暗想法，但他認為貝拉就是因為我才會做出那麼衝動的舉動。他雖然誤會了貝拉前往亞歷桑那州的原因，但他在事件的根本原因上沒猜錯。追根究柢，這件事就是我的錯。

我們跟在查理的警車後面，嚴格遵守限速。這趟路原本應該很漫長，但時間還是流動得太快。就算暫時跟她分開，時間還是絲毫沒放慢。

我們很快地適應了新的例行公事。艾利絲身兼護士與侍女，查理對此感激不盡。貝拉也慶幸艾利絲這樣幫她，就算她因為需要有人這樣貼身照顧她而感到難為情。在鳳凰城的那幾天，艾利絲看見自己跟貝拉會成為摯友的那道幻象似乎完全成真了。她們倆相處得無比融洽，彼此常常分享悄悄話以及旁人聽不懂的玩笑，彷彿已經來往多年而不只是幾星期。查理有時候會納悶地看著她們倆，搞不懂貝拉以前為何沒讓他知道她跟艾利絲的交情，但他沒追問，因為他太感激也太欣賞艾利絲。他只是深感慶幸，受了重傷的女兒有這麼好的人選照顧。艾利絲幾乎跟我一樣常出現在史旺家，而且跟我相比，查理更常見到她。

貝拉對上學這件事抱持矛盾的看法。「一方面，」她對我說過：「我只希望日子回歸正常。我也不希望我的課業繼續落後。」當時是我們回到福克斯的隔天清晨，她因為常常在白天睡覺而日夜顛倒。「但在另一方面，我一想到我坐在那東西上，大家會怎樣看我……」她怒瞪床邊的無辜輪椅。

「我很樂意背妳去學校，可惜……」

她嘆道：「這大概只會讓他們更想盯著我看。」

「的確。不過呢，因為妳從不明白我其實真的很嚇人，那我向妳保證，如果有人盯著妳看，我在這方面能幫上忙。」

「怎麼做？」

「妳到時候就知道了。」

「我這下可好奇了。咱們立刻回去上學。」

「如妳所願。」

話一出口，我就在心裡打個顫。我一直避免提起任何會讓我們聯想到醫院那場談話的話題，但她沒有對我這次的言論追究下去。

事實上，她似乎跟我一樣不願討論未來。也許這就是為什麼她很希望「日子回歸正常」。也許她希望我們能忘掉這件事，彷彿它只是一件令人不愉快的往事，而不是把它當成某個唯一可能的結局的預告。

我很輕易地履行了這個不重要的承諾。她回到福克斯的第一天，我推著她的輪椅，送她進教室的時候，我唯一要做的，就是誰投來太過好奇的目光，我就瞪著誰看。我只要稍微瞇眼，嘴角下垂，旁觀者就會把注意力移向別處。

貝拉感到不以為然。「我不確定你真的有發揮什麼效果。其實沒什麼人看我，我白擔心了。」

不久後，一等到卡萊爾同意，她把原本的石膏換成了步行石膏鞋，連同一雙拐杖。我比較喜歡輪椅，因為看著她辛苦地拄拐杖走動會令我心痛，但她似乎很高興能再次靠自己的力量行動。過了幾天後，她的動作沒之前那麼笨拙。

在學校傳開的流言錯得離譜。大家都知道貝拉是跌倒、撞破旅館的窗戶，這個消息一開始是由查理的同事們在社區內傳出去的，但查理沒說明貝拉為何出現在鳳凰城。所以潔西卡・史丹利編了故事，說我和貝拉一起去鳳凰城見她的母親。潔西卡如此猜測，是因為我跟貝拉是認真交往。每個人都接受了她的說詞，而且大多都忘了這個說詞從哪來。

沒人阻止潔西卡瞎掰，因為貝拉在下課後很少跟她相處。這很像我在停車場攔住休旅車那次，貝拉在不該說話的時候很懂得保持沉默。此刻，她和我、艾利絲以及賈斯柏坐在平時那張餐桌旁。艾密特和羅絲莉雖然不在場——他們倆假裝在室外用餐；如果陽光會造成問題，他們倆會躲進車上——但還是沒有任何一個人類敢來和貝拉一起坐。我雖然不喜歡她疏遠了她以前那些朋友，尤其是安琪拉，但我猜日子遲早會恢復到我侵入她的人生之前。

等我們離去後。

雖然時間未曾放慢，但例行公事開始恢復正常，而我必須提高警覺。我有時候會動搖；她會抬頭對我微笑，我會被這美好的氣氛、「我跟她註定要在一起」的感受淹沒。我常常忘了這種純然又強烈的感受其實是個謊言，直到她轉動身子時痛得皺眉，她把太多體重撐在斷腿上時痛得倒抽氣，或是她手腕上的疤痕反映光線。

隨著日子經過，貝拉的傷勢逐漸痊癒。我把握每一秒。

艾利絲想出一個新辦法，能以愉快的方式帶來一些變化。我一開始覺得抗拒，因為我知道貝拉會反對。但我越是考慮，就越能從別的觀點來考慮這件事，而不是艾利絲的觀點。艾利絲的動機有七成是出於自私，她就是喜歡給人來一場大改造。我覺得我自己大概是出於一成的自私。沒錯，這是我想要擁有的回憶，我願意承認。然而，我主要的動機，是想改造貝拉的未來的某個章節。我是為了她才配合艾利絲的古怪計畫。

我看到一道幻象，不是艾利絲那種，不是預知畫面，只是個可能的情境。這道幻象在我體內引發一種強烈的疼痛，令我既痛苦又愉悅。

我想像二十年後的貝拉，她優雅地老化，成了中年人。和她母親一樣，她比一般人都老得慢，但皺紋出現的時候，並不會影響她的美貌。我想像她住在某個陽光普照之處，住在一間漂亮而簡單的房子裡，屋裡堆滿東西——除非她哪天願意徹底改變生活習性，否則最後這個特點不會改變。除了雜物之外，還有兩、三個孩子。其中一個也許是男孩，擁有查理那種鬈髮和微笑。另一個是女孩，看起來就像貝拉。

我沒試著想像孩子們的父親是誰，也沒想像孩子們跟父親有多少相似之處，因為這會令我痛苦。

後來，孩子們成了青少年，比現在的貝拉年輕；有一天，他們在電視上看到青春浪漫喜劇（雖然艾利絲跟我說過，十年後的媒體界會變得很不一樣；她正在等某些公司成立，以便投資），其中一個孩子問貝拉，她的高中畢業舞會是什麼樣子。

貝拉會微笑道：「我不是很喜歡跳舞，所以我沒參加舞會。」孩子們聽了會很失望。談到青少年生活的時候，他們的母親就是說不出精采的故事。她從沒做過任何有意思的事情嗎？

貝拉拿不出有趣又輕鬆的故事，說不出多少普通的經驗，只說得出近乎幻想的祕密與危險之事，她有朝一日也許會懷疑這些故事是不是出自她自己的想像。

又或許……孩子們問起的時候，貝拉會笑幾聲，眼神突然彷彿望向遠方。

「那件往事真的很瘋狂，」她會對孩子們說：「我當時其實不想參加，你們也知道我不會跳舞，但我那個瘋狂的摯友把我抓去大改造，我的男朋友帶我參加舞會，就算我反對。到頭來，那次體驗其實還不壞，我很高興我有參加。至少我們看了會場的擺飾，看起來就像電影《魔女嘉莉》的廉價版場景。不行，你們不能看《魔女嘉莉》，至少現在還不行。」

為了貝拉未來的那一刻，我願意允許艾利絲進行她這個有點過分的計畫。不只是「允許」而已，而是協助加煽動。

這就是為什麼我穿上了晚禮服——當然是艾利絲選的；至少我不用浪費力氣去購物——手裡拿著一束小蒼蘭，在樓梯底端等艾利絲的盛大揭曉。

我雖然已經在她的腦海中看到答案，但她不在乎。她想要人類舞會這種誇張盛典的每一個庸俗場面。

艾利絲已經跟查理說過貝拉今天很晚才會回家，並清楚表示她——艾利絲——將是這個晚上的重要環節。只要是跟艾利絲有關的事，查理從不表示反對。跟我有關的事，他常常表示反對，雖然通常只是在他的腦海裡。

我聽著艾利絲扶貝拉蹣跚上樓；艾利絲摟著貝拉的腰，貝拉用胳臂勾住艾利絲的肩膀，把大部分的體重壓在對方身上。貝拉雖然已經懂得如何運用拐杖，但艾利絲為了今晚的活動而拿走了拐杖。我不確定這是為了美感，還是為了讓貝拉沒辦法逃走。然後，在離樓梯邊緣幾步處，艾利絲擺脫貝拉的手，要她獨自往前走。

「什麼？」貝拉抗議：「我這樣沒辦法走路。」

「只是幾步路而已，妳辦得到。我的模樣不適合，我會影響到畫面。」

「什麼畫面？」貝拉的嗓音提高八度。「別讓我知道有人偷拍我！」

「沒人在拍照啦，我剛剛是說心靈畫面。冷靜點。」

「心靈畫面？誰會看見？」

「只有愛德華。」

看來這招成功了。艾利絲注意到，貝拉一聽見我的名字就眼睛發光，接下來充滿熱忱，完全不像弄頭髮、化妝時那樣興趣缺缺。艾利絲對此有點不悅。

貝拉小心翼翼地走進我的視野，尋找我的身影。我已經在艾利絲的腦海中見過這套禮服，但親眼目睹是另一回事。蓬鬆的雪紡薄紗顯得保守，但緊貼她的肌膚，還是看得我心猿意馬。這套禮服的剪裁露出她雪花石膏般的香肩，以優雅方式蓋過胳臂，在手腕處往內收。禮服的身軀部位是非對稱式設計，讓她的身形看起來有點像沙漏的曲線。

而且顏色當然是深藍色。艾利絲已經注意到我喜歡什麼顏色。

貝拉的一隻腳上是藍色的緞面細高跟鞋，以長長的緞帶固定在腿上。她的另一隻腳上是黯淡的步行石膏鞋。我有點驚訝，因為艾利絲並沒有為了配對而把步行石膏鞋漆成藍色。

我瞪著貝拉，她睜大眼睛看著我。

「哇。」她說。

「的確。」我公然地打量她這套禮服，表示同意。

她低頭看著自己，臉頰泛紅，然後聳個肩，彷彿在說**好吧，這就是我穿禮服的模樣**。

我知道艾利絲原本希望貝拉能以盛大的方式走下樓梯，但她已經意識到這是妄想。我快步上樓迎接她。我把花插進她的頭髮——艾利絲在她瀑布般的鬈髮中預留了這個位置——然後我把她整個人抱起來。她已經習慣了我這麼做。沒有其他人類在場時，我會常常抱著她走動，這樣不只行動起來比較快，也讓我因為能抱著她而感到安心。我能感覺到她安全、在這一刻受到保護。

「祝你們玩得愉快。」艾利絲呼喊，接著快步回房。我抱貝拉下樓之前，艾利絲自己也已經換上禮服。我能聽見羅絲莉和其他人在車庫裡等她，有些人有耐心，有些人沒有。艾利絲稍作停頓，畫上幾條誇張的眼線。

我把貝拉抱到富豪汽車旁，小心翼翼地把她放進副駕駛座，確保她身上的雪紡紗和絲帶不會被門夾到。她的沉默令我驚訝，無論現在還是以前。她曾因為大改造而向艾利絲抱怨，但她未曾對舞會表達反對。

我鑽進駕駛座，把車開往車道。

「你打算什麼時候才告訴我，這究竟是怎麼回事？」她嗓音裡的不悅比臉上更多。

我打量她的表情，看她是不是在開玩笑。除了刻意表現出來的惱怒，她似乎是認真的。我不太敢相信她這麼遲鈍。

「我沒想到妳還沒猜中答案。」我露齒而笑，配合她，因為她一定是在逗我。

聽見她突然吸口氣，我查看她這麼做的理由。她只是盯著我。

「我有跟你說你看起來很帥吧？」她問。

她剛剛那聲「哇」大概就是表達這點。

「有。」

她再次皺眉，繼續悶悶不樂。「如果艾利絲每次都要把我當成實驗用的芭比娃娃，我以後就不來你家了。」

我還來不及為艾利絲辯護或跟著譴責，我口袋裡的手機發出鈴聲。我立刻拿出來，以為艾利絲對我還有更多指示，但發現是查理打來。

一般來說，貝拉的父親從不打電話給我，所以我接聽時有點不安。「喂，查理？」

「查理？」貝拉呢喃，也感到緊張。

查理清清喉嚨，我隔著手機也能感覺到他多麼尷尬。

「呃，嘿，愛德華。很抱歉打擾你的，呃，夜晚，但我不太確定該怎麼……其實呢，泰勒‧克羅利出現在我家門口，身穿晚禮服，他似乎以為他要帶貝拉去舞會？」

「您在開玩笑吧！」我發笑。

除了貝拉之外，很少人能讓我感到驚訝。

在學校的時候，我沒注意到泰勒想著要這麼做，但話說回來，我一直專注於把握跟貝拉相處的每一秒，所以我大概錯過了很多瑣碎之事。

「怎麼了?」貝拉嘶聲問道。

「我完全不知道該怎麼處理這件事。」查理說下去,顯得不自在。

「您何不讓我跟他說?」我提議。

查理答覆時,我聽得出他鬆了一口氣。「沒問題。」我聽見他把話筒移開。「來,泰勒,你來接聽。」

貝拉盯著我的臉,擔心她父親和我之間是不是有什麼不愉快。她沒注意到一輛鮮紅色的汽車突然繞過我們旁邊。羅絲莉得意洋洋地超越我的時候,我沒理她(我最近一直都沒理羅絲莉),而是把注意力放在這通電話上。

男孩接聽時嗓子沙啞:「喂?」

「喂,泰勒,我是愛德華・庫倫。」我的語氣非常禮貌,就算我不得不動用一些意志力。我雖然覺得這件事有點意思,但現在突然感到一種畫領地的心態。我這種反應雖然不成熟,但我沒辦法壓抑。

貝拉倒抽一口氣。我從眼角瞥她一眼,接著繼續看著道路。要是她之前對此一無所知,此刻她已經搞清楚了來龍去脈。

「如果有什麼誤會的話,我很抱歉,但貝拉今晚沒空。」我對泰勒說。

「噢。」他答話。

充滿保護慾的妒火熊熊燃燒,我的反應格外強烈。

「老實說,除了我以外,她每晚都沒空跟任何人出去。無意冒犯,很抱歉讓你今晚失望了。」

我雖然知道不該說這種話,但我想像泰勒有何反應時,我就是忍不住微笑。我下週一在學校見到他時,不知道他會做何感想。我結束通話,轉頭觀察貝拉的反應。

貝拉臉龐漲紅,神情憤怒。

「最後一段太過分了嗎？」我感到擔心。「我無意惹妳生氣。」

我剛剛的說詞確實很強勢，我也相當確定貝拉對泰勒不感興趣，但我沒資格替她做那種決定。

我那番話雖然不夠厚道，但我沒想到會惹她不高興。

雖然她在醫院那次之後就沒再要我做出任何承諾，但她似乎一直對我有所懷疑。我也一直試著在「欺騙她」和「安撫她」之間找到平衡點。

現在的我，只能跟她交往一天是一天。我沒考慮到未來。我能感覺到未來即將到來，這已經足夠了。我向她承諾「永遠」的時候，我指的是我看得見的「永遠」，但我並沒有往前看。

「你要帶我去舞會？」她吼道。

她是真的現在才知道。我不知道該怎麼辦。今晚在福克斯這樣盛裝打扮，她竟然猜不到是為了參加舞會？

她竟然眼眶泛淚，一手抓住門把，彷彿寧可半途跳車，也不想面對恐怖的高中舞會。

我悄悄地鎖上車門。

我不知道該說什麼好；我實在沒想到她會誤解。結果，我說出了大概最不適合這種狀況的一句話。

「別使性子，貝拉。」

她凝視窗外，彷彿還在考慮跳車。

「你為什麼要這樣對我？」她呻吟。

我指向自己身上的晚禮服。「說真的，貝拉，不然妳以為我們要去哪？」

她擦掉臉上的淚珠，神情驚恐，模樣就像聽見我說我殺了她所有的朋友、接下來輪到她。

「這太荒謬了，」我指出：「妳幹麼哭啊？」

「因為我氣瘋了！」她吼道。

我考慮掉頭折返。說真的，這場舞會毫無意義，我也不想這樣惹她難過。但我想起她未來的那場談話，決定堅守原地。

「貝拉。」我輕聲說。

她看著我的眼睛，怒火似乎減弱。我至少還有能力迷惑她。

「什麼？」她完全被我轉移了注意力。

「遷就我這一次？」我懇求。

她凝視我幾秒，眼裡的愛慕多過怒火，接著無奈地搖頭。

「好吧，我就乖乖跟你去，」她聽天由命。「但你等著看。我的壞運還沒結束，我大概會跌斷另一條腿。你看這只鞋子！根本就是死亡陷阱！」

她指向自己的腳趾。

緞面絲帶、纖細小腿以及白皙肌膚組成的美麗畫面，超越了時尚的範疇。福克斯氣候寒冷，一般人平時只穿冬衣，所以我很高興能看到她平時不會露出來的部位。我心裡那一成的自私心態決定出場遊玩。

「嗯……」我低語：「提醒我為今晚的事情謝謝艾利絲。」

「艾利絲也會去？」

從她的語氣聽來，艾利絲比我更讓她安心。

我知道我需要向她說明真相。「還有賈斯柏、艾密特……和羅絲莉。」

她皺起眉心。

艾密特試過了，他們都試過——只有我例外。打從羅絲莉拒絕挽救貝拉的那晚，我就沒再跟她說過話。現在，她完全表現出超自然的頑固態度。她們倆偶爾共處一室的時候，她雖然從不公然向貝拉表達敵意，但也刻意把人家當空氣。

貝拉再次搖頭，顯然決定別想著羅絲莉。

「查理也參與了這項計畫？」

「當然。」雖然我沒提醒她，整個福克斯，甚至整個縣，都知道今晚有一場高中舞會，整所學校到處都張貼著相關的海報和旗幟。我發出笑聲。「不過呢，泰勒顯然沒有。」

我聽見她咬牙，但我猜她主要是對泰勒生氣。

我把車開進學校的停車場。貝拉這次注意到羅絲莉的車，它就停在正中央。我在隔了一格的停車位停定。她緊張地瞥羅絲莉的車一眼。我下車後用人類的速度走到她的車門前，幫她開門，然後向她伸手。

她雙臂抱胸，噘起嘴。她顯然意識到，因為周圍有人類目擊者，所以我沒辦法把她扛到肩上、逼她進入那個恐怖之地──學生餐廳。

我長嘆一聲，但她就是不動如山。

「有人想殺妳的時候，妳如獅子般勇氣十足。」我抱怨。「但有人提到跳舞的時候……」我失望地搖頭。

但她聽見「跳舞」二字時，看起來是真心感到害怕。

「貝拉，我不會讓任何事情傷害妳，」我保證：「我甚至不會讓妳自己傷到妳。我一秒鐘也不會放開妳，我保證。」

她思索我這番話，恐懼似乎減退。

「別擔心，」我勸誘：「不會有事的。」

我俯下身子，摟住她的腰。她的喉嚨就在我的嘴脣旁邊，她的芬芳如森林大火般猛烈，卻也比她頭髮裡的花朵更細緻。我把她從車裡拉出來的時候，她沒抗拒。

我半抱著她走向學校時，想表達我會履行承諾，所以我始終緊緊地摟著她。我真想直接把她抱起來。

不久後，我們來到學生餐廳，這裡門扉敞開，裡頭所有餐桌已被移走。天花板的燈都沒開，取而代之的是借來的聖誕樹燈，以不規則的波浪形掛在牆上。光線雖然昏暗，但也沒暗到能遮掩過氣的裝潢風格。縐紋紙製成的花環看來像是經過重複使用，不過氣球拱門倒是新的。

貝拉咯咯笑。

我也跟著微笑。

「看起來好像恐怖片情節即將發生。」她做出觀察。

「這個嘛，現場確實有不少吸血鬼。」我同意。

我帶她來到售票隊伍，但她把注意力放在舞池上。

我的兄弟姊妹正在炫耀舞技。

我猜他們這麼做算是為了宣洩情緒，畢竟我們平時非常……拘謹，我們的非人類臉孔就是會引起注意，就算我們盡可能不讓任何人有理由盯著我們。

今晚，羅絲莉、艾密特、賈斯柏和艾利絲盡情跳舞。他們把其他世代的上百種風格融合成適合任何世代的舞步。他們跳起舞來當然比人類更優雅。不是只有貝拉盯著他們看。

幾個勇敢的人類也在跳舞，但跟炫技的吸血鬼們保持距離。

「要不要我幫你關上大門，好讓你屠殺這些毫無疑心的鎮上居民？」她低語。跟高中舞會相比，她竟然比較喜歡大屠殺的場面。

「那妳扮演什麼角色？」我好奇。

「噢，我跟吸血鬼當然是一夥的。」

我忍不住微笑。「看來妳為了避免跳舞，願意不擇手段。」

「不擇手段。」

我購買兩張票的時候，她繼續看著我的兄弟姊妹跳舞。買完票後，我開始走向舞池。最好早點讓她習慣她最害怕的部分，否則她就是沒辦法放鬆。

她瘸拐而行的速度比剛剛更慢，顯然在抗拒。

「我有一整晚的時間。」我提醒她。

「愛德華。」她呢喃，語帶驚恐。她抬頭看我，眼神驚慌。「我真的不會跳舞！」

她以為我會把她丟進舞池、等著看她一個人表演？

「別擔心，小傻瓜，」我溫柔道：「我會跳舞。」

我把她的雙臂放到我的脖子上，再用雙手摟住她的腰，把她抬離地面幾吋。我把她的身子貼向我，然後把她放下，讓她穿著緞面鞋和石膏鞋的兩邊腳趾踩在我的鞋子上。

她露齒而笑。

我用雙手撐起她九成的體重，轉動彼此，進入舞池中央，也就是我的兄弟姊妹所霸占之處。我沒試著跟上他們的速度，只是把她擁在身前，隨著緩慢的舞曲轉動。

她緊緊地用雙臂勾住我的頸部，我們倆因而靠得更近。

「我覺得我像是五歲小孩。」她笑道。

我抬起她，讓她的雙腳離地一呎高。我在她耳邊呢喃：「妳看起來不像五歲。」

我把她放下，讓她站回我的腳上。她再次發笑，雙眸反映閃閃發亮的聖誕燈。

樂曲改變，我改變舞步的節奏。這首曲子更為緩慢又夢幻。她的身子彷彿融進我的身體。我真想停住時間，永遠跳著這支舞。

「好吧，」她咕噥：「這其實還不壞。」

她這句話很接近我希望她以後會對她孩子說的話。她花了不到二十年的時間就得到這個結論讓我感到振奮。

不要，我才不想進去。我願意把錢還回去。唉，這真的超丟臉。為什麼偏偏我爸是瘋子？為什麼瘋的不是奎爾他爸？

某人在門口遲疑不決，他的清澈思緒令我非常熟悉。他雖然感到不安又害羞，但他的心靈散發一種純粹感。他比大多數的人都對自己誠實。

「怎麼了？」貝拉注意到我突然分心。

我沒準備好回答，而是感到強烈的怒火。看來奎魯特族打算持續侵犯界線，無視那份由他們製作、為了保護他們的協定。彷彿除非我們真的有殺人，否則他們就是不會滿意。他們希望我們變成怪物。

貝拉在我的懷裡轉動身子，查看我在看什麼。

雅各・佈雷克遲疑地走過門口，在昏暗光線下眨眨眼，很快就找到了他在找的人。

我靠，她真的在這兒。我不敢相信我要這麼做。我不敢相信我爸以為這傢伙真的是吸血鬼。這實在蠢到掉渣。

他雖然覺得丟臉，但還是如軍人般穿過群眾，朝我們走來，沒理會售票亭。我雖然生氣，卻也佩服他的勇氣。

看來我應該在脖子上掛上一串大蒜。他對自己的笑話嗤之以鼻。

聽見貝拉對我小聲說「規矩點！」，我才意識到自己咬牙切齒。

「他想跟妳聊聊。」避無可避；就跟第一支舞一樣，越早解決越好。我不該讓自己生氣。一群無牙老頭違反了協定又怎樣？這不會改變什麼，就算他們花錢在一〇一號公路路邊的看板上打廣告：**本地的某個醫生及其子女都是吸血鬼；你們已被警告**。不會有人相信的，就連他兒子也不相信。

雅各走來的時候，我靜止不動。他的目光大多在貝拉身上，他遲疑的表情帶有喜感。

「嗨，貝拉，我正希望能在這找到妳。」但這聽起來顯然跟他的真心話完全相反。

貝拉答覆時，嗓音溫暖。我相信她看得出來他很緊張，而她的個性一定會想安撫他。「嗨，雅各，你好嗎？」

他對她微笑，然後看著我。他這次看著我的時候，不用抬頭。跟我上次見到他的時候相比，他已經長高了幾吋，也沒之前那麼稚氣。

「我能借一下你的舞伴嗎？」他的口氣很禮貌，他不想越界。

我知道我的憤怒毫無意義，我也絕不是對這無辜的男孩發脾氣，但我就是很難壓抑。我沒開口——以免他們倆聽見我生氣——而是輕輕地把貝拉放下，然後站到一邊。

「謝謝。」雅各的語氣似乎天生就是這麼活潑。

我點頭，再次觀察貝拉的表情，確認她不介意，然後我走離。

咦，雅各心想，**貝拉身上的香水味怎麼這麼難聞？**

怪了。貝拉除了頭髮裡的花朵之外，並沒有什麼香氣。也許是因為我讓位後，有另外一對情侶靠近他們。

「哇，雅各，你現在多高呀？」我聽見她說。

「六呎二吋。」他的口氣充滿自豪。

除了石膏之外，她看起來好得很。比利總是把事情說得太誇張。

我來到學生餐廳的北側牆邊，轉過身，斜靠牆面。蘿倫・馬洛里和她的舞伴在雅各後面僵硬地轉圈。也許難聞的是她？

雅各和貝拉不算在跳舞。他把雙手放在她的腰上，她的雙手輕輕搭在他的肩上。她跟著音樂微微搖擺，但似乎不太敢挪動雙腳。雅各在原地微微挪步。

「那麼，你今晚怎麼會來這兒？」她的語氣不算好奇，她已經猜到他為何出現。

雅各急著把事情怪在應該被責怪的那人頭上。「妳能相信我爸付我二十元，要我來舞會找妳嗎？」

「是的，我能。」她的口氣依然和善，雖然她一定感到不高興，畢竟一個跟她沒什麼交情的人試著管控她的生活。

她在這件事上對我真親切。她是我見過最好相處的女孩。

「那我希望你在這兒至少能玩得愉快。」貝拉說下去：「有看到哪個你喜歡的女生嗎？」她開玩笑地點頭，示意站在我左方牆邊的一排女孩。

「有，」雅各說：「但她有伴了。」

他這句話並不令我訝異——我多次見過他如何迷戀貝拉。令我意外的，是他這樣實話實說。貝拉不知道該如何應對。她看著他的臉，想看他是不是在開玩笑——他不是在開玩笑——然後她低頭看著自己沒動的雙腳。

我大概不該說出那句話，但是……隨便啦，說了又不會怎樣。

「順道一提，妳看起來真的很美。」他補充道。

貝拉皺眉。「呃，謝了。」她改變話題，談起他最想避開、會讓他被迫離開這裡的話題。「那麼，比利為什麼付錢要你來這兒？」

雅各輪流用單腳支撐體重，顯得很不自在。「他說這是能跟妳談話的『安全』地點。我發誓，那老頭神志不清了。」

她一定會覺得我也瘋了。

貝拉跟著他一起笑，但笑得很勉強。

「總之，」雅各露齒而笑，化解尷尬氣氛。「他說我如果傳個口信給妳，他就會給我改車需要的主汽缸。」

貝拉露出嚴肅的笑容。「那就告訴我吧。我希望你能趕快把車子弄好。」

雅各嘆口氣，被她的微笑所感動。**我還真希望他是吸血鬼。如此一來，我說不定就有機會接近她**。

「別生氣，好嗎？」**她已經對我夠親切了**。

「我不會對你生氣的，雅各。」貝拉保證。「我甚至不會對比利生氣。你該說什麼就說吧。」

「總之……這真的很蠢，我很抱歉，貝拉。」他深吸一口氣。「他希望妳跟妳男朋友分手。他要我跟妳說『拜託妳』。」

雅各搖頭，很想跟這個令人討厭的口信拉開距離。

貝拉的微笑充滿同情。「他還是很迷信，是嗎？」

「嗯。他……聽說了妳在鳳凰城受傷的時候，他的反應有點誇張。他不相信……」**他不相信不是他們傷害妳。他以為他們吸了妳的血之類的，總之有夠扯**。

她的語調第一次變得冷淡。「我跌倒了。」

「我知道。」雅各急忙道。

「他以為是愛德華害我受傷？」她的口氣變得尖銳。

他們倆靜止不動，彷彿音樂已停。

在她的怒瞪下，雅各移開視線。

我這下真的惹她生氣了。我真該叫比利別管人家的閒事，或至少別把我扯進來。

看他這麼難過，貝拉的姿態放鬆。「聽著，雅各。」她又顯得親切。雅各對她態度的變化做出反應，看著她的眼睛。「我知道比利大概不會相信，但我告訴你……愛德華真的救了我的命。要不是因為愛德華和他父親，我已經死了。」她的口氣無比誠懇。

「我知道。」雅各立刻同意，不願想著貝拉瀕死那件事。他的心裡開始湧出感激之意。他父親下次再發表什麼毀謗卡萊爾的言論，他絕對會當成耳邊風。

她抬頭對他微笑。

他今晚顯得老成許多，這點真的讓我覺得奇怪。他和貝拉現在看起來像同齡人，也許只是因為他長高了。因為她一條腿受傷，兩人因此配合彼此在身高上的差距，但她跟他相處起來，似乎比她其他的人類朋友都令她自在。也許他單純又坦率的心靈就是會對人們造成這種影響。

一個怪異的想法閃過我的腦海，混雜想像和恐懼。

她未來住的那間漂亮又擁擠的小房子，會不會就是在拉布席？

我甩掉這個念頭。我只是在吃莫名其妙的醋。「嫉妒」是典型的人類情緒，威力十足卻又毫無道理；我現在吃醋，純粹因為我看到她假裝跟一個朋友跳舞。我拒絕讓未來影響我的情緒。

「嘿，雅各，我很遺憾你被迫跑來傳口信。」貝拉說道：「不過，這下子你一定能拿到零件吧？」

「嗯。」他咕噥。

老爸會不會知道我說謊？剩下的口信，我實在說不出口。現在這樣就夠了。

貝拉打量他的表情。「還有別的要說？」她顯得驚訝。

「算了，」他撇開視線。「我會找個工作，自己存錢。」

她等他回視她的眼睛。「說出來吧，雅各。」

「我實在沒這個臉。」

我根本不該來這裡。是我活該，誰叫我答應這件差事。

「我不在乎，」她堅稱：「告訴我。」

「好吧……可是，老天，這個口信真的有夠丟臉。」雅各深吸一口氣。「他要我告訴妳，不，是警告妳——而且他說的『我們』跟我一點關係也沒有……」雅各舉起右手，伸出兩根手指，在半空中畫個引號。「『我們會盯著妳』。」

他觀察她的反應，隨時準備逃跑。

貝拉哈哈大笑，彷彿他說出她這輩子聽過最好笑的笑話，笑得停不下來。她邊笑邊說：「很遺憾你得傳這個口信，雅各。」

他安心許多。**她說得沒錯，這真的很好笑。**

「我其實沒那麼介意啦。」**她看起來真漂亮。我要是沒來這裡，就不會看到她穿這件禮服。光是這點就值回票價，就算她身上的香水味很難聞。**「那麼，我該跟他說，妳叫他別多管閒事？」

她嘆道：「不。幫我跟他說謝謝。我知道他是好意。」

樂曲結束了，貝拉放下雙手。我該回去她身邊了。

雅各依然把雙手放在她的腰上，不確定她能不能靠自己的力量站立。「妳想再跳一曲嗎？還是要我扶妳去哪？」

「不用了，雅各，接下來交給我就行了。」

聽見我的聲音就在耳邊，雅各嚇一大跳，後退一步，一陣寒意爬過脊椎。

「嘿，我沒看見你過來。」他嘀咕。**我竟然被比利影響成這樣**。「我猜我們回頭見了，貝拉。」

「嗯，下回見。」她的語氣十分熱情，他因此恢復鎮定。他揮個手，再咕噥一聲「抱歉」，然後走向門口。

我把貝拉拉進懷裡，再次讓她站在我的腳上。我等她散發的暖意消除我身上的寒意。我不會去想著未來，而是只想著今晚，想著這一刻。

她把臉頰貼在我的胸膛上，我感到心滿意足。

「覺得好些了嗎？」她呢喃。

她當然看得懂我的情緒。

「不太好。」我嘆氣。

「別生比利的氣。他只是因為查理的緣故而擔心我，他跟你沒有私人恩怨。」她向我保證。

「我沒生比利的氣，但他兒子讓我很不爽。」

我說出了太多事實。那個少年其實沒有真正地惹火我；跟一般的人類相比，他坦然的心靈讓我感到愉快。真正讓我難過的，是他「象徵」著什麼。他善良、友善，而且是人類。

我必須逼自己換上正確的心境。

她稍微後退，抬頭盯著我，既好奇又擔心。「為什麼？」

我甩掉這個情緒，以愉悅的口氣回答她：「首先，他害我打破承諾。」

她不記得我說過什麼。

我擠出笑容。「我保證過今晚不會放開妳。」

「噢。這個嘛，我原諒你。」她輕快地說。

「謝了。」我希望自己皺眉的表情看起來像在逗她。「但還有別的原因。」

她等我解釋。

「他說妳很漂亮。」我刻意把這兩個字說得好像很不堪。「這種話簡直是侮辱，因為妳早已超越了美的極限。」

她放鬆身子，發出笑聲，對雅各的擔憂已經煙消雲散。「你可能有點偏見。」

這一次，我綻放更瀟灑的微笑。「我不認為這是原因。再說，我眼光好得很。」

她凝視在我們周遭旋轉的閃爍燈光。她的心跳比樂曲的節奏還慢，所以我跟著她心跳的節奏挪動。無數嗓音和心聲從旁飄過，但我充耳不聞。唯一重要的，是她的心跳聲。

「那麼，」樂曲改變時，她說：「你到底要不要解釋這一切？」

看我沒聽懂，她意有所指地瞟向縐紋紙花環。

我考慮該怎麼對她說。我不能說出幻象的事，她一定會提出太多反對意見，而且那道幻象是關於遙遠的未來，我努力試著別去考慮的未來。但我也許能稍微吐露我這麼做的原因。不過，如果我想說出口，就必須找個四下無人之處。

我改變舞蹈路徑，把她拉向後側的出口，途中經過她的幾個朋友。潔西卡揮手，不高興地比較自己和貝拉的禮服，貝拉回以微笑。她的同學們今晚似乎都不怎麼開心，唯一例外的是安琪拉和班恩，他們倆深情款款地對視。這一幕也令我微笑。

我維持舞步，用背部推開門。外頭沒人，就算氣溫十分宜人。西方的雲團暗藏少許夕陽金光。

既然沒人旁觀，我便把她整個人拉進懷裡，抱著她走離學生餐廳，來到一群瑪都那樹的樹蔭下，這裡黑得近乎午夜。我在長椅坐下——數星期前的那個晴朗早晨，我就是在這裡看著她——但依然把她抱在懷裡。潔白明月從東方升起，月光透過薄紗般的雲層而來。這一刻很奇妙——天空剛好處於傍晚和黑夜之間。

她還在等我解釋。「所以重點是？」她輕聲問。

「又是暮光時分，」我若有所思：「又是一天的結束。無論這一天多麼完美，就是必須結束。」

這些日子如此重要，卻結束得這麼快。

她繃緊身子。「有些事情不需要結束。」

我無言以對。雖然她說得對，但我知道她想的那些事跟我想的不一樣。例如痛苦。痛苦不需要結束。

我嘆口氣，然後回答她的問題。「我帶妳來舞會，是因為我不希望妳錯過任何事。我不希望我的出現讓妳無法享受某些事。我要妳像個人類，我要妳的生活繼續下去，就像我真的在一九一八年死了一樣，我也確實該死在那一年。」

她打個冷顫，用力搖頭兩下，彷彿試著拒絕我這番話。但她開口時，是用開玩笑的口吻。「你覺得我有可能自動自發來參加舞會嗎？要不是你比我強壯一千倍，否則我鐵定為了這件事找你算帳。」

我微笑。「妳自己也說過，來參加舞會其實還不壞。」

她的雙眸清澈，而且無比深邃。「那是因為我跟你在一起。」

我再次看著月亮。我能感覺她看著我的臉。我現在沒時間擔心未來。當下這一刻比未來更令我愉快。

我回想最近的事，還有她今晚的莫名迷惘。是什麼取代了她腦海中那個顯而易見的答案？

我低頭對她微笑。「妳能告訴我一件事嗎？」

「我對你不總是有問必答？」

「總之答應我，妳會告訴我。」我堅持。

「好吧。」她不情願地答應。

「妳發現我要帶妳來舞會的時候，妳似乎真的很驚訝。」

「我是很驚訝。」她打岔。

「沒錯，」我說：「但妳當時一定有其他猜測……我很好奇，妳原本以為我們穿成這樣要去哪？」

這個疑問聽起來既輕鬆又好回答，而且不會讓我想到未來。

但她顯得遲疑不決，模樣比我預料的嚴肅。「我不想告訴你。」

「妳答應過的。」

她皺眉。「我知道。」

看她出現平時那種好奇又不耐煩的態度，我差點笑出來。有些事情永遠不會改變。「有什麼問題嗎？」

「我如果說出來，你會生氣的……」她嚴肅地說：「或是難過。」

我很難把她的嚴肅表情跟我這個有點傻的提問聯想在一起。我現在害怕她的答案，我擔心它會引發我試著避開的痛苦，但我知道我必須滿足好奇心。

「我還是想知道，可以告訴我嗎？」

她嘆口氣，目光掃向銀雲。

「好吧，」沉默許久後，她開口：「我原以為是某種……盛典。我沒想到竟然是人類的平庸活動……高中畢業舞會！」她嗤之以鼻。

我花幾秒鐘控制自己的反應。

「人類？」我問。

她低頭看著美麗的禮服，心不在焉地拉扯雪紡紗。我知道她要說什麼。我讓她找到她想找的話語。

「好吧。」她終於開口，瞪著我，眼神提出挑戰。「我原本希望你改變了心意……你還是願意改變我。」

我曾感受這種痛苦多年。我真希望她現在沒逼我再次感受，因為她依然在我懷裡，因為她還穿著這件美麗的禮服，她白皙的肩頭反映月光，鎖骨凹陷處聚著黑夜般的陰影。

我選擇無視痛苦，而是把精神放在她的答覆上。

我觸摸自己的翻領。「妳以為那是一種需要穿禮服的盛典？」

她害羞得皺眉。「我又不知道這種事是怎麼進行……至少，對我來說，這比舞會更有意義。」

我試著微笑，但這麼做只是令她惱火。

「這不好笑。」她說。

「沒錯，妳說得對，這不好笑。我寧可把妳這番話當成笑話，也不願相信妳是認真的。」

「但我是認真的。」

「我知道。」我嘆口氣。

這是一種很怪異的痛苦，裡頭毫無誘惑。雖然她想要的，對我來說就是完美的未來，能抹去幾十年的痛苦，但我還是興趣缺缺。我沒辦法把自己的快樂建立在她失去的快樂上。

我向她那個遙遠的上帝訴說真心話的時候，我祈求力量，而祂給了我的是……我一點也不想看到貝拉成為永生者。我唯一的慾望和需求，是她的人生不被黑暗染指，而這個需求占據了我的心。

我知道未來持續逼近，但我不知道究竟還有多少時間。我已經決定留在這裡，直到她完全康復，所以在她能靠自己的雙腳站立之前，我還有幾星期的時間。我有時候會想，我是不是該等到她比我年邁許多再說？這麼做對她造成的痛苦是不是最輕？這個計畫確實吸引我，但我不確定我有那麼長的時間。我感覺未來正在迅速逼近。我不知道徵兆會是什麼，但我知道我到時候會認得出來。

我一直努力試著避開這場談話，但我看得出來，她很希望現在就能討論。我吞下所有的痛苦和悲傷，逼自己回到當下。能跟她在一起的時候，我會把握每一秒。

「妳真的願意？」我問。

她咬唇點頭。

「妳竟然這麼願意讓這一刻成為妳最後的一刻，」我嘆氣，撫摸她的臉。「讓這一刻成為妳的暮光時分，就算妳的人生才剛開始。妳竟然已經準備好放棄一切。」

「這不是結束，而是開始。」她低語。

「我不值得妳這麼做。」

我已經知道她不在乎會失去人類的生活，她也顯然沒考慮過永遠的損失。任何人都不值得她這麼做。

「你記不記得你有次告訴我，我並沒有真的看清我自己？」她問：「你顯然也有相同的盲點。」

「我知道我是什麼。」

她翻白眼，因為我一直唱反調而感到惱火。

我突然覺得能綻放笑容。她如此急切又不耐煩，願意為了跟我在一起而付出任何代價。我不可能不被這種愛所感動。

我覺得這時候適合來點幽默。

「那麼，妳現在準備好了？」我挑起一眉。

「呃，是的？」她緊張得嚥口水。

我俯身靠向她，動作從容不迫。我的嘴脣終於接觸到她喉嚨的肌膚。

她再次嚥口水。

「現在？」我呢喃。

她顫抖，然後繃緊身子，雙手握拳，心跳節奏比會場飄來的音樂聲更急促。

「是的。」她呢喃。

我的遊戲失敗了。我嘲笑自己，坐直身子。「妳不可能真的相信我會輕易讓步吧。」

她放鬆身子，心跳放慢。「每個女孩都有夢想。」

「這就是妳的夢想？變成怪物？」

「不盡然。」她不喜歡我用的字眼。她的嗓音放得更輕。「我的夢想是永遠和你在一起。」

她的口吻帶有痛苦和懷疑。她以為我不渴望跟她在一起？我很希望我能讓她安心，但我做不到。

我撫摸她的嘴脣，呢喃她的名字。「貝拉。」我希望她聽得見我嗓音裡的誠意。「我會留在妳身邊。」**我會盡可能地待在妳身邊，只要這麼做不會傷害妳，直到徵兆到來，直到我沒辦法視而不見。**「這樣不夠嗎？」

她綻放微笑，但顯然不滿足。「以現在來說足夠。」

貝拉沒意識到我們只擁有現在。我的吐息聽起來像呻吟。

她用指尖撫摸我的下顎邊緣。「聽著，」她說：「我對你的愛超越世上一切事物的總和，這樣不夠嗎？」

我從內心綻放笑容。「是的，足夠，」我保證：「足夠到永遠。」

我這一次說的是真正的永遠，我永恆的永遠。

黑夜終於徹底占據白晝的那一刻，我再次俯下身，親吻她喉部的溫暖肌膚。

我和這本書纏鬥了許多年，所以我很難記住幫過我的每個人，但以下是特別重要的人物：

我的三個好兒子，加布、賽斯及艾利（現在都已長大成人！）。他們這十五年來表現良好，所以我省下了擔心他們有沒有犯錯的時間，把這些時間拿來擔心我的書中角色們有沒有犯錯。

我的超萬能老公，他幫我處理了生活上跟數學和科技有關的事務。

我的母親甘蒂，她從頭到尾都拒絕相信我原本打算放棄這本書。

我的生意合夥人梅根・赫伯特；我在長期閉關的時候，是她幫我維持 Fickle Fish Productions 的營運。她也是我最好的朋友。我因為虛構角色們的行為而需要尖叫、哭泣、怒吼的時候，她就是我主要的宣洩對象。

我的經紀人茱蒂・李默，不僅讓我慢慢寫這本書，也在我做好準備的時候立刻做出行動。

我的電影經紀人凱希・伊瓦希夫斯基，總是以超然態度讓我平靜下來。

Little, Brown Books 青少年讀物部門的每一位都給了我大量的支持，尤其是梅根・廷里，在我十七年（！）的寫作生涯中一直陪伴著我；還有阿斯亞・穆克尼克，最親切也最具洞悉力的編輯。

攝影師羅傑・海加登為我們拍攝了令人驚豔又難忘的封面。如果沒有他的大師手藝，我無法想像這個小說系列會是什麼感覺。

麥瑟德經紀公司（Method Agency）的妮琪和貝卡這兩位美麗女士，總是愉快地面對我想拜託她們幫我做的怪事。

製作了《暮光之城》相關網站和同人畫作的諸多神奇創作者。

創造出不可思議的世界，讓我沉浸其中的諸多作家。

其作品始終在我的腦海中揮之不去的諸多音樂家。

午夜陽光

最後，感謝耐心等候這本書的熱情讀者們。要是沒有你們的支持，我就不可能完成這部作品。您的名字值得出現在這一頁上。請將您的大名寫在左邊那條線上，並跟您自己擊掌慶祝。

____

奇炫館

暮光之城：午夜陽光

（原名：Midnight Sun）

著　　者／史蒂芬妮・梅爾（Stephenie Meyer）
發 行 人／黃鎮隆
經　　理／洪琇菁
總 編 輯／呂尚燁
美術總監／沙雲佩
企劃宣傳／邱小祐、劉宜蓉
內文排版／謝青秀

譯　　者／甘鎮隴
總 經 理／陳君平
執行編輯／洪琇菁
審　　校／Sabrina Liao
美術編輯／李政儀
國際版權／黃令歡、梁名儀
文字校對／施亞蒨

出　　版／城邦文化事業股份有限公司 尖端出版
台北市中山區民生東路二段一四一號十樓
電話：（〇二）二五〇〇－七六〇〇
傳真：（〇二）二五〇〇－二六八三
E-mail：7novels@mail2.spp.com.tw

發　　行／英屬蓋曼群島商家庭傳媒股份有限公司城邦分公司　尖端出版
台北市中山區民生東路二段一四一號十樓
電話：（〇二）二五〇〇－七六〇〇（代表號）
傳真：（〇二）二五〇〇－一九七九

中彰投以北經銷／楨彥有限公司（含宜花東）
電話：（〇二）八九一九－三三六九
傳真：（〇二）八九一四－五五二四

雲嘉經銷／威信圖書有限公司　嘉義公司
電話：（〇五）二三三－三八五二
傳真：（〇五）二三三－三八六三
客服專線：〇八〇〇－〇二八－〇二八

南部經銷／威信圖書有限公司　高雄公司
電話：（〇七）三七三－〇〇七九
傳真：（〇七）三七三－〇〇八七

香港經銷／一代匯集
香港九龍旺角塘尾道六十四號龍駒企業大廈十樓B&D室
電話：（八五二）二七八三－八一〇二
傳真：（八五二）二七八二－一五二九

新馬經銷／城邦（馬新）出版集團Cite（M）Sdn. Bhd.
E-mail：cite@cite.com.my

法律顧問／王子文律師　元禾法律事務所
台北市羅斯福路三段三十七號十五樓

二〇二一年一月一版一刷
二〇二一年五月一版三刷

■中文版■

郵購注意事項：
1. 填妥劃撥單資料：帳號：50003021戶名：英屬蓋曼群島商家庭傳媒(股)公司城邦分公司。2. 通信欄內註明訂購書名與冊數。3. 劃撥金額低於500元，請加附掛號郵資50元。如劃撥日起 10～14日，仍未收到書時，請洽劃撥組。劃撥專線TEL：(03)312-4212 ・ FAX：(03)322-4621。E-mail：marketing@spp.com.tw

國家圖書館出版品預行編目(CIP)資料

暮光之城：午夜陽光 / 史蒂芬妮・梅爾（Stephenie Meyer）作；甘鎮隴譯. -- 初版. -- 臺北市：城邦文化事業股份有限公司尖端出版：英屬蓋曼群島商家庭傳媒股份有限公司城邦分公司尖端出版發行, 2021. 01

譯自：Midnight Sun

面； 公分

ISBN 978-957-10-9289-8（平裝）

874.57　　109018270